EDIÇÕES BESTBOLSO

Os Fidalgos da Casa Mourisca

Júlio Dinis (1839-1871), pseudônimo de Joaquim Guilherme Gomes Coelho, foi um médico e escritor português. Graduou-se em medicina na Escola Médico-Cirúrgica do Porto. Utilizou pela primeira vez, em 1860, o pseudônimo que o tornaria famoso ao escrever textos de poesia para a revista *Grinalda*. Suas principais obras são *As Pupilas do Senhor Reitor*, *A Morgadinha dos Canaviais* e *Os Fidalgos da Casa Mourisca*. O romance rural foi a maior paixão literária de Dinis, e a ambientação apareceu em diversos de seus livros. Apesar de ser contemporâneo dos ultrarromantistas, pode ser considerado um precursor das correntes do realismo e naturalismo em Portugal, devido a sua visão mais realista do que a dos românticos. Sucumbiu à tuberculose aos 32 anos.

JÚLIO DINIS

OS FIDALGOS DA CASA MOURISCA
Crônica da aldeia

Prefácio de
SÉRGIO NAZAR DAVID

1ª edição

RIO DE JANEIRO – 2014

CIP-BRASIL. CATALOGAÇÃO NA PUBLICAÇÃO
SINDICATO NACIONAL DOS EDITORES DE LIVROS, RJ

Dinis, Júlio, 1839-1871
D599f   Os Fidalgos da Casa Mourisca / Júlio Dinis; Sérgio Nazar David. – 1ª ed.
– Rio de Janeiro: BestBolso, 2014.

ISBN 978-85-7799-198-3

1. Ficção portuguesa. I. David, Sérgio Nazar. II. Título.

CDD: 869.3
14-11075   CDU: 821.134.3-3

Os Fidalgos da Casa Mourisca, de autoria de Júlio Dinis.
Título número 375 das Edições BestBolso.
Primeira edição impressa em julho de 2014.
Texto revisado conforme o Acordo Ortográfico da Língua Portuguesa.

www.edicoesbestbolso.com.br

Design de capa: Rafael Nobre sobre imagem Getty Images (Ernest McLeod, cerâmica portuguesa, Lisboa).

Todos os direitos desta edição reservados a Edições BestBolso um selo da Editora Best Seller Ltda. Rua Argentina 171 – 20921-380 – Rio de Janeiro, RJ – Tel.: 2585-2000.

Impresso no Brasil

ISBN 978-85-7799-198-3

Prefácio à edição de bolso
Júlio Dinis: romancista social

Quando Júlio Dinis morre, em 1871, Eça de Queirós registra n'*As Farpas* que o autor de *As Pupilas do Senhor Reitor* (1867), *Uma Família Inglesa* (1868), *A Morgadinha dos Canaviais* (1868) e *Os Fidalgos da Casa Mourisca* (1871) "viveu de leve, escreveu de leve, morreu de leve". A afirmação de Eça nos faz supor que Dinis terá vivido e escrito alheio aos impasses maiores de seu tempo e que fez uma literatura superficial, artificial, algo como um romance cor-de-rosa. Nada mais enganado e enganoso.

Júlio Dinis começa a publicar na década de ouro de Camilo Castelo Branco, os anos 60 do século XIX português. Seu primeiro romance, *As Pupilas do Senhor Reitor*, traz à cena duas meninas órfãs, que vivem sob a tutela de um reitor esclarecido, que incentiva a instrução das meninas, faz por casá-las movido não simplesmente pelos interesses materiais, sabe ouvir as inclinações afetivas de cada uma. Com isso consegue ser uma força potente contra as hierarquias sociais e etárias, contra também uma face bem conhecida do clero de então (absolutista, fanático, hipócrita e venal). O sábio e equilibrado reitor de Dinis – que tinha "o Evangelho no coração" e era "liberal de convicção" – é o avesso do padre Amaro de Eça (que terá sua primeira versão menos de 10 anos depois, em 1875).

Em *A Morgadinha dos Canaviais*, a protagonista do romance (Madalena) é filha de um conselheiro do partido regenerador (liberal), empenhado em pôr fim aos enterros nas igrejas e na construção dos caminhos de ferro. Acusado pelo partido conservador (absolutista) de "ímpio", "republicano" e "pedreiro-livre", o Conselheiro sabe o quanto é difícil atravessar a vida política sem sacrificar "o primitivo credo". Dito de outro modo: os progressos da civilização não se fazem sem algum tipo de violência. Júlio Dinis está ao lado dos liberais, que, a despeito de tudo, ensejam arrancar de dentro do Portugal velho, beato e absolutista, um país mais democrático.

Uma Família Inglesa decorre no Porto, a Cidade Invicta, "cujo principal título de glória é o ter, em épocas em que a nobreza era tudo, previsto que podia e devia prescindir dela para se engrandecer". Mr. Richard Whitestone, pai de Carlos e Cecília, enfrenta os reveses da vida pautando suas decisões "pelos eternos e invioláveis ditames da consciência e da razão". Está claro de que lado está este inglês, pai de filhos portugueses: do lado dos novos ventos que a revolução liberal soprou no ânimo da nação. As consequências destes princípios far-se-ão sentir aqui nos laços afetivos, nas relações que se tecem dentro da família. O sintoma maior de que a sociedade muda está no fato de que Carlos pode se casar com a filha do guarda-livros. Mentira romanesca, dizem ainda hoje alguns. O público do tempo, que leu avidamente Júlio Dinis, reconheceu aqui sua face e seus passos em direção a uma sociedade com mais liberdade de escolha, sobretudo no campo dos afetos, mas não só.

Os Fidalgos da Casa Mourisca é um livro póstumo. Saiu em 1871. Aqui os jovens Jorge e Maurício, descendentes dos ultramonárquicos (absolutistas) Negrões de Vilar de Corvos, passam o tempo cavalgando e caçando, enquanto Dom Luís (o pai) se enche de dívidas e a Casa Mourisca ganha um aspecto "melancólico e triste".

Dom Luís vivia no estrangeiro. Volta ao país quando morre o irmão mais velho para sucedê-lo nos vínculos (lei que estabelecia que apenas o filho mais velho herdava). Apesar da vitória liberal, que se consumou em 1834, a lei dos vínculos só foi derrubada em Portugal em 1863, já na Regeneração. Dom Luís chega quando começam a se manifestar em Portugal "os primeiros sintomas da profunda revolução que devia alterar a face social do país", isto é, o constitucionalismo. O narrador registra: a revolução liberal foi "a heroica ilíada da nossa emancipação política".

O que se vai ler neste excepcional romance de Júlio Dinis é justamente a história de dois mundos postos em confronto: o dos aristocratas (absolutista) e o da nova burguesia rural (liberal). Gabriela, quando chega de Lisboa, vai realizar, numa carta ao tio (Dom Luís), a síntese do momento histórico em que vivem. Tenta mostrar-lhe que não podem mais viver com os olhos voltados para o passado: "Meu bom tio (...) depois de tantas ideias remoçadas, que passam por novas, já não é fácil distinguir quais são as do século e quais não são. E deixe-me dizer-lhe (...) que há uma certa ordem de coisas com que provavelmente, na sua opinião, Maurício não deve transigir, mas sem transigir com as quais não se dá hoje neste mundo um passo que tenha jeito."

Ao seu modo, Gabriela vê que as mudanças exigiam uma certa dose de tolerância e de pendor à adaptação, mas não mudavam tanto assim a vida e os costumes. Algo do velho Portugal permanecia. É contra esta resistência de velhas estruturas que Eça de Queirós vai se bater. Como em todas as épocas, para alguns as mudanças eram excessivas; para outros, quase nada.

Está visto que este conjunto de quatro romances, do qual *Os Fidalgos da Casa Mourisca* não é parte de menor importância, nada tem de literatura escapista e ligeira. Dinis escreveu uma obra política de reflexão detida sobre um Portugal que queria mudar e efetivamente assim o fez, mas não sem enormes contradições e contramarchas.

Sérgio Nazar David (UERJ/CNPq)

1

A tradição popular em Portugal, nos assuntos de história pátria, não se remonta além do período da dominação árabe nas Espanhas.

Pouco ou nada sabe o povo de celtiberos, de romanos e de visigodos. É, porém, entre ele, noção corrente que, em outros tempos, fora este país habitado por mouros, e que só à força de cutiladas e de botes de lança os expulsaram os cristãos para as terras da Mourama. Os vultos heroicos de reis e cavaleiros nossos, que as assinalaram nas lutas dessa época, ainda não desapareceram das crônicas orais, onde vivem iluminados por a mesma poética luz das xácaras e dos romances nacionais; e hoje ainda, nas danças e jogos que se celebram nos lugares públicos das vilas e aldeias, por ocasião das principais solenidades do ano, apraz-se a memória do povo de recordar os feitos daqueles tempos históricos por meio de simulados combates de mouros e cristãos.

Nos contos narrados em volta da lareira, onde nas longas noites de serão se reúne a família rústica, ou às rápidas horas de uma noite de estio, na soleira da porta, ao auditório atento que segue com os olhos a lua em silenciosa carreira por um céu sem estrelas, avulta uma criação extremamente simpática, a das mouras encantadas, princesas formosíssimas que ficaram desses remotos tempos na península, em paços invisíveis à espera de quem lhes venha quebrar o cativeiro, soltando a palavra mágica.

Fala-se em diversos pontos das nossas províncias, com a seriedade que é própria a uma arreigada crença, de tesouros enterrados, que os mouros por aí deixaram, na esperança de voltarem um dia a resgatá-los, e já não têm sido poucas as escavações empreendidas no ávido intuito de os descobrir.

Esta mesma noção histórica do povo é que dá lugar a outro frequente fato. Quando, no centro de qualquer aldeia, se eleva um palácio, um solar de família, distinto dos edifícios comuns por uma qualquer particularidade arquitetônica mais saliente, ouvireis no sítio designá-lo por nome de Casa Mourisca, e, se não se guarda aí memória da sua fundação, a crônica lhe assinará infalivelmente, como data, a lendária e misteriosa época dos mouros.

Era o que sucedia com o solar dos senhores Negrões de Vilar de Corvos, que, em três léguas em redondo, eram por isso conhecidos pelo nome de Fidalgos da Casa Mourisca.

Não se persuada o leitor de que possuía aquele solar de feição pronunciadamente árabe, que justificasse a denominação popular, ou que mãos agarenas houvessem de feito cimentado os alicerces da casa nobre denominada assim. Às pequenas torres quadradas, que se erguiam coroadas de ameias, nos quatro ângulos do edifício, ao desenho ogival das portas e janelas, às estreitas seteiras abertas nos muros, e finalmente a certo ar de castelo feudal, que um dos antepassados desta fidalga família tentou dar aos paços de sua residência senhoril, devera ela a classificação de Mourisca, que persistira, apesar dos protestos da arte. Nenhum estilo arquitetônico fora na construção escrupulosamente respeitado; o gosto e o capricho do proprietário presidiam mais que tudo à traça e execução da obra; não há pois exigências artísticas que me imponham a obrigação de descrevê-la miudamente.

Diga-se porém a verdade; fossem quais fossem os defeitos de arquitetura, as incongruências e absurdos daquela fábrica grandiosa, quem, ao dobrar a última curva da estrada irregular por onde se vinha à aldeia, via surgir de repente do seio de um arvoredo secular aquele vulto escuro e sombrio, contrastando com os brancos e risonhos casais disseminados por entre a verdura das colinas próximas, mal podia reter uma exclamação de surpresa e involuntariamente parava a contemplá-lo.

Ou o sol no poente que dourasse a fachada de granito, ou as ameias, que o coroavam, se desenhassem como negra dentadura no céu azul, alumiado pela claridade matinal, era sempre melancólico e triste o aspecto daquela residência, sempre majestoso e severo.

Reparando mais atentamente, outros motivos concorriam ainda para fortalecer esta primeira impressão. O tempo não se limitara a colorir o velho solar com tintas negras da sua palheta; derrocara-lhe aqui e além um balaústre ou ameia do eirado, mutilara-lhe a cruz da capela, desconjuntara-lhe a cantaria em extensos lanços de muro, abrindo-lhe interstícios, donde irrompia uma inútil vegetação parasita: e esta permanência de estragos, traindo a incúria ou a insuficiência de meios do proprietário atual, iniciava no espírito do observador uma série de melancólicas reflexões.

E se o movesse a curiosidade a indagar na vizinhança informações sobre a família que ali habitava, obtê-las-ia próprias a corroborar-lhe os seus primeiros e espontâneos juízos.

Os chamados Fidalgos da Casa Mourisca eram, atualmente, três. Dom Luís, o pai, velho sexagenário, grave, severo e taciturno; Jorge e Maurício, os dois filhos, robustos e esbeltos rapazes: o mais velho dos quais, Jorge, ainda não completara vinte e três anos.

A história daquela casa era a história sabida dos ricos fidalgos da província, que, orgulhosos e imprevidentes, deixaram, a pouco e pouco, embaraçar as propriedades com hipotecas e contratos ruinosos, desfalecer a cultura nos campos, empobrecer os celeiros, despovoar os currais, exaurir a seiva da terra, transformar longas várzeas em charnecas, e desmoronarem-se as paredes das residências e das granjas, e os muros de circunscrição das quintas.

Filho segundo de uma das mais nobres famílias da província, Dom Luís fora pelos pais destinado para a carreira diplomática, na qual entrou apadrinhado e favorecido pelos mais altos personagens da corte.

Nas primeiras capitais da Europa, em cujas embaixadas serviu, obteve o fidalgo provinciano um grau de ilustração e de trato do mundo um verniz social, que nunca adquiria se, como tantos, de moço se criasse para morgado.

Quando, por morte do primogênito, veio a suceder nos vínculos, Dom Luís podia considerar-se, graças à ocupação dos seus primeiros anos de mocidade, como o mais instruído e civilizado proprietário da sua província; e como tal efetivamente foi sempre havido pelos outros, que o tratavam com uma deferência excepcional.

Ainda depois da morte do irmão, Dom Luís, costumado ao viver da grande sociedade e à esplêndida elegância das cortes estrangeiras, não abandonou a carreira que encetara. Secretário da embaixada em

Viena, casou ali com a filha de um fidalgo português, que então residia nessa corte, encarregado de negócios políticos.

Ao manifestarem-se em Portugal os primeiros sintomas da profunda revolução, que devia alterar a face social do país, Dom Luís mostrou-se logo hostil ao movimento nascente, e abandonando então o seu lugar diplomático, voltou ao reino para representar um papel importante nas cenas políticas dessa época.

Aí tiveram origem grande parte dos desgostos domésticos, que lhe amarguraram o resto da vida.

Os parentes de sua esposa abraçaram a causa liberal.

Dom Luís, com toda a intolerância partidária, rompeu completamente as relações com eles, ferindo assim no íntimo os afetos mais santos da pobre senhora, que sentia esmagar-se-lhe o coração entre as fortes e irreconciliáveis paixões dos que ela com igual afeto amava.

O rancor faccioso foi ainda mais longe em Dom Luís. Impeliu-o à perseguição.

O irmão mais novo da esposa, obedecendo ao entusiasmo de rapaz e à veemência de uma convicção sincera, sustentara com a pena, e mais tarde com a espada, a causa da ideia nova, que tanto namorava os ânimos generosos e juvenis.

Sobre a bela e arrojada cabeça daquele adolescente pesaram as sombras das suspeitas e das vinganças políticas; e Dom Luís, cego pela paixão, não duvidou em fazer-se instrumento delas.

Esse era o irmão querido da esposa, que o fidalgo estremecia; mas nem as súplicas, nem as lágrimas dela puderam abrandar a força daquele rancor.

O imprudente moço viu-se perseguido, preso, processado, e em quase iminente risco de expiar, como tantos, no suplício o crime de pensar livremente. Conseguindo, quase por milagre, escapar à fúria dos seus perseguidores, emigrou para voltar mais tarde nessa memoranda expedição, que principiou em Portugal a heroica ilíada da nossa emancipação política.

Guerreiro tão fogoso, como o fora publicista, o pobre rapaz não assistiu, porém, à vitória da sua causa. Ao raiar da aurora liberal, por que tanto anelava, caiu em uma das últimas e mais disputadas refregas daquela sanguinolenta luta, crivado de balas inimigas, sendo a sua última voz um grito de entusiasmo pela grande ideia, em cujo martirológico se ia inscrever o seu nome.

A morte deste entusiasta levou o luto e a tristeza ao solar de Dom Luís. O coração amorável e extremoso da infeliz senhora recebeu então um golpe decisivo; das consequências daquela dor nunca mais podia ela convalescer. A sua vida foi depois toda para luto e para lágrimas.

Fez-se a paz, e implantou-se no país a árvore da liberdade; Dom Luís deixou então a vida da corte e veio encerrar no canto da província os seus despeitos, os seus ódios e os seus desalentos. Trouxe consigo um enxame de misantropos, a quem o sol da liberdade igualmente incomodava, e que tinha resolvido pedir à natureza conforto contra os supostos delitos da humanidade.

O solar do fidalgo transformou-se, pois, em asilo de muitos correligionários, como ele desgostosos e irreconciliáveis com a nova organização social.

Instituiu-se ali uma pequena corte na aldeia, uma espécie de assembleia ou conventículo político, que não poucas vezes atraiu as vistas dos liberais desconfiados e as ameaças dos mais insofridos. Havia ali homens de todas as condições, e alguns de ilustração e de ciência.

A hospitalidade do fidalgo era magnífica. Dom Luís mostrava ignorar ou não querer saber, qual o preço por que ela lhe ficava. Indiferente a tudo, dir-se-ia sê-lo também à ruína da sua própria casa, que apressava assim.

A vitória da causa contrária; a morte, em curtos intervalos, de três filhos que parecia caírem vítimas de uma sentença fatal; o receio pela vida dos outros; a tristeza e doença progressivas da esposa, a quem aqueles ódios e lutas tinham despedaçado o coração; às vezes uma vaga consciência da sua situação precária, e porventura ainda remorsos pelas violências, a que os ódios políticos o impeliram, quebrantaram o caráter, outrora varonil, daquele homem, que desde então começou a mostrar-se taciturno e descoroçoado. A prova evidente de que alguns remorsos também lhe torturavam o espírito, fora a insólita generosidade com que recebeu e agasalhou permanentemente em sua casa um pobre soldado do exército liberal, meio mutilado pela guerra desses tempos, e que tinha sido o fiel camarada do infeliz mancebo, contra quem tanto se encarniçara o ódio do implacável realista.

Viera o soldado entregar à esposa do fidalgo uma medalha, última lembrança do irmão que lha enviara, quando já agonizante no campo do combate. Havia-a confiado ao camarada, para que a entregasse àquela, a quem tanto queria.

Dom Luís não só permitiu que o soldado fizesse a entrega em mão própria da esposa, mas deixou-o com ela em larga conferência, não querendo que a sua presença a reprimisse na ânsia natural de saber as menores particularidades da vida e da morte do infeliz de quem o emissário fora companheiro inseparável. Não se limitou a isso a tolerância do fidalgo. Viu, sem fazer a menor reflexão, que o mensageiro se demorava alguns dias na Casa Mourisca, e não opôs resistência alguma ao pedido, que a esposa mais tarde lhe fez para que o deixasse ficar ali, no lugar do hortelão que falecera.

Este ato insignificante foi de não pequena influência nos destinos daquela família.

Os filhos de Dom Lufe, criados no meio dessa corte de província, cresciam sob influências que atuavam de uma maneira contraditória sobre os seus caracteres infantis.

Não lhes faltavam mestres que os instruíssem, que muitos eram os habilitados para isso nas salas do fidalgo, refúgio de tantos ilustres descontentes. Graças a estas especiais condições, puderam os dois rapazes receber uma educação difícil de conseguir em um canto tão retirado da província, como aquele era.

Mas, ao lado da lição dos mestres, que, juntamente com a ciência, se esforçavam por imbuir-lhes os seus princípios políticos, aos quais se atinham como a artigos de fé, havia outra lição mais obscura, mas porventura mais eficaz. Era a lição da mãe e a do veterano.

A esposa de Dom Luís era uma senhora de esmeradíssima educação e de um profundo bom senso. Amava o marido, mas via com pesar os excessos, a que o impeliam as suas opiniões políticas. Educada no seio de uma família liberal, possuía sentimentos favoráveis às ideias novas; mas sabia guardá-los no coração para não despertar conflitos na família.

Porém, no trato íntimo entre mãe e filhos traía-se muita vez essa prudente discrição, e as fidalgas crianças iam recebendo a doutrina, de que os outros lhes blasfemavam como de heresias, e naturalmente, seduzidas pela origem donde elas lhes vinha, abriam-lhe de melhor vontade o coração do que aos preceitos austeros e um pouco pedantescos dos mestres.

Demais ouviam tantas vezes a mãe falar-lhes do irmão que perdera, dos seus sentimentos generosos, do seu nobre caráter e da sua dedicação heroica a bem da causa liberal, que eles, e ornais velho sobretudo, acostumaram-se a venerar a memória do tio como a de um mártir, e a vê-lo aureolado de um verdadeiro prestígio legendário.

Para isto, porém, concorreu mais que outrem o hortelão.

O velho soldado era uma crônica viva das batalhas e façanhas daqueles tempos históricos e um panegirista ardente do seu pobre oficial, cujo último suspiro recolhera.

As crianças sentiam-se instintivamente atraídas para a companhia do velho, em cujas narrações pitorescas e vivamente coloridas achavam um encanto irresistível. Feria-lhes fundo a curiosidade a maneira porque ele falava dos trabalhos da emigração, dos episódios do cerco do Porto, da fome, da peste e da guerra, tríplice calamidade que conhecera de perto, das batalhas em que havia entrado, da bravura do seu amo, e finalmente do Imperador, por quem o mutilado veterano professava um entusiasmo quase supersticioso, e a cujo vulto a sua narrativa imaginosa dava um aspecto épico e sobrenatural.

As crianças não se fartavam de interrogar aquela testemunha presencial de tantos feitos heroicos.

E assim eram neutralizadas as doutrinas dos pedagogos eruditos encarregados da educação dos filhos de Dom Luís, e estes iam crescendo afeiçoados aos princípios liberais, que amavam de instinto, antes de os amarem de reflexão.

Mas dias de maior provação estavam reservados para esta família.

A munificência que o senhor da Casa Mourisca mantivera no voluntário desterro, a que se condenou, obrigara-o a enormes e perigosos sacrifícios.

Dom Luís nunca propriamente se ocupara da gerência dos seus bens. Fiel aos hábitos aristocráticos dos seus maiores, deixara desde muito a procuradores todos os cuidados de administração, e de quando em quando recebia deles a notícia de que a sua casa se estava perdendo sem que se lembrasse de perguntar a si próprio se não seria possível opor um obstáculo àquela ruína.

O padre Januário, ou frei Januário dos Anjos, velho egresso, homem de letras gordas, que se estabelecera comodamente naquela acastelada residência, como em sua casa, era um desses procuradores.

Faça-se justiça ao padre, que não era de má-fé, nem em proveito próprio, que ele apressava, com mão poderosa, a decadência de Dom Luís. Mas, homem de curtas faculdades e de nenhum expediente financeiro, se obtinha capitais para o seu constituinte, nas crises mais apertadas, era sempre sob condições de tal natureza, que deixava cada vez mais onerada a propriedade e mais irremediável o triste futuro dela. Sucedeu, pois, o que era de esperar. Dispersou-se a corte de Dom Luís. Por muito que fizessem os administradores da casa para a manter no costumado esplendor, cedo principiaram a transparecer os sinais da declinação. Foi o aviso para a debandada. Uns porque delicadamente compreenderam que a sua permanência concorreria para aumentar as dificuldades, com que o fidalgo já lutava; outros, porque aspiravam melhores auras, longe dali, em solares menos estremecidos pelo vaivém da adversidade; é certo que todos se foram retirando a um por um, e deixaram a família só.

Aumentou com este isolamento a taciturnidade do fidalgo.

Depois veio a doença e a morte da esposa, daquela que lhe tinha sido tão fiel amiga, que para lhe poupar desgostos, até escondia as lágrimas, que ele lhe fazia verter; veio essa nova dor atribular-lhe ainda mais a existência. E ainda não haviam acabado as provações! No fundo do cálice estavam ainda depositadas as gotas mais amargas.

Dom Luís tinha por esses tempos uma filha, mimoso legado da esposa, cuja missão consoladora continuava no mundo. Queria-lhe muito o pai! Se não havia de querer! O coração árido daquele velho e o tenro coração daquela criança procuravam-se, como para um pelo outro se completarem.

O velho, fidalgo concentrado e quase ríspido para com os outros filhos, se alguma vez teve nos lábios sorrisos desanuviados e sinceros, foi na presença da sua Beatriz. Aquele desgraçado coração, vazio de afetos, queimado de ódios e de paixões esterilizadoras, sentia um grato refrigério em deixar-se penetrar do suave influxo das carícias da criança, que beijava as faces rugosas do pai e lhe brincava com os cabelos prateados; e muitas vezes, nesses momentos, lágrimas de desafogo dissipavam a cerração que ia na alma daquele homem, que com tanta força sabia odiar.

E não era só o pai que experimentava essa influência.

Jorge, que de pequeno fora pensativo e sério, sentia-se tomar pela bondade e ternura de Beatriz. Criança ainda, tinha ela, quando a sós com o irmão, um olhar penetrante e um gesto grave como o dele, um espírito para comunicar à vontade com o seu. Ela parecia compreender o alcance do auxílio que poderia receber um dia daquele rapaz sisudo, que a fitava, e ele sentia-se engrandecer aos próprios olhos, lembrando-se de que seria sua missão na vida proteger aquele anjo.

Maurício, gênio mais impetuoso e impaciente, dobrava também a vontade a um aceno da frágil e delicada criatura, em quem um estouvamento seu desafiava lágrimas. E estas lágrimas eram a única repressão que o continha nos desvarios.

Pois até nesta filha feriu o Senhor o pobre ancião.

Criança mimosa, colheu-a um sopro da morte, ainda com o sorriso nos lábios, e prostrou-a exânime no túmulo.

Fez-se então deveras escuro no espírito do pai.

Quando aquela pequena fada doméstica desapareceu como uma visão vaporosa em contos de magia, foi como se todos ficassem em trevas. A vida era tão outra! O ente que absorvia os instantes daqueles três homens, a quem todos três tributavam os seus mais puros afetos e os seus pensamentos mais constantes, desaparecera, e eles olhavam-se assustados, meios loucos, como se de súbito se lhes tivesse apagado a luz que os alumiava; sentiam a indecisão do homem, a quem no meio da estrada fulmina inesperada cegueira.

Passada a violência da primeira dor em todos ficou a saudade, negra e concentrada em Dom Luís, melancólica em Jorge, expansiva e veemente em Maurício; e para todos o nome de Beatriz, a recordação dos seus gestos, das suas palavras, era um talismã, cuja eficácia nunca se desmentia. A alma daquele anjo assistia ainda à família, que o chorava, e à sua misteriosa direção obedeciam todos sem o perceberem.

Morta aos dezesseis anos, Beatriz vivia ainda nos lugares que habitara.

Há entes assim, cuja influência póstuma lhes dá uma quase imortalidade à maneira da luz sideral, que continua a cintilar para nós, depois de aniquilado o foco que a emitia.

O padre Januário tornou-se desde então a criatura indispensável, e a companhia exclusiva de Dom Luís, que via nele o único representante da sua antiga corte.

Acérrimo partidário do regime absoluto, apesar de lhe não ser possível enfeixar dois argumentos sérios em defesa dele, o padre Januário passava a vida aproveitando os mais ridículos ensejos para premissas aos seus corolários antiliberais, artifícios com que lisonjeava as paixões do seu ilustre amo e patrono, e mantinha nele o fogo sagrado.

O padre achava-se bem naquela vida monótona, que exercia sobre si os mais notáveis efeitos analépticos. Podia dizer-se que ele dividia ali o tempo entre duas ocupações exclusivas: comer e esperar com impaciência as horas da comida.

Uma única circunstância assombrava os dias do padre. Era a presença na Casa Mourisca do hortelão, em quem falamos, e que mantinha com ele uma aberta hostilidade. Frei Januário exasperava-se sempre que o ouvia falar no Imperador e no cerco e nos voluntários da Rainha, e na Carta, com o entusiasmo e a ênfase de um soldado daqueles tempos. Por vezes rompiam ambos em cenas violentas; por vezes o capelão ia aconselhar ao fidalgo a demissão daquele homem, que ameaçava afetar de liberalismo a família inteira.

Dom Luís, porém, apesar de nunca falar com o hortelão, não atendia nestas reclamações o padre. Conservando no seu serviço o veterano, satisfazia a um pedido da esposa, e não teria coragem para fazer o contrário. Assim perpetuavam-se os conflitos entre os dois, porque nem o procurador suportava as rudes franquezas do soldado, nem este os remoques encapotados do procurador.

Tal era a situação da família da Casa Mourisca na época em que vai procurá-la a nossa narração.

Já se vê quão mal assegurado andava o futuro dos dois jovens filhos de Dom Luís. A educação que eles haviam recebido não tendera a fim algum prático.

Dom Luís não podia sofrer a ideia de dar a seus filhos uma profissão. A nobre carreira das armas, que mais lhes conviria, estava-lhes fechada pelas últimas evoluções políticas. Os descendentes dos ultramonárquicos Negrões de Vilar de Corvos não eram para se assalariarem em defesa dos princípios e das instituições que abalaram os velhos tronos, firmados no direito divino. Nobre era também a carreira eclesiástica, que muitos dos seus antepassados haviam trilhado, apoiados no báculo episcopal; mas se Dom Luís estava persuadido de que já não havia religião neste território de antigos crentes? e se frei Januário teimava, ensinado pelo malogro de longas pretensões às honras de umas meias vermelhas, que só se adiantava nas falanges do clero quem fosse pedreiro-livre!

Assim, pois, os jovens descendentes do velho realista passavam o tempo cavalgando e caçando nas imediações, e fruindo em santo ócio uma vida, cujos espinhos todos procuravam ocultar-lhes. Caminhavam por estradas de rosas para um fundo precipício, donde lhes desviavam as vistas.

Deve, porém, dizer-se que não caminhavam ambos igualmente desprevenidos; porque de crianças era diverso o caráter dos dois, e de dia para dia mais a diferença se pronunciava.

Jorge, na infância como na juventude, fora sempre grave e refletido. Nos brinquedos tomava para si o desempenho de um papel sério. Era o pai, o mestre, o comandante, o médico, o padre, tudo aquilo que o obrigasse a um porte sisudo e a uma gravidade de homem. Adolescente, nunca as raparigas do lugar lhe ouviram uma frase atrevida; era sempre uma saudação afetuosa, casto e quase paternal a que lhes dirigia, ainda quando as encontrasse a sós nas veredas mais solitárias das desvezas ou pinheirais. Elas habituaram-se àquela juvenil solidariedade, saudavam-no como a um velho, falavam dele com acatamento, certas de encontrarem naquele silencioso rapaz um protetor na ocasião precisa, mas nunca um namorado. E contudo a figura esbelta de Jorge, a varonil e inteligente expressão daquele rosto bem desenhado e em certo fulgor no olhar, que denunciava energia de caráter, obrigavam a desviar-se para o ver mais de um olhar feminino, quando ele passava com um livro debaixo do braço ou a cavalo pelos caminhos do campo.

As pessoas de índole de Jorge impõem uma espécie de estranho temor às mulheres que se afastam delas como de um ser misterioso, donde lhes podem vir perigos desconhecidos.

Maurício, pelo contrário, mal podia dizer de que idade incetara o seu primeiro amor. Com os brinquedos pueris misturara já uns arremedos de galanteio e mais o competente cortejo de arrufos e de ciúmes. Desde então nunca lhe andou o coração devoluto, ainda que também nunca tão tomado e absorvido por amores, que o fizesse passar por qualquer beleza feminina, sem uma lisonja e sem um sorriso.

Era popularíssimo entre as raparigas da aldeia; todos o conheciam, e ele a todas designava pelos nomes. A todas não, que para as feias tinha uma memória ingrata.

Além disso, Jorge gastava muito do seu tempo na leitura. Era bem provida a livraria da casa. A educação esmerada da mãe e bom gosto literário tinham enriquecido a biblioteca dos melhores modelos da literatura nacional e da estrangeira. Ali encontraram os dois rapazes farto alimento para a sua curiosidade. Jorge lia também furtivamente os poucos livros, espólio do tio falecido, os quais o hortelão guardara como relíquia, furtando-os ao auto de fé a que os condenaria inevitavelmente a indignação do fidalgo e do padre. Nesses livros aprendeu Jorge a pensar, a compreender o alcance de certas ideias e de certas instituições, e a fazer justiça devida a muitos preconceitos, que lhe haviam imposto como dogmas.

A um espírito destes, educado a observar e refletir, não podiam passar por muito tempo despercebidos os numerosos sintomas de decadência que apresentava a Casa Mourisca. Assim, por vezes, vinha-lhe ao espírito uma secreta apreensão pelo seu precário futuro.

Maurício, imaginação mais forte, natureza mais ardente, caráter mais frívolo e volúvel, vivia a sua vida de jovem fidalgo de província, deixava-se ir na corrente dos seus amores fáceis, dos seus prazeres e das suas dissipações, alucinado pelos sonhos e quimeras de uma fértil fantasia, e não profundava os olhos até o seio obscuro das realidades. A sua leitura era exclusiva de romancistas e poetas. Imaginação nimiamente inquieta, razão por indolência inativa, não via, nem quereria ver, o espectro, que às vezes aparecia aos olhos do irmão.

Uma circunstância havia, a que mais que a outras devia Jorge a aparição desse espectro, que, à semelhança da sombra do rei da Dinamarca, em Hamlet, ia exercendo uma funda influência no ânimo do adolescente.

Esta circunstância não era só para ele manifesta. Ao viajante que já supusemos parado a contemplar o vulto denegrido da Casa Mourisca, não passaria ela também despercebida.

Na raiz da colina fronteira àquela, onde o solar dos fidalgos erguia as suas torres ameiadas, assentava o mais risonho e próspero casal dos arredores. Era uma completa casa rústica, conhecida por aqueles sítios pelo nome, que por excelência se lhe dera, de Herdade.

O contraste entre a Herdade e o velho solar era perfeito.

Ela graciosa e alvejante, ele severo e sombrio; de um lado todos os sinais de atualidade, de vida, de trabalho, da indústria que tudo aproveita, que não dorme, que não descansa; a economia, a previdência, o futuro; do outro, o passado, a tradição estéril, o silêncio, a incúria, o desperdício, a ruína; a cada pedra que o tempo derrubava do palácio, correspondia uma que se assentava na Herdade para alicerces de novas construções; aqui desmoronava-se um pavilhão, ali levantava-se um celeiro, uma azenha, um lagar; aos velhos carvalhos, às heras vigorosas, aos aveludados musgos, aos liquens multicores, severas galas, com que se adornava a casa nobre, opunha a Herdade os pomares produtivos, as ondulantes searas, os prados verdes, as vinhas férteis, e, próximo de casa, os canteiros de rosas e balsâminas onde volteavam incessante as abelhas das colmeias vizinhas. Nas amplas cavalariças do palácio, onde outrora relinchavam dúzias de cavalos das mais apuradas raças, ainda batiam com impaciência no lajedo dois velhos exemplares de bom sangue, cujo sacrifício a economia não exigira ainda; nas mais modestas cavalariças do casal, duas éguas robustas, prontas para o serviço, e domáveis por uma criança, preparavam-se em fartas manjedouras para frequentes e longas excursões; e ao entardecer abriam-se os currais a numerosas cabeças de gado, cujos mugidos chegavam até ao alto da Casa Mourisca, onde o velho fidalgo muitas vezes os escutava, pensativo e melancólico.

Este contraste que apontamos, era a circunstância que evocava no espírito de Jorge o espectro que o entristecia.

O dono da Herdade fora pobre, servira como criado na casa dos fidalgos, passara depois a rendeiro de um pequeno casal, mais tarde arrendara uma fazenda maior; chegando enfim a ser proprietário, tornara-se em pouco tempo possuidor de extensos bens, e era já o chefe de uma família numerosa e talvez o primeiro agricultor daquele círculo.

Por que prosperava a Herdade, e por que declinava o palácio? Se de tão pouco se chegara a tanto, como se podia cair de tanto em tão pouco?

Tais eram, em suma, as vagas reflexões que se assenhoreavam do espírito de Jorge, quando das janelas do seu quarto, em uma das torres do palácio, ou do alto de alguma eminência, observava a animação, a vida da propriedade do seu antigo criado, e voltava depois os olhos para o vulto silencioso e como adormecido do velho paço dos seus maiores.

2

Por uma manhã de setembro, límpida e serena, como às vezes são na nossa terra as manhãs do outono, Jorge saiu a pé, a passear pelos campos. Errou ao acaso por bouças e tapadas, seguiu a estreita vereda a custo cedida ao trânsito pela sôfrega cultura nas terras marginais do pequeno rio da aldeia. Depois subindo a uma eminência, parou a contemplar do alto o aspecto do feracíssimo vale, que suavemente se lhe abatia aos pés, e no fundo do qual se erguia, dentre veigas e pomares, a Herdade, de que já falamos.

Jorge sentou-se sobre uma dessas enormes moles de granito, que se encontra com frequência em certos lugares da província, soltas pelos montes, como se fossem roladas para ali em remotas eras por mãos de fundibulários gigantes, empenhados em encarniçada luta. Os olhos dirigiram-se-lhe instintivamente para a Herdade, onde se fixaram, como se com força irresistível os atraísse o espetáculo que via.

Era a época de mais intensa vida nas granjas. Os cereais, cobrindo as eiras, lourejavam aos raios desanuviados do sol; carros, a vergarem sob o fardo das colheitas, transpunham lentos as portas patentes do quinteiro, chiando estridosamente; apinhavam-se além em montes as canas e o folhedo de milho, restos de recentes descamisadas; longas séries de medas elevam-se mais longe, à maneira de tendas em um arraial de campanha; juntas de bois, já livres do jugo, repousavam das fadigas daqueles dias de azáfama, ruminando em sossego, os moços da lavoura iam e vinham, atarefados em diversos misteres; e de tudo isto erguia-se um clamor de trabalho, que o sossego dos campos e a serenidade do dia deixavam chegar distinto até ao alto da colina.

O dono da Herdade, o antigo criado da Casa Mourisca, presidia àquelas tarefas, e em volta dele moviam-se, saltavam e riam duas ou três robustas crianças, com quem brincava um formidável rafeiro.

E era esta a cena que Jorge contemplava, e que em tão profundas meditações parecia absorvê-lo. De repente distraiu-o o som dos passos de alguém que se aproximava daquele mesmo lugar, em que tão despercebidamente lhe ia correndo a manhã.

Voltando-se, viu seu irmão Maurício, que em traje rigoroso e competentes petrechos de caça, e com a esmerada elegância e apuro, que lhe eram habituais, subiu a colina, precedido de dois ou três cães de boa raça, que de longe descobriram Jorge e correram para ele, afagando-o, com latidos e cabriolas.

Maurício, assim avisado e conduzido pelos cães, veio ter com o irmão, exclamando jovialmente a distância de alguns passos:

– Em flagrante delito de meditação poética, o Sr. Jorge! Bravo! Já não desespero de te ver um dia fazer versos.

Jorge respondeu, encolhendo os ombros:

– Quem se senta no alto de um monte, depois de subir toda a encosta dele sem parar, pode fazê-lo simplesmente com o prosaico intento de tomar fôlego. Se isto fosse sintoma de poesia, então...

– Pois sim, mas já isso de subir ao monte com as mãos vazias, como estás, sem uma espingarda que revele um razoável fim no passeio, é um sintoma importante. Quem é que se dá ao incômodo de uma ascensão dessas, quando o gozo da perspectiva que espera encontrar-lhe não recompensa as fadigas? E quem tem dessas compensações senão os poetas, que são os únicos que sabem *ce qu'on entend sur la montagne?*

Avez-vous quelque fois, calme et silencieux,
Monté sur la montagne en présence des cieux?

E, a recitar os primeiros versos da poesia aludida, sentava-se ao lado do irmão, pousava a espingarda, e descobrindo a cabeça, sacudia aos ventos os formosos e bastos cabelos castanhos, objeto de muitos cuidados seus.

Os cães andavam inquietos a farejar por entre as urzes e as tojeiras do monte.

Interrompendo de súbito a recitação, Maurício prosseguiu:

– Mas que teima a tua em te mostrares frio ante estas magnificências! Que escrúpulos pode haver em declarar isto tudo admirável? Repara como é bem talhado aquele corte além, do monte; parece feito de propósito para deixar ver no plano posterior aquela povoação distante, que não sei que nome tem. E ali o campanário com a sua alameda? Quem teria a feliz inspiração de o assentar tão bem? Onde é que ele ficaria melhor? Parece que andou um gosto de artista a dirigir estas coisas.

E acrescentou, suspirando:

– Aí, na aldeia o cenário bem está, pouco tem que se lhe diga; mas os atores e a comédia que aqui se representa é que são de uma insipidez.

Os instintos urbanos de Maurício, cuja índole mal se acomodava à simplicidade campesina, e o fazia suspirar pela vida das capitais, arrancavam-lhe frequentemente destas exclamações.

Jorge, que escutara o irmão sob uma meia distração e sem desviar os olhos da Herdade, replicou-lhe sorrindo:

– Há quase uma hora que estou aqui, e posso jurar-te que não tinha notado uma só dessas particularidades da paisagem que descreves.

– Gostas mais da contemplação em globo. Até isso é de poeta. Analisar minuciosamente as impressões recebidas não é o seu forte.

– Enganas-te ainda; não era também o conjunto da paisagem que eu observava; mas um ponto limitado dela, muito limitado.

– Qual era então?

– Olha ali para baixo; a Herdade de Tomé, aquela azáfama, aquela gente toda a trabalhar, a vida que ali vai!

– Ora adeus! – exclamou Maurício. – É justamente o que me não roubaria um momento da atenção. Não te estou a dizer que para mim o que há de insuportável no campo é a gente que o habita, a vida que nele se passa? Faz pena ver que espécie de contempladores tem a natureza para estas maravilhas. A indiferença com que estes selvagens encaram tudo isto! Repara, vê aquele labrego passar lá em baixo na ponte; olha lá se ele desvia a cabeça para algum dos lados, ou se para um momento para gozar do belo espetáculo que dali se observa. Olha para aquilo! Selvagem! Pergunta ao Tomé ou a toda essa gente que lá anda em baixo a trabalhar quantas vezes admiraram as belezas de uma noite de luar; visto do alto do outeiro pequeno, ou se o pôr do sol lhe produz alguma sensação na alma, a não ser a lembrança que vão sendo horas da ceia.

Jorge sorria ao ouvir o irmão, e tornou placidamente:

– Que homem este! A poesia precisa ter quem a entenda e quem a faça; e olha que nem sempre os que a entendem a fazem, nem os que a fazem a entendem. Esta pobre gente do campo é uma parte integrante dele; não o contemplam, completam-no; que querias tu? Gostavas talvez mais que em vez dessa gente indiferente que trabalha, estivessem por aí os montes, os vales e as ribeiras povoados de poetas contempladores como tu? Deves confessar que seria um campo bem ridículo esse. Se eu até, para que te diga a verdade, estou persuadido de que não encontraria encantos nos lugares muito visitados, que há pelas quatro partes do mundo, onde a cada momento, apreciadores ingleses, franceses, russos e alemães passeiam, soltando exclamações poliglotas, e onde o nosso entusiasmo nos é prescrito a páginas tantas do *Guia do viajante*. O que torna os lavradores poéticos é a inconsciência com que eles o são.

– Vistos de longe. Pelo menos concorda nisto; vistos de longe e de muito longe.

– Vistos de longe, sim, que dúvida? Como tudo o mais. Ao perto também muitos desses prados são pântanos malcheirosos, que infectam, e mexe-se uma mirada de insetos repugnantes nessa verdura que tanto admiras. Dize-me uma coisa, Maurício, parece-te que o nosso velho solar prejudica a beleza desta paisagem?

– Se prejudica? Ora essa! Adorna-a. Olha que bem ele sai daquele fundo que lhe fazem os castanheiros!

– Muito bem, e contudo, visto de perto, há lá tristes e prosaicas realidades – observou Jorge, suspirando.

Ao olhar de estranheza, com que, ao ouvir-lhe estas palavras, o irmão o fitou, Jorge correspondeu dizendo:

– Sim, Maurício, triste e prosaica realidade para quem o olhar de perto. Há nada mais triste do que aqueles campos invadidos pelas urtigas, que nós lá temos, do que aqueles pomares mal tratados, e aqueles celeiros em ruínas? Quererás encontrar poesia na nossa pobreza, Maurício?

– Pobreza?!

– Pobreza, sim; pois que nome lhe queres dar? Olha, compara o aspecto dessa casa branca de um andar, que aí fica em baixo, com o do nosso paço acastelado; a atividade daqueles homens com a sonolência crônica do nosso capelão; compara ainda, Maurício, compara a desafogada alegria de Tomé com a tristeza sem conforto do nosso pai.

Maurício curvou a cabeça, e uma sombra de tristeza pairou-lhe algum tempo na fronte, habitualmente desanuviada. Dir-se-ia que pela primeira vez o vulto descarnado da realidade se lhe apresentava aos olhos, até então fascinados pelo fulgor de lisonjeiras ilusões.

Mas, depois de breves instantes de silêncio, respondeu ao irmão:

– Pois bem, será como dizes. Creio até que seja essa a verdade. A riqueza está ali, a pobreza do nosso lado; porém a poesia... oh! essa deixa-no-la ficar, que bem sabes que não é ela a habitual companheira da opulência.

– Da opulência ociosa, egoísta e inútil, decerto que não; mas da opulência ativa, benéfica, que semeia, que transmite a vida em volta de si, da opulência que fomenta o trabalho, que cultiva os terrenos maninhos, que fertiliza a terra estéril, que sustenta, que educa e civiliza o povo, oh! dessa é a poesia companheira também. Se o castelo arruinado tem poesia bastante para fazer correr lágrimas de saudade, a granja, ativa e próspera, tem-na de sobra para as provocar de entusiasmo e de fé no futuro.

Maurício ficou outra vez silencioso; depois, como se pretendesse sacudir de si as ideias negras evocadas pelas palavras do irmão, exclamou, erguendo-se e com afetado estouvamento.

– Estás enganado, Jorge, o que reina ali em baixo não é poesia, é... é... é a economia. A poesia não assiste ao edifício que se levanta, mas ao que se arruína; gosta mais dos musgos do que da cal; do lado do passado é que a encontras, melancólica, que é o ar que lhe convém. E ela tem razão; o futuro tem muita vida para precisar do prestígio poético. A poesia dos utilitários! Com o que tu me vens! Não sei quem foi que há tempos me disse ter lido uma notícia curiosa a respeito da Inglaterra. Parece que o espírito industrial e econômico daquela gente vai lá destruindo as florestas, as matas, as sebes vivas, o que emudecerá dentro em pouco os coros das aves; os rebanhos, que dantes passavam pelas campinas verdes, hoje já prosaicamente se vão engordando nos estábulos! Que mais falta? A voz dos camponeses, as cantigas e as músicas rurais não de calar-se ao ruído do ranger das máquinas e do silvo do vapor. Admirável! Em vez do fumo alvo e tênue das choças ficará o céu coberto de fumo negro e espesso do carvão de pedra. Que modelo de aldeia o que nos vem de Inglaterra! Na verdade! Que poesia!

– No que tu me vens falar! Na Inglaterra agrícola! – acudiu Jorge. – Mas antes lá é que bem se compreende a poesia da vida rural, que até a nobreza a não despreza. Sempre ouvi dizer que os senhores das terras e os rendeiros fraternizam e auxiliam-se mutuamente, e que os trabalhos do ano sucedem-se entre festas e solenidades populares, lucrando todos, trabalhando todos, e enriquecendo cada vez mais a terra. Deves confessar que há mais poesia nos domínios senhoris dos lordes de Inglaterra, que dirigem por si mesmos as suas vastas empresas agrícolas, do que nos pardieiros em ruínas dos nossos morgados, em cujas velhas salas dormem os proprietários o sono da ignorância, da inutilidade e da devassidão.

– Não o nego, mas... na nossa casa, naquela triste Casa Mourisca, há um quê de poesia, de poesia elegíaca, se assim quiseres. Essa de que falas será a poesia das geórgicas; mas a da elegia deixa-ma ficar.

– O pior, Maurício, é que um dia virá talvez em que o tremendo prosaísmo da complexa miséria dissipará esse tênue perfume que dizes.

– Safa! Estás hoje com uns humores de Casandra, Jorge! Deixa lá; lembra-te de que se diz que nas nossas propriedades há um tesouro escondido desde o tempo dos mouros, e que um dia alguém de nossa família o achará, ficando absolutamente rico. Que essa esperança dissipe o humor negro que tens. Vamos, vem daí. Pega nesta espingarda e vai caçar. É bom para dissipar visões.

– Não estou hoje para caçar.

– Então vais reatar aqui o fio das tuas cogitações?

– Não, vou reatá-lo acolá.

– Vais à Herdade?

– Vou.

– Fazer o quê?

– Ver de mais perto aquela poesia, ou aquela prosa, como quiseres.

– Sabes que o pai não gosta que lidemos muito de perto com o Tomé?

– Sei. É um preconceito. Ele não o saberá.

– Um preconceito? Bom! Estás hoje muito filósofo. Adeus, Jorge; espero ver-te ao jantar de melhor aspecto.

— Adeus, Maurício.

E os dois irmãos separaram-se. Maurício, precedido pelos cães, seguiu em direção aos montes, cantando. Jorge desceu a colina e caminhou para a Herdade.

3

Tomé da Póvoa era o tipo mais completo de fazendeiro que pode desejar-se.

"Alma sã em corpo são": esta frase do poeta é a que descreve melhor o homem; no físico, a força e a saúde em pessoa, no moral, a honradez e a alegria.

Enquanto houvesse alguém que trabalhasse em casa, não descansava ele. Delícias do sono da madrugada, atrativos das sestas, a tudo resistia com nunca desmentida coragem. Na abastança conservava os costumes laboriosos de tempos mais árduos. Tudo lhe corria pelas mãos, a tudo superintendia. Antes de almoçar já ele havia passado revista à Herdade toda.

No decurso do dia montava a cavalo e lá ia inspecionar uma ou outra propriedade mais distante, que não deixava entregue a discrição dos caseiros. Uma ou duas vezes no mês estendia as suas excursões até ao Porto, chamado por negócios relativos à lavoura.

Franco, liso de contas, pontual nos pagamentos, cavalheiro nos contratos, não se limitava o crédito à circunscrição da sua aldeia, estendia-se até a cidade, onde o seu nome era melhor garantia em certas transações, do que o de muitos faustosos negociantes. Em família, perfeitamente patriarcal, estremecia a mulher e os filhos; e a lembrança de que para eles trabalhava, iludia-lhe as fadigas e os desalentos.

Quando Jorge se dirigiu à Herdade, presidia ainda Tomé aos diversos trabalhos, em que a sua gente andava ocupada naquela manhã.

Não havia ali braços quietos, nem movimentos inúteis. Naquelas casas o trabalho não distingue sexo nem idade. Todos desde a infância se familiarizam com ele. Dá-se o mesmo que se dá com o trato dos bois; somente na cidade é que estes possantes e bondosos animais metem medo às mulheres e às crianças; na aldeia umas e outras os afagam e dirigem.

Assim, pois, trabalhava-se, falava-se, ria-se, e cantava-se com alma nas eiras e quinteiros da Herdade.

E Tomé, centro daquele movimento, lançando os olhos a tudo, dirigindo a todos a palavra e a todos prestando o auxílio do seu braço robusto; e da porta da casa, assistindo também àquela cena rural, a boa e santa mulher do fazendeiro, a sócia fiel dos seus prazeres e penas, sustentando ao colo último dos seus filhos, enquanto que os mais crescidos jogavam às escondidas por entre aquela gente azafamada.

– Olha lá esse carro que não está bem seguro, ó Manoel. Vê lá se me arranjas ainda hoje por aqui alguma desgraça... Ó meu maluco, não reparas que me vais semeando as espigas pelo chão? Salta, apanha-me tudo isso, que eu não quero nada desperdiçado... Está quieto, João, vai para casa, agora não se brinca no quinteiro. Sai-me de ao pé dos bois, menino! Ai que tu... Ó Luísa, olha se mandas dar uma pinga àqueles homens... Que quer você tio? Cubra-se, ponha o seu chapéu. Ai, vem por causa do muro que caiu? Olhe, tenha paciência volte cá amanhã. Hoje não posso olhar por isso. Ó Chico Enjeitado, que diabo estás tu fazendo, pateta? Deixa-me estar essas pipas. Vai-me recolher aquele milho que eu te disse; corre... O moleiro já veio? Pois as azenhas já moem, e o homem não tem desculpas que dê pela demora... Ó Manoel, arreda esse carro mais para o meio, senão não pode entrar o outro, homem de Deus! Disseram ao Luís que visse como estava o milho da baixa do rio? Que mo não vá cortar antes do tempo. Eu sempre quero lá ir primeiro; ele não apodrece na terra. Ó mulher, chama para lá esses pequenos, que podem aleijar-se por aqui. Vai, Joãozinho, vai para casa e leva o mano. Olha, queres uma espiga assada? Ó Chico, escolhe aí duas espigas para os pequenos. Que demônio anda a fazer aquele cão atrás das galinhas? Aqui já, atrevido! Vá, vá, rapazes! Vocês nesse andar não acabam hoje. Dá cá um ancinho, que eu vou arredando este folhelho.

No meio deste fogo cerrado de ordens, de conselhos e de observações foi Tomé da Póvoa interrompido pela voz da mulher que exclamou:

– Ai, ó Tomé, olha quem ali está!

O fazendeiro voltou-se e deu com os olhos em Jorge, que do portão do quinteiro viera cumprindo o que tinha dito ao irmão, contemplar o mesmo espetáculo, que tanto o havia atraído ao observá-lo da colina.

Era raro que os filhos de Dom Luís visitassem a Herdade. O velho fidalgo ainda não se acostumara à prosperidade do homem que fora seu criado. A granja era como que uma censura pungente à sua imprevidência; era uma lição muda que ele recebia a todos os momentos, que o humilhava no seu orgulho e pungia-lhe o coração de remorsos.

Tomé não se mostrava soberbo nem insolente, antes conservava pela família da Casa Mourisca, e principalmente por Dom Luís, certa deferência e respeito que se ressentiam ainda na passada posição de fazendeiro em casa do fidalgo.

Este, porém, procurara o primeiro pretexto para interromper as relações com Tomé. Uma questão de águas, ocasionada por uma abertura de uma mina em terrenos da Herdade, serviu-lhe para o intento. Dom Luís, sempre indiferente a litígios dessa ordem, mostrou-se então muito cioso de seus hipotéticos direitos, e, não obstante a nenhuma animosidade que houve da parte do lavrador, desde essa época nunca mais conviveu com ele.

Jorge e Maurício, que costumavam frequentar a casa do homem que os trouxera ao colo e que lhes queria deveras, receberam ordem para não voltarem lá.

Tomé da Póvoa sentiu-se com este proceder, que não tinha merecido; mas possuía bastante finura para perceber a verdadeira causa da irritação do fidalgo; por isso limitou-se a encolher os ombros, dizendo para a mulher:

– Então que queres tu que eu lhe faça? Assim nasceu, e assim há de morrer.

Eis a razão por que a presença de Jorge o surpreendeu; mas, sem dar sinais de estranheza, caminhou para ele com as mãos estendidas e o rosto aberto em risos da mais cordial hospitalidade.

– Entre, Sr. Jorge, entre. Isto por aqui está tudo numa desordem, mas enfim é casa de lavrador, e em setembro não há maneira de a ter asseada. Ó Luísa, manda para aqui uma cadeira... ou deixa estar, é melhor entrar lá para dentro.

– Não, Tomé, eu prefiro ficar aqui. E não se incomode. Olhe, já estou sentado.

– Ora! Num carro! Isso é que não. Nada, não tem jeito. Luísa, manda então a cadeira, manda. Quer beber alguma coisa, Sr. Jorge?

– Agradecido, Tomé: não tenho sede. Apeteceu-me vir ver de perto esta lida, que por aqui vai, e que estive observando, perto de uma hora, ali de cima: por isso desci.

– Ora essa! Pois bem-vindo seja, que sempre me dá alegria ver aqueles meninos, que conheci tão pequerruchos como estes.

E apontava para as crianças que, agarradas às pernas do pai, olhavam com grandes olhos para Jorge.

– São todos seus? – perguntou Jorge, afagando-as e sentando uma nos joelhos.

– E aquele que a mãe traz ao colo e a pequena que está na cidade.

– Ai, sim, a Berta. Deve estar uma senhora?

– Está crescidita, está. Mas vamos, tome alguma cousa. Olhe que o meu vinho é puro e não faz mal de qualidade alguma. Aquilo é sumo de uva e nada mais.

– Obrigado, obrigado; mas não bebo agora. Peço-lhe que continue com o seu trabalho, sem se importar comigo. Para isso é que vim.

– Ai, isto está a acabar. Vai no meio-dia – acrescentou, olhando para o sol –, daqui a nada vai esta gente jantar e... Para onde levas tu esse carro, ó desalmado! Perdoe-me, Sr. Jorge, mas estes diabos... Eu atendo-o já.

E, sem poder conter-se, colocou-se, ele próprio, à frente dos bois, e encaminhou o carro, na direção conveniente.

– Vocês juraram dar-me cabo dos limoeiros. Olhe que tenho tido limões este ano, que é uma coisa por maior, Sr. Jorge – disse ele regressando ao seu posto com um enorme limão, que mostrava com orgulho.

Luísa voltou com uma cadeira para oferecer a Jorge.

– Como está crescido e fero – dizia ela, olhando-o com curiosidade e complacência. – E o mano como vai? Vi-o há dias passar a cavalo ali na ponte do Giestal, pareceu-me bom.

– E como está seu pai, Sr. Jorge? – perguntou Tomé gravemente.

Jorge ia respondendo a estas perguntas e seguindo o movimento dos criados da lavoura, a quem de quando em quando Tomé dava ordens e fazia recomendações, que entremeava na conversa, sem perder o fio desta.

Luísa, com o filho ao colo, não abandonou também a cena, senão quando o sino da igreja paroquial bateu as três badaladas que recordam aos fiéis a oração do meio-dia. O trabalho na eira e no quinteiro suspendeu-se como por encanto. Os homens descobriram-se a fazer uma curta reza, no fim da qual a mulher de Tomé, depois de dar aos presentes as boas-tardes, disse, seguindo o caminho de casa:

– Venham jantar.

Todos obedeceram imediatamente à agradável ordem, e em pouco tempo ficou só e silenciosa a cena, havia pouco tão ruidosa e animada.

– São horas do seu jantar, Tomé – disse Jorge levantando-se para sair.

– Depois desta gente acabar, é que eu principio. A Luísa não pode atender a todos a um tempo. Deixe-se o menino estar. Eu não lhe ofereço do meu jantar, porque não é feito para si; mas se quiser dar uma volta pelos campos enquanto eles jantam...

– Se não lhe causar incômodo...

– Nenhum; até preciso de ir ver o que eles hoje trabalharam no poço que mandei abrir lá em baixo.

E empurrando a porta, que dava para as outras partes do casal, Tomé obrigou Jorge a passar adiante e seguiu-o logo depois.

E de caminho ia-lhe comentando tudo que viam: narrou como alporcara uns pessegueiros, o resultado que tirara do enxoframento das vinhas, a quantidade de fruta que o laranjal lhe produzira, quanto despendera na construção do lagar, as dificuldades que encontrou na abertura da nora, o que fizera pouco produtiva aquele ano a cultura do trigo, os cuidados que lhe mereceram os meloais, e mil outras coisas relativas ao amanho das suas terras, das quais nem um só palmo se poderia encontrar, onde as plantas nocivas usurpassem os lugares das proveitosas.

Jorge escutou-o com uma atenção e interesse, que estavam causando grande estranheza a Tomé, pouco acostumado a ver as pessoas da categoria de Jorge, e da idade dele ainda menos, interrogarem-no com tanta curiosidade e ouvirem-no com tanta sisudez sobre objetos de lavoura.

E as perguntas do jovem fidalgo não eram vagas e ociosas, como essas que por condescendência se fazem, para lisonjear a vaidade natural de um proprietário. Havia nelas uma precisão, uma minuciosidade; acompanhavam-nas reflexões tão acertadas, dúvidas tão racionais, que Tomé não podia iludir-se, e via bem que o descendente dos nobres Negrões de Vilar de Corvos o interrogava com desejo de saber.

Esta convicção entusiasmava Tomé, que prosseguia com ardor as suas informações.

Jorge quis saber aproximadamente o custeio necessário para manter uma propriedade como aquela no ponto de cultura em que estava, e o capital exigido para a elevar a esse grau de florescência.

Tomé era forte na especialidade dos orçamentos; por isso deu com a melhor vontade a Jorge as informações que este lhe pedia.

Afinal Jorge, depois de um mais longo intervalo de silêncio, que terminou por um suspiro, disse, como a medo, e desviando a cabeça, a fingir-se entretido no exame da roda hidráulica de uma nora:

– E por que será que só os campos que nos pertencem estão cheios de urtigas e saramagos, Tomé?

Tomé da Póvoa voltou-se de repente para Jorge, e fitou nele um olhar penetrante. Porque o fazendeiro tinha às vezes um certo olhar, que ia até o fundo do pensamento de uma pessoa.

– Quer que lhe diga por que é, Sr. Jorge? – perguntou ele logo depois, com um tom e voz sério e quase triste.

– Quero, sim.

– É porque o dono dele é o Sr. Dom Luís Negrão de Vilar de Corvos, o Fidalgo da Casa Mourisca, como por aqui lhe chamamos todos.

Jorge olhou interrogadamente para Tomé, que continuou:

– É pela mesma razão porque chove nas salas do morgado do Penedo e porque seus primos do Cruzeiro perderam o ano passado todo o Casal do Matoso. Se eu tivesse agora vagar para contar-lhe a minha vida, desde que saí aos vinte e dois anos de sua casa, Sr. Jorge, até hoje, o menino não me perguntava depois por que os seus campos estão cheios de serralha e de saramagos. Trabalhei muito, Sr. Jorge, não é só com água que se regam estas terras para as ter no ponto em que as vê; é com o suor do rosto de um homem. É preciso que o dono vigie por elas, sem confiar em ninguém, como um pai vigia pela educação dos filhos. Ora aí está. As bênçãos de um padre capelão não dão adubo às terras – acrescentou Tomé com um sorriso epigramático a comentar a alusão, que não escapara a Jorge.

– Mas como se explica isto, Tomé? – continuou Jorge com a docilidade de um discípulo – os meus avós nunca se ocuparam muito com a lavoura; passaram a vida quase toda na corte e nas embaixadas, e raras vezes visitaram as suas terras, onde só vinham para caçar e contudo a nossa casa era então uma das mais ricas da província, e hoje...

– Isso lá... Olhe, Sr. Jorge, se eles não se ocuparam dos seus bens, e não sentiram o mal, é porque tinham ainda muito que perder. Quem hoje o está pagando é seu pai, e amanhã serão os meninos. Isto é como uma pessoa robusta que leva vida extravagante. Enquanto é nova e tem muitas forças, não dá pelas que perde, e julga que nada lhe faz mal; mas chega lá a um certo ponto, e de repente acha-se fraca, e então é que considera o dano que fez a si mesma e aos filhos que gerou. Entende o que eu digo?

– Entendo, Tomé, entendo, e creio que é essa a verdade. Além de que – prosseguiu Jorge pensativo – naqueles tempos, as classes privilegiadas podiam entregar-se sem receio a uma vida de incúria e de dissipação, porque os privilégios velavam por elas e remediavam-lhes os desvarios; adormeceram nessa confiança, e não sentiram que tinham mudado as condições sociais, e agora ao acordarem...

Jorge, que dissera estas palavras mais para si do que para o seu interlocutor, interrompeu-as subitamente, e apontando para a Casa Mourisca, que dali se avistava, exclamou com desespero:

– E não será ainda possível sustentar aquela casa na sua queda? Tomé da Póvoa sorriu com uma expressão de inteligência.

– Entregue-a às mãos de um lavrador, de um homem de trabalho, que possa dispor de alguns capitais para os primeiros tempos e verá.

– Principiaria por deitar abaixo aquelas paredes velhas e aquelas árvores – observou Jorge, olhando com tristeza para o seu meio arruinado solar e para os bosques seculares que o rodeavam.

– Talvez deitasse – disse Tomé –, pode bem ser que o fizesse, porque lá amor a essas coisas não têm eles, não. Mas não seria necessário. Eu, que também lhes tenho afeição, àquele arvoredo e àquelas paredes negras, porque ali passei um tempo... mau era ele decerto... Mas enfim... sempre tinha vinte anos..., eu, que me não atreveria a deitar-lhe o machado... ainda me aventurava a pôr aquilo no pé em que esteve.

Jorge não pôde tirar às suas palavras um ligeiro tom de amargura, e quase de ironia, quando, depois desta resposta de Tomé, exclamou, voltando-se para a Casa Mourisca:

– Espera, pois, casa de meus pais, que a nossa miséria nos expulse dos seus tetos e te abra as portas à família de um lavrador abastado, para veres reparados os teus muros e cultivados esses campos maninhos; assim Deus dê a esse homem um pouco de amor às coisas velhas, para te não destruir na reforma.

Tomé que percebeu a oculta expressão destas palavras, replicou com dignidade:

– Por que não há de antes dizer, Sr. Jorge: Espera casa de meus pais, que Deus inspire um dos teus donos, para que olhe por seus próprios olhos para os teus achaques e os cure por suas mãos!

– Os remédios, são caros na botica, Tomé. Os pobres veem às vezes morrer um doente, porque não podem comprar a droga que o salvaria.

– Sr. Jorge – acudiu Tomé com um ar quase solene –, resolva-se deveras a ser homem, deixe-se de viver como vivem e têm vivido os seus, queira do coração fazer-se econômico, trabalhador e vigilante, livre-se da praga dos seus mordomos e procuradores, deixe o padre dizer missas, mal ou bem, conforme puder, porque isso é lá com Deus e ele faça tudo isto, e os capitais não lhe faltarão. O homem que principiou a ganhá-los naquela casa será um dos que não porá dúvida em empregá-los, até onde chegarem, para a sustentar e não deixar cair; e onde não chegarem os capitais chegará o crédito.

– É uma esmola que me oferece, Tomé? – perguntou Jorge, mas sem o menor sinal de irritação.

– Não, Sr. Jorge, não é. Nem o menino ma aceitava, nem eu poderia fazê-la, sem prejudicar meus filhos. Não é uma esmola, é um empréstimo, menos perigoso dos que arranjados pelo padre capelão. Não é vergonha um empréstimo, quando se faz em condições de poder por ele aliviar-se um homem de dívidas mais pesadas e de credores mal intencionados, e resgatar e melhorar a propriedade. Há muito que a sua casa vive disso, mas a tais portas têm ido bater e tão mau uso têm feito do pouco e caro que obtinha, que em vez de salvar, cada vez se perdia mais. Não fica mal um empréstimo, Sr. Jorge, quando se procura satisfazer com lealdade os compromissos que se ajustaram. Então não vê que até os governos pedem emprestado?

– Mas quando, como no meu caso, não há garantias a oferecer, o empréstimo é bem parecido com a esmola, deve confessar.

– Não há garantias? Quem foi que lhe disse isso? E a sua probidade?... Sabe que mais? Eu sempre lhe vou contar a minha história, e verá depois se tenho razão no que digo.

E Tomé da Póvoa, conduzindo Jorge para a sombra da ramada que toldava a nora, na roda da qual se sentaram ambos, principiou:

– Quando saí da casa de seu pai, por esta vontade, às vezes bem doída, que a gente tem de trabalhar por sua conta, empreguei algum dinheiro, que juntara, em arrendar um casebre e uma horta, da qual, lidando do romper do dia, até a noite, tirava, quando muito, o preciso para não morrer de fome. O menino sabe aquela nesga de campo, que eu tenho ao pé dos açudes e o palheirito que fica ao lado?

– Bem sei.

– Pois foi essa a minha primeira casa. A Luísa, com quem por esse tempo casei, trabalhava tanto como eu, e assim íamos vivendo, sabe Deus como, mas pagando pontualmente o nosso aluguel e sem ficar a dever nada na tenda. O meu senhorio era um homem muito rico e muito de bem. Deus lhe fale na alma! O menino há de ter ouvido falar dele: era o Dr. Menezes, pessoa de muito saber e que tinha sido da Relação do Porto.

– Ainda tenho uma ideia de o ver.

– Não havia melhor senhorio; nada exigente com os caseiros, e até sempre pronto a ajudá-los. Um ano veio uma sequeira, que matou toda a novidade. Foi uma coisa de fazer dó. Nem gota de água, as fontes secas, as levadas enxutas, os moinhos parados, e os lavradores a agarrarem as mãos na cabeça e a pedirem a Deus misericórdia! A coisa foi de maneira que, chegado o tempo de pagar a renda, poucos tinham com que a pagar.

– Sucedeu-lhe o mesmo a si? Está visto.

– A mim?! Eu nada colhi nesse ano; mas de maneira nenhuma queria faltar ao ajustado com o senhorio. Fui-me ao escaninho da caixa, tirei para fora uns cruzados novos que, a muito custo, pusera de lado para o caso de uma doença; mas não era coisa que chegasse. Como há de ser, como não há de ser, eis que a minha Luísa, que sempre foi boa companheira, me diz: "Não te aflijas, homem; aí vão as minhas arrecadas, pega", e atirou-mas para cima dos cruzados. Lá me custava o servir-me das arrecadas da rapariga, que era a única riqueza que ela tinha; mas não houve outro remédio. Pu-las em penhor, e com o dinheiro que me deram completei o aluguel, e no dia marcado apresentei-me em casa do Dr. Menezes.

– E ele?

– Parece-me que ainda o estou a ver no seu quarto de estudo, com as pernas embrulhadas em uma manta e olhando-me por cima dos óculos: "Então o que o traz por cá, Tomé?" "Eu, senhor doutor, venho para o que V. S.ª sabe." "Ah! sim estamos no S. Miguel. O ano pelos modos foi mau." "Ora se foi! mas enfim vamo-nos conformando com a vontade do Senhor. Outro virá melhor." E fui-me chegando para a banca e tirei do bolso o dinheiro, que me pus a contar e a encastelar. O homem estava calado a ver aquilo. Quando cheguei ao fim olhou para mim de uma certa maneira, e disse-me: "Então está aí tudo?" "Está, sim senhor, V. S.ª não viu?" "E você quer-me dar tanta coisa?" Desta vez fui eu que me pus a olhar para ele, admirado. "Então não é este o preço ajustado no arrendamento?" "É célebre, disse o senhor doutor, abanando a cabeça, é o primeiro rendeiro que me paga tão pronto este ano e sem pedir que lhe perdoe alguma coisa, vista a escassez da estação. Onde foi você buscar esse dinheiro ó Tomé? Você é o mais pobre dos meus caseiros e eu lá vi o estado do seu campo." Eu não tive remédio senão contar-lhe tudo. Ele nem me deixou acabar. "Leve isso daqui, homem, e desempenhe as arrecadas da sua mulher. Eu não sou nenhum vampiro para sugar o sangue do meu próximo."

– Bela alma! – exclamou Jorge, comovido pela narração.

Tomé continuou:

– "Em todo o caso", disse-me daí a pouco o senhor doutor, "você fez hoje um grande negócio sem o saber. Você é trabalhador, que isso tenho eu visto pela maneira por que me traz bem aproveitado o campito que lhe aluguei. Mas, para tirar partido dos seus bons desejos, faltava-lhe o capital e hoje arranjou."

– Que queria ele dizer nisso?

– Foi o que eu lhe perguntei. "Arranjou-o, sim, senhor", respondeu ele, "porque arranjou crédito, que vale por um capital enorme. O que você fez mostra-me de que é capaz. Apareça amanhã por aqui, porque temos de tratar."

– E que lhe queria ele? – perguntou Jorge, cada vez mais atento.

– No dia seguinte fui procurá-lo, sem imaginar o que fosse que ele tinha para dizer-me. Mal me viu exclamou logo: "Ora venha cá, Tomé, sente-se aqui, porque temos um contrato a fazer." E obrigando-me a sentar ao lado dele, continuou: "Vossemecê vai assinar-me um escrito de arrendamento da minha propriedade das Barrocas." Ora faça ideia o menino de como eu fiquei, assim que tal ouvi. Conhece a quinta das Barrocas? aquilo é um condado, se pode dizer. Como havia eu de arrendá-la, Santo Deus! Ele, conhecendo o meu espanto, acudiu logo: "Não lhe pareça isso uma coisa por aí além. Nós ajustamos a renda e você vai tomar conta daquilo. A quinta está bem educada e nutrida e estou certo de que não o deixará ficar mal no fim do ano." "Mas, disse-lhe eu, V. S.ª bem sabe que uma peça daquelas precisa de braços para ser bem trabalhada, de braços e de certas despesas." "Mas, homem, torna-me ele, quem lhe diz menos disso? Olhe lá que eu a deixe ao desamparo, para você ma entregar no estado em que por aí em geral os caseiros as entregam aos senhorios! Mas é bem feito, que eles também fazem uns arrendamentos tais, que os caseiros morreriam esfomeados, se não esfomeassem a terra."

– Mas esse homem era um grande filósofo! – observou Jorge.

– "Vá você para lá", continuou ele, "trata-me bem daquilo, e os capitais precisos para instrumentos, gado, adubos, jornaleiros e algumas obras, eu lhos adiantarei. Você é trabalhador, a terra é boa, ia apostar que ambos havemos de lucrar."

– E o Tomé foi?

– Fui, e foi o princípio da minha felicidade. A terra era abençoada! E depois ali nada faltava para a fazer produzir. Creia o Sr. Jorge que o dinheiro também nasce como a semente. O dinheiro, enterrado assim na terra, produz dinheiro, senhor. Eu lá o vi, que quanto mais se gastava com a terra, mais ela produzia. Foi lá que eu aprendi a ser lavrador. Muito devi aos conselhos daquele homem. "Anda para diante, Tomé, dizia-me ele. Se queres que o cavalo te não deixe a terra e te leve a longa jornada, dá-lhe bem de comer; a ração de aveia que lhe furtares da manjedoura é a que mais cara te sai." Mais tarde, quando eu, com a ajuda de Deus, já ia, além de pagar as minhas dívidas a pouco e pouco, juntando algum pecúlio no canto da caixa, foi ele que me disse: "Não abafes o dinheiro, Tomé. Põe-no ao ar para ele se não estragar; tudo quer ar neste mundo." E aí me animei eu, ao princípio com medo, que fui perdendo depois, a dar emprego às minhas economias, e era um gosto ver como elas aumentavam. Passados anos eram tais que eu já pensava em comprar umas terras, que era cá o meu sonho. Foi ele ainda quem me tirou isso da cabeça. "Não tenhas pressa de ser proprietário, pregava-me ele, olha que os lucros que vais ter, gastando o teu dinheiro em comprar qualquer leira de terra, não correspondem ao gostinho de te chamares dono dela. Não te afogues em pouca água. Se comprares um cavalo e ficares sem cinco réis para o sustento dele vê lá que negociarrão; pois as terras também comem, e tu bem o deves saber." E o caso é que me convenceu e nem pensei mais nisso.

– Mas afinal sempre comprou?

– Quando ele mesmo mo disse. Foi à praça esta granja, que não era ainda o que é hoje. "Vê agora se ficas com aquilo", disse-me o senhor doutor. A propriedade era de valor e eu não queria empregar na compra todo o meu capital. O senhor doutor ajudou-me mais uma vez, e a propriedade passou para as minhas mãos. Então trabalhei mais do que nunca. Todo o meu empenho era remir depressa a minha dívida, porque enquanto o não fizesse, parecia-me que não podia chamar meu a isto. Deus ajudou-me com anos felizes e com boas colheitas, e como continuava com o arrendamento das Barrocas e depois com este negócio de gado, pude, mais cedo do que esperava, pagar a minha última prestação e remir a dívida.

Chegando a este ponto da sua narrativa, animou-se a fisionomia de Tomé da Póvoa, de um clarão de entusiasmo, e com as faces coradas e os olhos radiantes prosseguiu, suspirando com desabafo:

– Que dia aquele, Sr. Jorge! Eu nem lhe sei dizer o que sentia em mim! Eu sei lá?! Quando voltei da casa do doutor, com o escrito da quitação no bolso, vinha a tremer, pulava-me no peito o coração como o de uma criança; abri sorrateiramente aquela porta da quinta, e sozinho, como um ladrão, sem que ninguém me visse, entrei aqui. Digo-lhe que estava quase louco. Até falei alto; lembra-me bem do que disse ao ver-me cá dentro: Isto é meu! E depois que sabia que era meu, parecia-me outra coisa tudo isto. Meu! eu não me fartava de repetir esta palavra! Meu! Estas árvores eram minhas, estas fontes eram minhas, até estes pássaros, que por aí cantavam, eram meus porque enfim vinham fazer ninho e cantar no que me pertencia. Vai rir-se, se eu lhe disser o que fiz. Eu abracei estas árvores, eu bati palmadas nestes muros, lavei-me nesses tanques todos, bebi água dessas fontes, deitei-me à sombra dessas árvores, eu cantei, eu saltei, eu chorei, e afinal... quer que lhe diga? Não tive mão em mim que não ajoelhasse para beijar esta terra! Beijei, sim Beijei esta terra, que eu ganhara à custa de muito trabalho, de muito suor e de nenhuma vileza. Tinha orgulho, e tenho-o, em me lembrar de que tudo isto me viera de eu ser honrado e amigo de cumprir a minha palavra. Eu não me recordo de ter um contentamento assim na minha vida, a não ser no dia em que estreitei nos braços a Luísa, e em que também pela primeira vez lhe chamei minha mulher. Era quase a mesma coisa; este era o meu segundo casamento. De aí em diante foi que eu soube o que é ter amor à terra. Desde a sementeira à colheita era um cuidado incessante com o campo. Ver crescer as plantas para mim causava-me tanto prazer como ver o crescer dos filhos; cada novo rebento era como que um nascimento em casa. Media o quanto iam crescendo as árvores que plantava, e trazia contados os frutos dos pomares. Aquilo nos primeiros tempos foi uma loucura. Aqui tem a minha vida. Deus ajudou-me, e de aí por diante tudo me tem corrido bem. Já vê, Sr. Jorge, que quem deve o que é a ter sido honesto, não pode recusar o seu pouco auxílio a um rapaz de brios e de probidade como é o menino.

Jorge estendeu a mão a Tomé, dizendo-lhe, sensibilizado:

– Fez-me bem ouvi-lo, Tomé. A sua vida é um exemplo, é uma lição, e nela procurarei aprender. Eu também sinto os mesmos desejos de remir a minha última dívida, para depois chamar meu ao que me pertence. E nesse dia eu também abraçaria com entusiasmo aquelas velhas árvores e ajoelharia para beijar a terra que os meus antepassados me deixaram. Mas não sei se a empresa estará ao alcance das minhas forças.

– Está. Eu lhe digo. Há aqui só uma dificuldade a vencer. Empregue toda a sua força para esse fim, porque se trata do bem da sua casa, do seu futuro e da sua dignidade. É preciso que o pai lhe dê licença para o menino administrar a casa e que o padre capelão se contente com dizer missas, porque depois...

– Ainda quando vencesse essa dificuldade, que é grande, Tomé, porque meu pai ainda vê em mim uma criança, surgiria outra. De si nunca meu pai...

Tomé da Póvoa não o deixou concluir.

– Eu sei, mas o Sr. Dom Luís não se mete por miúdo nos negócios da casa, desde que tem um procurador encarregado deles. Consiga que ele ponha em si a confiança que tão mal emprega no padre, e eu lhe prometo que o mais se fará. Eu não exijo mais garantias para o meu dinheiro, do que um escrito seu, Sr. Jorge. Demais, como a sua experiência é pouca, eu, se mo permitir, guiá-lo-ei nos primeiros tempos. Como seu pai não gosta de que o menino venha por aqui, virá sem que ele o saiba. Os serões de inverno são longos, nós conversaremos algumas noites.

Jorge disse finalmente com resolução:

– Aceito, Tomé. Falarei a meu pai. O dever de salvar a minha casa da ruína me dará coragem. Aceito, porque tenho fé em que me não será impossível pagar-lhe mais tarde a dívida que contrair.

– E eu tenho fé em que há de ainda haver dias alegres e de festa naquela triste casa. Não é verdade que se diz que há lá um tesouro escondido? Pois cave na terra, que o há de encontrar.

A voz de Luísa, ao longe, anunciou neste momento ao marido que o jantar esperava por ele.

Jorge saiu dali com o coração palpitando de esperanças e de comoção, que lhe estava já causando a ideia da entrevista que precisava de ter com o pai.

Tomé jantou com o apetite de quem tinha feito uma boa ação e realizado uma ideia, com que havia muito tempo lhe lidava o cérebro.

A mulher achou-o mais falador do que de costume; e, depois de jantar, voltou para a eira, cantando.

Era feliz naquele momento a sua alma generosa.

4

Em uma das espaçosas salas da Casa Mourisca alumiada por três rasgadas janelas ogivais e mobiliada ainda com certa opulência, vestígios de esplendor passado, esperavam a hora de jantar o velho fidalgo e o seu capelão procurador frei Januário dos Anjos.

Não foi rigoroso o emprego no plural do verbo da última oração.

Frei Januário era quem esperava, porque essa era também a principal ocupação dos seus dias. Os gozos do paladar mal lhe compensavam as amarguras destas longas expectações. Eram elas talvez que não o deixavam medrar na proporção dos alimentos consumidos por que frei Januário era magro. O mistério fisiológico desta magreza ainda não era para se devassar de pronto...

Dom Luís lia as folhas absolutistas, que lhe mandavam da capital e do Porto e dava assim em alimento ao seu ódio contra as instituições liberais um dos frutos mais saborosos delas – a liberdade de imprensa; fruto em que os seus correligionários mordem com demasiada complacência, apesar de ser para eles fruto proibido.

De quando em quando Dom Luís interrompia a leitura com uma frase de aprovação ao artigo que lia ou de censura a qualquer medida promovida pelo governo, que nunca tinha razão.

Frei Januário secundava, com toda a força do seu obscuro credo político, as reflexões de S. Ex.ª, e requintava na intensidade dos anátemas, com que eram fulminados os homens da época.

Mas, solta a frase que o caso pedia, e as competentes exclamações, voltava o padre a consultar o relógio, a abrir a boca, a suspirar; dava dois ou três passeios na sala e terminava por ir inspecionar a cozinha. Os intervalos das refeições eram para ele séculos!

– Hum! – disse Dom Luís naquela manhã, pousando a folha, como que enojado com o que lera. – Lá foi concedido um subsídio para a construção do lanço de estrada de Vale Escuro.

– Fartos sejam eles de estradas! – acudiu logo frei Januário. – Para esta gente a moralidade e a ventura de um país consiste em ter estradas e diligências, e acabou-se. Olhem lá se eles levantam sequer uma igreja? Isso sim! O dinheiro do clero sabem eles roubar! E que pena não terão por não deitarem abaixo os templos que por aí ainda há! Mas atrás do tempo, tempo vem. Vontade não lhes falta.

Não sei se foi esta última frase que recordou ao padre que também a ele não faltava vontade... de comer. O certo é que, mudando de tom, acrescentou:

– Querem ver que o Bernardino se esqueceu hoje do jantar? Isto são quase duas horas, e eu não ouço tugir nem mugir na cozinha! Nada, aqui anda coisa. Com licença, eu vou ver e volto já.

E frei Januário saiu da sala para ir pela vigésima vez à cozinha, que ele suspeitava abandonada pela incúria do cozinheiro, estando pois a família toda ameaçada com a tremenda catástrofe de uma retardação de jantar.

Dom Luís pegou de novo nas folhas e deixou-se ficar lendo até a volta do padre, que entrou indignado.

– Eu que dizia?! Posto à taramela com o hortelão, sem se lembrar do jantar! Olhem se eu lá não ia! Não que dizem que uma pessoa pode descansar nos criados. Há de poder! São uma corja! E, V. Ex.ª não quer crer, aquele excomungado daquele hortelão há de ser a ruína desta casa. Foi uma imprudência da parte do Sr. Dom Luís meter na casa um libertino daqueles, mação nos ossos e no sangue. Foi um passo muito errado... Aquilo é um péssimo exemplo para os outros. Sabe V. Ex.ª em que ele estava falando? Na cantiga do costume. No desembarque do Mindelo. Quando eu cheguei ainda lhe ouvi dizer que eram sete mil e quinhentos bravos que vieram pôr fora da cidade os oitenta mil lobos que andavam lá, e coisas assim. E o cozinheiro a dar-lhe ouvidos, e o leitão a queimar-se, e a sopa a pegar-se no fundo da panela, que logo me cheirou a esturro. É preciso que V. Ex.ª dê as providências, quando não...

Dom Luís, tomando menos a peito do que o capelão os destinos do jantar e da sopa, e fiel ao hábito de nunca falar, nem em mal nem em bem, do hortelão, não respondeu e prosseguiu a leitura das folhas.

Daí a pouco referiu ao padre a notícia que tinha lido do desastre sucedido a uma diligência ao passar em uma ponte, que na ocasião abatera, resultando muitas vítimas.

A indignação do padre exaltou-se.

– Pois se esta gente que nos governa deixa as estradas e pontes em um abandono desses! Vejam que tempos os nossos! E que governos, que não se importam com as vidas dos cidadãos! Em que país do mundo se veem estradas assim arruinadas como as nossas? São os bens que nos trouxeram os homens da carta! Isto é bonito!

E o padre Januário continuou ainda por algum tempo a condenar, pelo crime de desleixo e de falta de proteção a viação pública, os mesmos governos que, momentos antes, acusara de conceder para esse fim subsídios e de lhe dar importância demasiada.

A política de frei Januário é vulgar na nossa terra.

Dom Luís, tendo concluído a leitura da folha, pô-la de lado e resumiu a série de pensamentos que essa leitura lhe sugerira, na seguinte e contraída síntese:

– Isto vai cada vez melhor, frei Januário.

– Isto vai bonito, não tem dúvida nenhuma – secundou o padre.
– O pior é o futuro – tornou o fidalgo, assombrado.
–Ai, o futuro há de ser fresco! – repetiu o procurador, fungando uma pitada.
– Enfim, quem viver verá aonde isto vai parar, e onde nos leva esta torrente.
– E não é preciso viver muito. Mais dia menos dia temos aí os espanhóis, ou então passamos a ser ingleses. Não há que ver; da maneira por que vão as coisas...
– Ai, pobre Portugal! – exclamou melancolicamente Dom Luís.
– Que vais a vela – concluiu o padre. – Desde que pusemos a cabeça à roda a esta gente com liberalismos... ficou tudo transtornado. Agora todos mandam, todos falam e não há quem governe. Isto de não haver um que governe... Estes patetas não se desenganam de que um país é como uma casa. Ora deixem à vontade os criados em uma cozinha, sem ninguém que os vigie, e verão o que vai! Esperem pelo jantar; que hão de achar-se servidos!

O símile fora sugerido a frei Januário pela sua constante preocupação.

– O que me custa é lembrar-me de que meus filhos têm de viver nesta sociedade assim organizada! Quem sabe a sorte que lhes está reservada, aos pobres rapazes! – disse o fidalgo, suspirando com escuras apreensões sobre a posição precária da família.

– Os filhos de V. Ex.ª não devem transigir em caso algum com estes homens! – exclamou com veemência o padre. – É não fazer como a sobrinha de V. Ex.ª, a Sra. Dona Gabriela, que já é baronesa das feitas por eles. Quando se é fidalgo, é preciso ser fidalgo.

– É bem negro o futuro que espera as casas como a nossa, e sabe Deus se em parte preparado por nós – insistia o fidalgo. – Também pecamos.

– Pois é uma triste verdade, mas isso não é razão para que os que nasceram nessas casas se abaixem diante dos que nem sabem onde nasceram. Deixe V. Ex.ª medrar quanto quiser o Tomé da Herdade, que no fim de tudo sempre há de mostrar que andou descalço em criança e que foi levar a beber o gado desta casa. Há certas coisas que não dá o dinheiro.

– O Tomé da Herdade! – repetiu Dom Luís com amargura. – Esse é que prospera, os tempos estão para ele. Quem viu e quem vê aquilo!

– Então que quer? Inda mais havemos de ver. E então não sabe V. Ex.ª que o homem mandou educar a filha na cidade, como se fosse a filha de alguém?

– A Berta?

– Sim, a que é afilhada de V. Ex.ª. Com que fim faz aquele toleirão uma coisa dessas? Veja a parlapatice daquele homem. Não repara na posição falsa em que coloca a rapariga. Meteu-se-lhe talvez na cabeça que ainda a casava com algum fidalgo! Pode ser. Veja V. Ex.ª se ela serve para algum dos seus filhos.

Dom Luís sorriu, encolhendo os ombros.

– Ora, para que precisa a mulher de um lavrador, que é afinal o que ela tem de ser, das prendas e da educação que o pai lhe mandou dar? Não me dirá V. Ex.ª?

– Todos hoje têm aspirações a subir – refletiu Dom Luís com ironia. – A maré sobe.

– Eu bem sei o que é que dá causa a estas tolerias. Tudo isso vem da barulhada que estes liberalões fizeram na sociedade. Tudo está remexido e ninguém se entende. O sapateiro que nos vem tomar medida de umas botas parece um visconde. Onde isso é bonito, segundo dizem, é em Lisboa. Hoje todos por lá têm excelência.

Nestes sediços comentários sobre o estado do século deixaram-se ficar os dois por muito tempo, desafogando assim a sua má vontade contra as instituições modernas. O padre Januário porém não perdia com isto a ideia do jantar, e de quando em quando voltava os olhos para o relógio, cujos lentos ponteiros não correspondiam nunca à impaciência dos seus desejos. Enfim deu a hora e frei Januário ergueu-se instintivamente para ir ver se o jantar estava servido.

Passado pouco tempo tocava a sineta, tão grata aos ouvidos do reverendo. Vibraram pelos desertos aposentos e extensos corredores da Casa Mourisca aqueles sons, que em felizes tempos punham em movimento uma numerosa e esplêndida corte que os ventos da adversidade tinham dispersado.

Dom Luís entrou na sala de jantar, onde com impaciência o aguardava já o capelão.

Aquela grande sala vazia, aquela extensa mesa apenas servida com quatro talheres, falava tanto do esplendor passado e de decadência presente, que poucos lugares havia na casa que deixassem no fidalgo mais melancólicas impressões. Nunca se lhe anuviava tanto o coração como ao sentar-se à cabeceira da mesa, em torno da qual outrora vira rostos conhecidos e amigos, hoje tão solitária e abandonada.

Dom Luís, reparando que o escudeiro principiava a servir, perguntou, apontando para os lugares dos filhos, que ainda estavam de vago.

– Então os senhores não ouviram a sineta?

– Os senhores ainda não vieram.

– Nem Jorge? – perguntou Dom Luís, como se estranhasse menos a ausência de Maurício.

Nem um, nem outro.

– O Sr. Dom Maurício – observou o padre, que temia um adiamento ao jantar – saiu para a caça; quando virá ele agora?

E, dizendo isto, fazia sinal ao criado para que servisse o fidalgo.

– E Jorge? – insistiu o pai.

– O Sr. Dom Jorge... esse não sei... talvez esteja aí por alguma parte.

O fidalgo, evidentemente contrariado com a ausência dos filhos, que ainda mais aumentava a solidão daquela sala, resignou-se a principiar a jantar sem eles.

O jantar correu em silêncio.

O humor negro de um dos comensais e o apetite do outro não davam azo ao diálogo.

Estava o frade deliciando-se com uma farta posta de assado e o competente acessório de massas, quando Jorge entrou na sala.

Dom Luís não lhe dirigiu a palavra, nem sequer um olhar.

Jorge formulou uma vaga desculpa, que o pai interrompeu com um gesto a mandá-lo sentar; e passados momentos, levantou-se ele e saiu silencioso.

Frei Januário, tendo já satisfeito as primeiras e mais urgentes exigências do seu estômago, achou-se disposto a continuar o diálogo. Por isso, ao encetar a sobremesa, dirigiu por comprazer a palavra a Jorge:

– Com que vem do seu passeio, hein? A manhã estava bem bonita. E então o que viu por esses campos?

– Muito trabalho, Sr. frei Januário, muita vida rural – respondeu Jorge.

– Sim, agora é o tempo das colheitas. Anda por aí tudo azafamado.

– Mas por que é, Sr. frei Januário, que nos campos da nossa casa não vejo o movimento dos outros?

A imprevista interpretação do adolescente ia entalando o padre.

– Causou-me sensação isto hoje – prosseguiu Jorge. – Quem subir ao alto do outeiro da Faia, por exemplo, a olhar de lá, em roda de si, para o vale, pode marcar as propriedades da nossa casa; onde vir um campo quase maninho, um muro a cair, urnas paredes negras, um aspecto de cemitério, tenha a certeza de que nos pertencem esses bens.

– Não é tanto assim... É verdade que meu... meu rico filho, que quer? Depois que os homens do liberalismo tomaram conta deste país, as coisas mudaram. Quem não está por o que eles querem...

– Não vejo em que eles influam para isto, Sr. frei Januário. Quem nos impede de fazer o que os outros fazem? de cultivar os nossos campos? de pôr homens a trabalhar nessas terras incultas?

– O que os outros fazem, diz ele! Os outros... os outros... e quem são os outros? Uns miseráveis que eu conheci de pé descalço, a limpar os cavalos e a cavar nos campos desta casa.

– Tanto mais para admirar e para louvar o esforço que os tirou dessa posição humilde e os elevou àquela que hoje ocupam.

– Olhem que grande milagre! Homens que não devem respeito a si mesmo, para quem todo o trabalho está bem, como não hão de enriquecer? Ora essa é muito boa!

– E os que devem respeito a si mesmo estão pois condenados à miséria?

– À miséria... à miséria!... Que palavra! Ora para o que lhe deu hoje! Foi febre que se lhe pegou? Se ela anda por aí tão acesa! O menino ainda é muito criança para pensar nestas coisas! Coma e beba e...

As faces de Jorge tingiram-se de um rubor intenso e redarguiu com energia e irritação:

– Não sou criança, frei Januário; acredite que o não sou. Tenho mais de vinte anos e estou resolvido a ser homem. Coro da minha ociosidade, quando vejo que somente as nossas terras fazem vergonha à atividade deste povo. Tenho anos para viver, deveres de honra a cumprir, um nome para conservar sem mancha, e quero saber que futuro me preparam os gerentes da nossa casa, quero desviar a tempo de mim a tremenda responsabilidade de ser na minha família talvez o primeiro a faltar um dia aos seus compromissos. É por isso que falei e que desejo que me responda, Sr. frei Januário.

– Ai menino, menino; isso não é seu! Aí anda doutrina liberal. Eu cheiro-a a distância de léguas. Então quando o senhor seu pai me honra com a sua confiança, é acaso justo, é acaso bonito que eu seja suspeitado e interrogado por uma criança, que ainda nada sabe do mundo?

– E quando hei de aprender? Querem-me estúpido como esses morgados que por aí se arruínam?

– Mas que quer o Sr. Jorge afinal? Então não sabe que desde que os lavradores se fizeram fidalgos ninguém luta com eles? O dinheiro está de lá; para lá vão os trabalhadores, senhor. Ora é boa! Eu acho graça a certa gente!

– O dinheiro está de lá! Mas como conseguiram eles enriquecer? Pois não diz que eram uns miseráveis?

– Ah! então quer principiar como eles principiaram, cavando com uma enxada todo o dia e furtando à boca para juntar ao canto da caixa com o fim de comprar uns bois? etc., etc. Veja se quer.

– Não principiávamos de tão longe como eles, escusávamos de tantos sacrifícios. Bastava que olhássemos com atenção para o muito que temos ainda, e que tentássemos desenredar, a pouco e pouco, esta meada que nos enleia e que nos há de afogar a todos.

– Ora é boa! E então o que é que eu faço, o que é que eu estou fazendo há quase trinta e oito anos em que o Sr. Dom Luís me distingue com a sua confiança? Mas a coisa não é tão fácil, como lhe parece. É boa!

– Mas quais são os seus planos, padre Januário, qual é o seu sistema de administração?

– Os meus planos?! Ora essa!... Então que planos quer que sejam os meus? sistema de administração!... isso é frase de cortes... Hum! tenho entendido... É o que eu digo... Ó Sr. Jorge, ora fale-me a verdade, aí andam ideias do liberalismo. Com quem falou esta manhã? Ora diga.

– Venham donde vierem as ideias. A origem pouco importa, a questão é que elas sejam boas. Eu não trato de liberais nem de absolutistas agora. Vejo que minha casa se perde, vejo caírem os muros e nunca se repararem; vejo campos e campos sem a menor cultura; encontro em tudo quanto nos pertence profundos sinais de decadência, e quero saber a grandeza do mal que nos oprime.

E se for grande o mal, o que quer que lhe faça?

– Quero que se trabalhe para remediá-lo; que se façam sacrifícios úteis, que deixemos a louca vergonha e o orgulho enfatuado que nos faz viver hoje ainda uma vida que não é destes tempos. Desenganemo-nos; a época não é de privilégios nem de isenções nobiliárias, é de trabalho e de atividade. Plebeu é hoje só o ocioso, nobre é todo o que se torna útil pelo trabalho honrado.

– Jesus! O que aí vai! O que aí vai! Eu bem o digo! Há liberal na costa! Isso é tão certo como dois e dois serem quatro. Se o pai o ouvia!

– Há de ouvir-me, porque tenciono hoje mesmo falar-lhe.

– Que vai fazer, Sr. Jorge?

– O meu dever. Eu e meu irmão seremos um dia os representantes da nossa família. Para que nos orgulhemos do nome que herdamos, é necessário que esse nome não tenha manchas e que nós não lhas lancemos.

– Mas quem lhe diz, quem lhe fala em manchas? Ora... ora... ora... ora esta não está má!

– Frei Januário, eu não sou criança, repito-o. Sê-lo-ia ontem, hoje não o sou já. Faça de conta que o sol desta manhã me amadureceu. Por isso não me iludo enquanto à natureza dos meios com que se sustenta ainda nesta casa um resto de esplendor de antigos tempos. Pois mais valeria comer em louça nacional e vender as matilhas e os dois cavalos de luxo, que ainda temos, para comprar dois bois.

– Mas...
– Até logo, frei Januário, conversaremos mais de espaço sobre isto.
– Mas...

Jorge, sem o atender, dispunha-se a sair, quando o padre, quase assustado, o chamou.

– Mas venha cá. Ouça-me, valha-me Deus! Olhem que homem este! Tem muita razão no que diz. Sim, senhor. As coisas não vão bem. Hoje não é ontem; e esta casa já viu melhores tempos do que os que corre. Mas de quem é a culpa? É de mim ou do senhor seu pai? Pois não foste! Para remediar o mal trabalhamos nós há muito. A culpa é desta gente que nos governa, destes homens que juraram perder tudo quanto era nobreza, para poderem à vontade fazer das suas, sem ter quem lhes vá à mão. Percebe agora? Desde que os liberais...

– Por quem é, frei Januário, não me venha outra vez com os liberais. Eu tenho a razão bastante clara para ver as coisas como elas são e não me deixar levar por essa cantiga do costume. Os liberais!... Os liberais o que fizeram foi aliviar a agricultura dos enormes encargos que dantes pesavam sobre ela e que não a deixavam prosperar, foi criar leis e instituições que facilitassem os esforços dos laboriosos e castigassem severamente a incúria e a ociosidade. Quando ao desoprimir-se o lavrador de tributos pesados e iníquos e dos odiosos vexames do fisco, ao tornarem-se-lhe mais fáceis os contratos e as transmissões da propriedade, ao criarem-se-lhe recursos para ele tirar do seu trabalho e da sua inteligência dez vezes mais do que dantes podia obter, quando na época em que tudo isto se realiza, uma casa como a nossa, em vez de prosperar como tantas, vê apressada a sua decadência, é porque tem em si um velho cancro a roê-la. E é esse cancro que eu quero conhecer, para extirpá-lo, se ainda for possível.

– Eu estou pasmado! Pelo que ouço, acha o menino que todas fornadas de leis, que esta gente tem feito, são muito boas, e que a sua casa devia ser muito bem servida com elas?

– Essas leis, de que se queixa, são racionais; uma casa racionalmente administrada não pode pois perder com elas.

– Sim, senhor! Visto isso, o menino, que depois da morte dos manos, ficou sendo o filho mais velho da família, gostou talvez muito de ver acabar com os morgados? Sim, como as leis modernas são tão boas, havia de gostar – argumentou o procurador, com ares de finura, como de quem apanhava em falso o seu adversário.

Jorge respondeu serenamente:

– E por que não? A abolição dos morgados acho eu que foi um grande ato de justiça e de moralidade; além de ser uma medida de longo alcance político.

– Ai... ai... ai... O que mais terei de ouvir! O menino está perdido!... Pois já me aplaude a maldita lei, que há de dar cabo das famílias mais ilustres do reino... Ai, como ele está!...

– Deixe-se disso. A abolição dos vínculos só trouxe a morte às casas que deviam morrer. O que ela fez foi proclamar a necessidade do trabalho, indistintamente, para quem quiser prosperar. O esplendor das famílias deve ficar somente ao cuidado dos membros delas e não da lei. Quando esses não tenham brio nem dignidade para o sustentar, justo é que ele se apague, e que o nome dos antepassados não continue a ser desonrado pelos vícios e ociosidades dos descendentes. Mas deixe-mo-nos destas discussões, frei Januário. O meu partido está tomado. Mais tarde saberá das consequências dele.

E Jorge saiu da sala, deixando o egresso apatetado com o que ouvira.

– Que anda aqui liberalismo, isso para mim é de fé. Mas que mosca o morderia? Querem ver que já fizeram do rapaz mação? Pois olhem que não é outra coisa. Eu quando os ouço falar muito do trabalho... já estou de pé atrás. Tem graça! Quem os ouvir, persuade-se que o trabalho é um prazer. Ora adeus! O trabalho é uma necessidade, o trabalho é um castigo. Para aí vou eu. Que trabalho tinha Adão no paraíso? E não lhe chamam os livros sagrados o lugar de delícias? Amassar o pão com o suor do rosto, olhem que títulos de nobreza! Estes modernismos! Mas é a cantiga da moda. O trabalho enobrece, o trabalho consola, o trabalho é uma coisa muito apetitosa... Será, será, mas eu, por mim, se pudesse deixar de trabalhar... Ah! Ah! Ah!

Aqui bocejava o egresso:

– Mas que ali anda liberalismo, isso é tão certo como eu estar onde estou. Como ele falou nos morgados!... Provará que é tão pateta que, sendo ele morgado, diz aquilo. E que vai declarar ao pai... Não declara nada. Um criançola que não sabe senão passear. Tomara ele que o deixem... O ocioso é que é o plebeu, o nobre é o que trabalha. Sim, sim, contem-me dessas. Aquilo é música de anjos. Diga-se o que é verdade, quem puder deixar de trabalhar...

Frei Januário, nestas graves ponderações, deixou-se a pouco e pouco invadir pelo sono, e acabou por adormecer à mesa, sonhando-se em uma espécie de paraíso, como o tal lugar de delícias de Adão, cuja ociosidade sempre fora objeto muito dos seus enlevos.

Deixemo-lo adormecido, e vamos ter com Jorge a um dos menos arruinados ângulos da Casa Mourisca.

5

Jorge continuou no seu quarto a série de meditações com que trouxera ocupado o espírito toda a manhã. Abria alguns livros, consultava-os com atenção, afastava-os depois com impaciência, porque raros pareciam responder cabalmente às mudas interrogações que ele lhes dirigia.

A biblioteca da Casa Mourisca era na maior parte composta de livros próprios para a cultura do espírito, mas sem definida tendência para uma aplicação prática qualquer.

Jorge tinha o gosto bem educado e não era indiferente às obras de pura arte; mas desta vez dominava-o uma ideia fixa, um ardente desejo de se instruir nos preceitos positivos de economia rural, e nos conhecimentos necessários para a realização da grande obra em que meditava. Algumas aritméticas, um ou outro raro folheto de agricultura e poucos números soltos de jornais estrangeiros, foi tudo quanto pôde encontrar e que consultou, sem que o satisfizessem as noções rudimentares que neles lia. A pequena livraria do tio, à qual devera grande parte dos seus avançados princípios sociais, estava já esgotada por ele, além de que não abundava em livros de índole verdadeiramente didática.

Depois de ter folheado por algum tempo todas essas brochuras, Jorge fechou os olhos, como para concentrar o espírito, e resolver só por ele os problemas, cuja solução em vão procurara na leitura. E a razão de Jorge era poderosa bastante para o servir no empenho; colheu dela mais frutos do que das páginas dos livros elementares, que ansiosamente consultara.

A estas cogitações veio enfim arrancá-lo a chegada de Maurício, já quase ao fechar da tarde.

Maurício, logo que transpôs a porta, arremessou o chapéu sobre a mesa com certa vivacidade de movimento, que traía uma profunda agitação. Atravessou silenciosamente o quarto com passos apressados, sentou-se, ou antes deixou-se cair sobre uma cadeira, e correu a mão pela fronte, sacudindo para trás os cabelos com um movimento febril.

Jorge, que percebeu em todos estes sinais um dos costumados frenesis do irmão, interrogou-o:

– Que é isso, Maurício? Que é o que tens? Que te sucedeu lá por fora?

– Deixa-me, Jorge – respondeu Maurício levantando-se outra vez e pondo-se a passear no quarto. – Se soubesses como eu venho sufocado de raiva!

– Contra quem?

– Contra esta canalha desta gente do campo. Uns miseráveis insolentes que lançam a lama suja, onde nasceram e vivem, à face da gente, com o mais intolerável arrojo! Mas eu esmago-os com a sola da bota!

– Bom! temos bravatas de fidalguia! Esses arreganhos de senhor feudal hoje são de mau gosto, Maurício. Olha que já passou o tempo deles.

– É sempre tempo de castigar um insolente. O essencial é que se tenha sangue nas veias e pudor no coração.

– E sangue também no coração – emendou Jorge, sorrindo. – Olha que também é lá preciso.

– Não rias, Jorge! Por quem és! – tornou o irmão, despeitado. – Bem vês que falo seriamente.

– Então conta-me tudo. Receio que haja aí algum dos teus exageros.

– Não exagero. Esta manhã fui caçar, como sabes. Corri o monte com pouca felicidade; os cães pareciam ter perdido o faro. Voltava já para casa sem esperança, quando, ali pela Quebrada do Moinho, levantaram-se-me quatro codornizes; atiro-lhes, mas mal as feri. Elas seguem na direção das azenhas, atravessam os campos que estão em baixo e vão pousar no pinhal que fica para lá da presa do Queimado. Sabes? Eu desço com os cães, e, para não dar a volta ao portelo, galguei o murito da fazenda do Luís da Azinhaga, e ia para atravessar o campo, quando aquele grosseirão do mato, aquele vilão infame, sai da casa da eira, onde andava com os criados, e berra-me: "Olá, ó fidalguinho, isto aqui não é terra baldia, nem roupa de franceses." Eu olhei para ele, mas não lhe respondi e continuei andando: ele tornou de lá, e já caminhando para mim: "Menino não ouviu? Eu não quero os meus campos trilhados." "O que estragar, pagarei", respondi-lhe já azedado. O estúpido soltou uma risada insolente, e disse-me: "Com o quê? Pergunte primeiro em casa se o que lá tem chega para pagarem o que devem já." Ouvindo isto, perdi a cabeça e corri para o homem, exclamando: "Para que não duvides da minha palavra, eu te vou já pagar uma dívida, canalha." Ele estava desarmado, mas recuou para pegar em uma enxada; os homens que trabalhavam na eira correram para mim com malhos e mangoais; armei a espingarda logo; o primeiro que me ameaçasse estendia-o, palavra de honra. Nisto ouvi uns gritos por detrás de mim. Era o Tomé da Póvoa, que passava e correu a separar-nos. Fez-nos um sermão e trouxe-me quase à força dali. Aí tens como está esta gentalha. Já não podemos sair sem nos arriscarmos a ser insultados e assassinados. Quem deu a esses miseráveis o atrevimento de falar nas dívidas da nossa casa?

– Quem as contraiu e não procura pagá-las – respondeu, triste mas placidamente, Jorge.

E logo depois, acrescentou:

– Mas dizes bem, Maurício, foi uma desagradável ocorrência. Já vês agora que eu tinha razão no que te dizia pela manhã.

– O que foi?

– Isto não pode continuar assim, Maurício. Nem tu nem eu temos ânimo para sofrer humilhações, e elas são inevitáveis.

— Inevitáveis?! Eu te juro...

— Não jures; não é pela violência que os obrigaremos a calar. Ou se se calarem, tem a certeza de que o olhar com que nos seguirem, o pensamento que lhes despertamos, serão para nós igualmente humilhantes. Há muito que eu adivinho esse pensamento na maneira por que nos fitam. E foi isso que me fez pensar.

— Mas que intentas fazer então? Qual é o teu plano?

— Fazer-me respeitado; mostrar que não sou inferior a eles.

— Sim, mas de que maneira?

— Resgatando a nossa casa, calando com a paga a boca desses credores insolentes, e colocando-nos, pela prosperidade das nossas terras, ao lado deles todos, e acima pela nobreza dos nossos sentimentos.

— Queres então fazer-te lavrador?

— Quero trabalhar. Olha, Maurício, tenho pensado muito estes últimos dias, e hoje mais do que nos outros. A nossa regeneração depende de nos despirmos dos preconceitos sem fundamento, com que nos educaram. A nossa perda é uma inevitável e justa consequência do nosso louco modo de pensar e de viver, do nosso falso orgulho e dos nossos hábitos viciosos. Pois que quer dizer este enfatuamento com que falamos dos nossos avós? Qual foi a ação nobre, magnânima, que deu tal esplendor à nossa família, que se não possa apagar esse esplendor com a vida de ociosidade, de desleixo e de dissipação inglória que levamos? A crônica não é clara a esse respeito. Tivemos guerreiros que morreram pela pátria, é nobreza decerto; mas quantos soldados obscuros não existiram entre os ascendentes desses pobres homens que por aí há, tão heróis como os nossos, mas ignorados? Tivemos um ou dois bispos; eles, algum pobre sacerdote, modesto e humilde, que fez porventura mais serviços à religião do que o nosso parente mitrado; mas não lhes deu isso nobreza. O que lhes faltou talvez foi um avoengo que prestasse serviços particulares a algum rei benevolente, que em compensação o fez nobre por toda a eternidade; porque também há destas raízes em muitas árvores genealógicas: desengana-te.

— Estás eivado de uma filosofia democrática e revolucionária, que não sei onde te levará, Jorge. E em vista disso o que resolves?

– Resolvo não continuar a merecer essas humilhações, que não posso deixar de reconhecer que são justas. Eles têm mais direito de nos desprezar, do que nós a eles.

–Desprezar-nos! – repetiu, indignado, Maurício.

– Sim, sim; desprezar-nos. E se não, repara. A nossa casa deve muito. Grande parte dos nossos bens estão hipotecados. O nome da nossa família não é já segura garantia nos contratos, e nos empréstimos, que todos os dias os nossos procuradores contraem, são obtidos por um preço que em pouco tempo nos levará à miséria. Na aldeia todos sabem isto. Não queres pois que nos desprezem, ao verem-nos, rapazes de vinte anos, robustos, e com energia e inteligência, gastar ociosamente a vida e a juventude em passeios e em caçadas, olhando por cima do ombro para esses homens que talvez amanhã, autorizados pela lei, nos virão pôr fora de nossas casas e tomar posse delas? É acaso nobre este nosso proceder, Maurício? Esta cegueira, com que vamos na corrente que nos arrasta ao precipício, não merece pelo menos um sorriso de compaixão?

– Tu exageras, Jorge. Acaso teremos já chegado tais extremos, que...

– Nem tu imaginas a que extremos temos chegado; mas ainda nos poderemos salvar, se quisermos ser homens.

– E como?

– Mudando de vida, aplicando-nos deveras à restauração desta casa.

– Mas...

– Daqui a pouco tenciono procurar o pai e falar-lhe desenganadamente, pedir-lhe que me deixe olhar por mim próprio para a administração das nossas propriedades, que nas mãos de frei Januário caminham a uma perda certa.

– Mas que entendes tu de administração?

– Aprenderei. O interesse é um grande mestre. Não tiveram outro esses rústicos proprietários, que por aí vemos enriquecer.

Maurício ficou pensativo.

A ideia do irmão parecia havê-lo ferido profundamente. Estava-lhe achando um sabor de poesia que lhe agradava. Porque Maurício, não tendo o caráter meditativo e o espírito analítico de Jorge, era nas coisas da vida guiado pela imaginação do que pela razão. Se uma causa o seduzia, adotava-a, sem julgar. Igualmente a rejeitaria, se à primeira intuição lhe desagradasse. Era tão fácil de se entusiasmar pelo que ao princípio repelira, que não se podia ter muita confiança naquele ardor. Lavrava muito depressa a labareda, para ser de longa duração.

Assim aconteceu desta vez, pois voltando-se para Jorge, disse-lhe com uma impetuosidade juvenil:

– Dizes bem, Jorge. O nosso dever manda-nos acabar com esta vida de ócio e inutilidade. É assim. É preciso que sejamos homens. Temos uma missão a cumprir, generosa e nobre. Trabalhemos. O trabalho traz consigo a recompensa e os gozos. De certo deve sentir-se orgulhosa e satisfeita a alma do que trabalha, porque vê que cumpre um dever. O que se nos afigura fadiga é prazer. Pois não te parece que um escritor, por exemplo, deve ser feliz nas horas de composição? E que o artista curvado sobre os instrumentos do seu ofício, e o lavrador vergado no campo, nem sequer sentem o suor que lhes corre da fronte? Tens razão, trabalhemos, a poesia visitar-nos-á nas nossas horas de labor, e não nos deixará sentir saudades dos perdidos ócios de fidalgo.

Jorge escutava o irmão com um sorriso triste e inocentemente malicioso, e comentava com um movimento de cabeça uma e outra destas estrofes em honra do trabalho. Quando Maurício concluiu, ele ponderou-lhe com a sua habitual serenidade.

– Valha-te Deus, Maurício, que estás tu aí a dizer? Não sonhes nem adotes uma resolução séria, como a de que falo, sob o domínio dessas ilusões. Vê as coisas como elas são. O trabalho é nobre por certo, mas a poesia dele nem sempre a percebe quem muito de perto lhe conhece as fadigas. Não vás seduzido para a carreira do trabalho, porque cedo te desanimaria um cruel desengano. É preciso entrar nisto guiado pela razão, e não por um entusiasmo fugaz. O escritor nas horas de composição, e principalmente o artista e o lavrador nas fadigas do seu mister, não têm esses gozos que fantasias; antes devem sentir muitas vezes grandes desalentos e grandes fastios. O que os estimula, mais do que a poesia, é o dever. Recompensas há, não nego que as haja, além das materiais. Deve haver uma certa tranquilidade de consciência, uma ausência de remorsos, isto de um homem poder fitar sem vergonha os que trabalham a seu lado, como se lhes dissesse "Também tenho direito a viver." Isso sim; mas o ideal, que sonhas anda longe das oficinas, das fábricas e dos gabinetes de estudo, ou, se aí penetra, é a maneira daqueles deuses do paganismo que acompanhavam invisíveis os heróis que protegiam. Estarás sob a influência dele, mas não o verás. Se a contemplação dessa divindade é a recompensa que esperas, deixa-te antes ficar a montear por estas aldeias.

Maurício sorriu, objetando ao irmão:

– És suspeito, Jorge. Tu duvidas encontrar a poesia ao teu lado quando trabalhares, porque ainda não a viste onde todos a veem, aí por essas devezas, vales e ribeiras.

– Vi-a ainda hoje em casa de um lavrador, onde se trabalhava; tu é que não a vias lá.

– Ah! então já confessas que ela está com os que trabalham?

– Mas não a veem esses. Não a viu Tomé, nem nenhum dos seus criados, vi-a eu, que estava de fora.

– E quem deu a Tomé sentidos para a ver?

– A ninguém faltam, creio. Mas quando se trabalha com verdadeiro ardor, a visão encobre-se prudentemente, como se soubesse que quem a tem presente, tão namorado está dela, que o assaltam as distrações dos namorados. E o trabalho é exigente e severo; há uns cuidados pequeninos, impertinentes, prosaicos, de que ele não prescinde. Às vezes é útil até certa irritação provocada pelas dificuldades fastidiosas que ele suscita; instigam, estimulam brios para vencê-lo.

Continuaram os dois irmãos este diálogo, e assentaram enfim na resolução de mudar de vida, cada um com o grau de firmeza própria do seu caráter; e portanto com firmeza desigual. Decidiram falar naquele mesmo momento a Dom Luís.

A ocasião era propícia. Frei Januário dormia ainda a sesta, e portanto o fidalgo devia estar só no seu quarto.

Era já noite. O luar coloria com tintas mágicas a paisagem fronteira à Casa Mourisca. Esta desenhava o seu vulto negro sobre o fundo azul pálido do céu sem estrelas. A ramaria dos carvalhos e a queda da água nas fontes levantavam vozes melancólicas do meio das indistintas sombras da quinta.

Em noites assim conservava-se Dom Luís longo tempo à janela do quarto. A fronte encostada à mão, os olhos fitos nos pontos iluminados da perspectiva, e o pensamento... ai, quem sabe por que melancólicas paragens andava o pensamento do pobre velho?! Passadas magnificências, festas, alegrias e triunfos de tempos mais felizes, memórias de vida nesta habitação hoje silenciosa, e por toda a parte, e sempre, a pálida imagem da filha morta, o enlevo de toda a sua vida, que ao desaparecer lha deixou escura e desencantada... que outras podiam ser as visões presentes àquele espírito sombrio?

Pobre velho!

Foi para este quarto escuro que se dirigiram os dois irmãos.

6

Ao chegar à porta dos aposentos do pai experimentou Jorge uma primeira hesitação.

Dom Luís tratava sempre os filhos de uma maneira tão austera, abria-se-lhes tão pouco em confidências, mostrava tão má vontade em ter com eles longas e sérias conversações, que Jorge precisava de exercer um grande esforço sobre si mesmo para dar aquele passo tão fora dos seus hábitos.

Pela primeira vez os filhos procuravam assim o pai no próprio quarto dele, a estranheza do fato seria pois já uma razão bastante para os perturbar, ainda quando não concorresse para o mesmo efeito a natureza do assunto da conferência, que não podia ser mais solene.

A resolução de Jorge era porém muito forte, e o entusiasmo de Maurício muito inconsiderado para que se deixassem dominar por aquela quase instintiva timidez.

Jorge bateu à porta com íntimo sobressalto.

Respondeu imediatamente a voz de Dom Luís, mandando entrar quem batia.

Os dois irmãos impeliram diante de si a porta, e afastando o reposteiro entraram.

Os raios do luar tinham já principiado a penetrar na sala, desenhando no pavimento as projeções das janelas ogivais, que a pouco e pouco cresciam para o interior.

Do lado da porta eram porém ainda espessas as sombras, e Dom Luís não podia pois conhecer quem entrava.

A sala era extensa, e por isso alguns momentos decorreram, longos para a paciência do fidalgo, antes que os dois rapazes chegassem ao lugar onde ele os esperava, escutando com estranheza aqueles passos, sem poder conjecturar de quem fossem.

Afinal, próximos da cadeira do pai, pararam e guardaram por instantes silêncio.

A fronte descoberta ficava-lhes alumiada pelo luar, e recebia daquela misteriosa luz uma singular expressão de gravidade.

Dom Luís, reconhecendo os filhos, olhou fixamente para eles, e perguntou-lhes admirado:

– O que é que pretendem?

Jorge foi o que respondeu:

– Se V. Ex.ª nos quiser ouvir, meu pai, desejamos falar-lhe.

– Falar-me?! – repetiu Dom Luís, em tom de espanto e quase irritado.

– Sim, senhor,

– É singular! E a propósito de quê?

– Do nosso futuro.

– Ah! – exclamou o fidalgo, procurando encobrir em ironia a sua crescente irritação. – Deu-lhes para pensar nele agora pelo luar?

– Penso nele há muitos dias, meu pai. Há muitos dias que ele me inquieta.

Dom Luís fez um movimento, que imediatamente reprimiu e passou a interrogar Maurício, no mesmo tom de afetada ironia:

– Também te atacaram as mesmas inquietações pelo futuro?

– Há menos tempo, mas com maior fundamento talvez – respondeu-lhe com firmeza o filho interrogado.

Dom Luís calou-se por alguns instantes, depois tornou para Jorge:

– Então vejamos a causa dos teus receios, saibamos o que trouxe aqui.

E principiou a tocar nervosamente com os dedos nos braços da cadeira.

– Meu pai – principiou Jorge. – Perdoe-me a liberdade que tomo de falar nisto a V. Ex.ª, mas é o empenho que faço em que o nome e o crédito de nossa família se conservem sem mancha... que...

O fidalgo interrompeu-o, batendo com violência no peitoril da janela.

– E quem o manchou? – rugiu ele, quase meio erguido, e fitando o filho com um olhar, cujo fulgor até a claridade tíbia da lua se percebia.

– **Até hoje ninguém: manchá-lo-ei eu talvez amanhã**, quando não puder satisfazer os compromissos da nossa casa; manchá-lo-ei quando me bater à porta a miséria e me encontrar com hábitos de ociosidade e sem a ciência do trabalho – respondeu placidamente Jorge à violenta interpelação do pai.

– Então já sabes que te baterá à porta a miséria? – inquiriu o fidalgo amargamente.

Desta vez foi Maurício quem respondeu:

– Há quem se encarregue de no-lo ensinar. Em cada homem do campo temos um mestre, e as crianças por aí já sabem dizer que os Fidalgos da Casa Mourisca estão empenhados.

Dom Luís a estas palavras estremeceu, como ao contacto de um ferro candente; virou-se irritado para Jorge, falando quase a custo:

– No meu tempo pagavam-se essas lições bem caras! Para isso serviam então, pelo menos, os rapazes das nossas famílias.

– Também nós apagaríamos, senhor; mas voltando a casa, dir-nos-ia a consciência que não ficavam assim saldadas todas as dívidas. O orgulho e a vingança estariam satisfeitos; mas a razão e o dever, não – contestou-lhe Jorge.

– Então queiram dizer-me o que lhes manda a razão e... e o que mais?... Ah, sim... e mais o dever.

Jorge, sem se perturbar, acudiu:

– Manda-nos trabalhar para remir essas dívidas, lutar pela integridade destes bens, que são nossa herança, aumentá-los antes, se for possível; mandam-nos manter em respeito essa gente, que nos olha com atrevimento, destruindo para isso os fundamentos da sua insolência. A razão, meu pai, diz-nos que é uma vergonha e um crime para os nossos vinte anos a vida ociosa e inútil que passamos aqui.

– Muito bem; querem então, meus filhos, que eu lhes dê um modo de vida; vêm aqui no propósito de arguir-me por me ter descuidado de os... arrumar?

O fidalgo empregou no verbo final, de um sabor burguês, toda a ênfase sarcástica, que lhe inspiravam a sua irritação e orgulho aristocrático.

– Não, meu pai – insistiu Jorge –, viemos apenas lembrar a V. Ex.ª que chegamos a uma idade em que já nos não satisfazem os gozos da vida de rapaz, de que o muito amor de V. Ex.ª nos tem permitido saciar. Viemos pedir-lhe que nos conceda agora licença de nos ocuparmos de outra ordem de ideias e de mudarmos de vida. Sentimos despontar em nós desejos novos, viemos respeitosamente anunciá-lo a V.Ex.ª é rogar-lhe a permissão para realizá-los.

Dom Luís sorriu irônico porque não podia ainda tomar a sério a resolução dos filhos em quem só via duas crianças; e continuou zombando:

– Está bem. Então tu o que queres ser?

Jorge respondeu prontamente:

– Procurador de V. Ex.ª na administração da nossa casa.

Dom Luís olhou desta vez para o filho mais seriamente, porque lhe causara impressão a firmeza e prontidão da resposta, em vez das titubeações que esperava. Convenceu-se de que Jorge não procedia levianamente de todo, e que nele havia uma tenção formada. Voltando-se para Maurício, interrogou-o, ainda no mesmo tom em que principiara:

– E tu? Queres ir para o Brasil?

Maurício não tinha, como Jorge, uma resposta pronta, porque nele o projeto era apenas uma resolução vaga e mal definida, e não um plano fixo e meditado como o do irmão. Era nessas formas vagas que ele mais o namorava, e talvez ao pretender fixá-lo, principiasse a experimentar as primeiras repugnâncias e desilusões.

Dom Luís esperou alguns instantes pela resposta do filho mais novo, mas, como o visse hesitar, continuou, encolhendo os ombros:

– Ainda não pensaste nisso. Bem. Ouçamos então primeiro teu irmão. Visto isso achas tu que, sob a tua gerência, a administração da nossa casa prosperaria?

– Creio que não iria pior conduzida do que vai; V. Ex.ª conhece perfeitamente que não será grande façanha ir tão longe como frei Januário.

– É um homem experiente.

– Triste resultado o da experiência. O pai deve, melhor do que nós, saber o estado dos negócios desta casa; mas quer-me parecer que não me enganarei muito, conjecturando a maneira por que eles vão. Pedir emprestado sob encargos e hipotecas pesadíssimas, não para melhorar o que ainda possuímos, mas para consumir o pouco que se obtém em gastos improdutivos, lavrar arrendamentos com o que o senhorio nada lucra e com que a propriedade se empobrece, deixar ao desprezo terras não arrendadas, é a prática até hoje seguida, tão fácil como funesta.

– E quem te disse que é possível fazer outra coisa? – objetou já sem ironia o pai. – Os tempos atuais são de prova para famílias como as nossas, a maré que sobe traz à flor da água o que era lodo em outros tempos.

– Deixe-me tentar, meu pai.

– Tentar o quê, criança? Queres ser enganado e escarnecido por esses manhosos proprietários e rendeiros, com quem infelizmente temos de lidar? Que sabes tu da administração dos bens rurais?

– Aprenderei. A ciência, patente às faculdades de frei Januário, não é defesa a ninguém.

– Nem tu sabes o que pedes. Não corarias de vergonha no trato familiar, a que esses negócios obrigam, com homens grosseiros, insolentes, miseráveis de ontem, e que hoje nos atiram à cara com a sua riqueza?

– Procuraria dentre esses os de mais educação.

O velho encolheu os ombros com impaciência, murmurando:

– Educação! Eles!

– Porém, meu pai – argumentou Jorge com mais veemência – é uma triste necessidade esta. Pense bem. Se é vergonha, como diz, procurá-los para tratar negócios, maior vergonha será que eles nos procurem para nos expulsar desta casa; se a um homem da nossa família ficar mal velar por ela, pior e menos decoroso lhe será ter de deixar esta terra, onde já não possua um palmo de seu, sem poder atribuir essa desgraça senão à sua própria incúria. A memória dos nossos antepassados sofrerá menos se um dia se disser dos seus descendentes que trabalharam para livrar da destruição e de mãos alheias o solar que lhes pertencia, do que se se contar, apontando para as ruínas desta casa, que eles a deixaram cair e invadir por estranhos, sem respeito pelas gloriosas tradições que a ilustravam. É pouco para ambicionar-se esta fama.

– E depois, meu pai – acudiu Maurício –, que dor não seria o ver devassado por invasores o quarto em que morreu minha mãe, esta sala, o salão onde brincávamos em crianças, e até os aposentos de nossa irmã, da sua querida Beatriz?

A memória da filha morta comovia sempre o coração daquele velho, que ela ainda povoava de saudades; por isso curvou desalentado a cabeça assim que lhe ouviu o nome, e murmurou:

– Não; a minha miséria não irá tão longe. Creio que Deus não me reservará esse tremendo castigo. Morrerei primeiro.

– E nós, se lhe sobrevivermos, senhor, não sofreremos também? Quererá legar a seus filhos uma herança dessas? – interpelou-o Jorge.

O pai escondeu a cabeça entre as mãos, já sem sinais de rispidez com que principiara a cena, e não pôde responder a esta interrogação de Jorge.

Maurício sentiu-se comovido ante aquela sincera manifestação de dor, que observava no pai, na presença deles de ordinário tão reservado.

– Não – acudiu ele, impelido por aquele sentimento –, o interior da nossa casa não será devassado por estranhos, nem na sua vida, meu pai, nem depois da sua morte. Dê-nos apenas permissão para trabalharmos e nós juramos evitar essa humilhação.

Dom Luís ergueu finalmente a cabeça e pela primeira vez fez sinal aos filhos para que se sentassem junto de si.

Depois, dirigindo-se ao mais velho, já em tom menos severo:

– Jorge – ponderou ele –, a tarefa que queres empreender não é fácil. É verdade que não têm corrido pelas minhas mãos esses negócios, mas sei deles o bastante para prever os espinhos que neles encontrarias. Frei Januário não é um homem de talento, bem o sei, mas tem experiência e boa vontade de nos servir, e ainda assim não prospera esta casa, que foi das melhores da província. Como queres tu pois, há poucos dias uma criança que em nada disto pensavas, tornar de repente sobre ti o encargo desta gerência, e como imaginas que darias boa conta dela? Os teus planos são vagos. Falas-me mais nos defeitos dos seguidos até hoje, do que nas excelências dos teus.

– Perdão, meu pai, mas não são tão vagos como os supõe. Pensei já muito nisso. As dificuldades que ainda tenho, com o tempo e meditação, espero resolvê-las; além disso... auxiliado... quando... necessário for... dos conselhos de frei Januário, espero que me será possível realizar o meu intento. Se me permite exponho-lhe esses planos em poucas palavras.

Tomando o silêncio do pai por sinal de aquiescência, Jorge encetou a exposição dos seus projetos econômicos.

Não o seguiremos no longo relatório, que pai e irmão escutaram admirados de tão inesperada ciência. De fato, as informações de Tomé, os frutos da própria reflexão, as ideias adquiridas na leitura meditada dos poucos livros da sua biblioteca, foram os elementos com que o espírito essencialmente metódico e organizador de Jorge construíra um completo sistema de administração que, se tinha defeitos, não eram para ser apreciados pelo velho fidalgo, que nunca fora dado a esses exames. A exposição clara, o tom de convicção, o calor do quase entusiasmo com que o filho falava, entusiasmo contagioso, exerceram no velho uma profunda influência. Ao concluir, Jorge tinha vencido a causa.

Dom Luís estava no fundo d'alma convicto de que este filho fora destinado pela providência para ser o restaurador da sua casa.

E contudo havia um ponto essencial no plano de Jorge, que ele não mencionara. Para realizar a maior parte das medidas econômicas, cujos maravilhosos efeitos com tanta eloquência expusera, era indispensável um capital inicial não pouco avultado, e Jorge não dissera como havia de obtê-lo. Esta era a parte secreta do seu plano; aquela cuja menção bastaria para desvanecer toda a boa impressão produzida no ânimo de Dom Luís.

O capital inicial devia vir do empréstimo razoável, oferecido por Tomé da Póvoa, ou obtido sob a garantia do crédito dele. Esta operação era indispensável, era a única talvez salvadora; portanto os outros capitalistas tinham sempre em vista apoderar-se dos bens do fidalgo, e por isto somente emprestavam sob condições onerosíssimas e perigosas.

Mas o orgulho de Dom Luís não lhe deixaria aceitar favores de Tomé; nunca ele consentiria na menor transação com o que fora seu criado.

Por isso Jorge guardou para si somente esta parte das suas projetadas operações, e com Dom Luís felizmente era fácil passar por alto certos pontos de questões desta natureza, que ele mal examinava. Assim pois o pai acabou por dar o consentimento pedido.

– Seja; não me oponho a que te ocupes da gerência da casa, que dentro em pouco tempo será vossa. Vejo que tens refletido nisso mais do que eu julgava; contudo marco duas condições: a primeira é que nunca faças contratos que sejam vergonhosos para o nome da nossa família.

– Prometo-lhe que o não envergonharei.

– A segunda é que não desprezes os conselhos de frei Januário.

– Por certo que não prescindirei das suas informações.

– Eu lhe darei parte do que resolvi. E agora... – acrescentou Dom Luís – vamos ao resto... E Maurício?

Maurício, interpelado pela segunda vez, achar-se-ia nas mesmas dificuldades para responder à interpelação se Jorge não respondesse por ele.

– Também pensei em Maurício.

– Ah! também? – disse o pai, não podendo ocultar a quase admiração, que lhe estava impondo Jorge.

Maurício interrogou também com a vista o irmão.

– Se Maurício confia em mim, é inútil a sua permanência aqui na aldeia, onde não tem em que se ocupe.

– Tens a minha plena confiança, Jorge. E a não me quereres para teu guarda-livros...

– Lembrou-me que Maurício devia partir para Lisboa. Lá poderá ser mais útil a si e à nossa casa. É verdade que não é essa por ora uma medida econômica; antes obrigará a alguns sacrifícios. Far-se-ão, porém, se precisos forem, e Maurício tem brios bastantes para não os deixar ficar improdutivos.

Dom Luís fez um gesto de dúvida.

– Hum! – objetou ele – Que carreira pode nestes tempos seguir na capital um filho meu? Queres acaso que ele vá renegar da causa, que a nossa família sempre abraçou, e fazer pacto com essa gente que hoje governa?

– Confesso que mal pensei ainda na carreira que lhe convirá seguir; mas somente lá é que é possível a escolha. Parece-me que sem desonra se poderá trabalhar a ser útil à Pátria, que é sempre a mesma, qualquer que seja o partido que a governe. Mas o caso não urge, V. Ex.ª poderia escrever nesse sentido a nossa prima Gabriela, que melhor que ninguém poderá fornecer-vos valiosas indicações.

– Gabriela?! A senhora baronesa de Souto Real! – acentuou sarcasticamente o fidalgo. – Ora adeus! Uma doida...

– Tem-se mostrado sempre nossa amiga – corrigiu Jorge –, e ainda por ocasião do falecimento de Beatriz...

– Sim, bom coração tem ela. Mas a sociedade em que vive, desde que casou e depois que viuvou, tem-lhe feito adquirir as qualidades da época. Não se lembra de que seu pai foi um militar, que morreu com as armas na mão a favor da causa legitimista. Hoje conta os seus amigos entre a gente que a fez órfã.

– Deve perdoar-se a uma mulher essa fraqueza. Ela não tem coração para ódios, bem o sabe. Parece-me contudo que, apesar das suas aparências frívolas, tem um fundo de bom senso, donde pode sair um aproveitável conselho. Fale-lhe V. Ex.ª com franqueza, diga-lhe quais as condições sob que entende poder Maurício entrar na sociedade, onde vivem sem apostasia muitos adeptos da antiga causa e eu creio que ela o compreenderá e lhe dará as informações pedidas.

Ainda nisto se deixou convencer Dom Luís pela eloquência do filho. Jorge sabia que a prima era uma mulher de influência no mundo político e elegante, e esperava que a reconhecida diplomacia dela conseguisse aplanar as dificuldades, em que naturalmente se embaraçariam o orgulho e a paixão partidária do fidalgo. E para assegurar melhor o resultado que esperava, resolveu ele próprio escrever-lhe confidencialmente.

Quando o pai e os filhos se separaram, achava-se em todos os seus artigos sancionado o projeto de Jorge.

7

Frei Januário, dormida a sua regalada sesta, dispôs-se a fazer horas para a ceia, indo comunicar ao fidalgo a grande nova das suspeitas e subversivas disposições de espírito, em que encontrou o filho mais velho.

Ainda Dom Luís meditava nas mudanças que ia sofrer o regime econômico da casa e nas mais ou menos prováveis consequências delas, quando a voz fanhosa do padre procurador se fez ouvir à porta, articulando o costumado "*licet?*". E sem esperar resposta o frei Januário foi entrando.

– Ainda às escuras, Sr. Dom Luís?!
– Nem sempre temos para nos alumiar luzes tão belas como esta – respondeu o fidalgo, designando o luar que já lhe inundava o quarto.
– Quer não; isto de luar não é lá das melhores coisas e depois o ar da noite...
– A noite está que parece de maio.

– Sim, mas sempre os vapores dos campos... Eu acho mais prudente acender luz e fechar as janelas.

– Não me oponho, frei Januário, até porque temos que falar.

– Sim? Também tenho que comunicar a V. Ex.ª

– Pois muito bem. Vamos a isso.

Fecharam-se as janelas, vieram as luzes e dispôs-se tudo para a conferência.

Dom Luís exigiu que frei Januário falasse primeiro.

– Visto isso, principiarei, e o que sinto é que seja para dar a V. Ex.ª notícias assustadoras – preludiou o egresso.

– Assustadoras? Que é afinal? Alguma insolente exigência de credor?

– Nada, nada; a coisa é outra. Trata-se do filho de V. Ex.ª

– De Maurício? Que fez ele?

– Não, senhor; não é do Sr. Dom Maurício, que eu falo.

– Então? É de Jorge?

– Justamente. Eu conto a V. Ex.ª

E frei Januário principiou a expor ao fidalgo os pormenores da discussão que tivera com Jorge, ao jantar, e a comentá-la com reflexões próprias. Horas antes, esta comunicação teria talvez produzido o efeito estupendo que o egresso calculara; mas a prévia entrevista de Dom Luís com os filhos tirara toda a importância à revelação. Dom Luís apenas franziu o sobrolho à parte mais demagógica das doutrinas do filho, mas esse mesmo sinal de desgosto foi passageiro, e quando o procurador acabou a sua estirada conferência, em vez da indignação e do espanto com que esperava vê-la acolhida, apenas escutou estas simples palavras pronunciadas com a maior fleuma:

– E então que pensa disso, frei Januário?

Lá de si para si o padre replicou à pergunta com a sua expressão favorita de desapontamento – Lérias! –, mas em voz alta não foi tão expressivo, e respondeu em frase mais parlamentar:

– O que penso? Que hei de eu pensar? E V. Ex.ª o que pensa? Eu por mim penso que anda aqui febre liberal; o veneno já está no sangue. Tão certo! Aquilo dá logo o sinal de si. Em eles principiando a cantar-me ladainhas a S. Trabalho, eu digo logo com os meus botões:

"Pois sim, sim, mas estás arranjadinho." O Sr. Dom Jorge conversou por aí com algum mação. Quem sabe? Alguns desses engenheiros que estão na estalagem do Manco. Isto de engenheiros é gente que se não confessa; ou então são coisas do hortelão, que eu não seja quem sou se ainda não há de dar que falar nesta casa; mas o certo é que lhe meteram na cabeça essas caraminholas, e se V. Ex.ª não olha por isso, eu lhe protesto que dão com o rapaz em mação, o que é uma pena, porque é um bom rapazinho. Mas quando eles me vêm com a nobreza do trabalho aos contos, torço-lhe logo o nariz.

– Parece-me que desta vez são sem fundamento os seus receios, frei Januário. Afinal, pondo de parte alguma expressão menos sensata, e que o verdor dos anos desculpa, as ideias do rapaz são razoáveis.

– Razoáveis?

– Pois por que não? Que quer ele? Ocupar em alguma coisa o tempo, que perde na ociosidade. Está cansado da vida de rapaz. É natural e é louvável. E em que quer ele empregá-lo? No que amanhã será constrangido a fazer com pior resultado; no que eu devera ter feito na idade dele; em trabalhar, em gerir os bens da sua casa. Mais vale então que principie já, frei Januário, sob a guia dos seus conselhos, do que tarde, às cegas e sem uma pessoa de confiança a encaminhá-lo.

– Pois é verdade, mas...

– Ele falou-me nisso há pouco.

– Há! Pois sempre fez o que disse?!

– Fez sim, e fez bem. Achei que o rapaz tinha pensado maduramente no caso e dei-lhe a permissão que ele pediu. Era até o que eu tinha para dizer-lhe.

– Então, visto isto, de hoje em diante?

– De hoje em diante, Jorge se entenderá consigo. O frei Januário precisa de descansar também.

– Eu ainda não estou cansado – resmungou o padre.

– Espero que dará a meu filho todos os esclarecimentos de que ele precise e todos os conselhos da sua muita experiência.

– Não seja essa a dúvida; mas, na verdade...

O relógio do corredor, batendo nove horas, cortou inesperadamente a frase do egresso.

Pelos modos a ceia ia tardando.

– Com licença – disse ele levantando-se –, eu vou ver como correm as coisas na cozinha.

Mas nos corredores murmurava consigo, em tom aforismático:

– Não tem que ver. Filho mação, pai idiota... casa perdida.

Como frei Januário suspeitasse que ia encontrar o cozinheiro menos atento no desempenho dos seus gravíssimos deveres, dirigiu-se, pé ante pé, à cozinha a fim de surpreendê-lo em flagrante.

Ao avizinhar-se deu-lhe mais rebate às suspeitas um acolorado travar de vozes, que de lá vinha.

Espreitou. A criadagem estava em congresso; orava o hortelão, o inimigo irreconciliável do padre; escutavam-no os outros boquiabertos, e mais atento do que nenhum, o cozinheiro, que sentado em um banco baixo, com uma perna atravessada sobre a outra e as mãos a segurarem o joelho, nem ouvia o chiar das caçarolas nem se lembrava da ceia.

O padre fumou com a descoberta.

O hortelão dizia:

– Foi então que o imperador... oh aquilo é que era um homem!... foi então que ele fez aquela fala que lá está toda na memória do Mindelo, que foi onde nós desembarcamos, no dia 8 de julho de 1832, ali pela tardinha.

E o hortelão, tomando uns ares solenes e endireitando o corpo, começou recitando oratoriamente:

– "Soldados! Aquelas praias são as do malfadado Portugal; ali, vossos pais, mães, filhos, esposas, parentes e amigos suspiram pela vossa vinda e confiam...

Era demais para a magnanimidade de frei Januário. A proclamação de Dom Pedro desafinava-lhe os nervos, sempre que a ouvia: o que não era poucas vezes graças ao entusiasmo do hortelão. Cedendo pois ao seu ânimo indignado, o padre rompeu pela cozinha adentro, exclamando!

– Então que pouca vergonha é esta? O fidalgo à espera da ceia, e esta súcia de mandriões aqui postos a ouvir as patranhas daquele senhor!

Os criados surpreendidos ergueram-se em alvoroço e tomaram os seus postos. O hortelão reagiu, como era seu costume.

– Patranhas? Isso lá mais devagar. Isto vi e ouvi eu, como o vejo e ouço a vossemecê, e muito me honro em dizê-lo. Patranhas! Quem quiser, pode ler tudo isso nas gazetas e muitas coisas mais. Eu fui soldado do imperador e...

– Está bom, está bom: pouco falatório. Você o que é, é hortelão; e o lugar dos hortelões não é na cozinha.

– Lá se vamos a isso, também o do capelão não é ao pé das panelas, e contudo vossemecê pode dizer-se que não tem outro posto onde esteja mais firme.

– Tenha cuidado com a língua: olhe que um dia a paciência esgota-se e depois não se queixe.

– Não se meta o senhor padre comigo, se não quer ouvir. Olhes que eu fui soldado, e não é um frade que me leva a melhor. A vontade que ele nos tem sei eu, que ainda me lembra de ver arder pelos quatro cantos o convento de S. Francisco, na noite de 24 para 25 de julho, e por pouco que não morriam queimados todos os meus camaradas de Caçadores 5. Hein? Que diz vossemecê àquela caridade?

– Você não se quer calar? Eu direi ao Sr. Dom Luís as conversas que você tem aqui na cozinha e a maneira por que fala da religião e da igreja.

– Quem falou em tal? Eu em quem falo é nos frades, que é coisa diferente.

A desavença terminou com a súbita saída do padre que perdia as estribeiras nestas lutas. A criadagem ficou rindo pelas costas, e o hortelão passou a contar por miúdo como tinha sido o caso do incêndio do Convento dos Franciscanos.

O padre, na presença do fidalgo, encetou a sua milionésima queixa contra o jardineiro, e acabou por dar o milionésimo conselho da sua imediata demissão. O fidalgo ouviu-o pela milionésima vez com o silêncio do costume.

Daí a momentos estava o procurador aplacado... porque ceava.

À ceia assistia o fidalgo e os dois filhos.

Ninguém falou durante a refeição noturna. O padre estava amuado, Dom Luís pensativo, Jorge e Maurício trocando olhares de inteligência, sobre o aspecto carrancudo do padre.

Ao erguer-se da mesa, Dom Luís disse para o filho mais velho:

– O Sr. frei Januário já está informado do que hoje se combinou. Amanhã ele que tenha a bondade de te dar os conselhos precisos.

E depois de um seco "boa-noite" Dom Luís saiu da sala.

Os filhos levantaram-se para também se retirarem.

Jorge interrogou o padre:

– A que horas quer que o procure amanhã, Sr. frei Januário?

– A que horas?... Ah!... sim... isso... eu sei... A coisa não é de pressa... Se não for amanhã...

– Há de ser amanhã – atalhou Jorge.

– Há de ser! Essa é boa! Sabe lá a minha vida? Há de ser! Tem graça.

– Não lhe tirarei muito tempo. Sossegue. Quero só que me passe os livros e os papéis.

– Os livros!... e os papéis... Mas para quê?

– Porque de amanhã em diante tomo conta deles.

– Eu não me entendo com criancices. Na verdade o Sr. Dom Luís fez-me o que eu nunca esperei dele. É bem custoso receber tal paga no fim de tantos anos de serviço! E então que patetices! Atender aos caprichos de uma criança em coisas tão sérias como estas! E sabe que mais Sr. Dom Jorge? Eu não tenho vagar nem paciência para me pôr agora a ensinar meninos.

Maurício ia a responder, talvez com aspereza, mas Jorge atalhou-o, dizendo:

– Mas quem lhe fala em ensinar? Quem lhe pede lição ou conselho?

– Então para que me procura amanhã?

– Para que me dê os livros e mais documentos relativos à gerência da casa, e me preste os esclarecimentos que eu lhe pedir. Não são perguntas de discípulo...

– Percebo o que quer dizer: são de juiz.

– Não. Quem o supõe réu? Não senhor. É apenas uma curta conferência, como o trocar da senha entre as guardas que se rendem.

– Então o Sr. Jorge está seriamente resolvido a tomar conta disto
– Muito seriamente.
– Sim, senhores. Há de ser bonito! Mas isto é até um caso de consciência, e eu não sei se devo...
– Aplaque os seus escrúpulos, frei Januário. A responsabilidade de um procurador expira no dia em que a procuração lhe é retirada pelo constituinte. Até amanhã. Não se esqueça de me apresentar todos os livros da sua escrituração.
– E ele aí torna! Ora que cisma! Eu sei lá de livros e de escrituração, homem? É boa! Isto não é nenhum armazém.
– Então geria de cabeça, frei Januário? – perguntou Maurício rindo.
– Geria como entendia. Tomo os apontamentos precisos; mas lá de parlapatices e espalhafatos é que nunca fui.
– Bem; amanhã examinaremos esses apontamentos; boa noite, frei Januário – concluiu Jorge.
– Sr. frei Januário, muito boa noite – secundou zombeteiramente Maurício.
– Ide com Nossa Senhora – respondeu o padre, irritado.
Os dois rapazes saíram, rindo dos amuos do egresso.
Este ficou só, e encetando um habitual complemento da sua substanciosa ceia, ia resmungando:
– Forte pancada a desta gente! Olhem agora o criançola... E como ele fala! Parece já um senhor que *todo lo manda*! Os livros! Era o que me faltava! era ter livros para assentar contas com rendeiros e dívidas da casa. Bem digo eu! Mas deixa estar que eu o curo da mania de meter o nariz nestas coisas. Dou-lhe uma esfrega amanhã. Em ele vendo como a casa está embrulhada, perde logo o furor com que está de a administrar. Sempre lhe hei de fazer uma tal barafunda de papelada, que o rapazinho há de ir dizer ao papá que não quer saber de contas. Ora deixa estar! Muito me hei de rir. Quando ele principiar a ver o sarilho em que isto tudo está metido, que nem eu sei já como sair dele, então é que há de dar vivas, e gritar "aqui dei-rei". Ora deixa estar.
E o padre ria, ria de boa feição, ao pensar no logro que havia de pregar a Jorge, ria e comia, o bom do homem, que era um gosto vê-lo.

Depois foi deitar-se, e o sono de uma certa classe de bem-aventurados baixou-lhe sobre as pálpebras, suave e restaurador.

Jorge não dormiu, como o padre; velou até alta noite, lendo, calculando, combinando planos econômicos. Maurício também dormiu pouco; pensou igualmente no futuro, na revolução que ia operar-se na sua vida, mas de um modo vago, sem ter ainda um plano formado, nem trabalhar para isso. As mais variadas e brilhantes imagens passavam-lhe pela fantasia, sem que se fixasse uma só delas. Era um suceder de ideias tão rápido que parecia estonteá-lo, como o ilusório movimento das margens perturba o viajante móvel arrebatado no convés velocíssimo dum barco a vapor.

No dia seguinte teve lugar a solene conferência do padre e de Jorge.

Frei Januário tentou realizar a troça que com aplauso próprio delineara na véspera. Desdobrou em cima da mesa toda a papelada, amontoou, sem classificação nem escolha, procurações, recibos, contas, contratos de arrendamento, títulos de propriedade, escritos de quitação com a fazenda, e outros vários documentos, com intuito de assoberbar a inexperiência de Jorge e castigar-lhe as aspirações ambiciosas.

Depois de ter assim patenteado aquele caos aos olhos do seu proposto sucessor, o padre, encostando os braços à banca, apoiou o queixo entre as mãos, posição em que a boca repuxada lhe tomava um jeito de caricatura eminentemente cômica e ficou à espera do resultado das suas manhas com um sorriso de malícia e triunfo.

Jorge porém não desanimou. Com um rápido lançar de olhos julgava da importância dos papéis, que sucessivamente examinava, e assim os punha de lado para segundo exame, ou os guardava como vistos.

Dentro em pouco tempo entrou a ordem no caos, e Jorge passou a mais minuciosa revista.

Frei Januário já se sentia um pouco incomodado com o andamento que ia vendo às coisas, e insensivelmente foi tomando uma posição mais discreta e fugiu-lhe do rosto o ar malicioso com que até ali observara Jorge.

O pior não tinha principiado ainda.

Jorge acompanhou o segundo exame, a que procedeu sobre os papéis de importância, de uma série de perguntas, que embaraçaram sobremaneira o padre. Reconheceu então que o filho de Dom Luís não era a criança que ele supusera, que via mais claro naqueles negócios do que ele próprio com toda a sua experiência, e que a conferência, na qual esperava dar uma memoranda lição ao impertinente discípulo, podia muito bem terminar com notável desvantagem do mestre.

Ao princípio do fogo cerrado de questões e objeções o padre tentou entrincheirar-se atrás de evasivas, tratando o caso jovialmente; mas teve de abandonar essa tática diante do tom e aspecto de seriedade varonil, com que Jorge lhe insinuou:

– Sr. frei Januário, eu não vim aqui para brincar, nem o assunto da nossa conversação é digno dessas jovialidades. Sou um dos futuros herdeiros desta casa e quero saber como ela tem sido administrada até agora.

O padre experimentou a arma da dignidade ofendida.

– Então quer dizer que desconfia de mim?... E instaura-me um processo?

– Peço-lhe por favor que não venha com isso outra vez. Ninguém o acusa, já lho disse. Peço-lhe só esclarecimentos sobre o passado, para poder caminhar para diante.

Frei Januário acabou por se convencer de que não havia de fugir à sabatina. Não lhe foi suave tarefa aquela.

Jorge pela primeira vez lhe fazia ver os erros do ofício que ele cometera, a imprudência com que dirigira certos negócios, o desleixo em que deixara outros, a ilegalidade de certos atos, os riscos em que pusera parte dos bens da casa. O padre suava, torcia-se, esfregava a testa, entrava em explicações confusas, donde com muito custo saía, titubeava, gemia, protestava, limpava os óculos, chamava em seu auxílio céus e terra; mas tudo era inútil poeira de encontro à paciência e fleuma com que Jorge o interrogava ou lhe fazia qualquer observação, que, sem ser formulada como censura, feria no vivo a suscetibilidade do padre. Em uma palavra, o resultado da conferência foi exatamente o oposto ao que frei Januário prognosticara. Quem dela saiu atordoado, desgostoso e disposto deveras a não querer saber mais da administração da casa, foi o padre e não o rapaz.

Frei Januário viu com espanto esboroar-se o edifício da sua experiência, em cuja solidez ele próprio tinha a ingenuidade de acreditar, ao simples sopro de uma criança. A impressão que lhe ficou deste apertado inquérito foi tal, que o pobre homem começou a sentir um estranhado medo de Jorge e a empalidecer só com a lembrança de uma cena como aquela.

Sempre que Jorge lhe dirigia a palavra dali por diante, já o padre previa com terror uma interpelação e ficava nervoso! Muito mais se Dom Luís estivesse presente.

Assim, pois, graças a estes medos, frei Januário, em vez de tornar-se vigilante em relação aos atos de Jorge, tratou de evitá-lo tanto quanto podia.

O desgraçado persuadira-se de que tinha cometido tantas faltas na sua administração, que o seu desejo era ver passar já sobre elas muitos anos para desvanecer-lhes os vestígios.

Jorge ficou completamente à vontade. Dom Luís, interrogando o capelão, ouvira dele que Jorge estava habilitadíssimo para administrar a sua casa. Foi quanto bastou ao fidalgo para confiar cegamente no filho e para anuir sem exame a todos os seus projetos, como por tantos anos fizera aos do padre.

Portanto, sem desconfiança de pessoa alguma, pôde Jorge combinar com Tomé, em entrevistas noturnas na Herdade, o seu plano de administração. Tomé era, nestas coisas, um prudente e avisado conselheiro. Estudaram ambos a maneira de remediar muitas faltas cometidas, entraram em correspondência com o advogado do fazendeiro, por causa de uma velha e importante demanda da casa; Jorge visitou todas as suas terras, celebrou novos e mais vantajosos arrendamentos sempre que pôde, e para estes primeiros atos levantou em segredo parte do empréstimo agenciado por meio do capital e do crédito de Tomé da Póvoa.

Causou espanto na terra a revolução administrativa da Casa Mourisca. Os que mantinham vistas interesseiras sobre os bens do fidalgo e que, movidos por elas, entravam em transações com a casa, conceberam ao princípio lisonjeiras esperanças, vendo que tinham a tratar com um moço inexperiente. Cedo porém se desenganaram, encontrando-o sempre cauteloso e perspicaz, graças à inteligência própria e aos conselhos do previdente Tomé, que entrava em tudo sem ser visto nem suspeitado sequer.

As entrevistas de Jorge e do fazendeiro tinham sempre lugar de noite, como já dissemos.

Jorge saía de casa quando já todos dormiam, menos Maurício, único que se recolhia ainda mais tarde e que nem sequer sabia das sortidas do irmão.

Tomé da Póvoa esperava-o na Herdade, onde o rapaz entrava com o mesmo mistério, e às vezes prolongava-se até altas horas estes conciliábulos econômicos.

Neles, ambos aprendiam. Tomé abria a Jorge os tesouros da sua muita experiência, e esclarecia-o com os conselhos ditados por um são juízo e uma natural lucidez. Jorge que já enriquecera a sua biblioteca de novos livros e de periódicos de agricultura e de economia rural, falava a Tomé dos progressos e melhoramentos agrícolas dos países estrangeiros, e eram para ver a atenção e o entusiasmo com que o lavrador o escutava. Com ânimo arrojado e despido do cego e supersticioso amor pelas práticas velhas, Tomé tomava notas de muitas dessas inovações, para as experimentar, praticando-as nas suas próprias terras. Que belos e grandiosos projetos de futura realização não planejavam eles, inspirados das maravilhas obtidas pela agricultura nos países mais adiantados onde é exercida por homens inteligentes e instruídos!

Passado pouco tempo Jorge gozava já na aldeia de uma fama de fino administrador, que lhe granjeou o respeito de todos os habitantes.

Para esta fama concorreu uma circunstância preparada ainda pelos ressentimentos de frei Januário.

Depois de destituído, e ainda para mais, derrotado pelo estreito inquérito de Jorge, e antes que conseguisse dominar completamente o seu despeito, tentara o padre levar ao rapaz uma nova dificuldade.

Com esse intento convocou um dia todos os criados da casa e da lavoura, que viviam das soldadas do fidalgo, ou melhor na esperança delas, e depois de os ter juntos, deu-lhe velhacamente a notícia de que, tendo sido dispensado pelo Sr. Dom Luís de continuar a gerir os negócios da casa, não era daí por diante responsável pelo pagamento das soldadas atrasadas nem das futuras, que esses negócios estavam, agora, ao cargo do Sr. Dom Jorge e que se entendessem com ele, porquanto da sua parte lavava as mãos de tudo.

A estas palavras, levantou-se murmuração entre alguns criados que não tinham grande confiança no novo gerente e que reclamavam do padre o pagamento das soldadas vencidas dizendo que era ele o responsável por esses pagamentos, visto serem do tempo da sua administração.

– Não quero saber de contos – insistia o padre. – Por feliz me dou em me tirarem dos ombros esta canseira. Os outros que se avenham como puderem.

A celeuma continuava, apesar da contrariedade do hortelão, que declarou que pela sua parte estava satisfeito com a mudança, porque o Sr. Jorge era um rapaz de juízo e de brio, e, melhor do que ninguém, homem para cumprir a sua palavra.

Estavam as coisas nestes termos, quando um fato imprevisto as modificou.

Foi o aparecimento de Jorge.

A cena passara-se em uma sala contígua à do cartório da casa, onde desde pela manhã Jorge se encerrara a examinar uns papéis de importância. O padre supunha-o fora, e por isso promovera aquela reunião prestes a tornar-se tumultuosa. Assim pôde Jorge ouvir tudo.

Percebeu a necessidade de fazer cessar aquela cena escandalosa, e terminá-la airosamente, embora à custa de algum sacrifício. Nesta resolução levantou-se e abriu de par em par a porta pela qual comunicavam as duas salas.

Assim que o viram os criados emudeceram. O padre julgou-se perdido.

Jorge dirigiu-se placidamente àqueles.

– Quando o Sr. frei Januário lhes disse que me procurassem para serem pagos do que se lhes deve, era melhor que o fizessem logo, e não levantassem esse clamor próprio de uma feira. Entrem que eu aqui estou pronto para lhes fazer contas.

E a um gesto imperioso de Jorge, os criados entraram tímidos no gabinete, ocultando-se uns com os outros.

– Entre também, frei Januário – disse Jorge ao padre, que procurava retirar-se sorrateiramente da sala.

O padre teve de obedecer, a seu pesar.

Jorge sentou-se à mesa e principiou a interrogar os criados, um por um, sobre a quantia que se lhes devia, e pagando-lha integralmente, depois de obtida a informação.

Assim os correu e satisfez a todos, à exceção do hortelão, que o estava a observar calado e com os olhos úmidos.

Jorge voltou-se para ele e disse-lhe:

– Estou que te fazia ofensa, se te pagasse ao mesmo tempo que a esses desconfiados. Tu és dos que esperam com esta garantia.

E estendeu-lhe a mão francamente aberta.

O hortelão quase se precipitou para ela e apertou-a comovido nas suas.

– Ó Sr. Jorge! a maior paga que me pode dar é... não me pagar nunca.

Movidos por esta cena, os outros criados vieram depositar na mesa outra vez o dinheiro recebido.

– Lá por isso, nós também esperamos...

Jorge restituiu-lhes o dinheiro.

– Não é necessário... Levem-no.

E depois acrescentou:

– As circunstâncias atuais da nossa casa obrigam-nos a fazer mudanças no serviço. Temos de reduzir o número dos criados de dentro e aumentar os de lavoura. Por isso vocês quatro, Francisco, Lourenço, Pedro e Romão, podem procurar outra casa. Para nos servir bastam os outros dois. Vocês, os de lavoura, ficam, se quiserem, e se tiverem parentes que pretendam empregar-se aqui no mesmo serviço, mandem-nos ter comigo. E agora podem ir.

O tom em que foram ditas estas palavras excluía qualquer observação. Saíram todos.

– Frei Januário – acrescentou Jorge, dirigindo-se ao padre, que estava meio aparvalhado – podia fazer-me saber mais delicadamente esta dívida da casa. Apesar disso agradeço-lhe o ensejo que me deu de a pagar.

O padre resmungou não sei o quê, e saiu cada vez com mais medo de Jorge.

– Onde foi o diabo buscar já tanto dinheiro? – pensava ele. – Não pode deixar de ser da maçonaria.

O hortelão ficou só com Jorge.

O pobre homem estava entusiasmado com a honrosa distinção que recebera, e para manifestar o seu entusiasmo passou a contar a Jorge como é que se tinha dado o ataque do monte das Antas.

Esta cena, divulgada em pouco tempo, concorreu, como dissemos, para aumentar os créditos de Jorge em toda a aldeia.

8

Sucederam muitos dias sem que na vida dos diferentes personagens, que temos apresentado ao leitor, ocorressem incidentes dignos de menção.

Maurício permanecia na aldeia, e vivia nela a mesma vida que até ali, porque não se obtivera ainda da prima baronesa a resposta à carta de Dom Luís.

Apesar da energia com que vimos aquele rapaz abraçar os nobres projetos do irmão, exige a verdade que se diga que ele sofria com demasiada resignação as delongas da empresa, na parte que lhe dizia respeito, e continuava a distrair-se como dantes em passeios, caçadas e aventuras galantes. Estava-lhe isso no caráter.

Jorge, esse deitara-se de corpo e alma ao trabalho. Estudava no gabinete, discutia nas conferências com Tomé, e principiara já a realizar reformas e melhoramentos, prometedores de vantagens futuras.

Os capitais agenciados pelo fazendeiro haviam já permitido libertar a casa de muita usura e encetar em uma das melhores propriedades do antigo morgado trabalhos agrícolas mais ativos e metódicos; viam-se já por lá as enxadas e os arados revolverem a terra e desarreigarem as ervas estéreis: já se podava e enxertava nas vinhas e pomares quase bravios, aproveitavam-se as águas, fertilizava-se o solo, sentia-se renascer aquela natureza amortecida, como se entrasse na convalescença de uma longa enfermidade.

Frei Januário presenciava aqueles prodígios com espanto e despeito, murmurando dos gastos loucos, em que o rapaz se metia.

– Muito havemos de rir afinal – dizia ele. – Entradas de leão; agora as saídas...

Não comunicava porém as suas reflexões ao fidalgo, porque tinha medo de Jorge.

Dom Luís, que em um dos passeios que costumava dar a cavalo, acompanhado de escudeiro a distância marcada pela velha pragmática, teve ocasião de observar esses melhoramentos, sentiu um íntimo prazer, sabendo que aquela fazenda era agricultada por conta da casa. O fidalgo não procurou informar-se dos meios pelos quais Jorge chegara a realizar o milagre. Cresceu a confiança no filho e de olhos fechados entregou-se a ela.

Não pararam aqui os trabalhos de Jorge. A casa, como já dissemos, lutava, havia muito tempo, com um importante litígio, que podia decidir do destino de quase metade dos seus bens. Esta demanda complicada e de uma marcha morosíssima, tomara ultimamente uma feição pouco favorável aos Fidalgos da Casa Mourisca.

Frei Januário já prevenira Dom Luís de que a considerasse perdida.

Jorge, na revista a que procedeu nos arquivos de família, encontrou documentos, a seu ver importantes e até ali não aproveitados, por incúria do padre capelão. Mostrou-os a Tomé, que, experiente nestes negócios como um verdadeiro lavrador do Minho, confirmou a valia do achado, e ambos resolveram remetê-los a um novo advogado, a quem se entregou a direção do litígio.

Haviam pois sido bem encetados os trabalhos de Jorge. Longe ia ainda o seu pensamento da realização completa. O que havia por fazer era muito mais de que o que estava feito, mas os princípios animavam.

Por este tempo, porém, sobreveio um acontecimento, que algum tanto transformou a face destes negócios.

Recebeu-se na Herdade uma carta de Berta.

Preciso é porém dizermos algumas palavras a respeito de Berta, antes de a introduzirmos em cena; porque a leitora suspeita já que vai chegar afinal a heroína da história; e a ausência dela em sete capítulos inteiros talvez não tenha sido pouco estranhada.

Berta, segundo atrás fica dito, era a filha mais velha de Tomé.

Nascida na época em que o fazendeiro não era ainda o homem abastado em que depois se tornou, procuraram-lhe os pais bons padrinhos, para assegurar o futuro da pequena.

Tomé obteve do fidalgo da Casa Mourisca a condescendência de acompanhar a criança à pia batismal; Luísa, pela sua parte, solicitou e conseguiu idêntico favor de uma senhora do Porto, para casa de quem ela por muito tempo lavara, quando nesse mister ocupava a sua robusta juventude.

A roda da fortuna, por uma das suas muitas sabidas revoluções, alterou a posição relativa de toda esta gente, durante o decurso dos primeiros anos de Berta.

Já sabemos como, em virtude desta revolução, Tomé subiu gradual e incessantemente, enquanto Dom Luís descia. O mesmo que a este último, sucedeu à tal senhora, cuja índole bondosa e tímida não soube opor estorvos às prodigalidades de um irmão perdulário, vendo-se em consequência disso obrigada a sair do Porto, onde vendeu tudo o que tinha para ir para Lisboa educar meninas.

A primeira discípula que teve foi Berta. Os pais sentiam ambições pela filha e queriam dar-lhe a educação de uma senhora, aproveitando e cultivando nelas as boas disposições que já adquirira na convivência com os pequenos da Casa Mourisca, onde era recebida com afeto. Além disso, outra e mais generosa intenção levou-os a darem aquele passo. Queriam concorrer para aliviar o infortúnio da infeliz senhora que sempre na opulência os auxiliara e estimara. Possuíam porém bastante delicadeza para lhe oferecerem socorros, sem um pretexto a colori-los. Pediram-lhe pois que tomasse conta da educação de Berta, e assim, além da mesada do costume, tinham o ensejo de fazerem valiosos presentes à mestra, que percebia e apreciava com lágrimas a generosidade daquele proceder.

Foi assim Berta mandada educar para Lisboa, o que não provocou escassos comentários na aldeia, onde se disse que o Tomé da Herdade se afidalgava, e que já não queria ter filhos lavradores.

O senhor da Casa Mourisca não viu também com bons olhos aquele passo de Tomé, cujo engrandecimento havia já muito tempo que principiara a incomodá-lo.

Berta, que fora até então a companheira de brinquedos dos meninos da Casa Mourisca e de Beatriz, a pálida e meiga criança, que temos visto viver ainda na memória de quantos a amaram, deixou a aldeia uma madrugada com lágrimas e soluços.

Desde então conservou-se em Lisboa, onde só o pai a foi ver, por duas vezes, deixando-a inteiramente entregue aos cuidados da senhora, que lhe ganhara afeição cada vez mais funda.

Berta crescera; as graças infantis foram a pouco e pouco perdendo nela aquelas iluminadas cores, com que nos alegram e, diluindo-se nas misteriosas sombras de uma juventude de mulher, sombras que não empanam a beleza, antes lhe dão mais e mais sedutor relevo. Berta não era já a criança que saíra da aldeia, sem um pensamento que retivesse, nem um sorriso que encobrisse, sem um olhar que se desviasse pensativo ou tímido, sem uma dor que se não manifestasse em lágrimas; era já a virgem de dezoito anos, sob a influência da vida nascente do coração, e portanto sujeita a todas as sutis impressões, dominada por todos os impulsos contraditórios e por todas as indefinidas aspirações daquela quadra mágica.

A vida das cidades, sem lhe dar a mórbida languidez, que tão sem razão anda confundida com a elegância, apurara-lhe a delicadeza feminina, desenvolvera-lhe a sensibilidade para os afetos e a inteligência para os prazeres de espírito.

Mas o que em Berta sobretudo havia mais digno de referir-se aqui, por ser menos comum fenômeno do que esses que descrevemos, era a permanência de uma razão clara no meio dos atrativos e seduções, com que a fantasia tantas vezes, em circunstâncias tais, a ofusca. Gozava, mas sem embriaguez; sentia, mas sem arroubamentos; e apreciando as prendas de educação que ia adquirindo, nunca perdia de vista a modéstia do seu nascimento e a modéstia do futuro que naturalmente devia ser o seu. Se tinha sonhos de juventude... e quem os não tem naquela idade? sabia que sonhava, e não se distraía a procurar no mundo real as visões, que neles lhe apareciam.

A lembrança da sua origem modesta não a fazia melancólica, mas prudente. Não era aquela ideia uma sombra negra, que não lhe deixava ver a luz; simplesmente como um cristal corado, que lhe permitia fitá-la, sem medo de ofuscação e cegueira.

Assim, no meio das suas efusões, das suas melancolias e até dos seus pequenos caprichos de rapariga, Berta nunca deixava de ser uma rapariga de juízo.

A educação do colégio não produzira nela a adocicada pedantaria de algumas meninas da moda. Nas cartas, que escrevia aos pais, nunca se lia uma frase que eles não entendessem, uma palavra que os embaraçasse e lhes fizesse sentir a inferioridade da sua educação. Revelava-se nisto um natural instinto de delicadeza, que Tomé, por um instinto análogo, sabia apreciar.

Sentia que Berta nunca se envergonharia de chamar a ele pai, e mãe à boa Luísa, e esta convicção não o deixava arrepender de a haver educado com esmero. Pobre do homem se esses cuidados lhe tivessem alienado os afetos da rapariga!

As cartas de Berta eram escritas de forma que não somente aos pais agradavam, mas a quantos as liam.

Tomé mostrara-as a Jorge; este não pôde deixar de apreciar a redação singela e despretensiosa em que parecia refletir-se a candura e pureza daquele caráter de mulher. Havia nelas uma maneira de pensar tão acertada, vistas tão despidas de preconceitos, tanto sentimento revelado com tanta sobriedade de frases sentimentais, que são o maior achaque nas cartas de mulher; transpareciam tão distintamente os suaves e generosos instintos da sua alma feminina, que o espírito de Jorge simpatizou naturalmente com aquele outro espírito que, nessas ligeiras manifestações, se revelava tão irmão seu.

A pouco e pouco uma dessas simpatias, que às vezes se originam no coração, lentas, brandas, ignoradas, sem a agudeza das paixões, despertadas por um ente, de quem apenas se conhece o nome, ou quando muito uma afeição, um ato da vida, um pensamento, insinuou-se no coração de Jorge. Era um sentimento, que não o inquietava ao princípio, nem lhe perturbava o espírito; por isso não se acautelou dele; deixou-se repassar daquele grato influxo, sem se lembrar sequer de lhe estudar a natureza, e muito menos de suspeitar-lhe os perigos.

Um dia mostrou-lhe Tomé o retrato da filha. Jorge encontrou nele as feições que conhecera infantis, animadas agora pela vida da adolescência. Pareceu-lhe não haver contradição entre aquela fisionomia e o caráter que supusera a Berta; e a imagem da rapariga começou a aparecer-lhe com insistência nos seus devaneios de rapaz.

Jorge então assustou-se. Sentia pela primeira vez alguma coisa em si, de que a razão lhe não dava boas contas. Pareceu-lhe ser aquilo uma fraqueza, indigna do seu caráter sério, e resolveu pois vencê-la.

Desde esse momento principiou uma estranha luta naquela alma, sem que aparecessem fora vestígios que a denunciassem. Sentia um inexprimível prazer ao ouvir falar de Berta; e por isso mesmo fugia aos ensejos de experimentá-lo. Esta contensão forçada acabou por produzir no espírito de Jorge um efeito singular; foi um grau de irritação, revelado por uma espécie de hostilidade para com Berta, cuja imagem viera perturbar-lhe a limpidez do coração, que tivera até ali, e fazer-lhe pela primeira vez vacilar a razão, que todos nele admiravam. Era o caso de poder dizer-se, em estilo de conceitos: "Queria-lhe mal por lhe querer bem." Receava-se dela, e fazia o possível para desvanecer a impressão por que se sentia dominado.

Tais são as indicações que julgamos dever dar a respeito de Berta, antes de narrarmos o efeito da carta, que dela se recebeu na Herdade.

Esta não era uma simples carta de cumprimentos ou daquelas, em que a filha se estendia em longas conversas com o pai, contando-lhe por miúdo os singelos episódios da sua vida de rapariga. Desta vez havia nela uma nova importante e que ia modificar o plano de vida da família.

A senhora, em casa de quem Berta se educava, havia repentinamente falecido. Berta escrevia assim ao pai:

"Meu querido pai.

Escrevo-lhe a chorar e com o coração a partir-se-me de dor. A minha madrinha faleceu esta madrugada. Ainda ontem à noite esteve a conversar e a rir conosco, e tínhamos até combinado para hoje um passeio a Sintra! De madrugada foram acordar-me a toda a pressa para ir ter com a senhora, que estava mal. Cheguei para a ver expirar; custou-lhe já a dar-me um beijo e a despedir-se de mim. Imagine como estou! Nós todas ficamos como loucas!

Ainda isto me parece um sonho! Veja que malfadada senhora! Agora, que principiava a viver outra vez mais feliz!... Peço-lhe que me diga o que devo fazer neste caso. Eu sei que o pai já uma vez falou em mandar-me para outro colégio, se por acaso me faltasse a minha madrinha. Deixe-me porém lembrar-lhe algumas coisas, e depois decida. Eu não quero dizer que tenha uma educação perfeita; mas, como não conto, nem desejo, viver nas salas daqui, posso bem passar sem esses apuros, que para isso me seriam precisos. Muito tem já o pai feito por mim, é preciso agora olhar por meus irmãos, e alguns estão em idade em que ainda podem agradecer-me alguns serviços, que eu aí consiga fazer-lhes. Mande-me ir. A mãe deve ter muito trabalho em olhar por tudo em casa. É tempo que eu a ajude em alguma coisa. Aos dezoito anos é uma vergonha não o fazer. É uma parte da minha educação que posso concluir aí e que me será bem necessária. Demais, confesso-lhe que, depois da morte da minha madrinha, havia de custar-me a continuar em Lisboa. Peço-lhe pois que me deixe ir viver consigo e matar as saudades, que já tenho de todos e de tudo.

Muitas lembranças à mãe, muitos beijos aos pequenos.

Sua filha que espera muito cedo abraçá-lo.

Berta

P.S. Que não esqueça dar muitos recados à Joana, ao Manuel da Costa e à filha, assim como à tia Eusébia e às mais pessoas amigas."

Tomé leu à mulher a carta da filha, e entre ambos discutiram o partido que conviria adotar.

Saudades maternas e paternas, desejos de ver de perto e abraçar a filha dileta e primogênita que havia tanto tempo lhes andava longe das vistas, o sonhado prazer de a sentir, animando a casa com todo o calor de vida que em torno de si difunde uma rapariga de dezoito anos, resolveram a questão no sentido indicado por Berta; e para assim a resolver quase bastava que ela o indicasse.

Decidiu-se pois que Berta voltasse para a Herdade.

Daí os necessários preparativos para acomodação da filha, cujos hábitos, modificados pela vida da cidade, deviam ter exigências, a quem era justo atender.

O instinto materno adivinha melhor de que era de esperar essas miúdas necessidades, e a liberalidade paterna provia a elas. E tudo isto preocupava o feliz casal, cujo contentamento se refletia em criados e jornaleiros.

Jorge encontrou uma noite Tomé ainda empenhado nesta labutação caseira, e soube dela a causa de tanto alvoroço.

O filho mais velho de Dom Luís ouviu com sobressalto a notícia.

Parecia prever a aproximação de um perigo, que mal ousava definir.

Dissimulou contudo o que sentia, e deu a Tomé e a Luísa os parabéns pela próxima chegada da filha, e até os auxílios com o seu alvitre na resolução de algumas dificuldades, relativas ao arranjo do gabinete destinado a Berta.

Saiu porém da Herdade debaixo de estranhas impressões morais. Experimentava um misto de mal definido prazer e ao mesmo tempo de desgosto.

Tomé resolveu ir ele próprio a Lisboa buscar a filha.

Interromperam-se pois, durante alguns dias, as conferências econômicas da Herdade.

A demora de Tomé não foi longa.

Pouco mais de oito dias passados, era ele de volta com a Berta.

Uma tarde vinha Maurício a cavalo, de uma excursão pelos campos, quando, ao descer por entre os pinheiros de uma bouça cerrada, viu passar, em um curto lanço de estrada, que as entreabertas do arvoredo deixavam patentes, o vulto de dois cavaleiros.

Atraíram-lhe naturalmente a atenção e esperou para melhor os reconhecer, que chegassem a outro lanço mais próximo e mais descoberto da estrada que seguiam.

De fato, pouco depois viu que era um homem e uma senhora, que cavalgavam a par.

No homem reconheceu Tomé; na senhora pareceu-lhe nova e elegante.

Em resultado desta dupla descoberta dirigiu o cavalo imediatamente para eles.

Perto principiou a divisar na dama, que Tomé acompanhava, feições conhecidas.

Antes porém que esclarecesse a vaga ideia que aquelas feições lhe iam suscitando, o fazendeiro exclamou, saudando-o com a mão:

– Venha dar-me aqui os parabéns, Sr. Maurício; venha cá que me volta ao pombal uma pomba que deixei sair dele há muito tempo.

Maurício acabou por corroborar a suspeita que já tivera.

Era Berta a amazona.

Berta, a pequena aldeã com quem brincara em criança no pátio e na quinta da Casa Mourisca, a companheira de sua irmã Beatriz, a afilhada de seu pai e a pequenina dama a quem dedicava já então os seus galanteios infantis; era ela, mas com todas as surpreendentes e rápidas transformações que opera o sangue da juventude na formosura da criança, com todo o realce e prestígio que dá à beleza a educação.

Berta era uma rapariga de olhos negros e de boca graciosa, onde flutuava um sorriso expressivo ao mesmo tempo de alegria e de bondade. Havia nos movimentos e nos olhares e nos modos dela um misto da candura de uma criança e dos delicados instintos da mulher; reconhecia-se a falta de dissimulação, que é próprio dos caracteres generosos, ao mesmo tempo uma natural dignidade, que impõe respeito aos menos reverentes.

Maurício sentia-se maravilhado diante da filha de Tomé.

– Berta! – exclamou ele sem disfarçar a sua surpresa, nem desviar os olhos da rapariga, que o saudara corando. – É certo que é Berta! Conheço ainda o sorriso, que é o mesmo de outros tempos. Mas que diferença em tudo mais!

Berta desviou os olhos sob a insistência e expressão dos de Maurício, e dominando a custo a comoção, conseguiu dizer:

– Fiz-me mais velha, não é verdade?

– Não, Berta, fez-se um anjo – acudiu Maurício.

– Isso é que não – atalhou Tomé –, anjo era dantes. Hoje já não repicariam os sinos, se ela morresse.

– A terra teria bem razão para lamentar-se. Ao céu é que competiriam as festas – atalhou, galanteando, Maurício.

– Também eu encontro mudanças em si, Sr. Maurício – observou Berta. – Quando o deixei, não dizia ainda essas coisas.

E a mesma íntima perturbação tirava-lhe ainda a firmeza à voz e ao olhar.

– Porque as não sentia, Berta – redarguiu Maurício.

Berta abanou a cabeça com ar de dúvida e quase de tristeza, e tornou sobressaltada:

– Parece-me que os que melhor dizem dessas coisas são os que menos sentem.

– Também lhe ensinaram a desconfiar, Berta?

– É tão fácil ensino! Cada um aprende por si.

– Vamos – interrompeu Tomé –, nada de estar parados no meio da estrada. Lembra-te, Berta, de que tua mãe a estas horas não faz outra coisa mais do que espreitar da janela, e ver se te vê chegar.

– Vamos lá.

Maurício dirigiu o cavalo para o lado do de Berta, que cavalgava assim entre o fidalgo e o pai.

– Que saudades me estão fazendo estes sítios! – dizia Berta, suspirando enquanto corria a vista pelo horizonte, que a rodeava.

– Tudo me é tão conhecido ainda!

– Lembras-te daqueles freixos, lá em baixo, ao descer para os Palheiros Queimados? – perguntou Maurício, apontando para o lugar que designava.

– Bem sei. É onde está a fonte da Moira.

– É onde nós fomos um dia com a Ana do Vedor colher agriões. Está certo?

– É verdade. E por sinal que nos saiu da quinta do Emigrado um cão grande que lá havia, e que se atirou a mim com uma fúria!

– E não se lembra de quem lhe acudiu?

– Sim, foi o Sr. Maurício, mas também lhe valeu a Ana do Vedor, que se não fosse ela, vamos, não sei o que seria.

– Ainda assim não impediu que o endiabrado cão me mordesse no pulso; ainda conservo a cicatriz. Olhe.

E Maurício mostrou o pulso a Berta, que se curvou para observar o vestígio daquele episódio de infância.

– É verdade – prosseguiu Berta, já mais à vontade –, e a boa tia ti'Ana do Vedor, que tanto lhes queria, a si e ao Sr. Jorge? Sei que vive; mas é o que era dantes, alegre, robusta, e franca?...

– Quem? A ti'Ana?! – acudiu Tomé. – Verás, Berta, que ainda te parece mais nova. Aquilo é que é mulher de casa! É um gosto vê-la, no meio dos campos, de mangas arregaçadas e chapéu de palha na cabeça, e enxada ou mangual na mão. O seu trabalho vale por dois homens. Pois numa eira?

Neste ponto Tomé deu um assobio, que exprimia a grande conta em que tinha o trabalho de Ana de Vedor.

– O filho está regedor.

– É uma boa e generosa alma – tornou Maurício, com uma expressão de sincera simpatia. – E quer-nos como filhos.

– Isso quer – confirmou Tomé. – Quando fala nos seus meninos, que trouxe ao colo e que sustentou com o seu leite, luzem-lhes os olhos.

– E também me ralha com uma severidade!

– Vamos, porque ela bem sabe por que o faz. Então pensa que não lhe merece ainda mais.

– Não digo que não. Só me queixo de certa parcialidade que manifesta por Jorge.

– E como vai o Sr. Jorge? – perguntou Berta.

– Muito bem. Fez-se caixeiro. Não sabe? Atirou-se aos livros e à papelada da casa, como um homem, e já não há tirar-lhe palavra que não seja de contas e de negócios.

– E é um homem às direitas – disse o Tomé com gravidade.

– Pois sim, mas podia distrair-se mais um bocado. Mas então? Deu-lhe Deus aquele gênio frio como o gelo...

– Eu não sei lá se é frio ou se é quente. O que sei é que é um rapaz de juízo e que, se continuar assim, há de remediar muita doidice, antiga e moderna, que há lá por casa.

– A moderna é comigo, aposto. Não tem razão. Eu também estou decidido a trabalhar. Se ainda aqui me vê, a culpa não é minha.

– Então vai partir? – perguntou Berta.

– Que remédio, Berta? Cumpro uma dura lei. Deixo o coração por aqui, acredite: por esses vales, por essas devesas, por essas ribeiras.. Mas que hei de fazer?

– E para onde vai?

– Eu sei? Para onde me levar o destino. Mas o Tomé ri-se! Seu pai ri-se, Berta!

– Rio-me da lamúria. Quem o ouvir, há de acreditar que ele parte deveras e que lhe custa imenso a partida.

– Então?

– A mim já me custa crer que o Sr. Maurício nos deixe; mas, a isso suceder, não há de ser a chorar que arranjará as malas.

– É injusto com o meu coração. É o que se segue.

– Não, senhor, não sou; mas sei o que é ter vinte anos, e sei o que é essa cabeça. E agora o nosso caminho é por aqui. O Sr. Maurício, se quiser dar-nos o prazer da sua companhia, tem no fim desta rua uma casa para o receber, senão...

– Agradecido, Tomé. Outro dia será. Não quero perturbar com a minha presença as alegrias de família. Adeus, Berta; continuaremos a ser os amigos que éramos dantes, não é verdade?

– Por que não, Maurício... Sr. Maurício?

E Berta, com um sorriso de generosa confiança, estendeu a pequena e delicada mão à que Maurício lhe oferecia.

Este, com uma galanteria, que o século atual traz quase esquecida, levou-a cavalheirosamente aos lábios, movimento que aumentou as cores na face de Berta; depois, cortejando-a com perfeita elegância, partiu a galope.

Berta seguiu-o por muito tempo com os olhos e ficou pensativa, depois que o perdeu de vista.

Tomé, que notara tudo isto, não deixou passar muito tempo que não admoestasse a filha.

– Olha cá, Berta, tem cautela com o teu coração, que não vá ele por aí deixar-se prender. Eu não sei como é costume viver-se hoje lá na cidade, mas aqui sei o que vai. Eu te digo, não ponhas muita confiança nestas amizades de Maurício. Não digo que ele seja mau rapaz, mas a cabeça é que é assim não sei como. E nisso mesmo é que está o perigo. Aqui há poucos rapazes que agradem mais do que ele; é bem feito, vivo, esperto, generoso... Na tua idade e com a educação que tens, não era para admirar que te agradasses de um rapaz assim. Mas, pensa enquanto é tempo, filha, no mal que a ti própria fazias, se estouvadamente te deixavas enfeitiçar. Eles são os fidalgos que sabes, e mais fidalgos ainda se julgam do que são. Tu, rapariga, és minha filha, e eu sou um lavrador, que já servi naquela casa. Entendes? Ó Berta, por quem és, não me faças arrepender da educação que te dei. Porque eu, às vezes, tenho minhas dúvidas. Digo eu comigo: "Faria eu bem educar minha filha assim? Se a tivesse deixado viver na aldeia e a criasse como filha de lavrador, dava-lhe um marido lavrador, e ela havia de estimá-lo e de ser feliz com ele, e de olhar com amor pelos filhos descalços, que lhe andasse pelos campos e apegados à saia da baeta; mas assim... Quem poderá costumá-la a isso? Mas que outro marido pode ela escolher?"

Berta escutou o pai com um sorriso nos lábios, mas sorriso que não anulava a expressão melancólica e pensativa, que conservava o resto das feições. Mais de uma vez se perturbou ao ouvi-lo, mas cedo adquiriu a serenidade habitual.

Neste ponto atalhou-o dizendo:

– São prudentes os conselhos que me dá. Farei por não os esquecer. Mas não se inquiete pela minha sorte. Nunca me deixei iludir pelos bens que a sua bondade me tem permitido gozar na vida; não perdi de vista o que sou. Sei ao que devo aspirar, e farei por não colocar a felicidade muito acima do alcance do meu braço. Na amizade de Maurício creio que não haverá perigos para mim; mas se os houver, hei de saber fugir-lhes. Foram meus companheiros, quando brincávamos todos naquela casa; quero-lhes por isso, mas sei o que deles me separa.

– Lá de Jorge nada temas. É um caráter sério aquele. Se disser que é teu amigo, é teu amigo deveras; senão, não to diria; mas este...

– Jorge é ainda o que sempre foi. Já em criança era o mesmo. Sempre sério!

– Agora ainda mais. Ele hoje não pensa senão nos negócios da casa, que tomou a seu cuidado e que levará a bom fim. Creio-o. Vem quase todas as noites à nossa casa; e vem de noite por causa do pai, porque o velho não tem cura, a querer-me mal.

– Sim?! Mas que pena!

– Deixá-lo lá, que eu em vingança hei de fazer-lhe o bem que puder.

Poucos momentos depois chegavam a casa o pai e a filha; esta foi recebida nos braços da boa Luísa que a devorou com beijos e a banhou de lágrimas generosas; os irmãos pequenos olhavam espantados para Berta, que não conheciam e cujas maneiras de senhora estranhavam. Os criados felicitavam-na tirando o chapéu e murmuravam frases incompletas.

Berta no meio daquela efusão, daquele cordial acolhimento, daquele renascer dos dias passados e despertar de memórias queridas, sentia-se feliz.

Debalde Tomé, um dos mais folgados corações ali presentes, bradava que era tempo de pôr termo à festa, que cada um tinha a sua vida a tratar, e que Berta precisava de descanso; os abraços sucediam-se, os beijos estalavam, as perguntas cruzavam-se e interrompiam-se as respostas em meio.

Prolongou-se por muito tempo aquele grato alvoroço que produz a chegada duma pessoa querida. A ordem, a etiqueta, os costumes, tudo esquece; a manifestação é ruidosa, irresistível, desordenada, anárquica. Somente quando principia a acalmar-se este delírio da alma, é que se repara nas irregularidades da cena, e que se remedeiam.

Sucedeu desta vez que só passada meia hora Luísa notou que tinham estado tanto tempo no quinteiro, quando os esperava a sala que ela de propósito e tão antecipadamente preparara para a recepção.

A família recolheu-se então, principiou mais regular e ordenada conversa entre mãe e filha, prolongou-se até tarde.

Tomé foi nesse dia pouco vigilante nos campos e mais caseiro do que era seu costume.

Foram momentos festivos para a Herdade, destes que é inútil descrever, porque não há expressões que bem traduzam o que se sente então. Supram-nas as recordações do leitor; e muito sem conforto deve ter sido o seu passado se não lhe dá elementos para conceber alegrias destas.

9

Duram pouco as efusões, dissipa-se em breve o entusiasmo dos primeiros instantes, em que tornamos a ver cenas e pessoas conhecidas, de que por muito tempo vivemos separados. A alma, de súbito, agitada, readquire gradualmente a serenidade do costume; e o coração, que julgava saciar enfim a ânsia de mal definidos gozos em que continuamente vive, conhece que ainda não chegou essa hora, porque o invadem de novo as mesmas vagas e inquietadoras aspirações que sentia.

É grande a alegria do regresso, mas rápidos os momentos, em que se experimenta na sua intensidade. Chegou-se de longe a fantasiar um prazer perdurável, sem fim e, após as primeiras e irreprimíveis expansões, desvanece-se a ilusão em que se vinha; como sempre, como em toda a parte, o vazio sente-se no coração, que nenhum gozo enche, e aí se volta a aspirar sem saber o quê, e a guardar uma nova aurora sem saber donde.

Quando, à noite, Berta se retirou enfim ao seu antigo quarto, havia já satisfeito a sede de afetos e de saudades, que a devorava ao chegar.

O coração batia-lhe com o ritmo normal, habituara-se de novo à sua sensibilidade aos objetos que lhe foram familiares na infância; da impressão que o primeiro olhar, que lançou sobre eles lhe produzira, já nem indícios restavam.

O passado, ressuscitando, perdera já o prestígio e a poesia, que só como passado tem.

Ó feiticeiras fadas, que nos acompanhais quando por longe andamos, devorados de saudades, a lembrar-nos da terra em que nascemos, por que tão depressa nos abandonais à chegada? Por que dissipais os vapores inebriantes de que rodeáveis aquelas imagens aos nossos olhos fascinados, e nos fazeis ver a realidade como a víamos dantes?

Berta, só no remanso e solidão do seu quarto, sentia uma profunda melancolia tomar-lhe o coração. Os cuidados e desvelos de Tomé e de Luísa não tinham sido suficientes para transformar completamente aquele aposento em um desses recintos, perfumados e graciosos, em que respira, como em atmosfera própria, uma mulher delicada.

A este desconforto relativo não podia ser de todo insensível à organização feminil de Berta.

Sem que ela própria tivesse consciência do que lhe produzia esse efeito, sentia-se com uma disposição para lágrimas, que a surpreendia.

O sossego da hora, o silêncio do campo apenas cortado por uns indistintos murmúrios, que são mistério das noites campestres, conspiravam para aumentar-lhe esta melancolia.

Há horas assim, em que parece que sentimos confranger-se dentro de nós o coração, e o futuro escurece e contrai-se o círculo que nos abrange a existência, como um horizonte que as nuvens pesadas da tempestade estreitam cada vez mais, a sufocar-nos.

Não acusem Berta por esta inexplicável tristeza, que lhe invadiu o coração na própria noite em que voltara à casa paterna. Não duvidem por isso dos afetos daquela amorável índole de mulher.

Nem todas as almas nascem dotadas da cômoda flexibilidade com que algumas a tudo se amoldam. Há as tão delicadas, que a menor mudança ressentem.

Os corações que se prendem depressa com raízes onde se demoram, são os que mais sofrem nos primeiros momentos de uma transplantação.

Não era isto a pesar em Berta por ser modesta a casa de seus pais; a sua tristeza era mais de instinto que razão. E pelas impressões que vêm do instinto ninguém é responsável; só à razão há direito de pedir contas, e a de Berta não recearia prestá-las.

Como para fugir à estranha melancolia que a dominava, Berta chegou à janela do quarto, que deitava para os campos.

Há uma misteriosa solenidade no espetáculo que de noite, e noite de pouca luz, se goza assim de uma janela aberta, no campo. Há fora um silêncio que amedronta, uma escura vastidão que apavora, silêncio que às vezes interrompe o rastejar furtivo de um réptil, o cair de uma folha, e não sei que outros ruídos vagos; escuridão, onde parece distinguir-se o movimento de umas formas estranhas e monstruosas.

Se vos demorais silenciosos nessa contemplação por algum tempo, já não a interrompereis por uma palavra, por um movimento, sem que essa interrupção vos sobressalte ou intimide quase. Estremecereis ao ouvir-vos no meio daquele silêncio. Instintivamente fala-se baixo. Parece que aquela paz, que aquela quietação, que aquela treva nos absorve, que nos domina, que nos atrai e que de alguma maneira nos faz parte integrante de si mesma.

Opera-se em nós uma quase magnetização. Adormece a sensibilidade que nos revela o mundo exterior; exalta-se o espírito; e o ruído, que nos acorda deste sonho, faz-nos estremecer. E o que se pensa calado nesses momentos, santo Deus! Como a imaginação vagueia, como parece que daquelas confusas sombras, que temos diante de nós, nos surgem as memórias do passado e vêm, em silencioso voo, adejar sobre as nossas cabeças e estontear-nos com as suas rápidas e vertiginosas voltas!

O passado de Berta era uma singela história dos mais inocentes afetos. Não havia nela a intensa luz dos amores, apenas o débil clarão da aurora que os precede, essa misteriosa vibração de alma, que sente nascer em si faculdades novas.

Eram pois imagens aprazíveis as que naquele momento lhe apareciam.

Entre elas a mais persistente era a da sua pobre amiga Beatriz, a delicada criança, que parecia ter vindo somente para semear de saudades o coração de quantos a conheceram.

Reviviam para Berta naquela hora todas as cenas de infância passadas com ela; os jogos, os folgares, e até as lágrimas, choradas em comum.

Que tempos!

E ao lado da meiga e pálida figura de Beatriz surgiam as duas outras crianças, seus irmãos. Via o rosto infantil de Jorge, no qual já então via uns assomos de seriedade do seu caráter futuro; lembrava-se Berta das vezes em que ele tomava um ar grave para admoestar ou repreender os seus mais turbulentos companheiros, e do respeito que todos lhe tinham, e de muito que estimavam a sua opinião; e a contrastar com esta serena imagem esboçava-se a do inquieto, vivo e estouvado Maurício, criança pronta nos risos e no choro, violenta nas paixões, tão amorável como colérica, e em cujo coração infantil ferviam já nascentes as paixões do homem. Era esta talvez de todas a imagem que avultava mais distinta nas recordações de Berta. Que de episódios em que ela recebia a luz principal do quadro! Dos dois irmãos fora este o predileto; o seu coração de criança abria-se mais à franqueza de Maurício, do que à seriedade de Jorge; havia no olhar deste uma expressão grave que a intimidava. Depois a diferença da idade concorria para aumentar esse efeito.

E Berta pensando nisto tudo, erguia os olhos para o vulto da Casa Mourisca, onde se tinham passado aquelas alegres cenas.

Era escuro todo ele, e parecia ali posto como um destes monstros enormes, que guardavam os jardins escantados.

De repente o monstro abriu um olho.

Apareceu uma luz em uma das torres do palácio.

Era a única que divisava em toda aquela escuridão.

Berta não pôde mais desviar os olhos dela.

De quando em quando desaparecia momentaneamente a luz, como se alguém passeasse diante. Depois fixou-se, e somente mais de espaço a espaço se eclipsava, para surgir mais viva.

Tudo parecia indicar que se velava ali dentro.

– Será o Sr. Dom Luís? – perguntava a si mesma Berta, observando a luz. – Em que pensará ele a estas horas? Pobre velho, ali só, naquela casa deserta!... É em Beatriz decerto que pensa como eu... Ou, quem sabe? Talvez não seja o fidalgo, mas algum dos filhos; Maurício provavelmente... Sim, ali deve ser o quarto deles...

E a imagem do mais novo dos filhos de Dom Luís entrava outra vez no campo da visão de Berta.

As palavras que trocara com ele aquela tarde, a maneira como a olhara, e o que o pai depois lhe dissera a respeito do rapaz, tudo a fazia refletir.

Adivinharia Tomé com o seu bom instinto de homem do campo?

Haveria para o coração de Berta perigos na presença de Maurício?

Era tão natural! Em uma alma preparada para o amor, e que, à semelhança da noiva nos livros sagrados, espera há muito, perfumada de mirra e de puros aromas, o noivo que tarda, encontra tão fácil asilo a imagem de um adolescente como Maurício, sobretudo se o rodeia o prestígio das saudades de um passado ridente e o vago reflexo que sempre deixam de si umas pueris paixões com que se iluda a infância, que razão tinha Tomé para receios e razão tinha Berta para, pensando neles, sondar com inquieta apreensão o santuário dos seus mais íntimos afetos.

Prolongou-se esta contemplação em Berta, e sucederam-se-lhe no espírito os mais diversos pensamentos, enquanto os olhos se fixaram na luz da Casa Mourisca. Só muito tarde desapareceu subitamente essa luz. Berta, como acordando de um sonho, voltou então para o interior do quarto, do qual lhe parecia haver andado longe em todo aquele tempo.

A vela, quase gasta, que tinha ao lado do leito, mostrava-lhe o muito que sem sentir se prolongou aquela sua abstração.

A vista dos objetos do quarto evocou-a à realidade. Passou as mãos pelo rosto, como para desviar de si a sombra dos graves pensamentos que a oprimiam, sacudiu a cabeça suspirando, e procurou serenar o espírito, para dormir.

– É necessário ter juízo – murmurava ela, soltando as tranças – e soprar quanto antes estes nevoeiros que me rodeiam, para ver, como ele é, o sol da realidade. É tempo de me deixar de loucuras, e de aceitar a vida que tenho a viver, como ela deve ser aceita por uma mulher como eu. Os anos de criança passaram.

E adormeceu nesta prudente e ajuizada resolução.

Assim como a luz, que, por entre as trevas da noite, rompia de uma das janelas da Casa Mourisca, tivera quem a observasse e prendesse a ela uma longa série de pensamentos, também a do quarto de Berta não se perdera no espaço sem encontrar uns olhos que lhe recolhessem alguns raios na passagem.

Jorge era quem velava no único aposento alumiado do velho solar do fidalgo.

Costumava prolongar a sua leitura e os seus estudos por altas horas da noite, interrompendo-os de quando em quando por demorados passeios no quarto, ou melhor diremos, continuando-os assim.

Era dele o vulto que Berta via passar por diante da luz, ocultando-a momentaneamente.

Esta noite havia porém mais agitação em Jorge do que lhe era habitual; os seus movimentos tinham o que quer que era nervoso e quase febril; concentrava menos o espírito na leitura, e interrompia-a mais frequentemente.

As vigílias de Maurício não eram mais curtas do que as de Jorge, mas consagravam-se a diferente mister: gastavam-se em aventurosas digressões pelos montados e vales da aldeia, em visitas aos solares das circunvizinhanças, onde houvesse uma mesa de *wist* ou um canto de fogão, animado pelo sorriso das damas.

Quando voltava a casa, vinha ainda encontrar o irmão estudando, e era costume deles passarem alguns momentos a conversar.

Naquela noite, Maurício não se recolheu muito tarde. Ao senti-lo, Jorge, que passeava no quarto, sentou-se depressa à banca, e inclinou a cabeça sobre um livro que tinha aberto diante de si.

À entrada de Maurício, Jorge apenas lhe acenou com a mão, e prosseguiu ou fingiu que prosseguia na leitura que encetara, até terminar a página.

– Boas noites, nigromante – saudou-o Maurício. – A estas horas, nesta torre, à luz mortiça de um candeeiro e com um livro aberto diante de si, representas admiravelmente um astrólogo.

Jorge apenas lhe respondeu com um sorriso e continuou a folhear o livro.

Maurício chegou-se à janela:

– Mas é preciso, de quando em quando, examinar as estrelas também. E elas hoje, que estão tão cintilantes! Ah! grande novidade no nosso firmamento! Graças a Deus que, além de nós, há já mais alguém na aldeia que não dorme a estas horas!

Jorge fechou o livro o foi ter com o irmão à janela.

– Que queres dizer? – perguntou, aproximando-se.

– Que descobri um planeta novo! Mais uma luz na aldeia!

– Uma luz?!

– Sim, e é em casa de Tomé.

Jorge fitou a luz com certa curiosidade e conservou-se algum tempo calado; depois murmurou:

– Tomé ainda de vela a estas horas! É singular!

– Faz-lhe justiça – tornou Maurício. – Tomé dorme há boas quatro horas. A gente do campo é incapaz do extravagante delito de escandalizar com luz as trevas da noite. Naquilo percebem-se vestígios de hábitos cidadãos. Quem vela é a filha, com certeza.

– Ah! sim... Berta... esquecia-me de que tinha voltado – acudiu Jorge, esforçando-se por dizer isto em tom natural e indiferente.

– Voltou, e bem outra do que foi! – advertiu Maurício.

– Em quê? – perguntou Jorge, olhando para o irmão.

– Foi daqui uma criança agradável, e veio uma encantadora mulher!

– Ah! ah! já notaste? – disse Jorge, com um sorriso contrafeito.

– Digo-te a verdade, Jorge. Parecia-me impossível, ao vê-la, que fosse a filha do Tomé. Um ar tão delicado, umas maneiras tão distintas, tão de cidade!...

– Olha se te deixas apaixonar por ela; anda lá! – continuou Jorge, ainda no mesmo tom.

– Não seria prova de mau gosto, afianço-te. Que superioridade, comparada a todas as nossas primas destes arredores! O que é a educação!

Jorge encolheu os ombros, dizendo com certo modo irritado:

– Provavelmente não produzirá em mim os mesmos efeitos. Tenho a certeza de que hei de sentir saudades ao vê-la, da Berta que conheci pequena.

– Não duvido, porque és bastante filósofo para isso. Eu por mim confesso-te que, na idade em que estou, e apesar de toda a simpatia que tenho por crianças, não me sinto com disposições para repetir as palavras de Cristo, a respeito delas. Eu prefiro que se cheguem para mim... as grandes...

– Em vez de criança alegre e inocente – prosseguiu Jorge com acrimônia – da criança que brincava conosco e com a nossa pobre Beatriz, preferes encontrar a colegial, com o espírito voltado todo para a moda, com um pouco de geografia e de história na cabeça, e deixando cair da boca, quando fala, palavras francesas, como deitava pedras preciosas a heroína daqueles contos que nos ensinavam em pequenos. E é isto o que te encanta?... Pois olha, eu até já não gosto de ver aberta aquela janela a estas horas. Sabe-me aquilo a romanticismo, e é nas raparigas uma doença impertinente, insuportável.

E Jorge retirou-se da janela com um mau humor difícil de explicar.

– Ora! se o fato de uma janela aberta de noite fosse um indício do crime que dizes, até tu, o homem menos capaz de cometê-lo que eu conheço, poderias ser também acusado. Enganaste: Berta é realmente adorável. Verás. As mulheres, Jorge, têm isso consigo. Amoldam-se muito mais depressa aos hábitos da elegância do que os homens. Com certeza ninguém suspeitará, ao ver Berta, a origem aldeã que ela teve. A mim parecia-me impossível que aquela gentil rapariga, que tão airosamente cavalgava ao meu lado, fosse a filha de Tomé da Póvoa e daquela excelente Luísa.

– Ah! Pois cavalgaste ao lado dela? Já?! – notou Jorge em um tom de acerba ironia, que era novo nele.

– Sim; encontrei-os na estrada, quando chegavam. Não a conheci ao princípio. Aproximei-me, conversei com ela, achei-a encantadora. E depois tinha no olhar tantas promessas!

Jorge deu em passear, evidentemente agitado.

– É o que eu digo – murmurava ele, com um sorriso nervoso e continuou. – Maurício, Maurício; cautela! Cuidado com esse galanteio! Pode ser de mais sérias consequências do que as dúzias de paixões que tens tido pelas nossas primas destes sítios. Essas, o pior resultado a que poderiam conduzir-te era a casar com alguma delas e a enxertar assim no tronco ilustre da nossa árvore genealógica alguma ilustríssima vergôntea de uma cepa igualmente antediluviana.

– Aí está tu zombando de novo da nossa aristocracia. Desconheço-te, Jorge. Realmente não sei donde te veio essa febre democrática e filosófica, com que andas há tempos. Picou-te a mosca revolucionária.

Jorge acudiu com uma vivacidade, que provavelmente não lhe era inspirada pelo assunto:

– Não sabes donde me vem? Vem-me de meia hora de reflexão por dia. É o que basta para me rir da fidalguia de toda essa nossa parentela que se deixa devorar por dívidas, imaginando que há em si alguma coisa que resiste à sua inútil ociosidade; e que hão de ficar muito admirados quando, ao receberem um dia esmola da mulher do seu rendeiro, esta os não tratar por fidalgos, nem lhes agradecer a honraria de aceitá-la.

Outro menos despreocupado do que Maurício desconfiaria que na veemência com que Jorge fulminava a incúria aristocrática, havia muito de fictício, como se procurasse desviar a atenção do verdadeiro motivo do seu estado nervoso.

– Não estou disposto a discutir a legitimidade das pretensões aristocráticas. Deixemos isso. Dizias tu que fugisse de me apaixonar por Berta. Reconheço a prudência do conselho. Porque é certo que há naquela rapariga um não sei quê tão superior ao que por aí vejo que, se eu não tivesse de deixar dentro em pouco tempo estes sítios, para... arranjar um modo de vida... não juro que pudesse ser indiferente àqueles encantos. De mais, há entre nós recordações de infância e quer parecer-me que ela ainda as não esqueceu.

Jorge, sem responder, continuava a passear no quarto.

– Mas aquela luz não me sai do pensamento – prosseguiu Maurício. – Que estará fazendo a pobre rapariga a estas horas da noite? Não te parece que está alguém à janela?

– Mal se pode divisar atrás das folhas desses castanheiros: mas julgo que sim.

– Pobre pequena! Ali, só, nesta aldeia. Está cismando em como poderão ter realidade as vagas aspirações do seu coração.

Jorge sorriu, e acrescentou com sarcasmo:

– Ou de que maneira há de corresponder-se com algum Romeu colegial, que deixou suspirando em Lisboa.

– Estás insuportável, Jorge.

– Uma experiência! – exclamou, passados alguns momentos de silêncio, Jorge, voltando à janela onde permanecia ainda Maurício.

– Tu estás dando tratos à imaginação para adivinhares qual será o pensamento de Berta. Eu aventuro uma suposição. Assim como nós vimos aquela luz, ela vê esta e talvez a nossa sombra na janela. É natural que suponha que para ali dirigimos as vistas, e muito provável que adivinhe que falamos dela. Sabendo-se observada, não ousa apagar a luz, por querer mostrar que também prolonga as suas *rêveries* por noite alta.

– Ora! deixa-me com as tuas observações!

– Queres verificar? Apaguemos a luz e veremos o resultado.

Maurício condescendeu.

A única janela alumiada da Casa Mourisca envolveu-se nas trevas da noite.

Como o leitor já sabe, Berta, por um motivo diferente do insinuado por Jorge, apagou também pouco depois a luz do seu quarto.

– Eu que dizia? – exclamou Jorge, rindo triunfantemente, mas como se aquele rir lhe fizesse mal.

– Pois bem; se adivinhaste, tanto melhor – disse Maurício, despeitado.

– Tanto melhor?!

– Sim. Por que não hei de eu ver, neste propósito de acompanhar a nossa vigília, uma prova de simpatia pelo companheiro de infância que hoje tornou a ver?

– Ah! Ah! Pensas nisso?
– Por que não? Olha, Jorge, a mulher sem as fraquezas do coração próprias do sexo não é uma mulher perfeita. Eu, se visse anjos cá por este mundo, anjos puros, corretos, impecáveis, tirava-lhes reverente o chapéu, benzia-me diante deles, rezava-lhes uma oração, mas afianço-te que não os amava.
– Boa noite, Maurício. Olha que são duas horas.
– Adeus, Jorge.
– Não sonhes com Berta.
– Não sonhes tu com a aritmética, que é pior pesadelo.

E os dois irmãos separaram-se, rindo.

A ambos dominou por muito tempo a imagem de Berta.

Jorge passou uma noite febril. Tentava desfavorecer Berta, quanto podia, no próprio conceito, esforçando-se por convencer-se de tudo quanto a respeito dela dissera ao irmão, para diminuir assim a impressão que, a seu pesar, conservava ainda da imagem da rapariga.

Maurício dera-lhe a entender que Berta fora sensível ao seu galanteio, e esta ideia torturava o espírito de Jorge.

Pela sua parte, Maurício tanto lidou com a suposição de que a vigia de Berta lhe fora consagrada, que adormeceu firmemente convencido disso e sonhou... sonhou... Oh! Quem pode exprimir o longo romance dos sonhos de um rapaz, aos vinte anos e quando possui uma imaginação como a de Maurício.

10

Berta acordou firme no propósito que formara na véspera, de aceitar com coragem de mulher as suas novas condições de vida e entregar-se de alma e vontade ao cumprimento dos deveres domésticos, sofreando para isso a indócil imaginação de rapariga.

Maurício, pelo contrário, estreou os seus pensamentos daquele dia avivando tudo quanto pudesse fazer-lhe lembrar de Berta, e formando a resolução de vê-la e de falar-lhe.

Jorge levantou-se cedo, um tanto fatigado pelo inquieto sono daquela noite, e procurou distrair-se, estudando uma questão econômica em que meditava havia muitos dias.

Veremos o que as diversas disposições de ânimo destes três personagens deram de si no decurso do dia.

O aspecto risonho da manhã dissipou as nuvens, que de noite se haviam acumulado no espírito de Berta. Já lhe parecia, àquela suave e vivificadora luz, mais risonha a sua sorte; e não podia perdoar a si mesma a vaga tristeza que sentira. Auxiliando a mãe nas ocupações domésticas, encontrava nisso uma distração poderosa e quase um íntimo prazer. As carícias dos irmãos comoviam-na, e foi já com desassombrada alegria que, tomando um deles ao colo e dando a mão ao outro, atravessou os campos cultivados, os vinhedos e os lameiros da Herdade, e foi sentar-se no limite dela, junto a uma fonte rústica e meia oculta entre a sebe de roseiras estevas, que separava do caminho aquela parte do casal. E como lhe causava prazer sentir-se umedecida pelo orvalho, que ainda pousava nos trevos e nas fumarias do chão, e caía em gotas límpidas dos cumes das árvores sacudidas na passagem!

Os irmãos corriam a trazer-lhe as rosas e as mais flores campestres que iam colher, saltando por entre as searas e nos caminhos de passagem, e ela entretinha-se a ajuntá-las em pequenos ramos, com que presenteava depois.

Entregue a toda esta tarefa, sentia-se tão do íntimo contente, que se pôs a cantar a meia voz a música de uma cantiga em voga no sítio.

Pareceu-lhe por mais de uma vez ouvir rumor nas balseiras vizinhas, mas julgou-o produzido por algum pássaro agitando-se no ninho oculto nos silvados, e não lhe deu maior atenção.

De uma vez porém, em que os irmãos corriam para ela com uma regaçada de flores, viu-os de repente pararem enleados a olharem para a sebe que a separava da rua próxima. Berta voltou-se na direção daquele olhar, e descobriu Maurício, que, por uma entreaberta das silvas, a estava observando.

A filha de Tomé da Póvoa levantou-se sobressaltada; e sem poder ocultar de todo a confusão que experimentava com o inesperado encontro, interrogou-o sorrindo:

– Estava aí há muito?
– Há alguns momentos, ao que parece.
– A fazer o quê?
– A vê-la e a ouvi-la.
– Com tão pouco se entretém!
– Então parece-lhe que não será novo para mim o espetáculo?
– Novo?! Um campo, uma fonte e umas crianças? Ora essa!
– Enumerou os acessórios, e esqueceu-lhe a figura principal e nessa é que está a novidade. Se a Berta soubesse que gênero de figuras femininas por aí se me deparam, nessas bonitas paisagens deste nosso belo país?
– É muito injusto com as suas patrícias.
– Oh! não as lisonjeie.
– Nisso interesso eu também, bem vê.
– Poupe-lhes a humilhação de comparar-se com elas, Berta. Creia que, indo educar-se em Lisboa, foi para onde a chamavam os instintos da sua natureza superior. Seu pai, julgando tomar uma resolução espontânea, ao mandá-la para a capital, obedeceu, sem o saber, a uma força oculta que assim o exigia. O seu espírito estava voando para as cidades, onde somente encontrava ambiente apropriado.
– Engana-se; vê? Achava-me desterrada ali até, e, desde que voltei, sinto um bem-estar, que me prova que é esta a minha verdadeira pátria, que estes são os ares, em que respiro à vontade.
– Esse bem-estar não tardará que se transforme em fastio.
– Não, não, não creio.
– Eu é que não creio que possa dar-se bem aqui, privada de satisfazer as aspirações naturais a um espírito como o seu.
– Mas, ó meu Deus, que qualidade de espírito me supõe então? Que aspirações são essas que diz?
– Ora para que finge ignorá-las? Acaso, diga, a satisfaria a vida da imensa maioria das três ou quatro mil pessoas deste conselho?
– E espero que há de satisfazer-me.
– E que há de fazer da sua imaginação? Sim, que há de fazer disto que se sente na nossa idade quando se não nasceu Manuel do Portelo ou Maria da Azenha?

– Perdão, será por eu ter nascido simplesmente Berta da Póvoa, que me não incomodo com isso.

– Não me entendeu, Berta. Não havia nas minhas palavras a menor baforada aristocrática; dessa ridícula mania não padeço eu, graças a Deus. Dentre os preclaros membros das casas fidalgas destes arredores, posso assegurar que, apesar dos sete ou oito nomes, com que cada um se assina, nenhum experimenta isto que eu dizia. Mas Berta...

– Olha Sr. Maurício. Falo-lhe com franqueza. Não me suponha o que eu não sou, ou então não diga o que não sente. Acredite; as minhas aspirações são tão leves, tão realizáveis! Satisfazem-se com estes cuidados caseiros; e fora disto, não me sinto bem. Para fazer a vontade a meu pai, segui a educação que ele desejou que seguisse; mas nunca senti prazer nisso; nunca morreram em mim as saudades do campo e dos trabalhos aldeãos...

– Acredito que hoje aprecie melhor a aldeia, porque já tem sentidos educados para a poesia que ela rescende.

– A poesia! – repetiu Berta, com um forçado gesto de desdém, encolhendo os ombros.

Maurício percebeu-o.

– Ri-se? – interrogou ele.

– É que ouço falar há tanto nisso, e se quer que lhe fale a verdade, ainda não pude saber bem o que deseja.

– Não sabe o que é a poesia?!

– A que se escreve nos livros sei, mas fora daí... – disse Berta, simulando um tom de completa ingenuidade.

A chegada das crianças, pedindo à irmã que as conduzisse a casa, interrompeu neste ponto o diálogo. Berta despediu-se amigavelmente de Maurício, que por muito tempo a seguiu com a vista.

– Será possível que eu me engane? – pensava ele. – Será afinal de contas uma mulher vulgar, capaz de continuar as prosaicas tradições da família? Não creio. Antes é astuciosa e dissimulada. Nesta aparente singeleza de gostos há muito espírito escondido. E, ou eu me engano muito, ou não é indiferença o que ela sente, quando me fala.

E saiu dali trabalhando nestes pensamentos.

Berta, rindo e brincando com os irmãos, pensava também:

– Parece-me que alguma coisa conseguiria. É preciso desviá-lo deste propósito; é preciso que ele se enfastie deste galanteio; que me aborreça. Hei de fazer-me bem vulgar, bem ignorante, incapaz de sentir e de entendê-lo. Que eu não posso ficar pelo meu coração, que ainda não experimentei. Antes quero evitar o ensejo, antes quero não lutar. Chamam-me uma rapariga de juízo. Não sei, não sei se o sou, não o posso saber, nem quero. Às vezes... desconfio de mim... receio... assusto-me. Sentia-me mais animosa dantes. Parecia-me tão fácil dominar-me!... Hoje... Não quero, não quero tentar; não quero expor a tranquilidade do meu coração. Eu não me sinto senhora de mim mesma quando ele me fala. É preciso acabar com isto antes que aumente.

O dia passou sem outro episódio para Berta, além da visita de algumas relações da família, que vinham festejar a chegada da primogênita do venturoso casal.

Berta conseguiu ser amável com todos, apesar das impertinências com que a interrogavam sobre as particularidades da sua vida na cidade.

Luísa não se fartava de admirar as maneiras e a eloquência da filha, e não fazia senão alterar a vista entre o rosto de Berta, que tão grata perspectiva era para o seu amor de mãe, e dos seus interlocutores, onde expiava o reflexo da admiração, de que ela própria se sentia possuída.

Assim correu o dia.

O princípio da noite foi consagrado à família. Então é que chegou a vez a Tomé de perguntar, de querer saber, de fazer reflexões sobre o que ouvia; e Luísa, a santa mulher, muitas vezes a responder pela filha, como quem já se achava mais adiantada em conhecimentos do que o marido.

Era já um pouco tarde, e Tomé admirava-se da demora de Jorge, a quem mandara aviso para que viesse aquela noite, porque tinha que comunicar-lhe a respeito de negócios que tratara no Porto e Lisboa. Ouviu-se porém o ladrar dos cães no quinteiro, o som da aldraba no portão e em seguida passos no lajedo das escadas que conduziam ao patamar.

– Aí vem o Sr. Jorge – disse Luísa para o homem. – Conheço-o já pelo andar.

– É ele, é: e temos hoje bastante que falar.

– Eu vou acender o candeeiro no quarto – acrescentou Luísa, que saiu a preparar a sala das conferências.

Pouco depois Jorge aparecia na sala, em que ficara Tomé com a filha.

Jorge não era superior a uma oculta comoção, ao entrar ali. Ia encontrar-se com Berta. O momento, de que vagamente se temia, chegara enfim. Achava-se em frente do perigo desconhecido, de que sentia íntimas apreensões. Era tão forte a sua perturbação, que lhe tremiam as pernas ao transpor a porta da sala.

Na presença de Berta, Jorge lançou para ela um olhar rápido, mas penetrante, e desviou-o logo. O espírito não serenou com o resultado desse primeiro exame.

Jorge reconheceu que o perigo, que tanto temia, era real.

Berta, prevenida como estava, a respeito do gênio de Jorge, tão diferente do do irmão, acolheu-o com mais franqueza e menos precauções do que tivera com Maurício. Contra Jorge não precisava de acautelar o coração.

O cumprimento de Jorge foi sério e quase frio, sem um vislumbre de galanteio que se parecesse com as finezas de Maurício. Apenas disse, quase sem olhar para Berta:

– Bem-vinda, Berta; estimo vê-la restituída aos seus. Espero que ainda se lembre de um antigo amigo conhecido.

– Não costumo esquecer-me, Sr. Jorge – respondeu Berta, sem poder deixar de examiná-lo com curiosidade.

Jorge prosseguiu no mesmo tom:

– Dizem que se aprende depressa a esquecer nas cidades. Mas quero acreditar que a sua memória desmentirá o dito. E que lhe parece agora esta terra?

E Jorge, fazendo a pergunta, quis fitar os olhos em Berta, mas desviou-os ao encontrar os dela.

– A mesma que deixei – respondeu Berta –, a aldeia guarda melhor as memórias do passado do que a cidade. Vive-se anos longe dela, e na volta parece que as mesmas árvores e as mesmas flores, que nos despediram, nos dão boas-vindas outra vez. Se alguma mudança há, é nas pessoas.

– Encontrou mudança nessas?

E Jorge tentou de novo, mas sem melhor resultado, fitar os olhos em Berta.

– Nem podia deixar de ser – tornou esta –, para nós não há estações; as folhas que vão caindo, não vem a primavera renová-las.

Jorge pôs-se a folhear, com aparente distração, um livro que encontrou sobre a mesa; e a fronte contraiu-se-lhe levemente, como se tivesse ouvido alguma coisa que lhe desagradasse.

Berta continuou falando-lhe sem constrangimento e olhando-o com a curiosidade que despertava naturalmente no seu espírito de rapariga aquele caráter sério de rapaz.

Tomé propôs a Jorge principiarem os seus trabalhos.

Berta despediu-se deles e foi ter com a mãe.

– Então que lhe parece a minha rapariga, Sr. Jorge? – perguntou o enlevado Tomé.

Jorge articulou uma pouco inteligível frase de louvor.

– Olhe o que é a educação! – insistiu Tomé. – Quem há de dizer que foi nascida e criada aqui neste palheiro e no tempo em que ele era ainda um pouco pior do que hoje?!

– Ah! sim... a educação... vale muito, mas é preciso que os dotes naturais a auxiliem – murmurou Jorge, como se lhe causasse repugnância o assunto da conversa.

– Sim; também me parece que se a pequena não tivesse queda... Mas o que ela sabe! o que ela leu! o que ela aprendeu. É de uma pessoa ficar a ouvi-la uma noite e um dia inteiros, sem querer saber de mais nada!

Um ligeiro sorriso, não de todo despido de ironia, encrespou os lábios de Jorge, que nada respondeu desta vez.

Tomé interpretou o silêncio do rapaz como uma manifestação dos seus desejos de entrar no exame das contas e documentos, que tinham para ver aquela noite, e por isso abriu a sessão.

Antes, porém, teve de ir em procura de uns papéis necessários.

Jorge ficou só por instante, e deu alguns passeios no quarto. Aproximando-se de uma mesa próxima da janela, pegou maquinalmente na obra da costura, aí deixada por Berta, mas logo a arrojou de si com impaciência; depois abriu um livro, que, pelo aspecto elegante da encadernação, conhecia-se pertencer também à filha de Tomé.

Era um exemplar do poético idílio de Saint-Pierre, da história dos amores de Paulo e Virgínia.

Jorge pousou-o sobre a mesa, e voltou-lhe aos lábios o mesmo estranho sorriso, que mais de uma vez lhos contraíra naquela noite.

– Lê romances – murmurava ele. – A estas horas fantasia-se a heroína de algum. Está apaixonada por o que mais lhe agradou, e busca pelo mundo a realização desse ideal. Afinal é o que eu digo. É como as outras. É uma rapariga da moda, pretensiosa, romântica, e um pouco pedante... É o resultado do sistema de Tomé... Fazer viver estas mulheres em um mundo de fantasia, e trazê-las depois para a realidade, que lhes há de parecer insuportável... Triste método para formar esposas e mães!

E ao pensar isto sentia uma amargura, uma irritação que ele próprio não podia justificar.

Depois prosseguiu, com crescente malignidade:
– E quem sabe?... Este livro deixado aqui! Seria esquecimento ou propósito? É natural o desejo de ostentar a ciência e cultura de espírito adquiridas no colégio, e há tão pouca gente no caso de as apreciar nesta aldeia, que não admira que seja eu um dos eleitos. Enfim, são vaidades de rapariga; é pecado venial para que se deve ser indulgente. E demais, que tenho eu com isso?... Maurício que averigue, se quiser. Está no gosto dele...

Tomé voltou, e minutos depois estavam ambos em plena conferência. Notou contudo o lavrador naquela noite, que Jorge se mostrava mais desatento do que de costume.

No meio dos seus exames, distraiu-os uma voz melodiosa que, em outro aposento da casa, cantava em tom de acalentar crianças.

> *Quando uma criança dorme,*
> *Vêm os anjos a sorrir*
> *Abrir as portas do céu,*
> *Para Deus a ver dormir.*

– Escute – disse Tomé, apurando o ouvido –, é a minha Berta a adormecer o irmão.

E Tomé pôs-se a escutar com fervor paternal.

Jorge, a seu pesar, experimentava um suave encanto ao ouvir aquela voz juvenil, que continuava cantando:

> *E um deles à terra desce*
> *Junto do berço a velar,*
> *Para longe do menino*
> *Os sonhos maus afastar.*

– Então? Não tem uma linda voz a rapariga? – continuava Tomé, olhando para Jorge, que não respondeu.

A voz continuou:

> *Dorme, dorme, meu menino,*
> *Que é alegre o sono teu,*
> *E enquanto na terra dormes,*
> *Folgam os anjos do céu.*

Jorge escutava com mais prazer do que a si mesmo queria confessar, o canto que lhe chegava aos ouvidos naquela monótona e melancólica melopeia de todas as músicas destinadas a acalentar o sono das crianças.

Tomé, esse estava verdadeiramente extasiado. A voz da filha parecia encontrar um caminho direto para o coração daquele pai extremoso, e comovê-lo quase a ponto de lhe enevoar os olhos com lágrimas consoladoras.

Quando expiraram as últimas notas do canto, Jorge levantou-se.

Era tarde já e mais que tempo de dar por concluída a conferência; mas neste movimento de Jorge atuara uma outra ideia.

Ele próprio estranhava o que ia na sua alma naquele momento. Revoltava-se contra si mesmo, porque se sentia fraco perante os artifícios de uma mulher, contra a qual devia estar precavido; Jorge supunha-se persuadido de que Berta aproveitara de propósito o ensejo de fazer-se ouvir e de mostrar os encantos da sua voz agradável e sonora; tática vaidosa que muito escandalizava o caráter sisudo do rapaz. Mas o pior era dizer-lhe a consciência que, mau grado seu, a tática tivera efeito. A prevenção hostil, de que à força queria armar-se, não era talismã bastante forte para o livrar do encantamento.

Isto principalmente o indignava, sem a si próprio o confessar. Sentia-se sob o influxo de uma magia, que pensava funesta, mas, como sucede quando em sonhos procuramos fugir a um perigo que nos persegue, anulava-se o esforço que fazia para quebrá-lo, e a seu pesar permanecia no perigo.

Desconhecia-se, sentia uma perturbação indefinível, parecia-lhe que o ar livre lhe seria salutar. Por isso levantou-se e saiu. Ao passarem em um corredor, que conduzia para o exterior da sala, abriu-se a porta de um quarto, meio alumiado pela frouxa luz de uma lamparina que ardia junto do berço de uma criança, e por o espaço entreaberto apareceu a figura de Berta com o cabelo já meio despenteado e solto, e tendo nos lábios o mais suave e afetuoso sorriso.

– Boa noite, Sr. Jorge – disse ela, estendendo-lhe a mão, com uma expressão de voz cheia de cordial franqueza.

Jorge estremeceu àquela vista inesperada, mas, dominando-se, correspondeu ao cumprimento, apertando-lhe a mão:

– Adeus; boa noite, Berta.

– Então o pequeno já dorme? – perguntou Tomé da Póvoa, procurando sondar com a vista à meia claridade do quarto.

– Psiu! – disse a filha, pondo um dedo nos lábios. – Sossegou por fim. Trouxe-o para o meu quarto, porque não deixava dormir a mãe. Boa noite, meu pai.

E, tomando a mão do lavrador, beijou-a com afeto.

– Deus te faça feliz, minha filha – tornou-lhe este, exultado com aquela simples ação.

E os dois seguiram, cerrando-se logo atrás deles a porta dos aposentos de Berta, e ouvindo-se correr docemente a chave na fechadura.

Jorge, ao ver-se na rua, aspirou com violência o ar fresco da noite, como para libertar-se de uma opressão que o angustiava. Descobriu a fronte e seguiu agitado pelos difíceis caminhos que iam dali à Casa Mourisca.

– Eu estou doido! – murmurou ele. – Que tenho eu com esta rapariga? Era o que me faltava que me entrasse na cabeça uma doidice destas! Estou vendo que não é tão fácil ter juízo, como supunha. Se isto fosse com Maurício, não admirava! E então uma criança de colégio... provavelmente estouvada... Ora adeus! Veremos se isto me passa dormindo.

Mas, era singular! aquela rápida vista, insinuada por entre a porta meio aberta do gabinete castíssimo, em que dormia uma criança à meia-luz da lamparina, e aquela gentil figura de mulher, colocada à entrada, com um dedo nos lábios, e no rosto um ar de solicitude quase maternal, não se lhe tiravam da ideia. Era como a visão de um paraíso que sonhara.

Quando Maurício, voltando de um baile dado por um proprietário vizinho, entrou no quarto de Jorge, encontrou este contra o seu costume, sentado próximo da janela, com a cabeça sobre o braço dobrado, que repousava no peitoril, e tão absorto, que quase não deu pela aproximação do irmão.

Maurício parou diante dele admirado, e interpelou-o:

– Que fazes aí?

Jorge sobressaltou-se, e respondeu sorrindo:

– Julgo que dormia.

– Nesse caso farei outra pergunta: que vieste para aí fazer?

– Tinha calor... cansei-me de ler... vim tomar ar. Há um instante.

– Há um instante? Não diz isso aquela luz, que parece de casa mortuária. Nada haveria mais natural do que tudo isso, se fosse com outro; porém em ti é para estranhar a menor irregularidade de hábitos.

— Também eu me estranho. É certo porém que esta noite não me sinto disposto para estudar.

— Pois aproveita essas felizes disposições, e descansa, descansa. Que diabo! Parece-me que dás à administração da nossa casa mais importância do que ela merece. Afinal de contas sempre é tarefa que o frei Januário fez durante anos. Se soubesses como a noite está agradável! Não esteve de todo má a partida em casa dos Curujães.

— Ah! vens de lá? — inquiriu Jorge, com indiferença.

— Venho, sim. Bastante gente. O Venâncio cada vez mais parvo. A Ana cantando a *Norma* da maneira que sabemos. A Ermelinda do Nogueiral, com a cabeça cheia de fitas, parecia um navio embandeirado; os pequenos do Antônio Rodrigo estavam perdidos de riso. Quem não está feia é a Dores, a pequenita do João Tavares; dois anos que passem mais por aquela infância e estará ali uma bela mulher. Mas que noite tão sombria! Nem a luz de ontem em casa do Tomé! Hoje nem Berta nos faz companhia. Sirva-lhe isto para desconto dos grandes pecados de que a acusas. Está provado que a vigília de ontem foi consagrada à prosaica tarefa de arrumar as suas coisas pelas gavetas e baús. É verdade, já a viste?...

— Não... já.

— Não? Já? Que diabo de distração é essa? E que te pareceu?...

Jorge esteve algum tempo antes de responder:

— Bem.

— Tão secamente bem? Deveras?!

— Então que queres que te diga? Sabes que não tenho o teu gênio, para esgotar a minha eloquência diante da primeira figura de mulher que me apareça.

— E a respeito das tuas prevenções?

— Nada pude decidir.

— Pois eu já decidi. Acho-a cada vez mais adorável.

— Ah!

— Sabes que estive com ela esta manhã?

– Sim?! Hum! – disse Jorge com evidente constrangimento.

– É verdade, falei-lhe, e, já se sabe não me descuidei de advogar a minha causa.

– Ah! Sim? E então?...

– E então... apesar de uma certa esquivança nas respostas que obtive, quer-me parecer que não tenho razão de queixa.

– Bem, bem.

– Enfim, certas recordações de infância... como sabes...

– Ah! Ela recorda-se da infância?

– Ora, como queres que ela se não recorde?

– Sim, é natural – concordou Jorge, fingindo bocejar, mas com suspeitas contrações nervosas.

E, estendendo subitamente a mão ao irmão, acrescentou:

– Boa noite, Maurício. É tarde e eu tenho sono. Adeus.

E de fato Jorge deitou-se deixando em paz os livros, mais cedo do que costumava. Se dormia é que não sabemos.

Maurício dormiu com certeza melhor do que ele. Embalava-o a vaidosa persuasão de que havia impressionado Berta. Tinha Maurício este defeito de supor que eram prontas e profundas as impressões que produzia no ânimo das mulheres. Defeito este vulgar, e que ainda não é dos que dão de si mais sérias consequências.

11

Pela manhã do dia seguinte recebeu Jorge um recado do pai, para ir falar-lhe.

Apressou-se em obedecer. Foi encontrar Dom Luís a passear no quarto, e manifestamente irritado. Vendo entrar o filho, mostrou-lhe uma carta aberta, que estava em cima da mesa.

– Ah! É da prima? – exclamou Jorge, depois de examinar a assinatura. – Finalmente escreveu!

– Podia dispensar-se de o fazer – resmungou o fidalgo e prosseguiu:
– Parece-me que não foste muito feliz na lembrança de bater à essa porta.
– Então?!
– Lê e verás.

Jorge leu, à meia-voz, a carta, que era concebida nestes termos:

"Meu bom tio.

Tive, ao voltar a Lisboa de uma visita à Espanha, a mais agradável surpresa. Recebi, enfim, uma carta sua! A singularidade do fato não me inabilitou para sentir no maior grau uma salutar alegria. Cuidava que me tinha esquecido. Convenci-me agora de que felizmente me enganara. Lisonjeou-me ainda o ver que o meu bom tio se dirigia a mim para me pedir conselho! Claro estava que já não era no seu conceito aquela doidivanas de outros tempos. Ainda bem que me faz um pouquinho de justiça. Não se arrependa; efetivamente hoje estou mais ajuizada. O meu caráter de viúva dá-me um ar de respeitabilidade que vai muito bem com os meus vestidos escuros, nos quais a garridice não ultrapassa ainda os limites do roxo. Mas devo confessar-lhe que me incumbe de uma espinhosa tarefa! Descobrir a carreira mais adequada ao nosso caro Maurício, que deve ser a estas horas um bonito e elegante rapaz, mas contanto que, acrescenta o meu querido tio, ele não seja obrigado a *transigir* com as ideias do "século", é deveras uma missão difícil e para melhor engenho do que o meu. Principio por não saber bem quais são as tais ideias do século, com que o priminho Maurício não deve transigir. Eu, que sou a pessoa mais transigente deste mundo, não posso assim de repente saber quais são aqueles princípios, com que os meus primos são incompatíveis ou que são incompatíveis com os meus primos. Depois de tantas ideias remoçadas, que passam por novas, já não é fácil distinguir quais são as do século e quais não são. E deixe-me dizer-lhe, meu bom tio, que há uma certa ordem de coisas com que provavelmente, na sua opinião, Maurício não deve transigir, mas sem transigir com as quais não se dá hoje neste mundo um passo que tenha jeito. Creia que nos nossos dias é pouca a gente que não está convencida disso, e raros os que ainda se contentam com ficarem sendo imóveis colunas do trono e do altar enquanto os outros vão andando.

Aí está que me lembrava a mim arranjarmos, com tempo, para Maurício, um destes cômodos círculos eleitorais, por onde uma pessoa sai deputado sem o sentir. A carreira é das melhores para rapazes de inteligência e de aspirações; mas a urna popular, provavelmente, figura no rol das coisas com que Maurício não deve transigir. Enfim, meu intransigente tio, apesar de todos os meus bons desejos, sinto-me deveras com os braços atados, e tropeço a cada momento em uma incompatibilidade! Julgo preferível conferenciarmos de viva voz. Tenciono visitá-lo brevemente. Preciso de revistar a minha quinta dos Bacelos, da qual já tenho saudade. Aí irei pois, e de sua boca ouvirei aquilo com que podemos, e aquilo com que não devemos transigir. Até então creia-me sempre sua muito transigente mais afetuosa sobrinha.

Gabriela.

P.S. Se um abraço cordial e bem intencionado de uma prima viúva é coisa com que Maurício possa transigir, peço o favor de lho dar em meu nome e outro a Jorge, que, pelo que vejo, tem juízo aos vinte anos, fato que, seja dito entre nós, não tem sido frequente em nossa família."

Esta carta, escrita à vontade e no tom familiar de uma mulher caprichosa, costumada a não se constranger com pessoa alguma, e a ver admitirem-lhe, como naturais, todos os caprichos, não podia ser menos acomodada ao gênio sisudo e respeitador de etiquetas, que era uma das pronunciadas feições do velho fidalgo.

A maneira por que a sobrinha lhe escrevia, a sem-cerimônia com que parecia rir-se dos seus delicados escrúpulos políticos, era tão subversiva da ordem estabelecida e respeitada nos usos tradicionais da família, que Dom Luís escandalizou-se.

Jorge compreendeu, à primeira leitura, qual o efeito que esta carta deveria ter produzido no ânimo do pai, mas que procurou dissimular.

– Uma vez que ela vem, esperemos – disse em tom indiferente. – De viva voz trata-se melhor destes negócios.

– Que hei de eu tratar com uma doida destas? Tomará que ela me deixasse!

– São maneiras de Gabriela, mas nem por isso deixará de olhar com serenidade para este assunto.

– São maneiras?... Tudo tem limites. Isto não é carta que uma rapariga escreva a um velho, que é seu tio.

E Dom Luís ao dizer isto pegava na carta por uma ponta e arremessava-a sobre a mesa, como se fora um objeto que lhe inspirasse repulsão.

– Costumes do tempo – aventurou timidamente Jorge.

– Bons costumes! Pois, embora ela o diga zombando, não transijo com eles, não, senhora; nem filho meu, enquanto quiser que eu por filho o tenha, há de transigir também.

– Esperemos, até que ela venha.

– Já sei que de nada servirá a conferência. Essa porta podes considerá-la fechada.

Jorge, depois de mais algumas tentativas para acalmar a irritação paterna, voltou para o quarto, intimamente satisfeito com a carta da baronesa, em cujo auxílio confiava para vencer as relutâncias do velho.

Aumentaram-lhe ainda mais as esperanças quando leu um lacônico bilhete em que a prima lhe respondia também, assegurando-lhe que viria breve e que trabalharia com empenho no sentido que lhe indicara.

Meia hora depois dava Jorge a novidade a Maurício, que encontrou descendo as escadas em elegante e caprichoso traje de montar e cantarolando despreocupado:

> *Dai-me uma casa na aldeia*
> *Casa rústica, isolada,*
> *Que mostre por entre verdes*
> *A sua frente caiada.*

– Esse desejo vem fora de propósito – disse Jorge sorrindo – porque justamente hoje chegou a carta que esperávamos de Gabriela.

– Ah! chegou! E então? – interrogou Maurício um pouco sobressaltado.

– Promete vir aqui. Pede uma conferência para breve, na qual se discutirão as bases da reforma.

– Ai, ela vem cá? Visto isso, adiada toda e qualquer resolução a meu respeito?

– Até que ela chegue.

– Ora ainda bem!

– Estimas?

– É que hoje qualquer ordem de partida encontrava-me pouco de ânimo para deixar a aldeia.

E continuou a cantar:

> *Donde se eleve às trindades*
> *Um fumozinho cinzento,*
> *Que se dissipe nos ares*
> *Ao menor sopro do vento.*

– Olá! Como se desenvolveu assim em ti esse apego às coisas rústicas? – perguntou Jorge com ironia.

– Que queres tu? Caprichos!

– Caprichos!!! Mas é que não estamos no caso de os ter. Ai, Maurício, receio que dês em mau homem de negócios, se a conferência decidir que o deves ser – continuou Jorge no mesmo tom.

– A Gabriela terá o bom senso necessário para propor outra solução ao problema da minha vida. Creio...

E Maurício desceu as escadas, exclamando alegremente:

– Adeus, adeus, que eu vou ver quem tu sabes.

Jorge contraiu a fronte ao escutar-lhe as palavras com que se despediu, e conservou-se imóvel ainda depois que o perdeu de vista, e já quando não o ouvia, nem o bater das patas do cavalo no lajedo do pátio; afinal sacudiu a cabeça como para livrar-se de uma ideia importuna, e murmurou:

– Ora! Tudo isto é natural... Vamos trabalhar.

E foi encerrar-se no quarto.

Maurício saiu a cavalo, mas não estendeu por muito longe o seu passeio matutino. Parecia errar ao acaso, mas acaso esse que por duas vezes o conduzia na via da casa de Tomé.

E de ambas as vezes uma cabeça de mulher aparecia à janela, ao ruído que faziam no caminho as patas do cavalo, o qual Maurício obrigava a evoluções ao chegar àquele sítio.

Essa cabeça era a de Berta. Maurício saudou-a com um sorriso e dirigiu-lhe algumas palavras de galanteio. Berta retirou-se para dentro, depois de ele ter passado, dizendo consigo:

– É uma imprudência o que estou fazendo. Vamos; é preciso cautela.

E à terceira vez que o sentiu, já não apareceu para o ver.

Maurício, porém, estava contente com a manhã; continuando no seu passeio, dirigiu o cavalo por uma azinhaga cavada em barrancos pelas enxurradas, e depois de difícil e precipitosa descida por entre pinheirais, veio sair a outra rua mais larga, ao fim da qual havia uma residência campestre de menos má aparência.

Era uma casa branca, de um só andar e ao correr da rua, mas de sólida construção; bem caiada, bem pintada e bem esfregada. Entrava-se por ela por um pátio coberto de ramada, cercado de um muro baixo e fechado por uma meia cancela de castanho enegrecido. Dentro deste pátio pouco espaço havia desobstruído; aqui um monte de rama de pinheiro, além duas ou três rimas de achas, acolá um tronco de laranjeira partido, uma mó de moinho, dois carros desaparelhados, dornas, arados, pipas, canastras, escadas de mão, e vários outros utensílios de lavoura e de uso doméstico.

Maurício prendeu o cavalo ao muro e entrou para o pátio.

Abria-se para este a porta da cozinha: vinha de lá um grande rumor de vozes, de risadas e de cantares; via-se brilhar no fundo um clarão avermelhado e ouvia-se um estalar de lenha, devorada pela chama. Chegando-se mais perto, Maurício contemplou por alguns momentos, sem ser visto, o quadro que se lhe oferecia a observação. Era uma cozinha aldeã, vasta, desafogada; imenso lar, compridos preguiceiros ao longo das paredes, no alto prateleiros pejados de louça nacional, de panelas e alguidares; nas traves os cabos de cebola, no fumeiro a bem curada pá de presunto; o amplo forno vomitava lavaredas pela boca escancarada e a cada instante engolia as novas e enormes doses de lenha que lhe ministravam; na masseira fumegava já a farinha não levedada para a fornada da semana, e nela os braços valentes e roliços de duas frescas moças do campo enterravam-se até os cotovelos; a um sinal destas, outras traziam da lareira grandes panelas de água fervendo, com que acrescentavam a massa, levantando ao ar nuvens de densos vapores. Uma peneirava a um canto a farinha para o bolo, outra arrumava o cinzeiro do forno com a vara meio carbonizada; limpava esta a pá grande para a introdução das broas, e aquela empunhava a pequena pá de ferro de rapar a masseira. No meio desta legião feminina assim atarefada, a patroa da casa, que, como Calipso sobre as ninfas que a serviam, ou, segundo a comparação clássica, como o elegante cipreste sobre as vinhas rasteiras, olhava sobranceira para todas, superintendia no trabalho de cada uma e distribuía as tarefas com método e inteligência.

Era esta a ti'Ana do Vedor, em que já ouvimos falar, a que havia criado aos seus válidos e sadios peitos os dois meninos da Casa Mourisca. Era ela, enfarinhada, arregaçada, afogueada, com os cabelos escondidos debaixo do lenço vermelho, que atava sobre o occipital, com voz potente, o olhar fino e os movimentos fáceis, apesar dos cinquenta anos já contados.

À sua vista perspicaz não escapou por muito tempo a presença de Maurício; e logo que o viu, correu para ele com os braços abertos, exclamando:

– Ai, meu rico filho!

– Cautela, cautela, Ana, olha que me enfarinhas! – advertiu Maurício tentando fugir-lhe.

– E que tem que te enfarinhe? Olha agora! A farinha é o pão, e o pão vem de Deus.

E, sem precauções nem reparos, apertou o corpo delgado de Maurício nos seus robustos braços, deixando-lhe na roupa vestígios evidentes deste cordial amplexo.

– Vês, vês? – dizia Maurício, sacudindo-se. – Olha em que preparo me puseste, ama! Estou asseado!

– Sim? Pois melhor para ti, que já tens que fazer e não me andas por aí a vadiar e a fazeres-me doidas as moças cá da terra com as tuas brejeirices. Saíste-me boa rês! Não tem dúvida nenhuma!

E pronunciava isto com um medo, acompanhava-o com um olhar tal que fazia tremer a iminência de um outro beijo e de um outro abraço.

Maurício continuava sacudindo-se.

– O mel que tenho vem do leite que bebi – dizia ele no entretanto.

– Hum! – acudiu ti'Ana com um gesto de soberba. – Conta-me dessas! O que vos valeu, meus fidalguinhos de torrão de açúcar, foi trazer-vos eu a estes peitos, senão o que seria feito do vosso corpinho de vime? Olh'agora! Íeis como foram indo vossos irmãos mais velhos e aquele anjo de vossa irmã, que ainda hoje me resta pena de não ter criado também. Mas quem adivinha vai para a casinha.

– Aos preparativos que estou vendo – observou Maurício – há grande fornada para hoje.

– É como vês. E não minguam bocas que a comam. O Senhor nos não falte com estas côdeas.

– E o bolo que não esqueça.

– Eram bons tempos aqueles em que vocês ambos o comiam como se fosse maná! Esquecer! Olh'agora! Não há de esquecer não, se Deus quiser, que não falta por aí gente necessitada, com quem se reparta. Vá, vá, raparigada! Não se me ponham agora paradas a olhar para as moscas, que o serviço não espera! Olh'agora! Deita-me o centeio naquela massa, pasmada, avia-te! Parece que nunca viram um rapaz! Bem tirado das canelas é ele, salvo seja; mas isso não basta! Olh'agora! Mas que milagre foi este que te trouxe aqui a estas horas?

– Um passeio...

– Um passeio!... Hum! aí anda mouro na costa. Olha lá se me desinquietas coisa que me pertença, tens de te haver depois comigo... Eu ainda tenho um par de sobrinhas que são moças de mão cheia. Ora olha lá! Quem te desse o juízo de Jorge! Aquilo é outro estofo! É verdade – continuou ela, dando ênfase à interrogação com o pousar das mãos nos quadris –, dizem que ele é quem dirige agora os negócios lá em casa?

– Há muito tempo já.

– Pois foi bem pensado! Sim, senhores. Porque olha que eu nunca gostei do frade. Deus me perdoe; e enquanto ao fidalgo, como é boa pessoa, não serve lá muito para governar casa. E tu que fazes?

– Eu... eu...

– Passeias; ora pois, pudera! Se esse senhor havia de fazer outra coisa. Pois não fazes bem, que pelos modos isso lá por casa não está para graças.

– Que é do Clemente, Ana? – inquiriu Maurício, mudando de conversa.

– O meu Clemente? Ó filho, nem eu sei. Se queres que te diga, o rapaz desde que o meteram na regedoria, não faz outra coisa. Isto é, eu devo dizer o que é verdade; o serviço aparece feito, isso lá aparece; mas a gente não sabe quando, nem como. Mas, agora me lembro, ele pelos modos está hoje para casa de Tomé da Herdade. Chegou-lhe a filha da cidade, sabes? A Berta, a que brincava com vocês na Casa Mourisca, e que tu dizias que era tua namorada? Garoto foste tu sempre desde criança! Diz que vem uma senhora. Tolices do pai. Olh'agora! Mas o caso é que a rapariga é jeitosa e diz que muitas nadas e criadas na cidade dariam uma orelha para parecerem tão bem como ela. Estou morta por a ver, mas esta minha vida não é para vagares. Então disse ao meu Clemente: "Vai tu à casa de Tomé, rapaz, e faze-lhe lá os meus cumprimentos." E o caso é que ele foi e... Ó raparigas, então esse pão ainda não está amassado?

E, não lhe sofrendo a impaciência de ânimo a inação, aproximou-se da masseira, e afastando as moças que lhe cederam o lugar com deferência, remexeu, com o vigor dos seus desenvolvidos músculos, a massa que, sob tão poderoso motor, cedo adquiriu a consistência precisa.

Depois amontoou-a, alisou-a, traçou-lhe em cima com a mão uma cruz, e murmurou:

> *S. Vicente te acrescente,*
> *S. Mamede te levede.*

Cobriu-a com a baeta, e depois acrescentou, voltando-se para a sua gente:

— Ora aí o têm; agora olhem-me por esse forno, que são horas.

E tornando a Maurício, continuou, como se não tivesse havido interrupção:

— Pois é verdade, ele foi e ainda não veio. Sabes tu que era esta a mulher que ficava a matar para o meu Clemente?

Maurício estremeceu, como se ouvira uma heresia.

— Quem? Ela? Berta?

— Sim; então que achas? Pois com quem queres tu que ela case cá na terra? Fidalgos não a querem; os rapazes por aí são uns labregos que Deus nos acuda. O meu Clemente... não é agora por ser meu filho, mas não se lhe faz favor nenhum confessando que é mais jeitoso do que eles. E sobretudo, depois disto da regedoria. Ele fala com o senhor administrador e até com o governador civil, quando vai ao Porto, e a cada passo está a escrever-lhes e a receber cartas deles e é tudo: Deus guarde a V. S.ª para aqui, Deus guarde a V. Ex.ª para acolá. Ora, a filha do Tomé vem acostumada a estas coisas lá da cidade, e enfim, sendo do costume, já se não gosta de passar sem isso.

Maurício não podia seguir placidamente as conjeturas da ama; parecia-lhe uma profanação o que ouvia.

— Não, não, Ana. Clemente não é marido que convenha a Berta. De modo nenhum. Desengana-te.

— E por que não? Ora essa é boa! Quem é então que lhe convém? Olh'agora!

— Berta tem... teve... há de ter...

— Tem, teve, há de ter o quê?

– Uma educação... gosto...

– Ora viva! Já fazes a filha do Tomé fidalga demais para o meu rapaz! Ora quem ali está! Olha que eu sou da criação de Tomé, e conheci-o rapazinho de pé descalço a guardar o gado... Olh'agora.

– Não duvido, Ana, mas... Berta já viu a cidade e...

– Toma! E o meu Clemente? Ora deixa-te de histórias. Sabes que mais?... Não me andes tu já por aí com o olho na pequena, que é o que me parece; olha que não é nenhuma tola como as outras.

– Ó Ana, que ela não é como as outras sei eu. Nunca esta terra soube que era um anjo assim.

– Olhem, olhem! É o que eu digo! Temo-la travada! Eu logo vi. Ó filho, que não sei a quem me sais. Eu logo vi. Tu que te espinhavas todo por eu querer a rapariga para o Clemente!... Mas, olá Sr. Maurício, veja o que faz! Lembre-se de quem ela é filha. É um homem sério e que não gosta de quem não o tratar como homem sério... Mas aí vem o meu Clemente; ele é que me vai dizer da rapariga.

12

Clemente, o filho único da vigorosa matrona que tão desenganadamente falava ao Maurício, era um sincero rapaz aldeão, de espírito pouco desenvolvido, mas de excelente índole.

Tinha uma fisionomia vulgar, destas que fogem da memória, porque nem as fixa um vislumbre de inteligência que acentue alguma feição predominante dela, nem o cunho de estupidez, que as assemelhe a caricaturas.

Só na boca e nos olhos é que havia um jeito revelador da natural bondade daquele caráter; o mais nada exprimia.

Clemente aceitara com certo desvanecimento o cargo de regedor, e exercia-o com a imparcial inteireza que deve ter o magistrado.

Não obstante o gênio brando de que era dotado, ousara arcar, no desempenho dos seus deveres, com privilegiados da terra que ainda não haviam perdido de todo os hábitos de sobranceria e de desprezo às leis adquiridos por seus ascendentes nos tempos de regalias feudais.

Clemente era supersticiosamente acatador do código administrativo, e este fervor de funcionário dava-lhe coragem para a luta, aliás muito contrário à sua índole pacífica e conciliadora.

Por vezes sofreu pelo seu muito amor de justiça. Julgou ele, com simpática ingenuidade, que os superiores o conceituariam tanto melhor quanto mais exato e imparcial ele fosse no cumprimento dos seus deveres; com funda e amarga dor de coração viu, pois, que tendo arrostado com as sanhas de alguns fidalgos, cujas ilegais franquias procurara fazer cessar o administrador, que sabia teorizar muito melhor do que ele sobre o tema de emancipação do povo, dos direitos do homem e da igualdade perante a lei, mas que também sabia quebrar na prática as quinas e os ângulos agudos às suas teorias, tomava o partido dos fidalgos, e censurava asperamente em ofícios o procedimento do regedor.

Estas injustiças sociais principiavam já a inocular no ânimo leal e sincero de Clemente o ceticismo a respeito dos homens, e a prepará-lo talvez para vir a ser uma autoridade menos intratável e de mais condescendente consciência, e por conseguinte, mais ao agrado dos homens, não sei se diga práticos ou corruptos, que clamam contra a absoluta inflexibilidade dos princípios.

Achava-se o bom Clemente naquela desconsoladora fase de transição em que o funcionário novel principia a sentir que o deixa o ideal que concebera da sua entidade civil e que vai descendo pelo escorregadio pendor das condescendências mundanas para o nível onde redemoinham as turbas, que ao princípio fitara sobranceiro, de toda a altura da sua dignidade moral.

Triste época de desilusão e de desencantamento essa!

Clemente votava sincera afeição aos rapazes da Casa Mourisca, sobretudo a Jorge, a quem cedera o seio de sua mãe.

Jorge nunca lhe dava motivo de colisão entre os seus deveres de regedor e os impulsos do coração.

Já não assim Maurício, que não era de todo inocente de certas infrações de lei e de desprezo pelo código administrativo, com que não poucos sonos tinha afugentado ao honrado rapaz.

Clemente desculpava Maurício, dizendo que eram as más companhias que o levavam àquilo, mas prometia não ceder a considerações, se o encontrasse em flagrante.

Fosse porém acaso, fosse quase insciente propósito de amizade em não querer ver, é certo que nunca tal contingência se deu. Apenas por vagas denúncias lhe constava ter Maurício uma ou outra vez quebrado o defeso da caça, tomado parte em alguma rixa noturna, quase sempre em companhia de seus primos, os fidalgos do Cruzeiro.

Estes, sim, estes eram os mais rebelões daqueles arredores. Com eles era que as mais das vezes tinham lugar certos conflitos em que os cabos de Clemente nem sempre eram tratados com o respeito que para eles a farda pedia.

Os fidalgos do Cruzeiro viviam ainda a moda antiga, como senhores feudais da terra, desconhecendo direitos de propriedade e calcando aos pés dos seus cavalos todos os códigos com que tentassem conter-lhes os ímpetos nobiliários.

Eram três estes nobres senhores.

Um morgado e... morgado às direitas; outro doutor... por ter andado dez anos em Coimbra para deixar incompleto um curso de cinco; o terceiro, abade, escorraçado pelo povo de uma freguesia que fora mandado paroquiar; ligavam-se todos três, em temível triunvirato, para invadirem as propriedades, esgotarem as tabernas, insultarem as mulheres e espancarem os homens daqueles sítios.

O povo, por hábito legado de submissão, os deixava à vontade, contentando-se com praguejá-los pela calada, desforço dos oprimidos em todas as épocas da história da humanidade, ou exasperado e descrendo da eficácia da lei, recorria à defesa própria, e procurava manter em respeito esses turbulentos vadios, que mais de uma vez saíram mal feridos da refrega.

Jorge afastara-se cada vez mais da companhia dos primos, cujos asselvajados hábitos lhe repugnavam; Maurício frequentava-os ainda, e era de fato a companhia deles que às vezes o impelia a passos repreensíveis.

Clemente vinha agitado quando entrou em casa aquela manhã. Era evidente que o regedor se tinha encontrado em uma das colisões, a que a vida pública o sujeitava.

A mãe, logo que lhe lançou os olhos ao rosto contraído e levemente purpureado, conheceu que tinha havido novidade e interpelou-o:

– Que tiveste tu lá por fora, Clemente? Essa cara não é de quem vem satisfeito com a sua vida.

– Deixe-me, minha mãe, deixe-me – rompeu o irritado rapaz. – Com'assim enquanto não largar esta coisa de regedoria, não tenho um momento de sossego.

– Então que foi?

– Que foi? Que havia de ser? O que foi ontem, e que há de ser amanhã, e que há de ser sempre enquanto... enquanto se não fechar os olhos e se der para baixo, seja em quem for. Parece impossível que gente de educação, gente que devia ter vergonha e ser a primeira mostrar o exemplo, seja a que anda por aí dando escândalo, sem fazer caso da autoridade, nem da lei, nem de coisa alguma! E um padre então! E um doutor!

– Pelo que vejo temos os do Cruzeiro fazendo das suas?

– Pois quem senão eles? Essa súcia de libertinos, de...

– Olha que está ali um primo deles, Clemente – admoestou a mãe, sorrindo.

Clemente reparou pela primeira vez em Maurício.

– Ah! desculpe, Sr. Maurício, que ainda agora o vejo. Mas, isto é assim. Aqueles senhores cuidam... Eu sei lá o que eles cuidam? Cuidam talvez que isto hoje é como dantes e que eles hão de fazer a sua vontade.

– Mas afinal de que se trata? – inquiriu Maurício.

– Desta vez deu-lhes para meterem em casa um refratário do serviço militar, contra quem há um mandado de captura, e com o maior descaramento o declaram por aí. Temos outra como quando esconderam em casa o assassino do reitor de Fieiras e lhe deram escapula para o Brasil. Mas eu não quero saber, a lei lá está que diz bem claro o que deve fazer-se, e o senhor administrador não é para graças.

– Fia-te nele! Olh'agora! – atalhou a mãe. – É fresco! Vendo-te metido em talas, só se não puder deitar a mão à caravelha para te atenazar ainda mais. Não te lembras do que ele fez quando foi da prisão do morgado dos Codeços, por causa das pancadas na feira? Ora bem me fio eu nele! Todo colaço com o Lourenço do Cruzeiro, e companheiro de súcias deles todos. Sabes que mais, meu filho? Deixa-os lá e não te consumas com isso. Olh'agora!

Estas eram as máximas que o ceticismo inspirava já a Ana do Vedor.

Clemente encolheu os ombros.

– Ou hei de ser regedor, ou não hei de ser. Por isso é que eu digo que vou pedir demissão. Para injustiças é que eu não sirvo. Não quero que se diga que quando um pobre homem faz alguma coisa, já tudo são pressas para o prender e castigar, e lá porque uns senhores... Senhores? Melhor tratassem de pagar o que devem a meio mundo e não andassem por aí a fazerem o que fazem.

– Vamos, Clemente, perdoa-lhe as rapaziadas, porque afinal eles são teus amigos – interveio Maurício.

– Amigos eles?! Muito agradecido; mas nem acredito na tal amizade nem também a desejo; isto é para dizer o que é verdade.

Interromperam-no neste ponto duas vigorosas vozes masculinas, que bradavam da rua:

– Maurício! Ó Maurício! Que diabo fazes tu aí dentro, com o cavalo preso à porta? Eh!

– Tu também pões mão na fornada?

– Parece-me mais certo que ponhas mãos nas forneiras.

A ti'Ana foi a primeira que tomou a palavra;

– Falai do ruim... São os do Cruzeiro.

E chegando ao limiar da porta, exclamou com os seus modos desempenados:

– Que é lá, que é, meus fidalguinhos? Que temos nós que dizer das forneiras? Em minha casa não há monte para caçadas de galgos, como vossemecês. Entendem? Deixem sossegado, o Maurício, que já não pouco mal lhe têm feito com os seus conselhos e companhia.

Maurício apareceu aos primos, rindo do sermão da ama.

Clemente permanecia carrancudo no fundo da cozinha.

Os primos do Cruzeiro, o doutor e o abade vestiam à maneira de campo, de jaqueta de alamares, faixa vermelha à cinta, chapéu de abas largas, de espingarda ao ombro, cães em redor, e as vítimas das suas façanhas venatórias pendentes ao tiracolo, como troféus de combate.

O padre respondeu à Ana do Vedor:

– Ó mulher, guarde lá a sua língua, que não nos tira a sede que trazemos, e dê-nos antes uma pinga do verde, porque o nosso pichel vai vazio de todo.

E com a maior sem-cerimônia entraram para o pátio, pousando as espingardas e os aparelhos de caça.

O doutor sentou-se nos degraus da porta da cozinha, o padre na pilha de lenha que havia no quinteiro.

A Ana do Vedor, com as mãos na cinta, observava-os e prosseguiu na objugatória:

– Com que então o senhor abade e o senhor doutor e o senhor seu mano entendem que as leis destes reinos não foram feitas para vossemecês?

– A que vem agora essa cantilena, ó mulher? Dê-nos vinho – insistiu o padre.

– A que vem? – tornou a ti'Ana. – Aí está o meu Clemente, que melhor o pode dizer.

Os dois voltaram-se e viram Clemente, que, pela sua vez, apareceu à porta.

– Ah! ah! o senhor regedor!

– Pelos modos o homem está zangado conosco por lhe escondermos o filho do soqueiro, queres tu ver?

Maurício tomou o partido de Clemente.

– Bem sabem que é da responsabilidade dele.

– Ora deixa-te de contos – atalhou o doutor.

– O pior é que, vistos os autos, não temos vinho – fez notar o padre.

– Está enganado, senhor abade – veio-lhe à mão Clemente –; fosse um criminoso que me pedisse de comer e de beber, quando passasse à minha porta, eu, com ser regedor, não lho recusaria. O que a minha casa não há de ser, isso não, é esconderijo de ladrões, de malvados e de refratários; nem sei que grande glória venha daí a quem tanto mal faz à sociedade, não deixando que se cumpram as leis. O vinho aí está.

Efetivamente apareceram dois rapazes, empunhando cada qual uma caneca a transbordar de puríssimo vinho verde, que os dois caçadores esvaziaram de um fôlego.

– Ah! – disse o doutor no fim da libação. – Não te arrenegues, Clemente, que não és mau rapaz afinal. Estás muito soberbo com a tua regedoria, mas isso há de passar-te. Ora agora fica sabendo que na quinta do Cruzeiro, desde tempos imemoriais, encontra asilo quem aí se acolher.

– Mas o senhor sabe que a lei pune a quem der esconderijo a um refratário. Parece-me que um doutor não pode deixar de saber estas coisas.

– A lei diz muita coisa que todos nós sabemos; mas deixa lá a lei, que está quieta.

– Mas se o senhor administrador ordenar uma busca na casa.

– Que veja se se mete nisso – acudiu o abade, sorrindo ameaçadoramente.

– Tem direito para o fazer – questionou Clemente.

– Pois que se contente com o direito.

Clemente ia-se irritando.

– Mas é preciso pôr cobro a isto, meus senhores. Não se pode sofrer que em tempo de leis e autoridades haja uma casa, onde nem lei, nem autoridade entram.

– Pois tenta, ó Clemente; quando te sentires de pachorra manda-nos lá o exército dos teus cabos, e comanda o assalto. Ah! ah! ah! Havia de ter graça!

– Pelos modos por que vejo irem as coisas, não direi que se não chegue um dia a isso.

– Hei de gostar de ver.

– Pois eu não. Os meus desejos eram que todos vivessem em paz o sossego. E o que me custam é que partam os maus exemplos donde deviam vir os bons.

– Ora sabes o que mais, Clemente? – ponderou o padre. – Dou-te de conselho que não puxes demais pelo fiado. O mundo é assim em toda a parte, rapaz; e é preciso fazer a vista grossa para certas coisas. As leis são boas, mas não há remédio senão sofrer de quando em quando que não as cumpra quem está no caso de ter vontade.

– Mas a vontade tira-se, se as autoridades forem o que devem ser.

– Viva, senhor regedor!

– Digo isto, senhor abade, e...

– Um seu criado, senhor regedor!

– E um dia...

– Às suas ordens, senhor regedor.

– Senhor regedor, sim, e honro-me disso muito. E enquanto for regedor, hão de me respeitar como tal. Já disse. O seu tempo já lá vai, senhor abade, e hoje a justiça quando tem de entrar em uma casa, não repara no brasão que está à porta... ou não deve reparar. Ninguém tem direito de não respeitar a lei, e eu prometo-lhe que já que assim o querem...

– Bem, bem – acudiu Maurício, que receou que a cena se tornasse mais azeda –, não prossigamos nesta contenda. Venham vocês daí que temos que conversar. Clemente, sossega, que tudo se há de arranjar. Adeus, Ana.

– Vamos lá, vamos lá – concordaram os dois primos, empunhando outra vez as espingardas –, deixemos o senhor regedor, que está hoje muito zangado.

E ao atravessarem o quinteiro, o doutor e o abade abraçaram, cada um por sua vez, uma das moças de Ana de Vedor, que voltava da fonte com um cântaro de água.

– Olá, olá fidalguinho! – bradou da porta da cozinha a patroa. – Já disse que isto aqui não é terras do Cruzeiro. Olhem se querem que eu os enxote como as raposas do galinheiro?

E quando a criada chegou ao pé dela, disse-lhe com aspereza:

– Tu não sabias chimpar-lhes o cântaro pela cabeça abaixo, minha maluca? Sempre vocês não sei para que querem a esperteza.

Os rapazes retiraram-se rindo.

Ana voltou a ouvir e a mitigar as queixas do filho.

13

Maurício mandou para casa o cavalo, no propósito de seguir os primos a pé. Estes enviaram também para o Cruzeiro os cães, as espingardas e os mais petrechos de caça.

Os dois manos riram-se por muito tempo da prosápia do regedor, e não se deram por satisfeitos senão depois de terem conseguido fazer também rir Maurício que, a princípio, tentou admoestá-los.

– Deixemos o assunto – disse afinal o padre –, que destino levas?

– Nenhum.

– Nesse caso vem por nossa casa, que não hás de te arrepender.

– Que há lá?

– Vem e saberás.

– O José recebeu ontem do Douro uns cascos prometedores – explicou o doutor.

– Adeus, adeus: aí estás tu a desfazer a surpresa. Deixa-o vir.

– Vou – respondeu Maurício –, mas havemos de seguir o caminho que eu disser.

– Mas por onde diabo queres tu ir?

– Também vos prometo que se não arrependerão – insistiu Maurício.

– Ó rapaz, se são olhos pretos e cabelos fartos, dize, e vamos lá ver isso – alvitrou o padre.

– Olhos, cabelos, dentes, gesto, riso, figura, tudo uma perfeição – ampliou Maurício.

– Onde desenterraste essa maravilha?

– Chegou aqui há poucos dias.

— Não ponhas mais na carta.

— Já sei — interveio o doutor —, falaram-me nela. É a filha do Tomé da Herdade.

— Exatamente.

— E então ela sempre é essas coisas?

— Só te digo que ando cada vez mais doido pela rapariga. Isto cá dentro está iminente o perigo de explosão. Que admira, se nunca até hoje vi uma beleza assim?

— Estás bem bom. Ó rapaz, o mais que posso fazer é casar-vos. *Conjungo vos* — disse o padre, cantarolando.

— Em uma palavra, para vocês imaginarem o estado disto, basta que vos diga que me custou a conter a indignação quando ouvi há pouco a Ana de Vedor dizer-me que a Berta era um bom casamento para o filho.

— Ai, para o senhor regedor!

— É verdade.

— Então S. Ex.ª tenciona tomar estado?

— E vamos lá a saber — informou-se o doutor —, a rapariga é arisca ou acessível?

— Por ora parece-me desconfiada, apenas, mas...

— Como disseste que se chama? Berta?

— Sim.

— O padre cantarolou:

> *Berta, Berta, meus amores,*
> *Berta do meu coração,*
> *És a rainha das flores.*
> *Trai lari lari larão.*

E, cantando, trepava o muro de um pomar para colher laranjas que de lá o estavam seduzindo.

— Deixa lá as laranjas; anda daí — dizia o mano doutor, que seguia à frente do rancho.

— A casa do cidadão é inviolável — acrescentou Maurício.

– Sim senhor – tornou o padre, já a cavalo no muro –, mas se me faz favor, nem isto é casa, nem um homem que mora na aldeia é cidadão.

E saltou do muro com a sua colheita, e pôs-se a caminho, comendo as laranjas que roubara.

– Então dá cá uma – disse o doutor, voltando-se para trás.

– Ah! ah! já cobiças?

E o padre arremessou duas laranjas, que o mano destramente aparou nas mãos.

A companhia foi seguindo pelos acidentados caminhos da aldeia, cantando, saltando, pondo em confusão as lavadeiras moças que ensaboavam nas presas, abraçando à força na estrada as raparigas que, vergadas sob molhos de erva ou de milho cortado, mal lhes podiam fugir; visitando todas as tabernas, fazendo correrias a galinhas, porcos ou vacas, se se lhes deparavam na passagem, calcando campos e escalando muros com o desassombro de senhores.

Maurício imitava-os meio constrangido, mas imitava-os. Se às vezes os seus melhores instintos ou a influência do trato com Jorge o faziam conter, a reflexão maliciosa de qualquer dos primos que ironicamente lhe celebravam a candura, impelia-o a vencer a primeira hesitação, e afinal dava o passo que lhe repugnara.

Maurício possuía um desses caracteres fáceis de dominar, móveis, que cedem ao bem e ao mal, e que tanto habilitam o homem a realizar heroicos feitos, como a perder-se. Tudo está na influência que os rege.

Se têm faculdades para apreciar o gozo que de uma ação grande e generosa resulta; se são capazes de a conceber e dão estímulos para a executar, também as seduções do vício os enlevam, também a vertigem do abismo os atrai, e aproximam-se fascinados do precipício, sem que a razão acorde para os suspender no progresso fatal.

Caracteres assim são instrumento poderoso do bem ou do mal, conforme a mão que deles usa e a intenção que os dirige. São os que sentem a influência das boas ou más companhias.

Dentro em pouco chegaram os três rapazes à Herdade.

– Então a rapariga? – perguntou o padre, examinando as janelas vazias.

– Nem sempre aparece à janela – informou Maurício.
– E de que meio te serves para chamá-la? Tosses, cantas, assobias? – perguntou o doutor. – Qual é o teu sistema?
– Eu não tenho sistema.
– Então para que nos trouxe por aqui este inocente, não me dirão.
– Tu não tens entrada em casa?
– Meu pai não gosta que nós visitemos o Tomé.
– Ah! lá se o papá ralha...
– Este Maurício tem coisas!
– Isto é mesmo uma menina inocente!
– Aqui não há malícia alguma!

Estas observações dos manos estavam causando a Maurício vergonha da sua própria candura.

– E então daqui? – interpelou o doutor.
– Então... – titubeou Maurício.
– Segue-se dar meia-volta à direita, e retirarmo-nos com caras de asnos, não é assim?
– Façam vocês o que quiserem – exclamou o padre –; eu por mim, já que aqui estou, não me retiro sem ver a pequena.
– Mas como? – interrogou Maurício.
– Eu te digo. A coisa é simples.

E dizendo isto, dirigiu-se a uma pequena porta que havia no muro da quinta, e sem a menor hesitação, impeliu-a com força, e ela cedeu sem grande resistência. O padre entrou primeiro, seguiu-o o mano doutor, e Maurício, ainda que mais a medo, imitou-os.

Os do Cruzeiro caminhavam com a sem-cerimônia que caracterizava todos os seus atos naquela terra, assobiando, cortando flores e frutas, e encurtando caminho por cima dos campos semeados.

De repente o padre, que ia adiante, parou, voltando-se, e disse em tom mais baixo:

– E ainda dirão que não sou bom caçador?

E, afastando-se para o lado, deixou ver o objeto que ele designava, apontando para a extremidade da rua em que iam entrar.

Era Berta.

A filha de Tomé da Póvoa acabara de ajudar a pôr à cabeça de uma rapariguita aldeã o último feixo de canas de milho que os segadores haviam deixado no campo, e ficara seguindo-a com a vista, tão atenta, que nem deu pelos recém-chegados.

– Vejam que figura de fada! – murmurou Maurício para os primos. – É a Ruth da escritura.

– Sim, a figura temos visto, agora quero ver-lhe a cara – disse o padre; e acompanhado pelo mano bacharel, dirigiu-se para Berta.

Maurício, surpreendido por este passo, que não esperava, seguiu-os para conter-lhes a brutal galanteria.

Berta, ouvindo passos, voltou-se, e ao reconhecer os três rapazes não reprimiu um movimento de assustada surpresa, a qual porém se desvaneceu, reparando que Maurício era um deles.

Todos se descobriram cortejando Berta.

O padre, fitando impertinentemente os olhos nela, principiou:

– Minha senhora, não repare nesta invasão de território. Mas quem teve a culpa foi aqui o primo Maurício. Falou-nos com tal entusiasmo da gentil filha do nosso velho amigo Tomé, que nós tomamos a resolução de vir admirá-la e cumprimentá-la. E aqui estamos.

Berta corou intensamente perante a grosseira sem-cerimônia do padre e dirigiu a Maurício um olhar, em que se fazia uma interrogação e se formulava uma censura.

Maurício respondeu a este olhar, dizendo em tom irritado:

– Desculpe, minha senhora, as maneiras pouco delicadas de meu primo. É um javali silvestre, que não sabe amaciar as sedas.

O mano bacharel soltou uma gargalhada quase tão grosseira como a apresentação do padre, e apimentou-a com a expressão de igual delicadeza:

– Ora toma! Apara lá esse pião à unha! ah! ah! ah!

O padre olhou espinhado para Maurício e redarguiu:

– Ora não querem ver este senhor de salão, que se ofende com as minhas sem-cerimônias? Javali! Tem graça! Quem o ouvir, há de supô-lo um cãozinho de regaço. Meu lindo priminho, esta menina não é nenhuma tola e sabe o que é o mundo; e escusas, para lhe agradar, de te apresentares como um galã choramingas. Ora é boa!

– Adeus, adeus, padre Lourenço, isso previa eu!
– Previas o quê? Então eu ofendi alguém?
– De ofender, a ser menos delicado vai alguma distância, mas...
– Dize tu o que não sou é impostor e hipócrita, apesar de me terem feito padre. Eu disse o que era a verdade. Nós estamos aqui, é por tua causa. Não é assim, Chico?

O mano Chico afirmou.

Berta assistia a toda esta cena com visível desgosto, mas sem interrompê-la com uma palavra.

– Berta, afirmo-lhe... – ia a dizer Maurício para justificar-se da tácita arguição que lia no olhar dela.

– Com licença – cortou-lhe o padre a palavra –, se sou grosseiro e javali, hei de sê-lo até o fim. A coisa passou-se desta maneira. O Chico que o diga. Aqui o primo Maurício parece que está perdido pela menina, e por tal modo nos falou de si, tanto nos matou o bicho do ouvido para que lhe passássemos pela porta, que nós viemos. E como não estava à janela, nem ele tinha ainda combinado sinal para a fazer aparecer, eu, para não perder o tempo e as passadas, abri brecha no reduto e entramos. Ora aqui está. Se isto é ofensa...

Berta respondeu já serenamente:

– Creio que não é, porque não pode decerto haver intenção de ofender-me em quem entra em minha casa na companhia do Sr. Maurício. Ele bem se lembra de que eu fui em pequena a companheira de sua irmã Beatriz, de que sou afilhada de seu pai e naquela casa, a que ele pertence, julgo que ainda há, como dantes, muito respeito por estes laços de família e de amizade...

– Há Berta, há, e tão santo como em outros tempos. E há mais, há a firme resolução de os fazer respeitar aos outros, como lá se respeitam.

– Abranda-te, leão! Não estou disposto a lutar contigo, apesar desses olhares ferozes. Esta menina far-me-á mais justiça, reconhecendo que eu não a ofendi...

– Não falemos mais nisso – acudiu Berta, friamente.

– Mas é um caso de consciência – insistiu o abade.

– Então ninguém tão habilitado para o decidir como um sacerdote – tornou-lhe Berta, com desdém.

Gargalhada do mano bacharel.

– Chucha! Ora mete-te com ela, anda.

– Em coisas do coração – redarguiu o padre, galanteadoramente – são melhores juízes do que os sacerdotes as *madamas*.

Berta contraiu a fronte com desgosto e respondeu-lhe com maior severidade:

– Quando elas têm um pai, podem eles também ser juízes. E meu aí vem.

Efetivamente chegava Tomé da Póvoa.

O honrado fazendeiro, que tinha a sua opinião formada a respeito dos fidalgos do Cruzeiro, franziu o sobrolho, assim que os avistou com a filha.

Nem a presença de Maurício bastou para tranquilizá-lo.

Tomé conhecia de pequenos os rapazes da Casa Mourisca, e sabia até que ponto se podia contar com o que em Maurício havia de bom, e recear do que nele havia de mau.

Depois a fisionomia de Berta denunciava que a conversação dos fidalgos não tinha sido demasiadamente apropositada.

Nem convinha à boa fama de uma casa em que houvessem raparigas a assiduidade de qualquer dos três manos do Cruzeiro.

Tudo isto atuava no espírito de Tomé durante os instantes que precederam sua introdução na cena.

– Olá! V. Ex.ᵃˢ por aqui! Grande honra! Grande honra!

– É verdade, Tomé – começou o padre a dizer. – Entramos, como rapazes de escola, sem pedir licença ao dono da casa; mas confiamos que não nos leve a mal...

– Ora essa! Levar a mal por quê! V. Ex.ᵃˢ quiseram talvez ver por seus próprios olhos como esta abençoada terra dantes se definhava nas mãos de um fidalgo e medra agora nas mãos de um lavrador?

– Justamente. E depois tivemos a felicidade de encontrar a menina Berta, que é a maravilha destes sítios.

– Ah! – disse Tomé, com um meio sorriso; e voltando-se para a filha, que instintivamente se aproximou dele: – É verdade. Agora me lembra! Olha que tua mãe recebeu já aquelas meadas. Se queres ir vê-las...

– Vou, vou já – respondeu Berta.

E cortejando levemente os três rapazes, afastou-se dali.

– Até outra vez, Berta – disse Maurício com voz afetuosa.

– Sr. Maurício – correspondeu-lhe Berta, e desapareceu por uma rua da quinta.

E pensava consigo mesma:

– Agora... agora... já não sinto medo dele... nem de mim...

– Na verdade, Tomé, a sua casa está um perfeito paraíso, e nem os anjos lhe faltam – disse o mano bacharel, depois que Berta se retirou.

– O que eu posso afirmar – insinuou o abade – é que não faltarão também em volta destes muros enxames de namorados. Que te parece Maurício?

– Berta é digna de todos os respeitos – murmurou Maurício, confuso.

– Bem, bem, quem diz menos disso? Mas...

Tomé interrompeu o padre.

– Eu lhes digo, meus senhores, Berta é filha de uma família em que todos trabalham, e pouco tempo pode ter para aparecer a namorados. Quando algum homem de bem se me afeiçoar à filha, não serei eu que lha recuse, se o coração dela estiver para esse lado; pois para freira não a quero. Enquanto aos enfeitados, que andam por aí a zunir aos ouvidos das raparigas e a fazê-las doidas, Berta sabe bem o que eles valem... mas, se por acaso a importunarem muito... eu sei como se dá cabo do vespeiro.

E, falando, Tomé da Póvoa não ficara imóvel, mas pusera-se naturalmente em caminho da porta, e os três seguiam-no, sem fazer observação alguma.

Só quando viram parar no portão é que perceberam que o lavrador como que tacitamente os convidava para saírem.

O padre não pôde deixar sem uma reflexão este procedimento.

– Agradecemos, Tomé, o incômodo que teve a ensinar-nos o caminho da porta para sairmos.

– Os lavradores da nossa terra têm estes excessos de hospitalidade – secundou o doutor.

Tomé corou e respondeu com certa confusão:

– A minha cabeça... Desculpem. Isto em mim foi uma distração. Quando a gente não está bem em si, faz, sem reparar, coisas que muitas vezes lhe podem estar na vontade, mas que por delicadeza não faria, se pensasse melhor. Queiram desculpar.

– Está desculpado. Nós também não tínhamos mais que fazer aqui. O fim da nossa visita estava preenchido.

– Sim, também me quis parecer isso.

– Adeus, Tomé – bradou o doutor. – Deixamo-lo entregue à sua vida patriarcal.

– E está um verdadeiro patriarca, este bonacheirão do Tomé – disse o padre, batendo familiarmente no ombro do lavrador.

– Bonacheirão? – repetiu Tomé, encolhendo os ombros e com meio sorriso. – Isso é conforme. Às vezes... Aí está que, sendo eu amigo do mestre-escola, como sou e há tantos anos, estive há meses para o esmagar. E sabem por quê? Porque passava eu pela escola e ouvi chorar uma criança, e pareceu-me que era o meu pequeno; não me sossegou o coração sem que afirmasse se era ele ou não. Entrei e vi o desalmado do Zé Domingues que mo desancava sem dó nem piedade. Escureceu-se-me a vista, entrei furioso por ali dentro, e por um triz que não deixava o homem a pernear.

Os rapazes estavam já fora da porta quando Tomé acabou de contar o caso, e acrescentou:

– Não que se trata de meu filho e isto de amor de pai e de mãe... É como nos animais. Sabem aquela vaca malhada que eu tenho? Um borrego, com que uma criança brinca; pois haviam de vê-la uma vez em que lhe tiraram a cria! Estava furiosa e arremetia como um touro bravo. É preciso cuidado com isto de pais e de mães! – concluiu o fazendeiro, em tom sentencioso e enfático.

E dando as boas-tardes aos três rapazes, fechou a porta, murmurando:

– O padre ainda não aprendeu com a corrida que levou na abadia. E este Maurício a acompanhar com eles! Valha-o Deus.

— Então que vos parece o Sr. Tomé? — perguntou o bacharel cá fora.

— Não está mau com a história da vaca — disse o abade, rindo.

Maurício conservou-se silencioso.

— Tu a modo que vai assim embaçado, ó Maurício? — observou o bacharel.

— Estou arrependido de vos ter trazido comigo aqui — confessou Maurício.

— Ora não sejas parvo! Querias talvez que fizéssemos muito gasto de excelências com a filha de Tomé de Póvoa?

— É uma rapariga de educação, e o pai... — ia a dizer Maurício.

— E o pai — atalhou o padre — anda-me chiando muito alto, mas bom será que tenha mais cuidadinho consigo.

— As últimas palavras dele cheiravam-me a uma ameaça — observou o doutor.

— Eu nem dei por isso — respondeu o mano.

E os três retiraram-se de mau humor.

14

Jorge, que ultimamente era menos assíduo em casa de Tomé, sem que este pudesse atinar com a razão do fato, recebeu, na tarde daquele mesmo dia, um bilhete do fazendeiro, pedindo-lhe que o procurasse na Herdade às horas do costume. Jorge não faltou.

Tomé da Póvoa recebeu-o com modos menos desenleados do que lhe eram habituais, e com ares de misteriosa preocupação conduziu-o a um gabinete mais retirado da casa, cerrando a porta, depois que entraram, com excepcional cuidado.

Jorge seguia-lhe com estranheza os movimentos.

Tomé com um gesto denunciador do esforço que naquele momento fazia sobre si próprio, entrou no assunto com visível repugnância:

— Sr. Jorge — principiou ele —, sei que é meu amigo, e que tem o juízo e a prudência de um homem feito, apesar de novo como é; por isso vou falar-lhe com a franqueza de um homem de bem e de um amigo.

— Nem o Tomé sabe conversar de outra maneira. Diga.

— Pois bem. A coisa é esta... Eu antes queria não falar nisto, mas... enfim... se o negócio há de ir a mais... e suceder por aí alguma desgraça... enfim... a tempo é que é evitar o mal; quanto ao depois...

— Mas de que se trata?

— Sr. Jorge. É um pai que lhe fala. Tenho uma filha e enfim preciso vigiar por ela, enquanto não tem marido que a zele e proteja... não é verdade?

Jorge não pôde ouvir sem se perturbar estas palavras, e interiormente inquieto, sem bem saber por que, murmurou:

— Decerto, mas...

— Ora bem. O Sr. Jorge é rapaz sisudo e pacato, mas enfim sempre há de saber o que são dezoito, dezenove ou vinte anos, hein? Pode-se ter o juízo muito claro, ver as coisas como elas são, mas... isto de sangue novo... parece que ferve, e depois é como uma doença e como uma febre, a cabeça desarranja-se e não há conselhos que a consertem. Pois não é assim?

Jorge corou ouvindo estas considerações de Tomé, que lhe pareciam dirigidas, olhou para ele com desconfiança e respondeu confusamente:

— Talvez seja; porém...

— Ora então segue-se que o melhor é livrar-se a gente de trabalhos e fugir das ocasiões, para que depois se não diga: "ai, porque se eu soubesse; ai, porque o que eu devia ter feito era..." Entende-me?

— Entendo, Tomé, mas, afinal a que quer chegar? — interrogou Jorge, cada vez mais sobressaltado.

— Ora eu lhe digo. A minha Berta é uma rapariga de juízo.

A confusão de Jorge redobrou. O rosto tingiu-se-lhe de rubor, em que Tomé não reparou.

— É — prosseguiu o fazendeiro —, tenho a certeza disso, mas é rapariga, e enfim teve uma educação bem bonitinha; e Deus me perdoe se fiz mal em lha dar; ora, eu, conquanto seja um rústico, sei o valor que têm certas coisas, e que quem se costuma a elas, com elas sonha. Isso é que é verdade! E nem eu me admirava de que a pequena tivesse sua inclinação para rapazes da cidade. Era natural, já digo. Mas aqui não vêm eles, os da terra são assim meio... meio... enfim, rapazes de lavoura, como eu fui: muito bons para raparigas como era a minha Luísa. Ora, agora o que por aí há são, perdoe-me dizer-lhe isto, uns fidalguinhos que não têm que fazer, e que passam o seu tempo a inquietar as raparigas da terra. Desses é que eu tenho medo! E se quer que lhe fale a verdade, cá em relação à minha pequena, há um sobre todos de que eu muito me receio.

– Quem é? – perguntou Jorge, ainda não senhor de si.

Tomé hesitou por algum tempo, mas afinal, como tomando uma resolução, respondeu:

– É seu irmão Maurício.

– Maurício! – repetiu Jorge, contraindo a fronte. – Pois acaso tem ele dado já motivos para suspeitar?...

– Poucos; isto em mim é mais medo do que outra coisa. Hoje porém já me não agradou o que ele fez.

E Tomé narrou a Jorge a cena da manhã, acrescentando:

– Ora dos do Cruzeiro não tenho medo. Berta conhece-os, e é o que basta para ficar livre de perigo; mas com o Sr. Maurício já não é assim. Apesar das suas doidices, não se pode deixar de gostar do rapaz, porque o fundo é bom e generoso, e depois... conhecem-se há muito... e ele é estouvado e um rapaz bonito... e ela... ela tem dezoito anos... Enfim Sr. Jorge, isto anda-me cá a pesar, e por isso pedia-lhe que visse se obrigava seu irmão a deixar-me em paz a rapariga, porque nada de bom pode resultar daqui.

Jorge sentia apertar-se-lhe o coração ao ouvir aquela confidência. Era pois certo que Berta amava já Maurício!

– Tomé – respondeu ele, sem trair a sua agitação –, sossegue. Eu falarei a Maurício. Não creio que ele fizesse com má intenção o que diz; mas em todo o caso concordo em que é preciso evitar a tempo piores ocorrências. Faço justiça a Berta; mas quero que meu irmão seja o primeiro a respeitá-la. Eu lhe falarei, creia.

– Muito bem – respondeu Tomé, apertando-lhe a mão. – Eu estava certo de que me daria essa mesma resposta.

Jorge acrescentou:

– Demais, Maurício pouco se demorará aqui. Espero que em breve parta para Lisboa.

– Bom será. Talento tem ele para o poder aproveitar na vida, e aqui o que há de ele fazer? Depois a companhia daqueles primos!...

Jorge separou-se de Tomé sem que se ocupasse naquela noite do assunto habitual das suas conferências.

Ao sair mais cedo do que o costume, atravessou uma sala onde Berta costurava à luz de um candeeiro.

Ao vê-lo passar, Berta estendeu-lhe familiarmente a mão, dizendo com um sorriso afetuoso:

– Retira-se muito cedo; durou pouco a lição.

– Às vezes é quando mais se aprende – respondeu-lhe Jorge, com mal disfarçada ironia.

– E até quando? – prosseguiu Berta, parecendo não atentar no sentido da resposta. – Há já bastante tempo que o não víamos.

– Até... até cedo.

– O Sr. Maurício vejo-o mais vezes... ainda ontem aí passou.

– Sim – disse Jorge com um malicioso sorriso. – Maurício tem essa habilidade; de ser visto todos os dias pelas mulheres bonitas da terra.

Berta olhou admirada para Jorge; feriam-na aquelas respostas secas e sarcásticas, que não esperava ouvir-lhe.

– Então dá-se ao trabalho de se mostrar a todas? – perguntou ela sem desviar os olhos.

– Sim, provavelmente – tornou Jorge no mesmo tom –, e parece que todas se dão ao trabalho de lhe aparecer.

– Ah!

E Berta calou-se; fixou os olhos na costura e pareceu até esquecer-se da presença de Jorge na sala.

Este finalmente despediu-se, estendendo a mão à Berta.

– Boa noite, Berta.

Sem levantar os olhos da costura e portanto sem lhe corresponder ao gesto da despedida, Berta respondeu:

– Boa noite, Sr. Jorge.

"Ofendeu-se", pensava Jorge ao retirar-se, "então há fundamentos para as apreensões de Tomé. Juízo de rapariga, afinal! Cabeça doida, que não espera que o coração se declare e alimenta paixões com reminiscências de romances. Pobre Tomé! É o que ele afinal colhe dos seus sacrifícios para a educar. Eu logo o supus."

As reflexões de Jorge sucederam e encadearam-se neste teor. Crescia nele mais do que nunca a sua irritação contra Berta.

"Mas que tenho eu com Berta", reconsiderava ele "para me importar com isto? Afinal são pequenas fraquezas de rapariga e... Mas a amizade que consagro ao pai obriga-me a intervir. Maurício é um louco, e ela já vejo que não tem mais prudência do que outra qualquer rapariga da sua idade."

E esta ideia de Berta ser sensível aos galanteios de Maurício era o que mais que tudo o incomodava.

E Berta? Que ficou pensando, com a cabeça inclinada sobre a costura, mas com a mão parada e o olhar pensativamente fixo?

"Por que esta severidade de Jorge para comigo?", pensava ela. "Não posso já duvidar. Há nele não sei que prevenção contra mim. Ou não me fala, ou fala-me deste modo. Um motivo leve não pode ser, porque Jorge é, ao que dizem, um rapaz de tão bom senso, que decerto por uma insignificância não me trataria assim. Mas que faria eu? Nada; se em mim há loucuras ficam-me no pensamento e aí quem as vai devassar?... E que fossem?... E que as achassem?... Eu podia dizer-lhes: Sim, estão aí, mas eu bem sei que estão, e aí mesmo as sufoco e venço. Não sou responsável perante ninguém do que se passa em mim só. E entre mim e Deus é que essas coisas se julgam. Quando me revelar, quando me trair, que me peçam contas então. A que vêm estas severidades? Que fiz eu a este generoso rapaz? Imaginará ele que o galanteio de Maurício me terá fascinado? É um caráter tão sério, que talvez por isso me condene. Fascinar-me! Maurício!... Ao princípio talvez; agora, porém, vejo que se vão desvanecendo essas fantasias de criança, nascidas e robustecidas nas minhas horas de solidão no colégio, e que senti alvoraçarem-se ao chegar aqui, e ao vê-lo. Maurício não é o caráter de que eu me possa recear. E ainda bem. Mas Jorge por que me quererá mal? Lembra-me que meu pai me disse que se ele não fosse meu amigo não me dizia que o era... E ele ainda mo não disse."

Estas reflexões foram interrompidas pela entrada de Tomé, que satisfeito pela promessa de Jorge já não sentia nuvens a escurecer-lhe o pensamento.

Jorge chegou a casa antes do irmão.

Era noite de luar, tépida noite de outono, lânguida e serena, como podem desejar os mais exaltados devaneadores. Havia uma limpidez no céu, uma quietação nos bosques tão completa, que parecia que a natureza toda parara em suspensão a contemplar o solene progresso da lua pelo firmamento, que inundava de luz.

Era uma destas noites em que só a custo se troca o ar livre dos campos pelo ar confinado do gabinete, em que se hesita ao cerrar as janelas aos raios da lua que invadem a sala, para os substituir pela luz vacilante da lâmpada, que alumia as vigílias do estudo.

O próprio Jorge, habituado como estava ao trabalho, cedeu às seduções daquela noite e deixou-se ficar sob as árvores da quinta. O peito precisava de ar livre que o desoprimisse.

Os carvalhos e castanheiros seculares temperavam a claridade da lua, coando-se através da folhagem, de que o inverno os não despira ainda. Uma luz misteriosamente discreta penetrava no bosque; raros sons interrompiam aquele silêncio, além do rumor longínquo e monótono das fontes e cascatas.

O pensamento de Jorge perdera a placidez habitual; como que despertavam nele os instintos de juventude, povoando-lhe de visões o campo da fantasia, de ordinário ocupado por mais severas imagens.

Os seus cálculos, os seus projetos de futuro, cederam agora o lugar a ideias menos positivas, a meditações vagas, a quase devaneios, em que raras vezes a sua razão se deixava arrebatar. Primeiro dominou-o a magia do passado: evocou do silêncio dos túmulos aqueles dos seus antepassados que trouxeram com todo o esplendor o nome que hoje era seu, os que mais alto elevaram o enegrecido brasão que honrava ainda a frontaria daquele solar em ruínas. Depois, saudades mais pungentes, dessas que ainda trazem vestígios de lágrimas, como restos da sua natureza de dor, de que só o tempo as vai privando, ocuparam-lhe o coração e o pensamento. A sombra da pálida e estremecida irmã, que a morte arrebatara quando mais seduzia com sorrisos e afagos, a sombra de Beatriz, que era a mais querida e mais dolorosa recordação daqueles rapazes e daquele velho, parecia surgir ao misterioso apelo da noite, e vaguear, como uma aparição fantástica, por entre essas árvores que menina a viram e menina a protegeram do sol abrasador dos campos.

Jorge ainda não esgotara as lágrimas consagradas à memória da irmã. Tinha-as nos olhos, quando tinha o pensamento nela.

Pouco e pouco, por uma insensível transição, a imagem de Berta substituiu a de Beatriz.

Diferentes eram as impressões que esta nova imagem lhe produzia, diferentes e indecifráveis quase.

Já vimos que o antagonismo de sentimentos havia no coração de Jorge em relação à filha de Tomé da Póvoa.

Como lutava a involuntária atração que por ela sentia com a refletida resistência que lhe opunha! Lidava por levantar obstáculos ao progresso do violento afeto que lhe ia tomando o coração, e a seu pesar via que esses obstáculos eram inúteis. Inventava defeitos que lhe desprestigiassem o caráter de Berta, acusava-a de vícios de educação que ainda lhe não reconhecera, fingia-se convencido da leviandade daquela pobre rapariga, e com toda a austeridade do seu caráter sisudo lavrava contra ela a sentença condenatória; mas no fim de tudo isto achava-se cada vez mais subjugado; revoltava-se-lhe debalde a consciência contra esta fraqueza, em vão revelava com maneiras rudes e quase hostis para com Berta este desgosto de si mesmo que estava experimentando... O efeito era cada vez mais pronunciado.

O que tinha acabado de ouvir a Tomé aumentara-lhe aquela inquieta luta de espírito.

A ideia da inclinação recíproca de Berta e de Maurício irritava-o e afligia-o.

Não eram as consequências do fato que o assustavam. Jorge não acreditava na sinceridade das afeições de Maurício; sabia quando elas eram fugazes, e estava convencido de que a próxima partida do irmão bastaria para desvanecer essa paixão nascente.

E contudo não lhe saía do pensamento aquilo. Torturava-o aquela ideia, não lhe permitia repousos.

A consciência de Jorge aventurava, muito a medo, a vaga explicação deste enigma psicológico que se estava passando nele, mas Jorge recusava dar atenção àquela voz.

Há casos assim, em que nem conosco somos sinceros, em que se faz mais evidente do que nunca esta espécie de dualidade unificada em todo o indivíduo, porque guardamos discretamente de nós um segredo nosso, e lutamos conosco em oposição declarada.

A domínios tão íntimos da consciência seria porém irreverente levar a luz da análise; aguardemos que a ulterior evolução de afetos melhor nos revele o segredo que ia no coração de Jorge.

Era já noite avançada quando chegou aos ouvidos do pensativo rapaz o ruído de uma porta que se abria; pouco depois passava Maurício pela extrema do bosque, cantando distraidamente:

> *Além, naquela avenida*
> *De plátanos e salgueiros,*
> *Foi que em teus beijos primeiros*
> *Bebi a primeira vida.*

A luz do luar batia-lhe em cheio na figura e não o deixou passar incógnito.

Jorge, reconhecendo-o, chamou-o, em alta voz.

Maurício parou surpreendido.

– Quem me chama?

– Sou eu.

– Tu?! Jorge!

– Sim, pois quem havia de ser?

Maurício caminhou ao encontro do irmão.

– Transportas-me de surpresa em surpresa! Uns dias a seguir da janela do teu quarto o caminhar das nuvens, outros a errar à meia-noite por entre as sombras dos bosques! Em que havia de dar a aritmética?

– Cheguei há pouco. Abafava lá dentro. Vim para aqui esperar-te, porque desejava conversar contigo.

– O tom é grave e sério; é de crer que o assunto corresponda.

– Não te enganas. É bastante sério o que tenho para dizer-te.

– Penetremos então na sombra druídica deste bosque, para aumentar a solenidade da cena.

– Peço-te que deixes para outra ocasião as tuas observações joviais; repito-te que é sério o que tenho a dizer-te.

– Pois aqui me tens sério como o assunto. Fala.

Jorge guardou ainda por instantes o silêncio. Sob os passos dos dois irmãos ouvia-se estalar as folhas secas que alastravam o chão.

– Maurício – principiou Jorge afinal –, Tomé procurou-me hoje para fazer-me um pedido.

– Hum! – atalhou Maurício com meio riso. – Não *me* enganei, previ logo que se tratava disso.

– De quê?

– Fizeram-te queixa de mim, não é verdade? Pintaram-me como voraz, rondando e assaltando o curral da tenra ovelhinha, criada com tanto mimo e recato? E tu, na tua inexperiente imaginação de rapaz sério, viste logo um drama pavoroso em tudo isso e distribuiste-me nele o papel de tirano. Confessa que tudo isto é verdade.

– E estimaria bem que não fosse.

– É o que eu digo. Olha, Jorge, eu sou mais novo do que tu, mas, vivendo mais da vida comum da sociedade, não estou tão sujeito a ver as coisas sob o colorido particular do prisma através do qual as veem os que, como tu, trazem quase sempre o pensamento tomado por altas e abstratas especulações. Com a maior franqueza te confesso que Berta me agrada, que todos os dias procuro vê-la, que se lhe falo, não perco tempo a dizer-lhe que o ano vai bom para colheitas ou que ontem esteve mais calor do que hoje; não tenho razões para supor que as minhas visitas a importunem. Esta é que é a verdade; mas daqui a realizar o tipo de Lovelace ou Dom Juan Tenório, incumbindo a ela a parte de Clarisse ou de Elvira, vai muita distância. Estas coisas se tu não andasses tão alheado dos negócios terrenos, devias saber que são da prática comum, em qualquer parte onde se encontra uma rapariga bonita e um rapaz que se preza de saber apreciar o belo. Ora agora vê lá se há motivo para o terror trágico de que te infundiram.

– Não é terror trágico, é desgosto. Eu bem sei que são usuais esses galanteios que dizes, essas falsas ostentações de amor, com as quais se profana e desprestigia tudo quanto há de mais santo e respeitável no coração do homem. Às vezes sucede, é verdade, que uma das partes interessadas, talvez por andar alheada dos negócios terrenos, como dizes, entra com a alma nessas comédias sociais, e quando a cena finda, muito a bel-prazer do outro ator e sob os aplausos dos espectadores que riem, essa alma sente-se ferida de um golpe mortal. As ilusões da mocidade, o suave perfume de um afeto virginal, as primícias de um amor casto, tudo se desvanece nestas profanações, e não sei que haja espírito tão leviano que ouse tentar a representação destas comédias ridículas e ao mesmo tempo perversas com uma pessoa a quem se devem afeições leais e respeitos.

– Mas...

– Em uma palavra, Berta é a filha de um homem honrado; Berta era a amiga e companheira de Beatriz e muitas vezes se sentou conosco à mesa, a que presidia nossa mãe, que a abençoava quando nos abençoava a nós. Não te lembras disso?

– Lembro, e por isso mesmo a amo. Não te disse que havia entre nós recordações de infância?

– Amas! – exclamou Jorge, com uma impaciência a que era pouco sujeito. – Que amor! Um amor de que fazes confidentes os primos do Cruzeiro, que sabes tratarem irreverentemente todos os amores, um amor que ostentas sem recato, chegando a sujeitar à apreciação cínica desses doidos a mulher que dizes objeto dele; um amor que não procuras ocultar com aquele casto e natural pudor de alma deveras apaixonada. Que amor esse que apregoas sem escrúpulos nem reservas diante de quem quer que seja!

– Mas... como imaginas tu então que se ama, quando se ama deveras? O sistema da publicidade aplicado às paixões não será antes uma garantia de boa natureza delas?

Como se nem tivesse escutado estas palavras, Jorge, acelerando um tanto a rapidez dos seus passos, prosseguiu com exaltação crescente:

– Nunca amei, nunca senti por uma mulher uma destas paixões únicas, dominadoras, exclusivas, a que se sacrifica tudo: mas às vezes tenho pensado nisto e julgo haver concebido o que seria para mim o amor, se o sentisse. Se eu um dia amasse, parece-me que procuraria esconder de todos os olhos essa paixão; desejaria que ninguém suspeitasse nem por uma palavra, nem por um gesto, nem por um olhar. Ouvir estranhos falar sequer na mulher que amasse, ferir-me-ia como uma profanação. Não escolheria confidentes, a ninguém revelaria esse segredo da minha alma. A mais alta, a mais casta voluptuosidade que me produziria este amor seria o poder dizer, quando estivesse só: ninguém no mundo sabe, ninguém suspeita esse mistério do meu coração, senão ela. Para ela só, para essa mulher que eu amasse quereria reservar todas as manifestações dos meus sentimentos, as mais sérias e as mais pueris, pertenciam-lhe; e permitir que outros as percebessem era profanar o culto. Só com ela, sim, todas as reservas acabavam; então no gesto, na palavra, no olhar revelaria inteira a minha alma, sem mistério nem discrição. Aspiraria assim nesses instantes todo o suave e delicado perfume do amor. Que o mundo, ao ver-me frio, concentrado, pensasse: "Aí está um homem de gelo, este não sabe amar", e que ela só pudesse dizer: "Oh! eu é que sei de que extremos é capaz aquele amor que ninguém suspeita."

Maurício estava maravilhado ao ouvir Jorge, que parecia dominado por uma excitação nervosa, ao falar assim, mais para si do que para o irmão.

Tais expansões eram raras em Jorge, e esta era a mais veemente e completa que o irmão presenciava.

– É singular! – notou Maurício. – Nesta vida tropeça-se a cada passo em uma maravilha. Quem te ouvisse agora não acreditaria que és aquele rapaz sério, para quem as raparigas se não atrevem a lançar um olhar furtivo, porque nunca uma frase de galanteio, ou um sorriso as animou a tanto. Estou admirado. E quase me convenço de que afinal sou apenas um simples curioso na arte de amar, cuja metafísica transcendente tu professas como verdadeiro mestre. A minha sensibilidade é menos exigente, mas por essa mesma razão admiro a suprema delicadeza da tua!

Jorge como que voltou a si e estranhou a exaltação de que se deixara possuir. Rindo e falando já em tom natural, tentou atenuar a impressão produzida, e disse para o irmão:

– A lua tem decididamente uma influência poderosa até nos ânimos mais fleumáticos. Aí está que querendo eu falar-te de coisas sérias, esqueci-me em uma divagação sentimental, que Deus sabe até onde me levaria. Deixemos isto. Vais prometer-me, Maurício, que desistirás de inquietar Berta e tranquilizarás o espírito de Tomé!

– Ora que ridícula promessa exiges tu de mim! Deixa-me ver de quando em quando aquela rapariga, que eu te afianço que não corre perigo algum com isso. Quanto mais que eu não posso assegurar que ela de fato me corresponda.

– Não antecipes juízos sobre o efeito incalculável que pode produzir no espírito daquela rapariga a assiduidade das tuas atenções. Berta é muito nova, tem hábitos e gostos da cidade, e não é de crer que possas ter na aldeia concorrentes que te ofusquem. Por isso o melhor é acabar com esse galanteio perigoso para ela. Lembra-te das consequências que pode ter um tal capricho da tua parte. Além de que parece que já te esqueceste da gravidade de nossa posição e das resoluções que há dias tomamos.

– Não, não me esqueci; estou pronto para a primeira voz; mas, enquanto espero, desejo dar um adeus à vida de rapaz.

– Mas evita sair dela, semeando remorsos que frutifiquem na tua vida de homem.

– Mas...

– Terminemos. Peço-te, em nome de Beatriz, que não continues galanteando Berta. Prometes?

Maurício acabou por prometer.

E horas depois voltavam à casa os dois irmãos.

A lua declinava já no arco esplêndido que decrescia no céu.

15

Em uma das seguintes madrugadas foi Jorge sobressaltadamente acordado pelo velho jardineiro, que depois das últimas reformas estava empregado no serviço interno da casa. O homem tinha uns ares de espantado, como se viera comunicar a notícia de um incêndio.

– Que temos? – perguntou Jorge, sentando-se inquieto no leito.

– É que não tarda aí a senhora baronesa. Já estão lá embaixo umas bagagens e uns criados, e... não está nada preparado.

– Cuidei que era outra coisa. E o que querias tu que estivesse preparado?

– Ora pois então?! Sempre é uma pessoa... Lá o padre já deu ordem para se ir pedir a baixela aos...

– Não se pede coisa alguma. Aí principia o frei Januário a fazer das suas. Dize-lhe que deixe tudo ao meu cuidado. Que se não estafe, nem aflija, que não é necessário.

– Mas... olhe lá, Sr. Jorge! O fidalgo mesmo não há de gostar...

– Faze o que eu te digo. Isso em ti, a falar a verdade, até me admira. Não parece franqueza de soldado. Para ocultar aos olhos de minha prima à nossa pobreza, que não é vergonha nenhuma, querias que fosse descobrir às famílias que têm baixela, a nossa vaidade, que essa, sim, seria uma vergonha? Não estou resolvido a fazê-lo.

O velho meneou a cabeça por algum tempo, e acabou por dizer:

– Parece-me que tem razão Sr. Jorge, como sempre. Ai, se nesta casa todos tivessem tido o seu juízo, ela não chegaria ao estado a que chegou. Lembro-me agora de quando o imperador...

– Deixa o caso para outra ocasião. Vai arranjar, como puderes, essa gente e essas coisas todas, enquanto eu me visto e preparo para ir receber a prima...

Meia hora depois ouviam-se tilintar as campainhas dos machos da liteira em que vinha a baronesa.

Gabriela, a baronesinha viúva de Souto Real, ainda não tinha trinta anos, e mais nova parecia do que era. Alva, loura e delicadamente formosa, realizava o tipo da mulher elegante, criada na atmosfera dos bailes e dos teatros, e mais à luz artificial que à luz do sol. Apaixonada por perfumes e rendas, observadora fiel da moda, sujeitava-se aos mais extravagantes caprichos dela, sabendo-os porém corrigir pela influência do seu gosto apuradíssimo. Tinha a languidez e a particular cor pálida das formosas de Lisboa, que não recebem do sol da província a vigorosa encarnação de saúde. Índole verdadeiramente feminina, exercia mais império sobre as suas paixões do que sobre os seus caprichos. Com dificuldade sacrificaria o mais ligeiro destes; aquela, porém, subjugava-as com fortaleza varonil. Possuía um gênio alegre e às vezes um tanto satírico, mas sem malignidade. Não professava os princípios daquela moral intratável, que se arma da severidade puritana contra as paixões e defeitos dos outros; pelo contrário, era tolerante e latitudinária, não se esquivando a apertar a mão aos maiores pecadores, com quem se encontrava no mundo, sem que, sob essas aparências de leviana indiferença, deixasse de manter um discernimento seguro do bem e do mal, e um grande fundo de moralidade e de justiça.

Além disto possuía um bom coração e uma alma generosa.

No trato da mais ilustrada sociedade lisbonense e nas viagens em que acompanhara o barão, seu falecido marido, adquirira uma variada cópia de conhecimentos, de que o seu natural bom senso sabia usar, sem abuso. Passava por uma das mais espirituosas damas de Lisboa, sem que se lhe notasse a ostentação pedantesca, que é o escolho em que tantas vezes naufragam as que a tal nome aspiram. As primeiras capacidades artísticas, literárias e políticas frequentavam as salas da baronesa e apreciavam a sua conversação.

Gabriela casara por conveniência, que hão por inclinação, com um homem mais velho do que ela, sem foros de nobreza, mas pertencendo à classe argentaria, que é a verdadeira aristocracia moderna.

Apesar disso soube ser esposa fiel e dedicada daquele homem que a livrara da precária condição em que a decadência da sua casa a colocara. Viuvando, Gabriela não deu indícios de se alistar nas diminutas falanges das viúvas inconsoláveis, mas não se precipitou na escolha do esposo. A sua beleza, o seu espírito e os rendimentos que herdara atraíram uma nuvem de adoradores, que ela ia deixando viver de ilusões, sem se dar para isso ao trabalho de fabricar, à imitação de Penélope, uma interminável teia. Esta vida e esses galanteios enfadavam-na, e, para distrair-se, empreendia pequenas viagens. Foi ao voltar de uma que fizera pela Espanha que recebeu a carta do tio, e resolveu desenfadar-se por algum tempo da vida das capitais, visitando a sua província e os lugares onde passara a infância.

Tal era a baronesinha de Souto Real, que acabara de apear-se no pátio lajeado da Casa Mourisca.

Jorge ajudou-a cortesmente a descer.

– Agradecida, Jorge – disse ela, apertando-lhe a mão. – Fazes as honras do teu castelo com a galhardia de um perfeito cavalheiro.

– A prima não repare na modéstia com que a recebemos, mas pareceu-me que seria mais digno da nossa amizade e do seu caráter apresentar-nos tais quais somos do que encher o pátio de criados e jornaleiros a quem vestíssemos à pressa fardas...

E completou a meia-voz:

– ... Emprestadas.

– Oh! Por certo; e eu reconheço melhor a tua fidalguia, Jorge, na franqueza desta recepção, do que na libré dos teus criados e nos brasões dos reposteiros.

E conversando familiarmente com o primo, a quem tomara o braço, a baronesa subiu os degraus da escadaria, que subia para a sala nobre.

À porta encontraram-se com frei Januário, que voltava azafamado da cozinha, onde tinha ido dar ordens acomodadas à solenidade do caso e às impaciências e apetite do próprio estômago.

O padre limpava ainda os lábios ao lenço, para fazer desaparecer os vestígios de uma libação extra-oficial, que de passagem fizera.

– Queira V. Ex.ª perdoar, senhora baronesa, o aparecer-lhe ainda agora, mas as obrigações no meu cargo...

– Ó Sr. frei Januário, por quem é, lembre-se de que somos conhecidos antigos, e que até por vezes lhe dei motivos para me abjurar como jacobina. Tinha que ver se me preparava a honra de uma felicitação em forma. Onde está meu tio?

– O fidalgo não estava prevendo de que V. Ex.ª chegava tão cedo, e por ainda está recolhido no seu quarto, mas eu vou...

– Ai, não, não; por amor de Deus não o acorde!

– Não; ele está já a pé; mas enfim a fazer a barba e tal... sempre leva alguns minutos.

– Que se não apresse por minha causa. Eu iludirei a grande vontade que tenho de lhe beijar a mão, conversando com o primo Jorge.

– Então, se V. Ex.ª me dá licença...

– Até logo, frei Januário.

E quando ia já longe, acrescentou:

– Ó Sr. frei Januário, aquele grande dia que estava já para chegar na última vez que nos vimos, aquele dia de redenção ao que parece não chegou ainda?

O ex-frade encolheu os ombros, e respondeu com ar de mistério:

– Ainda não é tarde, minha senhora. Pouco viverá quem o não vir.

Gabriela entrou rindo com Jorge para a sala.

– E Maurício – inquiriu ela – também já tem barba para fazer?

– Parece-me que saiu, ainda com estrelas, para uma partida de caça.

– Bom; esse, pelo que vejo, conserva puros os tradicionais hábitos de família.

Jorge sorriu.

– Tu é que degeneras-te. Deu-me que cismar a novidade. Estou tão costumada a ver a deterioração progressiva na linha dos representantes das famílias que tomam a peito não caldearem o sangue de primeira qualidade que lhe corre nas veias, que ao ver sair desta velha casa um rapaz de juízo, fiquei espantada.

– É pouco lisonjeira para a nobreza, mas muito lisonjeira para mim a sua opinião.

– Digo-te com franqueza, e já agora deixa-me aproveitar esse tempo, em que estamos sós, para falar nisto e assentar as bases do meu proceder. Vamos direitos à questão. As finanças não correm bem cá por casa, ao que entendi.

– Correm muito mal.

– Não admira; é doença da época. E tu tomas a peito endireitá-las?

– Tento-o.

– E consegue-lo. Consegues porque o teu gênio é o de uns certos homens que eu tenho conhecido, que conseguem tudo quanto querem, só a querer e sem fazer barulho. Ai, Jorge, lá por Lisboa ouço dizer que há tanta falta de financeiros, que estou tentada a exportar-te. E Maurício?

– Maurício...

– Percebo; é mais difícil de acomodar esse. Era fácil, senão fossem as pieguices de teu pai, que há de morrer assim. Dize-me uma coisa, ó Jorge, tu és absolutista também?

– Eu quase que não tenho ideias fixas em política.

– Bom, bom, já entendo. Não queres declarar-te por contemplação para com as tradições de família. Estás como eu; eu sou sem dúvida alguma, liberal; porque enfim deves concordar que para se ficar toda a vida a ser absolutista é preciso viver, assim como teu pai, em uma aldeia assim como esta e com um padre procurador a dizer-nos há vinte anos a mesma coisa; porém, como meu pai foi militar no exército realista, não tenho remédio senão obrigar a guardar certas conveniências ao meu liberalismo. Ora tu estás no mesmo caso.

– Talvez. É certo que do que está feito acho muita coisa boa.

– Então estás como eu. Mas como dizia, Maurício podia encontrar muita carreira aberta, mas era necessário que o pai o deixasse partir sem levar o topete vermelho e azul muito à vista, ou a vera efígie ao pescoço; salvar as aparências, porque das ideias ninguém quer saber. À sombra da Carta engorda muito absolutista encapotado.

– Meu pai está hoje em um estado de tão fácil irritação, que duvido que chegue a consentir.

– Então o remédio é procurar por aí alguma descendente de Egas Moniz ou de Martim de Freitas, que por milagre não tenha ainda a casa em ruínas, e enxertar esse garfo ilustre na vossa árvore genealógica.

– Mau remédio para finanças. Deu o arejo nas árvores genealógicas, prima Gabriela; estão por aqui todas muito enfezadas.

– Então, então...

Neste momento ouviram-se passos ligeiros nas escadas, como de quem as subia duas a duas.

– Aí vem Maurício – disse Jorge, escutando-os.

Foi de fato Maurício que apareceu à porta da sala.

A baronesa correu-lhe ao encontro, estendendo-lhe as mãos, que Maurício galanteadoramente levou aos lábios, curvando-se.

– Bravo! Já vejo que observas irrepreensivelmente as tradições dos bons tempos em que se era cortês com as damas. A província mantém-se mais delicada do que a corte. Se soubesses como a moda hoje capricha por lá em um à vontade com senhoras, que até às vezes chega a ser grosseria!

– Deveras, prima? Felizmente com certas belezas femininas sente-se a necessidade de ser delicado, independentemente de propósito ou dos preceitos da moda.

– E se eu te deixasse completar a frase, far-me-ias o favor de me incluir no número das tais. Que requinte de lisonja! E isto a perder-se nas selvas!

– Não zombe da minha sinceridade provinciana.

– Não calunies tu a província, dando esse epíteto à tua sinceridade. Nada, nada, o tio que tenha paciência. Conservar em casa um cortesão desta força é quase uma usurpação aos direitos da coroa.

– Bem; deixe-me falar-lhe com sinceridade. Como se sente da jornada?

– Hei de sentir-me cansada, quando tiver satisfeito toda a minha curiosidade, que por enquanto não me deixa sentir coisa alguma. Por exemplo, quais são os teus projetos, os teus cálculos sobre o futuro?

– Ó prima Gabriela, sempre cuidei que só na província se perdia tempo a calcular futuros. Uma pessoa de bom senso não calcula o futuro, que em um momento se transtorna.

– Bem, entendo o subterfúgio. O priminho Maurício ainda não tem planos definidos sobre a sua carreira na vida. Mas é preciso que saibas que vim aqui principalmente por tua causa. Trata-se de te arranjar uma colocação qualquer, um assento nas câmaras, um emprego na alfândega, seja o que for, com que tu possas transigir; foi a condição única imposta por teu pai. Por isso vê-la.

– Olhe, prima, já que a sorte me levou à dura impertinência de me ver obrigado a adotar um modo de vida, não quero tornar a impertinência dupla encarregando-me eu próprio de o escolher. Subscrevo ao acordo a que chegarem; decidam por mim, que ou me façam general ou tabelião, a tudo me resignarei.

– Desconfio de tanta condescendência. Quer-me parecer que havemos de encontrar dificuldades mais sérias do que as intransigências sonhadas pelo tio Luís. Dar-se-á que haja aqui por estes bosques cenas de Romeu e Julieta?

– Ai, não fale nisso a Maurício – disse Jorge com um sorriso não de todo despido de ironia –, por quem é prima! É a sua corda sensível, e tem de o aturar por muitas horas!

– Ah! então existe a Julieta?

– As Julietas, as Desdêmonas, as Ofélias e todos os tipos imagináveis. É um enxame que ele traz constantemente pousado no coração.

– Ah! ah! pois tu és dos que declinam o amor sempre no plural? Não sabia!

– Deixe falar, prima Gabriela. O Jorge bem sabe que nesta mesma ocasião tão absorvido ando por uma só imagem, que é sem fundamento a acusação de inconstante que me dirige.

Jorge contraiu a fronte, ao perceber a alusão, e disse secamente:

– Julguei que havias resolvido deveras ter juízo.

– Não é tempo agora de examinar esta questão – acudiu Gabriela –, porque me parece que vem aí o tio Luís.

De fato o fidalgo aparecia à porta da sala e um pouco atrás dele o padre procurador.

O velho Dom Luís vestira-se quase elegantemente para receber a sobrinha. Elegância severa, acomodada à sua grave figura de ancião, mas elegância inquestionável. Dom Luís tinha uma presença majestosa e um todo de diplomata que impunha respeito.

O vestuário preto de que usava, sobre o qual sobressaía a gravata cuidadosamente lavada e engomada, aumentava o efeito natural dos seus dotes físicos.

O procurador formava inteiro contraste com o fidalgo. Curvado, olhando por cima dos óculos, com o lenço constantemente empunhado para acudir às instantes reclamações de um defluxo crônico, parecia dominado por uma infantil timidez, mas não perdia um só gesto dos outros, que manhosamente observava.

A baronesa inclinou-se para beijar a mão do tio, que a acolheu nos braços.

– O tio Luís! – dizia a gentil viúva, olhando-o. – Sempre o mesmo? Não o acho mudado.

– Não?! – disse o fidalgo com leve ironia na entonação e no sorriso.

– Olhe que não. E é natural. Bem vê que se golpes dolorosos o têm feito padecer, também lhe servem de conforto o sossego destes sítios, a pureza destes ares, a tranquilidade desta vida e o afeto dos filhos que ainda lhe restam.

Dom Luís abanou a cabeça, mais triste e sombrio do que antes.

– Na sua idade, Gabriela, cicatrizam depressa as feridas. Quando se chega aos meus anos, golpe que se recebe, é ferida com que se morre.

– Diga o Sr. Dom Luís – interveio o padre – que o que tem é muita resignação cristã, que nestes tempos que vão correndo não é coisa vulgar.

E assoou-se.

– Mas para isso vale a meu tio o seu exemplo, Sr. frei Januário – acudiu Gabriela. – Resignação aí! Eu sou testemunha da heroicidade com que arrosta as vigílias e os jejuns.

Os presentes, incluindo o próprio Dom Luís, não puderam ouvir sem um sorriso a alusão da baronesa.

O padre corou, assoou-se com mais força e resmoneou com azedume:

– Bem sei que não é quanta Deus manda, nem quanta a alma precisa... e por pecador me tenho.

– Deve vir cansada, Gabriela – lembrou Dom Luís.

– Eu julgo que terão tido o cuidado de...

– Tudo está pronto. Logo que a prima queira descansar... – respondeu Jorge.

– Não sinto grande necessidade de descanso. Descansarei depois do almoço se me fizerem o favor de dar alguma bebida quente, porque tenho frio.

Em virtude desta reclamação, saíram sucessivamente da sala Jorge, o procurador e Maurício, ficando Gabriela só com o fidalgo.

Este parecia hesitar em aludir ao principal motivo da visita da baronesa.

Foi ela quem rompeu o gelo da entrevista.

– Recebeu a minha carta, tio?

– Recebi, sim, e agradeço.

– Diga que perdoa. Se quer que lhe fale a verdade, julgo que não escrevi em estilo muito apropriado, mas tão desacostumada ando de escrever-lhe e a gente com quem de costume me correspondo me permite tal familiaridade, que me descuidei.

– A carta nada tinha de censurável. O que por ela vi foi que devemos renunciar aos projetos que formei a respeito de Maurício.

– Perdão; mas como viu por ela isso?

– Desde o princípio ao fim. Não me diz que para que Maurício abra carreira no mundo é necessário condescender com certas coisas?

– Aí, sim, mas quem é que não tem de condescender nesta vida?

– Gabriela – tornou Dom Luís com certa aspereza –, já há pouco lho disse; as nossas idades diferem. Quando se possui a sua juventude há movimentos fáceis, a que se não prestam as fibras inflexíveis dos meus sessenta anos.

– Sim, mas quando se é jovem como Maurício e se está nas circunstâncias dele, das quais estou informada pela sua obsequiosa confidência, é menos prudente não ceder um pouco no tempo em que se pode ainda ceder com dignidade; porque depois... a vida para ele é longa e quem sabe a que provações e sacrifícios o sujeitará? O tio está em uma idade avançada, não espera numerosos anos de vida, não ama demasiadamente o mundo, e para a luta contra a inflexibilidade das suas fibras de sessenta anos. Mas eles, seus filhos, são novos, têm futuro, amor à vida, e não possuem a tal inflexibilidade para sustentarem o peso de uma instituição morta, sem vergar ou quebrar debaixo dela. Veja bem.

– De uma instituição morta! – repetiu o fidalgo, acentuando as sílabas, e levantando os olhos para o teto.

– Morta sim, meu tio, desengane-se. Deus me livre de falar agora em política com o tio. Mas a verdade é que quem vive em certa sociedade, e ouve certas coisas, e estuda certos homens, acaba por convencer-se, mesmo sem pensar muito nisso, de que um sonho como o do meu tio é... é... é um sonho.

– Seu pai morreu por um sonho assim, Gabriela.

– E eu venero a memória de meu pai, não o duvide, assim como venero o caráter e as opiniões de meu tio; porque venero todas as convicções sinceras. Mas o que eu não queria é que sacrificasse mais do que deve. A sua vida, a sua felicidade têm o direito de dar esse sacrifício. Mas a vida, o futuro, a honra e a felicidade de seus filhos, isso não.

– A honra?! A honra é que eu quero salvar-lhes.

– E quem lhe diz que eles têm as suas convicções?

Os olhos de Dom Luís fuzilaram ao ouvir esta insinuação.

– Se os meus filhos...

– Sei o que vai dizer – atalhou Gabriela –, mas não o diga, porque contradiz os seus próprios atos. Esmerou-se em dar educação a seus filhos, em desenvolver-lhes a inteligência, e agora quer que eles não usem desse instrumento que possuem, e que para pensar lhe venham pedir licença? Não valia a pena ensinar-lhes a raciocinar nesse caso.

– A razão deve-lhes ter mostrado a verdade.

– A verdade... a verdade... Ora valha-nos Deus, meu tio; e quem sabe onde ela está? Pois todas estas mudanças que sucedem no mundo, de que procedem senão de se julgar a cada passo ter-se descoberto que a verdade não está onde se supunha?

– Vejo que a convivência social lhe tem dado uma boa dose de filosofia para bem viver no mundo. Mas que quer? Eu regulo-me ainda pelas cartilhas velhas.

– E o que lhe ensinam a fazer as cartilhas velhas a favor de seus filhos? O que é que, em harmonia com elas, tem tentado e tenciona executar?

– Dar-lhes o exemplo de como se sofre na adversidade, quando se tem brios e um nome que respeitar.

– A nobreza não está em sofrer de braços cruzados a adversidade, quando eles se podem empregar nobremente em repeti-la; Jorge bem o compreendeu. Esse ilustrará deveras o seu nome da única maneira por que nestas circunstâncias ele pode ser ilustrado. O que é preciso é que a ociosidade de Maurício lhe não anule os esforços.

Dom Luís ia replicar, quando o padre procurador entrou a anunciar que o almoço estava na mesa.

O fidalgo aproveitou de boa vontade o ensejo para cortar o diálogo, que evidentemente o incomodou.

Cedo estava a família da Casa Mourisca reunida à mesa na sala do almoço, da qual desta vez alegre e a jovial presença da baronesa parecia afugentar parte das sombras que de ordinário pesavam sobre ela.

E na noite desse dia Gabriela escreveu uma longa carta a uma das amigas da capital, em que lhe narrava por miúdo os episódios da sua jornada, a sua recepção na Casa Mourisca e as impressões que recebera.

Esta carta terminava pelas seguintes palavras:

"Do que tenho dito parece-me que podes concluir que se desvaneceram aqueles projetos de sacrifício que trouxe daí e com os quais te não conformavas. O meu primo Jorge é um rapaz mais sério ainda do que eu o supunha. Não fazes ideia. Afirmo-te que é incapaz de casar por interesse, e como o espírito dele anda muito ocupado por cálculos e combinações econômicas, não é também provável que se deixe tomar por amor, e portanto não casa. Assim fico dispensada de sacrificar os meus queridos hábitos de vida de Lisboa, ao que vinha deveras decidida para salvar esta família com os meus capitais, que mal sei gerir. Este rapaz se amar, o que não é provável, há de ser de alguma maneira extravagante, inesperada.

O outro é uma criança, que se não pode tomar a sério por marido."

Por aqui se vê quais eram as generosas intenções de Gabriela ao chegar à Casa Mourisca, e quais as modificações que no decurso daquele dia os seus projetos haviam sofrido.

16

Ao outro dia pela manhã, estava Maurício aparelhando pelas próprias mãos o cavalo favorito, quando Jorge foi ter com ele.

– Tencionas ir hoje ao Cruzeiro? – perguntou Jorge.

– Talvez passe por lá. Por quê?

– Porque nesse caso podias poupar-me o trabalho de lhes mandar convite especial para o jantar de amanhã.

– O jantar de amanhã?!

– Sim; o pai insiste em celebrar com um jantar a chegada de Gabriela, e bem vês que não é possível deixar de convidar os do Cruzeiro, ainda que, por minha vontade, os deixaria quietos no seu antro.

– Eu os convidarei. Desses me incumbo. E a outra parentela?

– Mandar-se-ão cartas.

– Um jantar na Casa Mourisca! Ó sombra dos nossos antepassados, folgai!

– Estremecei, dize antes, que mais razão têm para isso.

– Estes velhacos não deitaram ontem de comer a este pobre animal – observou Maurício, afagando o cavalo.

– Seria uma prova de afeição que lhe daríamos se lhe proporcionássemos ocasião para mudar de dono – murmurou Jorge, sorrindo.

Pouco depois, Maurício montava e partia a trote para o Cruzeiro.

A Casa do Cruzeiro, solar dos asselvajados primos de Maurício, ficava no extremo da povoação, exibindo nos campos que a cercavam uma agricultura preguiçosa e mesquinha, e dominando um vasto trato de mal cuidadas bouças onde os senhores da propriedade perseguiam implacáveis as lebres e perdizes que ali se acoitavam.

Causava lástima o estado de decadência a que a má administração e a vida dissipada dos senhores do Cruzeiro tinham levado aquela casa, de cuja passada grandeza já nem se descobriam vestígios.

Na atualidade não era mais que um velho casarão enegrecido, mal vedado aos ventos e às chuvas onde cada dia realizava um novo estrago, que nunca mais era reparado. Por fora e por dentro a mesma absoluta carência de confortos; porque não sentia a necessidade deles a robusta organização de qualquer dos proprietários, afeitos à vida dos montes, às longas caçadas e às lutas com os rigores do tempo. O solo árido, os celeiros vazios, a abegoaria deteriorada, os currais desertos, a cultura perdida... era desolador o aspecto do solar do Cruzeiro! Parecia havê-lo fulminado um daqueles tremendos anátemas de que rezam os livros santos, os quais feriam de esterilidade igual as entranhas da mulher e as entranhas da terra. Os pinhais, cortados sem método nem prudência, caíam sacrificados às penúrias monetárias do morgado, que ia a pouco e pouco transmutando em vinho toda a propriedade. As águas, vendidas para acudir a iguais urgências, abandonavam as terras à sede, que as fazia infecundas. Umas aparências de movimento agrícola, que ainda se divisavam na quinta, eram-lhe mais fatais do que benéficas, e podiam comparar-se ao fervedouro das larvas nas carnes em decomposição. Naquele vasto corpo, que se decompunha, também se agitavam seres que viviam dos seus detritos.

Trabalhava-se ali para destruir e não para semear ou edificar. O desbarato com que os proprietários sacrificavam os seus bens atraía os ávidos vizinhos, como corvos sinistros em volta do cadáver exposto na estrada.

Era meio-dia quando Maurício se apeou no espaçoso pátio da casa, onde reinava o silêncio das ruínas. Apenas se ouvia o latir de uma matilha encerrada nas lojas e impaciente por ir bater as matas e bouças. O aspecto que feria a vista de quem entrava era de uma propriedade inteiramente abandonada; ali apodrecia um arado inútil; além oxidavam-se os metais de inativos instrumentos de lavoura; a água empoçada das últimas chuvas estancava, cobrindo-se de uma crosta esverdeada; as urtigas e parietárias vegetavam em plena liberdade nas junturas das lajes e nos buracos das paredes. Nos telhados cresciam em verdadeira floresta as ervas parasitas; fragmentos de louça, de garrafas, velhos arcos de pipa, farrapos, montões de caliça, pejavam, desde tempos imemoriais, a superfície do pátio. Manchas verdes de musgos e de liquens, que a umidade desenvolvera, cobriam a fachada de edifício, por onde havia muitos anos não passava a brocha do caiador.

Maurício subiu as escadas desta casa úmida e entrou nos corredores, que estavam tão desertos como o pátio. Passeavam por eles imperturbadas as galinhas e as pombas como em terreno familiar, e ocasiões havia em que pela porta meia aberta dos aposentos se insinuava curiosa uma cabeça suína. Só os criados não apareciam; a ociosidade dos amos era contagiosa. Conhecedor da topografia da casa, Maurício foi direito ao quarto dos primos que procurava.

Dormiam ainda os dois mais novos, enquanto o morgado andava labutando com alguns lavradores vizinhos no destroço do que ainda lhe restava.

O sono do padre e do doutor não era para ceder à primeira chamada. Ainda depois de lhes bater à porta, Maurício continuou a ouvi-los ressonar em um duo assustador.

Afinal respondeu a voz rouca de um deles com um som inarticulado, que claramente expressava o mau humor que lhe assistia ao despertar.

– Sou eu, abram – disse Maurício, continuando a bater.

Respondeu-lhe uma praga, e depois outra voz acrescentou:

– A porta está aberta. Levanta a tranqueta e entra.

Maurício assim fez e entrou para a sala, que servia de aposento comum dos dois manos.

Havia dentro uma atmosfera quente, abafadiça e viciada de fumo de cigarro que sufocava.

A sala era ampla, mas de um desarranjo e desconforto indescritíveis.

Dois catres de ferro ao lado um do outro, uma cadeira sem fundo sustentando a bacia e jarro mutilados servia de lavatório, a roupa pendurada em cabides fixos na parede mal caiada e salitrosa, ou caída pelo chão; o espelho pendente dos caixilhos da janela; velas de sebo meio gastas metidas em garrafas, cuja superfície era adornada de gordurentas estalactites, e em palmatórias de metal pintado de lágrimas verdes pela oxidação; a um canto o depósito de roupa suja; em outro o arsenal, composto de espingardas, revólveres, paus ferrados, chicotes e cassetetes, além dos arreios de cavalgadura; na mesa, ao pé da cama, os restos das grosseiras iguarias da ceia da véspera, alguns usados baralhos de cartas, de mistura com umas insígnias pobres e desprezadas da vestimenta do padre, tudo enodoado de azeite e de vinho, e pontas de cigarro por toda a parte.

Os dois achavam delícias neste viver, que chamavam escolástico, e que diziam avivar-lhes recordações dos seus tempos de estudante.

Bem podia contudo o aposento ter mais um grau de limpeza, sem que nisso tivesse de despir a feição de desordem, característica a um quarto de rapaz solteiro.

Quando Maurício abriu para trás as portas das janelas, os dois primos saudaram com uma jura a luz do dia, que foi incomodar-lhes com os seus raios a retina preguiçosa. Depois de um ruidoso, e prolongado bocejo, o doutor sentou-se na cama com os olhos mal abertos e os cabelos caindo-lhe em desordem sobre a testa; o padre, meio amuado, voltou-se para a parede, no intento de encetar outro sono.

– Que vida de inúteis vadios esta! – exclamou Maurício, puxando para o meio da sala a mais desocupada e limpa cadeira que encontrou, e pondo-se às cavaleiras nela. – Ao meio-dia!

– Isso! Vem para cá falar da vida de vadios. Olha se me convences de que te afadigas muito a trabalhar.

– Em todo caso já vim de minha casa até aqui, e tu, ao que parece, ias no meio de um sono, e lá o padre... esse vai, pelo que estou vendo, no princípio de outro.

– Mas como diabo te deu para vires por aqui tão cedo?

– Cedo? Olha que é meio-dia! Mas... vim encarregado de uma missão.

– De quem?

– De meu pai.

– De teu pai?! Para nós?!

– É verdade. Estou incumbido de vos convidar a todos os três para um jantar amanhã.

O padre deu uma volta na cama, ao ouvir este convite, e fitando Maurício com os olhos espantados, ainda que mal abertos, exclamou com voz rouca de sono:

– O tio Luís dá amanhã um jantar?!

– Sim, senhor. Em obséquio à Gabriela, a baronesinha de Souto Real, que lá está desde ontem de manhã.

– Ora essa! – exclamou o padre, e tornou a voltar-se para a parede.

– Bravo! – aplaudiu o doutor. – Isso já me cheira melhor do que a tal história do Jorge feito guarda-livros. Aquele Jorge com'assim há de ser sempre dessas ratices. E dize-me cá: que tal está agora a Gabriela?

– Não me pareceu mal; ainda que, para te falar a verdade, não lhe dei muita atenção.

– Sim, tu andas agora distraído com a...

Neste ponto interrompeu-se subitamente e dando uma palmada no travesseiro, a qual lhe fez cair na cama a cinza inflamada do cigarro que principiou nos lençóis uma centésima combustão, e exclamou:

– É verdade! Que me ia esquecendo! Fizemos uma grande descoberta esta noite, homem!

– Qual foi?

O padre ao ouvir as palavras do irmão, deu um salto para sentar-se na cama, e preparando também um cigarro, disse fitando Maurício, com um sorriso alvar:

– Olha lá, ó Chico. Vê como contas a coisa, porque o Maurício é nervoso: não sei se sabes.

– Mas de que se trata?

– De um caso muito engraçado. Rimos a perder. Mas ainda havemos de rir mais, porque a história promete dar de si.

O padre, meio estendido pela cama fora para pedir lume ao irmão, confirmou o dito deste com um gesto e um grunido.

– Mas, digam lá o que foi – insistia Maurício.

– Ontem à noite – principiou o doutor – fui eu aqui com o Lourenço à espadelada do Martinho. Aquilo não esteve de todo mau. Bem boas raparigas, e a luz conveniente. Mas, ali pelas onze horas, apareceram uns apaixonados armados de varapaus, e com uns certos modos, que principiaram a fazer ferver-me o sangue.

– Eram os mesmos da feira do mês passado – acudiu o padre –; mal fiz eu em não ter quebrado os ossos ao Gaudêncio, quando o deixei atordoado na estrada.

– O certo é – prosseguiu o mano doutor – que os homens começaram a fazer-se finos, e eu que vi o Lourenço já a fumegar, previ logo o caldo entornando e fui procurar o marmeleiro que deixara atrás da porta, para o que desse e viesse.

– Não era preciso. Para aqueles basto eu só – anotou o padre, sugando com força o cigarro, que teimava em não arder.

– Meu dito, meu feito – continuou o outro –, nós a sairmos e eles conosco. O Lourenço pôs logo dois fora do combate; eu arquei com o terceiro, que me derreou o braço esquerdo, mas a quem escangalhei a cabeça; o último fugiu-nos. Era o João do Pinhão.

O padre interveio:

– Eu, que lhe ando com sede, disse logo para o Chico: "Vamos daqui cortar-lhe o caminho e dar-lhe uma lição." E tomamos pela quelha do Regedor.

– E viemos sair mesmo defronte da porta do Tomé! Por trás da presa. Sabes?

– Sei muito bem.

– Ora o homem não apareceu.

– Mas apareceu coisa melhor – acudiu o padre.

– Havia de andar pela meia-noite e nós sem fazer bulha ainda escondidos na sombra. Percebes?

Mesmo defronte da casa do Tomé – insistiu o padre.

– E depois? – interrogou Maurício impaciente.

– Depois...

> *A mulher é um cata-vento,*
> *Que com os ventos varia*
> *Seu amor dura um momento,*
> *Tolo é quem nela se fia.*

Cantarolou o doutor.

Maurício olhou interrogadoramente para o padre.

– Meu caro priminho – disse-lhe este –, põe as tuas crenças de molho e prepara-te para arrancares um punhado de cabelos; um ou dois.

174

– Mas que queres dizer com isso?

– Quero dizer que a porta do Tomé abriu-se sorrateiramente e saiu de lá um patusco... Trai la rai lai lai.

– É impossível! – exclamou Maurício com indignação, compreendendo as malignas alusões do primo.

– Qual impossível? – confirmou o padre. – Não há impossíveis neste mundo. Desengana-te, menino.

– Mas tem a certeza de que se não iludiram?

– Ora se temos! Era um homem em corpo e alma.

– E viram quem era? Conheceram-no?

Os dois irmãos, a esta pergunta, trocaram entre si um olhar e um sorriso de velhacaria.

– Com certeza, não; mas suspeitamos – respondeu o doutor.

– Quem é?

– Alto lá! Nada de ferver em pouca água. Isso fica para segunda observação. Por hora não possuímos ainda a certeza. Porém, já mais de uma noite temos encontrado o tal ratão, de quem suspeitamos, não muito longe do sítio, e já andávamos com a pedra no sapato.

– Ó Chico, olha que o Maurício não está bom. Estes golpes repentinos...

– Qual! Se eu não acredito numa única palavra do que vocês estão para aí a dizer – tornou-lhe Maurício, erguendo-se e passeando na sala agitado.

– Não que a coisa é muito para se não crer – disse o doutor, principiando a vestir-se. – Uma rapariga de dezoito anos, que vem do colégio, ter um apaixonado?... Sim, o caso é tão raro!

– Vocês não conhecem Berta.

– Tu, sim, que a conheces. Papalvo de olhinhos fechados, que ainda anda a sonhar por este mundo com princesas encantadas – observou o padre, tirando de entre a roupa da cama um volume de Paulo de Kock, com que adormecera na véspera.

– Então lá porque um homem sai de noite da casa do Tomé, já não pode ser senão por amor de Berta. É boa! – insistiu Maurício, contra a sua própria convicção.

— Sim, meu menino, sim; isso tudo e o mais que tu quiseres — respondeu-lhe o padre, apertando outro cigarro.

— Veremos o que tu pensas, assim que vires o tal homem — tornou o doutor.

— Ora mas digam-me: pois não há tanta gente em casa?

— Pois há, há.

— Então...

— Então tem vossemecê razão — concluiu impertinentemente o padre.

— Muito bem — propôs o doutor. — Para sair de dúvidas queres tu vir conosco bater a mata esta noite para conhecer o coelho?

— Quero, sim.

— Muito me hei de rir esta noite! — exultou o padre saltando abaixo da cama.

— Mas prometes não assassinares a pequena na fúria do teu ciúme?

— Não creio verdadeira a vossa suposição, mas se o fosse...

— Que farias? Ora dize lá — perguntou o padre, piscando um olho enquanto esperava a resposta.

— Achava essa mulher tão desprezível que...

— Pumba! Ora aí temos outra. Na verdade há nada tão desprezível como uma mulher que abre a porta a qualquer pessoa de preferência ao menino Maurício, a joia dos namorados — ponderou zombeteiramente o padre.

— Não quero dizer isso, mas...

— Pois, meu menino, prepara-te para o desengano, e volta às priminhas dos Barrocais, que essas são fiéis.

— Ora, mas digam-me vocês uma coisa — insistiu Maurício —: quem querem que seja o homem que possa estar já com Berta nesse tom de familiaridade?

— Não entremos nessa questão. A seu tempo cairão as cataratas.

— Já digo, eu não acredito.

— Pois Nosso Senhor te dê sempre essa cômoda incredulidade; antes de casar e depois de casar.

E entre os três ficou pactuada para aquela noite uma espionagem cerrada à casa de Tomé, com o fim de reconhecerem a misteriosa visita.

Maurício passou o dia todo pensativo e preocupado com a revelação que os primos lhe fizeram.

Ainda quando Berta não tivesse adquirido grande preponderância sobre os pensamentos de Maurício, bastaria a ideia de que outro o preterira, no coração de uma mulher, a quem ele havia dedicado um olhar de galanteio, para deveras o irritar.

Mas, de justiça é que se diga, o amor, a paixão, a inclinação, o capricho, ou com o mais rigoroso nome tenha, o sentimento de Maurício para Berta atingira a máxima intensidade a que podiam subir os afetos daquele caráter volúvel. Se não amava ainda deveras, é certo também que nunca amara melhor. Berta demais possuía sobre as outras mulheres que nas épocas sucessivas haviam reinado na imaginação deste rapaz, o prestígio das recordações de infância, e distinção de trato adquirida na educação da cidade, e até a desafetada reserva com que lhe tinha acolhido o galanteio.

As reflexões de Jorge contra aqueles amores, a perspectiva das repugnâncias de família, dos obstáculos a vencer, dos preconceitos e paixões com que lutar, longe de extinguirem a chama em que ele procurava abrasar-se, antes mais a ativavam.

A ideia de um amor entre dois corações jovens, amor constante em despeito do antagonismo, das animadversões e dos ódios das famílias; esse eterno e poético tema de tantas obras de arte era simpático à fantasia de Maurício, que seduzido por ele, chegou a convencer-se de que estava destinado a ser mais um exemplo do caso; estímulo este suficiente para o apaixonar.

Jorge estranhou-lhe o ar pensativo, mas não o interrogou.

A baronesa, usando dos privilégios de mulher nova e elegante, costumada a não refrear a sua curiosidade feminina, interpelou-o diretamente:

– Não voltaste muito amável do teu passeio matinal, Maurício. Que foi isso?

– Perdoe-me, prima. Isto é uma das muitas mudanças de colorido que, sem que se saiba por que, se opera no humor de uma pessoa.

– Hum! não andará aí influência do coração?

Maurício soltou um meio riso descrente, respondendo:

– O coração! O meu coração é modesto. Não aspira a dominar. Nunca lhe conheci essas tendências.

– Nisso mesmo que dizes dele se está a perceber que há espinho lá dentro.

– A prima há de perdoar-me a franqueza; mas já vejo que tem o defeito do seu sexo, que é não poder imaginar que haja sobre o caráter e a boa ou má disposição de um homem outra influência que não seja a de uma mulher.

– E quando os homens se ocupam tão pouco de coisas graves, como... certos que nós conhecemos a lei não deixa de ser verdadeira.

– Engana-se; vê? Os homens da minha índole são exatamente aqueles que estão menos sujeitos à influência que diz. Aceitamos a infidelidade e a inconstância feminina como um fato natural e com que já contávamos, porque em nós nunca se desenvolvem aquelas ilusões que levam muitos espíritos a endeusar a mulher. Estamos prevenidos para todas as ocorrências porque nunca nos esquecemos da fragilidade desses delicados objetos, que amamos só porque são frágeis e delicados. As grandes desilusões e os profundos desesperos são para os que fazem do amor um culto e sonham a mulher de uma essência superior. Persuadem-se de que é de cristal a bola de sabão matizada que os seduz, e portanto ficam muito desconsolados quando ela se lhes desfaz no ar.

– Cada vez confirmo mais a minha suposição. Eras bastante delicado para me poupares a essa teoria de mau gosto sobre a mulher, se não estivesse falando em ti o despeito por uma causa recente.

A exatidão da observação da baronesa feriu Maurício no riso e fê-lo balbuciar, corando:

– Peço perdão, se a minha franqueza a ofendeu, porém...

– Não te canses a desculpar-te. Eu até achei graça a essa profissão de ceticismo, já muito meu conhecido, mas que não sabia que também nascia nos bosques, onde julguei que se haviam refugiado as boas crenças desde que emigraram das cidades. Amanhã espero que estarás mais senhor de ti.

– Estou a sangue frio, creia.

– Veremos com mais vagar esse coração. É-me isso preciso para os meus planos.

– Os seus planos?

– Então já te esqueceste de que eu estou aqui principalmente por tua causa?

– Ah! sim, agradeço-lhe o cuidado; mas estou receando ter de dar-lhe muito que fazer.

– Veremos.

A noite chegou e bem vagarosa para a impaciência de Maurício.

Pouco mais passava de Ave-Marias, já ele instava com os primos do Cruzeiro para que fossem pôr-se de vigia:

– Isso não vai assim! – diziam eles. – Pois que cuidas tu? Não sabes que o pássaro é dos que só voam de noite? Fala-nos lá para as onze horas.

Maurício iludiu em todo este tempo a sua impaciência, tentando provar aos primos com argumentos novos, que lhe tinham ocorrido em casa, a impossibilidade de ser para Berta a visita noturna da Herdade.

Os primos respondiam, rindo só com frases equívocas, que Maurício não compreendia.

– Olha cá, ó Maurício – perguntou o mano doutor –, em tua casa sabe-se do teu namoro com a filha do Tomé?

– Aí vens tu com o namoro!...

– Pois seja o que quiseres; da tua afeição, se achas mais bonito; mas sabem?

– Apenas o Jorge me fez a esse respeito algumas reflexões.

– Ah! O Jorge falou-te nisso?

– Há dias. Pelos modos o Tomé queixou-se-lhe...

– Ai, o Tomé queixou-se ao Jorge? Sim, senhor, tem graça. Que te parece, ó Lourenço?

– É bem bom! E então o Jorge deu-te conselhos, hein?

– Sim, disse-me alguma coisa; que era preciso cautela, que não era prudente o meu proceder...

– Ah!

– E quase me fez prometer que desistiria.
– Ah! fez-te prometer isso?
– Quase...
Os dois não podiam suster o riso.
– É impagável aquele Jorge! – repetia de quando em quando o padre.
– Vocês bem sabem o gênio dele.
– Ai, sabemos. Pois nós bem sabemos... o gênio dele. Ah! Ah! E os risos redobraram.

Mas a noite chegara enfim e cerraram-se cada vez mais as sombras sobre os caminhos do campo. Maurício pôde finalmente acompanhar os primos ao lugar da espia.

Dirigiram-se ali pelos sítios menos frequentados, e sem soltarem uma palavra.

Maurício a seu pesar sentia-se dominado por uma comoção profunda. Não era só despeito, era já uma nascente repugnância pelo ato que praticava. Envergonhava-se daquele furtivo mister de espião.

Chegados ao local, o padre escolheu a posição de maneira que pudessem ver, sem serem vistos.

Por muito tempo nada descobriram; nem ouviram mais algum som que o melancólico gemer dos sapos, a distância.

Maurício, entre impaciente e satisfeito pelo resultado nulo da espionagem, principiava a dirigir aos primos alguns ditos epigramáticos, quando a mão do doutor lhe tapou a boca, ao mesmo tempo que o padre se voltava para lhe recomendar silêncio.

Efetivamente encostado ao muro da Herdade caminhava um homem, que a sombra da noite não deixava conhecer.

Chegando à porta, que devia estar apenas cerrada, empurrou-a e entrou, e fechou-a de novo sem fazer ruído.

Maurício quis correr atrás daquele homem. Retiveram-no os primos.

– Espera, pateta! Deixa-o sair, que eu te prometo que havemos de conhecê-lo.

– Que diabo queres tu fazer maluco? Não vês que espantas a caça?

– Hei de ver quem ele é!

– Pois sim, mas para isso é preciso prudência.
– A porta ficou aberta. Eu vou...
– Vais aonde? Ora tem juízo. À saída pilhamo-lo.

Maurício porém insistiu, e os primos condescenderam em passar um cauteloso exame à entrada por onde o vulto desaparecera.

Reprimindo a custo os ímpetos de Maurício, o padre dirigiu a exploração, e mui de mansinho entreabriu a porta e entraram no pátio de casa; perto ficava a escada, por onde se subia para as salas.

Maurício ia a transpô-la, mas os primos impediram-no. Daqui originou-se uma pequena altercação, que, ainda que em voz baixa, foi percebida pelos cães, que latiam furiosos.

De uma das janelas da casa partiu uma voz, perguntando:
– Quem está aí?

Era a voz de Berta.

Maurício ia a responder-lhe, cheio de indignação, mas o padre tapou-lhe a boca e obrigou-o a retirar-se.

Esta retirada foi feita com tal perícia, que não excitou mais a atenção da gente da casa.

Tudo recaiu em sossego.

A presença de Berta foi para Maurício a confirmação das suspeitas dos primos. Por isso mais excitado e impaciente do que até ali, aguardava a saída do misterioso incógnito.

O padre colocou-se em sítio apropriado para poder tolher a passagem ao visitador noturno.

Perto de hora e meia aguardaram os três. Afinal ouviu-se ruído na porta, e depois de algumas palavras ditas para dentro, a meia-voz, o homem espiado saiu.

Ouviu-se atrás dele correr a chave na fechadura, cautelosamente.

A vinte passos, pouco mais ou menos, de distância da casa de Tomé, o personagem que tanta curiosidade excitava viu o vulto de três homens imóveis, que lhe estorvavam a passagem.

Mais perto deles parou e perguntou-lhes:
– Tenho o caminho livre?
– Apenas depois de satisfeita a simples formalidade de se dar a conhecer – respondeu o padre.

– À ordem de quem?
– De três contra um.
– É direito que não reconheço.

E o indivíduo desembaraçando um pouco os braços que levava envolvidos em uma manta, parecia disposto a fazer face a uma dessas agressões, que não são raras em algumas das nossas freguesias rurais.

Neste tempo, porém, Maurício, a quem a voz deste homem havia ferido desde as primeiras palavras que lhe ouvira, adiantando-se para ele, e ao vê-lo desembaraçado, exclamou:

– Mas... ele é Jorge!

Os primos soltaram uma risada.

Jorge, que o leitor já tinha reconhecido, vendo enfim quem eram os seus supostos agressores, deixou outra vez cair a manta sobre os ombros e perguntou em tom de leve despeito:

– Então que brincadeira é esta?
– Não é nada, primo Jorge – respondeu o doutor. – Quisemos apenas verificar uma suspeita.
– Uma suspeita?
– Vamos, perdoa-nos a indiscrição, mas bem vês que há poucos prazeres para uns pecadoraços como nós, iguais ao que nos causa o ver cair um santo das mesmas fraquezas de que nos acusam.

Isto disse o padre; o doutor acrescentou:

– O que te pedimos de hoje em diante é menos severidade nos teus juízos e mais indulgência para as misérias dos humanos.

Jorge principiou a irritar-se com as palavras dos primos; voltando-se para Maurício disse-lhe com certa rapidez e quase tremendo de indignação:

– Tu, que estás mais habituado do que eu a lidar com estes senhores, não me saberás explicar estes ditos, que não percebo, e ao mesmo tempo a significação da tua presença aqui, a tolher-me os passos, como um ladrão noturno?

O silêncio de Maurício significava também muita indignação e cólera concentrada.

A presença de Jorge naquele lugar somente a podia explicar aceitando a hipótese dos do Cruzeiro; e na recordação da conversa que tivera com o irmão, a respeito da filha de Tomé, via agora um excesso de dissimulação e hipocrisia, que o revoltavam tanto mais veementemente quanto maior era o respeito que até ali lhe mereceu o caráter de Jorge.

Por isso a severa interpelação deste fez rebentar em explosão aquela cólera mal reprimida.

– Escusas de armares com os teus costumados ares de juiz e de censor, Jorge – exclamou Maurício indignado. – Bem vês que desde este momento perdeste para mim todo o prestígio e toda a autoridade moral. Tive até hoje candura bastante para tomar a sério o teu caráter de prudência e a tua lealdade, mas desde que vejo a hipocrisia que havia em tudo isso, sou eu que domino e que tenho o direito de interrogar e de censurar.

– Enlouqueceste, Maurício? – perguntou Jorge em tom quase de piedade, que mais irritou o irmão.

– Que indigna e ridícula comédia andas tu a representar neste mundo? – tornou este quase alucinado. – Na tua idade tens já coragem para tanto! Armares-te de severidades pedantes contra as minhas loucuras de rapaz, loucuras leais afinal de contas e a descoberto, mas não vilezas, e ocultares na sombra atos que a mim, ao estouvado, e perdido, fariam corar de vergonha! Oh! não te invejo o talento de comediante, Jorge.

– Maurício, repara que não estás em ti.

– Sim, eu tenho esse defeito. Não sei medir as minhas palavras, não sei encobrir, nem disfarçar; tudo o que penso me vem aos lábios. Ontem dizia que te estimava e respeitava, e era verdade; hoje digo-te que te desprezo e te lastimo, e é verdade também. Cuidas que não me recordo das tuas palavras e dos teus conselhos de há poucos dias? Invocaste o nome sagrado de nossa mãe, a memória veneranda de Beatriz, para quê? Para exigires de mim uma promessa, dizias tu, que era a de respeitar a paz de coração de uma rapariga, que uma abençoara e a quem a outra quisera como a irmã; mas sob a capa dessa promessa ia a de te deixar em paz no gozo das tuas aventuras noturnas e dos teus amores traiçoeiros e escandalosos.

– Silêncio! – exclamou Jorge com um tom intimativo que cortou em meio as palavras do irmão. – Podia perdoar-te todos os insultos feitos ao meu caráter; não posso consentir que calunies quem não está aqui para se defender, e quem tinha direito a esperar encontrar em ti um defensor e não um caluniador. Ordeno-te silêncio em nome de alguns restos de honra, que ainda te deixassem intacta as companhias devassas que frequentas.

– Que é lá isso, priminho, que é lá isso? – acudiram imediatamente os dois manos.

Jorge não se intimidou.

– Não me assustam as suas ameaças. Sei agora o que significa esta espionagem e aquelas gargalhadas cínicas e alvares de há pouco. Cabe-lhes bem o papel degradante que desempenharam aqui, e nem é de estranhar o conceito que formam das intenções dos outros de que julgam pelas suas. O que lamento é ver-te associado a esta empresa, Maurício, porque, faço justiça ao teu caráter, deve repugnante intimamente o passo que deste.

– Em vez de sermões, priminho, não acha que seria melhor explicar-nos o que veio fazer a horas mortas a esta casa?

– Não sinto a necessidade de explicar as minhas ações diante de tais juízes. Pouco me importa a estima em que têm a minha reputação os senhores do Cruzeiro. Resignar-se-ão portanto a prescindirem das explicações que pedem.

Os dois riram-se maliciosamente, Jorge prosseguiu:

– Entendo esse riso. Conheço-os. Sei que depois da espionagem se segue a calúnia; mas o meu desprezo é muito grande para transigir. Caluniem.

– Ora essa! Nós sabemos guardar um segredo. Sossega.

– Sei qual é o alimento com que se nutre a sua ociosidade. Não importa. À vontade, meus senhores, têm a estrada livre e contem que não serei eu que os estorve naquela que costumam seguir porque não a frequento.

Dizendo isto, deu alguns passos para se afastar; depois voltando-se para Maurício:

– Repara que já desceste o primeiro degrau da infâmia; espiaste; agora vê se desces o segundo, caluniando. Há naquela casa uma família tranquila e respeitada, ajuda agora esta gente a manchá-la de lama, ajuda; o insulto é fácil para quem não precisa de se abaixar muito para a apanhar.

Os primos, ainda que valentes e atrevidos, ouviram com excepcional prudência a correção que lhes infligiram as palavras de Jorge, e limitaram-se a acompanhá-lo de risadas, quando ele se retirou.

Maurício estava já sentindo remorsos do que dissera ao irmão. Este adquirira sobre ele o seu antigo ascendente.

– Parece-me que foi bem infame o que fizemos aqui – disse Maurício, arrependido.

– Sim? Parece-te isso? Pois vai pedir perdão ao mano – tornou-lhe o padre, rindo com desdém.

– Parvo! – exclamou o doutor. – Querem ver que engoliu a arara?!

– Deixa lá, então que queres? A inocência tem destas canduras.

– Mas vocês ainda acreditam?...

– Ora adeus, adeus! Vai-te deitar e vê se nos arranjas umas indulgências do mano Jorge.

E os primos deixaram Maurício, e partiram zombando da candura dele.

Maurício voltou a casa desgostoso de si e com o espírito flutuando entre o remorso e a suspeita.

17

Amanheceu alvoroçada e ruidosa a Casa Mourisca no dia destinado para o jantar em homenagem a Gabriela.

Naquele tranquilo e silencioso edifício, que parecia constantemente absorvido nas recordações dos seus tempos de glória, notava-se um movimento excepcional.

O velho fidalgo não quisera faltar às tradições de hospitalidade que a família lhe legara.

Ordenou que, embora à custa de qualquer sacrifício, se celebrasse a chegada da sobrinha, segundo o velho estilo, convidando-se para jantar os representantes da mais preclara nobreza dos arredores.

Ainda que a tristeza e misantropia, de que era vítima, o trouxessem, havia muito tempo, arredado dos parentes e dos amigos de outras épocas, o senhor da Casa Mourisca preferiu sujeitar-se, à impertinência de lhes abrir mais uma vez as suas salas, a deixar de cumprir uma prática que lhe impunham os brios de fidalgo nos hábitos de grandeza e liberalidade de um solar de província.

Jorge tentara ainda opor algumas sensatas reflexões a esta dispendiosa, exibição de uma opulência mentida; mas encontrou o pai inflexível.

Frei Januário, que antevia a perspectiva de um daqueles regalados jantares, que se tinham ido com os dízimos, com os forais, com as lutuosas, com os conventos, com as milícias e com muitas outras coisas, igualmente despertadoras das suas clericais saudades, frei Januário, dizemos, sentia em si uns júbilos de criança, que nem podia nem procurava disfarçar.

Eloquente como nunca, corroborou a opinião do fidalgo, fazendo-lhe bem sentir o deslustro que sofreria o brasão da casa se não se observassem essas práticas senhoris dos tempos passados, e dando como fáceis de aplanar todas as dificuldades que, à primeira vista, apresentava o projeto.

A Jorge, que lhe suscitava algumas objeções, o egresso somente respondia:

– Tenha paciência, Sr. Jorge, a nobreza obriga!

– Obriga a ser nobre, que é ser leal, sincero, honrado, sem afetação, sem prodigalidade e sem suntuosidade que se sustentem à custa alheia.

– À custa alheia?!

– Enquanto esta casa tiver uma dívida é à custa alheia que vive, gere dinheiro de outros e não lhe é airoso gastar em festas e banquetes o que precisa para remir-se primeiro e para prosperar depois.

– Uma casa de fidalgos não é uma casa de comerciantes. Que estes, que não têm um nome a respeitar, se não metam em cavalarias altas, entende-se. E é até muito para sentir ver por aí fazer o contrário, como se vê! Mas agora quem tem brasão na porta e retratos nas paredes...

– Quem tem brasão e retratos, e vive como nesta casa se tem vivido, arrisca-se muito a ter de vender um dia brasões e avós, por preço módico, ao comerciante que teima em meter-se em cavalarias altas, e que tem a felicidade de não cair no cavalo abaixo.

– Adeus, ele aí vem com as suas! Eu já lhe disse, não percebo, que ideias são essas com que o menino me anda há tempos. Ora para o que lhe havia de dar! O filho mais velho de uma casa como esta, aparentado com as primeiras famílias do reino, com marqueses e duques da melhor linhagem, tudo nobreza antiga e da que não admite dúvida, a falar como qualquer desses bacharelitos que vêm de Coimbra, mações nos ossos e republicanos na alma! Uma coisa assim!

Apesar da repugnância que sentia pela festa ordenada pelo pai, Jorge julgou prudente superintender nos aprestes dela, para obstar a que fossem dirigidos pelos alvitres do padre procurador.

Um destes alvitres fora o de se pedir emprestadas às próprias famílias convidadas diversas peças de baixela, de que estava desprevenida a copa da Casa Mourisca.

Este ridículo expediente era pelo padre tido na conta de engenhosa tática, porque, explicava ele: cada família, conhecendo apenas a prata que lhe pertencia, havia de supor que toda a mais era da casa, que em tempo fora das mais bem providas nesta espécie. Por tal forma não se tornaria notada a falta, e cada qual se daria até por lisonjeado em haver merecido do proprietário esta prova de confiança.

Jorge não se deixou convencer, apesar de persuasivo da lógica; e em despeito de veementes protestos do padre exigiu que o serviço se fizesse somente com o pouco ou muito que houvesse em casa.

O padre apelou para o fidalgo, que nisso porém decidiu a favor do filho.

Os convidados para o jantar eram todos da mais genuína fidalguia da província. Por muitas daquelas veias andavam glóbulos de sangue que já pertenceram a Fuas Roupinho ou a Egas Moniz, e que por mistério fisiológico, que só se dá naquela esmerilhada casta, conseguiram transmitir-se inteiros de veias para veias, através de vinte gerações, com o fim providencial de manter inabaláveis os brios da raça.

Era um gosto seguir pelos séculos afora a linha, pela qual alguns dos presentes procediam muito diretamente de qualquer notável herói das origens da monarquia. Havia tal que havia tirado a limpo o número de ordem que lhe competia naquela ilustre enfiada de morgados, e que deixava evidente, por um *autem genuit* nobiliário, ser o vigésimo ou o décimo sétimo rebentão de sua preclaríssima cepa. Bom fora que ele se tivesse entregado a esses cálculos, por não ser provável que aparecesse, no suceder dos tempos, outro espírito de igual alcance, que ousasse mergulhar em tão transcendentes e úteis computações; e assim ficaria a humanidade privada de uma noção valiosíssima.

Embora estivessem um tanto enfezadas e pecas quase todas aquelas vergônteas, sempre derivavam de uma profunda cepa; e quem não havia de preferi-las a ramos embora cheios de viço, cujas raízes estivessem à flor da terra?

Os dotes físicos tinham, é verdade, sofrido um pouco com os extremos e cuidados empregados para conservar a crise aristocrática daquele sangue livre de toda a mistura que o derrancasse; os dotes intelectuais, em geral, ressentiam-se do cordão sanitário, de que os chefes daquelas famílias as haviam cingido para precavê-las da infecção de ideias novas, propagadas pelos livros e jornais da atualidade. Mas lá estava o fermento da fidalguia, que era o essencial, e que supria bem a saúde e a ilustração.

Algumas famílias, que cedendo um pouco às exigências da época, não tinham trancado de todo os portões dos seus solares a certas inovações, eram por este fato olhadas com desconfiança pelos puros, que as acusavam de eivadas pela lepra do século.

Enquanto se esperava pelo jantar, formavam os convidados na sala nobre da Casa Mourisca grupos variados e característicos. As senhoras de idade madura, tias e mães, sentadas em semicírculo em um dos ângulos da sala, narravam pausadamente dumas às outras as ocorrências domésticas relativas ao intervalo de tempo em que se não tinham visto, exaltavam os dotes pessoais do filho primogênito e as prendas da menina da casa.

Finalmente combinavam enlaces matrimoniais entre os seus filhos e sobrinhos, de maneira que o sangue dos descendentes saísse ainda mais rico em essência aristocrática, se é que era suscetível de maior apuro.

Os chefes de família, passeando na sala ou formando grupos no vão das janelas, lidavam na sua tarefa de vinte anos: a de demonstrar que o que perdera a causa realista fora a traição e o suborno: e, arvorados em profetas, entoavam trenos sobre a iminente dissolução social, perfraseando os artigos de fundo da *Nação* e do *Direito*.

A abolição dos morgados e vínculos, definitivamente decretada poucos anos antes, fornecia farto alimento para aquelas jeremíades; os dissipadores fidalgos, que tinham arriscado o futuro e bem-estar dos filhos, desbaratando-lhes a legítima com a sua imprevidência e prodigalidade, lançavam agora à conta da lei o que era a consequência lógica da sua má administração.

As raparigas falavam umas com as outras, de vestidos e de enfeites, e dispunham de quando em quando de algum olhar mais tenro para qualquer dos primos presentes, em cujo número se continham os namorados de cada uma ou de mais do que uma. Estas representantes das poéticas e vaporosas castelãs, que na meia-idade premiavam os campeadores na liça, os guerreiros na volta dos combates, e os menestréis e pajens que lhes endereçavam conceituosos galanteios nos estrados das salas, tinham perdido muito da poesia do tipo primitivo. Vivendo em uma época em que não havia campeões, guerreiros, nem trovadores para premiar, limitavam-se as meninas a aceitar a corte dos primos, também muito pouco parecidos com os seus cavalheirosos avós, e com a maior candura, que pode medrar na província, roubavam umas às outras os noivos e os namorados.

Algumas havia ali mais revolucionárias, que tinham conseguido introduzir o piano em casa e com este as músicas da moda, obtendo uma ou outra vez dos pais a concessão de dar uma partida, onde a nata da nobreza provinciana dançava os *Lanceiros* como qualquer sociedade de artistas.

Os rapazes reunidos no terraço fumavam e atiravam a revólver aos troncos das árvores ou às avesitas que pousavam nos ramos.

A maioria, ou morgados ou filhos segundos, era de ignorantes e vadios; se alguns haviam descido até ao ponto de irem a Coimbra fazer à ciência a honra de a estudar, poucos desses mostravam as habilitações adquiridas, exercendo qualquer mister social. Seria dobrar o desdouro. Cometida a fraqueza de sentar-se nos bancos das aulas ao lado dos filhos dos comerciantes e lavradores, devia-se ao menos seguir o exemplo do mano bacharel do Cruzeiro, o qual evitara a circunstância agravante de servir depois para alguma coisa.

Formava grupo à parte frei Januário em animado colóquio com outros dois padres, também apensos a casas fidalgas, e igualmente fervorosos na defesa dos legítimos direitos da nobreza e abominadores dos pedreiros-livres.

Maurício, na companhia dos rapazes no terraço, entre os quais se achavam os dois primos do Cruzeiro, tomava parte nas suas diversões, mas sem perder certo ar de melancolia, que lhe ficara das cenas da véspera.

Jorge atendia a todos, mas nele era ainda mais evidente do que em Maurício a preocupação de espírito.

Desde a véspera os dois irmãos não haviam trocado uma palavra. Gabriela notara-o, e desconfiava de que alguma coisa se tivesse passado entre eles.

Não deixava porém a baronesa de desempenhar pela sua parte, com superior ciência, o papel que lhe cumpria como a pessoa em honra de quem tinha lugar a festa de família. Ia de grupo a grupo, tendo uma amabilidade certeira para cada indivíduo, e conseguindo desvanecer com as inebriantes inalações de lisonja a superciliosa desconfiança que os seus ares de corte da atualidade despertavam naqueles espíritos, escrupulosos respeitadores da corte velha.

Houve uma circunstância que excitou a curiosidade da baronesa. Notara ela que a maior parte dos rapazes com quem os manos do Cruzeiro haviam conversado e rido seguiam Jorge com olhares maliciosos, e que sempre que este lhes voltava as costas, trocavam uns com os outros risos mal sufocados. Da roda dos rapazes comunicara-se o mesmo efeito à roda das raparigas, por intermédio dos colóquios de alguns namorados, e dentro em pouco viu-as olharem também para Jorge com certa estranheza, e cochicharem e rirem umas com as outras, quando livres da observação dele.

A misteriosa confidência passava de lábios para ouvidos com rapidez tal, que momentos depois estava nas vizinhanças de Gabriela.

Não pôde a curiosidade desta tardar mais tempo em informar-se do que assim agitava a sociedade moça e que até já havia deixado estupefata mais de uma respeitável matrona, que por acaso fora partícipe do segredo.

– O que é que se diz por aí, priminha? – perguntou a baronesa à rapariga mais próxima. – Corre decerto alguma notícia estranha, porque as vejo todas em alvoroço.

– E com razão. Então não sabe? O primo Jorge tem um namoro!

– E o caso é para tais espantos?

– Pudera não! Então não conhece o primo Jorge, já vejo. Ainda não houve quem lhe merecesse um cumprimento, que não fosse de simples cerimónia. Todos iriam jurar que era impossível que ele gostasse de alguém. E vejam lá!

– É porque pertence à espécie rara dos que amam só uma vez, é dos que amam de maneira tal que não podem sem remorsos amar por passatempo.

– Pois será. Mas vejam onde ele foi cair!

– Então quem é ela?

– A Berta. A filha do Tomé!

– Fico na mesma priminha.

– Não conhece o Tomé? O Tomé da Herdade. Um lavrador que foi criado do tio Luís e que está hoje rico.

– Ah! bem sei; então é uma rapariga do campo.

– Envernizada na cidade, onde o pateta do pai a mandou educar. Chegou há dias a casa.

– E Jorge conhecia-a?

– Em criança, sim. Depois julgou que se não viram senão agora.

– E quem descobriu essa paixão?
– Viram-no sair umas poucas de noite da casa dela.
– Jorge?!
– É verdade. Os primos do Cruzeiro viram-no, e parece até que o primo Maurício.
– Ah! Maurício?!
– Sim, e o mais bonito é que esse também pelos modos tinha as suas pretensões, por passatempo, já se sabe, olha o outro! A esse então tudo lhe serve. De maneira que hoje estão que nem palavra dizem um ao outro.
– Isso já eu notei; mas custa-me a crer que Jorge...
– E a todos. Pois aquele sonsinho...
– Não é isso o que eu dizia. O que eu acredito é que, sendo verdade o que me diz, Jorge ama deveras essa rapariga, e ele não tem caráter para abusar de algum. Deus sabe o que de tudo isso pode resultar.
– Quer dizer a prima que é capaz de casar com ela?
– Sim, estou convencida de que se ele a ama, formou já essa tenção e há de cumpri-la.
– Tinha que ver a prima Berta da Póvoa!
– Eu lhe digo, para a menina talvez tivesse que ver, para mim, que já estou acostumada a esses espetáculos, seria a coisa mais natural do mundo.

Assim informada do que se passava na sala, Gabriela observou com mais atenção Maurício e Jorge, e estudou nas fisionomias de ambos os vestígios daquele mistério.

Era manifesta a frieza que os separava naquela manhã. Evitavam-se tanto quanto podiam. As frontes de um e de outro estavam contraídas, e os sorrisos gelavam-se-lhes nos lábios, sempre que queriam forçá-los a aparecerem.

– Será verdade que Jorge ame essa rapariga? Neste caso deve ser uma paixão bem séria a dele – pensava Gabriela.

Nesse tempo, a porta da sala abriu-se e Dom Luís apareceu aos seus hóspedes vestido com aquele esmero e gravidade, que sabia guardar em todos os atos da sua vida.

O fidalgo não tivera pressa em apresentar-se na sala.

Fizera-se substituir por Jorge na solenidade da recepção e na apresentação de Gabriela a todos os primos, que ainda a não conhecessem.

Frei Januário explicara a ausência do fidalgo, atribuindo-a a incômodos habituais, que somente mais tarde lhe permitiam sair dos aposentos.

A verdade, porém, era que Dom Luís desejava encurtar, quanto lhe fosse possível, o tempo em que tinha de conviver com os seus parentes naquele dia dedicado aos deveres de hospitalidade.

Produziu alvoroço na sala a entrada de Dom Luís.

Todos correram a cumprimentá-lo com aquela deferência, que a índole séria e melancólica do fidalgo e a evidente superioridade da sua inteligência e educação a todos impunha.

– Como vais tu, Dom Luís? – disse, apertando-lhe a mão, um ex-coronel de milícias, que havia acabado, pouco tempo antes, de ameaçar com a espada, que tinha em casa na gaveta, todas as constituições do mundo. – Graças a Deus, que deste sinal de vida, homem!

– O primo Dom Luís devia procurar mais distrações – acudiu a vigésima descendente de um dos guerreiros de Ourique.

– Ainda bem que a priminha Gabriela o veio tirar do seu letargo – acrescentou outra, ramo infrutífero de árvore igualmente ilustre.

O título de baronesa raros o concediam a Gabriela, porque era de origem suspeita para aqueles pechosos aristocratas.

Dom Luís respondeu com um forçado sorriso aos cumprimentos, dizendo:

– Devem procurar-se as distrações; quando o espírito se não dá bem com as ideias tristes. Mas isso não sucede comigo. Já não posso viver sem esta escura companhia dos meus pensamentos. O esforço para fugir-lhes mais me aflige.

– Ora essa! Sentir-se um homem bem com a tristeza! Ora essa! – estranhou o ex-miliciano.

– São contradições aparentes – disse Gabriela para o tio. – As saudades têm disso. Por isso lhes chamaram "gosto amargo e pungir delicioso".

– Quem é que lhe chama isso? – perguntou uma fidalga de óculos, um pouco sentimental e literata, que estava ao pé de Gabriela.

– Foi Almeida Garrett – respondeu esta, sorrindo, como quem suspeitava que não ficaria satisfeita a curiosidade da interrogante.

Efetivamente a história literária de Portugal parara para ela em José Agostinho de Macedo.

– Almeida Garrett! – repetiu um dos mais intratáveis realistas presentes que ouvira a resposta. – Eu conheci um desse nome, que era secretário ou coisa assim do Duque de Palmela, naqueles bons governos do Porto em 1834, isso era um liberalengo dos quatro costados!

Na linguagem pitoresca deste sujeito, a palavra liberalengo era a mais eloquente expressão com que S. Ex.ª conseguia traduzir todo o desprezo que lhe mereciam as ideias e os homens de 1820 e 1832.

– E perdeu-o de vista depois? – inquiriu Gabriela com leve ironia.

– Sim, perdi. Eu conheci-o por acaso.

– Então não o conheceu orador no parlamento, ministro, poeta, prosador e chefe de uma revolução literária?

O fidalgo abriu os olhos, prolongou os lábios e sacudiu a cabeça, dizendo:

– Olhe, prima; eu, a respeito de parlamento... Temos conversado; não sei se me entende. De ministros também não quero saber, porque tenho receio que me digam que nos governa o filho do meu sapateiro. Agora a respeito de poetas... se quer também que lhe diga, eu nunca tive queda para sonetos. Lá chefe de revolução estou convencido de que ele seria, porque para guerrilheiro estava talhado.

A baronesa deu muita razão a este seu primo e foi para um grupo de raparigas, que passaram a interrogá-la sobre a última moda do talhe dos vestidos.

Anunciou-se enfim o jantar. Houve geral rebuliço na sala, e a companhia seguiu mais ou menos anarquicamente para o banquete.

Frei Januário tinha meditado maduramente a ordem de colocação dos diversos convivas, segundo as regras da etiqueta, em que ele era mestre. E como neste ponto ninguém lhe contrariasse os planos, havia-se saído à sua vontade da tarefa.

Assumindo pois as funções de mestre de cerimônias, começou a designar a cada convidado o lugar que lhe competia.

Infelizmente, porém, nem todos foram dóceis às indicações do padre, e sobretudo os rapazes, que, sem lhe darem atenção, iam sentar-se onde muito bem queriam, e ao pé quase sempre de alguma prima, que não desgostava da vizinhança.

Isto transformou completamente os estudos do padre, que tivera mais que tudo em vista a separação dos sexos e das idades; mas debalde protestou contra a anarquia que invadira a mesa.

Quem, porém, acabou por o perturbar foi Dom Luís, quando do alto da mesa e com hospitaleira cordialidade, que conseguiu afetar, exclamou:

– Queiram sentar-se à vontade. É bom que os velhos se misturem com os moços para temperar os ardores da juventude com a prudência dos anos. Outras desigualdades não há aqui a atender.

Esta última parte fez torcer o nariz a um outro fidalgo que tinha motivos para se supor mais preclaro do que os primos, mas não houve protesto formulado e todos obedeceram ao convite do dono da casa.

O padre esteve em risco de perder o apetite.

Valeu-lhe, porém, a judiciosa reflexão que lhe fez ao ouvido o colega, dizendo:

– Sentemo-nos, que bom lugar é todo aquele onde se come bem.

Jorge ficou aos pés da mesa e portanto fronteiro ao pai.

Os primos do Cruzeiro, um de cada lado da mesa e perto da cabeceira, continuavam a sorrir provocadoramente e a fazer rir os outros.

Ao passar perto de Jorge, para tomar lugar, a baronesa murmurou-lhe:

– Fala-se de ti, Jorge.

Jorge fez um sinal de quem estava informado do fato, e respondeu sorrindo de uma maneira especial:

– Talvez se fale mais e mais alto daqui a pouco.

O jantar não desdizia do puritanismo daquela sociedade.

Era um jantar à portuguesa e digno de portugueses, que não querem: *nostrum regnum ire fore de Portucalensibus*.

A Casa Mourisca, bem explorada, ainda deu para ostentar um esplendor, que se nada era em comparação com o dos magníficos festins, que em tempos passados a animaram, não envergonhava o seu brasão perante os fidalgos presentes, que, pela maior parte, o tinham tanto ou mais deteriorado.

Os criados supriram com diligência o número, de modo que o serviço correu regular.

Enquanto se servia a sopa e não se havia encetado as libações, reinou na sala aquele silêncio momentâneo, próprio da ocasião.

Só se ouve o tocar das colheres nos pratos e o sorvo mais ruidoso de alguns convivas, que se não constrangem. O apetite satisfaz-se, dão-se tréguas às conversas. Depois retiram-se os primeiros pratos, enchem-se os copos, repousam os comensais, e de vizinho para vizinho trava-se à meia-voz um diálogo cortado, sobre assuntos insignificantes. Depois o tinir das louças e dos cristais, o vapor oloroso das iguarias, os efeitos excitantes dos vinhos animam os espíritos; o tom das conversas eleva-se, o vizinho fronteiro intervém, cresce a confusão, os risos misturam-se com as palavras, a timidez dissipa-se, cada qual sente-se com um arrojo que desconhece, vencem-se reservas e resistências que pareciam insuperáveis, reina a vida na sala do banquete.

Por estas diversas e sucessivas fases passou o jantar em casa de Dom Luís. No meio dele berrava-se política ali, jogavam-se epigramas acolá, segredavam-se requebros em outro ponto, e dava-se largas à maledicência em quase todos.

Jorge conservara-se sério e reservado como estivera toda a manhã.

Maurício fazia esforços para mostrar-se despreocupado, porém mal o conseguiu.

Para o fim do jantar percebia-se pelo tom de algumas risadas e pelo teor de algumas conversas, que os restos da garrafeira da Casa Mourisca não tinham desmentido os seus antigos créditos, firmados em tantas façanhas.

Os primos do Cruzeiro sobre todos falavam em um tom de voz, que mais do que uma vez atraíra as gerais atenções e fizera contrair o sobrolho a Dom Luís.

A cada momento as alusões a Jorge, que eles entremelavam nos seus informes discursos, tinham obrigado a maioria dos olhares a convergirem para o filho mais velho de Dom Luís, que os arrostava com uma serenidade desprezadora.

Encetaram-se os brindes. Brindou-se à baronesa, brindaram-se na pessoa dos seus chefes às famílias ilustres ali presentes, brindaram-se aos caudilhos do partido realista, brindou-se em honra da santa causa, em honra da imprensa fiel, em honra das velhas instituições, em honra do trono e do altar e de muitas outras coisas.

Frei Januário, para mostrar o seu fervor, esgotava o cálice a cada brinde, e aproveitava os intervalos para fazer com os colegas, à meia-voz, os seus brindes particulares.

Já quando os ânimos estavam um pouco excitados por estas sucessivas libações, o primo padre levantou-se, e com os olhos injetados e o gesto um tanto transtornado, disse:

– Meus senhores, tenho notado que o primo Jorge está com um ataque de melancolia, de que não pode livrar-se. Os brindes que aqui se têm feito ainda o não desanuviaram. É verdade que se brindaram a famílias antigas e coisas velhas, e o passado não é lá das ideias mais alegres. Eu por isso vou propor um brinde menos soturno, a ver se o distraio. Bebo à saúde do Tomé da Herdade e da sua família, com particular menção da menina Berta, a quem Deus faça muito feliz, assim como a todos quantos lhe querem bem.

Este inesperado brinde produziu grande sensação. A parte moça da companhia, prevenida como estava, principiou a sufocar os risos e a falar ao ouvido dos vizinhos; os velhos abriam os olhos espantados ou indignavam-se com o desconchavo de brindar uma família plebeia depois de outras de tão apurada raça. A consequência foi que ninguém correspondeu ao brinde, e os cálices ficaram intactos na mesa. Seguiu-se um silêncio profundo na sala.

O primo do Cruzeiro, sem se intimidar, perguntou:

– Então que é isto? Ninguém me secunda?

E corria a vista em redor da mesa com expressão irônica, que, a seu pesar, se desvaneceu ao encontrar a vista de Jorge, que, pálido de íntima comoção, também se erguera e levantara o cálice para responder:

– Secundo eu, primo – disse ele, com um leve tremor na voz – e creia que da melhor vontade o faço. Brinda-se uma família honrada, laboriosa e justa. A ninguém deve repugnar o brinde, e muito menos a mim, a quem motivos particulares obrigam a venerá-la.

– Ah! – murmurou provocadoramente o padre, sentando-se com ares de vitória.

Um meio sorriso passou pelos lábios de alguns dos espectadores desta cena.

– Levante-se! – ordenou Jorge ao padre com intimativa. – Ouça-me, de pé, que eu também estou de pé para secundar o seu brinde.

– É singular! – O padre ergueu-se, como se não pudesse resistir ao olhar indignado e imperioso de Jorge.

– Repito – continuou este –, brindo àquela família honrada, porque é honrada e porque motivos particulares me levam a venerá-la. E para lhes não dar ocasião de sorrirem outra vez, ou de afagarem a víbora venenosa, que aí soltaram, eu lhes explico as minhas palavras. Se ouvirem verdades que lhes firam o orgulho de fidalgos, lancem a culpa da vexação a quem a provocou. Meus senhores, eu acordei um dia com a firme resolução de lutar contra esta torrente que nos arrasta e afoga a todos, apesar dos nossos brasões, dos nossos solares, dos nossos pergaminhos e das nossas galerias de retratos. Todos quantos aqui estão podem contar das glórias passadas e da decadência e das humilhações presentes. E nós como todos. Eu era novo, tinha diante de mim a perspectiva de uma longa vida, pensava no futuro e não podia resignar-me à ideia de morrer assim como covarde e ingloriamente. Reagi, encontrei felizmente em meu pai o auxílio preciso, e, autorizado por ele, tomei sobre meus ombros a tarefa de sustentar as ruínas vacilantes desta casa. A empresa, porém, era mais difícil do que a supusera. Tolhia-me os movimentos a rede complicada em que a errada gerência de muitos anos embaraçara a administração. Cada passo dado para salvar-nos era mais um para a total ruína. Devem compreender bem isto os que me escutam, porque a sorte das nossas casas é quase a mesma. De todos os lados para onde nos viramos, surge-nos a usura, o dolo e a má-fé. Nestas circunstâncias só me podia valer a experiência dos negócios, e essa faltava-me, o crédito, e quem mo reconheceria e aceitaria? O capital, e por que preço poderia obtê-lo? Perguntem ao nosso antigo administrador, aqui presente, o preço por que ele o encontrava. Pois, bem, senhores, um homem chegou-se a mim nestas condições e pôs à minha disposição, leal e desinteressadamente, a sua experiência, o seu crédito e o seu capital. Graças a este homem, era-me possível libertar-me, sem baixeza, da usura que havia tantos anos nos devorava, aplicar vantajosamente os capitais obtidos e encetar um sistema, lento mas seguro, de administração que preparasse o caminho para um futuro resgate desta casa. Graças a este homem, sorriam-me as esperanças de poder dizer um dia às cinzas dos nossos antepassados, que eu também respeito, que repousassem em paz na sepultura, pois não viriam estranhos disseminá-las; e à memória querida de minha mãe e de minha irmã que os que elas amaram não desertariam cobardemente dos lugares que lhes eram caros e que as viram morrer. Mas contra o generoso auxílio deste homem havia velhos preconceitos de família, mais apaixonados do que justos; era-me pois impossível recorrer a ele abertamente. Entre as prevenções e a glória de minha casa não hesitei, porém. A consciência dizia-me que não devia hesitar. Resolvi acolher o oferecimento leal, mas tive de ocultar na sombra da noite atos que não se envergonhariam da mais clara luz do dia. Quando precisava do conselho experiente desse homem, procurava-o de noite e clandestinamente. Os difamadores, que correm nas trevas à procura do alimento para a calúnia, surpreenderam-me. Medindo as ações dos outros pela sua capacidade moral, supõem-lhes sempre um motivo infame. O homem de quem lhes falei tem uma filha. No que há de mais puro e mais sensível nas famílias, é aí que a calúnia gosta de ferir. Essa pobre menina foi pois a vítima escolhida. Agora se querem saber o nome do homem honrado, a quem devo experiência, crédito e capital, dir-lhes-ei que se chama Tomé da Póvoa, a filha é Berta, a afilhada de meu pai; os caluniadores são esses que propõem o brinde, lançando no cálice a peçonha da sua natureza de víbora; mas eu de novo secundo sem receio nem hesitação.

– E eu! – exclamou a baronesa, imitando-o; mas por ninguém mais foi seguida, porque uma nova ocorrência veio absorver as atenções.

Dom Luís, que revelara a mais profunda estranheza desde o princípio da cena, provocada pelo fidalgo do Cruzeiro, crescera em agitação à medida que as palavras de Jorge iam tendo para ele um sentido mais claro.

As últimas fizeram-lhe passar o rosto por uma série de mudanças, cada uma delas denunciadora de uma paixão violenta.

Ao nome de Tomé da Póvoa, à ingênua e leal declaração de Jorge, os olhos do irritado fidalgo faiscaram e um rubor fugaz e intenso correu-lhe nas faces, sucedendo-lhe uma palidez profunda.

Quando o filho terminou de falar, foi ele quem, por sua vez, se ergueu na cabeceira da mesa.

A comoção que o dominava não lhe permitiu desde logo o uso da palavra.

Todos os olhares se desviaram para aquele velho, pálido, vestido de preto, severo e mudo, que, com as mãos apoiadas sobre a mesa e o olhar fulgurante, seguia com a vista todos os espectadores desta cena.

Afinal com a voz trêmula e meio abafada, mas que a pouco e pouco se foi animando, o velho fidalgo começou, dizendo:

– Meus senhores, quando há dias os convidei para virem a esta casa solenizar a honra que eu recebia da hospedagem da minha sobrinha, estava persuadido de que esta casa ainda era minha. Não sabia que, abusando da confiança que eu depositara nele, um filho meu, o mais velho, o primeiro representante, no futuro, do nome e das glórias de sua família, havia empenhado a um dos criados dela o solar em que nascera. Soube-o agora. Peço-lhes humildemente perdão de os haver, pela minha ignorância, sujeitado a esta baixeza. Desde este momento estamos todos aqui em situações iguais, todos somos hóspedes do Tomé da Herdade. Em outros tempos, nos festins e saraus das nossas casas, os criados subiam disfarçadamente as escadas, para virem das antecâmaras e corredores espreitar para as salas, fascinados pelo esplendor que nelas viam; permitia-se-lhe isso. Hoje, porém, senhores, se aqui nos demorássemos, vê-los-íamos subir com outro intento, para vigiar que nas expansões do nosso júbilo não deteriorássemos as alfaias, a mobília, a baixela e a casa, que já lhes pertencem. A esta espionagem não me sujeito eu. Meus senhores, as minhas obrigações de dono de casa terminaram. Hóspede como os outros, tomo a liberdade de seguir o caminho que a dignidade me impõe. Cada um consulte o mesmo conselheiro.

E Dom Luís, curvando-se diante de todos que o escutaram espantados, saiu da sala sem dar tempo a que o interrogassem ou detivessem.

Frei Januário foi o primeiro que pressurosamente o seguiu.

O resto da companhia parecia imobilizado nos seus lugares.

Jorge, com os cotovelos apoiados na borda da mesa, conservava o rosto escondido entre as mãos.

Gabriela foi quem se subtraiu primeiro àquela influência paralisadora.

– Parece-me que, depois do que se passou, dá-se a triste necessidade de nos separarmos. O tio está muito agitado, é preciso dar-lhe tempo para serenar e ver as coisas sob um aspecto mais racional do que aquele em que a paixão lhas apresenta agora. Por isso...

A reticência foi seguida de um arrastar de cadeiras, prova de todos haverem compreendido a conveniência da retirada.

Formaram-se ainda na sala alguns grupos conversando sobre o fato.

Os primos do Cruzeiro foram os primeiros a retirar-se. O padre ainda manifestou desejos de pedir a Jorge uma satisfação pelos insultos que ele lhe dirigira, mas intervieram terceiros que o dissuadiram.

Os fidalgos velhos tentaram procurar Dom Luís para o acalmarem; mas foi-lhes dito por frei Januário que o fidalgo não podia recebê-los.

Pouco e pouco foram os convidados abandonando a Casa Mourisca, e os caminhos que dela partiram eram momentos depois cobertos de cavalgadas, liteiras e carroções, em que aquelas nobres famílias regressavam aos seus solares.

As ocorrências singulares do jantar foram entre elas assunto de conversa em toda a jornada. Todos, conquanto criticassem a esquisitice do velho Dom Luís, que tão pouco urbano se mostrou com os seus hóspedes, eram acordes em atribuir a principal culpa a Jorge.

18

Ficaram apenas na sala Jorge, Maurício e a baronesa.

A indignação de Dom Luís parecia haver desvanecido a energia de Jorge; a consciência do pobre rapaz, como que vacilando ao embate das violentas paixões paternas, quase lhe censurara a precipitação do passo que dera.

Igualmente abatido, Maurício sentia remorsos ainda mais vivos. Não podendo já duvidar da inocência do irmão, como perdoaria a si próprio as suspeitas e insultos com que o ferira?

Do vão da janela a baronesa observava-os imóvel e silenciosa.

Maurício ergueu enfim a cabeça, e tendo nos olhos ainda vestígios de lágrimas, hesitou alguns instantes; depois, por um desses movimentos prontos e irresistíveis, a que a violência dos afetos o provocava, caminhou agitado para Jorge.

– Jorge – disse ele, íntima e sinceramente comovido. – Se ainda se não esgotou a generosidade da tua nobre alma, não me retires a afeição, que por tanto tempo te mereci.

Jorge apertou-lhe a mão com afeto.

– Nunca ta retirei, Maurício. Podes crê-lo. Afligem-me alguns dos teus desvarios, principalmente porque sei que eles estão em contradição com os nobres sentimentos da tua alma. Mas para te perder a afeição não é isso motivo. Para mim és, nesses momentos, como uma criança que se vê a dormir à beira de um precipício. Inspiras-me, como ela, apenas sustos, e não cólera nem aversão.

E os dois rapazes abraçaram-se com efusão.

– Vamos – disse a baronesa, intervindo –, a situação precisa de que se pense nela seriamente. As pazes estão feitas, em boa hora; pensemos agora como gente de juízo. Antes de mais nada, Jorge, o que há de verdade em tudo isso?

– O que eu disse.

– Vê bem; fala-me com franqueza. Eu não acreditei no que de ti se espalhou. Conceberia que Jorge pudesse praticar uma loucura, mas uma ação indigna, um abuso de confiança, sabia que não. Porém não há em toda esta história alguma coisa que não disseste ainda? Berta é para ti completamente indiferente? Esta é que é a questão.

Só a muito custo Jorge pôde disfarçar a turbação em que a pergunta de Gabriela o lançou; mas respondeu com aparente serenidade:

– Berta é uma rapariga que por todos os motivos respeito.

E com mais custo ainda acrescentou:

– E nada mais.

– E para Maurício o que é Berta? – continuou a baronesa, sorrindo ao voltar-se para o primo mais novo.

Não obteve logo resposta.

– Bem veem – insistiu ela – que há uma coisa que eu não posso ainda explicar. Assisti à vossa reconciliação, sinal de que tinha havido uma desinteligência. Qual foi pois o motivo dela?

– Umas das minhas loucuras – respondeu Maurício afinal. – Cedi a um movimento de paixão, encontrando-me com Jorge ontem, quando ele saía da casa de Tomé da Póvoa, e soltei expressões, que parece que ainda me estão queimando os lábios.

– Então, visto isso, achavas-te com direito de sentir ciúmes. Segue-se que amas Berta. E é deveras esse amor?

A fronte de Jorge contraiu-se levemente ao ouvir a pergunta, enquanto aguardava a resposta do irmão.

– Se responder pelo que penso dele – disse Maurício –, juro que é.

Desta vez um sorriso deslizou nos lábios de Jorge.

– Isso quer dizer – tornou a baronesa – que respondendo pelo que pensas de ti, receias muito que não. Pois, meu caro priminho, a ocasião exige que se ponham de lado caprichos e brinquedos de criança, e que se siga com sisudeza e tenacidade de homem um caminho qualquer. Não estamos em tempo de brincar. Dá-se uma grave crise, em que todos os bons planos de Jorge podem ser destruídos de encontro à resistência do tio Luís. Eu nem posso calcular o que resultará de tudo isto. E portanto...

Interrompeu-a neste ponto a entrada de um criado, pedindo-lhe para chegar ao quarto de Dom Luís, que desejava falar-lhe.

– Neste caso esperemos o resultado desta entrevista, para adotar um partido – dizia ela, apressando-se em satisfazer os desejos do tio.

Em caminho para o quarto de Dom Luís, a baronesa notou nos corredores e nas salas intermédias um movimento extraordinário, que não sabia a que atribuir.

Os criados iam e vinham apressados, comunicavam as ordens uns aos outros, abriam e fechavam portas, desciam a duas e duas as escadas e transportavam diferentes objetos, como se tratasse dos preparativos de uma jornada.

Nos aposentos de Dom Luís achou Gabriela o fidalgo em pé no meio da sala, enquanto frei Januário, de joelhos junto de uma arca, introduzia nela algumas peças de roupa, que aquele lhe ia indicando.

– Eu não sei o que V. Ex.ª vai fazer, Sr. Dom Luís – murmurava no entretanto o egresso que parecia cumprir a tarefa de má vontade suando em vagas. – Isto não tem pés nem cabeça. Olhem agora sem cômodos nenhuns... assim de um momento para outro.

Dom Luís sem responder às reflexões do procurador continuava a indicar-lhe os objetos que devia arrecadar.

Gabriela dirigiu-se a ele:

– Mandou chamar-me, meu tio?

– Ah! mandei, sim, Gabriela. Desculpe importuná-la. Mas tenho que lhe pedir um favor – respondeu Dom Luís com forçada placidez.

– Mil que sejam.

– Depois do que se passou, não quero demorar-me nesta casa uma só noite. Peço-lhe por isso hospitalidade na sua. Se me não engano, tencionava partir amanhã para lá. Não é verdade? Pois bem, faça o sacrifício de partir hoje e permita-me que a acompanhe. Um quarto e uma enxerga bastam-me. Preciso de me ir acostumando a tudo.

A baronesa ficou por alguns momentos muda de surpresa.

– Mas... por quem é, meu tio... Grande prazer me dará a sua visita... porém em outras circunstâncias e por outros motivos. Não tome resolução alguma enquanto assim está dominado pela paixão. Veja o que vai fazer! O que se dirá? O que se falará por toda a parte!

– Já de sobra têm em que falar. A vergonha não é maior – tornou o velho mais agitado.

– Pois sim – acudiu o padre –, mas reunir a vergonha ao incômodo... a falar a verdade... é... é...

- A vergonha... a vergonha... Mas tem a certeza, tio, de que julga bem e despreocupado de paixões os atos de seu filho? Quem lhe diz que outros não chamarão virtude aquilo a que chama baixeza?

A cólera relampagueou de novo nos olhos do velho.

- Gabriela, por quem é, desista de contrariar-me. Asseguro-lhe que me não demove da resolução em que estou e que somente me aflige. Se não quer conceder-me o abrigo dos seus tetos, irei bater à outra porta.

Gabriela não insistiu.

- A minha casa é sua sempre, meu querido tio. Vou dar as ordens para partirmos.

- Não esperem por mim - recomendou ainda o fidalgo -, eu irei com frei Januário mais tarde porque tenho o que fazer antes. Sinto o incômodo que isto lhe vai causar, Gabriela. Mas os criados ficarão na estalagem da Encruzilhada.

- Todos cabem; visto que também os quer levar, escusam de ficar a meio caminho. Então fecha-se a Casa Mourisca, ao que estou vendo? Muito bem. A casa de meu pai é bastante espaçosa e com os arranjos que eu mandei fazer-lhe ultimamente, deve bem servir para nós todos. Agora um pedido.

- Qual é?

- Jorge está consternado pelas suas ásperas palavras ao jantar. Não há de reconciliar-se com ele?

- Gabriela, se é amiga de Jorge, não procure trazê-lo à minha presença, e se quer que isto que sinto cá dentro contra meu filho não cresça ou degenere em pior, não pronuncie diante de mim por hora o nome dele.

Gabriela tinha certo dom para conhecer quando convinha lutar e quando era preferível ceder. Desta vez percebeu que o ânimo de Dom Luís não estava para acalmar de pronto.

Saiu sem aventurar mais uma palavra a tal respeito e foi ordenar os preparativos da partida.

Ao passar na sala, onde ainda estavam Jorge e Maurício, apenas lhes disse:

- Trata-se de partir já.

— Para onde?
— Para minha casa nos Bacelos.
— E meu pai?
— Tudo parte. É uma emigração completa.
— E a Casa Mourisca?
— Fechada, ao que parece, até... acabar o interdito.
— Mas isso não pode ser!
— Mas é, e eu vou já dar ordens precisas para a mudança.
— E eu vou falar com meu pai — exclamou Jorge, erguendo-se.

A baronesa reteve-o.

— Não vás. É inútil e perigoso. Deixa que os fatos sucedam naturalmente. Eu já estou convencida de que esse é o melhor expediente. É preciso que teu pai desafogue a paixão que lá tem dentro. Entende que deve sair daqui, deixemo-lo sair. Estas exterioridades acalmam-no. Depois lhe aparecerás.

— Então agora recusa ver-me?

— Recusa. O que não tira que possas estar muito à tua vontade na minha casa dos Bacelos. Há lá um pavilhão na quinta, para um refugiado como tu.

Passados poucos minutos os moradores da casa Mourisca punham-se em movimento para a quinta dos Bacelos.

Os preparativos não ocuparam muito tempo, porque o fidalgo mandara apenas levar o que fosse estritamente necessário.

A baronesa veio despedir-se do tio, que insistiu em querer ser o último a sair de casa.

Jorge e Maurício partiram em companhia de Gabriela.

O fidalgo ficou só com frei Januário, que continuava a protestar por todas as formas contra a resolução da mudança de quartel a horas impróprias.

Dom Luís nem lhe respondia.

Quando o procurador, a fim de suavizar as agruras do desterro, pretendia fazer transportar algum objeto que podia ser de utilidade para melhor acomodação da família, o fidalgo ordenava-lhe secamente que o deixasse ficar, o que cada vez mais exasperava o padre.

Vendo que tudo estava pronto, Dom Luís deixou por alguns instantes o procurador na sala e subiu vagarosamente as escadas que conduzia aos antigos aposentos da filha que perdera.

Ao penetrar ali, que doloroso estremecer o do coração do velho! Ia desamparar também aquele quarto! Esta ideia só poderia fazer vacilar-lhe a inabalável coragem! Era um lugar de recolhimento aquele para o desconfortado ancião. Tudo ali dentro se conservava como no fatal dia em que ela morrera. Todos os objetos que haviam pertencido à infeliz criança ali se guardavam religiosamente. E ia deixá-los! O leito, o genuflexório, o toucador, a harpa, parecia possuírem uma voz para falar-lhe dela. E havia de fugir-lhes! A coragem porém não soçobrou na luta. Dom Luís fechou discretamente a porta para si; depois com fervorosa comoção beijou quase um por um esses diferentes objetos, e ao chegar junto ao leito, o mesmo em que a vira adormecer do último sono, ajoelhou soluçando e cobriu de beijos e de lágrimas as almofadas, onde tantas vezes se encostara a pálida cabeça da sua Beatriz.

Mais tranquilo depois desta efusão de dor, ergueu-se, enxugou os olhos e desceu com a mesma lentidão as escadas até ao portal, onde o padre esperava já com impaciência e inquieto pelo adiantado da hora.

Um criado segurava pela rédea os cavalos que deviam transportá-los.

– Vamos, vamos, Sr. Dom Luís, olhe que nos apanha a noite na estrada e os caminhos não são lá essas coisas – exclamou o padre aflito.

Dom Luís, em vez de responder-lhe, disse para o criado que segurava os cavalos:

– Vai esperar-nos na baixa do Paul. Nós já lá vamos ter.

– Então V. Ex.ª quer ir a pé até a baixa do Paul?! – perguntou o padre assustado.

– Vou.

– Mas... é um estirão e...

– Então que fazes? Parte – disse Dom Luís com impaciência para o criado; e este obedeceu-lhe prontamente.

O padre ficou a resmonear:

– Eu cada vez ando mais às aranhas com a gente desta casa. Sempre tenho visto e ouvido coisas há tempos a esta parte! Olhem que preparos estes. Havemos de cear a boas horas, não tem dúvida nenhuma.

– Agora feche a porta, frei Januário – ordenou Dom Luís.

O padre tomou com ambas as mãos a enorme chave do portão, e fê-la girar na fechadura.

Este movimento produziu um som agudo, semelhante ao gemido de uma ave, o qual ressoou tristemente pelo interior daquela casa deserta.

O padre tirou a chave, que juntou ao molho que trazia, deu um encontrão à porta, para verificar se ela estaria bem fechada; e depois olhou para Dom Luís.

– Vamos – disse este.

O padre ia pôr-se a caminho, mas parou vendo o fidalgo seguir a direção oposta à quinta dos Bacelos.

– V. Ex.ª para onde vai?

– Por aqui – respondeu secamente o fidalgo, continuando a andar.

– Mas... V. Ex.ª está enganado.

– Bem sei.

O padre seguiu-o, murmurando contra as venetas do fidalgo:

– Esta cabeça já não regula direito. Aonde diabo quer ir este homem? O caminho que Dom Luís continuava a seguir era tão divergente do que o padre esperava, que outra vez o interpelou:

– Mas V. Ex.ª aonde quer ir?

– À casa do Tomé da Póvoa – respondeu Dom Luís, e acrescentou: – E advirto-lhe, frei Januário, que não me sinto com disposições para conversar.

O padre sabia que sempre que Dom Luís fazia certas observações em certo tom e certa inflexão de voz era inútil e imprudente contrariá-lo. Por isso calou-se, o que aumentou o mau humor que já trazia acumulado.

– A casa do Tomé da Póvoa! – resmungava ele. – O homem está doido! Ora isto! E eu a aturá-lo! O que me estava reservado!

A intenção com que o fidalgo demandava a casa do fazendeiro era um mistério indecifrável para o espírito do procurador.

Tinham descido a encosta, a meio da qual se erguia a Casa Mourisca. Aproximavam-se da ponte que atravessava o vale. A tarde ia no fim. Era já a claridade do crepúsculo que iluminava a paisagem. A azáfama do trabalho acalmara. Nos marcos dos campos, à soleira das portas e nos parapeitos da ponte repousavam finalmente os lavradores das fadigas do dia. O gado caminhava para as presas, conduzido por crianças de seis a sete anos. Nos arvoredos ouvia-se um cantar de aves, tímido como ele e ao aproximar do outono e ao aproximar da noite. Era tal a serenidade da tarde, que se percebia o sino de uma freguesia distante, dobrando afinados.

A suave melancolia daquela hora influiu no ânimo de Dom Luís. Que densidade de tristeza a que pousou naquele coração! Saudades, mas saudades escuras de velhice, saudade de quem não tem futuro, era o que havia naquela alma. Com o passado lhe tinham ido todos os objetos das suas crenças, do seu amor, das suas afeições. Já não era capaz de entusiasmo, e os olhos em que o entusiasmo não influi veem tristemente coloridas todas as cenas da vida. Ao desencantamento do presente juntavam-se as apreensões pelo futuro a entenebrecer-lhe o espírito. Era deveras infeliz aquele velho!

Depois da ponte seguia-se a colina, onde prosperava a Herdade de Tomé.

Dom Luís reuniu alento para subi-la.

O padre aventurou outra observação:

– Sr. Dom Luís, eu não atino com as razões que trazem V. Ex.ª aqui, mas não vejo que possa resultar bem algum de semelhante visita. Veja o que faz! A prudência...

– Sossegue, frei Januário – atalhou Dom Luís com um sorriso amargo. – Não imagine que venho praticar alguma violência. Já lá vai o tempo em que nós resolvíamos à força de braço os nossos pleitos. A nossa vez passou, bem vê.

O padre conheceu pelo tom da resposta que o fidalgo estava já mais quebrado, mas ainda pouco disposto para explicar-se.

Para se chegar à casa de Tomé da Póvoa pelo lado por onde Dom Luís seguia, tinha-se de tomar por uma avenida de olmeiros, orlada por sebes naturais formadas de madressilvas e de roseiras. No fim desta avenida ficava uma das entradas da quinta do fazendeiro, que era a parte que ele cedera às predileções da filha e da mulher, e onde as balsôminas, os limonetes e hortênsias cresciam vigorosas, e a relva recendia com as violetas e malvas que a entremeavam.

Dom Luís desceu lentamente a avenida, com os olhos fitos no portão da quinta.

– É aquela uma das entradas da propriedade, não é? – perguntou ele ao padre.

– É, sim, senhor. Repare V. Ex.ª que é um portão de quinta nobre. Falta-lhe o brasão.

O fidalgo calou-se e não tirou os olhos do portão da quinta, da qual se ia avizinhando. Passados alguns instantes respondeu à observação do procurador, dizendo:

– Dentro de alguns anos mais pode comprar barato o da Casa Mourisca. Os meus filhos não serão exigentes no preço.

O padre não soube bem o que devia dizer neste caso. Limitou-se por isso a expelir um simples "Oh!" sem entonação que definisse.

Chegaram enfim ao portão, Dom Luís ordenou ao padre que tocasse a sineta.

Este ia a fazê-lo, quando se voltou dizendo:

– Anda gente cá dentro.

Dom Luís não foi superior a certo sobressalto ao ouvir a notícia; vencendo-se, porém, caminhou resoluto e com a fronte contraída, para diante. De repente estremeceu, parou e comprimindo o peito como se fora ferido ali, murmurou:

– Ó santo Deus!

– Que tem V. Ex.ª? – interrogou inquieto o padre, que reparara no gesto de Dom Luís. – Foi pontada?! Estes passeios violentos e fora de horas.

O fidalgo não respondeu, e continuou com os olhos fitos em não sei que ponto da quinta.

Frei Januário desviou para ali a vista, a fim de elucidar-se na explicação do mistério.

Chegava neste momento ao portão uma rapariga, singelamente vestida de branco, que correu ao encontro deles.

Era Berta.

– O meu padrinho! – exclamava ela dirigindo-se ao fidalgo. – O Sr. Dom Luís! Até que enfim o vejo! Julguei que não chegava este dia!

E pegando-lhe na mão, beijou-a com respeito e afeto.

E Dom Luís não lha retirou, nem teve uma palavra que lhe dissesse. Continuava a olhá-la como esquecido de tudo e profundamente perturbado.

O padre observava a cena boquiaberto.

– Há que tempos o não via! – prosseguiu Berta com uma carinhosa volubilidade de criança. – Pois tinha bem saudades! Quantas vezes olhava para aquelas janelas, a ver se por acaso o descobria em alguma? Mas nunca, nunca! Que vontade que tinha de lá ir, mas... Disseram-me que o padrinho nunca saía e que vivia quase sempre só no seu quarto. Para que é que vive assim? Isso faz-lhe mal... Mas... que tem, Sr. Dom Luís? Meu Deus... está a chorar!

O padre deu um passo à frente, como duvidando do que ouvira.

Dom Luís afastou-o com a mão.

– É verdade – disse ele afinal, profundamente comovido. – É singular isto em mim! Mas que quer, Berta? Quando aqui cheguei e a vi...

– Não me trata já por tu? – interrompeu-o Berta, sorrindo tristemente.

O fidalgo, depois de uma curta hesitação, repetiu:

– Quando aqui cheguei e te vi, lembrei-me da minha pobre Beatriz. Parecias-me ela. Ela era mais moça quando morreu, mas ultimamente tinha deitado corpo e... depois trazia às vezes um vestido dessa cor, e enfim... há tanto tempo que não via uma rapariga que se lhe assemelhasse... Sim, porque há muitas por aí, mas nenhuma inda ma recordou como tu. É notável! A mesma cor de cabelo, a mesma estatura, certas maneiras e até o metal de voz... Não é verdade, frei Januário? É notável! A minha pobre filha! Como tu ma recordas, Berta, ai, como tu ma recordas!

– Não se aflija.

– "Não se aflija" era mesmo assim que ela me dizia; não que era mesmo assim. Pois não era, frei Januário? "Não se aflija." Se tu soubesses o que eu estou sentindo, Berta... Se tu soubesses o que vão de saudades aqui dentro.

– Então não sei? Não era eu amiga de Beatriz também? O tempo mais feliz da minha vida não foi aquele em que a conheci? Inda ontem chorei ao reler as cartas que ela me escrevia.
– E ela escrevia-te?
– A última que tenho dela é datada de oito dias antes da sua morte.
– Pobre criança! E... e dizia-te que sabia o estado em que estava?
– Dizia; mas que fingia iludir-se para não afligir os seus.
– E era assim, era. Nunca se ouviu uma queixa daquela boca. Morreu a sorrir o pobre anjo.

E o saudoso pai quase soluçava ao avivar aquela permanente chaga do seu coração.

– Sr. Dom Luís – acudiu frei Januário –, olhe que lhe faz mal estar a recordar essas coisas. O passado, passado. A noite está conosco e...

– É verdade! – atalhou Berta. – E eu a demorá-lo aqui! Faça favor de entrar, meu padrinho; a mãe anda lá para a quinta. Meu pai está para a cidade e julgo que só amanhã virá, mas...

Estas palavras recordaram a Dom Luís o motivo que o trouxera ali. Chamaram-no à realidade da sua presente situação, afugentando as memórias do passado, melancólicas, mas suaves para o seu espírito.

Mudou imediatamente de expressão. As lágrimas como que se lhe secaram aos estos da paixão que crescia nele. Ergueu a cabeça, que a tristeza acurvara. Assumiu aquela aparência majestosa que costumava apresentar aos olhos dos estranhos, e em tom não ríspido, porém menos cordial do que até ali, disse para Berta, que era agora para ele a filha de Tomé da Póvoa e já não a companheira de Beatriz:

– Berta, ia-me esquecendo o que me trouxe aqui. O coração domina-me ainda às vezes. Mas a crise passou. Vinha procurar teu pai. Visto que o não encontro, peço-te que lhe transmitas o meu recado. Soube hoje que um de meus filhos havia recebido dele adiantamento de dinheiro a título de empréstimo para melhorar a nossa propriedade, e isto sem garantia alguma. Não sei a quanto monta a soma recebida, mas em todo o caso não posso aceitar o empréstimo... ou a esmola. A dívida há de ser paga em breve tempo; mas, enquanto não o for deixo em penhor da minha palavra aquela casa, que hoje mesmo abandono, e tudo que nela se contém. As chaves aqui ficam. Virei a seu tempo buscá-las.

E, fazendo sinal ao procurador, tomou as chaves das mãos deste, que continuava a estar abismado, e entregou-as a Berta.

A estupefação da rapariga era tal que maquinalmente as recebeu, sem bem saber o que fazia.

– Parece-me que será bastante garantia – acrescentou Dom Luís. – Se eu não sou vítima de uma perseguição do céu, espero resgatá-las ainda. Se não... Adeus, Berta.

– Mas – pôde enfim dizer a filha de Tomé, saindo da sua abstração – isto não pode ser! Eu... nem sei o que estou fazendo. Por quem é, padrinho, meu pai não pode querer...

– Não te pertence julgar destes negócios, Berta. Faz o que te digo.

– Deixar a Casa Mourisca! A casa em que tem vivido sempre, onde nasceu e morreu Beatriz! E por quê?... Que somos nós para si então, padrinho?

O fidalgo tornou-se de novo sombrio ao responder:

– Berta, quando a minha consciência me impõe um ato na vida, é inútil tentar demover-me.

– A consciência! – repetiu Berta, timidamente, como exprimindo uma dúvida.

– Se queres também chamar a isto um preconceito de classe, como já lhe chamou de meus filhos, chama-lho embora. Em todo o caso obedeço-lhe e de obedecer-lhe me orgulho.

E o fidalgo ia para retirar-se, quando Berta lhe disse, hesitando:

– E não me consente que lhe beije outra vez a mão?

O ânimo irritado do senhor da Casa Mourisca abrandou outra vez ao som daquelas palavras meigas. Dom Luís estendeu a mão a Berta, que lha beijou chorando.

Ao sentir-lhe as lágrimas, o fidalgo ergueu-lhe amigavelmente a cabeça, perguntando-lhe:

– Por que choras, Berta?

– Porque sinto que já me não tem a amizade que dantes me tinha.

– Criança! – disse o fidalgo com uma brandura que havia muito tempo ninguém conhecera nele. – Que tens tu com as paixões áridas das nossas almas de homens? Os entes como tu e como aquele que eu perdi nasceram para as dissipar e não para sofrê-las.

E cedendo à comoção que de novo o dominava, o severo e implacável Dom Luís, com admiração crescente de frei Januário, apertou a afilhada nos braços e pousou-lhe na fronte um beijo como os que dava em Beatriz.

E ao separar-se daquele lugar ia outra vez com as lágrimas nos olhos.

Ao fim da avenida, donde se avistava o portão, voltou-se. Berta permanecia no mesmo sítio, a segui-lo com a vista.

– Repare, frei Januário, repare; a quem vê daqui, a distância, não parece mesmo a minha Beatriz, quando nos esperava à porta da Casa Mourisca?

– Sim, as raparigas ao longe todas se parecem; mas olhe que é noite fechada, Sr. Dom Luís.

– Jesus! E agora a dizer-nos adeus! – continuava Dom Luís, dizendo adeus também. – É mesmo aquele anjo que eu perdi. Fujamos, fujamos destes sítios, que tenho medo de enlouquecer.

– E até porque é noite fechada – acrescentou o padre. – Valha-nos Deus!

Depois de longo trato de caminho andado em silêncio, Dom Luís parou e levantando os olhos ao céu, exclamou com paixão:

– Que tremendas culpas estou eu expiando, meu Deus! Por que me roubas tudo, para tudo dares àquele homem?! Até a filha? até a suave consolação daquele amor de filha, que eu perdi, até esse ele possui? Que tremendo castigo, Senhor!

Daí até o termo da jornada, na quinta dos Bacelos, não tornou a pronunciar uma só palavra.

Quando lá chegaram ia a noite adiantada; e já havia desassossego pela demora dos dois.

O padre procurador estava furioso. Dizia ele, completamente desconcertado:

– Uma estafa assim depois de um jantar lauto! Esta gente não tem consciência. Deus queira que não me venha por aí alguma apoplexia! Os filhos são doidos, o pai está pateta, e eu que os ature!

E correu à cozinha a ver se havia alguma coisa quente que o confortasse.

19

O antigo solar da família da baronesa, chamado a Casa dos Bacelos, como que ao despertar de um sono de muitos anos, abrira à luz do dia as suas amplas janelas, reacendera o fogo nos lares apagados, e restaurara o movimento e a vida nos aposentos vazios.

Era a primeira vez, depois do seu casamento, que a baronesa voltava aos sítios onde lhe correra a infância, cujas suaves memórias ainda os povoavam. Ao ver de novo aquelas velhas paredes e aquelas árvores frondosas, ao seguir pelos extensos corredores, ao penetrar nas espaçosas salas e nos mais retirados gabinetes da casa, Gabriela, ainda que pouco propensa a melancolias, não pôde subtrair o espírito a uma impressão de saudade.

Vestígios mal apagados daquele tempo longínquo a cada passo lho relembravam; ali fora o teatro dos seus brinquedos e jogos, além estava um objeto, ao qual se prendia a reminiscência de uma provação infantil, aquele era o lugar favorito de seu pai, acolá, desenhava-lhe vagamente à sua recordação a imagem da mãe, que perdera em criança, e dominada por esta influência, Gabriela suspirava e conhecia que ainda não morrera de todo em si o coração provinciano.

Mas uma tal disposição de espírito não podia durar muito. A baronesa era uma mulher de ação e não se esquecia de que tinha muito em que pensar e que fazer em virtude dos acontecimentos últimos da Casa Mourisca.

Não eram somente as canseiras de dona de casa, que deseja acomodar convenientemente os seus hóspedes, que a preocupavam, mas também, e mais ainda, o desejo de restituir àquela família a harmonia tão inesperadamente interrompida e de conciliar o irritado fidalgo com o filho, que pelo seu nobre proceder incorrera no desagrado do velho. Gabriela tomava deveras a peito esta pacificadora empresa; mas para isso era ainda cedo. A paixão ensurdecia ainda muito Dom Luís, para que lhe fosse possível escutar conselhos.

Na manhã imediata à noite da instalação solene da família de Dom Luís na casa dos Bacelos, Gabriela foi procurar Jorge ao pavilhão no fundo da quinta, onde ele desde a véspera se alojara, longe dos olhares paternos.

A baronesa tinha sabido de frei Januário tudo o que se passara entre Dom Luís e Berta à porta da quinta do Tomé, e desejava falar nisto ao primo.

Jorge recebeu-a com umas aparências de serenidade, que não eram de todo sinceras.

– E meu pai? – foi a primeira pergunta de Jorge, depois das palavras de cumprimento.

– Um pouco menos afrontado, depois que realizou uma ideia cavalheirosa e vindicou, como entendeu, a sua dignidade aristocrática.

– Pois que fez ele?

– Foi entregar pessoalmente as chaves da Casa Mourisca nas mãos do Tomé da Póvoa. O frei Januário contou-me tudo. A aristocracia é assim em toda a parte. Tem a cabeça cheia de tradições da idade média e por elas se regula. Procura sempre dar às suas ações uma feição dramática, e sempre que o consegue, sai desoprimida de qualquer situação apertada.

– E Tomé aceitou-as?

– O Tomé não estava em casa. A entrevista teve lugar à porta da Herdade entre o tio Luís e Berta, a heroína de toda esta história; e a propósito...

– Perdão, mas... o que se passou nessa entrevista?

– Pelo que me disse o padre, correu muito sentimental ao princípio. A vista de Berta recordou ao tio a imagem de Beatriz e comoveu-o a ponto de chorar. A rapariga parece que lhe disse algumas coisas ternas, que acabaram de o sensibilizar, abençoou-a, beijou-a e quase se ia esquecendo do que o levara ali, mas de repente recordou-se e fez a entrega das chaves com uma gravidade igual à de Martim de Freitas, cuja vaga recordação foi o que provavelmente lhe sugeriu a ideia da cena. Tu sorris? Olha que é o que te digo. Eu conheço os achaques destes nobres. Os mais sérios e ajuizados são perdidos por umas coisas assim. Se em uma ocasião de crise tiverem um dito sentencioso, uma ação, um gesto dramático destes que se tornem proverbiais, ficam muito satisfeitos e resignam-se às consequências da crise. O certo é que as chaves lá ficaram.

– Tomé por certo lhas restitui.

– Pode ser, mas é pior. Teu pai sossegará sabendo que as chaves estão nas mãos de Tomé. Então que queres? E uma puerilidade que se deve respeitar. O ato em si, olhado à luz da atualidade, não tem o mínimo valor. Bem sabemos. Mas visto como o tio Luís o vê, iluminado pelo crepúsculo dos bons tempos passados, é um desforço e uma ação fidalga, capaz de o desafrontar perante os séculos passados e futuros. Mas vamos ao que importa. Em toda esta história figura o nome de uma mulher. Ora é sabido que nos atribuem sempre as primeiras honras no travar e complicar da ação dos diferentes dramas e comédias da vida; por isso conquanto o papel de Berta se nos tenha apresentado até aqui como secundário, ninguém me tira a ideia de que ela é a figura principal da história. Que te parece, Jorge?

Jorge, evidentemente enleado pela reflexão da baronesa, respondeu:

– Bem vê que não é. A prima está já ao corrente de tudo, pode portanto julgar da parte da ação que cabe a essa rapariga.

– Estou ao corrente de tudo? Isso é que eu não sei. Maurício tem por ela uma grande paixão, ao que parece.

– Não creio – acudiu Jorge vivamente.

– Como se explica então que, sendo ele tão teu amigo, se irritasse por uma errada interpretação dos teus atos, a ponto de estar iminente uma ação trágica, de que nem quero lembrar-me?

– Ora essa! Então não conhece o gênio de Maurício? – tornou Jorge quase impaciente. – Os primeiros movimentos são nele sempre impetuosos. Aquele rapaz não se conhece. A cada instante se engana consigo próprio. Anda persuadido há certo tempo de que ama Berta, e essa persuasão é tal que dá lugar a cenas como essa que sabe.

– E por que dizes que não a ama?

– Porque o conheço e porque o tenho visto amar assim muitas mulheres.

– Uma série de amores verdadeiros, é o que se conclui daí; verdadeiros, mas curtos.

Jorge sorriu.

– Parece-me que não acreditas que sejam verdadeiros os que são curtos? Tu amarias sempre, se amasses?

– Creio que sim. Ou pelo menos quando visse acabar um amor, dizia comigo: enganei-me, não era amor ainda.

– Simpática teoria, mas não sei se muito aceitável. Porém quem te diz que Maurício não se fixaria desta vez? E olha que não seria uma má resolução da vossa crise. O Tomé julgo que está em condições de ser um sogro salvador, assim não houvesse a prevenção do tio Luís.

– Dessa maneira não queria eu nunca regenerar a nossa casa – replicou Jorge gravemente.

– Ah! também tens desses escrúpulos? Pois olha, filho, é o processo hoje mais seguido.

– Bem sei, mas em um homem acho-o ignóbil.

– Não havendo amor, concordo; mas quando o amor absolve a alma...

– Mais honra haveria em vencê-lo.

– Esta província é um terreno onde as velhas plantas duram eternamente. Não há vento revolucionário, nem corrente de ideias novas que as derrubem.

– Mas deve confessar que são belas e boas árvores essas!

– Algumas: outras são inúteis e daninhas, e fariam muito bem se cedessem o lugar a melhor e mais produtiva cultura. Agora outra pergunta; e Berta ama Maurício?

Jorge corou a esta pergunta e evidentemente contrariado respondeu apenas:

– Talvez.

A baronesa ia a insistir, quando o colóquio foi interrompido pela voz do padre procurador pedindo licença para entrar.

Frei Januário entrou tossindo e assoando-se de uma maneira particular que para quem o conhecesse era indício claro de uma grave preocupação de espírito.

– Então Sr. frei Januário, como se tem dado nestas ruínas? – perguntou-lhe a baronesa com a amabilidade de dona de casa.

– Excelentemente, minha senhora. Então até direi a V. Ex.ª que há muito tempo não dei com um cozinheiro que melhor atinasse com o meu paladar.

– Sim? O Gavião merece-lhe esse conceito? Se o rapaz o sabe! É capaz de se me estragar de vaidade. Não o gabe na presença. Recomendo-lhe toda a discrição, Sr. frei Januário. Olhe lá!

– Mas é que é verdade o que eu digo. Que lhe pareceram a V. Ex.ª aqueles bifes hoje ao almoço? Olhe que aqueles bifes!... Não lhe digo nada! O rapaz é jeitoso. Mas deixemos isso. Trata-se de uma coisa que me dá cuidado.

– Então que é? – perguntou a baronesa, recostando-se. – Não quer sentar-se, Sr. frei Januário?

O padre puxou uma cadeira, sentou-se e tornou a tossir e a assoar-se.

– O Sr. Dom Luís – disse ele interrompendo-se a cada momento – enfim... eu há tempos a esta parte ando assim a modo de doido...

– Vamos, Sr. frei Januário, solte a grande novidade que nos traz debaixo do capote. Depois fará os comentários, que entenderemos e apreciaremos melhor.

– O Sr. Dom Luís chamou-me há poucos momentos ao seu quarto para me dizer... para me ordenar.

– O quê?

– Para me confiar de novo a procuração que me retirara, e ordenar-me que participasse isto mesmo ao Sr. Jorge, para seu governo. Enfim...

– Cumpra-se a vontade de meu pai – disse Jorge –, e Deus permita que ele tenha motivos para se aplaudir por ela.

– Eu fazia melhor conceito do bom senso do tio Luís – observou francamente a baronesa –, confesso que fazia. E o Sr. frei Januário acha-se com forças de desenredar esta meada embaraçada como está?

– Pois aí é que bate o ponto – acudiu o egresso. – Eu... é verdade que por mais de vinte anos dirigi estas coisas, e se mais não fiz, foi porque os tempos eram o que nós todos sabemos. Mas, depois que o Sr. Jorge tomou conta disto, perdi o fio da meada, entende V. Ex.ª? Eu tinha cá o meu sistema e por ele me guiava. Agora porém venho encontrar as coisas todas mudadas e... enfim, pode ser que estejam muito bem, não digo menos disso, mas eu é que não as entendo. Para pôr tudo outra vez no pé dantes, isto leva um tempo dos meus pecados; para continuar no caminho em que isto vai, era preciso ter muito trabalho, e a falar a verdade já não estou na idade disso.

– E então que tenciona fazer?

– Eu sei? O fidalgo não há quem o convença. Credo! Vão lá hoje contrariá-lo na mais pequena coisa! Vai tudo pelos ares! Por isso a mim lembrava-me...

– O que lhe lembra, Sr. frei Januário? – perguntou Gabriela, fitando-o com olhar penetrante.

– Lembrava-me dizer ao fidalgo que sim senhor, que tudo se havia de fazer como ele mandava, que eu me encarregaria da direção da casa, mas por baixo de mão, continuar o Sr. Jorge a levar as coisas lá pelo seu sistema.

– E quer tomar sobre si a responsabilidade dos meus atos, Sr. frei Januário? Repare bem. Já sabe a que portas costumo ir bater, quando preciso de capital, e quais os meios que adoto. As suas crenças e opiniões devem sofrer com isso.

– E a mim que me importa? – tornou o padre impaciente. – Afinal de contas, a casa é sua e não minha. O mal que fizer mais o há de sentir do que eu.

– Não depõe muito a favor da sinceridade do seu afeto à minha família esse dizer. Eu queria antes vê-lo opondo-se energicamente à administração viciosa que principiei.

O padre não tinha coragem para tomar conta da gerência da casa sob a inspeção de Jorge, a quem tomara um medo excessivo; tentava porém colorir airosamente a proposta que ali viera fazer.

A baronesa interpelou-o muito terminantemente.

– A sua posição nesta casa, Sr. frei Januário, e as exigências morais do seu caráter e da sua missão traçam-lhe distintamente o caminho que deve seguir. Ou entende na sua consciência que pode fazer mais e melhor do que Jorge, e nesse caso deve obedecer ao tio Luís, ou tem a convicção contrária, e só então é admissível a sua proposta, mas depois de confessar com franqueza e lealdade o motivo dela.

O padre torceu-se, balbuciando:

– Eu não digo... isto é... quero dizer... no estado em que as coisas estão... no pé em que as puseram... Sim... cada qual tem lá o seu sistema... e eu... sim, V. Ex.ª bem sabe...

– Deixemos-nos disso. Claro, claro. Notou alguns defeitos na administração do primo?

– Defeitos... defeitos... não digo defeitos...

– Mereceu-lhe alguns reparos? Seja franco. Não se admitem palavras ambíguas.

– Não, minha senhora, eu não tenho reparos a fazer... quero dizer...

– Achou-a boa?

– Sim... achei-a... isto é...

– Parece-lhe que não é capaz de fazer melhor?

– Não tenho vaidades...

– Tem medo de estragar o bem que está feito?

– Todos podem errar... enfim...

– Temos entendido. Parece-me que Jorge, em vista disso, não discordará do seu parecer. Não é verdade, Jorge?

– Custa-me continuar a trabalhar clandestinamente, mas não me eximo a esforço algum para salvar a minha casa.

– Muito bem; agora o Sr. frei Januário pode dizer ao tio Luís que se cumprirão as suas ordens, e o mais que terá a fazer é assinar, sem ler, alguns papéis que porventura sejam necessários, isto nos primeiros dias, porque eu confio ainda na boa razão do tio. E agora coma, beba e durma, e deixe correr o mundo, que há de correr para bom lado.

O padre retirou-se mais desafogado, mas pouco satisfeito com os modos da baronesa, que o obrigaram a despir-se de toda a diplomacia e a confessar a sua inaptidão administrativa.

20

Enquanto frei Januário conferenciava com Jorge e com a baronesa sobre a maneira de melhor harmonizar a vontade e as ordens expressas do fidalgo com os interesses da casa e com a comodidade pessoal de sua reverendíssima, Dom Luís, a quem desde a véspera uma impaciência nervosa não deixava repousar ainda, e que não pudera conformar-se aos seus novos hábitos de vida, saiu do quarto e veio passear agitado e meditativo na vasta sala da entrada, de cujas paredes o contemplavam sisudos os velhos retratos da família.

Não vergava sob uma ideia única e exclusiva o espírito do velho fidalgo; perdia-se no redemoinhar de ideias diversas e antagônicas, que umas às outras o disputavam. Saudades, terrores, despeitos, desalentos e até remorsos dos seus passados ódios e vinganças, eram os demônios perseguidores e implacáveis, cujo voltear fantástico, rápido como o de um círculo de feiticeiras, quase lhe alienava a razão, ferindo-a de vertigem.

Dom Luís envelhecera ultimamente de uma maneira rápida. De encontro à sua organização robusta quebrara-se por muito tempo a força da corrente dos anos e amortecera a violência dos embates da adversidade, sem que ele experimentasse a leve vacilação que preludia a queda. Porém desde o momento em que se manifestaram os primeiros sinais da fraqueza, o progresso na declinação foi rápido e de dia para dia sentia-se desfalecer aquele corpo vigoroso e aquele espírito enérgico.

A manhã estava sombria, o céu carregado, e a chuva miúda, contínua, persistente, sem vento que a agitasse, e ainda mais desesperadora por isso; porque um dia de inverno sem vento é como a tristeza sem a explosão das paixões, perde-se a esperança de o ver terminar.

A sala em que Dom Luís passeava era a menos confortavelmente mobiliada de toda a casa; o alto fogão, que ocupava o espaço de duas janelas, jazia apagado, frio, e conservando apenas, como memórias da vida que já o animara, as cinzas sem calor. O aspecto de um fogão apagado é triste; tem o que quer que seja de um cadáver. A tristeza da manhã e a tristeza da sala aumentavam evidentemente com a presença desse fogão. Por muito tempo apenas o som dos passos do fidalgo despertava os ecos daquelas altas e despidas paredes e tetos elevados.

De repente, porém, ouviu-se rumor à porta da entrada.

Dom Luís voltou para ali instintivamente os olhos, sentindo que alguém a abria; e estremeceu, como se de improviso fosse ferido, ao ver surgir detrás do reposteiro a figura de Tomé da Herdade.

O pai de Berta vinha todo molhado, e parecia chegar de longa jornada. Trazia as faces mais afogueadas do que o costume e os olhos mais brilhantes. Em cada gesto e em cada movimento denunciava uma funda agitação, que lhe não era habitual. Ao avistar Dom Luís, não pôde reter uma exclamação, como quem dera com o objeto que ansiosamente procurava.

Vencida a turbação dos primeiros instantes, o senhor da Casa Mourisca fez uma cortesia muito grave ao recém-chegado e dispôs-se para sair da sala.

Tomé da Póvoa não lho permitiu.

– Não, não, tenha paciência, Sr. Dom Luís, não se retira assim. Eu vim para lhe falar e não me vou embora sem o fazer.

Dom Luís parou e respondeu friamente:

– Os negócios da minha casa tratam-se com o meu procurador. Eu não posso...

– Deixemo-nos disso, fidalgo. Eu nada tenho, nem quero ter com o procurador de V. Ex.ª Não foi ele quem me ofendeu; não é a ele que devo dirigir-me.

– Ah! então vem aqui pedir-me satisfação?!

– Venho, sim, senhor.

– Tem graça! – observou o fidalgo, com um sorriso cheio de aristocrático sarcasmo.

– Então V. Ex.ª acha que um homem que é insultado não tem o direito de vir perguntar à pessoa que o insultou a razão por que o fez?

– E supõe que eu já alguma vez me ocupei a insultá-lo?

– Suponho, sim, senhor; e suponho mais, suponho que V. Ex.ª bem sabe quando e de que maneira me insultou. Porque era preciso não ter brios para imaginar que um homem de bem não se ofenderia com ações como as de V. Ex.ª para comigo.

– Ora essa! – comentou Dom Luís, voltando-lhe as costas e caminhando desdenhosamente para a janela.

Tomé da Póvoa, a quem este movimento aumentou a excitação de que já estava possuído, deu alguns passos mais agitados para o seu orgulhoso interlocutor.

O fidalgo, sentindo-o, voltou-se subitamente e encarou-o fixo.

– Vem decidido a alguma violência, ao que parece.

A irritação de Tomé desvaneceu-se. O olhar de Dom Luís parecia avivar-lhe memórias do tempo, em que se costumara a obedecer-lhe e a temê-lo quase.

A reflexão venceu esta timidez de instinto; contudo foi menos agressivo do que até aí que ele respondeu:

– Não, Sr. Dom Luís; venho aqui decidido a explicar-me. É preciso que fiquemos ambos sabendo o que um e outro somos. Não posso por mais tempo sofrer calado os desprezos e as desfeitas de V. Ex.ª, sem perguntar qual o motivo que dei para elas. Palavra de honra, Sr. Dom Luís, que por mais que me mate, não posso ver em toda a minha vida uma só ação, uma única, que merecesse da parte de V. Ex.ª este procedimento para comigo; não posso.

– Está sonhando, Tomé? Cuida que eu não tenho mais em que pensar do que em desfeiteá-lo? Que mania se lhe meteu na cabeça!

– E que foi senão uma desfeita o que V. Ex.ª me fez no outro dia, indo à porta de minha casa entregar nas mãos de minha própria filha as chaves do seu palácio, que deixou, só porque eu havia adiantado ao Sr. Jorge um pouco de dinheiro por um contrato honesto e leal? Que foi aquilo senão uma desfeita?

– Se não compreende os motivos que me levaram àquele passo, não sei que lhe faça. Nas famílias, como a minha, há certas regras tradicionais de conduta que talvez pareçam estranhas a outras educadas em hábitos diferentes, no que eu não tenho culpa.

– Entendo o que quer dizer, Sr. Luís. Foi ação de fidalgo a sua, e, por ser tal, eu, que nasci em palhas, não posso entendê-la bem. Mas por que é que só comigo usa V. Ex.ª das tais ações? Por acaso fui eu o primeiro que emprestei dinheiro aos senhores da Casa Mourisca? Quando o padre procurador de V. Ex.ª andava por aí, batendo de porta em porta, a levantar dinheiro, não para o empregar em melhoramentos que, mais ano menos ano, pudessem remir a dívida, mas para o desperdiçar sem tom nem som, e obtinha esses capitais a dez, doze e quinze por cento; quando ele lavrava hipotecas e arrendamentos vergonhosos e a gente de má-fé, que fazia dele o que queria, o orgulho de V. Ex.ª nunca o obrigou a sair de sua casa, que se perdia nesse andar, e a ir pôr as chaves dela nas mãos desses usurários, que viviam à custa das tolices e dos desperdícios do padre; e agora então, todo se espinhou porque eu, honestamente e sem má tenção, antes pelo muito amor que ainda tenho a esta família e a estes meninos, que trouxe ao colo, pus à disposição de um deles que é hoje um rapaz de juízo, o dinheiro de que precisava para se ir livrando da usura, que o roía até os ossos, e emendar os erros da administração do padre! Só agora é que V. Ex.ª se sente ferido na sua fidalguia e sai da casa, em que vive há tantos anos, clamando que já não é sua! Isto é colocar-me abaixo desses miseráveis, a quem me pejo de apertar a mão. O contrato feito entre mim e o filho de V. Ex.ª é um contrato que não envergonha nem a mim nem a ele. Pode aparecer à luz do dia, e tenha a certeza de que não há de haver muitos, mais de cavalheiros do que ele. Não dei dinheiro sem garantias, nem também o dei com usura. Nenhum de nós aceitou favor do outro. Então qual é a razão dos escrúpulos de V. Ex.ª?!

– Vejo que está mais informado dos negócios de minha casa, do que eu próprio. Pode ser que eu devesse há mais tempo fazer o que fiz. A culpa é da minha ignorância. Quando porém tão pública foi a confissão da nossa baixeza, a minha dignidade obrigava-me a proceder como procedi.

– A dignidade... a dignidade... Perdoe-me o fidalgo, mas se quer que lhe fale a verdade, eu já não sei bem o que seja dignidade, quando vejo o que por aí se faz à conta dela. Dignidade acho eu que a tem tido seu filho, trabalhando como um homem de bem para desempenhar a sua casa, e confessando diante de todos os seus atos, que não o envergonham; dignidade teve ele, quando defendeu uma pobre rapariga das calúnias de uns miseráveis, que também se dizem fidalgos, e que também falam muito na sua dignidade.

– Creio que é melhor não discutirmos. Os nossos princípios são diversos, não podemos entender-nos.

– Não há tal. Os nossos princípios, aqueles que me levam a falar, são os mesmos, são os de qualquer homem de bem. E eu prezo-me de o ser e V. Ex.ª também o é. Havemos de entender-nos por força. Nisto até o homem e Deus se entendem, não é muito que V. Ex.ª, por mais fidalgo que seja, se entenda comigo.

– Mas que quer afinal?! Não terei eu a liberdade de deixar a minha casa quando entender que me convém fazê-lo? Não serei o mais competente juiz das minhas ações?

– V. Ex.ª saiu de sua casa, declarando a todos por que era que o fazia; e já aí o meu nome e a minha pessoa andaram envolvidos. Depois foi afligir a minha pobre Berta, que nada sabe destas coisas, obrigando-a a aceitar as chaves da Casa Mourisca para mas entregar, como se eu fosse um miserável que tivesse sequer sonhado um dia em especular com a confiança que seu filho pôs em mim! As novidades correm depressa na aldeia e não falta gente para denegrir o caráter de um homem. Depois do passo que V. Ex.ª deu, o que se não terá dito? Que eu andava sugando os últimos restos de sangue da sua família e abusando da boa-fé e da pouca experiência do seu filho, mas que o fidalgo me desmascarou a tempo! E se disser isto, não sentirá V. Ex.ª remorsos por ter dado azo a uma calúnia? Fale-me francamente, fidalgo, aqui diante de mim e de Deus que nos ouve, em sua consciência e sob a sua palavra de honra, que sempre honrou, fale-me franco, Sr. Dom Luís; em toda a minha vida, desde os tempos em que servi a sua casa até hoje, no meio dos meus trabalhos, das minhas felicidades e dos meus reveses, pratiquei já alguma ação que obrigue V. Ex.ª a desconfiar de mim? Fale-me franco, Sr. Dom Luís! Hoje mesmo, agora, neste momento em que me vê e me escuta, crê, na sua consciência, que está na presença de um miserável?

Dom Luís respondeu sem hesitar e em tom grave e digno:

– Não, nunca o acusei, Tomé, e creio que é um homem trabalhador e honrado.

– Então para que há de ter somente para mim essa má vontade? Para que me há de desprezar, como se eu fosse um vil? a mim que o servi fielmente, enquanto o servi, que então ganhei e conservei até hoje à sua família um amor cá de dentro, como se ela me pertencesse, que chorei a sua pobre menina, aquele anjo que Deus lhe levou, como choraria morta uma filha minha! Para que há de ter só para este homem, que apenas bens deseja à sua casa, esses desprezos e essas afrontas? para este homem, que tem uma filha que lhe chama padrinho? E não quer que eu me sinta? Pois julga que não há aqui dentro um coração? Ah! fidalgo, fidalgo, creia o que lhe digo, em cada um desses jornaleiros que passam o dia vergados a trabalhar nas propriedades de V. Ex.ª há um coração de carne como o dos nobres; e enquanto eles trabalham, ele não para de bater.

– Está inventando agravos para se dar por agravado. Nunca tive tenção de ofendê-lo. Nestes últimos tempos azedou-se-me um tanto o gênio, e confesso que não me é demasiado agradável a convivência dos homens. Eis o motivo por que vivo retirado.

– Sr. Dom Luís, V. Ex.ª não é franco. Não há por essa aldeia quem não saiba que os filhos de V. Ex.ª se alguma vez se atrevem a procurar a Herdade em que vivo, correm o risco do desagrado do pai. Não sei quem é que em minha casa os pode corromper. V. Ex.ª porém acha menos perigosa para eles a companhia dos fidalgos do Cruzeiro do que a minha. O Sr. Jorge fez mal em arriscar-se a entrar naquela casa excomungada; mais seguro andou o Sr. Maurício frequentando a dos primos, apesar de..., perdoe-me a sua fidalguia, apesar de não serem mais do que uns bêbedos, uns devassos e uns caluniadores.

– Está fora de si, Tomé – observou o fidalgo, que corou ao ouvir estas afrontas a uns parentes tão próximos, mas a quem não se sentia com ânimo de desagravar. – Terminemos esta desagradável conferência. Que quer afinal de mim?

– Restituir-lhe as chaves da sua casa, que me não servem para nada – respondeu Tomé, tirando do bolso o molho das chaves que Berta recebera do fidalgo.

Dom Luís, com um gesto, desviou de si as chaves que o fazendeiro lhe oferecia.

– É inútil insistir. A minha resolução está formada.

– Mas é uma resolução disparatada; perdoe-me dizer-lho, fidalgo, uma resolução sem valor algum, sem significação perante a lei, sem efeito senão o de afrontar-me.

– Eu já lhe disse que nós temos umas leis especiais por que nos regulamos.

– Então se V. Ex.ª entende que deve pôr nas mãos dos seus credores as chaves de sua casa, é preciso saber quem tem mais direito a elas. Na lista não está só escrito o meu nome. Deite V. Ex.ª pregão para saber quem deve ser o depositário disso, que eu por mim sou o menos habilitado.

E Tomé da Póvoa arrojou sobre a mesa as chaves, com a irritação crescente.

Dom Luís fitou-o por momentos com um olhar de cólera, que aquele movimento desafiara, mas conseguiu dominar-se, e respondeu com firmeza:

– Leve consigo as chaves, Tomé! A minha dignidade não me consente ficar com elas. Fiz um protesto, hei de cumpri-lo. Se os seus credores são muitos, seja o representante deles todos. Em poucos posso depositar mais confiança.

– Muito agradecido pela confiança que mostra... Olhe fidalgo, quer que lhe diga o que tudo isto significa? Quer que lhe diga o que penso deste maior rigor comigo? Pois ouça. Cada qual tem os seus defeitos; o meu é o da franqueza. A razão de tudo isto está no grande orgulho de V. Ex.ª. É o que lhe digo.

– Pode ser; o orgulho é o defeito de certa classe...

– Pois não lho invejo, nem lho gabo. Orgulho entendo eu que se deve ter de certa maneira; dessa não, que não é nobre. V. Ex.ª preza muito o nome de sua família, deve então trabalhar honestamente para o conservar ilustre. Mas não receie que lhe possa fazer sombra a casa do seu antigo criado, ainda que em cada ano ele levante um sobrado e meta mais um campo dentro dos muros da quinta. O vale que nos separa é muito largo, fidalgo, e ainda quando o sol se esconde, a sombra da minha chaminé não chega nem sequer ao princípio dos domínios de V. Ex.ª. Deixe-me pois crescer Sr. Dom Luís, e não me leva a mal o trabalho para ganhar para os meus filhos pão, que não lhes falte para o futuro.

Dom Luís, ao ouvir estas palavras, estremeceu, como se elas o ferissem ao vivo; as faces tingiram-se-lhe de um intenso rubor, e foi tal a sua perturbação que, sem tirar os olhos do fazendeiro, não pôde articular uma palavra que lhe respondesse.

Tomé prosseguiu, mais exaltado:

– Deixe-me crescer e medrar, fidalgo, que as minhas plantações, para terem viço, não vão roubar o suco das suas terras. Não é por isso que elas estão maninhas, não. E se quiser ofuscar-me, deixe seu filho Jorge empregar o talento, a honestidade e o amor ao trabalho que deve a Deus, em tornar a sua casa no que ela foi em outros tempos. Então sim, então terá razão o orgulho de V. Ex.ª, porque ninguém será mais para louvar e admirar do que o moço que der um tal exemplo, a criança que se fez homem para trabalhar, e o fidalgo que se fez lavrador para salvar a sua casa, e que por isso não deixou de ser fidalgo, antes mais do nunca mostrou que o era. Este orgulho entende-se; mas há um de má casta que se parece muito com a inveja.

A esta última palavra Dom Luís não conteve um movimento de violência.

– Basta. Desde que principia a ser insolente, não devo escutá-lo. Talvez tenha feito mal em ouvi-lo tanto tempo. Do motivo das minhas ações só tenho a dar contas a Deus. A si, basta que lhe diga que não recebo essas chaves, nem volto para a Casa Mourisca, enquanto não estiverem saldadas as minhas contas consigo.

– Comigo! E sempre comigo! Pois bem: teima em ofender-me?... Aceito as chaves, levo-as para casa. Mas faço-lhe aqui, eu também, um protesto, fidalgo. Juro que hei de, a seu pesar, fazer-lhe o bem que puder. Se os meus socorros o humilham e envergonham, há de ter a paciência de se humilhar e envergonhar por muito tempo, porque de hoje em diante vou trabalhar como nunca na restauração de sua casa. Ah! cuida que é só desfeitear-me e eu calar-me envergonhado? Há de ver com quem se meteu. Ainda que o fidalgo quisesse dar cabo do que lhe resta, eu lhe juro que o não conseguiria. Fica por minha conta a empresa de pôr no pé em que esteve a sua casa e a sua propriedade. Ora aqui está. Agora queixe-se, insulte-me, desfeiteie-me à vontade; ande, não tenha escrúpulos. A minha tenção está formada. Não quero saber se o seu orgulho se ofende, ou se se não ofende. Se se ofender, tanto melhor, que dele também é que eu recebi ofensa. Apre! Cuidam que nós não temos brio nem pundonor? É só afrontar-nos, como se não fôssemos capazes de sentir? Sim? Ele é isso? Pois nós veremos. Ora deixa estar, que eu lhe direi como as coisas correm. Quer que eu lhe fique com as chaves, não quer? Pois não, com muito gosto. Olhe, cá as levo. Vê? Passe muito bem V. Ex.ª, passe muito bem. Eu lhe prometo que há de ter notícias minhas. Ora é boa! A paciência esgota-se. A gente também tem cá uma medida de sofrer; cheia ela, acabou-se, vai tudo por aí fora. Adeus, fidalgo, eu lhe protesto de novo que lhe hei de fazer todo o bem que puder.

E Tomé da Póvoa inflamado naquele ardente desejo de santa e honrada vingança, saiu da sala resmoneando ainda:

– Estes fidalgos que cuidam que a outra gente não sente! Ora deixa que já que ele tanto se espinha com o bem que lhe faço, eu o flagelarei. Vou tomar mais a peito a casa dele do que a minha, e se eu não conseguir o que quero... Ora deixa estar! Apre! Que é demais!

Dom Luís ficou ainda mais triste e pensativo depois que Tomé se retirou.

A seu pesar a entrevista com o fazendeiro impressionara-o profundamente.

O honesto caráter do pai de Berta transparecia tão claro sob a franca rudez da sua linguagem!

A única vingança concebida por aquele velho, no auge de indignação, contra a humilhadora aristocracia do seu nobre vizinho, era mais uma prova da sua generosa índole.

Vingava-se a fazer bem! E o mais é que se vingaria, se o conseguisse fazer. O benefício recebido das mãos dele seria pior castigo para Dom Luís do que a perseguição mais cruel.

O fidalgo sentia-o no íntimo da consciência, e um pensamento, que nem as palavras ousaram formular, atravessou-lhe o espírito como a luz rápida do relâmpago.

– Terá razão este homem? Será inveja isto?... Inveja!

Passados momentos pensava ainda:

– O que é certo é que é um homem honrado. Por que me irrito pois com o auxílio que vem dele?... Inveja!

E, perseguido por este grito da consciência, Dom Luís correu a encerrar-se no seu gabinete, onde passou o resto do dia.

21

A violência das impressões que deixara em Tomé da Póvoa a entrevista com o fidalgo da Casa Mourisca não era para se desvanecer com o inquieto sono de uma só noite.

No dia seguinte, pela manhã, o fazendeiro acordou ainda indignado e firme na resolução que abraçara, de se vingar a seu modo. Nem o ânimo impaciente lhe sofria grande demora na execução.

Logo de madrugada principiou a dispor as coisas para naquele mesmo dia inaugurar a empresa. Deu contra-ordens a criados que tinham serviço talhado de véspera; foi mais expedito na visita quotidiana às diversas repartições do casal; afagou mais distraído a égua fiel, que lhe cheirava os bolsos, habituais portadores de uma lambarice matutina; deu um beijo nas crianças, sem se demorar a fazê-las saltar nos joelhos; mandou que lhe fizesse o almoço mais cedo; depois de almoçar calado contra o seu costume, ergueu-se da mesa, ordenou que três criados se preparassem para sair com ele, levando alguns instrumentos de lavoura, e afinal acabou por pedir à mulher as chaves da Casa Mourisca.

Luísa, a boa e prudente Luísa, que desde a véspera observava, sem reflexões, os sinais de desassossego de espírito que manifestava o marido, não pôde, ao ouvir a última ordem, reprimir um movimento de estranheza, e violentando um pouco o seu respeito conjugal, disse, olhando fixamente para Tomé:

– As chaves da Casa Mourisca? Para que queres tu as chaves da Casa Mourisca?

– Provavelmente para abrir as portas.

– E tu vais lá?

– Vou, e olha que já há mais tempo lá me queria.

– E que vais tu fazer à Casa Mourisca, Tomé?

– O que vou fazer? Vou trabalhar.

– Trabalhar?! Pois tu tomaste-a de renda?!

– Tomá-la de renda? Para quê? Então o fidalgo não me deu as chaves? Então não embirrou em que eu havia de ficar com elas? Pois para espantalho não me servem cá em casa. As chaves são para abrir as portas, e quem as tem entra quando quer.

– Sim, mas que tens lá que fazer?

– Oh! não me falta tarefa. Aquilo não viu enxada há bom tempo. Os canos estão entupidos, as minas por limpar, os tanques rotos, as ruas cobertas de erva, os muros no chão, e tudo o mais por este gosto.

– E então tu é que vais pôr isso tudo em ordem?

– Vou, sim, senhora. É assim que hei de ensinar aquele soberbo, que se julga desonrado, só porque eu lhe fiz um serviço insignificante. Pois agora veremos como rói estes que lhe vou fazer. Olha, mulher, vês aquele casarão negro, coroado de dentes, muitos dos quais já lhe caíram de velhos? Pois se eu não lhe puser dentadura nova e não lhe lavar aquela cara de maneira que pareça que está a rir e perca o ar carrancudo com que dali nos olha, não seja eu quem sou.

– Tu não estás em ti, Tomé. Vê lá no que te vais meter. São despesas grandes, e nem tu tens direito para semelhante coisa.

– Não sei de histórias. O homem não quer tomar conta da casa enquanto não pagar as suas dívidas; pôs-ma ao meu cuidado, e eu do que está ao meu cuidado cuido assim.

– Ih! Jesus, que homem este! Não faças as coisas no ar, Tomé.

– Qual no ar; prometi que hei de trabalhar para pôr aquela casa em cima, só para fazer uma pirraça ao fidalgo; e ainda que tenha de hipotecar todos os meus bens e de arriscar o futuro dos meus filhos, hei de fazê-lo.

– Mas já falaste com o Sr. Jorge a este respeito?

– Não, nem preciso.

– Pois devias falar. É um rapaz ajuizado e que põe as coisas no seu lugar.

– O que ele me vinha dizer sei eu, e por isso é que não desejo falar-lhe, porque não quero que me tire isto da cabeça, nem quero brigar com ele. Mas os rapazes já estão à minha espera. Vamos lá. Dá cá as chaves, ouviste?

– Tomé, Tomé! Olha lá o que fazes! Eu não sei...

– Pois por isso se não sabes, deixa-me cá. Basta-me a chave grande. Eu hoje não passo da quinta.

E pegando na chave, que a mulher lhe deu a medo, o lavrador saiu à frente dos três criados, em direção à Casa Mourisca.

Luísa, a cujo bom senso não agradava a resolução do marido, veio desabafar com a filha.

O que sobre tudo levava a mal a bondosa Luísa era o não haver o marido consultado Jorge. Para Luísa, Jorge era um conselheiro infalível. A simpatia que sempre lhe inspirara aquela criança, "que se não metia com ninguém" como a boa mulher tantas vezes dizia, crescera, e misturara-se à admiração, ao respeito e à absoluta confiança, assim que o viu, adolescente, tomar aos ombros o pesado encargo da direção e reforma da sua casa, e que ouviu os louvores em que o entusiasmo de Tomé se desafogava, falando dele. Luísa afez-se a supô-lo um ente privilegiado, incapaz de errar, com faculdades criadas para levar ao fim qualquer empresa e realizar todas as suas tenções, por menos exequíveis que parecessem.

O dogma da infalibilidade de Jorge fora por ela definido.

Transpirara além disso, cá fora o grande sucesso do dia do jantar na Casa Mourisca, e porventura a versão mais seguida saíra colorida por aquelas tintas maravilhosas, com que o povo ilumina as suas narrativas. O que é certo é que este fato acabou de divinizar Jorge no conceito de Luísa, e agora menos do que nunca ela estava disposta a perdoar ao marido o haver prescindido dos conselhos dum rapaz tão brioso e prudente.

Berta escutou o arrazoado materno com ar pensativo e triste. Ouviu, sem a interromper, a longa exposição das excelentes qualidades do filho mais velho do fidalgo e os artigos de benévola acusação, acremente formulados contra Tomé por quem aliás menos do que ninguém estava disposta a condená-lo.

De quando em quando a vista de Berta erguia-se para o vulto escuro da Casa Mourisca, e parecia que o aspecto dela lhe aumentava a melancolia.

Luísa saiu enfim da sala, chamada pelas exigências do serviço doméstico.

Berta ficou só. Reclinando a cabeça à mão e apoiada no peitoril da janela, conservou por muito tempo a imobilidade e a fixidez do olhar, que denunciava uma grande abstração.

Em que pensaria Berta?

Que nuvem cruzaria o seu firmamento, para assim lhe projetar sobre a fronte aquelas sombras de tristezas?

Operava-se uma revolução moral naquele espírito. Berta saíra criança da aldeia, levando entre as mais agradáveis memórias da infância, a dos momentos passados na Casa Mourisca e das pessoas a quem ali dera então os seus primeiros afetos.

Crescera, e essas imagens modificaram-se pela influência do amor na fantasia, pela influência da solidão e dos devaneios da juventude; a de Beatriz, como que santificada pela morte, cercava-se de um resplendor angélico claro e suave como os raios do luar em luminosas noites de estio; a de Jorge aparecia-lhe como a de um amigo leal e seguro, a quem se não confiam puerilidades de coração, mas de quem se pode esperar auxílio e conselho nas provações da vida; a de Maurício, porém, fora a que a imaginação que despertava, coloria de mais sedutores reflexos. O seu campeão de infância assumira as formas nobres e prestigiosas dos heróis de todos os poemas de amor. Beleza própria de uma juventude varonil, coragem, generosidade, tudo quanto exalta e enobrece a alma, a fantasia daquela rapariga, entregue a si, elaborando a sós sobre as memórias do passado, associara ao nome de Maurício. Fora isto que Berta trouxera no coração para a sua aldeia. Era o seu romance. Tinha ela a razão bastante clara para o não tomar por outra coisa mais real do que um verdadeiro romance, e bastante poder de reflexão para não se deixar dominar por ele.

Percebendo que em Maurício que não estavam ainda extintas também as memórias do passado, os seus sentimentos presentes recebiam dele luz e calor. Berta assustou-se, desconfiou de si, e mais do que nunca procurou precaver-se, fugindo à influência de que se temia, mas cedendo a ela sem querer.

Surgiram-se, porém, as cenas que sabemos; e o íris que rodeava Maurício aos olhos de Berta dissipou-se como um verdadeiro íris em tardes úmidas de inverno.

O ideal de Berta não era somente belo, era generoso e impecável, e Maurício não atingia tão alto. O instinto do coração denunciou a Berta o segredo do caráter de Maurício; não havia depravação nele, somente leviandade e inconstância; mas já era bastante para o desprestigiar. Nem leviano, nem inconstante era o Maurício que sonhara. Pelo contrário, de dia para dia, lhe aparecia mais na sua verdadeira luz o caráter de Jorge, desse rapaz honesto, generoso, grave, respeitado por todos. As suas qualidades morais atraíram enfim a atenção de Berta, e muita vez, enquanto conversava com Tomé, absorvido em uns vastos e generosos projetos, ou quando seguia pensativo pelos irregulares caminhos dos campos, era ele, sem o suspeitar, o objeto da contemplação de Berta, em que só então parecia terem feito impressão a nobreza e inteligência, que nos gestos, na fisionomia e nas palavras daquele adolescente se revelavam.

A cena do jantar na Casa Mourisca aumentou a intensidade destas nascentes impressões. Nem podia deixar de ser assim.

É natural supor que a imagem de Jorge, desse rapaz corajoso e leal que, perante uma desdenhosa companhia do fidalgo, se erguera a reivindicar a boa fama da família plebeia, perfidamente caluniada por um deles, ocupasse o pensamento da que mais sofrera da calúnia, e ofuscasse a do outro, leviano e estouvado, que concorrera para levantar o aleive.

Poderia deixar de insinuar-se em um coração aberto a sentimentos generosos, como era o de Berta, esse rapaz de vinte anos, diante de quem os velhos se descobriam cheios de respeito pelas suas nobres qualidades de alma e pela superioridade da sua inteligência?

Uma outra causa influíra, porém, além destas no espírito de Berta e no mesmo sentido que elas; ainda que à primeira vista se pudesse julgar que diversa deveria ter sido a sua ação.

Esta causa fora a frieza, a quase hostilidade delicada com que Jorge a tratava. Berta não se iludia. Via bem claro que Jorge lhe falava sempre constrangido, e como se tivesse pressa de interromper um diálogo que o impacientava. Às vezes havia nas palavras, que dele obtinha, um leve tom de ironia, que ela não sabia a que atribuísse. Este proceder de Jorge deu que pensar a Berta. Formando um conceito elevado do são juízo e da seriedade do jovem amigo de seu pai, convencia-se de que aquelas maneiras frias com que era tratada por ele não podiam deixar de ter um fundamento. E este fundamento oculto procurava-o Berta com ânsia em si mesmo, estudava profundamente o seu próprio caráter, na esperança de descobrir a solução deste enigma, que a afligia; e ao mesmo tempo estudava em Jorge o efeito dos esforços com que fazia por vencer aquela prevenção, qualquer que ela fosse.

Sucedeu o que era natural que sucedesse. Não é sem perigo que a imaginação de uma rapariga como Berta se entrega ao estudo de um caráter de rapaz como o de Jorge, que lucra sempre em ser estudado e conhecido. À medida que caracteres como este melhor se observam, mais virtudes se lhes descobrem, ao inverso de outros, cujos vícios latentes vão a pouco e pouco transparecendo no decurso de uma atenta observação, e destruindo a impressão favorável que ao princípio produziram.

Berta reconheceu um dia que não obrigara impunemente o espírito a pensar a todo o instante em Jorge.

Assustou-a a descoberta, mas o efeito já não podia evitá-lo. Inquieta com os novos sentimentos que lhe invadiram o coração e a levaram a estas vagas apreensões, àquelas tristezas, que tão frequentes lhe estavam sendo, não era outro o motivo da distração com que escutara a mãe e da melancolia em que se deixou ficar à janela, depois que ela saiu.

De repente estremeceu.

Jorge, que já não procurava ocultar-se nas visitas que fazia a Tomé, e dava aos seus atos uma publicidade mais conforme com o seu caráter, acabara de entrar no pátio da Herdade, e, desmontando-se, prendia o cavalo em que viera ao esteio da ramada.

Alguns criados, que andavam por ali ocupados em diversos serviços da lavoura, descobriram-se ao vê-lo entrar. Jorge cortejou-os com afabilidade e passou a interrogá-los sobre pormenores de trabalho em que eles se entretinham. Os homens davam-lhe as informações pedidas com os maiores sinais de deferência.

Depois Jorge subiu lentamente as escadas que conduziam à sala onde estava Berta. Ao vê-lo subir o primeiro degrau, ela tentou retirar-se; mas susteve-a uma inexplicável hesitação, e quando Jorge abriu a porta, ainda a encontrou na sala.

O olhar de Jorge desviou-se de Berta, como se fosse contrariado com a sua presença.

– Vim talvez importuná-la? Perdoe. Ignorava que a acharia aqui – disse Jorge com aparente placidez.

Berta não estava menos constrangida ao responder-lhe:

– Importunar-me? De maneira alguma... Eu é que sinto que meu pai não esteja em casa, que é decerto quem o Sr. Jorge procurava.

– Ah! Seu pai não está em casa?

– Não; saiu agora mesmo.

Berta não ousou dizer para onde.

O nome da Casa Mourisca recordaria a cena do jantar, e Berta tremia de recordá-la diante de Jorge.

Este caminhou para a janela, distraidamente. E passeando a vista pelos campos, perguntou, sem ainda olhar para Berta:

– Não sabe se o pai tardará muito?

– Eu... julgo que sim... Mas talvez minha mãe o possa informar melhor.

A propósito chegava Luísa para dar informações precisas e para fazer cessar o constrangimento daquele diálogo, cuja prolongação seria um martírio para ambos.

– Ah! Sr. Jorge, Sr. Jorge! – exclamou Luísa logo que o vi. – Ainda bem que veio, e pena é que não viesse meia hora mais cedo.

Então era cá tão necessária a minha presença?

– Ora se era! Eu ponho as mãos numas horas se estando cá o Sr. Jorge, se metia aquela cisma na cabeça do meu Tomé.

Que cisma é essa de que fala?

– Pois então não sabe para o que havia de dar àquele homem de Cristo?

– Não sei, não.

– Ó Berta então não disseste ao Sr. Jorge para onde teu pai foi?

– Eu... eu ignorava.

– Ora adeus! Se eu não tenho falado de outra coisa, desde que ele saiu! Ignorava! Vocês sempre têm coisas! Pois o meu Tomé está a estas horas na Casa Mourisca.

– A fazer o quê?

– Isso só ele sabe e Deus. Mal almoçou foi para lá com três criados. Diz ele que já que o fidalgo teima em lhe pôr as chaves em casa e que todo se espinhou por lhe querer ser prestável, vai fazer o bem que puder à sua família, e melhorar a quinta e a Casa Mourisca, e que ainda que tenha de empenhar os seus teres e os dos filhos, se há de vingar do fidalgo, fazendo-lhe todo o bem que estiver na sua mão. E tirem-lhe lá isso da cabeça!

– É uma alma generosa a de Tomé, mas eu o dissuadirei dessa vingança, que viria transformar os meus planos e tirar-me a glória, a que aspiro, de trabalhar por minhas próprias mãos nessa obra de restauração.

– Eu não o disse? "Tomé, tu não faças nada sem falares com o Sr. Jorge." Mas qual? Bem lhe importava ele com o que eu pregava! É um bom-serás o meu Tomé. Em vinte anos de casada, nunca me deu um desgosto. Pode haver maridos tão bons como ele, melhores não posso crer que haja. Devo dizer o que é verdade. Mas lá de quando em quando, em se lhe metendo umas cismas na cabeça! adeus, minhas encomendas! já se lhe não dá volta. Só o Sr. Jorge. Ele lá ao Sr. Jorge ainda cede. E o que ele lhe não fizer, escusam de vir aí os poderes do mundo, que nada fazem. Lá o Sr. Jorge! credo! Isso basta ouvi-lo falar em si. Ora, não é agora por estar presente, mas razão tem ele para fazer o que faz.

– Obrigado, Sra. Luísa.

– Obrigado por quê? Ó filho, não, a minha boca não é para gabar quem o não merece. Mas diga-me cá, que rapaz há aí que faça o que o menino faz? Que na sua idade, em que enfim todos sabemos que o que se quer é brincar, olha como um homem pela sua casa como nem muitos velhos sabem? E depois, ó Sr. Jorge, sempre lhe digo que ainda há bem poucos dias estes olhos choraram bastantes lágrimas por sua causa.

– Por minha causa?! Pois eu fi-la chorar, Sra. Luísa?

– Oh! não foi por mal que me fizesses, foi porque enfim... há certas ações que bolem cá dentro com uma pessoa e... quando me contaram o que se passou em sua casa, com aqueles vadios dos seus primos e em que o menino...

– Oh! não falemos nisso, Sra. Luísa, que não vale a pena.

– Se não vale!... Olha que não fui eu só que chorei. E Berta?

– Ah! Sinto deveras ter sido motivo de um desgosto para Berta – disse Jorge no tom de que habitualmente usava falando dela.

Berta não pôde responder.

– Desgosto! – acudiu Luísa. – Ora essa! Antes ela deve agradecer-lhe; e querem ver que ainda o não fizeste, Berta?

A confusão de Berta aumentou com esta arguição da mãe.

Jorge atalhou.

– Eu é que me esqueci de pedir a Berta perdão por haver dado ensejo, com os meus atos, a que o seu nome andasse por bocas de pessoas a todos os respeitos indignas de pronunciá-lo. Coisas minhas; ando tão alheio ao trato do mundo, que a cada passo caio nestas imprudências, e sacrifico os outros, sem querer. Berta tem razão para estranhar este caráter bravio; mas espero que me perdoará.

Berta ia a responder, mas era tal a sua comoção, aumentada pelo modo por que Jorge dissera estas palavras, que sentiu não lhe ser possível formular uma resposta; os olhos inundaram-se-lhe de lágrimas e o rosto traiu-a.

Levantando-se agitada, saiu da sala em silêncio, como se precisasse de estar só para desafogar em lágrimas a opressão que a angustiava.

Luísa viu-a sair, e ficou admirada. Olhou para Jorge com estranheza, olhou para a porta, como se não soubesse explicar a cena a que assistira.

– Estas raparigas têm uns modos! Já viram uma coisa assim?! – murmurou ela, passada a primeira surpresa. – Queira perdoar, Sr. Jorge.

Igualmente enleado, Jorge procurou mudar o sentido da conversa, falando outra vez de Tomé, em procura do qual saiu poucos minutos depois.

Assim que o viu deixar a sala, Luísa ficou pensativa por algum tempo; e no fim disse em voz alta, como era costume seu:

– Deixá-los. Se assim fosse, tanto melhor. Coisas mais incríveis se têm visto. Seja o que Deus quiser!

Ao passar no patamar das escadas que davam para o quinteiro, Jorge encontrou ali Berta, que parecia esperá-lo. Cortejando-a, procurou nos olhos dela o vestígio de lágrimas.

– Sr. Jorge – disse-lhe Berta com voz triste e levemente trêmula –, perdoe-me a minha perturbação de há pouco. Fui obrigada a sair da sala sem lhe dizer uma simples palavra de agradecimento pelo muito que lhe devia; mas creia que não é porque o desconheça.

– O que me deve! Então quer que lhe repita o que já lá dentro lhe disse? Eu sou que tenho a pedir perdão!

– Basta, Sr. Jorge – atalhou Berta tentando sorrir, mas raiando-lhe o sorriso por entre mal contidas lágrimas, como o sol no meio da chuva do inverno. – Hoje não... em outro dia... há de dizer-me porque não é meu amigo.

Jorge estremeceu, e olhando para ela repetiu:

– Por que não sou seu amigo?! Que quer dizer, Berta?

– Oh! creia que há sinais que não enganam. Seja o que for, mas no seu pensamento há alguma coisa contra mim, Sr. Jorge. É pouco dissimulado, bem vê, não o pode disfarçar.

– Berta! mas que criancice! Pois que há de haver contra si no meu pensamento?

– Não sei. Um dia mo dirá, não é verdade? É muito leal e muito generoso para não mo dizer. Bem vê que preciso sabê-lo para me emendar, porque... eu desejava que fosse meu amigo, Sr. Jorge. Todos o respeitam, todos falam na sua generosidade; espero que não a desmentirá comigo.

– Porém... – ia Jorge a objetar, quando Berta o interrompeu, dizendo:

– Agora não, agora não. Lembre-se só de que eu fico acreditando que será sincero comigo, no dia em que eu o interrogar, e que decerto não se recusará então a falar-me com franqueza. Adeus, Sr. Jorge. Creia que desejava deveras que fosse tão meu amigo como é de meu pai.

E retirou-se depois de pronunciar estas palavras.

Jorge desceu vagarosamente as escadas, montou distraído o cavalo que o aguardava no quinteiro, e deixou-lhe a rédea livre, de maneira que o animal seguiu a passo o caminho da casa, que por tanto tempo lhe dera abrigo, o caminho da Casa Mourisca.

Desapercebidamente ia passando Jorge por todos os lugares intermédios. As palavras de Berta, animadas por aquela sentida comoção, que a dominava ao falar-lhe, estavam-lhe ainda nos ouvidos, e nos olhos a imagem da gentil rapariga, em quem uma grave expressão de dor mais realçava a beleza.

– E se voltar a interrogar-me – pensava Jorge –, que posso eu dizer-lhe? Que devo confessar-lhe? Nada. Pois que tenho eu contra ela? Pobre rapariga! Mas é certo que me parece que tenho sido um tanto rude, um tanto desabrido... E por quê?

Jorge parecia neste momento estar sondando o fundo do seu próprio coração, para investigar a verdade. De repente fez um movimento com a cabeça, como tentando rejeitar uma ideia pertinaz.

– Mas isto não pode ser, senhor. Isto é uma loucura que não tem razão de existir. Pois não hei de ter força de a abafar à nascença? Acaso o sangue de minha idade também me há de fazer doidejar como aos outros? Eu felizmente não possuo o temperamento de Maurício e hei de vencer na luta, hei de. Mas em todo o caso é uma puerilidade a maneira por que estou procedendo com Berta. Porque é certo que o modo por que a trato não é natural. É medo de me trair? Mais me traio ainda por esta forma. É despeito pelas atenções que a vejo dar a outro?... a meu irmão?! Mas é uma vileza da minha parte... A meu irmão?! É verdade que se ele a amasse deveras... mas eu que o conheço... É uma loucura afinal, é o que é. E fiem-se no juízo de um rapaz de vinte anos! Aí estou eu tão doido como qualquer desses estouvados. E o mais é que a mim é que se não perdoaria a loucura. A loucura em um rapaz de juízo é um delito imperdoável. Se soubessem por aí... se descobrissem... "E quem havia de dizer! Ora vejam, um rapaz que parecia tão ajuizado!" É como eles principiam logo. Aí, tem pesadas responsabilidades o que na minha idade mereceu que lhe chamassem "um rapaz de juízo". É preciso a cada momento sufocar a revolta do temperamento e da idade, lutar incessantemente com a imaginação... E hei de lutar! É forçoso que não deixe cair cá de dentro os meus desvarios de rapaz. Doideje o coração à sua vontade, contanto que só eu o saiba... Mas a luta é comigo e não com ela... Berta tem razão em perguntar-me o motivo da minha hostilidade! A minha hostilidade! Ah, que se ela tivesse um olhar mais penetrante... Disso é que me receio... Não há que ver, hei de preocupar tanto, tanto, a minha cabeça com algarismos e negócios, que hei de por força perder a consciência dos afetos, e é assim que hei de matá-los.

Neste momento vencia Jorge o declive que levava à porta principal da Casa Mourisca. O caminho desafrontado naquela altura de árvores e de sebes altas subia à vista do casal de Tomé e permitia descobrir na encosta fronteira as veredas que para lá conduziam.

Jorge desviou naturalmente a vista para aquele sítio.

Na varanda de entrada divisava-se ainda o vulto de Berta, na mesma posição em que a deixara.

Alvoroçou-se o coração do rapaz com isso; ao mesmo tempo porém ia subindo, na direção da Herdade, um cavaleiro, que ele reconheceu ser Maurício.

Esta nova descoberta desagradou-lhe manifestamente, purpurearam-se-lhe as faces por momentos e a fronte contraiu-se-lhe com uma expressão de desgosto. Pela primeira vez fustigou o cavalo, que até ali deixara entregue ao capricho.

Maurício, que também da outra margem avistara o irmão, fez-lhe um aceno com a mão ao qual Jorge respondeu apontando-lhe para a Casa Mourisca, como a designar-lhe o motivo do seu passeio. Maurício replicou-lhe com um movimento de braços, exprimindo que o seu giro era mais extenso e para outro lado. E na direção que seguiu era inevitável a passagem pela casa de Tomé da Póvoa.

– Por isso ela se demorou na varanda – murmurou Jorge com amargura; e prosseguiu, olhando para Maurício:

– Aquele pode ser louco à sua vontade; ninguém lho estranhará, ninguém lhe fará disso um crime. E afinal talvez que de nós dois não seja ele o mais louco. A loucura é inseparável do homem; umas vezes toma-lhe a cabeça e deixa-lhe em paz o coração, que nunca se empenha nos desvarios a que ela é arrastada; é o caso de Maurício; outras vezes há na cabeça a frieza da razão, e ao coração desce a loucura para o perturbar com afetos; quer-me parecer que é o que sucede comigo.

O cavalo parou espontaneamente à porta da Casa Mourisca e arrancou Jorge a corrente de vagas cogitações em que lhe flutuava o espírito.

– Vamos, Jorge – dizia ele a si mesmo, ao desmontar –, já agora é necessário ser rapaz de juízo até o fim. Tu não tens direito de condescender com a tua mocidade, homem. Ninguém te revelaria os ardores da juventude, porque todos te supõem o sangue de gelo.

E serenando outra vez a fisionomia, até ali um pouco alterada sob a influência de encontrados pensamentos, entrou para a quinta em procura de Tomé, que o precedera aí. Quando depois de algumas pesquisas, Jorge, guiado pelo som de vozes e por um ruído de sachos e de enxadas, conseguiu avistar o fazendeiro, não pôde reter um sorriso de estranheza e de simpatia, que o espetáculo que via lhe provocava.

E tão grave efeito parecia produzir-lhe esse espetáculo, que, sem ter querido interrompê-lo com a sua presença, continuou por algum tempo observando-o.

Efetivamente para quem soubesse a verdadeira significação dos atos em que Tomé estava empenhado naquele momento, não seria para estranhar o sorriso de Jorge, nem a sua expressão dúplice de simpatia e de espanto.

Tomé não havia meditado no plano para a vingança que jurara contra o fidalgo. Ansiava por principiar a pô-la em prática, e encetou-a sem método nem sistema. Intimou os criados para que o acompanhassem, sem que tivesse ainda pensado no que lhes mandaria fazer.

Chegados que foram à quinta, fixou-os na primeira avenida à entrada, e aí principiou a azáfama, arrancando as ervas inúteis, decepando ramos mortos, varrendo as folhas caídas, amparando os arbustos derrubados sobre o caminho, desassombrando as plantas afrontadas e à míngua de sol, enxugando e nivelando os passeios alagados, desobstruindo os encanamentos de rega. A rua ficou que era um primor.

No momento em que Jorge o avistou, limpavam os criados o limo depositado em um tanque, enquanto Tomé, suando, tentava erguer sobre o pedestal a estátua de pedra de não sei qual divindade pagã, que havia muitos anos repousava em leito de malvas e urtigas, coberta de liquens esverdeados.

– É dia de festa por cá, à balbúrbia que estou vendo! – disse Jorge, adiantando-se enfim, e aparecendo aos olhos do fazendeiro, que se voltou precipitado ao ouvir-lhe a voz. – Quem visse dizia que passa por aqui procissão, em que nós somos mordomos.

Tomé, readquirindo a sua presença de espírito, respondeu:

– Procissão não digo, mas festa em que eu sou mordomo, há de haver aqui, se Deus me der saúde.

– Bem, visto que o Tomé é o juiz da festa, pode dispor do seu tempo sem pedir licença a ninguém. Por isso há de conceder-me um momento de conversa.

– Não, não, Sr. Jorge, tenha paciência; mas eu tenho grande empenho em dar andamento a isto.

– E eu absoluta necessidade de falar-lhe.

– Ora valha-me Deus! E eu então que estou quase a adivinhar o que me vai dizer!

– Talvez não.

– O que lhe afirmo é que se me quer tirar da cabeça isto que se meteu cá dentro, é tempo perdido.

– Não faça conjecturas antecipadas Tomé. E sente-se primeiro.

– Pois vá lá. Vocês sigam por aí adiante – disse o lavrador, voltando-se para os criados – e além naquela nora.

– Pode mandá-los embora, Tomé – atalhou Jorge.

– Embora? Adeus! É o que eu digo! Olhe que se é com o fim de me dissuadir que...

– Mande-os embora que está a cair meio-dia e pouco serviço podem fazer até lá. De tarde ou amanhã continuarão, se o Tomé achar conveniente.

– Não, não hei de achar! Enfim vão lá à sua vida, mas em sendo duas horas...

– Ora adeus; deixe as ordens para lhas dar em casa, que tem tempo – atalhou pela segunda vez Jorge.

– Pois tenho, tenho, mas enfim... Ide lá com Deus.

E ficando só com o jovem fidalgo, Tomé da Póvoa cruzou os braços e interrogou em tom de amigável enfado:

– Aqui me tem. Então o que é que me quer?

Jorge enfiou o braço no dele e encaminhando-o para o tanque de pedra, limpo e esfregado de pouco pelos criados da Herdade, disse-lhe:

– Vamos sentar-nos ali, que o que eu tenho a dizer-lhe é sério e precisa de ser tratado com sossego e descanso.

E sentando-se ambos na borda do tanque, voltados na direção da Casa Mourisca, cuja fachada se descobria por entre uma das árvores, Jorge prosseguiu:

– Agora que estamos sós, Tomé, vai dizer-me o que significa toda esta brincadeira.

À palavra "brincadeira", o fazendeiro deu um salto.

– Eu não o disse?! Ele aí vem com as suas reflexões! Por essa esperava eu. Mas não tem dúvida, eu estou pronto para explicar-lhe a brincadeira. Se o Sr. Jorge visse, como eu vi, olharem as minhas ações como insultos, não serviços, que bem sei que não os fiz, mas pelo menos bons desejos, como são os que tenho de lhe ser útil e aos seus, também não havia de sofrer com tanta paciência a injustiça, que não procurasse tirar desforra.

E Tomé, levantando-se, pôs-se a passear agitado.

– Mas venha cá, Tomé, quem lhe diz que não tem razão em se ofender e até em se vingar nobremente, como empreendeu fazê-lo?

– Sim, mas então não chame brincadeira o que faço – tornou o fazendeiro amuado.

– Chamo, por ver que não realiza a sua vingança por essa forma. O Tomé, se pensar a sangue-frio, há de ser o primeiro a concordar comigo. Ora diga, pois acha que a obra mais difícil a levar a efeito em nossa casa é a limpeza destas ruas e destes tanques? Acha que vale a pena principiar por aqui exercer a sua atividade? Se um dia, entrando em bom caminho a administração dos nossos bens, nos restituir, como espero, o pleno gozo deles, livre das demandas, dos ônus e da usura que os definham, não lhe parece que os nossos criados farão em dois ou três dias obra correspondente ao valor da sua vingança?

– Lá iremos. Da quinta subirei os degraus e entrarei em casa, que remoçarei do portal até os telhados.

– E que é tudo isso para o muito que ainda haveria por fazer, e onde os seus auxílios poderiam ser-nos mais vantajosos? Não vale muito mais tudo o que já tem feito? O Tomé bem sabe que o nosso grande mal não está naquelas pedras caídas: isso é apenas o sintoma da doença que é preciso combater primeiro.

– Pois sim, mas... – titubeou o lavrador, já abalado.

– Sabe o que consegue com isso, Tomé? consegue uma vingança aparente, que fala mais aos olhos, isso é verdade; mas não a vingança real, generosa e nobre, representada pelo seu empenho em auxiliar-me deveras na obra que empreendi. Consegue contrastar as minhas ambições; sou eu quem mais sofro da sua vingança. Esta casa, como sabe, é apenas uma pequena parte da nossa propriedade, mas é a que, por assim dizer, a representa. O povo enquanto não vir renovar aquelas ameias caídas, aclarar aquelas paredes negras, restaurar aquela capela abandonada, nunca se persuadirá de que a nossa casa conseguiu escapar do naufrágio em que esteve para perder-se. Quando eu tivesse assentado em bases sólidas, esta propriedade que encontrei vacilante, quando pudesse desafogadamente chamar meu ao mesmo que meus avós chamaram deles, havia então de renovar esta velha habitação, que só então teria o direito de sorrir defronte da sua Herdade, Tomé, e dessas alegres casas que aí se estendem pela colina abaixo. Nesse dia ficaria o povo sabendo que eu tinha cumprido um dever, e havia de respeitar-me por força. Mas o Tomé quer privar-me dessa glória. Vai fazer sorrir esse fiel confidente dos nossos infortúnios, quando ainda o sorriso é uma mentira e uma ironia aos seus proprietários. Depois, embora eu lute e obre prodígios, e consiga vencer, o povo dirá: os Fidalgos da Casa Mourisca estão hoje melhores do que já estiveram. Houve um homem, o dono da casa ali defronte, que teve compaixão deles e lhe restaurou por esmola a casa que caiu em ruínas. Não falarão nos seus outros valiosos serviços, que não os conhecem nem apreciam; não falarão daqueles que me não envergonho, antes me orgulho de confessar. Falarão apenas do único que me humilha, do único que tem efetivamente um caráter de esmola, do menos importante de todos, do que se realizaria com o rendimento da nossa menor tapada, depois de remido. Agora veja lá, Tomé; se o seu intento é realmente o de humilhar-me, prossiga na sua obra, que eu prometo não a embaraçar com os meios legais que não desconhece; mas se a sua vingança é, como suponho, mais nobre, mais digna de si, se ousa fazer-nos bem, apesar do orgulho que lho rejeita, sem se lhe importar que um bem seja aparente para que os outros nos vejam humilhados, então deixo ao seu juízo resolver se este é o melhor caminho que tem a seguir.

Tomé da Póvoa ouviu tudo isto com os olhos no chão, apertando o lábio inferior entre o pólex e o índex e balanceando com o corpo.

Depois que Jorge acabou de falar, permaneceu assim ainda por algum tempo, e acabou por dizer:

– Bem; visto isso, desisto. Engolirei os meus projetos conforme puder. Não digo que não tem razão, acho até que a tem. Quando me resolvi a isto, pensava só no fidalgo, não pensava no Sr. Jorge... Agora vejo que fui muito apressado. Muito bem, farei por me resignar. Lá me custa, mas...

– Não lhe peço que desista da sua vingança. Quero também que um dia a verdade obrigue meu pai a reconhecer que a nobreza não está só nos pergaminhos e que a aliança com um homem honrado honra sempre quem a contrai.

Tomé já tinha lágrimas nos olhos, ao apertar a mão a Jorge.

– Peço-lhe até que continue o seu auxílio, sem o qual eu nada faria, e até vou indicar-lhe um gênero de serviços, que espero dever-lhe.

– Fale, fale, Sr. Jorge, o que o senhor de mim não conseguir, ninguém consegue.

– Há muito que eu desejo ir ao Porto. A espécie de exílio, a que meu pai me condenou, facilita-me agora essa empresa. Queria conversar diretamente com os nossos advogados na demanda do Casal do Reguengo. Parece-me que há circunstâncias de valor que no processo não se têm feito sentir devidamente. Depois aquele documento que lhe mostrei não me sai da ideia. Enfim, pode ser uma ilusão minha, mas tenho com tanto afinco estudado a questão, que me parece que vejo claro nela. E como sabe, Tomé, se ela se nos resolvesse favoravelmente, era meia vitória ganha.

– Isso era.

– Portanto, quando o Tomé puder dispor de si, desejava que me acompanhasse à cidade, para me apresentar aos juízes e letrados que conhece. Depois, tenho ainda outro fim em vista; desenredadas estas teias que me embaraçam, preciso de um grande capital para incorporar à terra, para tirar dela os recursos, que de outra maneira não pode dar. A sua generosidade e os seus sacrifícios não podem ir tão longe; graças a eles já a usura me deixa respirar mais livremente; e já a equidade substituiu o dolo de muitos dos contratos da nossa casa. Mais tarde a escala do empréstimo tem de subir forçosamente para realizar em grande os aperfeiçoamentos agrícolas que em pequeno vou ensaiando. O capital particular não me bastará para esse intento. Lembrei-me da nova companhia de Crédito Predial, que se instalou agora no país. Preciso pois informar-me dos negócios atinentes a estas operações e da regularidade de alguns títulos que possuímos. Pode auxiliar-me no que lhe peço?

– Amanhã partiremos, se quiser.

– Pois seja amanhã. E não acha que encaminho melhor a sua vingança por este lado, Tomé?

– Acho que quem tem o juízo do Sr. Jorge pode muito bem passar sem o auxílio de pessoa alguma. Mas enfim cá estou às ordens.

Passado meia hora, entrou Tomé em casa e participou à mulher que ia no dia seguinte ao Porto, na companhia de Jorge, e que talvez aí se demorassem alguns dias.

Luísa ficou compreendendo que os projetos de restauração da Casa Mourisca haviam sido pelo menos adiados, e com isso cresceu nela a admiração pelo caráter de Jorge.

Mas Luísa tinha durante aquela manhã recebido impressões, que não se atrevia a revelar totalmente ao marido, mas que a não deixavam estar sossegada, enquanto não transpirassem em vagas insinuações.

Estavam à janela os dois esposos, conversando placidamente de Jorge e de Dom Luís, e da próxima jornada à cidade, quando Luísa, depois de uma pausa na conversa, disse *ex abrupto* para o marido:

– Ó Tomé, e que dirias tu, se um dia a tua filha morasse naquela casa?

E, ao dizer isto, designava com a cabeça a Casa Mourisca.

Tomé olhou para a mulher, como se aquelas palavras lhe fizessem duvidar da firmeza do juízo dela.

– Que queres tu dizer com isso?

– Ora! isto de rapazes e raparigas... quando se veem amiúdo...

Tomé corou, exclamando com mau modo:

– Tu estás doida, Luísa?

– Ora adeus! Quem sabe lá?

– Ó mulher, não queiras que eu perca a confiança que sempre tive no teu juízo.

– Eu não digo... mas enfim,..

– Ora adeus, adeus! – atalhou Tomé, quase agastado. – Há certas coisas que nem a brincar se dizem.

– Pois que mal havia?

– Mal! Ó Luísa, peço-te por favor que te não ponhas com essas graças. Ora, para o que te havia de dar!

– Então, por quê?...

– Ora, porque não. Há certas lembranças que até me envergonho de pensar nelas.

Luísa, em vista da repugnância do marido, não ousou insistir. Mas a pobre mulher, com as ambições de mãe, já não podia deixar de olhar a Casa Mourisca e imaginar o efeito que produziria a sua Berta em uma das balaustradas ou das ogivas daquele antigo edifício.

22

Jorge apenas a Gabriela deu parte do seu projeto de jornada.

No dia seguinte partiu efetivamente para o Porto na companhia de Tomé da Póvoa.

Dom Luís, ainda no firme propósito de não querer ver o filho, nem ouvir falar dele, nada soube desta excursão.

Maurício estranhou a ausência do irmão; mas, desde que a baronesa lha explicou, dizendo-lhe a verdade, não pensou mais em tal.

O padre, quando soube que Jorge tinha ido ao Porto, cidade que, no conceito do egresso, era um foco de corrupção, e onde mais risco havia para a juventude de infeccionar-se com a peste da maçonaria e outros males correlativos, abanou três vezes a cabeça, em sinal de mal prognóstico; mas não ousou falar das suas apreensões ao fidalgo, porque andava desconfiado, havia algum tempo, com os humores em que o via.

De fato, Dom Luís, depois de algumas das severas palavras que ouvira a Tomé da Póvoa, não podia vencer um tal ou qual ressentimento contra o padre cuja imprevidente gerência tinha talvez concorrido para o estado precário da sua casa e as humilhações que sofria.

Apenas atenuava este ressentimento a ideia fatalista de que a decadência das casas nobres era inevitável, e que baldado era tentar reagir.

Para ele o padre não podia ser mais que o instrumento cego da sua desgraça irrevogavelmente decretada.

Toda a energia moral de Dom Luís exercia-se pois em encarar com o rosto firme a adversidade, e cair sem perder na queda a fidalga compostura do porte.

Destas sucessivas impressões que recebera nos últimos tempos resultava para o ânimo, já de índole irritável de Dom Luís, uma impaciência, uma quase permanente exaltação nervosa, que aumentava à medida que se lhe depauperavam as forças e o vigor corpóreo. Quem melhor sabia agora lidar com ele era a baronesa. O instinto feminino é o mais próprio para descobrir o lado acessível destes caracteres azedados e para movê-los sem os magoar.

Frei Januário, que percebia isto, afastava-se cada vez mais do quarto do fidalgo e se aproximava da despensa e da cozinha.

Em casa de Tomé prosseguiam os trabalhos agrícolas sob a ativa vigilância de Luísa, que, na ausência do marido, tomava a seu cargo aquela província do governo doméstico.

Berta olhava então pelos irmãos e pelo arranjo da casa.

Havia, porém, alguns dias que uma ideia fixa não deixava tranquilo o espírito de Berta.

Quando, ao cair da tarde, os últimos raios do sol pareciam incandescerem as vidraças da Casa Mourisca, e à sua luz se tingiam de um leve dourado as frontes dos carvalhos seculares da quinta, ainda não despidos pelo outono, apoderava-se de Berta uma saudade íntima, profunda, que lhe desafiava as lágrimas. Toda a infância era evocada então. Ressurgiam-lhe as recordações dos jogos, dos risos, das alegrias que havia gozado naqueles sítios onde os olhares se lhe fixaram com insistência, e a pouco e pouco cresceu nela um natural e veemente desejo de visitá-los, de tornar a ver de perto aquelas árvores, fontes e salas, cada uma das quais lhe guardava uma memória do passado.

As chaves desse como relicário das suas mais gratas recordações, tinha-as ao alcance da mão; a distância não era grande, as tardes corriam amenas e no campo ninguém estranharia a uma rapariga um passeio daqueles.

A ideia ganhou vulto e Berta resolveu realizá-la.

Tomou a chave que abria uma das pequenas portas da quinta. E uma tarde saiu e dirigiu-se lentamente à Casa Mourisca. Em pouco tempo chegou à ponte que reunia as duas margens do ribeiro do vale. Ao transpô-la, porém, reteve-a um vago rumor que soava nos ares. Eram as surdas detonações de uma trovoada longínqua.

Berta olhou em volta um tanto inquieta.

O colorido do céu e dos campos era belo, mas pouco tranquilizador.

O firmamento estava esplendidamente pintado, não com o azul uniforme dos dias serenos, mas com as variadas tintas que recebia da influência elétrica de uma tempestade iminente. Grandes nuvens isoladas iluminavam-se, ao sol poente, de reflexos dourados. O campo, em que elas se desenhavam, ostentava todas as gradações do azul, desde o anil carregado até um quase verde esvaecido que interrompiam leves e longos *stractus* tingidos de roxo e violeta. Ao nascente, no seio de um denso cúmulo de vapores amarelados, desenhava-se vagamente o majestoso íris. O verde das árvores e dos prados recebia desta luz uma cambiante mais viva. Principiava a soprar a viração quente e rasteira, que levantava em redemoinhos as folhas caídas no chão.

Tudo anunciava uma tempestade próxima.

Berta não ousou ir mais adiante.

A vizinhança da noite e da tempestade obrigou-a a retroceder.

Neste momento, porém, entrava na ponte um cavaleiro, que assim que avistou a filha do Tomé, desmontou com ligeireza e dirigiu-se para ela a pé.

Era Maurício.

Bem desejaria Berta evitá-lo, mas já não o podia fazer sem uma afetação mais indiscreta do que a própria entrevista.

Em poucos momentos Maurício estava a seu lado.

– Até que finalmente a encontro, Berta. Quase me tinha chegado a convencer de que uma fatalidade ou um propósito nos separava. Há tanto tempo que não conseguia vê-la!

– E procurava-me, Sr. Maurício?

– Todos os dias o tenho feito.

– O mais natural era procurar-me em casa; aí é que passo a maior parte do meu tempo, auxiliando minha mãe, que bem precisa de quem a ajude.

– Em casa? E seria eu bem recebido lá?

– Já alguma vez meu pai deixaria de receber, como merecem ser recebidos, os filhos do Sr. Dom Luís?

– Como merecem; aí é que está a dificuldade. E se a consciência me dissesse que eu não merecia esse bom acolhimento?

– Muito grandes deviam ser as suas culpas, para que o meu pai se esquecesse da amizade que lhes deve, a si e aos seus, Sr. Maurício. Creio bem que a consciência não lhe diz isso.

– Não, Berta. Eu julgo-me com imparcialidade. Sei o que há de repreensível no meu proceder inconsiderado; ainda que nada me pese na consciência, enquanto às minhas intenções.

– É o essencial.

– Não o é para os outros. Pelos atos me julgam, e esses às vezes condenam-me.

– Nem todos os seus atos hão de ser maus. Os bons desfarão os efeitos dos outros – tornou-lhe Berta, sorrindo.

– Sucederá isso comigo, Berta? Não estarei ainda condenado no seu conceito?

– Se principio por ignorar as culpas de que é acusado!

Maurício calou-se por algum tempo, como concentrando alentos para mais difícil resolução, e rompeu depois com maior vivacidade:

– Pois bem; escute-me e julgue depois; condene ou absolva, conforme a consciência lho ditar. Não lhe vou fazer uma geral confissão da minha vida, apenas dos últimos tempos dela. As ações boas ou más, os atos irrefletidos, a que me impele este temperamento estranho com que nasci, tenho-os ultimamente executado sob o influxo de uma paixão forte, irresistível, que nasceu e assoberbou rapidamente todo o meu coração, Berta, desde que a vi, quando voltou de Lisboa. Com a franqueza própria do meu caráter, com a lealdade que lhe devo, Berta, confesso-lhe que a amo. Deve tê-lo percebido. Eu não sei dissimular. É este amor que me perturba, que me faz ser injusto, desconfiado, louco, que me arrasta a extremos, de onde não volto sem remorsos.

– Devia pois fazer por destruí-lo, vendo a maligna natureza que tem – respondeu Berta, sorrindo.

– Não zombe, Berta.

– Não zombo, pois não diz que o arrasta a ações que lhe causam remorsos?

– Mas é por esta incerteza em que estou. Assegure-me porém, Berta, de que o seu coração é ainda o que em outro tempo conheci...

– Sr. Maurício – tornou-lhe Berta, desta vez sem a menor reflexão de gracejo –, seria faltar à amizade que lhe devo, se o deixasse continuar. Quero supor que não zomba de mim ao falar-me dessa maneira; quero convencer-me de que é sincero, ou de que julga sê-lo, pelo menos nessa declaração que me faz, e vou responder-lhe como se assim fosse. Peço-lhe que faça por esquecer isso que diz sentir por mim e que não pode ter futuro.

– Para me dar esse conselho, para ter direito de dar-mo é necessário que me faça uma confissão, é necessário que me diga: Eu não posso amá-lo.

– Direi: Eu não posso amá-lo, Sr. Maurício.

– E será sincera no que diz? Veja bem. Interrogue somente o coração. Não a amedrontem as dificuldades e as resistências que possam oferecer-se-nos. Eu as vencerei, arrostarei eu só com todas.

– Eu disse: eu não *posso* amá-lo; e não: eu não *devo* amá-lo, como nesse caso diria.

– E por que não pode? Que há na sua alma contra mim, Berta, que nem as recordações da infância me valem? E contudo eu tinha nesse tempo adquirido direitos à sua afeição.

– Que valor que dá aos brinquedos da infância!

– É porque em mim a juventude do coração principiou cedo. Eu já então sabia amar.

– Mal é que não ache diferença entre o amor de que é capaz agora e o de então; é pois claro que ama como uma criança.

– Com a ingenuidade delas.

– E com a inconstância também.

– Berta, não me fale assim. Nas suas palavras sinto um tom de dúvida que me aflige. Responda-me: por que é que não pode amar-me? Há já no seu coração outro amor?

Berta corou e não foi superior a certa confusão, que se esforçou por vencer, dizendo:

– Ainda que não haja, não é isso motivo para o abrir ao primeiro que apareça. Com toda a sinceridade da minha alma lhe falo, Sr. Maurício. Creia que para todas as pessoas que têm o nome de sua família há no meu coração muito respeito, muita estima e muita gratidão. De todos esses sentimentos se pode dar razão. Mas o amor não é assim. Ninguém sabe por que ama ou por que não pode amar. Julgo eu. É uma coisa que se sente, mas que não se explica. Pois não concorda? E agora peço-lhe que me não acompanhe mais longe. Repare que a tempestade está para breve. Espero, Sr. Maurício, que seja sempre nosso amigo.

E dizendo isto, estendia-lhe a mão, que Maurício apertou silenciosamente.

E separaram-se, seguindo direções opostas.

Maurício murmurava:

– E contudo creio que me ama. Não é essa frieza que me há de iludir.

Pela sua parte, pensava Berta:

– Daqui não vem perigo para o meu coração. Acabei de convencer-me agora. Basta ver a tranquilidade que sinto. Assim pudesse dizer o mesmo do outro.

Mas a Casa Mourisca continuava a atraí-la. De noite à claridade vaga do luar, às tardes, quando os últimos e desmaiados raios do sol lhe tremiam na fachada enegrecida, de madrugada, no meio das neblinas do rio, que fantasticamente o envolviam, a todo o momento enfim, as encantadas memórias da infância de Berta adejavam sobre o deserto solar, e as saudades, evocadas por ela, como que se lhe levantavam do coração a encontrá-las.

Às mesmas horas da tarde, repetiu Berta, no dia seguinte ao do seu encontro com Maurício, a tentativa para visitar o solitário palácio. Desta vez passou além da ponte, subiu a ladeira da colina oposta, e chegou a tocar com a mão na porta da quinta. Faltou-lhe porém ainda a resolução para a abrir e entrar. Apoderou-se dela uma espécie de pavor sagrado no momento de penetrar ali. Parecia imporem-lhe respeito aquelas árvores seculares, aquelas ervas vigorosas que forravam os muros da quinta, o silêncio que pairava naquela habitação abandonada. As sombras melancólicas da tarde cresciam, e Berta retirou-se no fim de alguns momentos, quase tomada de estranhado terror.

No dia seguinte voltou ainda à Casa Mourisca. Armara-se, ao partir, de maior resolução. Prometera a si mesma não hesitar um só momento ao abrir a porta, para não dar tempo a possuir-se da mesma fraqueza.

Assim fez ao chegar à porta pequena da quinta, introduziu resolutamente a chave e abriu-a. Estava enfim dentro dos muros da Casa Mourisca. Cobria-a o denso toldo de ramos entrelaçados dos carvalhos, dos freixos e dos cedros; estalavam-lhe sob os pés as folhas crestadas, de que os ventos do outono haviam alastrado o chão; prendia-se-lhe o vestido às silvas espinhosas, que cresciam à vontade de mistura com os fetos e as urtigas; à sua chegada houve um súbito rumor de aves esvoaçando surpreendidas, e de répteis escondendo-se por entre a folhagem seca do chão. O bosque tinha um aspecto de braveza selvagem, adquirida durante longos anos de independência de cultura. Era esplêndida a anarquia daquela vegetação.

Berta parou afetada de inexplicável susto.

Tudo recaiu em silêncio; apenas se ouvia um leve ramalhar das árvores, denunciando a passagem de uma brisa ligeira, a queda de algum ramo seco desprendendo-se da árvore, o pio tímido de algum pássaro escondido, e, um pouco mais distante, o rumor monótono e confuso das fontes e cascatas.

Dissipadas as primeiras impressões, o sagrado terror que infunde no espírito o aspecto de um bosque secular àquela adiantada hora da tarde, Berta aventurou alguns passos e pôde percorrer os sítios da quinta que lhe eram mais conhecidos.

Quem pode referir às saudades que lhe pululavam do coração ao voltar, depois de tantos anos decorridos, àqueles lugares saudosos?

Quem não tenha ainda experimentado na vida sensações daquelas, nunca chorou as mais sentidas e ao mesmo tempo as mais consoladoras lágrimas que os olhos podem verter.

Voltar com os pensamentos da juventude ou da virilidade, com a experiência adquirida no trato do mundo, com a memória dos dolorosos embates sofridos no meio das lutas da vida, a impressão das paixões gravada fundo na alma; voltar assim ao lugar dos nossos jogos de infância, dos nossos risos e choros pueris, uns e outros tão em razão nem vestígios, olharmo-nos outra vez, depois de longa ausência, em frente dos objetos que nos assistiram aos brinquedos, e que parece saudarem-nos ainda como se nos vissem crianças, sentirmos em um momento dissipar-se-nos da memória todos os tempos intermédios e como que ressuscitarem as ideias, os gestos, os pensamentos daquela época, como se apenas tivessem adormecido para acordarem mais vivos, é uma das mais violentas e ao mesmo tempo mais gratas comoções que pode experimentar uma alma humana; e a que não ceder e se não abrandar sob essa influência, é uma alma perdida para os afetos e para a regeneração.

Poderia a de Berta estar neste caso, a dela, alma sensível e amorável, para a qual o passado era objeto de um fervoroso culto? Poderia olhar sem lágrimas para aqueles lugares, onde lia como que página por página a sua vida de então?

Chorou, chorou sentada no banco musgoso, junto de uma fonte, onde ela e Beatriz tantas vezes vinham sentar-se, e onde Jorge e Maurício corriam a ter com elas, logo que terminavam as suas horas de estudo.

Era tarde quando voltou a si o pensamento daquela digressão pelo passado. Não tinha já tempo desta vez de visitar a Casa Mourisca. Procurou de novo a porta da quinta, por onde entrara e saiu com saudades daqueles lugares.

No momento em que Berta se afastava, dois caçadores, que desciam um pinhal vizinho, donde se descobria a entrada da Casa Mourisca, viram-na e reconheceram-na.

– Ó Chico, olha lá, aquela não é a Berta do Tomé? – disse um deles para o outro.

– Nem pode ser outra coisa.

– Só! a estas horas... e próximo da Casa Mourisca! Que quer dizer isto?

– É que vem de lá.

– Mas... a casa não está vazia?

– Tanto melhor. Se lá estivesse o velho, a coisa mudava de figura.

– Mas, fala sério, ó Chico, que conjecturas tu de toda esta história?

– Que o Maurício ou o Jorge fazem também as suas visitas à capoeira.

– O Maurício foi hoje para a caçada dos Monteiros do Rio Baixo, e o Jorge, segundo ouvi dizer, está no Porto.

– *Quod probandum* – redarguiu o outro, recorrendo às suas reminiscências escolásticas; e, como se receasse que o companheiro o não compreendesse, traduziu: Isso é o que resta provar.

– Foi o mesmo Maurício que o disse.

– E tu a dares muita importância ao que diz o Maurício! Então não sabes que se o Jorge lhe disser que está papa, o toleirão é capaz de lhe beijar o pé?

– Mas lá em casa, pelos modos, todos o fazem no Porto.

– Pois aí é que está a finura. E se ele pilhando fora do ninho a raposa velha, se veio ali estabelecer muito à sua vontade?

– Se eu o creditasse...

– Que farias?

– Era bem feito dar-lhe uma saltada.

– Já me lembrou isso, mas é melhor outra coisa. Vigiamos isto a ver quando a pequena cá volta, temos o Maurício debaixo de mão e trazemo-lo então conosco. O caso deve ser interessante!

– Apoiado!

– Enquanto a mim, ninguém me tira da cabeça que aquele velhaco do Jorge anda a comer-nos a todos com os seus ares de santo. Vou ainda jurar que as tais visitas à casa do Tomé levam água no bico. Se agora o pilhávamos!

– Era soberbo! Mas o Maurício anda esquisito conosco, depois da história do jantar.

– Deixa que eu o amansarei; era bom que ele estivesse um pouco picado nesse dia; tudo se arranja, deixa estar.

E os dois caçadores seguiram, combinando e comentando o plano que tinham traçado.

O leitor, que já os conheceu pelos primos do Cruzeiro, fica sabendo que estes esperançosos jovens prosseguiram nos seus hábitos de vida fidalga, em cata e preparação de escândalos, e cada vez mais implacáveis contra Jorge, cuja desdenhosa frieza para com eles há muito tempo se irritava, antes mesmo que o acontecimento do dia do jantar viesse aumentar essa irritação.

23

A impaciência de Dom Luís tocara o extremo. Em vão procurava aparentar resignação e conformidade à sua nova vida nos Bacelos. Os laços que o prendiam às velhas paredes da Casa Mourisca eram mais fortes do que julgara, ao separar-se delas. Estava-o sentindo pelo mal-estar que experimentava agora.

Todos os objetos da antiga residência, que tão precipitadamente abandonara, pareciam ocupar um lugar no seu coração; e o vazio em que o deixaram era terrível para uma velhice já sem esperanças.

A corrente daquela vida, ainda que turvada pelas paixões, seguia desde muitos anos regular e silenciosa pelo álveo e margens invariáveis. De repente, porém, como sucede as águas de súbito constrangidas a mudar de leito, perdeu a serenidade melancólica, a calmante monotonia, tão salutar a um espírito atribulado, e através de novas perspectivas e de novas cenas precipitava-se inquieta e turva.

Recrudesceram violentamente as tonturas daquela alma exagitada como despertam as dores de um membro enfermo ao arrancar-se da quietação e repouso em que adormeceram.

Em certas idades as diversões não distraem, afligem. Vive-se do passado, e para que o pensamento o retrate, é mister que o remanso lhe dê a limpidez do lago tranquilo.

Só o orgulho e o pundonor de fidalgo é que impediam Dom Luís de voltar novamente aos lares abandonados.

Esta disposição de espírito era insustentável.

Uma manhã viram-no, mais nervoso do que nunca, medir a passos largos o comprimento da maior sala do solar dos Bacelos, parando às vezes junto das janelas, a olhar abstrato, através dos caixilhos das vidraças, para as franças das árvores mais distantes que dali se descobriam, entre as quais avultavam as do parque da Casa Mourisca. De súbito interrompeu uma destas mudas contemplações, manifestando que lhe aparelhassem o cavalo para de tarde.

O procurador, a quem fora dada a ordem, perguntou timidamente se S. Ex.ª saía a cavalo.

Com o seco laconismo de que, havia certo tempo, usava nas respostas ao padre, o fidalgo limitou-se a dizer:

– Parece que sim.

O padre tocou a campainha a chamar por um criado, a quem transmitiu a ordem recebida, acrescentando a de que fosse avisado o escudeiro para acompanhar S. Ex.ª.

Dom Luís acudiu com vivacidade:

– Quem lhe disse isso? Eu não preciso de acompanhamento. Que me tenham aparelhado o cavalo para de tarde.

– Então V. Ex.ª vai só?! – perguntou o padre, em quem esta quebra de pragmática causava grande confusão.

– Vou – respondeu Dom Luís, continuando o seu passeio na sala.

O padre saiu dali estupefato para a cozinha, onde foi assistir à última demão de uma empada, e nesse exame conseguiu felizmente desvanecer a violência da impressão, que a ordem do fidalgo lhe havia produzido.

Efetivamente, pouco depois do jantar, ao qual Maurício não assistira, Dom Luís montou a cavalo, e cortejando garbosamente a baronesa, que veio despedir-se dele à janela, partiu a meio trote pelos caminhos dos campos.

Era um último lampejo da sua elegância passada.

Na maneira como dirigia o cavalo não se notava, porém, a indecisão própria de quem vai ao acaso. Percebia-se que o fidalgo havia marcado destino àquele passeio.

Tomou por atalhos de montes, evitando o centro da povoação rural, rodeou quase toda a freguesia, e, seguindo pelas raias das contíguas e por desvios ermos de casas e cultura, por chapadas maninhas e pinhais, onde apenas se entrevia a choça do guardador, foi dar ao extremo oposto da aldeia, nas proximidades da Casa Mourisca.

E quanto mais perto se achava do abandonado solar, mais crescia o cuidado que o cavaleiro parecia ter em não ser observado e em dirigir por veredas pouco frequentadas a sua cautelosa carreira.

Entrou por fim em uma bouça pertencente à casa, colocada, porém, fora dos muros da quinta e separada deles por uma espécie de vala, que servia de caminho público.

Dali avistavam-se as árvores, os telhados, as torres e as mais elevadas janelas da Casa Mourisca.

Dom Luís fez parar o cavalo e fixou melancolicamente os olhos no velho solar, onde nascera e onde apreendia não poder morrer, como haviam morrido os seus avós.

Ia adiantada a tarde, e à luz desmaiada do sol, que declinava, crescia a tristeza do velho. Os olhos tinham um fulgor que denunciava lágrimas.

Era solenemente triste aquele quadro. A nobre figura do ancião, assim imóvel, extático, no ermo alpestre de um pinhal, a que os ventos da tarde arrancavam um gemer monótono e triste, com os olhos fitos nas ameias do seu palácio acastelado, donde as paixões o expulsaram, com o rosto iluminado pelos trêmulos raios do sol, que desenhava distintamente o rendilhado da rama dos carvalhos longínquos, atrás dos quais se escondia, era uma personificação vigorosa do desalento e da saudade sob o colorido de desesperança que a velhice lhe dava.

A imobilidade do cavaleiro contrastava com a impaciência do fogoso animal, que escarvava insofrido o solo, sem que pudesse satisfazer a ânsia do movimento que o devorava. De súbito o cavaleiro fez um movimento, como de quem adota uma resolução, que por muito tempo lhe repugnara.

Pôs-se de novo a caminho, seguindo sempre a direção do rumo da quinta, e sem abandonar o pinhal.

Pouco adiante encontrou as ruínas de uma antiga casa de guarda, já quase destelhada, e em cujo recinto cresciam à vontade as giestas e as tojeiras, por entre os montões de telha e de caliça caída, e onde encontravam tranquilo abrigo répteis de toda a espécie.

Dom Luís levou para ali o cavalo, que prendeu ao varão oxidado e torcido de um caixilho da janela, e saiu outra vez, continuando a rodear a quinta.

Havia um lugar onde o muro era em parte derrubado e facilitava extremamente o ingresso. Sabiam-no bem uns certos rondadores notívagos, que tantas vezes por ali efetuavam as suas explorações depredatórias no mal vigiado terreno da Casa Mourisca.

Foi pelo mesmo caminho desses visitadores suspeitos que o proprietário daquele nobre solar aí entrou furtivamente, e corando do passo a que a violência de uma estranhada saudade o impelia-o.

Dentro em pouco achava-se na quinta.

Caminhou inteiramente agitado pelas ruas solitárias, atravessou as devesas, onde àquela hora não penetrava um só raio de sol, e sem vacilar seguiu na direção da casa. Ao chegar ao pátio, viu aberta uma pequena porta por onde habitualmente se fazia o serviço do palácio.

Ocorreu-lhe só então que poderia estar alguém lá dentro, àquela hora.

Se se encontrasse ali com Tomé, como conseguiria arrostar com a vergonha de ser por ele descoberto naquela visita furtiva? Ia a recuar, mas o impulso interior a obrigá-lo a progredir era mais forte. Venceu. Aproximou-se cautelosamente da porta e ficou-se a escutar por alguns instantes. No interior havia o mais completo silêncio. Não se divisavam vestígios que denunciassem presença de alguém estranho. Dom Luís deu a medo alguns passos no limiar, subiu os primeiros degraus da escada, hesitando e escutando a cada passo que dava e a cada degrau que subia.

Sempre o mesmo silêncio.

Pensou então o fidalgo que bem poderia ser que na precipitação da saída tivesse ficado aberta aquela porta; e animado por esta hipótese adiantou-se mais resoluto.

Havia nas largas escadas uma luz frouxa e quase misteriosa; esta luz e aquele silêncio eram dos que infundem no ânimo um sentimento quase de pavor.

Nesses corredores e escadas vazias e obscuras, ele, o senhor e proprietário do solar, movendo-se, com o receio de ser descoberto! Que situação a sua! Que humilhadora situação para o seu orgulho!

As correntes de ar sibilavam melancolicamente ao enfiarem-se pelas fechaduras das portas e frestas, que deitavam para a escadaria; os passos do fidalgo tinham sob aquelas abóbadas uma ressonância estranha.

Eram sem número os objetos que lhe recordavam os amargos momentos da sua alvoroçada saída da Casa Mourisca: caixas vazias, sacos, bocetas,* papéis de empacotar, tudo jazia ainda em confusão nos corredores, como, na pressa dos preparativos, frei Januário os deixara. Sinais eram estes que parecia indicarem que desde aquele dia ainda ninguém entrara na Casa Mourisca.

Mais seguro já na persuasão de que não seria surpreendido nesta clandestina visita, Dom Luís subiu sem o menor receio as escadas que levavam ao *Sancta Sanctorum* das suas afeições, à torre onde haviam sido os aposentos de Beatriz; onde ela tinha vivido e expirado. Era esta a peregrinação que empreendera aquele desconfortado velho; para ali era que as suas intensas saudades o chamavam. Tinha já subido mais

---

*Caixinha redonda, oval ou oblonga, feita de materiais diversos e usada para guardar pequenos objetos. (*N. do E.*)

de meio lance da escadaria quando subitamente estremeceu parando a escutar um mal distinto som que lhe chegara aos ouvidos. Correu-lhe no rosto uma palidez mortal, e a fronte principiou a cobrir-se de um suor como de agonia.

A turbação que sentia foi tão intensa, que teve de apoiar-se à parede para não cair.

Eram os sons longínquos de um instrumento de música, que partiam do lugar onde ele se dirigia, vagos, confusos ainda, mas melodioso como de harpa que, pendurada dos ramos dos carvalhos, vibra ao perpassar das brisas da tarde.

Na triste solidão daquela casa abandonada, à hora misteriosa do escurecer do dia, aqueles sons ressoando pelos longos corredores e pela vastidão das salas desertas, tinham de fato não sei que de sobrenatural; dir-se-ia música de fadas em um desses paços encantados, que ergue no meio das florestas a imaginação popular.

Mas não era somente o inesperado e a estranheza do fato que feriam de espanto o senhor da Casa Mourisca. Aqueles sons exerciam sobre ele outra e superior influência.

Conhecia-os; não eram vozes estranhas aos ouvidos do ancião ralado de saudades, e que se achava ali atraído por elas.

Conhecia-os; em outras épocas tinham já ressoado entre aquelas tristes paredes e sob os altos tetos dos aposentos hoje desabitados. Nesses tempos, havia ali dentro corações que pulsavam de simpatia ao escutá-los. Eram o sinal que o anjo da família velava, de que a meiga criança, sobre cuja cabeça se condensavam todos os castos afetos daquela alma de homem, praticava com os anjos, seus irmãos, na misteriosa linguagem da música.

Aqueles sons... podia ele desconhecê-los?... eram os da harpa de Beatriz.

Mas que mistério revelavam eles agora? Que magia os fazia renascer, quando, havia tanto, caíra gelada a mão que os desferia?

As sombras dos mortos teriam vindo povoar a casa abandonada pelos vivos? A alma querida de Beatriz viera porventura chorar e lamentar-se da solidão em que os seus haviam deixado os lugares que ainda conservavam tão vivas as memórias dela?

Quem pode analisar o confuso turbilhão de ideias que atravessou naquele momento o espírito do fidalgo?

Piedosas crenças da infância, superstições que a razão subjugara, quiméricos produtos de um cérebro febril, tudo se levantou em enxame alvoroçado e revolto a obscurecer a inteligência do ancião que tremia sob um inexplicável terror.

– É uma alucinação – pensava ele, esforçando-se por dominar aquela fraqueza. – É uma quase loucura produzida por esta ideia fixa que nunca me abandona.

E continuava a subir com passos ainda mal seguros as escadas da torre.

Mas os sons, que ele julgava efeitos dos sentidos alucinados, longe de se desvanecerem, cada vez se ouviam mais distintos. Sem dúvida alguma partiam dos aposentos de Beatriz.

Estava terrivelmente pálido o fidalgo. A vista vagueava-lhe com a mobilidade que produz o delírio. Há situações na vida em que a razão mais segura vacila e sente-se vergar sob a influição das mais supersticiosas crenças.

Dom Luís naquele momento acreditava sinceramente na realidade das aparições.

A distância permitia-lhe já distinguir a melodia que executava a harpa. Também lhe era conhecida; era a de uma canção predileta de Beatriz, uma música cheia de recordações para o pobre pai. O presente desaparecia naquele momento; o passado ressurgia com toda a luz, que desde muito se lhe apagara na carreira da vida. Chegara quase à porta do quarto de onde partiam os sons. Restava entrar.... Mas o que o esperava ali? Talvez se desvanecesse o encanto e a vazia realidade o aguardasse para o punir.

A razão de Dom Luís não podia formar juízos sobre o que se estava passando. A mão trêmula, que se estendeu para abrir a porta do quarto misterioso, pendeu desfalecida, e o velho permanecia imóvel no patamar, subjugado pela força daquele encantamento.

Nesse tempo juntara-se aos sons da harpa a voz de uma mulher; baixinho, quase a medo, como a ave a ensaiar o canto ao renascer da estação, cantava a letra da mesma canção que Beatriz preferia. Era um timbre juvenil, sonoro, agradável, o daquela voz, e na meia altura a que se elevava, havia um não sei que de místico e sobrenatural, que veio completar a alucinação do velho.

– Meu Deus! meu Deus! tende misericórdia de mim! – murmurava ele, passando a mão na fronte pálida. – Se isto é um sonho, deixai-me morrer a sonhá-lo!

E vergavam-se-lhe os joelhos diante daquela porta misteriosa, e, soluçando e rebentando-lhe enfim impetuosas as lágrimas dos olhos, caiu, dizendo em uma desvairada exclamação:

– Ó minha filha, minha filha! Se és tu que assim me arrebatas deste mundo, tem compaixão do teu velho pai, e não partas sem que lhe apareças um instante que seja!

Calaram-se de súbito os sons da harpa e da voz feminina. E, pouco, depois, a porta abria-se e Berta aparecia no limiar.

Ao ver o fidalgo de joelhos, com a cabeça escondida entre as mãos e soluçando, a filha de Tomé da Póvoa correu para ele comovida:

– O Sr. Dom Luís! O meu padrinho! Oh, perdão, perdão! – exclamava ela.

E o susto, que a voz do velho lhe havia causado ao interromper-lhe inesperadamente o canto, cedeu o passo à mais sentida aflição.

À voz de Berta, Dom Luís ergueu a cabeça e fitou a afilhada com um olhar espantado e interrogado.

As lágrimas desciam-lhe ainda a duas e duas pelas faces emagrecidas.

– Perdão, perdão, meu bom padrinho – prosseguia Berta, tentando erguê-lo –, fiz mal, bem o vejo, bem o sinto agora... mas havia tanto tempo que eu desejava visitar estes sítios! não chore, Sr. Dom Luís, por amor de Deus perdoe-me!

O fidalgo, quase ainda alheio ao que se passava, deixou-se erguer e conduzir por Berta para dentro do quarto, e sentou-se, sem consciência dos seus atos, na cadeira junto da harpa, cujas últimas notas parecia ainda vibrarem no espaço.

A comoção violenta quebrara-lhe as forças.

Os braços e a fronte pendiam-lhe em um desfalecimento profundo.

Berta ajoelhou-se aos pés, tomando-lhe as mãos, beijando-as e cobrindo-as de lágrimas.

– Se eu imaginasse que podia causar-lhe esta pena, não teria vindo. Foi uma loucura minha; agora é que vejo; mas trazia isto na ideia havia tantos dias!... Só hoje me atrevi a subir aqui... Se soubesse como chorei ao tornar a ver este quarto e estes objetos, que todos conhecia! Todos! Oh, não se aflija, Sr. Dom Luís, e perdoe-me, perdoe-me por quem é, por amor dela. Fiz mal, bem conheço, mas, como também lhe queria muito... Depois, assim que vi esta harpa... Ó meu Deus, que saudades! Como me lembrei dela, da música que tantas vezes lhe ouvi, da canção que ela preferia... Quis avivar essas recordações e... Mal sabia eu o que estava fazendo! Como era cruel sem o suspeitar! Quem me há de perdoar o mal que lhe fiz? Imagino o que sofreu, o que está sofrendo ainda... E ser eu quem lhe avivou essas feridas!... Não me queira mal por isso. Foi a saudade que me trouxe até aqui, a saudade daquele anjo que eu conheci no mundo. Por amor dele lhe peço que me perdoe a dor que lhe causei.

E a voz de Berta tremia ao falar assim. Dom Luís não a interrompera, porque a agitação era ainda nele muito forte para o deixar falar.

Pousando, porém, as mãos na cabeça de Berta e afastando-lhe os cabelos da fronte com um gesto de paternal carinho, fitou-a com os olhos ainda enevoados de lágrimas e disse-lhe, suspendendo-se a cada palavra, em luta com a comoção que o sufocava:

– De que me pedes perdão, Berta? Destas lágrimas? Oh! deixe-as correr, que há muito não choro lágrimas que me deem um alívio assim. Eu sou que te digo: obrigado, Berta, obrigado, que me fizeste entrever a felicidade que o céu me pode ainda dar; nestes curtos instantes da minha ilusão luziram-me uns lampejos de alegria celeste. Tu só podias ressuscitar-me a filha, e eu quase a senti ao ouvir-te, ao escutar essa abençoada música e a voz, que julguei que só me chegaria outra vez aos ouvidos, se um dia me fosse dado escutar a dos anjos do céu. Agradecido, Berta. A este meu coração são mais conhecidas as dores que o despedaçam e queimam, do que estas que o desafogam em lágrimas. Agradecido, filha.

E o severo fidalgo da Casa Mourisca sensibilizado, sem o menor vestígio da sua habitual rigidez, aproximou dos lábios a fronte de Berta e beijou-a com a doce afabilidade de um pai.

Berta beijava-lhe as mãos, chorando com ele.

Por muito tempo assim se entenderam mudos aquele velho e aquela rapariga, trazidos ali por uma mesma saudade, consagrando lágrimas a uma mesma recordação. Dom Luís estava cada vez mais fascinado. Nem pela ideia lhe corria que fosse a filha de Tomé da Póvoa quem tinha na sua presença, e quem abençoara e beijara.

Era a companheira de Beatriz, a encarregada pela alma daquele anjo de conservar no mundo a sua memória, de avivar as simpatias que ela inspirara na alma dos que a choravam ainda, e que a chorá-la morreriam.

As mãos de Berta não tinham profanado a harpa de Beatriz, tocando-a, nem ultrajara a sua memória a voz que cantava a balada favorita da infeliz menina.

Dom Luís cedia à influência daquele brando caráter feminino e adorava em Berta a imagem da filha que perdera.

Ambos se esqueciam do presente, falando dela. Dom Luís mostrou a Berta todos os objetos que haviam pertencido à filha e que ele ali conservava ainda como relíquias sagradas.

A poucos olhos os revelaria assim, como fazia aos de Berta. Mas a quem conservava tão bem a memória de Beatriz não era sacrilégio devassá-los.

– Ai, Berta, Berta, para que me quis mostrar Deus aquela alma na vida, se havia assim de roubar-ma? – exclamava Dom Luís no decurso deste melancólico exame.

– Para lhe dar um anjo que o veja do céu e vele pelo destino desta família, que ela tanto estremecia na terra.

– O destino desta família! – repetiu o fidalgo, assombrando-se-lhe o semblante. – Triste destino!

– Confio nas orações daquele anjo.

– Quando uma família cumpre no mundo uma dolorosa expiação, nem as orações dos anjos podem aliviá-la dela. Deus afastou do mundo a inocente e fraca, para me deixar só a mim o peso do meu infortúnio e o das longas culpas dos nossos. Ele bem sabia que enquanto a tivesse ao meu lado para arrimo, nem sentiria o castigo. Aceito a sentença de Deus, procurarei cumpri-la com firmeza, e oxalá que meus filhos, recebendo o sinistro legado, não desfaleçam como covardes.

– Não pense nessas coisas, meu padrinho. Tenho fé que ainda voltarão dias felizes para esta casa.

– Sim! quando a comprar em hasta pública qualquer proprietário endinheirado, que faça depois ressoar por estas salas os sons dos bailes e dos festins. A casa verá então dias alegres, verá. E quem se lembrará dos velhos senhores dela, cujos descendentes talvez aceitem um lugar de conviva à mesa do novo proprietário? Porque vamos para uma época de fáceis condescendências.

Berta calou-se, baixando os olhos, porque pressentia perigos na direção que levava a conversa.

Dom Luís tinha delicadeza para compreender a discrição de Berta, e mudando de tom, continuou:

– Mas perdoa-me, Berta; estas ideias tristes da velhice não são para a tua idade. É uma crueldade da minha parte não guardar para mim estes pensamentos.

– Se eu pudesse desvanecê-los!

O fidalgo limitou-se a fazer um gesto de negação.

Neste momento ouviu-se nas escadas um rumor de passos e de vozes, que a ambos fez estremecer.

– É teu pai, Berta? – perguntou Dom Luís, erguendo-se e olhando em redor com inquietação.

– Meu pai não está na terra. Há três dias que partiu e não o esperamos ainda hoje – respondeu Berta, sobressaltada também.

Calaram-se, como para melhor escutarem o rumor, que parecia já mais próximo.

Ouviu-se uma voz dizer:

– Vejamos contudo deste lado; a torre pode muito bem servir para pombal.

Dom Luís estremeceu ao som daquela voz.

Outro respondeu em tom mais baixo:

– Parece-me que entrevejo uma porta aberta. Devagar, devagar.

– Ânimo, Maurício; olha se deixas perder as vantagens da tua bela posição.

– Maurício! – exclamaram ao mesmo tempo Dom Luís e Berta, e uma intensa palidez cobriu o rosto desta.

Dom Luís desviou para ela um olhar, em que havia um fulgor de desconfiança.

– Ouviste?

Berta fez-lhe sinal afirmativo.

– Sabes o que significa isto?

– Não – respondeu Berta com firmeza, levantando a vista para o fidalgo que a observava.

Na firmeza e limpidez daqueles meigos olhos, que não fugiam dos seus, ele conheceu a verdade da resposta.

– Não, juro-lhe que não – repetiu Berta com energia.

– Bem – tornou o velho, carregando o sobrolho e apertando a mão de Berta em sinal de proteção –, esperemos então.

Os que subiam estavam já na proximidade da porta.

Dom Luís recuou alguns passos e ficou oculto pelo cortinado do leito da filha; Berta permaneceu imóvel com a mão apoiada à harpa.

Depois de alguns instantes de demora, a porta moveu-se vagarosamente sobre os gonzos, e no vão deixou aparecer a figura de Maurício, e mais atrás, meio encobertos pelas sombras do corredor, os dois malignos semblantes dos manos do Cruzeiro.

Maurício trazia o olhar desvairado e certa desordem de feições denunciadoras da orgia, com que os primos traiçoeiramente o tinham preparado para o escândalo que meditavam.

Ao reparar em Berta, Maurício fitou-a com uma expressão de quase cínica ironia.

– Boas tardes, Berta – disse ele, curvando-se com gesto de escárnio –, não sei se a minha presença interrompeu alguma doce meditação que esta luz amortecida da tarde lhe estivesse inspirado. Mas tão longe estava de encontrá-la aqui!

Berta tremia e baixava os olhos sem atinar o que dissesse. A consciência de que o fidalgo estava escutando Maurício não era o menor motivo para a sua confusão. Se se achasse só encontraria coragem para arrostar como insulto. No olhar, nas palavras, no gesto de Maurício percebera o desarranjo da razão em que ele estava. Temia pois mais por ele do que por si.

Maurício prosseguiu:

– Julgávamos encontrar outra pessoa nesta velha casa abandonada, porque vimos um cavalo guardado furtivamente, aí perto, em uns pardieiros arruinados. Isto indicava a presença do cavaleiro. Saber-me-á dar notícias dele, Berta?

Berta não respondeu.

– Então não fala? Parece perturbada. É inexplicável a sua confusão diante de mim, Berta. Conhecidos há tanto tempo! companheiros de infância!... Não se lembra de que brincamos nesta sala, eu, minha irmã, Berta e... Jorge?

Um dos primos tossiu ao ouvir o último nome.

Maurício voltou-se:

– Que é? Que reflexões vos despertou este nome? Parece que também Berta não o ouve a sangue-frio.

Berta tremia cada vez mais.

– Aqui há um mistério. Berta está dominada por alguma influência má. Desconheço-a. Dar-se-á que o mau espírito se oculte de nós, três bons rapazes inofensivos, que respeitam todas as entrevistas secretas, todas as doces afeições da alma e que só querem que se seja franco e leal com eles nas palavras e nas obras, e se ponha de parte a falsa moralidade dos hipócritas?

Depois, deixando o tom de sarcasmo pelo da veemência, bradou:

– Se alguém me ouve e ainda tem uns restos de brio e de vergonha, que se não esconda, que apareça. É tempo de acabar a comédia. Apareça, ou eu prometo tentar a sua covardia, obrigando-o pela honra a acudir a mulher que furtivamente corteja, se a quiser livrar do galanteio que ela desdenhosamente rejeita.

Estavam mal acabadas estas palavras e Dom Luís achava-se já em frente do filho, fitando-o em silêncio e com um olhar de severa e expressa interrogação.

Maurício recuou, como se aquela aparição o ferisse em pleno peito. Os do Cruzeiro envolveram-se a mais e mais nas sombras dos corredores.

Seguiram-se alguns momentos de silêncio; Dom Luís foi o primeiro a interrompê-lo.

– Aqui estou pronto para responder ao interrogatório de meu filho e desses senhores que se escondem... por modéstia na sombra do corredor. Interroguem.

– Meu pai... – balbuciou Maurício, baixando os olhos.

– Então deu nisso a bravata da atrevida provocação que me fez aparecer? E os senhores não serão mais ousados? Muito bem; se é a consciência que os abaixa ao lugar dos réus, eu tomo o meu lugar de juiz. Que significa toda esta cena de orgia? Que infâmia, que vileza os fez subir estas escadas e empurrar aquela porta? Julguei perceber que se tratava de insultar uma senhora. Boa diversão para fidalgos!

E voltando-se para Maurício prosseguiu:

– Dantes aqueles que traziam o nome de que usas baixavam cortesmente os olhos diante das damas e erguiam-nos para cruzar a vista de homem, quem quer que ele fosse que procurasse a sua. Tu hoje desonras esse nome, fazendo o contrário. És insultante e provocador com a fraqueza, e baixas a vista ignobilmente sob o peso da tua covardia. Envergonho-me de te ter por filho.

– Senhor!

– Basta. Não quero aumentar a minha vergonha, devassando o íntimo das tuas intenções, vindo aqui em companhia dos teus camaradas das devassas orgias. Berta, bem vê. Quando movida por um sentimento generoso, subiu os degraus destas escadas, no intento de se entreter com a alma de Beatriz, que melhor do que ninguém conheceu, confiava mais na boa-fé dos outros, julgando-a pela sua. Devia lembrar-se de que nesta casa em ruínas, donde voou para o céu aquele anjo, criaram-se os hóspedes das ruínas, os répteis e as víboras, que se arrastaram até aqui para a ferirem com o insulto e com a calúnia, aqui mesmo neste lugar que devia ser sagrado para meus filhos, se a fatal influência que pesa sobre esta família não tivesse já apagado neles todos os instintos de dignidade e de nobreza. Deus, porém, trouxe-me aqui para protegê-la do insulto, e espero que apesar de trêmulo, ainda o meu braço lhe servirá de seguro apoio. Talvez que a depravação nestes homens perdidos não tenha chegado ainda ao ponto de ousarem ameaçar-me; uns restos de respeito filial lhe servirão de salvaguarda.

E Dom Luís, dando o braço à Berta, que maquinalmente lhe obedecia, saiu do aposento com a cabeça erguida e o gesto severo.

Maurício e os primos do Cruzeiro afastaram-se timidamente para os deixar passar.

Maurício deixou-se cair em uma cadeira e escondeu o rosto entre as mãos, exclamando:

– Eu sou um miserável!

Os primos olharam-se com o gesto cômico de dois colegiais encontrados em flagrante delito de insubordinação.

24

No dia seguinte pela manhã, Dom Luís mandou pedir à baronesa autorização para fazer-lhe uma visita, reclamada por motivos urgentes.

Gabriela respondeu que o ficava aguardando com impaciência.

E não foi por mero cumprimento que o disse; os negócios daquela família achavam-se em um estado tal, que era de esperar de momento para momento uma crise importante, e o menor sucesso podia provocá-la.

Gabriela sabia-o e aguardava-a.

Meia hora depois entrou Dom Luís sombrio e grave no gabinete da sobrinha.

Esta acolheu-o com a maior deferência, procurando ler-lhe no semblante o pensamento que o trouxera ali, mas empregando no exame toda a dissimulação.

– Para que se incomodou, tio Luís? Se quisesse ter a bondade de esperar eu iria receber as suas ordens.

– Ergui-me cedo. E ergui-me sem ter dormido. Por isso fui tão matinal.

– Meu Deus! achou-se então incomodado?

– De espírito, muito; muito.

E Dom Luís passou a mão pela fronte, suspirando.

– E posso proporcionar-lhe algum alívio, meu tio? – perguntou Gabriela, conduzindo-o para um sofá onde se sentou ao lado dele, olhando-o com ar de interrogação e de interesse.

– Gabriela, a sorte de minha família está jogada. É uma família perdida – rompeu veementemente o fidalgo.

– Não diga isso, tio Luís.

– Digo-o e sinto-o – continuou ele mais exaltado. – Quando uma casa como a nossa, que não pode já conservar o antigo esplendor e o estado que em melhores tempos sustentou, não sabe de mais a mais manter o prestígio que teve pelas práticas tradicionais de nobreza, por ações de fidalguia, enfim por estes atos de superioridade que fazem dobrar a cabeça aos mais insolentes e intimidar a vista dos invejosos, quando uma casa chegue a um tal estado de decadência, nenhum apoio sólido tem a sustentá-la e em pouco tempo cairá em tal ruína total. A minha está perdida!

– Seus filhos...

Dom Luís estremeceu de irritação a estas palavras.

– Meus filhos? Que me quer dizer deles? Deles me queixo eu. Jorge fez-me corar pela pouca dignidade dos seus sentimentos; Maurício pela vileza dos seus atos.

– Maurício?! Santo Deus! Pois que sucedeu mais?

Dom Luís, trêmulo de indignação, contou à baronesa a cena da véspera. A cólera do velho contra o filho era violenta e contrastava com a brandura e quase respeito que o dominava ao falar de Berta.

A baronesa ia notando estes fenômenos todos.

Assim que Dom Luís concluiu, Gabriela, encolhendo os ombros, formulou a emenda:

– Loucuras de rapaz.

– Loucuras! Loucuras de rapaz! Que diz, Gabriela? Nem tudo se pode permitir ou desculpar ao verdor dos anos. E quando nas ações de um rapaz se nota, já não apenas o estouvamento e a inconsideração que é própria dos anos, mas os sinais de uma profunda depravação moral, esse rapaz, aos vinte anos, tem já a alma corrompida.

– Mas o que vê mais do que estouvamento nos atos de Maurício?

– Que ia ele fazer embriagado e na companhia de devassos, à Casa Mourisca?

– Saiba então, meu tio, que o primo Maurício tem o fraco de se julgar apaixonado por todas as raparigas bonitas que vê. É o seu defeito. Portanto julga-se também apaixonado por Berta, que me dizem ser gentil. Parece porém que não tem sido feliz por esse lado. Daí os seus desafogos. Depois os planos de Jorge, mal interpretados, e as malévolas instigações daquelas santas criaturas dos nossos primos do Cruzeiro fizeram-lhe já por mais de uma vez ver no irmão inocente um rival preferido, e aí está. Acrescentando a isto a influência do estado anormal em que diz que ele ontem se achava, tudo se explica. Loucuras de uma cabeça estouvada; que pelo coração fico eu.

– Perde-se, perde-se – insistia Dom Luís. – Não respeitar os sentimentos mais puros! Nem pelo menos lhe merecer respeito aquela pobre rapariga, que tem as mais santas tradições de nossa família a protegê-la! Nem ela! É uma infâmia!

– Sabe o que isto está pedindo, meu tio?

– O que é?

– É que se tire Maurício daqui. Esta ociosidade perde-o. Este viver apertado no pequeno círculo da aldeia há de acabar por sufocar nele as melhores aptidões e desenvolver-lhe as más. Creia. O tio deve vencer os seus escrúpulos em deixar Maurício partir.

– Lembrei-me já disso. E nesse intuito a procurei. Mas pense bem, Gabriela. Engolfá-lo na grande sociedade onde os vícios e as tentações se conspiram para embriagar e seduzir a juventude, e ele em quem germinam já maus instintos...

– Tem dotes de alma, que lá se desenvolverão e neutralizarão os vícios e as tentações.

Dom Luís curvou a cabeça pensativo. Os seus preconceitos políticos eram muito vivazes, não cediam sem resistências.

– Para que me deu o Senhor filhos! – exclamou ele, revoltando-se contra a sua perplexidade; e acrescentou: – Mas afinal que carreira pode ele seguir?

– Não fixemos dantemão planos. Em geral os acontecimentos anulam-nos. Decida-se a partida. Eu o recomendarei de maneira que ele próprio possa dentro em pouco escolher a carreira que lhe convenha.

– Mas, se tiver de ceder...

– Meu tio, permita-me uma reflexão. Se quisermos prevenir todos os fortuitos inconvenientes de uma resolução qualquer, antes de a tomarmos, nenhuma abraçaremos. Deixemos as objeções e os reparos para o momento apropriado. Quer que Maurício parta?

– Se ele há de perturbar a paz dessa família e obrigar-me mais uma vez a humilhar-me diante dela... Porque meus filhos têm tido uma rara habilidade de deixar a humilhação pelo único expediente ao meu pundonor! Colocaram a razão e a justiça da parte dos meus inimigos, forçoso era, para poder ter a cabeça erguida, curvá-la primeiro e implorar perdão.

Gabriela fingiu não atender a primeira parte das reflexões do tio.

– Muito bem. Vou falar a Maurício. Tudo se há de decidir em pouco tempo. Tenha fé em que se não perde uma família, cujos futuros representantes têm, um, o caráter honrado e a razão clara de Jorge, outro, os bons instintos e as brilhantes qualidades de Maurício. Pelo contrário, creio que ela está destinada a dar um salutar exemplo àqueles cuja estrela também declina, ensinando-lhes a única maneira de continuar, nos tempos que correm, as nobres tradições dos seus antepassados.

– E qual é essa maneira única? – interrogou o fidalgo, quase irônico, como se já esperasse a resposta.

– Entrar nobremente no caminho da atividade e do trabalho; distinguir-se aí, como se distinguiram outrora nas guerras de África e nas navegações os que tinham o mesmo nome para enobrecer. Ser ocioso, por não poder ser guerreiro, é fraco título para veneração dos contemporâneos. Cada século tem a sua tarefa, meu tio; a de hoje não se cumpre às lançadas nem às cutiladas. O bom senso do tio Luís há de dar-me razão. Sabe além disso muito bem o que se faz lá por fora, o que se faz na Inglaterra, por exemplo, onde também há nobreza e orgulhos nobiliárquicos, como por cá, e mais talvez ainda.

– Bem vê que não desprezei a educação de meus filhos, nem impedi que Jorge trabalhasse quando me pediu para o fazer. Pelo contrário, nesse dia julguei receber uma lição daquela criança, e cheguei a corar dos meus setenta anos de incúria e de ociosidade. A minha velhice achou-se menos veneranda do que aquela juventude. Mas repare, Gabriela, que disse: entrar *nobremente* no caminho do trabalho. E nobremente não é andar a estender a mão à esmola dos antigos servos da nossa casa.

– Não houve esmola. Foi um honrado contrato aquele, feito entre dois homens igualmente honrados. Se faltaram nele todas as seguranças do costume, tanto melhor; foi porque ambos se conheciam e confiavam um no outro. As garantias mais poderosas são afinal essas. Contratos destes só se dão entre homens de bem. Olhe tio Luís, longe de mim discutir agora o proceder de Jorge, mas, se quer que lhe diga, tenho a íntima convicção de que aí dentro, bem do fundo da sua consciência, não se conserva já grande ressentimento contra seu filho mais velho. Há forçosamente uma voz interior que lhe clama que Jorge é um nobre e generoso caráter.

– Não disse ainda que Jorge fosse vil e infame. Mas diz bem, Gabriela, não discutamos agora isto. Peço-lhe então que decida Maurício a sair, para evitar novas imprudências e indignidades; não tanto para nós, como por essa boa rapariga, que é digna deveras de toda a simpatia. Que parta e que não me apareça.

E Dom Luís saiu do quarto, repetindo esta última recomendação.

A baronesa ficou pensando:

– Decididamente é preciso pôr Maurício daqui para fora. Este caráter em uma cidade grande é uma coisa insignificante; a agitação que causa perdia-se na grande agitação daquele mundo. Aqui é um terrível elemento de desordem e talvez de sérias catástrofes. Agora quem me agrada mais e muito mais é o tio Luís. Sim, senhores. Acho-o menos bravo, apesar dos seus furores. Como ele falava da filha do Tomé! Do Tomé, que é afinal a pedra do escândalo disto tudo! Quem o domaria a este ponto? A rapariga, ao que parece, tem condão para se insinuar. O tio Luís tem um grande fraco por ela, conhece-se. Já que o padre me contou de quando foi a história da entrega das chaves, e agora esta entrevista... Preciso de conhecer Berta: está dito. É uma influência que é bom cultivar. Digam o que quiserem; não há nada melhor para amansar um velho bravio como este. É ver a falta que faz aquela pobre Beatriz. Ao pé de um velho quer-se sempre uma rapariga para não o deixar azedar e tomar estes ares selvagens e opiniões avinagradas, que o tio Luís já ia adquirindo. Nada; o padre procurador o mais distante dele possível, que pregue a outros os seus soporíferos sermões sobre o direito divino e sobre a corrupção da época; no lugar dele coloquemos Berta, e quero saber se o leão não há de amansar. Agora vamos lá ver Maurício. Para falar a verdade, ainda não sei bem o que se há de fazer dele; mas, em todo o caso, mandemo-lo para Lisboa, porque nos está causando muito embaraço aqui.

E Gabriela dirigiu-se para a sala do almoço, onde Maurício todas as manhãs a precedia.

Encontrou-o na varanda, que deitava para uma ribanceira, como absorvido na contemplação do abundante jorro de água que dali se despenhava por entre fetos vigorosos, cuja rama encobria o fundo do precipício. Os raios de sol da manhã irisavam a úmida poeira, que a água, ao quebrar-se, levantava ombro.

Gabriela aproximou-se de Maurício sem ser percebida, e depois de o observar alguns momentos, pousou-lhe a mão no ombro.

Maurício voltou-se quase sobressaltado. Ao ver a prima, sorriu.

– Não a senti chegar.

– Isso vi eu. Que profunda meditação era essa? Queira Deus que não estivesse sentindo a atração do abismo. Dizem-me que é irresistível; sobretudo para certas organizações.

– Não, os abismos físicos não são os que me atraem.

– O que é o mesmo que dizer que os morais alguma atração exercem sobre ti.

– Estou quase a persuadir-me disso.

– De quê?

– De que me impele uma força irresistível por um caminho, no fim do qual a minha queda é inevitável.

– É um pressentimento trágico.

– É uma opinião ditada pela experiência.

– Experiência! Essa palavra na tua boca Maurício! O eterno mote dos velhos, glosado por um rapaz de dezoito anos, e estouvado como nós sabemos!...

– E por que não há de ser esse mesmo estouvamento o que me perde? Os estouvados são os homens que não têm na razão força bastante para conterem os impulsos das paixões, e que por isso obedecem a estas, sem que os façam parar os preconceitos do mundo e os conselhos dos juízes frios.

– Se me faz favor, esses são os apaixonados. Os estouvados não chegam nunca a ir muito longe sob o impulso de uma paixão, porque mudam de soberana a cada momento, donde resulta um mover indeciso, um flutuar sem rumo, um jogar entre ventos encontrados, que não lhes permite vencer longo caminho.

– Nesse caso rejeito o epíteto de estouvado.

– Achas então que há já o governo constituído e definitivo no teu coração?

– Estou convencido de que se fixou o meu destino.

– Pelo lado do amor?

– Sim; pelo lado do amor.

– A notícia contraria grandemente os meus planos.

– Os seus planos?

– Sim; não sabes o que me trouxe aqui? Vim para declarar-te que o tio Luís exige terminantemente que o Maurício parta quanto antes para Lisboa, por se ter afinal convencido de que, apesar de todos os perigos da vida da capital, é esse um passo preferível a deixá-lo permanecer aqui, no seio da ociosidade que, como sabe, é a mãe dos vícios todos.

– Nesse caso principia hoje a luta. Eu declaro que não parto.

– Deveras?

– Deveras. A minha sorte está decidida, prima. E qualquer que seja o resultado desta resolução...

– Mas, vamos a saber, primo Maurício, e Berta?... (porque me parece que se trata de Berta) e Berta corresponde-te?

– Creio que sim. Por timidez procura fugir-me, ou por desconfiança talvez. Por isso mesmo hei de provar-lhe que sou sincero, e que através de todos os preconceitos...

– Está a tentar-te o papel de Romeu, é o que eu estou vendo. Desconfio da sinceridade dessa exaltação.

– Pois verá.

– Ora ponhamos as coisas no seu lugar. Não principies tu a fantasiar escaramuças de Montechi e Capuletti, que provavelmente não terão lugar, com grande dano das feições românticas do caso. A coisa há de passar-se mais prosaicamente, como hoje se passa tudo. O primo Maurício, depois de uns arrufos do tio Luís, havia de, mais ano menos ano, ver sancionado por ele o seu casamento. Muito bem. Aí o tínhamos patriarca rural, burguesamente instalado na lareira da Herdade, com os filhos a treparem-lhe aos joelhos, e conversando em santa paz com o papá Tomé e com a mamã Luísa, ouvindo o estalar das pinhas, e abrindo a boca de sono, quando a ceia se demorasse alguns minutos além das nove horas. Por este mesmo tempo, outros rapazes da sua idade, e talvez com menos aptidão do que ele, caminhariam por entre os fulgores da moda, da elegância e da glória, conhecidos e apreciados nos círculos onde radia a inteligência e onde as brilhantes qualidades de espírito encontram sempre em que se exercerem. Não chegariam a este solitário Maurício às vezes umas invejazinhas desses tais, mesmo ao suave calor da fogueira patriarcal?

– E que me impediria de os seguir também? – disse Maurício contrariado. – Nesses caminhos que diz não é força progredir solitário. O apoio de um coração...

A baronesa abanou a cabeça em sinal de dúvida, dizendo:

– Desengana-te, Maurício, se ainda te sorri a vida da grande sociedade, não procures a companhia de corações como o de Berta.

– Por que não?

– Os corações como o de Berta precisam do calor suave da vida de família para recenderem o grato perfume do seu amor. Para um homem a quem ainda atraem as lutas da vida e as lides da glória, não é das mais adequadas companhias a destas mulheres extremosas e modestas, que somente se satisfazem com afetos, e cujo amor não se nutre da glória do objeto que amam, mas exclusivamente do amor que dele exigem. Almas que o ciúme desalenta, que a ausência definha, não são para companheiras daqueles homens. Se um dos tais mais imprudente liga um destes corações ao seu destino, ou o martiriza, cedendo aos próprios instintos da glória, ou sacrificando-lhos, tortura-se, e a tortura reflete-se sobre essas almas amoráveis, que a adivinham.

– E poderá ser verdadeiro um amor que não tenha essas qualidades que diz?

– Pode. Pois não pode! É preciso que evites, Maurício, o preconceito que tem muita gente de que tudo é falso e mau nos brilhantes círculos sociais. Não é. Lá há também amores e afeições verdadeiras, podes crê-lo, mas, nascidas e criadas em condições diversas, vivem e resistem a ventos que definham a outras. Uma mulher daquele mundo, sem que deixe de amar seu marido, não aspira a monopolizá-lo para o seu amor. Pelo contrário, deseja que ele desempenhe a sua missão na sociedade. Com a glória que aí adquirir, se ilumina ela também, e em vez de obter na obscuridade do lar doméstico, impele-o para a luz e sente que o seu amor por ele cresce na proporção em que os outros o admiram. É uma vaidade que se converte em estímulo. Estas mulheres assim servem de incentivo às aspirações, e são as que convêm aos artistas, aos políticos, em uma palavra, aos ambiciosos.

– Mas quem lhe disse que eu era ambicioso? – perguntou Maurício, já em tom diferente, e demorando na baronesa um olhar analisador, como de quem pela primeira vez descobria nela qualidades dignas de atenção.

– E podes negar que o és? – prosseguiu Gabriela. – Ora fala-me com franqueza. Resignar-te-ias sem pesar à ideia de passar o resto da tua vida esquecido e obscuro neste canto da província, tendo por única diversão uma caçada de lebre? Conformar-te-ias com as modestas aspirações de Jorge, que se satisfaz com dirigir em bom caminho a administração desta casa? Não sonhas muita vez com a brilhante sociedade dos salões da capital, onde todas as aristocracias se confrontam, onde se trata com tudo quanto há de elegante, de nobre, de distinto nas ciências, nas letras, e nas artes? Não tens já sentido a ansiedade de viajar, de te engolfares nos focos da civilização moderna; finalmente de viver em um mundo, onde os teus talentos, as tuas qualidades possam ser devidamente apreciadas?

– É muito lisonjeira, prima Gabriela. Mas, quando eu sonhasse com tudo *isso*... E não negarei que mais de que uma vez essas fantasias me tenham enlevado, mas de que me serviria? Acaso o mundo está à minha espera para me patentear todas as portas desses lugares de fascinação?

– Para os rapazes de vinte anos, de talento e de vontade, não há barreiras no mundo. Querer é poder. O mundo é menos feroz do que parece. Quando alguém se aproxima dele com a intrepidez e o arrojo do domador, esta terrível fera abaixa a cabeça e não ataca.

– E qual pode ser a minha carreira nesse mundo?

– Não se escolhe de longe. Na presença dos caminhos escuta-se uma voz interior, que nos diz: "Por aqui."

– Mas creia que eu sou um inexperiente. Fora destes ares sentir-me-ia embaraçado.

– Eu prometo acompanhar-te nos primeiros passos.

– Somente nos primeiros?

Maurício fez a pergunta com uma entonação de voz e com um olhar, que causaram estranheza a Gabriela.

Fitou-o como para perscrutá-lo, e depois com um sorriso malicioso nos lábios, tornou-lhe:

– Pareceu-me perceber uma música de galanteio nessa pergunta. Vê lá. Pois nem eu te merecerei indulgência e contemplação?

– Demasiada contemplação me tem merecido até, e Deus sabe se por meu mal.

– Um *calembour* ao que percebo. Bonito. Onde está aquele fiel Romeu de ainda agora? Se eu insistisse era capaz de te arrancar uma declaração formal, estou vendo.

– Tem razão para zombar, prima, porém...

– Previno-te, Maurício, de que não vale a pena perder o tempo comigo. Eu tenho uma maneira pronta e rasgada de tratar as coisas, que se não compadece com as longuras e alternativas de um galanteio a teu modo. Bem vês que já não sou criança de quinze anos, e que perdi a paciência dessa idade. Mas vamos almoçar, que nos estão chamando.

Durante o almoço, ao qual não assistiu Dom Luís, a conversa resumiu-se em observações de crítica e análise culinária de frei Januário e nas glosas lacônicas de Gabriela, que pôs final à preleção, levantando-se da mesa e ordenando que lhe aparelhassem a égua para um passeio.

Quando, momentos depois, descia ao pátio, apanhando a longa cauda do seu vestido de amazona, encontrou Maurício, que parecia esperá-la para a ajudar a montar e porventura para lhe servir de jóquei.

– Então que quer dizer isto? Encarregaste-te agora das funções de monteiro-mor? – perguntou-lhe Gabriela.

– Se me permite que desempenhe estas funções, muito me honrarei com elas.

– Quem pode recusar um oferecimento tão amável? Mas que me encontras tu de novo para me olhares com esses olhos?

– É porque efetivamente ainda a não tinha visto assim.

– Assim como?

– Tão...

– Tão?

– Com esses vestidos.

– Ai, ainda não? É verdade que ainda não me tinha dado para isso aqui. Então também ainda me não viste cavalgar?

– Ainda não.

– Olhem que descuido o meu! – disse Gabriela, saltando agilmente sobre o selim, auxiliando-se da mão de Maurício: e enquanto ajeitava as dobras do vestido, preparava as rédeas e acabava de apertar as luvas, prosseguiu:

– Pois nesse caso vais ver o que são primores na arte. Ao que parece vens também?

– Se me permite – disse Maurício, parando junto do cavalo, que ia já a montar.

– Com uma condição.
– Qual é?
– Quando eu te disser que nos separemos, hás de condescender.
– Obedecerei embora me custe.
– É indispensável. Tenho hoje uns projetos, que não posso realizar senão sozinha.
– Acompanhá-la-ei onde me permitir.
– Está dito. A cavalo!

E, instigando de súbito a égua, partiu a galope, fazendo sinal a Maurício para que a seguisse.

Apesar de toda a diligência deste em montar, e da desfilada em que lançou o cavalo, não lhe foi fácil atingi-la. Sendo enfim alcançada, a baronesa afrouxou a rapidez da égua, e os dois cavalgaram a passo, um ao lado do outro.

A violência do exercício avivara o carmim nas faces da baronesa e dera-lhe ao olhar uma animação maior da que lhe era habitual.

O sorriso que lhe entreabria os lábios, e o arfar do seio, agitado pelo ímpeto da carreira, realçavam os dotes naturais, naquele tipo feminino, no qual, se já se desvanecera o frescor da primeira juventude, sobreviviam ainda os traços permanentes de uma beleza correta.

Maurício não se fartava de a admirar aquela manhã. Fora para ele uma imprevista revelação. Dir-se-ia que até ali uma nuvem lhe ocultara as perfeições da prima, e que, de repente, essa nuvem se rasgara para o surpreender.

O prestígio da elegância, da moda, dos distintos hábitos sociais, do espírito cultivado na frequência da mais seleta sociedade estavam atuando no coração de Maurício, predisposto como o de poucos para aquele influxo.

A beleza, e a inteligência de Gabriela, aprimoradas ambas por uma arte, que sabia ocultar-se para não prejudicar os efeitos que obtinha, atraíram Maurício de uma maneira irresistível.

A baronesa tinha a perspicácia necessária para o perceber. O seu amor-próprio feminino era naturalmente afagado pela descoberta; mas, além desta desculpável fraqueza, outras razões havia mais poderosas para que essa observação a lisonjeasse.

Gabriela, como já dissemos, ficara viúva muito jovem, do Barão de Souto Real. Tendo ainda instintos de juventude a satisfazer, prometera a si própria consultar o coração antes de prender-se uma segunda vez.

Quando recebeu a carta de Dom Luís e veio ter com ele à Casa Mourisca, sabedora das dificuldades financeiras com que lutava o fidalgo e dos nobres esforços de Jorge para remediá-la, ocorrera-lhe o pensamento generoso de favorecer o empenho do primo oferecendo-lhe com a sua mão os recursos de que ele precisava para realizá-lo. A admiração e o respeito que lhe inspirava o caráter sisudo de Jorge permitiam-lhe dar esse passo com o coração folgado.

Custava-lhe apenas ter renunciar aos fulgores da capital a que se habituara e que amava com toda a paixão de uma mulher da moda; mas confiava em que o seu bom senso e os subsequentes cuidados de família lhe suavizariam o sacrifício. Tratando porém mais de perto com o primo, compreendeu que devia desistir do seu projeto.

Jorge pareceu-lhe incapaz de se apaixonar: e com certeza, não a amando, não se resolveria a aceitar a mão que ela lhe oferecesse, mormente por levar consigo os recursos que o poderiam auxiliar na sua nobre empresa.

Gabriela abandonou pois a ideia que tivera. Em Maurício não pensara ao princípio. Achava-o tão leviano, que, como ela dizia, não podia lembrar-se seriamente de fazer dele um marido. Agora, porém, notando a súbita impressão que ocasionalmente lhe produzira, e cujos efeitos duravam e progrediam, a baronesa principiou a encarar o caso debaixo de diferente luz.

Se Maurício se apaixonasse por ela, ser-lhe-ia fácil fazê-lo partir para Lisboa e vencer a repugnância que ele parecia opor a abandonar a aldeia justamente na ocasião em que a resistência do pai havia cedido.

Se, depois de deixar tomar maior incremento a este novo capricho de Maurício, ela subitamente partisse para Lisboa, sem dúvida que o arrastaria atrás de si. O resto fá-lo-iam as seduções da capital.

Para conseguir este resultado, julgou pois Gabriela que não devia apagar aquele fogo que principiava a atear-se no inflamável coração do primo; labareda, rápida e fugaz, que importava? Contanto que durasse até extinguir a outra que lá ardia.

E se durasse mais? Quem sabe? Talvez que o primeiro pensamento de Gabriela se pudesse realizar com uma variante: Maurício não era Jorge. O caráter volúvel e inconstante do filho mais novo de Dom Luís não o garantia como um modelo de marido. Mas a baronesa, segundo ela própria dissera ao primo, não era destas mulheres exigentes que zelam a posse de todos os pensamentos e de todos instantes do homem que amam. A vida da alta sociedade ensinara-a a ser condescendente. Se encontrasse no marido verdadeira estima e delicadeza, não seria uma ou outra infidelidade que a obrigaria ao papel lacrimoso de esposa abandonada.

Depois, Maurício tinha pelo menos sobre Jorge uma vantagem.

Não exigiria dela o sacrifício dos seus queridos hábitos, nem a desterraria dos luzidos círculos que ela amava tanto. Antes lhe abriria ampla carreira de gozos, quando soltasse os voos às ambições que lhe adivinhara.

Assim, pois, Gabriela deixava-se galantear pelo primo e ensaiava nele a sua tática admirável, que o encontrou mais inexperiente do que era de supor em quem de tanta fama de experimentado gozava.

Maurício porém achava-se pela primeira vez diante de uma mulher educada na alta escola desta especial esgrima. A arte era demasiadamente sutil para ele a descobrir. Todo o artifício estava em simular a mais completa ausência da afetação. Parecia tudo espontaneidade, irreflexão, imprudência até, e julgando conquistar um coração indefeso e sem arte, o novel combatente era vítima de um gladiador previdente, armado de viseira e couraça e jogando magistralmente com armas da melhor têmpera.

A baronesa estava a acabar de convencer-se de que a suposta paixão de Maurício por Berta não passava de uma ilusão ou de um capricho.

Mas não haveria em Berta algum sentimento menos efêmero e que pudesse ameaçar-lhe o coração?

Era esse o problema que restava resolver. E para esse fim saíra a baronesa. A presença de Maurício impedia-a de proceder a essa investigação, por isso exigira dele a promessa de a deixar quando lho pedisse.

Cavalgaram por muito tempo juntos, antes que fosse reclamado o cumprimento dessa promessa. Maurício ia cada vez mais enlevado. Somente próximo da estrada, que conduzia à Herdade, foi que a baronesa lhe pediu para se separarem.

Maurício quis romper o contrato; Gabriela, porém, insistiu.

Ao despedirem-se, a baronesa disse para o primo, com uma inflexão de voz, que alvoroçou o coração do pobre rapaz:

– Agora provavelmente vais procurar ver a menina Berta?

Maurício respondeu expansivamente:

– Conceda-me que lhe beije a mão, prima, e correrei a encerrar-me em casa com as impressões desta memorável manhã.

Gabriela concedeu-lhe o pedido e recompensou-lhe com um sorriso o galanteio.

E Maurício foi efetivamente para os Bacelos, com o pensamento ocupado pela imagem da prima.

No meio dos seus enlevos pungia-o uma ideia.

– "E Berta"? – pensava ele.

A pobre Berta, que a vaidosa imaginação do rapaz teimava em representar perdida de amores, não sofreria muito se outra lhe disputasse com a vantagem a posse do coração dele? E não estava esse perigo iminente?

É porém de notar que esta contrariedade era um dos maiores incentivos para aumentar a chama da sua nascente paixão por Gabriela.

Havia uma perspectiva de lágrimas e de dores a servir-lhe de fundo de quadro, e Maurício, sem ser cruel e compadecendo-se até de antemão do mal que supunha ir causar ao coração de Berta, sentia-se seduzido pela situação que criara.

Expliquem como puderem estas contradições de caráter, na certeza de que o fato não é excepcional, antes muito da regra comum.

25

Depois de separar-se de Maurício, a baronesa guiou a égua na direção da Herdade. Decidida a ver e a estudar Berta, para saber até que ponto estava o coração da rapariga empenhado nos conflitos domésticos dos senhores da Casa Mourisca, Gabriela adotou a resolução de procurá-la sem simular protesto algum. Os costumes singelos do campo autorizavam esta supressão de cerimônias; demais, como parenta que era de Jorge e de Maurício, tinha a certeza de ser bem recebida lá.

Desviando-se da estrada para seguir por um atalho que ladeava a colina, avistou uma pequena capela rústica, com a sua galilé e o seu pequeno bosque de sovereiros a rodeá-la, e tão pitorescamente situada em uma das eminências próximas, que não pôde resistir ao desejo de subir até ali.

A capelinha, erigida sob a invocação de Santa Luzia, um dos nomes de mais devoção entre os do florilégio cristão, pousava sobre a colina em uma dessas situações que o povo, com seus instintos poéticos, costuma escolher para assentar esses modestos monumentos da sua fé e piedade.

O vale feracíssimo, por onde se estendiam os vergéis, as searas, as quintas e os lameiros de duas ou três freguesias, descobria-se todo dali. A vista seguia nos seus sucessivos meandros o pequeno rio que se estirava em chão de areia, por entre moitas de azevinhos, de laurentins e de salgueiros, cujos ramos aqui e além se abraçavam de margem para margem. O campanário da igreja paroquial, a ponte de dois arcos, os açudes, as azenhas, as presas onde cantavam, lavando, as raparigas do campo, os tendais onde a roupa de linho branqueava a feição campestre da paisagem.

Prendendo a égua ao ramo vigoroso de um destes carvalhos decepados, a que na província chamam tocas, Gabriela caminhou a pé para a galilé da ermida.

Ao chegar ali descobriu no muro sobranceiro ao lado menos acessível da colina, uma rapariga sentada costurando.

A baronesa adivinhou logo que era Berta e aplaudiu-se no palpite que a fizera desviar do caminho para subir ali.

Berta saudou-a afavelmente, como quem também a reconhecera.

A baronesa dirigiu-se-lhe sem rodeios.

– Não é verdade que é a menina Berta da Póvoa que tenho a felicidade de encontrar aqui?

– Sou, sim, senhora baronesa... porque me parece que estou falando com...

– Justamente. Achamo-nos pois conhecidas. Tanto melhor, para não perdermos tempo com apresentações. Agora permita-me que a abrace, como a uma pessoa a quem estimo?

– Oh! minha senhora!

E as duas mulheres abraçaram-se, saudando-se afetuosamente, como se uma súbita simpatia as aproximasse.

– Sabe – prosseguiu a baronesa, sentando-se ao lado de Berta – que ia procurá-la?

– A mim?!

– É verdade. Veja que feliz acaso o que me fez subir a esta capela, para gozar o panorama que se descobre daqui.

– É um dos passeios mais bonitos destes sítios.

– Pelo que vejo costuma fazer daqui a sua casa de lavor?

– Ai, não; raras vezes, hoje vim para esperar meu pai, que chega do Porto. Daqui avista-se quase meia légua de estrada. Vê?

– Ai, volta hoje o pai? Visto isso também o meu primo Jorge.

– Também... julgo que também.

Berta não foi superior a uma leve turbação, ao ouvir o nome de Jorge e ao responder à baronesa. Quem tem no coração um segredo que de todos quer recatar, trai-o muitas vezes, à força de disfarçá-lo. Em cada olhar suspeita uma espionagem, em cada palavra uma alusão, e se a conversa se aproxima do assunto, segue-a trêmulo, como se segue o caminho que se abeira de um precipício.

A baronesa, que tinha ainda os olhos fitos em Berta com a curiosidade própria de uma mulher ao observar outra que sabe causar impressão nos ânimos masculinos, notou aquele indício de confusão, e não o desprezou.

– É um generoso rapaz o meu primo Jorge, acha? – interrogou ela, demorando o olhar no rosto de Berta.

Esta sentiu o perigo em que estava de trair-se e concentrando por isso toda a sua coragem, conseguiu levantar os olhos para fitar a baronesa e responder com aparente serenidade.

– É um nobre caráter, um rapaz a quem se deve respeitar como a um velho honrado.

– Respeitar como a um velho honrado, diz bem; amar como a um rapaz é que não é possível.

Berta corou desta vez, respondendo:

– Não queria dizer isso.

– Bem sei que não. Mas digo-o eu. Jorge é um escravo do dever, e tão absorvido anda nos seus grandes e generosos projetos, que não há para sonhos de amor lugar naquela cabeça. As raparigas não podem amar um homem assim, em quem os olhares da mais afetuosa simpatia não insinuam calor no coração. Tem umas maneiras para todos uniformemente polidas e afáveis, que excluem a ideia da menor preferência. Pois não lhe parece?

– Os nobres sentimentos da alma também podem exercer algum prestígio...

– Mas, valha-me Deus, Berta, esse prestígio revela-se em tais casos por uma veneração, que não é amor. É como a que temos pelos santos. De virtuosos e justos que no-los pintam, fogem do nosso nível e temos de elevar a vista para contemplá-los; e desta maneira com os olhos no céu, adora-se mas não se ama.

Berta, com os olhos fitos em não sei que ponto da perspectiva, não respondia e parecia engolfada na corrente de profundos pensamentos.

A baronesa, sem interromper a sua observação, continuou:

– Já assim não é Maurício.

A abstração de Berta não lhe deixou reprimir um movimento que estas palavras lhe provocaram. Dir-se-ia que lhe custava a aceitar a comparação.

Gabriela, observando-a sempre, prosseguiu:

– Maurício não tem o juízo de Jorge, é verdade; porém é mais amável. Os seus mesmos defeitos fazem com que seja possível fitá-lo mais diretamente, sem que o esplendor dos seus méritos nos ofusque. É um rapaz que, sem deixar de ser generoso, permanece no nível comum, em que todos vivem, e aí é bem mais fácil amá-lo.

Berta escutava quase distraída; só passados instantes, depois das últimas palavras da baronesa, foi que rompeu o silêncio, dizendo vagamente:

– São ambos duas almas generosas e merecedoras de estima.

– Decerto – insistiu a baronesa. – Mas, minha querida Berta, eu não sei se lhe sucede o mesmo... mas em geral estes rapazes sérios e de juízo, como Jorge, intimidam-nos a nós outras, mulheres; não ousamos fitá-los com um olhar de simpatia, com medo de que só por este olhar eles nos acusem, mentalmente pelo menos, de estouvadas, e resultado disto é que não olhamos para eles.

Berta sorria, sem responder.

– Conhece há muito esta família? – perguntou a baronesa.

– De pequena. Brincamos muitas vezes, eu, Beatriz e todos eles na Casa Mourisca.

– E Jorge era então já assim sisudo?

– Foi sempre mais ajuizado do que as crianças da sua idade.

– É um rapaz singular. Já tenho pensado em que era preciso casá-lo, porque dará um excelente chefe de família. O essencial é passar em claros trâmites de um galanteio, porque para isso é que ele não é.

Berta nada disse ainda.

A baronesa prosseguiu:

– Por isso é necessário que os estranhos tratem disso e escolham por ele.

Berta aventurou timidamente algumas palavras.

– E aceitará ele a intervenção em um ato tão essencial na sua vida? Ele que está costumado a olhar em pessoa pelos negócios que lhe dizem respeito?

– Isso é verdade, mas contentar-se-á em falar diretamente com a noiva que lhe propuserem e dizer-lhe com aquela natural franqueza todo o seu pensamento; e feito isto pode a escolhida ter a certeza de que terá nele um marido leal e afeiçoado, talvez sem grandes requebros de amante, mas com a verdadeira estima de um amigo.

– Decerto que a pessoa a quem o Sr. Jorge estender a mão pode confiar nela como na dum pai.

Berta, julgando dizer estas palavras naturalmente, não pôde tirar-lhes um tremor de comoção, que a baronesa notou.

Berta foi quem primeiro rompeu o silêncio, que se seguiu a estas palavras:

– Mas dizia a senhora baronesa que viera procurar-me?

– É verdade. Andava ansiosa por conhecê-la. Adivinhava-a pela impressão que via causar em quantos se aproximavam de si. O tio Luís falava-me de Berta com uma ternura a que já é pouco sujeito; Maurício com um entusiasmo de apaixonado; e Jorge...

Gabriela fez aqui intencionalmente uma pausa, durante a qual estudou a fisionomia de Berta.

Esta baixara-se, como para cortar uma malva no chão, mas nas faces estendia-se um rubor fugaz, que denunciava um íntimo alvoroço.

– E Jorge – concluiu a baronesa –, com aquele modo aparentemente frio que tem para dizer todas as coisas, mas em termos que exprimiam bem a sua estima pela pessoa de quem falava; daqui o meu desejo de conhecê-la; não me admiro agora de todo aquele efeito, porque eu mesma o estou sentindo já.

Berta sorriu, agradecendo-lhe o cumprimento.

– Creia-me, Berta. Conhecemo-nos de pouco, mas olhe que sou já sua amiga e talvez possa ainda mostrar-lho um dia.

– Agradecida, senhora baronesa.

– Não tome esse tom de cerimônia para me falar. O que eu digo não é um cumprimento. Sabe que mais, Berta? Talvez que pouca gente esteja tão adiantada no conhecimento do seu coração como eu, depois desta nossa primeira e curta entrevista.

Berta corou desta vez intensamente, e olhando para Gabriela com um olhar assustado, balbuciou quase trêmula:

– Do meu coração?... Porventura...

– Não se assuste. Não quero falar mais nisto enquanto não me conhecer melhor. Só lhe digo que eu não passo de uma pobre mulher com bastante coração e com o grau da loucura preciso para me entusiasmar pelo partido dos sentimentos generosos e sinceros, quando lutam com as convenções e os preconceitos sociais. E agora deixe-me mostrar-lhe um grupo de cavaleiros que estou daqui vendo, e que talvez o seu olhar melhor possa distinguir do que o meu.

Berta, seguindo com os olhos a direção que a baronesa lhe indicava, exclamou:

– São eles, são! É meu pai e Jorge... e o Sr. Jorge.

E aproximando-se do ângulo do adro, donde melhor poderia ser vista, pôs-se a acenar com o lenço para os recém-chegados.

Tomé não respondeu logo, mas passado algum tempo tremulava na ponta da vara do cavaleiro como flâmula em mastaréu de navio, o lenço de quadros, que o vento desenrolava.

Gabriela, seguindo com os olhos os movimentos de Berta, pensava:

– O mistério desta já eu descobri. Pobre criança! tem muito pouca astúcia para ocultá-lo. Há nela uma transparência que deixa ver até ao coração. E aquele? – prosseguiu, dirigindo os olhares para Jorge, que ainda vinha longe. – Enganar-me-ia eu? Não será aquilo somente frieza, será reserva? Pode ser, pode. Estes homens assim morrem às vezes com uma paixão no peito, e morrem por esforços que fazem para ocultá-la. Se o fato se der com Jorge, é uma coisa gravíssima; quem pode calcular o que se seguiria? Enquanto a Maurício, já vejo que está tudo bem; parece-me que por este lado não deixará muitas lágrimas por vestígio da sua passagem, nem terei de sentir remorsos se o arrebatar para longe destas paragens. Mas observemos.

Berta, que correra a esperar os cavaleiros, estava nos braços do pai, que a beijava com efusão. A baronesa, meio oculta por um tronco de sovereiro, notou um rápido olhar de Jorge para Berta, quando a rapariga ainda o não podia ver, porque Tomé lho encobria; notou mais que assim que Berta o procurou, estendendo-lhe a mão, Jorge correspondeu com cerimoniosa deferência, e nunca mais dirigiu para ela a vista.

A baronesa foi enfim ao encontro dos viajantes.

Recebeu de Jorge um acolhimento sem comparação muito mais expansivo do que o que Berta lhe merecera. O penetrante espírito de Gabriela interpretou esta diferença a seu modo.

A companhia desfez-se passado pouco tempo.

Tomé tinha pressa de chegar à casa; segurando a égua pela arreata, despediu-se da baronesa e de Jorge, e partiu, em companhia da filha, a caminho da Herdade.

A despedida de Jorge e Berta teve a mesma aparência de reserva e de constrangimento, que caracterizara o primeiro encontro.

Observou porém Gabriela que, próximo a dobrar uma curva do caminho, além da qual se perdia de vista Tomé da Póvoa e a filha, que seguiam em direção oposta, Jorge se voltou para trás com aparente naturalidade.

– Então que resultados colheste da tua excursão? – inquiriu a baronesa, não demonstrando as descobertas que ia fazendo, enquanto cavalgava ao lado do primo.

– Excelentes – respondeu Jorge, em tom de verdadeira satisfação.
– Estes dias foram preciosos. O nosso pleito entrou em muito melhor caminho depois da minha conferência com os advogados. Não me havia iludido sobre a importância do tal documento que a incúria de frei Januário deixara encher de mofo nas gavetas.

Os advogados quase me asseguraram o êxito da causa. Se assim for, posso dizer meio vencida a tarefa que empreendi. As informações que colhi sobre a nova instituição de Crédito Predial animaram-me. Legalizados alguns títulos menos regulares, e alienando uma parte da nossa propriedade, que é apenas um estorvo ao melhoramento da outra, poderei habilitar-me a usar prudentemente do crédito, recorrendo à nova instituição; resgatar a nossa casa, e dentro de alguns anos remir a dívida, graças à eficácia dos melhoramentos que espero realizar. E dizem mal das instituições modernas! Elas apenas sacrificam os que a elas recorrem com uma intenção má. O dissipador que julga iludir o crédito sob falsas promessas de melhoramentos, é um dia por ele severamente castigado. E justo é que o seja. Mas quem o procurar com boa-fé, com lisura, com inteligência e com o ânimo decidido para trabalhar, encontrará nele auxílios milagrosos.

Jorge falava com tanto entusiasmo, que a baronesa, ao ouvir-lo, ia sentindo dissiparem-se as suspeitas que ao princípio concebera.

– Este entusiasmo enche completamente todo aquele coração – pensava ela –, não pode haver lá dentro vazio que o atormente.

Jorge prosseguiu informando minuciosamente a prima do estado dos seus negócios, dos planos de reformas, das suas esperanças no futuro, e quase lhe não poupou o cálculo de anuidades, pelo qual chegava a determinar a época em que poderia amortizar totalmente a dívida contraída, segundo as bases da legislação hipotecária.

Só próximo à quinta dos Bacelos foi que a baronesa conseguiu dar à conversa a direção que havia muito lhe desejava ver tomar.

Discutindo com o primo o valor dos meios a que se poderia lançar mão para trabalhar na empresa, em que ele se empenhara, Gabriela lembrou-lhe de um casamento com mulher abastada.

Jorge sacudiu a cabeça em sinal de repugnância.

– E aconselha-me isso? – exclamou ele. – Não seria regenerar-me, seria vender-me, e venda mais vergonhosa do que aquela aonde nos conduziria o sistema de administração seguido até agora nesta casa; porque nesse apenas se punha em venda a propriedade, e neste vendia-se o proprietário.

– Isso é conforme a maneira de ver as coisas; além de que eu a ti já faço a concessão de não supor um casamento exclusivamente por interesse, mas quero que um pouco de amor autorizasse o contrato, que sem tal sanção te repugnaria. Tudo se pode combinar.

– Eu não tenho tempo para amar – respondeu Jorge, sacudidamente.

– Ora; o amor não espera ocasião oportuna. E eu não posso acreditar que uma alma como a tua não esteja conformada para uma afeição verdadeira.

– Não digo que não; mas quero fugir de pôr em prática essa aptidão, se a tenho, porque talvez que depois não sentisse bastante contemplação para com o mundo, para aceitar a restrição que ele costuma impor à satisfação das paixões.

– Mas quem te diz que se estabeleceria esse conflito entre ti e o mundo?

– Era o mais provável.

– Queres dizer que mais depressa te apaixonarias por alguma rapariga do povo, pobre, costumada à vida do trabalho e da economia, do que por qualquer das tuas ociosas e fidalgas primas destes arredores.

– Com certeza que não me seduzirão essas.

– Mas vamos: se apesar das tuas precauções o fato se desse, porque enfim...; estas coisas nem sempre é possível evitá-las, romperias abertamente com o mundo?

– Nem quero pensar no que faria. Talvez me resignasse a deixar-me sacrificar aos preconceitos dos outros. Sabe de quem. Resignava decerto, se o sacrifício fosse somente meu. Mas, se amasse deveras e fosse amado, e a mulher, a quem dedicasse este amor, não tivesse igual coragem para o mesmo sacrifício... não me julgaria com o direito de fazê-la sofrer por uma ideia, que nem para ela nem para os seus tivera o prestígio de uma crença. Mas falemos em outra coisa, porque este pensamento incomoda-me até.

– Dir-se-ia que não é somente como pura abstração que ele te aparece, Jorge. Falemos porém de outra coisa, falemos.

E a baronesa mudou efetivamente de conversa.

Mas, ao entrar em casa, julgava ela ter obtido as informações que desejara possuir.

26

Clemente, o filho da Ana do Vedor, que nos tem andado longe da vista desde a primeira vez que o encontramos, estava destinado a influir na sorte dos principais personagens desta história; convém portanto que outra vez o chamemos mais para a luz.

Sabemos já que a vida pública deste bem intencionado rapaz não era isenta de espinhos! As resistências e estorvos que se opunham à carreira direita, que o seu vivo sentimento de justiça lhe traçara, deixavam-lhe íntimos desgostos e turbavam-lhe a bucólica serenidade dos seus dias.

Embora às iniquidades que observava fosse estranha a sua vontade e a sua cooperação; embora a consciência lhe não exprobrasse uma única infração voluntária das leis, que religiosamente acatava, ainda assim, como todas as almas bem formadas, Clemente tinha motivos de sobra para lhe amargurarem o coração generoso e leal, vendo de perto a parcialidade e as paixões más, que presidiam à distribuição da justiça pelas mãos dos seus superiores, e os privilégios que faziam desviar a balança da horizontalidade com que ele sonhara.

Todos os caracteres nobres não adquirem, sem doloroso aprendizado, a desconsoladora ciência, que se chama ceticismo. Cada ilusão que se desvanece é um golpe fundo no mais sensível da alma, e os conflitos da vida social deixam feridas que só lentamente cicatrizam.

Clemente estava neste caso. Modestas como eram, as suas funções civis tinham-lhe aberto os olhos para muitas coisas obscuras e desenvolvido no espírito um fermento de descrença.

Assustado com o que sentia, temendo saber mais e ser obrigado a operar como instrumento passivo em iniquidades que lhe repugnavam, Clemente sentiu o desejo de se acolher à vida privada, onde não lhe chegasse aos ouvidos o rumor das injustiças humanas.

Um novo incidente, em que tomaram parte os fidalgos do Cruzeiro, principais fautores de todos os atentados no conselho, acabou de decidi-lo.

Vimos em um dos capítulos precedentes, que eles protegiam muito às escâncaras a fuga de um refratário ao serviço militar, fato que sobremaneira irritara Clemente, o qual chegou a tentar pôr em prática as medidas extremas, que a lei lhe permitia. Encontrou, porém, na autoridade administrativa que afagou a influência eleitoral dos fidalgos, frouxo apoio, e o refratário conseguiu escapula.

Logo depois de realizada a fuga, Clemente, que a atribuía sobretudo à falta de energia do seu chefe, recebeu deste um ofício censurando-o asperamente pela débil vigilância que tivera no caso e admoestando-o para ser de futuro mais ativo e diligente.

Esta duplicidade indignou o ingênuo rapaz, que resistiu a custo à tentação de ir dizer ao administrador algumas amargas verdades.

Dias depois houve um serão em casa de um lavrador da freguesia, e Clemente recebeu aviso de que os manos do Cruzeiro premeditavam para essa noite umas vinganças contra uns serandeiros com quem mantinham uma rixa antiga.

O regedor, não só por dever do cargo, como pelo desculpável desejo de dar uma severa lição a esses incorrigíveis, causa principal dos seus desgostos, tomou providências, reuniu os cabos e rondou as proximidades da casa do serão.

A precaução policial foi útil, porque evitou alguma desgraça séria. Pela meia-noite os dois irmãos do Cruzeiro saíram ao caminho a um camponês, que recolhia do serão, e atacaram-no com ímpeto, que não denunciava um propósito inocente.

O regedor caiu porém sobre ele, e a muito custo conseguiu capturá-los, jurando que somente os soltaria à ordem expressa da autoridade superior.

A ordem veio e redigida em termos severos para o honesto rapaz, a quem se recomendava mais tino e cordura no desempenho das suas obrigações.

Os apaniguados dos fidalgos, parasitas que ainda se nutriam da seiva quase exausta daquela carcomida árvore genealógica, clamaram contra o atentado do regedor e chegaram a ameaçar-lhe a existência, fazendo-lhe esperas noturnas. Mas, o que mais é ainda, o povo, os pobres, os oprimidos, os esmagados de ontem, esses mesmos quase levaram a mal ao regedor a falta de atenção que tivera para com os fidalgos. Transtornar uma regra social estabelecida, embora seja paga bem, escandaliza sempre os fanáticos da ordem; e há os tão fervorosos, que a adoram, ainda quando ela revista a feição moscovita.

A taça transbordou para Clemente. Pediu terminantemente a sua demissão e foi-lhe concedida, com muita facilidade, por as eleições estarem próximas, e serem em regra incômodos empecilhos estes caracteres amigos do justo para o andamento na máquina administrativa, quando empregada na grande tarefa de cunhar deputados com a efígie governamental.

Com grande júbilo celebrou Ana do Vedor a resolução do filho. Havia muito tempo que ela lhe aconselhava aquele passo.

– Que precisão tens tu, Clemente, de te meteres nestas barafundas? Se não precisas disso para comer, para que hás de perder o sossego com coisas que te não dão interesse? – pregava ela, inoculando no filho a sua filosofia um tanto egoísta. – Olha, rapaz, a tua casa já dá bem que fazer a um homem. E quem quiser que prenda os ladrões e ande adiante dos cabos em serviço do rei, que tu, graças a Deus, não ficas mais honrado com isso. Inda se essa gente do governo fizesse caso de quem os serve bem, mas tu estás vendo como eles são. Por isso deixa-os; eles que se avenham, que lá se entendem.

Assim que o filho efetivamente declinou o encargo da regedoria, disse-lhe a ajuizada matrona:

– Agora, para a dares em cheio, sabes tu o que deves fazer? É casar-te. Isso é que era ouro sobre azul. Porque enfim, rapaz, só assim é que ganham raízes em casa e que um homem é deveras homem de família. Enquanto solteiros, ora adeus, por melhores que vocês sejam, lá vem um serão, lá vem uma caçada, lá vem uma doida de uma rapariga que vos faz andar a cabeça à roda. Não há como é isto de ouvir gemer crianças em casa e cantar a mulher a arrolá-las. Tu riste? É o que te digo. Quando eu me casei com teu pai, que Deus haja, todos me diziam: "Ó filha, não levas homem que te gaste muito os trastes da casa." Porque, enquanto solteiro, ele tinha sido daqueles de se lhes tirar o chapéu, dos tais que Deus mandou fazer. Pois era vê-lo depois. Logo que podia, ele aí estava ao pé de mim a brincar com as crianças. Até muitas vezes eu lhe cheguei a dizer: "Ó homem, sai-me daqui para fora; eu não gosto de ver homens tão caseiros." Por isso, rapaz, faze o que te digo, casa-te, que estás em boa idade.

– Não vou longe disso, minha mãe, mas bem vê que não é coisa que se faça assim do pé para a mão.

– Não, olha, tu também para andares muito tempo a arrastar a asa à rapariga é que não és, que isso sei eu. Pois então é tratar da coisa como negócio sério e casar.

– Mas... e a noiva? Aí está já a primeira dificuldade.

Ana do Vedor olhou muito direita para o filho, e depois de um instante de silêncio interpelou-o:

– E então tu, na verdade, ainda não lançaste as tuas vistas?

Clemente encolheu os ombros, como quem não podia dizer que não, nem queria dizer que sim.

– Ora para mim é que tu vens com isso. Lançaste, sim, e nem podia deixar de ser, que não tinhas muito onde escolher. Queres que te diga quem é? Olha que também eu nunca tive outra na ideia.

– Mas eu não pensei ainda a sério...

– Adeus; e que tens tu que pensar? Por que é que te não havia de convir a pequena do Tomé?

Clemente respondeu um pouco sobressaltado:

– A mim decerto convinha; agora eu é que talvez lhe não convenha. A Berta está educada tanto à cidade...

– E com quem queres tu que ela case, não me dirás? Com algum dos pequenos do fidalgo, hein? Que eles estão ali mesmo à espera dela. Deixa-te de tolices. A rapariga deve erguer as mãos ao céu se agarrar um marido, que não é nenhum labrego, que é homem de bem e capaz de estimá-la.

– Mas o pai, que a educou assim e que em tanta conta tem as prendas da filha, há de aspirar a mais.

– O quê? O Tomé é um homem de juízo. E então digo-te mais, eu já lhe toquei nesse negócio, e o homem não se deitou de fora disso, antes mostrou que lhe agradava bem o projeto.

– Deveras falaram nisso?

– Então não to estou a dizer? E o Tomé da Póvoa lembra-me bem que me disse: "A minha Berta o que deve esperar é um marido honrado, trabalhador e que a saiba estimar, e o seu Clemente é a nata dos rapazes." Depois, aqui para nós, o Tomé sabe as circunstâncias em que tu estás, e, vamos lá, isso também influi. E faz ele muito bem, lá isso ninguém lhe pode levar a mal.

– Porém, Berta...

– Deixa-te de acanhamentos, rapaz. Sabes o que mais? O que eu estou vendo é que tu assim não dás conta do recado. Por isso vai ter com Jorge. Ele é ali tudo em casa do Tomé, é quem lá dá os dias santos. O que ele diz é o que se faz, nem se mexe um pé em casa sem consultar o pequeno. E juízo tem ele para aconselhar bem, aquilo foi mesmo um milagre do céu, o nascer aquele rapaz na família. Pois vai tu ter com ele, vai e dize-lhe as tuas tenções, e ele que se encarregue do mais. Vai por aí, que vais bem. Digo-to eu. O Tomé tens tu do teu lado, e Luísa diz sempre com o marido; enquanto à rapariga, ela há de reconhecer que tu não és noivo que se enjeite.

Horas depois, Clemente, a quem a mãe acabara de convencer, procurava Jorge no seu gabinete de trabalho na propriedade dos Bacelos.

Clemente encontrou Jorge sentado à banca, tendo diante de si maços de papéis e de livros, que consultava com atenção.

A entrada do filho de Ana do Vedor não obrigou Jorge a interromper a sua tarefa, saudou-o com a afetuosa familiaridade que de pequeno usava para o seu irmão de leite, e continuou trabalhando.

– Bons dias, Sr. Jorge. Pelo que vejo trabalha-se?

– Que remédio, meu bom Clemente, que remédio? Estes negócios de minha casa estão de tal maneira enredados, que não fazes ideia.

– Nesse caso fiz mal em entrar; vim distraí-lo.

– Não, não, Clemente, não. Deixa-te ficar, que me não estorvas. O que estou fazendo não é de tal transcendência, que não me deixe falar com os amigos. Estou aqui a ver se descubro nesta papelada um documento de que preciso. Aquele frei Januário sempre tinha isto em uma desordem! Eu bem sei o que ele merecia. E que me dás tu de novo, Clemente? Disseram-me que te demitiste do lugar de regedor?

– E há mais tempo que o devia ter feito, que nunca recebi senão desgostos no ofício.

– Sim, cá por este mundo, quem andar por caminho direito pode contar com encontrões que magoam – observou Jorge, sem erguer os olhos dos papéis.

– E não foram poucos os que me deram. Perdoe dizer-lho Sr. Jorge, mas aqueles seus primos do Cruzeiro...

Jorge encolheu os ombros, fazendo um gesto de desprezo.

– Que queres tu, homem? Se eles nem para si mesmo são bons! Aquilo no Cruzeiro é uma cama de três javalis, qual deles mais selvagem. Que se pode esperar daquela gente?

– Mas têm quem os atenda, que é o que me faz zangar. Uma autoridade descer àquelas baixezas e andar aí a receber o beija-mão daqueles senhores! Isto, a falar a verdade, parece-me... nem eu sei o que me parece.

Jorge estava algum tempo sem retorquir; absorvido pelo exame de um papel que encontrara no maço. Depois, tomando à margem uma nota a lápis, e pondo o papel de lado, ponderou vagamente:

— Coisas deste mundo, Clemente; que remédio senão aceitá-lo assim?

— Isso é que é a verdade.

— E lá por casa, como vão? Tua mãe?

— Bem; foi ela que me aconselhou esta visita.

— Sim? Então já ta não agradeço.

— Eu a falar a verdade, como sei que tem o tempo muito ocupado, receio...

— Ora deixe-te de tolices. Se por acaso estivesse tão ocupado que me não fosse possível receber-te, com a maior franqueza to diria. Bem sabes que entre nós não há etiquetas.

— Pois eu vinha para pedir-lhe um favor.

— Terei muito prazer em te servir — respondeu Jorge, levantando-se para procurar novos papéis na secretária e voltando a sentar-se à banca, sempre entretido no seu trabalho.

— Como sabe, pedi a minha demissão e estou resolvido a viver em minha casa e ocupar-me somente dos meus negócios.

— É justo. E quem bem trabalha no que é seu, também trabalha no que é de todos — ponderou Jorge, enquanto executava uns cálculos aritméticos.

— Ora, para fazer a vontade de minha mãe e também por me sentir com inclinação para isso, estou meio decidido a...

— A casar-te, hein? — concluiu Jorge sem manifestar surpresa, e notadamente embebido na execução dos seus cálculos.

— Justamente.

— É uma boa resolução. Os homens como tu dão excelentes chefes de família. Podes fazer a tua felicidade e da mulher com quem casares.

— Isso são favores seus, Sr. Jorge.

— Ora! Mas afinal o que queres tu? Vens ouvir-me conselho nesse negócio? A mim, um rapaz solteiro?...

– Não, senhor, a coisa é outra.
– Então?
– Eu já lancei as minhas vistas...
– Sim, é natural.
– Mas não sei ainda se serei bem acolhido e, para lhe falar a verdade, não me sinto com ânimo de... de tratar disso em pessoa.
– Não? Ora essa? E então?
– Então lembrei-me do Sr. Jorge para lhe pedir este favor.
– De mim?! Tem graça. Queres obrigar-me a representar o papel de casamento. Com todo o gosto. Mas sempre tenho curiosidade de saber a razão por que te lembraste de mim – disse Jorge, que, havendo concluído o cálculo, pousara a pena e esfregava vivamente as mãos para aquecê-las. Olhando desta vez diretamente para o seu interlocutor, perguntou-lhe:
– E quem é a noiva?
– É a filha do Tomé da Póvoa.
Estas palavras dissiparam instantaneamente toda a meia indiferença com que Jorge escutara até ali as comunicações de Clemente. O estremecimento que não pôde reprimir ao ouvi-las, a súbita transformação que se lhe operou na fisionomia bastariam para revelar a verdade a Clemente, se este bom rapaz não tivesse uma daquelas almas em que nunca entram de súbito as suspeitas, mas somente depois de muitos e porfiados embates.
– A filha do Tomé da Póvoa! – repetiu Jorge estupefato.
– Sim – tornou Clemente, interpretando erradamente aquele espanto. – A filha de Tomé da Póvoa, do Tomé da Herdade... Berta, a que foi educada em Lisboa e que voltou há tempos...
– Bem sei – atalhou Jorge com impaciência –, mas... Berta...
E acrescentou quase sem consciência do que dizia:
– Berta da Póvoa... mas... como te lembras agora de Berta sem mais nem menos? É singular!
– Como me lembrei agora? Mas não foi agora que me lembrei. Eu já tinha pensado nisso. É a noiva que eu próprio...
– Pois sim, mas... Como te deu logo para pensar em Berta da Póvoa? É o que pergunto.

– Ora essa! em alguma devia eu pensar. Se não fosse nela, seria em outra. Sucedeu ser em Berta. Coisas do coração...

– Aí vens tu já com o coração – acudiu Jorge com mal reprimido despeito. – Vocês falam no coração a propósito de tudo. E até agora então, que andavas todo influído com a tua regedoria, não te importaste com o coração, nem ele dizia nada... Ora adeus! O coração...

E erguendo-se da banca com certa agitação, que estava espantando Clemente, pôs-se a passear no quarto, e tão convulso que não conseguia preparar um cigarro, que mal sustinha nas mãos.

Clemente alegou:

– Eu não digo que isto seja uma paixão muito forte, unia paixão por aí além; mas, resolvido a tomar estado, pensei na noiva que me conviria e lembrei-me de Berta. É uma boa rapariga, bem educada e de alguns haveres...

Jorge cortou-lhe a palavra:

– Ah! então diz-me disso. Agora já entendo por que te lembraste de Berta. Devias principiar logo por aí. De alguns haveres! Aí é que está a questão. Vocês são todos os mesmos afinal. O interesse, o maldito interesse! Pois fazia melhor conceito de ti, Clemente; digo-te francamente que fazia de ti melhor conceito. Lá porque uma rapariga tem meia dúzia de centos de mil réis, já a perseguem com propósito de casamento, já...

– Ó Sr. Jorge! – interrompeu Clemente, tão surpreendido como vexado com o que ouvia – por quem é, faça melhor opinião de mim. Não só me não lembrei de Berta apenas pelo dinheiro, mas nem a quero perseguir. Olha quem? Eu! Se a rapariga disser que não, ou o pai, paciência. Mas parece-me que a minha proposta não á desonra.

Jorge principiava já a conhecer a sem-razão com que falava mas não podia ainda ceder totalmente ao bom senso que despertava em si. Não tinha previsto o caso que se lhe oferecia, e sentia-se por isso muito irritado contra a hipótese que tão imprevistamente lhe surgira no caminho.

– Pois sim... mas... – murmurava ele, sem saber o que dissese.
– Mas... Berta... Olha, se queres que te fale a verdade... Berta não te convém.

— E por que acha?

— Porque... Ora por quê?... Eu não posso bem dizer por quê... porque... porque não.

— Parece-lhe talvez que tem uma educação muito fina para mim?

— Não, não digo bem isso... mas...

— Eu também concordo. Mas atenda o Sr. Jorge que aqui na terra as pessoas melhor educadas do que eu não a querem para mulher. Eu sei de fidalgos que não se lhes daria de inquietá-la, e já o tem mostrado. Mas creia que menos a honram os olhares desses tais, do que a minha proposta. Eu não apreciarei, como conviria, os talentos de Berta, mas talvez os respeite melhor. Em todo o caso julgo que se poderá fazer de mim um bom marido.

— Ninguém te diz menos disso... mas... bem vês que... Eu não sei quais são as tenções de Tomé, porém parece-me que...

— De Tomé sei eu que aprovaria o casamento, porque já o disse a minha mãe.

A estas palavras cresceu outra vez a irritação de Jorge.

— Então já é negócio tratado? Os pais falaram-se. Está dito tudo. É o absurdo costume cá da terra. Provavelmente vão exercer pressão sobre a pobre rapariga, que se sacrifica para fazer a vontade à família. Olha, sabes que mais, Clemente, isso não é bonito. Para que hei de estar a dizer o contrário? Não é bonito. Nem eu te quero dizer tudo o que penso disso.

— Mas valha-me Deus, eu estou deveras admirado de ver o juízo que o Sr. Jorge faz de mim! Pois imagina que eu consentiria em casar com alguma mulher contra a vontade dela?

— Tu é que disseste que tua mãe e Tomé já se entenderam – observou Jorge, continuando a passear no quarto.

— Disse que falaram nisso e que ele não desaprovara. Mas o Sr. Jorge conhece o Tomé e por isso sabe que ele não é homem capaz de obrigar a filha. Deus me livre de imaginar tal! Mas enfim vejo que o Sr. Jorge não aprova a minha escolha; eu respeito-o muito e não quero ir contra o seu parecer. Direi a minha mãe...

Jorge acudiu com vivacidade:

— Não, não. Eu não desaprovo. Essa é boa! Que tenho eu com isso? Segue lá o teu destino. E se fores feliz... tanto melhor. Eu sou teu amigo, desejo a tua felicidade. Anda... tenta... nada perdes em tentar. Enfim... eu não tenho objeções a pôr... só me parecia que... Mas enfim, anda para diante.

— Pois sim, mas... eu desejava que o Sr. Jorge fosse quem falasse.

Cresceu a impaciência a Jorge.

— Não, não, isso é que não. Perde isso da ideia. Que lembrança! Eu falar! E por que hei de ser eu? Que tenho eu com isso? Conheço o Tomé; não conheço a filha. Que me importa a mim saber se a Berta te quer para marido, ou se não quer? Era até ridículo. Mas como te lembraste de mim para esse emprego?

— Foi minha mãe quem me aconselhou.

— E por que não vai ela? Assim como tratou com o pai, que trate com a filha. Quem quer negociar casamentos para os filhos não incumbe a estranhos parte da missão.

— É porque minha mãe julgava que o Sr. Jorge não era para nós de todo em todo um estranho — murmurou tristemente o colaço de Jorge, a quem a imprevista maneira por que fora acolhido por este tinha deixado em profundo desconsolo.

Estas palavras de tímida censura e a maneira branda e resignada com que foram ditas comoveram Jorge e abateram a tempestade que lhe perturbara a habitual serenidade do espírito. Fazendo um esforço para dominar os despeites que ainda sentia revoltos no coração, disse com maior placidez, apertando a mão de Clemente:

— E julgava bem tua mãe. Eu não posso ser para vós um estranho, nem vós para mim o sois. Farei o que desejas. Não faças caso das minhas palavras. Tenho andado um pouco impertinente estes dias por causa de certos negócios, e por isso falei há pouco mais vivamente. Desculpa. O teu projeto é razoável, eu falarei nele a Tomé. Que dúvida? O que não prometo é servir-me de qualquer influência que tenha sobre ele, porque... porque enfim... tenho escrúpulos.

— Nem eu queria que o fizesse. Basta que lhe exponha o caso; que lhe diga que estou resolvido a casar, e sentindo amor...

— Será melhor não falarmos em amor — atalhou Jorge com renascente impaciência —, porque, afinal, Clemente, vendo as coisas como elas são, tu não amas Berta.

Ao olhar espantado com que foram acolhidas estas palavras, Jorge respondeu já com mais força:

– Não amas, homem, não amas. Talvez estejas persuadido de que a amas, mas não há tal amor. Desengana-te. Isso em ti é um projeto frio, pensado, no qual só achaste vantagens e portanto resolveste adotá-lo. Tens considerações por Berta, entendes que podes estimá-la; mas amor é outra coisa. Deixemos porém isto. Fica decidido, eu falarei a Tomé e dar-te-ei a resposta...

– Agradeço-lhe, Sr. Jorge. Mas veja lá, se lhe custa...

– Por que há de custar? Ora essa! Se falo quase todos os dias com o Tomé. Em lugar de conversarmos no tempo que faz, ou no estado das terras, conversaremos nisso. Sim, porque para mim é um assunto como outro qualquer. O casamento de Berta é um assunto em que eu posso conversar com Tomé, naturalmente. Pois que tinha eu com o casamento de Berta? Eu não sou irmão dela. Estimo-a, é verdade, mas... o que é certo é que... é que não me compete importar-me com o casamento de Berta. Já vês então que não me pode ser custoso falar nisso ao pai... Pois por que te parecia que me havia de custar?

E Jorge dizia tudo isto com uma volubilidade e com uma inquietação que admirava Clemente.

– A mim? Por nada – respondeu este. – Eu dizia que no caso de não querer.

– Mas por que não? Falo. Não tenho a menor dúvida. Amanhã dar-te-ei a resposta. Adeus. Agora peço-te licença para examinar umas contas.

– Eu retiro-me.

– Então adeus. E vai descansado; hoje mesmo tratarei disso. É uma coisa tão simples! Pois não te parece que é uma coisa simples? Sim, porque bem vês que eu nisso não tomo parte ativa. Por acaso tinhas algum motivo para supor...

– Nenhum.

– Mas parecia que julgavas que eu tinha algum motivo... talvez...

– Eu não julgava tal – respondia Clemente, cada vez mais espantado com a insistência de Jorge, tão singular pelo menos como a sua primeira irritação.

Jorge conduziu o seu amigo até a porta do gabinete, onde se despediu dele apertando-lhe afetuosamente a mão.

Depois de Clemente sair, Jorge voltou a sentar-se à banca, e como quem se dispunha a prosseguir no trabalho interrompido, pôs-se com afetada tranquilidade a aparar um lápis, e trauteando a meia-voz; mas tal era o estado nervoso em que ficara e a sua distração tão completa, que o lápis desfazia-se-lhe nas mãos em vez de se aprontar para o serviço. De repente arremessou o lápis, o canivete e vários livros e papéis que encontrou diante, e erguendo-se exclamou com acentuada amargura:

– Está pois decidido que eu vá pedir a Tomé da Póvoa, e para Clemente, a mão de sua filha! Tem graça! Sempre se me preparam casos nesta vida!

Principiou a passear na sala, com os braços cruzados, a cabeça pendida e o pensamento disputado pelas mais contrárias paixões.

– Aí está uma solução que eu não previa – continuou ele. – Sim, senhor; é a maneira mais simples e mais natural de cortar as dificuldades de que tanto me receava. Assim tudo se resolve. Fixa-se o meu futuro, cessam as minhas hesitações, acalma-se a minha febre, aplicarei o pensamento exclusivamente aos meus negócios... E ela... será feliz. Serão felizes... O casamento é natural... O Clemente é bom rapaz e Berta...

Esta ideia provocou um movimento de reação.

– Berta e Clemente! Clemente marido de Berta! Berta casada com Clemente! Não me posso conformar com essa ideia. Não posso costumar-me a reunir estes dois nomes. É monstruoso, é impossível!

E ficou por algum tempo abatido com os olhos fitos no chão, como subjugado por aquele pensamento. Depois tornava, com nova energia:

– Mas quem tem a culpa? Sou eu, eu, que não tenho coragem para passar por cima de preconceitos ridículos, que me prendo com teias de aranha e fico perpetuamente aguardando não sei o quê. Pois que podia eu esperar? Ou este pensamento em mim é real e poderoso ou não é. Se não é, com que direito me estou incomodando com o casamento de Berta? Se é, por que não lhe obedeço? por que não me declaro, por que hesito...

Vinha depois a reflexão acalmar este momentâneo paroxismo.

– Sim, e havia de descarregar mais esse golpe sobre aquele velho, que não tem culpa em acatar esses preconceitos no valor de um credo religioso! O primeiro golpe, por doloroso que ele o sentisse, foi-lhe salutar e evitou-lhos mais cruéis. Este porém só teria compensação para mim, e ele não lhe sentiria o benefício. Vamos, deixemo-nos de loucuras. Resolvi ter coragem. Hei de tê-la. Falarei a Tomé.

Vinha-lhe em seguida um pensamento diverso.

– E qual será a resposta de Berta? Ela não pode aceitar Clemente. A educação que recebeu... E por que não há de aceitar? Clemente é um rapaz honrado, trabalhador, capaz de estimar e proteger a sua mulher. Que mais pode ela desejar? Este é o marido que lhe convém. Talvez lhe preferisse Maurício, que se ri dela, que não pensará nela amanhã, mas que é um rapaz da moda, elegante e que lhe sabe dizer bonitas palavras. A fantasia destas colegiais...

Tornou a razão a fazer-se ouvir.

– Mas aí estou eu com a minha loucura, acusando aquela pobre rapariga de defeitos, que nunca lhe pude descobrir. Mas se esta ideia faz-me perder o juízo! Pelo contrário, a Berta tem muito bom senso, há de compreender o caráter de Clemente, apreciar as qualidades daquela excelente alma e aceitar a proposta... e até sem a menor hesitação. É um marido, afinal. As mulheres o que querem é um marido. Talvez até o Clemente agrade a Berta... Hão de ser felizes. Por que não?... Berta não tem aspirações mais sólidas... Não pode ter... Aquilo com Maurício é um capricho. Todos se hão de dar bem, e Berta com a Ana do Vedor... Que paz doméstica! Tudo isto afinal é naturalíssimo. Eu sou que lhe estou dando mais importância do que merece... Tratasse de dizer a uma rapariga: "Aí está um homem que te pretende para mulher." A rapariga, que não tem maiores aspirações, responde que aceita. E o casamento faz-se, e tudo entra no caminho ordinário, e eu mesmo me hei de habituar...

A explosão foi maior desta vez, que mais prolongado havia sido o período de repressão.

– Não, não me hei de habituar – exclamou ele agitadíssimo –, porque... porque eu a amo! Escuso de mentir a mim mesmo. Amo-a! É uma fatalidade, mas amo-a. Foi o meu primeiro amor e há de ser o último. Amo-a e hei de padecer horrivelmente vendo-a casada com outro. Mas, não importa, vencerei as minhas paixões. Se continuar a amá-la, ninguém o saberá; se odiar Clemente, sufocarei esse ódio no coração; e se ele se despedaçar nesse esforço, morrerei sem deixar no mundo o segredo da minha morte. O meu destino está definido; é este, o de vencer-me. Principia hoje a luta; vou procurar Tomé da Póvoa.

Depois de muitos destes combates íntimos, Jorge tomou efetivamente o caminho da Herdade.

27

Entrando na Herdade para cumprir a promessa feita a Clemente, Jorge encontrou o fazendeiro, que havia pouco tempo voltara de visitar os campos, sentado à modesta banca do seu escritório, examinando com atenção os livros de assento e algumas cartas que recebera.

Usando da familiaridade com que era recebido naquela casa, Jorge entrara sem se mandar anunciar.

– Olá! viva o Sr. Jorge – exclamou o lavrador, voltando-se ao rumor de passos que ouvira – venha cá, venha, que temos novidade.

– Então que há? – perguntou Jorge, sentando-se defronte dele.

– Vamos a saber. Teve cartas do Porto?

– Não.

– Hum! É o que eu digo. Se está à espera de que os advogados lhe escrevam, bem tem de esperar. Aqueles senhores, saindo do escritório, não pensam mais nas demandas nem nos clientes. Olha quem. Eu cá entendo-me com os procuradores e não me dou pior. Ora leia.

E passou para as mãos de Jorge uma carta, na qual de fato o procurador lhe dava lisonjeiras informações relativamente ao pleito que a Casa Mourisca sustentava. A questão tomara uma face nova, depois da junção ao processo de certos documentos de importância, e o parecer dos juízes era favorável, segundo o que podia conjecturar o procurador, forte nestes prognósticos.

A notícia não podia ser indiferente a Jorge. A boa solução desta demanda facilitaria consideravelmente os seus projetos econômicos; e poderia depois tentar mais desembaraçado e com mais eficácia os expedientes que a sua meditação e a experiência de Tomé lhe sugeriam.

– Então que diz a isto? – interrogou o fazendeiro.

– É deveras uma feliz nova.

– Diga-se agora se há de ou não vir tempo em que aquela casa negra tornará a ser o que foi.

– Espero que Deus me conceda essa ventura.

– Agora é necessário escrever para Lisboa para apressar o negócio, e com relação àqueles títulos, que parece não estarem muito na ordem, recomendo-lhe este procurador, que é homem diligente e seguro.

– Era já minha tenção falar-lhe nele. Deixemos porém agora esta matéria, porque outro grave motivo me trouxe aqui e tenho pressa de me desempenhar da missão.

– Olá! Motivo grave! Pelo modo de dizer parece que se trata de coisas de polpa.

– Não é de pequena gravidade, não – insistiu Jorge –, e se quer que lhe fale a verdade, Tomé, não me é agradável a incumbência.

– Vá lá. Estou daqui a adivinhar o que é. Temos algum recado do pai. O Sr. Dom Luís sabe inventá-las de bom feitio. Às vezes tem lembranças! Mas eu já estou prevenido para tudo, venha mais essa. Diga lá.

– Não, Tomé, não se trata de meu pai. E não canse mais a cabeça, que por certo não adivinha, e eu, em duas palavras, ponho-o ao corrente de tudo. O Clemente, o filho da Ana do Vedor, procurou-me há poucas horas para me pedir que me encarregasse de ser o seu mediador em uma pretensão que ele tem dependente de Tomé.

– De mim?! Deve ser bem esquisita, para que o rapaz não venha em pessoa falar-me. Então não somos nós amigos?

– Há delicadeza da parte dele nisto, porque a pretensão de que se trata é de certo melindre. Em uma palavra, estou encarregado de pedir para Clemente a mão de Berta.

Jorge não pronunciou estas palavras com a mesma forçada placidez com que até ali sustentara o diálogo. Parecia que os lábios as repeliam, como se escaldassem ao passar.

Tomé recebeu sem estranheza a comunicação. Mostrou bem que a ideia dessa aliança não era nova para ele, e que carecia de tempo para a examinar, porque todas as faces dela lhe eram já conhecidas.

– Ah! pois era isso? – disse ele naturalmente. – Escusava de tantas cerimônias o rapaz, porque já deve saber pela mãe o que eu penso do caso. Pela minha parte não ponho dúvida alguma. O Clemente é um rapaz de bons sentimentos, honrado como poucos, trabalhador, e tendo já de seu alguns haveres, que não são maus princípios de vida. É um rapaz de lavoura, como não podia deixar de ser o marido de Berta, que filha de lavrador nasceu também; mas sempre tem mais um bocadinho de educação do que esses machacazes que por aí conheço, a quem não entregaria a filha, nem que ma pesassem a ouro. O Clemente não, o Clemente é um homem que sabe dar valor às coisas e há de conhecer que a minha Berta sempre se criou pela cidade, e que por isso exige outro tratamento que não o dessa raparigada por aí, que de qualquer maneira está bem. Pois não acha que tenho razão, Sr. Jorge?

– Sim – respondeu Jorge, levantando-se e encaminhando-se para a janela, como para dissipar o despeito que lhe causava a maneira por que Tomé falava daquela aliança –, sim, Clemente tem maneiras mais polidas, e, como diz a mãe dele, sabe muito bem fazer uso da senhoria e da excelência pela prática da correspondência oficial.

– Isso lá são histórias – tornou Tomé, sem perceber a meia ironia das palavras de Jorge – que para nada lhe serve a senhoria e a excelência para o casamento. Entre marido e mulher não ficam bem essas cerimônias, e não há como o "tu" entre quem se quer bem.

Estas palavras incomodaram tanto Jorge, que principiou a tocar ruidosamente nos vidros, como para não as ouvir. "Tu" entre Clemente e Berta!

Tomé continuou:

– Mas eu não queria dizer isso. Quando falava nas maneiras do Clemente, queria dizer que ele tem isto, que não sei bem como se chama, isto de um homem saber tratar com uma pessoa delicada sem a ofender. Porque, vê o Sr. Jorge, eu conheço homens que tiveram grande educação, muitos mestres e muitos estudos, sim, senhores, e que estão sempre a dizer coisas que ofendem os outros. Enquanto que muitos, que não foram tão bem olhados em pequenos, têm lá não sei que dom de conhecer as pessoas e sabem viver com elas sem nunca as escandalizar. Isto é assim como que uma delicadeza que não se aprende, que nasce com as pessoas. Ora, o Clemente é dos tais.

– Em vista do que ouço, reputo-me feliz por ter sido o portador da tão fausta nova, e de concorrer, ainda que secundariamente, para obter-lhe um genro tão precioso – disse Jorge, cujo despeito se exacerbava.

– Devagar, devagar, esta é cá a minha opinião, mas não sou eu que me caso e portanto Berta é que há de decidir. Eu não duvido dar conselhos a minha filha e dizer-lhe o que penso deste ou daquele rapaz de quem ela se lembre para noivo; mas constrangê-la, isso é que eu não faço.

– Decerto; mas creio que Berta não será tão cega, que não veja as excelências que concorrem na pessoa de Clemente, e que se não lisonjeie da preferência que lhe mereceu.

– Pois eu também quero crer que o não enjeitará. Mas, enfim, a gente vê as coisas com uns olhos e elas com outros. Por muito ajuizadas que sejam, as raparigas afinal têm olhos de raparigas e às vezes lá descobrem em um homem umas coisas que as cativam ou que as desgostam, e ninguém pode saber o que lhes agradará mais. Em todo o caso eu vou consultá-la.

– Muito bem. Consulte-a, e se, como é de esperar do juízo dela, Clemente for bem acolhido, dê-me parte para o participar ao meu constituinte.

Jorge não podia despojar as suas palavras de todo o tom de ironia, ao referir-se a Clemente.

– Mas... – disse com certa hesitação Tomé. – Então retira-se já?

– Pois não diz que vai consultar Berta?

– Mas, se se demorasse, podia já saber...

– A urgência não é tanta que se torne necessário esperar. Mas enfim esperarei. Vou dar uma volta pelo campo, enquanto lhe fala.

– E tinha dúvida em ficar?

– Ficar aonde?

– Aqui.

– A fazer o quê?

– A ouvir a resposta de Berta.

– Eu? – exclamou Jorge, com uma vivacidade que para Tomé não tinha explicação.

– Então que tem. Não se trata de segredo algum. É uma proposta que vou fazer à minha filha e a qual ela responderá sim ou não, e está acabado. A presença do Sr. Jorge nada estorva. Antes poderá dar à pequena informações a respeito do Clemente, que ela conhece mal...

– O quê? Tomé! – acudiu Jorge irritado. – Pois cuida que eu me encarrego de semelhante papel? Eu? Que interesse tenho eu em que Berta aceite a proposta de Clemente? Que certeza posso dar-lhe de que fará bem aceitando-a? Eu sei lá? Clemente é um rapaz de quem sou amigo, mas não sei nem quero saber se dele se fará um bom marido. A respeito de casamentos não dou conselhos. Não quero que me lancem depois as culpas. Nesse assunto cada um escolha por si, porque para si se escolhe. Informações a respeito de Clemente? Eu?! Mas que informações quer que eu dê?

– Pois não diz que é seu amigo? – tornou Tomé, um pouco admirado com as maneiras impertinentes que notava em Jorge. – Não é essa já pequena garantia para a minha Berta, que sabe o valor que têm os homens, a quem o Sr. Jorge dá esse nome.

– Ah! não sabia que eu era a pedra de toque no conceito de Berta para julgar dos caracteres dos homens. Mais um motivo para ser reservado.

– Diga-me um coisa Sr. Jorge – insistiu Tomé, e em tom mais decidido –, se soubesse que o Clemente era um miserável, um vicioso, um extravagante, de más qualidades, e estivesse persuadido de que seria um mau marido, ter-se-ia encarregado de pedir-me em nome dele a mão de minha filha?

– Por certo que não – respondeu Jorge prontamente e com toda a lealdade.

– Muito bem; pois é isso mesmo que eu desejava que minha filha soubesse. O Sr. Jorge não lhe daria conselhos, dir-lhe-ia somente: encarreguei-me de dar este passo, porque este homem é um homem honrado. Agora o mais é com ela. Mas isso poria as coisas no seu lugar. Porém uma vez que não quer...

Passava-se naquele momento na alma de Jorge uma luta de revoluções antagonistas. Se por um lado lhe repugnava a proposta de Tomé, tentava-o por outro a curiosidade dolorosa de saber como Berta acolheria o pedido de Clemente e a resposta que lhe daria. Receava que a íntima comoção, que procurava sufocar, se traísse na presença de Berta em tão solene momento, e ao mesmo tempo custava-lhe renunciar a observá-la quando ouvisse a proposta do pai. A curiosidade venceu. Esforçando-se por desvanecer todos os vestígios da sua perturbação, Jorge respondeu a Tomé no tom de maior indiferença, que, visto que ele julgava conveniente a sua presença durante a entrevista que ia ter com a filha, pela sua parte não opunha objeção.

E sentando-se outra vez à banca, abriu ao acaso um livro, que fingiu examinar atento, mal podendo reprimir o tremor da mão com que o segurava.

Tomé da Póvoa chamou a filha ao escritório.

Jorge ouviu os passos de Berta descendo as escadas; sentiu-a abrir a porta e entrar na sala; levantou timidamente os olhos para responder ao cumprimento que ela lhe dirigiu e baixou-os novamente sobre o livro que abrira.

Berta olhou interrogadoramente para o pai, que permanecia silencioso como quem estudava a maneira de principiar.

Afinal entrou assim no assunto:

— Mandei chamar-te, Berta, porque se trata de um negócio sério que te diz respeito.

— A mim? — perguntou Berta admirada, alternando os olhares entre o pai e Jorge, que não erguia os seus.

— Sim, filha, a ti. O caso não é de espantar. Há um rapaz nesta terra, um moço honrado e trabalhador, a quem tu agradaste, e que te pede para mulher.

Jorge aventurou um olhar furtivo para o rosto de Berta. Viu-o mudar rapidamente de cor: corou, primeiro, empalideceu depois.

— Este rapaz — prosseguiu Tomé — é já teu conhecido. É o Clemente, o filho da ti'Ana do Vedor, de quem és amiga. Agora decide lá.

Berta permaneceu silenciosa, como se a inesperada notícia lhe tivesse tirado o uso das faculdades, a ponto de não compreender o que ouvira.

Notando o silêncio da filha, Tomé acrescentou:

— O Sr. Jorge foi quem teve a bondade de se encarregar do pedido de Clemente, porque o rapaz não teve coragem para o fazer em pessoa.

Jorge franziu ligeiramente o sobrolho a estas palavras, que não quisera ouvir.

Berta estremeceu e desviou para Jorge um olhar expressivo de profunda amargura, que este não observou. Voltando-se depois para o pai, perguntou-lhe com a voz trêmula e presa pela comoção:

— E que respondeu o pai ao pedido que lhe fez em nome de Clemente, o Sr. Jorge?

— Eu, filha — respondeu Tomé. — Pela minha parte disse e digo que não ponho estorvos. Conheço o rapaz, sei as qualidades que ele tem e para genro agrada-me. Mas isso não tira. Tu é que deves dizer se ele te agrada para marido.

Berta baixou, durante alguns momentos, os olhos e não respondeu. Depois ergueu-os e fitou-os em Jorge, como a procurar penetrar-lhe no pensamento; afinal com voz já mais firme, mas comovida ainda, disse:

— Visto que foi o Sr. Jorge quem se encarregou dessa proposta, parece-me ter direito a pedir também a sua opinião a respeito dela.

Jorge estremeceu e olhou para Berta de uma maneira que denunciava um íntimo sobressalto.

– A minha opinião? – repetiu ele sem saber o que dizia.

– Sim, o Sr. Jorge é amigo de meu pai, e julgo que meu amigo também. Não há de querer ver-me infeliz. Encarregando-se de dar o passo que deu, é decerto porque julga que eu poderei encontrar a felicidade, seguindo o caminho que me facilita assim. A sua lealdade obriga-o a dizê-lo francamente, se assim o pensa. E eu atrevo-me a exigi-lo da sua lealdade.

– Eu apenas cumpri a missão de que me encarregaram, mas não aconselho – balbuciou Jorge.

– O Sr. Jorge é demasiado sincero na sua amizade a meu pai para aceitar essa missão de um homem de quem receasse que me podia vir a infelicidade. Quero acreditá-lo.

Jorge irritou-se; irritou-se contra si, pela turbação que sentia, e contra Berta, por suspeitar que era o amor a Maurício que lhe estava ditando aquelas palavras; por isso respondeu com o tom irônico do costume:

– Não duvido afirmar que Clemente é um excelente rapaz, que pode fazer feliz qualquer mulher que não aspira a mais do que estima leal e sincera de um homem de bem. Vejo em Clemente garantias de que dará a uma esposa de ideias razoáveis aquela felicidade que consiste na paz doméstica e no amor da família. Mas eu não sei se isto satisfará a toda a gente. Aí está que as educações modernas fazem às vezes o espírito das mulheres mais exigente e habituam-nas a sonhar com umas certas poesias na vida, que um homem como Clemente sem dúvida não pode realizar. A essas agrada às vezes mais qualquer estouvado com a cabeça cheia de loucuras e o coração vazio, mas que tenha a brilhante qualidade de saber dizer falsidades em bonitas palavras.

Depois, reprimindo esta excepcional vivacidade, que estava espantando Tomé, acrescentou:

– Se, como creio, Berta não está nesse caso, parece-me que encontrará em Clemente um marido leal.

Estas palavras pronunciou-as Jorge em tom sumido e baixando de novo o olhar para o livro que não lia.

Tomé voltou à fala:

– Sabes que mais Berta? estas coisas querem-se pensadas. Tu darás a resposta quando quiseres, que a pressa não é muita.

Berta atalhou:

– Não é necessário, meu pai. A minha resolução está formada. Pode mandar dizer a Clemente que aceito.

Jorge sentiu enevoarem-se as letras do livro, como se lhes passasse por diante uma nuvem escura.

Tomé insistiu:

– Não filha; para que hás de ser tão apressada? Valha-te Deus. Pensa e depois resolverás.

– Já resolvi meu pai – repetiu Berta com firmeza. – Clemente é um homem honrado, eu não posso aspirar a mais. Dizem que é uma alma generosa, há de estimar-me, eu não procuro outras delicadezas além daquelas que sabem poupar-nos uma ofensa imerecida. E é tão fácil evitar ofender uma rapariga como eu!

E dizendo isto, desviava na direção de Jorge um olhar intencional.

– Pode mandar dizer a Clemente que aceito, meu pai – repetiu ela, concluindo.

– Vê lá! Olha que eu não quero que te constranjas! E agora deixa-me também falar a tua mãe, que sem a ouvir não é bom decidir nada. Espera-me aqui um pouco, que eu vou chamá-la.

E sem guardar reflexões, Tomé, intimamente satisfeito com a pronta condescendência da filha, saiu da sala em procura de Luísa.

Jorge não desejaria conservar-se mais tempo ali, só, na presença de Berta, mas faltou-lhe o ânimo para levantar-se. Ambos se conservaram calados por algum tempo.

Jorge nem levantara os olhos do livro.

Berta foi quem primeiro rompeu aquele glacial silêncio.

– Devo-lhe agradecer, Sr. Jorge, o muito cuidado que lhe merece a minha felicidade.

Jorge ergueu a cabeça e fitou os olhos no semblante de Berta.

A violência que ela fazia para reprimir a sua profunda comoção era bem manifesta.

– Espero que Berta se não decidisse pelo partido que adotou, senão por sua livre vontade – disse Jorge com mais brandura do que até ali –, e que a minha ingerência em tudo isto não influísse de maneira alguma para obrigá-la a sacrificar a sua felicidade.

– Oh! por certo que não – atalhou Berta cada vez mais agitada. – Eu sou... hei de ser muito feliz...

E não podendo reter mais tempo as lágrimas que lhe subiam impetuosas aos olhos, ocultou o rosto entre as mãos e pôs-se a chorar.

Jorge aproximou-se dela com compassiva solicitude.

– Por que chora, Berta? – perguntou ele com afabilidade. – Se por acaso foi contra sua vontade que deu aquela resposta, ainda está em tempo. Ninguém lhe pede um sacrifício, repare. Por que chora assim, Berta?

Em vez de responder, Berta, elevando para Jorge os olhos banhados de lágrimas, perguntou com a voz trêmula ainda:

– Ficará pelo menos extinta de uma vez com este sacrifício a aversão que me tem, Sr. Jorge?

Jorge estremeceu.

– A aversão que lhe tenho?! Que diz, Berta? Pois imagina...

– E quer ainda negá-la? Não sei em que lha tenha merecido, mas existe, e bem clara se manifestou agora.

– Berta!...

– Não lhe disse eu já no outro dia? E agora o que o moveu a encarregar-se dessa proposta? e por que o fez com aquelas palavras cruéis? Eu bem as percebi. Meu Deus, em que foi que o ofendi, Sr. Jorge, para ser tão severo comigo, quando para com todos é tão indulgente? A minha educação... Deus sabe se me deixei fascinar por ela, Deus sabe se não lutei sempre contra a imaginação, quando ela me fazia conceber loucuras como a todas as raparigas da minha idade. Quem pode condenar-me por elas, se eu sou a primeira que as condeno? Em que tenho mostrado esses defeitos de educação, que tão severamente me censura? Se soubesse, Sr. Jorge, como, percebendo o seu desdém, tenho sido escrupulosa em procurar em todos os meus atos o motivo dele... Deus é testemunha de que nada descobri... Fale, já agora que está consumado o sacrifício, já agora que deve julgar satisfeita a expiação que me impôs, tenho direito a exigir de si o cumprimento da promessa, que há poucos dias não ousou recusar. Bem vê, se descobriu em mim culpas, para remir as quais me marcou esta penitência, bem vê com que resignação eu a aceito e a cumpro. Valha-me pelo menos este pouco mérito para obter da sua parte uma declaração franca, já que não pode valer-me... a sua amizade. Fale, Sr. Jorge, diga-me por que me quer mal, o que fiz eu, que más qualidades descobriu em mim para me tratar como trata? Fale.

E a comoção cortava-lhe em meio as palavras ao dizer isto.

Jorge não estava menos comovido.

Berta deixara-se cair soluçando em uma cadeira, e escondia o rosto entre as mãos. Jorge, cujo semblante já não conservava vestígios da sua fria e habitual reserva, veio sentar-se junto dela, tomou-lhe afetuosamente as mãos e dirigindo-se-lhe com brandura, disse-lhe:

— Vou satisfazê-la, Berta; vou ser sincero e leal consigo, já que assim o quer. Escute-me, e saberá a causa oculta de todo o meu estranho procedimento. Olhe bem para mim, Berta, para ler no meu semblante a sinceridade da minha confissão.

Berta ergueu para ele os olhos úmidos de pranto.

Jorge prosseguiu, apertando-lhe com mais fervor as mãos, que conservava nas suas:

— A causa íntima, a causa oculta das minhas ações para consigo, Berta, essa causa misteriosa, que eu procurava esconder da vista de todos e sufocar no meu coração... quer sabê-la, Berta? Essa causa é o muito amor que lhe tenho.

Berta estremeceu, e, retirando as mãos das de Jorge, levou-as ao rosto, como para reprimir um grito.

Jorge prosseguiu:

— Agora há de escutar-me, Berta. Os corações reservados, como o meu, quando chegam a soltar a primeira confidência precisam de se revelar inteiros; escute-me. Amo-a; amava-a antes mesmo de a ver depois do seu regresso à aldeia. Insinuou-se-me na alma este amor no meio das minhas preocupações e dos meus cuidados, sem eu bem saber como. Ouvia falar de si a seu pai; lia as suas cartas, pensava em si e... e amei-a. Foi o meu primeiro amor. Nunca tinha sentido outro, nunca sentira até a necessidade de amar. Nenhuma mulher me havia escutado uma só palavra de galanteio. Persuadira-me eu próprio de que o meu coração era superior à violência dos afetos, a que os outros cediam. Quando, pelo que senti, me vi forçado a abandonar esta crença, quando comecei a duvidar da minha imunidade, assustei-me e irritei-me contra mim mesmo por me achar fraco. Quis lutar e vencer essa paixão que, a despeito da minha vontade, sentia ocupar cada vez mais espaço no meu coração. Aí, Berta, começou para mim uma luta extenuadora; quanto mais resistia, tanto mais me sentia subjugado. Revoltei-me contra a fatalidade deste afeto, revoltei-me contra si, Berta, a quem desejava querer mal pelo muito que a amava já. Daí a rudeza das minhas palavras, a quase hostilidade do meu proceder para consigo. Para apagar o prestígio que o seu nome, que a sua imagem tinha adquirido no meu coração, supunha-lhe defeitos imaginários, inventava-lhe vícios de educação, procurava assim alienar de si os meus afetos, antes que chegasse o temido momento de vê-la; em vão, cada vez a amava mais, e no dia em que finalmente a tornei a ver, conheci que era irremediável aquela fatalidade; amava-a muito e tanto, que até ciúmes sentia já.

Berta a estas palavras levantou os olhos para ele.

Jorge prosseguiu, respondendo àquele gesto:

– Ciúmes, sim, Berta: ciúmes que ralavam, ciúmes que me enchiam de remorsos, e que envenenavam quase o afeto que me ligava a meu irmão. Porque era dele que os sentia. Veja que má loucura a minha! É a Maurício que Berta ama, pensava eu; seduzem-na as qualidades brilhantes de meu irmão, e contudo ele não a ama como eu. Então indignava-me contra si, Berta, contra mim próprio, porque a amava tanto.

A uma pequena pausa que Jorge fez na sua apaixonada exposição, Berta ergueu outra vez os olhos para ele, e nesse olhar ia a condenação daqueles ciúmes.

Jorge continuou:

– E por que me assustava tanto este amor? Por que tentava resistir-lhe assim? Ao princípio foi pela estranheza que me causou este sentimento novo e desconhecido: depois, o receio de que fosse descoberto este amor em um homem que todos supunham incapaz de amar; um quase pudor do coração. Finalmente veio a reflexão aumentar estes receios. Se este afeto crescesse e me dominasse como paixão violenta e exclusiva, que obstáculos não teria a vencer! que preconceitos não teria de calcar! Desprezando arreigados prejuízos de meu pai, incorrera eu já nas suas iras, mas dessa vez desatendi-os, menos pela minha felicidade do que pela dele para salvar o nome e a honra da nossa família, a cuja aviltação meu pai não sobreviveria. Tive por isso coragem para lutar e tenho-a para prosseguir. Mas agora tratava-se somente da minha felicidade; era só a ela que eu teria de sacrificar os preconceitos, o orgulho, as radicadas opiniões daquele honrado velho. Faltava-me o alento para tentá-lo. Preferia dar-lhe em holocausto o meu coração. E o sacrifício devia ser definitivo, porque a memória de meu pai o exigiria de mim, impor-mo-ia tão fortemente como ele próprio. Mas, se este amor fosse correspondido, faltar-me-ia o ânimo e até o direito de o sacrificar assim. Por isso fugi de me revelar, Berta, por isso tentei antes fazer-me aborrecido do que estimado de si, de quem eu apreciaria o amor como o dom do céu. Creia. Por isso aceitei com o coração a despedaçar-se-me, mas com certo doloroso prazer, a missão de que me encarregou Clemente. Deus sabe o que eu sofria há pouco. A sua condescendência torturava-me, nas suas hesitações julgava descobrir vestígios de uma afeição... por Maurício. Daí vieram todas as loucuras que eu disse... Eis o segredo do meu coração, Berta, eis o mistério das minhas ações. Agora julgue-me e perdoe-me. Bem vê que também sofro.

E, terminando estas palavras, Jorge inclinou a fronte sobre a mão, como se o esforço que fizera o tivesse extenuado.

Berta foi desta vez a que primeiro interrompeu aquele silêncio eloquente de paixão; com a voz ainda sobressaltada, mas com o olhar seguro, ela respondeu apertando a mão de Jorge:

— A sua confidência leal e a sua generosidade deu-me coragem de ser também sincera. Jorge, repare; sem o menor receio nem hesitação, com o olhar erguido diante do seu, vencida pela confiança que se sente em uma alma tão nobremente generosa, também lhe faço a minha confidência. Jorge... eu também o amava.

Jorge ergueu a cabeça ao ouvir a inesperada declaração, e por momentos brilhou-lhe no rosto um clarão de alegria.

Berta, baixando timidamente os olhos, continuou:

– Sim, também o amava; mas também tinha compreendido a necessidade do sacrifício de que fala, e não serei decerto eu quem lhe tire o ânimo de realizá-lo. É antes para lhe dar coragem que lhe falo assim; para que a certeza de que alguém sofre consigo lhe dê alívio no sofrimento. Venero e estimo seu pai, como se fosse o meu, Jorge, e para lhe evitar uma dor, não acho grande o sacrifício de meu coração e dos meus afetos. E agora muito menos: deu-me a certeza de que me não despreza. Era essa suspeita que me torturava. Agora sou feliz, e sinto-me corajosa. Encaro sem desalento o meu dever e o meu futuro. Não serão obstáculos os sentimentos da minha alma; porque neles sinto eu antes auxílio. É desta natureza o amor que lhe tenho, Jorge. Amando-o, aceitarei sem remorsos a proposta de Clemente. Vê? E porque este afeto enobrece, e enquanto o sentir não receio de me tornar indigna dele. Apenas falarei com lealdade a meu noivo, para dizer-lhe que não posso prometer-lhe amor, porque o não sinto por ele.

– Não, Berta, não; não aceite a proposta de Clemente. Se é verdade que me ama, não aceite...

– Por que não, Jorge? Creia-me. É a mais segura maneira de vencermos este sentimento, que a nosso pesar nos dominou. Ambos nós respeitamos muito o dever. Ele nos dará coragem.

– Berta, diga outra vez que me ama; diga-me que me iludi sempre em relação aos seus sentimentos e eu vencerei as resistências que se opuserem a este amor, como tenho vencido as que lutavam contra os projetos que formei de salvar a minha casa de ruína.

– Que diz, Jorge? Nunca me poderá vir a felicidade da discórdia da sua família, e bem vê que era inevitável. Eu sou a filha de Tomé da Póvoa, lembro-me disso, Jorge; de Tomé da Póvoa, o antigo criado da Casa Mourisca; o homem de quem o Sr. Dom Luís recebe os serviços como humilhações e insultos. Seu pai estima-me; ainda há bem pouco me abençoou, como se eu fosse sua filha. Não queira obrigar-me a perder essa estima, que tanto prezo. Não seria feliz depois; não podia sê-lo. Assim conservarei a amizade de todos... porque o Sr. Jorge há de estimar-me sempre, não é verdade?

– Hei de adorá-la, Berta – murmurou Jorge submetido.

– Vamos; procedamos agora como se nada se passasse entre nós. Ganhemos coragem para cada um cumprir o seu dever, e separemo-nos como bons amigos.

E comovida ainda, estendeu a mão a Jorge, que a levou apaixonadamente aos lábios, cobrindo-a de beijos.

– Berta, Berta, não será quase um crime o que fazemos? Despedirmo-nos assim, quando pela primeira vez nos revelamos?

– Não, Jorge, não é. É um dever... doloroso, mas é um dever.

Ouviram-se as vozes de Tomé e de Luísa, que voltavam.

Jorge ergueu-se sobressaltado:

– Não posso simular a placidez necessária para falar-lhes e ouvi-los falar neste casamento, Berta; como hei de ter ânimo para o presenciar? Adeus e se lhe faltar a coragem... tudo se remediará ainda.

– Adeus, Jorge. Havemos de ser dignos um do outro. Não fraquejaremos.

E Jorge saiu da sala para não se encontrar com Tomé.

Berta recebeu os pais já com os olhos enxutos, ainda que agitada pela violência da última cena.

Luísa parecia mediocremente encantada com a perspectiva do casamento que tanto satisfazia Tomé.

– Então é verdade, Berta? E tu o queres? – perguntou ela em tom de quem duvidava.

– Sim, minha mãe, julgo que devo aceitar.

– E... e o Sr. Jorge também te aconselhou?

– Sim – respondeu Berta mais enleada –, o Sr. Jorge é de parecer que sim.

– Já se retirou? – perguntou Tomé da Póvoa, procurando-o com a vista.

– Já. Disse que não podia demorar-se. E eu peço licença para me retirar também.

E Berta apressou-se a sair da sala para se esconder no seu quarto e chorar.

– Enfim! – concluiu Luísa, suspirando, e depois de seguir a filha com a vista. – Vocês lá o leem, lá o entendem. Mas não era isto que eu esperava.

– Então que esperavas tu? – perguntou Tomé levemente despeitado. – Julgavas talvez que viria por aí algum príncipe pedir-te a filha para casar?

– Eu cá me entendo.

– E eu também me entendo. Que ainda ninguém te pôde tirar da cabeça umas teias de aranha que lá se meteram. Agora pelo menos deves estar desenganada.

Luísa suspirou e não deu resposta. Mas pensava consigo:

– Berta já eu vi, e a cara não é de noiva contente. Tenho pena de não ver a dele. Mas enfim, seja o que Deus quiser.

28

Tinham decorrido alguns dias desde que a baronesa principiara a receber de Maurício sinais inequívocos de um galanteio, que ele com as mais louváveis intenções favorecia.

Durante todo este tempo o leviano rapaz consagrara à sua nova paixão todos os instantes, sujeitava-lhe todos os pensamentos. Não perdia a menor ocasião de se encontrar com a prima e de renovar as cenas, que a agudeza de gênio e a vivacidade de espírito de Gabriela sabiam rodear de atrativos inteiramente novos para a inexperiência do apaixonado moço.

Em época alguma tinham os criados conhecido Maurício tão caseiro como então; cessaram as suas correrias pelos arredores, e os cavalos só eram por ele tirados da ociosidade quando Gabriela se lembrava de passear pelos campos. Maurício era então certo a acompanhá-la.

Este estado de coisas inquietava porém a baronesa.

Caracteres como o de Maurício, por muito os ver na rodada sociedade em que vivia, já para ela não tinham segredos não estudados. Não confiava tanto no prestígio que atualmente exercia no ânimo do seu jovem e volúvel primo, que não temesse a influência que poderia exercer sobre ele a monotonia das impressões da vida que ele passava nos Bacelos.

A baronesa tinha, é verdade, imensos recursos para variá-las. Estava ainda longe de os dar por esgotados. Quando Maurício julgava ter conhecido a verdadeira feição moral de Gabriela, ela desiludia-o, impressionando-o sob uma feição nova.

Umas vezes falava-lhe com uma seriedade maternal; outras parecia abrir-se-lhe na mais fraternal expansão; mostrava-se-lhe mais tarde reservada e discreta; depois satírica e espirituosa, sempre cheia de encantos, que com perfeitíssimo conhecimento e uso da arte sabia fazer realçar.

Apesar disso, porém, a baronesa antevia perigos na prolongação daquela vida monótona, e sentia a necessidade de dar um golpe decisivo.

Era preciso partir para Lisboa e obrigar Maurício a segui-la.

A demora deste projeto poderia malográ-lo. Resolveu portanto apressar a sua partida.

Uma circunstância, porém, a tornara difícil.

Os sucessivos desgostos que tinham ferido o coração de Dom Luís, a resignação que ele fizera dos seus antigos hábitos, a homisiação a que condenou sucessivamente ambos os filhos, as saudades avivadas de Beatriz, o desconforto do seu viver atual, sem esperanças de melhor futuro, e porventura com remorsos do passado, todas estas influências acabaram por prostrar de desalento o velho fidalgo e por acabrunhá-lo e envelhecê-lo em poucos dias, como se estes se contassem por anos.

Nada o distraía. As gazetas, em cuja leitura alimentava outrora a chama legitimista, que lhe abrasava o coração, enfastiavam-no, e tinham sido intencionalmente desviadas pela baronesa; a companhia e a conversação de frei Januário não as podia já aturar sem impaciência; perdeu o gosto para tudo, e principiou a adquirir hábitos progressivamente sedentários.

Interrompeu os seus passeios; deixou de aparecer à mesa, jantava e almoçava no quarto, e acabou por passar quase todo o dia na cama, debilitando-se nesta inação a olhos vistos.

Gabriela via com cuidado os sintomas deste crescente abatimento físico e moral, e procurava combatê-lo por todos os meios.

Ia para o quarto do tio, e variando a conversa e temperando-a com todas as graças que o espírito e o estudo lhe sugeriam, conseguia distraí-lo e chegava até a fazê-lo sorrir.

Outras vezes entretinha-o, lendo-lhe em voz alta, e escolhia livros que, no dizer dela, pudessem adoçar as cruezas do gênio do fidalgo e maciar-lhe as asperezas das suas escamas aristocráticas. Quantas ocasiões Dom Luís escutava atento e comovido os episódios de certos livros, mansamente revolucionários, e abria desprevenido o coração a doutrinas subversivas dos seus velhos preconceitos, tão ocultas elas se lhe insinuavam entre os artifícios da concepção e da linguagem!

A baronesa tinha muita fé nesta vacina literária.

O resultado porém de tudo isto foi que assim que ela tentou partir para Lisboa, encontrou no tio uma relutância com que não havia contado.

O pobre velho, fraco, triste e doente, havia-se costumado à companhia daquela mulher cheia de vida, de inteligência e de alegria, e queria-lhe com apego que, nessas idades, a alma contrai a todas as imagens que lhe recordam o tempo em que se conheceu jovem e vigorosa.

Dom Luís experimentava quase um secreto terror ao lembrar-se de que a baronesa o havia de deixar. Quem viria sentar-se ao lado do seu melancólico leito, assim que ela partisse? Os filhos afastara-os para longe de si, em castigo dos delitos com que tanto o haviam ofendido. Frei Januário era-lhe insuportável.

Mas ficar só, viver só, pensar só, ali naquela casa que nem era sua, só nas suas longas e melancólicas vigílias, com as escuras memórias do seu passado, com as sombrias apreensões pelo futuro... esta ideia aterrava-o. Quando Gabriela aludia à sua próxima partida, ele desviava o sentido da conversa e claramente lhe pedia que não falasse nisso.

A baronesa via-se pois obrigada a transferir indefinidamente o seu projeto de deixar a aldeia.

Contudo cada dia que se demorava nos Bacelos contava-o ela como uma probabilidade menos a favor dos seus planos.

Esta difícil situação, em que se via, obrigava-a a pensar seriamente no partido que devia adotar.

Era preciso descobrir um meio de abandonar a aldeia e voltar a Lisboa, sem causar a Dom Luís o desgosto e a pena que, no estado de saúde e de espírito em que o via, ela receava que lhe pudesse ser fatal.

Uma manhã foi ela procurar o seu primo Jorge, muito convencida de que tinha enfim descoberto o expediente que procurava.

Jorge trabalhava com uma atividade febril, depois que se ajustara o casamento de Berta. Parecia querer procurar no trabalho uma embriaguez que lhe amortecesse as dores no coração, que aquele fato lhe produzira. Mas a violência do esforço cansava-o, e bem claro o revelava na palidez e depressão da fisionomia.

Gabriela não pôde deixar de fazer uma observação mal o viu aquela manhã:

– É preciso cautela, primo Jorge. Nada de trabalho imoderado! Lembra-te de que a tua constituição não é para tais fadigas.

– Por que me diz isso?

– Porque te estou lendo no rosto a necessidade de ar livre, de sol, de exercício e de distração do pensamento.

– Efeitos de uma noite mal passada. Eu não me sinto cansado.

– Embora. Sê prudente. Olha que o bom êxito dos teus planos depende da tua perseverança, e a tua perseverança está mais na combinação dos esforços do que na violência deles.

– Creia que me sei poupar.

– Muito bem. Agora farás o favor de fechar esses livros e de me escutar, porque tenho que te dizer.

– Às suas ordens – respondeu Jorge, obedecendo-lhe.

– Entrarei sem demora no assunto. Sabes que formei o plano de partir amanhã pela madrugada para Lisboa?

– Então que urgências são essas?

É que se não tomo uma resolução assim, não acabo de partir. Vou de adiamento em adiamento até ao fim do ano. E é indispensável que parta.

– Indispensável! – repetiu Jorge com ar de dúvida.

– Com certeza que é. Além de que é necessário arranjarmos Maurício. Hás de concordar comigo, que esta vida perde-o. Cada dia que se passa para ele nesta ociosidade campestre exerce uma funesta influência sobre aquele caráter, aliás de muito aproveitáveis qualidades.

Isso é assim. Porém Maurício que parta só.

– Não partirá.

– Por quê?

Gabriela hesitou em dar a razão que Jorge lhe pedia, e respondeu evasivamente:

– Sei que não partirá. Demais, é conveniente que eu lhe prepare o caminho em Lisboa, e por isso preciso de lá ir.

– Porém meu pai?

– Pois aí é que está a dificuldade, é por causa disso que eu reclamei esta conferência.

– Então?

– O tio Luís está bastante doente. Do corpo e do espírito. Chega a dar-me cuidados. Naquele estado não pode prescindir de certos carinhos e desvelos, próprios só de uma mulher. São-lhe já tão indispensáveis que ele, coitado, aterra-se somente com a ideia de ter de viver sem eles. Por isso não quer ouvir falar na minha partida. A mim mesma me custa deixá-lo, porque sei que lhe hei de fazer falta.

– E contudo diz que parte amanhã!

– É verdade, porque julgo ter descoberto uma combinação que remediará tudo.

– Qual é?

– É preciso substituir-me. É preciso sentar uma mulher à cabeceira do tio Luís, mas uma mulher que o estime, que olhe por ele, que o distraia e a quem ele consagre uma afeição que o faça esquecer de mim, e que lhe torne essa enfermeira ainda mais necessária do que eu hoje lhe sou, e ninguém mais está neste caso do que a afilhada dele, essa rapariga por quem o tio parece haver já manifestado uma particular simpatia, e quem melhor do que ninguém pode vir a exercer sobre ele uma influência salutar; numa palavra, Berta da Póvoa, a filha do Tomé.

Jorge não pôde reprimir um movimento de contrariedade ao escutar o projeto da baronesa.

Ergueu-se da mesa, junto da qual estivera sentado, e disse com certo modo sacudido, como exprimindo uma opinião irrevogável:

– Não pode ser.

– Por quê? – perguntou Gabriela.

– Porque... porque não.

– Quererás dar-te ao incômodo de procurar outra razão mais lógica, primo Jorge?

– Meu pai não aceitaria os cuidados da filha do Tomé da Póvoa.

– Primeiro que tudo é preciso que consideres que o doente que eu deixo lá dentro não é já aquele Dom Luís que nós ambos conhecemos na Casa Mourisca; depois Berta para ele é raras vezes a filha do Tomé, é a amiga de Beatriz, é a imagem viva daquele anjo que ele ainda hoje chora. Teu pai não terá coragem para afugentar Berta de junto de seu leito, e difícil será tirá-la de lá.

– Tomé não consentiria...

– O Tomé é um homem generoso e que, apesar de tudo, tem uma sincera afeição ao tio Luís. O Jorge bem o sabe.

– Mas...

– Mas, afinal de contas a principal objeção está em que o primo Jorge não quer. E por que não quer?

– Não é isso, mas... De mais a mais Berta não viria decerto nesta ocasião, em que se lhe não falta que fazer em casa.

– Pois que há por lá?

– Os preparativos do casamento dela.

– Do casamento de... quem?!

– De Berta.

A baronesa ficou desta vez verdadeiramente surpreendida.

– De Berta?! Pois Berta casa-se?!

– E em pouco tempo.

– Com quem?

– Com o Clemente, o filho da minha ama, da Ana do Vedor.

Gabriela permaneceu algum tempo calada, sem poder desviar os olhos de Jorge, como se quisesse devassar o que se passava no espírito do primo, ao dar-lhe em tom de indiferença aquela notícia.

– Berta casa-se! – repetiu ela. – E por sua vontade?

– Por certo. Quem a obrigaria?

– Parece-me incrível. E que pensa o primo Jorge desse casamento?

– Acho-o tão natural, que fui eu próprio que fiz a proposta.

– A proposta do casamento?!

– Sim, a proposta do casamento.

– A Berta?!

– Ao pai e a ela.

– E como te lembraste disso?

– Porque o Clemente me pediu.

– Ah! E condescendeste sem dificuldades?

– Por que não?

– E Berta também aceitou sem objeções?

– Sim, sem grande hesitação.

Jorge respondia a esta série de perguntas de uma maneira constrangida, como quem ansiava por libertar-se depressa do inquérito. Nunca olhara diretamente para a baronesa, que pelo contrário não tirava dele os olhos, nem perdia os sinais de turbação com que ele lhe respondia.

Afinal Gabriela dirigiu-se ao primo no tom de resolução de quem se decide por um partido manifesto.

– Jorge, olha bem para mim.

Jorge fitou na prima os olhos, admirado.

– É com indiferença que vês realizar-se o casamento de Berta e que me estás falando nele?

Jorge corou intensamente à inesperada interpelação e tentou responder, ladeando:

– Com indiferença não, decerto. Sou amigo de Tomé e Berta é...

– A filha dele, bem sei. Deixemos esses parentescos. E já que desejas que fale mais claro, pergunto-te: É ou não é verdade que amas Berta?

– Eu?!

– Sim, tu. E repara no que vão responder os lábios, porque o rosto já me respondeu.

Jorge conheceu que não lhe era possível dissimular; abraçou portanto o partido da franqueza, que lhe era mais congenial.

– Nesse caso era desnecessário outra resposta. Porém não duvidarei em dar-lhe. É verdade que a amo.

– Nesse caso que quer dizer toda essa comédia?

– Quer dizer que eu e Berta estamos decididos a cumprir corajosamente o nosso dever. Ela fazendo a felicidade de um homem honrado que a estima, e realizando o papel de providência de uma família que é a mais gloriosa missão da mulher; eu voltando-me todo à obra que empreendi, e procurando tornar tranquilos os últimos dias de meu pai neste mundo, sem lhe ir exacerbar as paixões do seu coração irritado, para satisfazer as minhas.

– A poesia dos meus sentimentos está muito atrasada, ao que vejo. Dantes os amantes sinceros e generosos punham acima de tudo os direitos dos seus puros afetos. Eu sou das que leem pela cartilha desses tempos.

– Os afetos generosos estendem a sua generosidade aos sentimentos dos outros corações, ainda quando lhes são opostos. Respeitam-nos.

– É muito sublime; não entendo bem. Vamos a saber, primo Jorge, dar-se-á que ainda haja por aí uns fumozinhos de vaidade aristocrática?

– Em mim não a conheço; mas respeito-a naquele velho, em quem descarregaria o último golpe se não a respeitasse.

– É esse o obstáculo? Não vejo aí senão a necessidade de uma contemporização.

– Não diga isso, prima. As contemplações que tenho com meu pai, tê-las-ei com a sua memória.

– Mas não é muito de cristão supor que o sacrifício feito à vaidade do vivo pode ser agradável à alma, que deixou no sepulcro todos os prejuízos do barro em que se envolvia. Os preconceitos aristocráticos não sobem ao céu; quero crê-lo; ficam nos sarcófagos da família de mistura com as cinzas mortuárias.

– Embora; mas seriam criminosos todos os projetos de felicidade, que se baseassem em um fato tão funesto como esse a que alude. Em tais fundamentos não serei eu quem os edifique.

– Mas, se bem me recordo, o primo Jorge disse-me há dias que não se julgava com direito de sacrificar outra felicidade que não fosse a sua.

– É verdade. Mas não sou só eu que tenho coragem.

– Ah! Ela também?! Visto isso concertaram ambos esse plano? É generoso, não há dúvida. Eu cada vez adoro mais a província, onde se dão umas raras plantas em cuja existência quase não acreditava. Agora já compreendo a oposição que encontra em ti o meu projeto. Depois da vossa heroica resolução, é claro que devia contrariar-te a presença de Berta nesta casa.

– Confesso que sim.

– Concebe-se. Pois é pena, porque me agrada o projeto, e assim tem de ficar só o tio Luís.

– Mas não parta.

– Alto lá. Por muito estranhos que me pareçam os teus planos, viste que não lhes opus obstáculos. Reclamo a mesma condescendência para com os meus.

– Porém, meu pai?

– Não sei o que lhe faça, primo. Pensa nisso a ver se até a hora da partida me lembras alguma solução. Eu não acho.

A baronesa retirou-se poucos momentos depois, aparentemente dissuadida da sua primeira ideia.

Chegando porém ao seu quarto, sentou-se à secretária e, preparando uma folha de papel, escreveu com a sua miúda caligrafia o seguinte:

"Meu caro Sr. Tomé da Póvoa.

Sou obrigada a partir hoje para Lisboa. Deixo meu tio muito doente, e muito sentido pela minha falta. Na idade em que ele está e nas suas tristes disposições de espírito dá-se muito apreço aos cuidados de uma mulher. A minha ausência deixa-o tão só e tão sem conforto, que receio dos efeitos dela. Sei quais os ardentes desejos de vingança que o Sr. Tomé tem contra meu tio e a índole dos atos com que os satisfaz, e por isso julguei dever dar-lhe estas informações, para que se vingue a seu modo.
Sua muito respeitadora,

Gabriela."

E depois de ler o que escrevera, principiou a dobrar cuidadosamente a carta, murmurando:
– A bom entendedor meia palavra basta.
E no lacrar e ao escrever o sobrescrito, dizia sorrindo:
– O primo Jorge que tenha paciência e tome contra si próprio as precauções que quiser.
Depois tocou a campainha e mandou expedir quanto antes a carta de Tomé da Póvoa. E na sequência dos seus pensamentos murmurava:
– E se o acaso lhe der para fazer das suas, lá se avenham. Eu lavo daí as mãos.
E foi proceder aos preparativos da sua jornada nas mais joviais disposições de espírito.

29

A baronesa a ninguém participou, além de Jorge, a sua partida para Lisboa. Havia muito tempo que os principais preparativos estavam feitos, e por isso o movimento dos criados, que lhe executaram as últimas ordens, não se tornou notado.

Na véspera à noite, Gabriela demorou-se mais tempo no quarto do tio e deu-lhe a entender que brevemente teria de deixá-lo por alguns dias, porque a sua presença era necessária em Lisboa, mas que voltaria e seria então para demorar-se mais tempo.

Dom Luís mostrou a mesma oposição a esse projeto, que já por vezes manifestara; mas a baronesa desta vez insistiu mais e obrigou-o a conformar-se com a ideia de uma separação.

Na manhã seguinte, às horas a que o velho fidalgo costumava receber a primeira visita matinal da sobrinha, estava ele já impaciente, porque ela lhe tardava.

Já mais do que uma vez erguera os olhos para o mostrador do relógio fronteiro, e espreitara através das cortinas para a altura do sol, e de cada vez que fizera esta observação, acabara-a suspirando.

O pobre doente tinha tanta necessidade de falar com Gabriela! Havia nada menos do que um longo e complicado sonho a contar-lhe. E ela sem aparecer!

Depois de muito esperar, Dom Luís ouviu enfim mexer na chave da porta e voltou-se com ar de satisfação.

Mas a este vislumbre de esperança sucedeu um movimento de impaciência. Era frei Januário quem entrara.

O padre vinha com uns olhos de embasbacado, virando e revirando uma carta que trazia na mão.

– Que é? O que quer, frei Januário? – perguntou Dom Luís com impaciência não disfarçada. – Onde está Gabriela? Tenha a bondade de ir pedir-lhe o favor de vir falar-me.

– A senhora baronesa?... Aí tem V. Ex.ª as notícias que posso dar-lhe a respeito dela.

E estendeu para o fidalgo a carta que trouxera.

– O quê? Que quer dizer? Notícias dela? Então Gabriela...?

– Partiu esta madrugada quase sem dizer "Deus te salve" a ninguém. Esta gente de hoje sempre tem umas maneiras esquisitas...

– Partiu! Gabriela partiu! sem se despedir de mim?

– Então que quer V. Ex.ª? Costumes de agora. Tudo está mudado. Maçonarias. Mas aí tem V. Ex.ª uma carta, que ela deixou.

Dom Luís pegou na carta meio trêmulo e abriu-a.
Era concebida nestes termos:

"Perdoe-me, meu querido tio, a maneira súbita por que o deixo. Julguei preferível isto, porque me faltava o ânimo para despedidas que talvez o afligissem mais. Espero não prolongar por muito tempo a minha ausência. Seria conveniente que Maurício viesse enquanto estou em Lisboa. Escrevo-lhe neste sentido e confio em que V. Ex.ª lhe dará permissão para ele vir ter comigo. Peço-lhe que me espere nos Bacelos, onde em breve conto vê-lo mais feliz e contente. Até lá tenho um pressentimento de que Deus há de providenciar para que não sinta muito a falta que eu lhe possa fazer. Conceda-me sempre a sua amizade e creia-me.

Sua afetuosa e reconhecida sobrinha,

Gabriela."

O fidalgo leu e releu a carta em silêncio, suspirou, e voltando-se para o padre, disse-lhe simplesmente:

— Tem a bondade de me deixar só por um pouco, Sr. frei Januário?

O padre saiu do quarto, encolhendo os ombros.

Dom Luís tornou a ler a carta, carregando-se-lhe de mais sombria tristeza o semblante, e deixou-se cair desalentado nos travesseiros.

E ninguém lhe ouvia aquela manhã tocar a campainha a chamar um criado para que lhe prestasse qualquer serviço que o seu estado de saúde exigia, e se um ou outro, mais cuidadoso, espontaneamente se apresentava a receber-lhe as ordens, era despedido com rudeza, recaindo ele na espécie de sonolência em que depois da leitura da carta havia ficado.

Ao meio-dia, porém, hora em que a baronesa costumava por suas próprias mãos servir-lhe algumas colheres de geleia e um cálice de vinho do Porto, sentiu que lhe abriam mansamente a porta do quarto, com a mesma cautela, com o mesmo cuidado com que o fazia Gabriela.

Deu-lhe rebate o coração, e no meio dos tristes pensamentos que o acabrunhavam, fez-se um clarão de esperanças. Voltado com as costas para a porta, Dom Luís não pôde conhecer logo a pessoa que entrava, por isso perguntou com uma voz, em que se denunciava o íntimo sobressalto que estava sentindo:

– Quem vem aí?

Ninguém lhe respondeu; mas percebeu claramente o som de uns passos leves, que não podiam deixar de ser de mulher.

– Quem está aí? – repetiu Dom Luís, fazendo um esforço para voltar-se.

Mas neste momento parava, defronte dele, Berta, com um sorriso nos lábios, e segurando nas mãos a bandeja com o cálice de vinho e a geleia, que a baronesa costumava servir-lhe.

Dom Luís olhou para a afilhada com a expressão da maior surpresa e espanto.

– Berta! – exclamou ele, solevantando o corpo. – Berta, aqui?!

– E há mais tempo seria este o meu lugar, se não soubesse que até hoje lhe não faltavam os cuidados de que a sua doença precisa.

– E vens... vens para ficar? – perguntou o doente com uma inflexão de alegria quase infantil.

– Se me der licença que fique...

– Se te der licença, filha!

De súbito reprimiu a sua expressão de alegria, e emendou em tom mais grave:

– Não, Berta; não é aqui o teu lugar. Eu não sou teu pai.

– Mas é meu padrinho e está doente. E à cabeceira de um doente uma mulher está sempre no seu lugar. É o nosso posto de honra – respondeu Berta, com aquela entonação carinhosa com que as raparigas sabem enfeitiçar o coração e enlear a vontade dos seus velhos pais e avós.

O fidalgo sorriu com brandura e, passando a mão trêmula pelos fartos cabelos de Berta, disse-lhe, olhando-a com simpatia:

– Mas que dirá teu pai?

A estas palavras Berta dirigiu para a porta do quarto um olhar indiscreto, olhar que despertou suspeitas no espírito de Dom Luís e o obrigou a seguir com a vista a mesma direção.

Através da porta meia aberta descobriu a figura de Tomé, que ficara no corredor. Uma rápida contração atravessou como o efeito de um choque elétrico a fronte de Dom Luís; em breve porém dissipou-se este sinal de desgosto, e com voz serena e sem aspereza interrogou:

– Estava aí, Tomé da Póvoa?

O fazendeiro deu alguns passos no quarto, ainda timidamente, e respondeu volteando o chapéu entre as mãos:

– Estava, sim, fidalgo; fui eu mesmo que acompanhei a rapariga, e se V. Ex.ª me quiser fazer o favor de aceitar a companhia dela com muito gosto lha deixo ficar. Porque enfim, Sr. Dom Luís, isto de mulheres sempre é outra coisa para lidar conosco. Têm lá umas maneiras de enfeitiçar um homem, que quem uma vez foi tratado por elas em doença, já se não entende com outros enfermeiros. Lá sabem temperar os remédios, arrefecer os caldos, ajeitar a roupa da cama e os travesseiros, que parece que uma pessoa come, bebe e dorme ainda que não tenha vontade, desde que elas queiram. Por isso como a rapariga é afilhada de V. Ex.ª e a senhora baronesa foi para Lisboa e V. Ex.ª ficou só, e ela não nos faz falta, porque, graças a Deus, a minha Luísa ainda basta só para o tráfego da casa, lembrou-me trazê-la, por me parecer que podia prestar alguns serviços a V. Ex.ª

– Então sabe agora, meu padrinho, o que dirá meu pai? – perguntou Berta, ocupada já a acomodar a cama que o doente tinha desordenado.

– Mas... Tomé – dizia Dom Luís, descontente por ter de aceitar um favor do fazendeiro, porém sem coragem de recusá-lo –, eu não quero privá-lo da companhia de Berta... Sei quanto se quer a uma filha e não posso aceitar o sacrifício.

– Ora adeus, fidalgo! Eu quero bem à rapariga, isso lá é verdade, mas não me faltam por casa filhos com que me entretenha. E depois isto de filhas, mais tarde ou mais cedo é contar que batem as asas para fugirem do ninho. É bom acostumarmo-nos a passar sem elas. Por isso, V. Ex.ª não tem dúvida em aceitar a companhia da pequena... é fazer de conta que ela nada tem comigo...

Dom Luís sentiu que ia ser vencido pela generosidade de Tomé. Resistir por mais tempo era revelar inutilmente repugnância em aceitar o benefício, e tornar evidente a sua fraqueza quando finalmente o aceitasse.

Cedeu pois a tempo, e enquanto o podia fazer, salvando a dignidade aristocrática, que sobretudo prezava.

– Dívidas dessa natureza não hesito em contraí-las, apesar de saber que as deixarei em aberto. Aceito, Tomé, aceito a companhia desta menina, que me falará de minha filha, e ma recordará. Não é verdade, Berta?

– Decerto que havemos de falar muito de Beatriz.

– Muito bem – exclamou Tomé da Póvoa –, pois então aí lha deixo, fidalgo, e vou à minha vida.

Compreendeu Dom Luís que não devia ficar inferior em generosidade ao seu antigo criado.

Assim que Tomé, fazendo-lhe uma cortesia, se dispunha a transpor a porta para sair, o fidalgo reteve-o, estendendo-lhe a mão, e disse-lhe naquele tom solene que lhe era habitual:

– Tomé da Póvoa, não se retire sem que eu lhe aperte a mão. Bem vê que é a maneira que tenho de remir dívidas destas.

– Com todo o gosto, fidalgo.

E o honrado lavrador aproximou-se do leito e apertou nas suas mãos robustas a mão magra e aristocrática do senhor da Casa Mourisca, dizendo com a expansão de entusiástica simpatia que tinha em excesso na alma:

– Pode acreditar, fidalgo, que aperta a mão de um amigo.

Dom Luís fez um gesto silencioso de aquiescência.

Tomé da Póvoa, quando saiu da sala, levava nos olhos um brilho denunciador de comoção.

Todas as cenas e ações generosas exerciam nele este efeito.

Berta ficou só com o padrinho. Com aquele instinto de atividade e de ordem, natural à índole feminina, entrou imediatamente no exercício de suas funções, dispondo os preparativos para a leve refeição do doente, da qual ela se encarregara ao encontrar no corredor um criado com a bandeja na mão.

Trabalhando e conversando, Berta tinha já aqueles ares de familiaridade, que naturalmente assumem as mulheres no trato da casa que dirigem.

Tomara posse daquele terreno como de domínio seu, e dentro em pouco a influência dos seus cuidados fazia-se já sentir na aparência de ordem e de método que ali dentro vestira tudo.

Dom Luís seguia-a com olhos de satisfação. Parecia-lhe que ela só povoava o quarto.

Com que indizível prazer a via tirar dos ombros o chalé que trouxera, dobrá-lo, pousá-lo, junto com o chapéu, no sofá próximo do leito, como se estivesse em sua casa?

A presença daquela jovem e gentil rapariga, ocupada na lida doméstica, falando-lhe com meiguice e alegria, adivinhando-lhe e prevenindo-lhe os menores desejos, satisfazia uma tão ardente e tão antiga necessidade do coração daquele homem, que, esquecido quase de seus infortúnios, reputava-se feliz.

Animado por Berta, comeu com mais apetite e falou com uma animação que lhe não era habitual.

– Mas, agora me lembro, Berta – disse Dom Luís, como se de repente lhe ocorresse uma ideia –, preciso de dar ordens para a tua acomodação. Talvez o quarto de Gabriela.

– Não se incomode – atalhou Berta. – A senhora baronesa parece que tinha tudo prevenido, porque me receberam como quem me esperava já.

– Mas como sabia Gabriela?...

– Pois se foi ela quem mandou dizer que partia e que me fez sentir a necessidade de vir ocupar o seu lugar.

– Ah! agora entendo a carta dela. É uma boa rapariga afinal.

E Dom Luís tinha nos lábios, ao dizer isto, um sorriso de simpatia, que lhe suavizava a dureza habitual das feições.

A agradável doçura que o fidalgo da Casa Mourisca estava saboreando com a presença e o conversar de Berta foi interrompida por umas pancadas tímidas na porta do quarto, que ele escutou de má vontade.

– Quem está aí? – perguntou quase irritado.

– *Licet?* – murmurou a voz do padre fora da porta.

– Entre quem é – respondeu Dom Luís, ainda mais irritado depois de conhecer a voz.

O padre entrou subitamente, cortejou Berta com olhos desconfiados e avançou com passos vagarosos.

– O que quer, frei Januário? – perguntou Dom Luís desabridamente.

O padre continuou a aproximar-se do leito e respondeu melifluidamente:

– Os filhos de V. Ex.ª, os Srs. Dom Jorge e Dom Maurício, pedem licença para lhe falarem.

Dom Luís fez um movimento de impaciência.

– Que me querem eles?

O padre encolheu os ombros.

– Não posso dizer a V. Ex.ª, porque eu mesmo não o sei.

– Que lhes não falo agora – respondeu em tom sacudido o fidalgo.

Mas ao voltar-se deu com os olhos no rosto de Berta, que insensivelmente revelou nele o desprazer com que ouvira aquela resposta.

O padre ia a retirar-se com o recado, quando ouviu Dom Luís dizer:

– Mas não poderei saber o que é que me querem os senhores meus filhos?

O padre parou, esperando uma ordem definitiva.

Berta, que estava alisando uma das travesseiras em que o padrinho se encostava, murmurou como a gracejar:

– A melhor maneira de ficar sabendo é ouvi-los.

Dom Luís encolheu os ombros, como a exprimir o pouco valor que supunha à conferência pedida, mas disse ao padre:

– Diga-lhes que entrem.

Estava, finalmente, revogada a sentença que votara ao ostracismo os dois filhos do fidalgo. O coração do velho sentia-se muito brando naquele momento para conservar rancores.

A influência de Berta principiava a atuar.

A negrura dos delitos de que até ali acusara os filhos, dir-se-ia que a dissipara um sorriso da afilhada.

Jorge e Maurício entraram pouco tempo depois no quarto, descoberto ambos, e com aquele ar de respeito que sempre lhes impunha a presença do pai.

Berta sentiu que se lhe sobressaltava o coração, ao tornar a ver Jorge, depois da cena que tivera lugar na Herdade.

Não pôde porém deixar de fitá-lo com interesse. Achou-o pálido e abatido.

Dominando as suas violentas impressões, saudou os dois irmãos com um sorriso afetuoso e sereno.

Jorge e Maurício corresponderam-lhe com um gesto de deferência e simpatia.

Ambos estavam prevenidos da presença dela.

Jorge compreendeu que a baronesa insistira em realizar os seus projetos, apesar das objeções com que ele o combatera.

E não desestimou que ela o tivesse feito. Incomodava-o a ideia de isolamento em que ia ficar seu pai. Os carinhos de Berta deviam ser-lhe preciosos. Depois a vinda dela para os Bacelos não retardaria o fatal casamento, com que não pudera ainda conformar o espírito? De pouco serviria a demora, visto a irrevogável solução que ambos haviam adotado; mas fazer recuar a consumação de um fato funesto é sempre um alívio.

Aceitou pois de boa vontade a vinda de Berta para junto de seu pai, mas resolveu precaver o coração dos perigos que correria, se permanecesse junto dela.

Maurício, que dias antes não receberia também com sangue-frio a notícia da presença de Berta, estava naquela manhã muito preocupado para se alterar ao recebê-la.

A súbita partida de Gabriela surpreendera-o e exacerbara a paixão nascente que por ela sentia.

A baronesa calculara bem o alcance da medida e assegurara-lhe ainda mais o efeito, deixando a Maurício um bilhete concebido nestes termos:

"Meu caro primo.

Parto para Lisboa. Não preveni pessoa alguma. Levo muitas saudades comigo. Não sei se as deixo também. Se acreditasse na constância de certos sentimentos, consolar-me-ia a ideia de te ver dentro de poucos dias em Lisboa. Mas infelizmente duvido tanto! Por isso limita-se a deixar-te um longo e desconsolado adeus.
Tua prima e muito afeiçoada,

Gabriela."

Esta carta veio a tempo para atalhar os primeiros sintomas manifestados já em Maurício de uma nova crise, que podia ser fatal aos planos da baronesa.

Como dissemos, Maurício, imaginando que à sua nova paixão pela baronesa não seria indiferente o coração de Berta, recebia dessa ideia, que aliás o mortificava, um estímulo que atiçava aquela paixão. Súbita e inesperadamente porém veio uma notícia desvanecer-lhe estas ilusões. Foi a do próximo casamento de Berta, que a Ana de Vedor lhe deu, respondendo assim com ar triunfante às dúvidas que ele em tempo antepusera contra tal união. Ana assegurou-lhe que Berta e toda a família haviam acolhido com favor a ideia, e que mesmo Jorge a apoiara.

Esta revelação impressionou Maurício. Seria possível que Berta não sentisse por ele afeto algum? Ter-se-ia ele iludido, imaginando havê-la impressionado? Haveria antes em tudo isso um plano de Jorge?

Estas suspeitas despertaram-lhe uma leve irritação de vaidade e avivaram as quase apagadas impressões que lhe restavam no coração da imagem de Berta. Nesse dia passou duas vezes pela Herdade.

Estava pois em iminente risco a paixão por Gabriela, quando a repentina partida desta e a sua carta de despedida lhe fizeram outra vez pender o coração para aquele lado.

Todos os despeitos gerados com a notícia de Ana do Vedor dissiparam-se perante os despeitos novos.

Acabando de ler o bilhete de Gabriela, Maurício pensou em montar logo a cavalo e seguir no encalço da baronesa, até atingi-la. Custou a persuadi-lo da conveniência de moderar a precipitação dos seus projetos. Decidiu porém apressar quanto pudesse os preparativos da jornada e partir naquele mesmo dia para Lisboa. A permanência no campo era-lhe já insuportável.

Foi sob estas impressões que, em companhia de Jorge, ele entrou no quarto de Dom Luís.

O pai revestiu-se outra vez do seu aspecto de severidade ao dirigir aos filhos um olhar interrogador.

Maurício falou primeiro:

– Há muito que está projetada a minha partida para Lisboa. A prima Gabriela saiu esta manhã para lá, e escrevendo-me, deixou-me dito que me ficava esperando. Venho pedir a V. Ex.ª autorização para partir hoje mesmo.

Dom Luís respondeu secamente:

– Pode ir. Fale a frei Januário, para lhe dar o dinheiro de que precisa.

Em seguida voltou o olhar para Jorge, como convidando-o a expor o motivo da sua visita.

Jorge aproximou-se e, abrindo uma pasta, apresentou ao pai um maço de papéis.

– Desejava que V. Ex.ª examinasse estes documentos e títulos, que dizem respeito a propriedades nossas e a contratos antigos, que eu pus em ordem com o fim de facilitar o exame.

– Mas para quê? Eu não quero estar com isso. Que necessidade há de incomodar-me com essa papelada?

– É porque depois desejava expor a V. Ex.ª os planos que concebi, e no caso de merecerem a sua aprovação, pedir-lhe licença para proceder em harmonia com eles.

– Eu não tenho cabeça para entrar nessas investigações. Tive sempre por costume deixar os negócios confiados a procuradores.

– Se V. Ex.ª me autoriza ainda como tal eu não o incomodarei.

Dom Luís sentia que depois das ordens terminantes que dera ao padre Januário, em um momento de despeito contra o filho, tinha motivo para irritar-se ao ver Jorge em flagrante desobediência, ocupando-se ainda da administração da casa. Mas a violência do despeito abrandara, e interiormente o fidalgo estimava ter sido desobedecido.

— Façam o que quiserem — respondeu ele —, o futuro que prepararem não será para mim que o preparam.

— Então se V. Ex.ª não duvida assinar estes papéis...

E Jorge apresentou ao pai uma série de documentos, que requisitavam a assinatura do chefe e representante atual da família.

Dom Luís fez um gesto de enfado, mas correu com a vista o quarto a procurar alguma coisa.

Berta, compreendendo-o, trouxe-lhe ao leito os preparativos para escrever.

E o fidalgo, com a mais aristocrática indiferença, assinou sem ler os papéis que Jorge sucessivamente lhe apresentava, autorizando assim as medidas, que porventura deviam regenerar a sua casa, com a mesma facilidade e imprevidência com que tantas vezes autorizara as que a haviam perdido.

— Agora precisava também da autorização de V. Ex.ª — prosseguiu Jorge — para ausentar-me por alguns dias, porque necessito de visitar as nossas propriedades mais distantes.

Dom Luís repeliu com o mesmo tom de voz a frase que já dissera a Maurício:

— Pode ir.

Os dois rapazes curvaram-se respeitosamente diante do velho e aproximaram-se para receber-lhe as bênçãos.

Dom Luís estendeu a mão, que um após outro beijou, e saudando-o outra vez iam a sair do quarto.

O coração do pai sentiu porém a necessidade de uma despedida mais afetuosa naquele instante em que ambos os filhos o iam deixar.

— Maurício — disse ele quando os viu já próximos da porta —, repare que vai entrar em uma sociedade nova para si, cheia de seduções e perigos. Seja homem e digno do nome que tem, e... dê-me o gosto de o ver feliz e honrado.

– Terei sempre em vista o seu nobre exemplo, meu pai, e espero que assim nunca me desviarei do caminho da honra.

– Talvez o não conduza pelo da felicidade – murmurou o velho; e depois, dirigindo-se a Jorge:

– Jorge, espero do seu juízo que seja prudente no uso dessas autorizações que lhe dou. Repare que nos esforços que faz para restaurar a sua casa não sacrifique o nome que a torna ilustre. Seja sempre tão brioso como é ativo.

– Espero que nunca os meus atos deslustrarão o nome com que me honro.

E os dois irmãos retiraram-se enfim.

Vendo-os sair, Dom Luís voltou-se para Berta, suspirando, e disse com desconforto.

– E ficamos sós, Berta!

– Eles voltarão cedo, e com eles mais alegria para esta casa.

Dom Luís fez um sinal de quem não tinha fé no futuro.

– Tem paciência, Berta – disse daí a pouco –, mas se pudesses ir ver que lhes não falte nada... O padre é capaz de se descuidar das malas, e Maurício não repara.

Berta apressou-se a satisfazer o desejo do velho.

Encontrou Jorge e Maurício na casa do jantar, fazendo os preparativos para a jornada.

Berta coadjuvou-os com vantagem.

– Berta – disse Maurício –, neste reconhecimento de despedida, será bastante generosa para perdoar-me algumas loucuras, que talvez não fossem de todo inocentes?

– Antes de perdoar é preciso condenar, e eu nem sequer acusei.

Maurício apertou-lhe a mão com verdadeira e desta vez insuspeita simpatia.

– Sabe, Berta, que vendo-a aqui, ajudar-nos assim nesta tarefa caseira, custa-me acreditar ques não seja nossa irmã?

– E como é que se desengana? Interrogando o coração?

– Não, que esse persuade-me do mesmo.

– Então deixe-se persuadir, Sr. Maurício, que vai nisso tão pouco mal!

Maurício trocou algumas palavras com ela, mas sem aludir ao casamento.

Jorge falava menos do que o irmão. Em um momento em que este saiu da sala, Berta perguntou:

– Parte para muito longe, Sr. Jorge?

– Não, Berta. Vou viver para a Casa Mourisca; mas bem vê que não podia dizê-lo a meu pai; era ainda cedo talvez para ele o consentir.

– E parte... por eu chegar?...

– Parto, sim, Berta, e não acha que deva fazê-lo?

– Talvez tenha razão... Tem por certo. Mas perdoa-me obrigá-lo a isso?

– Agradeço-lhe. A sua vinda há de salvar meu pai.

– Então separamo-nos amigos?

– Como sempre, Berta.

Berta estendeu-lhe a mão comovida, e Jorge levou-a aos lábios com mais ardor do que convinha a quem formara o propósito de sufocar no peito o amor que nele crescia.

E nessa tarde deixaram a quinta dos Bacelos os filhos de Dom Luís.

Este ficou só com Berta e com o padre, que via um plano maçônico em todas estas mudanças.

30

Aumentava de dia para dia a influência de Berta sobre o ânimo de Dom Luís. Todas as manhãs desafiava as primeiras alegrias do enfermo o sorriso com que Berta lhe entrava no quarto, sorriso que parecia iluminá-lo mais do que os matutinos raios do sol.

Sob a benéfica ação daqueles desvelos femininos, sentia o desconfortado doente um renascer de vida; voltava-lhe o apetite perdido, revigoravam-se-lhe os membros extenuados, corria-lhe nas veias mais vivificado sangue que o desalento empobrecera, e aquela mesma negrura de pensamentos, que o assombrava, parecia clarear-se progressivamente.

Berta fizera-lhe já esquecer Gabriela. Era mais assídua à cabeceira do seu leito, mais exclusivamente devotada àquela obra de consolação, mais perspicaz em adivinhar-lhe os desejos, mais carinhosa na maneira de satisfazê-los, e a ingenuidade quase infantil das suas conversas tinha mais seduções para o fidalgo do que todas as galas do espírito com que a baronesa sabia temperar as suas.

As horas, que tão longas e fastidiosas se sucedem na vida do doente, passavam para ele rápidas e despercebidas, preenchidas pela companhia de Berta.

A vê-la trabalhar a seu lado, a ouvi-la falar de Beatriz ou a conversar no mais trivial assunto, a seguir-lhe com a vista os movimentos fáceis que lhe recordavam a filha, a escutar pela voz dela a leitura dos livros de imaginação a que a baronesa o habituara, Dom Luís esquecia o tempo e os ponderosos motivos da sua usual melancolia. Um dia manifestou desejos de ouvir Berta tocar.

Na manhã seguinte a harpa de Beatriz era transportada para junto do leito do doente, e sob os dedos de Berta o mágico instrumento, que serenava as furiosas alucinações de Saul, provou mais uma vez a sua eficaz influência moral.

Dom Luís escutava-a comovido, e quase sempre corriam-lhe as lágrimas ao expirarem as vibrações das últimas notas.

Berta fez-lhe ouvir, uma por uma, todas as músicas que Beatriz tocava. Ressuscitou-lhe o passado. Sob tão profundas impressões quase se confundiam no espírito do ancião a imagem da filha que perdera com a da afetuosa rapariga, que tanto lhe amenizava a existência.

Foi cedendo à afável violência de Berta e apoiado no braço dela, que trocou o leito pela poltrona ao lado da janela no quarto; que saiu depois do quarto para a varanda do terraço e que finalmente desceu as escadas que, do terraço, conduziam à quinta, à sombra de cujas árvores se costumara a passar as melhores horas do dia.

Era aí que tinham lugar as leituras quotidianas, que já tão necessárias lhe eram. Berta interrompia-as apenas para lhe fazer escutar o cântico dos pássaros na espessura das árvores, ou para lhe ir colher uma ou outra flor, com que bizarramente enfeitava a lapela do casaco do fidalgo. A influência de Berta sobre ele era já por todos conhecida; o que valia à gentil rapariga os mais expressivos sinais de deferência de todos quantos a tratavam.

Frei Januário era o mais desconfiado, mas ainda assim não se mostrou de todo insensível às atenções que Berta lhe dispensava e que muito o lisonjeavam.

Berta era feliz naqueles dias.

Para a sua alma generosa era motivo de júbilo a ideia de que alguém lhe devia a felicidade.

Ao sentir voltar a vida ao rosto de Dom Luís e a serenidade ao seu espírito atribulado, quase esquecida, no enlevo em que esta observação a arrebatava, a grandeza do sacrifício, que pouco tempo antes realizara e a dolorosa violência com que esmagava ainda no coração o afeto mais vivaz que lá nascera.

Era grata a Dom Luís pelo bem que ela própria lhe fazia.

Um dia Berta erguera-se, como costumava, muito cedo para correr a quinta a fim de colher o ramo com que adornava a mesa do almoço de Dom Luís.

Todos os dias se renovava este ramo e todos os dias o fidalgo consagrava alguns momentos ao exame e à análise das diversas flores que o compunham.

Berta esmerava-se muito nesta tarefa para obter sempre efeitos novos, que merecessem as atenções e aplausos do padrinho.

Nesta exploração atingia ela sempre os términos da quinta. Chegara aquela manhã ao portão de ferro da entrada oposta à casa e trazia já na mão uma variada cópia de flores, quando lhe pareceu que alguém parava de fora das grades a observá-la.

Voltou-se e reconheceu Clemente.

Berta estremeceu e sentiu sobressaltar-se-lhe pouco agradavelmente o coração, à vista do seu noivo. Tão longe tinha naquele instante o pensamento do futuro que a vista de Clemente lhe recordava, que a surpresa da transição foi cruel.

Demais era a primeira vez que se achava na presença de Clemente, depois do ajuste do casamento, o que sobremaneira aumentara a sua confusão.

Concentrando, porém, toda a sua coragem, saudou-o afetuosamente.

Mais confuso ainda do que ela, retribuiu-lhe Clemente a saudação.

– Quer entrar? – perguntou Berta, caminhando para a portaria.

– Não, menina; passei aqui por acaso... É verdade que desejava falar-lhe... mas outra vez será.

– E por que não há de ser já? – tornou Berta, abrindo a porta. – Depois do que se passou é indispensável que conversemos, não é verdade? Eu também tenho precisão de falar-lhe, Sr. Clemente.

– Nesse caso aqui estou para ouvi-la, Berta.

– Olhe, sentemo-nos mesmo aqui. Não acha? – disse Berta, preparando lugar em um montículo de relva que as folhas caídas tapetavam. – Está-se aqui tão bem como dentro de uma sala.

Clemente tomou timidamente lugar ao lado dela.

Berta soltou no regaço as flores que colhera, e falando ocupava-se a dispô-las em ramo, como se facilitasse daquela maneira o desempenho da missão que se propunha.

Clemente escutava-a.

– Está já informado, Sr. Clemente, do que respondi à proposta que, em seu nome, me fez... o filho do Sr. Dom Luís?

– Sim, Berta, deram-me essa resposta que muito me alegrou; mas desejava saber da sua boca, se foi de livre vontade e porque lho ditava o coração que a deu assim.

– Por minha vontade foi. Ninguém me obrigou a responder como respondi. Agora se foi do coração... Era sobre isso mesmo que desejava falar-lhe, Sr. Clemente.

Clemente respondeu um pouco inquieto:

– Fale, Berta, que eu escuto-a com atenção.

– Sr. Clemente, devo ser franca e leal consigo, e fazer-lhe uma confissão completa dos meus sentimentos, para que pense bem antes de se resolver a dispor assim do seu futuro. Não posso dizer que fosse o coração que me ditasse a resposta que dei. Se o dissesse, nem o Sr. Clemente me acreditaria; não é verdade? Bem vê, eu mal o conhecia, quase que nem tínhamos falado ainda, eu vivi até agora longe de si, e nenhum de nós costumava pensar no outro. Pois não é assim? Quando ouvi a sua proposta, surpreendeu-me por inesperada; respondi como sabe; mas é claro que não podia ser do coração a resposta.

Clemente fez um gesto de assentimento, mas tornou-se melancólico.

– Mas, perguntará o senhor, por que respondi eu então assim, tão pronta sem hesitar? Vou dizer-lho, Sr. Clemente, vou dizer-lhe toda a verdade, e resolva depois o que deve fazer. Eu não podia esperar que o coração respondesse, porque sabia que ele já não podia dizer que sim a uma proposta daquelas.

Clemente, que julgava compreender o enleio crescente e as palavras hesitantes de Berta, interrompeu-a dizendo:

– Já disse que já não podia? Já? Berta teria acaso alguma inclinação a que o meu pedido viesse causar mal?

Berta, corando, replicou firmemente:

– Havia no meu coração um outro afeto, havia, o primeiro e único dessa natureza que nele tinha de nascer; mas não lhe causou mal o seu pedido, Clemente. Esse afeto, de que me não envergonho, nasceu, mas não podia viver. Era preciso sufocá-lo. Opunha-se-lhe tantos obstáculos, que não podia haver futuro para ele. Era como uma árvore de grandes raízes que nascesse em um vaso apertado. Nunca eu mesma me iludi com ele. Esta era a confissão que devia e queria fazer-lhe, Clemente. Julguei que poderia, sem indignidade, aceitar a sua proposta, dado que lhe falasse lealmente, como lhe estou falando; desde que lhe dissesse: não há amor no meu coração para lhe oferecer, não o podia haver; estimo-o como um homem honrado e aceito para mim o destino de lhe servir de companheira na vida. É a missão de uma mulher, e eu tenho coragem de cumprir no mundo a minha missão. Amizade leal, respeito, dedicação, posso prometer-lhe, mais não, que não tenho para dar.

– Mas... – balbuciou Clemente, que não podia disfarçar a sua perturbação – mas esse homem existe?

Berta corou instantaneamente ao ouvir a pergunta.

– Existe – respondeu, porém, sem hesitar – e ama-me. Mas ele também sente, como eu, a necessidade de vencer este afeto. E há de vencê-lo ou pelo menos ocultá-lo no coração, porque é forte. A consciência do dever ajudar-nos-á a ambos a vencer esta loucura. Bem vê que lhe chamo loucura. Mas deixe-me dizer-lhe, Clemente, se, depois da confissão que lhe fiz, se abriu no seu espírito uma entrada para a desconfiança, peço-lhe por piedade que desista da sua proposta, enquanto é tempo.

– Não me entendeu, Berta. Creia que eu sei ter na devida conta a lealdade com que me está falando, e que mais do que nunca sinto por si a maior consideração e estima. Se a escolhesse para esposa, juro-lhe que apesar da sua confissão, não digo bem, por causa até da sua confissão, teria em si tanta confiança, Berta, como em si mesmo. O que me faz pensar é outra coisa. Se esse homem existe, por que é que a menina perdeu já as esperanças e quer assim tornar impossível o que ainda o não é?

– É impossível, é, Clemente.

– Ora é! Quem sabe? Eu não queria ser um dia o obstáculo da sua felicidade. Nem de tal me quero lembrar!

– Clemente, suponha que em vez da confissão que lhe fiz, eu lhe tenha dito apenas: Sonhei um dia com um noivo, que não se parecia consigo, Clemente. E tão louca sou, que me ficou ainda daquele sonho uma vaga saudade no coração. Por isso não mo ocupa inteiro o afeto que tenho para lhe consagrar. É assim que posso oferecer-lho. E agora resolva como se assim lhe tivesse falado. Bem vê que nunca se arriscará a ser estorvo a uma felicidade... que se sonhou.

– Mas, valha-me Deus, Berta, os sonhos que nunca saem certos são os que se sonham a dormir... e até esses às vezes...

– Há os que se sonham em vigília menos realizáveis ainda.

– Mas em todo o caso... Não me leva a mal se eu pedir tempo para refletir?

– Decerto que não. Para isso mesmo foi que lhe falei assim.

– É um anjo, Berta, e creia que se tenho dúvidas, é porque não queria ser nunca estorvo à sua felicidade. A tempo lhe darei a resposta.

E Clemente saiu dali pensativo e indeciso sobre a resolução que deveria adotar.

Pensava o pobre rapaz:

– Afinal de contas ela gosta do outro. É o que isto tudo quer dizer. Então que faço eu em meter-me de permeio nesses amores. Mas... são amores impossíveis, diz ela, até lhes chamou loucuras; e espera que os cuidados da família lhe ajudem a esquecê-los. Mas se não esquecer?... Não receio dela, isso não. Aquilo é alma que se não perde nem atraiçoa. Mas, se por acaso os tais obstáculos desapareciam e ficasse eu no lugar deles? Ah! Santa Virgem! Era para um homem pôr fim à vida! Porém ao mesmo tempo a rapariga fala com uma segurança, como se este caso fosse impossível. Impossível! E por quê? Quem será ele, o tal? Amores que ela trouxe da cidade... Alguém que já a esqueceu e que talvez nunca lhe quisesse deveras. Se eu adivinhasse que era isto, aceitava. Porque enfim aquilo esquecia, e... e eu creio que havíamos de dar-nos bem. Veremos o que pensa minha mãe. Mas que pode ela pensar? Que sabe ela mais do que eu? Aqui o que era preciso era quem me informasse dos tais amores. Se eu procurasse o Sr. Jorge? Ele é tanto da casa de Tomé, que talvez... Ele está agora na Casa Mourisca. Pois vou lá.

E, em harmonia com esta resolução, tomou o caminho do antigo solar do fidalgo.

Jorge encerrara-se nos ermos aposentos daquele sombrio palácio, não só para trabalhar, como para procurar alívio aos dolorosos golpes de coração, que lhe sangravam ainda.

Fizera-lhe companhia o jardineiro, que não quis ficar nos Bacelos quando soube que Jorge partia. Era a única pessoa que tinha ao serviço.

Jorge entregara-se ao trabalho com mais assiduidade e ardor do que nunca. Erguia-se cedo, prolongava por noite alta as suas vigílias; mas se conseguia com estes esforços adiantar o serviço, não obtinha deles a realização do seu principal empenho: acalmar as torturas morais com que viera para aquela solidão.

As poucas horas de sono eram-lhe agitadas por sonhos fatigadores, e sempre uma ideia fixa e amarga lhe ocupava o pensamento, ainda quando mais absorvido pelo estudo.

Através das mais fortes distrações sentia como que a sombria projeção de uma nuvem negra.

Quando um poderoso motivo de desgosto nos amargura o coração, não é de todo impossível afastá-lo do pensamento por um esforço de distração, mas a impressão dolorosa que ele produziu não se desvanece completamente; persiste um vago sentimento de mágoa, um indefinido mal-estar, que ainda nesses raros instantes nos aflige, sem que o expliquemos.

Estava-se dando com Jorge este fenômeno.

Conseguia fixar a atenção no estudo, vencer as dificuldades de um problema, profundar as questões mais obscuras, mas o espírito mantinha-se doente; estas vitórias da inteligência não lhe provocavam aquele prazer, que de ordinário as acompanha. Parecia que o coração perdera a elasticidade necessária para vibrar dessa maneira.

Quando se trabalha em tais disposições de ânimo, o esforço atenua a atividade de espírito, toma o caráter de uma febre consuntiva, de uma chama que se alimenta gastando as forças e a vida.

Depois havia momentos em que os instintos se revoltavam contra a tirania da razão, em que os gelos do temperamento de Jorge como que se fundiam no calor do seu sangue de adolescente; e então com um frenesi de desespero concebia os mais arrojados projetos. Resolvia romper com todos os preconceitos, com todas as considerações sociais, e obedecer somente aos impulsos do coração, que ele julgava nesses momentos os únicos autorizados motores das ações do homem. A estes paroxismos sucedia um desalento mais profundo e uma sombria tristeza.

E o resultado desta luta moral, deste isolamento, deste excesso de trabalho, revelava-se-lhe no semblante alterado e na palidez, que aumentava de dia para dia.

A amargura daqueles dias passados nas salas desertas e nas devesas melancólicas da Casa Mourisca havia-o abatido a um ponto, que ao chegar à presença dele, Clemente encarou-o com gesto de espanto.

Jorge interrogou-o sorrindo:

– O que me achas tu, para me fitares com esses olhos?

– O Sr. Jorge tem estado doente?!

– Não: vou passando bem. Pareço-te que tenho cara de doente?

– Sim; acho-o descorado e abatido – disse Clemente, procurando disfarçar as apreensões que sentia ao vê-lo. – Não trabalhe tanto, Sr. Jorge.

– Isto não é de trabalhar. Uma noite de bom sono far-me-á voltar ao que fui. Então o que te traz por aqui?

– Venho consultá-lo.

– Há tempos a esta parte obrigas-me a funcionar como conselheiro, sem que eu saiba bem em que mereci a honra da nomeação. Ora dize lá o que queres.

– Trata-se ainda do mesmo negócio do outro dia.

Jorge fez um gesto de impaciência e desagrado.

– Pois não está já tudo decidido? Que mais queres? A respeito do enxoval não dou conselhos.

– Nem tudo está decidido, não senhor.

– Então?

– Eu lhe digo o que se passa.

E Clemente narrou a Jorge a substância da entrevista que tivera com a sua noiva.

Custou a Jorge ocultar a perturbação que lhe causava a narrativa. No fim conseguiu perguntar com aparente frieza:

– E que queres tu que eu diga?

– Queria que me dissesse se por acaso sabia alguma coisa destes amores.

Jorge saltou na cadeira e olhou para Clemente, fazendo-se excessivamente corado.

– Eu?! E por que hei de saber desses amores?

Clemente, admirado do efeito das suas palavras, disse com hesitação:

– Lembrava-me... como é amigo do Tomé da Póvoa... talvez soubesse...

– As relações que possa ter com o pai não me habilitam a devassar o coração da filha; mas que desejavas tu saber desses amores? Não te disse ela que era como se não existissem? que nasceram sem faculdades para viver? O que te resta é julgar por ti se nas condições em que Berta aceita a tua proposta ainda podes insistir em fazê-la.

– Pois é isso mesmo. E depois de a ouvir hesito.

– Duvidas de Berta, não é verdade? Receias que esses amores não lhe morram no coração e que um dia revivam como a labareda quando se desfaz o monte de cinzas que a sufocava? Se assim é, se não tens no caráter de Berta a precisa confiança que devemos ter na mulher que escolhermos para companheira na vida, se não repousas cegamente nela, na sua lealdade, nas suas virtudes, então desiste, porque irias envenenar a tua vida com ciúmes e a dela com suspeitas injuriosas.

– Não desconfio de Berta; mas queria saber por que julga ela impossível esse amor que sente, para ver se a mim me parecia também que o era. Quem sabe lá se o é? E se deixar de sê-lo pelo motivo de hoje e o for por Berta ser minha mulher? Quem me podia curar desse desgosto?

– Sossega, Clemente, os motivos que hoje se dão, dar-se-ão sempre – disse imprudentemente Jorge.

– Pois sabe quais são?! – perguntou Clemente admirado.

Jorge conheceu a indiscrição em que tinha caído, e procurou emendá-la, dizendo:

– Não; mas se Berta to assegurou... Ela não costuma ser irrefletida... E motivos há na vida tão poderosos e permanentes, que pode bem predizer-se na presença deles a impossibilidade de um fato.

– Eu sempre os queria conhecer, para julgar por mim.

Jorge replicou com impaciência:

– Julgar por ti! E quem te diz que saberias apreciá-los? Talvez os julgasse fáceis de vencer, não obstante eles serem insuperáveis. Acredita o que te digo, Clemente. Um homem só pode ser perfeito juiz das ações de um outro, quando entre ambos se dão absolutamente as mesmas condições de existência. Desde que estas variam, varia com elas a maneira de ver as coisas. O que para ti é um fato natural e fácil, é para mim um impossível, porque se lhe opõem opiniões, sentimentos, crenças que me são próprias que fazem parte de mim mesmo, da minha entidade moral, e que tu não possuis e de que porventura te ris.

Por isso escusado seria saber do segredo de Berta mais do que o que ela te revelou. Crê, sob a garantia da sua palavra, que esses amores foram apenas uma fantasia da mocidade, que os rudes deveres da vida extinguirão, e resolve.

Clemente permaneceu ainda por muito tempo silencioso.

Jorge pôs-se a passear no quarto.

Afinal o noivo de Berta ergueu-se e disse suspirando:

– Bem; veremos o que pensa minha mãe.

– E que direito tens tu de ires falar a tua mãe nas confidências de Berta? – interpelou-o Jorge, com uma veemência que sobressaltou Clemente.

– Devo confiar em minha mãe, pelo menos tanto quanto confiei no Sr. Jorge. Berta não mo levará a mal.

Jorge reprimiu-se ao responder:

– Decerto que não acho mais justificado escolheres-me para confidente. Enfim, faze o que quiseres, mas... segue principalmente o que te ditar a consciência.

Clemente saiu mais pensativo do que viera.

O desconsolado noivo estranhara Jorge. A maneira por que ele lhe falou fora tão fria e desabrida e de tão fácil explicação, que não podia Clemente atinar com o motivo daquilo. A última reflexão, sobretudo, deixou-o muito sentido. Jorge pusera em dúvida o direito que ele tinha de consultar a sua mãe neste negócio. Pois não era ela a mais natural conselheira que ele tinha no mundo? E não pedia o caso o conselho de pessoa experiente?! Poderia Berta levar-lhe a mal a precaução que tomava principalmente em vista da felicidade dela?

Mas enfim Jorge dissera-o e Clemente, a seu pesar, começou a sentir escrúpulos.

De fato aquele segredo não era seu, e Berta não o tinha autorizado a revelá-lo. Já em comunicá-lo a Jorge exorbitara.

E no meio destas alternativas de resoluções entrou cabisbaixo e assombrado em casa, e não falou em coisa alguma a sua mãe.

Esta, ao vê-lo assim, atribuiu o fato a impaciências do amor. A ida de Berta para a companhia do fidalgo prorrogara o prazo para a fixação do casamento, e Ana do Vedor conjecturou que era isso o que contrariava o filho.

Resolveu pois falar a Tomé para apressar quanto pudesse a festa, porque ela sabia que Dom Luís estava melhor, e que até já andava a pé e portanto era justo que prescindisse de Berta, que não se destinava a fazer-lhe eternamente companhia.

31

Chegaram cartas da baronesa e de Maurício, datadas de Lisboa. As notícias que davam eram satisfatórias. Maurício fora hospedado em casa de um primo remoto de Dom Luís e por ele introduzido nos primeiros círculos da cidade, onde recebeu um lisonjeiro acolhimento.

Maurício achava-se naquele mundo, novo para si, como se nele tivesse sido educado. Sentia-se bem ali, agradavam-lhe aqueles hábitos de elegância e de distinção, que não conhecera no canto da sua província. Era para aquele viver que os seus instintos o inclinavam.

Quando se viu ali respirou com o desafogo de quem sai de um ambiente que o asfixiava. Não necessitou de longo tirocínio para conhecer os usos daquela sociedade e adotar-lhe os costumes. Em poucos dias não restavam nele vestígios sequer do seu provincianismo. Uma forte vocação substitui um lento noviciado. Os homens acharam-no espirituoso; as mulheres, amável; e para com todos soube ser tão insinuante, que os influentes políticos, a quem a baronesa o recomendara, tomaram por ele o mais vivo e prometedor interesse.

Escusado é dizer que Maurício não foi muito escrupuloso na observância dos artigos de fé políticos com que Dom Luís doutrinara os filhos. Para gênios como o de Maurício, um dos maiores achaques que pode ter uma ideia é o estar fora de moda.

Jorge sentia que não lhe era possível abraçar a crença do pai, porque a razão o condenava; e estas convicções para toda a parte o acompanhariam, porque procediam de um juízo claro e de uma aturada reflexão.

Maurício, apesar de nunca ter aderido manifestadamente ao credo paterno, só agora parecia havê-lo deveras renegado, porque o desgostavam os ares de sediço e desusado, com que ele aparecia à esplêndida claridade dos salões da moda.

Tudo quanto havia de eminente no jornalismo político, na literatura, no parlamento, no foro constituía agora o círculo habitual das relações de Maurício, e nas conversas animadas, cheias de vivacidade, brilhantes de eloquência e de espírito em que ele também tomava parte, jogavam, como princípios assentes, certas proposições que ele fora educado a considerar como abomináveis heresias.

Isto era o bastante para que ele abjurasse o credo velho com que o haviam catequizado na província e professasse a doutrina nova.

A baronesa, que revelava tudo isto muito extensamente a Jorge, colorira e ocultara parte da verdade a Dom Luís, para não o assustar.

Ela, porém, via com prazer o êxito do seu protegido, que excedia a sua expectativa.

> "Em pouco tempo, escrevia ela a Jorge, "teu irmão tornou-se um homem da moda, e é para ver o bem que ele sabe sustentar a posição que tomou de assalto. Nas frisas de S. Carlos, nos primeiros salões de Lisboa, Maurício está como em terreno conhecido, e muitos nados e criados nestes ares invejam-lhe o seu *aplomb* e o seu *savoir-faire* inimitáveis. O ministro dos negócios estrangeiros, a quem muito especialmente o recomendei, dá-me as melhores esperanças de ele ser despachado como adido para o corpo diplomático, carreira que sobre todas me parece a mais talhada para as predileções e talentos do nosso protegido."

Estas notícias foram recebidas com prazer por Jorge e por Dom Luís. Este recordou, ao lê-las, do tempo da sua juventude, em que também trilhara a carreira da diplomacia. Jorge conhecia a fundo o caráter do irmão e sentia que ele tinha de fato entrado no caminho para onde o chamavam os seus talentos e as suas disposições morais.

A imaginação de Maurício era muito poderosa e exigente; as tarefas, proveitosas mas modestas, o trabalho na obscuridade da província, consagração de uma vida inteira ao cumprimento de um dever, não lhe bastavam.

Uma impaciência insuperável desviava-o desse caminho.

As brilhantes aparências, a vida agitada, a variedade de impressões, as lutas incessantes, alimento da febril ansiedade que devora certos espíritos, eram-lhe indispensáveis. Sob a influência de tais estímulos, as suas faculdades entravam em ação. Não se contentava com os aplausos da consciência própria, precisava dos aplausos do mundo. Para os conquistar tentaria esforços sobre-humanos.

Jorge era uma alma formada para o dever; Maurício uma alma formada para a glória.

Dom Luís não pôde deixar de sentir-se lisonjeado com o bom êxito do filho, não obstante as vagas apreensões que sentia de que a íntima convivência com a corrupta mocidade da corte o contaminasse. Felizmente o velho realista não tinha já a seu lado o padre procurador com a sua incessante pregação contra os costumes do século, que era dantes o tema obrigado das conversações diárias. E desde então as prevenções do fidalgo haviam perdido muito das cores carregadas que as tingiam.

Às primeiras cartas seguiram-se outras, confirmando as notícias dadas naquelas.

As auras continuavam a soprar favoráveis a Maurício nos mares insidiosos da corte. A baronesa dava quase como certo o próximo despacho dele para adido a uma embaixada de Viena ou de Berlim.

Maurício relacionara-se intimamente com os primeiros personagens da situação política dominante que se interessavam por ele. As simpatias femininas, poderoso elemento de prosperidade naquelas altas regiões, como em geral em todas, conspiravam também a seu favor.

"Com mais um pequeno esforço talvez fosse possível fazê-lo ministro – escrevia a baronesa a Jorge –, que não é em Portugal dos postos de mais difícil acesso. Ministro da Marinha pelo menos, que é a pasta dos principiantes e a mais adequada para os homens de imaginação como ele, onde têm muito que alimentar, porque é a pasta simbólica das nossas glórias passadas e pouco mais."

Nesta mesma carta de Gabriela havia alguns períodos em que, usando uma linguagem mais grave, ela falava da probabilidade do seu casamento com Maurício.

"Não atribuas este projeto a um mero capricho de mulher. Não é. Resolvi-me a dar este passo depois de ter refletido o mais friamente possível nas vantagens e consequências dele. Mais tarde ou mais cedo eu tinha de contrair segundas núpcias; a posição em que me acho e as impertinências dos inúmeros aspirantes à minha mão, ou antes aos bens que herdei de meu marido, assim o exigiam. Era difícil deixar de ceder. A minha simpatia por Maurício é um motivo de preferência muito justificado. Nenhum candidato me agradava mais, o que não quer dizer que me sinta apaixonada. Mas muito teria que esperar se aguardasse por uma paixão para me decidir. Já não estou em tempo disso. Maurício é um rapaz amável e dedicado bastante para não me dar motivos de arrepender-me. É quanto exijo. Sou tolerante por índole e por hábito; não terão portanto efeito sobre mim os costumados motivos de desolação de todas as esposas extremosas, motivos que muito provavelmente Maurício não deixará de dar à sua. Isto pelo que me diz respeito. Quanto a ele, entendo que lhe convém este casamento. Primeiro, porque realizará uma operação financeira um tanto vantajosa; depois, porque, graças à minha longanimidade, não peará demasiadamente os seus movimentos de rapaz com os laços matrimoniais, sem que por isso corra os percauços dos maridos pouco fiéis aos lares domésticos. O

Jorge faz-me a justiça de assim o acreditar, não é verdade? E finalmente porque desta maneira precavê-se contra alguma tentação, a que são sujeitas as cabeças como a dele, que em um momento de entusiasmo transtornam todo o seu futuro. Casando comigo, fica livre de desposar a primeira dançarina de S. Carlos que o fascinar. Em conclusão, creio que poucas mulheres poderiam como eu aceitar Maurício para marido, com tanta probabilidade de não o fazerem infeliz nem de o serem. O que é preciso é aproveitar o ensejo em que Maurício me faça a honra de uma preferência. Por isso talvez qualquer dia surpreendamos o tio Luís pedindo-lhe a autorização necessária. Espero que o Jorge advogará a nossa causa. Perdoa-me se alguma leviandade descobrires ainda nesta minha resolução. Acredite, porém, que nunca pude ser mais séria do que o estou sendo ao escrever-te esta carta."

Havia ainda um *post scriptum*, em que ela acrescentava:

"Berta ainda está nos Bacelos? Será bom que se demore. Nunca é tarde demais para o tal casamento, com o qual por enquanto me não pude conformar."

A comunicação que lhe fazia Gabriela surpreendeu em extremo Jorge, que muito longe estava de prevê-la. Refletindo, porém, acabou por achar que a prima tinha razão e por convencer-se de que, não obstante o tom ligeiro da carta que lera, expunham-se nela razões de peso para justificar o fato anunciado.

Casando com a baronesa, Maurício precavia-se contra si próprio e ligava-se a uma mulher que, pelas especiais disposições da sua índole, saberia respeitar o nome do marido, sem que a fizessem desgraçada os prováveis desvarios dele.

Efetivamente, conforme o que a baronesa predissera, semanas depois era Dom Luís surpreendido por uma carta dela e outra de Maurício, pedindo-lhe o beneplácito para o referido casamento.

O fidalgo recebeu com prazer a inesperada nova.

Gabriela era por muitos motivos uma esposa que para qualquer dos seus filhos ele ambicionava. Jovem, rica, de sangue igual ao seu, e de sentimentos elevados sobre a frívola aparência de que os revestia, a baronesa augurava um auspicioso futuro ao homem a quem desse o título de marido. Para Maurício seria demais uma prudente conselheira e um obstáculo a muitas loucuras, que entregue a si ou a pior vigilância, o rapaz não deixaria de cometer.

Por isso Dom Luís, com ânimo folgado e um sorriso expansivo a alisar-lhe na fronte e nos lábios a contração habitual, apressou-se a responder ao pedido nas mais benévolas e lisonjeiras frases que lhe inspirava o seu bom humor.

Berta veio dar com ele sentado à secretária a escrever. A filha de Tomé da Póvoa quis retirar-se para não o interromper.

Dom Luís, conhecendo-lhe os passos, disse sem desviar os olhos do papel em que escrevia:

– Entra, Berta, entra, que não me incomodas.

E sentindo-a mais perto, acrescentou:

– Sabes o que estou fazendo?

– A escrever; bem vejo.

– Sim; mas a quem?

– A seu filho Maurício, talvez.

– A Maurício e a Gabriela também. E sabes a respeito de quê?

– Eu não, senhor.

O fidalgo terminava naquele momento a assinatura no extremo inferior da página, e só depois de concluí-la foi que voltando-se para Berta continuou:

– Autorizo um casamento.

– Um casamento?!

– É verdade. Havia alguém de supor que o Maurício se casava?!

– Casa-se! Com quem?

Berta refletiu alguns instantes.

– E eu conheço a noiva?

– Conheces perfeitamente.

– Então não pode deixar de ser a senhora baronesa.

– Justamente. É Gabriela.

– É uma felicidade para ele.

– Assim também o julgo. Se alguém se aventura neste casamento é a noiva.

– O Sr. Maurício tem uma boa alma, não dará motivos de arrependimento a quem depositar confiança nele.

– Hum! É muito rapaz – murmurou o fidalgo, fingindo sentir contra o filho maiores prevenções do que efetivamente sentia.

Berta julgou que era ocasião oportuna de pôr em prática um projeto que desde madrugada meditava.

Tomé da Póvoa tinha-a na véspera procurado para lhe falar na visita que recebera da mãe de Clemente, e no que ela lhe dissera sobre o desgosto em que andava o filho com a demora do projetado casamento. Tomé não queria apressar a saída de Berta dos Bacelos, mas, lembrando-se de que o fidalgo ia melhor e de que, por certo, não seria ele o primeiro a dizer a Berta que prescindia dos seus cuidados, pensava que seria bom que ela lhe insinuasse a necessidade da separação, e para isso bastava pedir-lhe, como padrinho que era, licença para o casamento que se ajustara.

Berta perguntou ao pai se tinha já a certeza de que Clemente estivesse ainda resolvido a insistir na sua proposta. Tomé admirou-se da pergunta, porque nada sabia da conferência da filha com o noivo, e assegurou-a de que a resolução de Clemente era ainda a mesma, visto que a mãe naquele mesmo dia lhe viera recordar o ajuste.

Em vista desta declaração, Berta prometeu falar naquele objeto a Dom Luís no dia seguinte, e era esse o ensejo que ela desde pela manhã procurava.

O assunto a que a coincidência das cartas do Maurício e da baronesa chamava a conversa preparou excelentemente o caminho para o pedido de Berta.

Aproximando-se da cadeira em que estava sentado o padrinho, disse-lhe com o tom de afabilidade com que aprendera a dominá-lo:

– Já que está em maré de condescender com os pedidos que lhe fazem, não quero perder a ocasião de lhe fazer um também.

– Ah! tens um pedido a fazer-me?

– Tenho. É tão parecido com esse.

– Com esse... qual?

– Com o que lhe fez seu filho.

– Com o pedido de Maurício? Mas... então trata-se de casamento?

– Sim, meu padrinho. É de um casamento que se trata.

– De quem? – interrogou o fidalgo, fitando os olhos em Berta.

– De quem há de ser, se sou eu a que lhe peço? – respondeu esta, baixando os seus, e não podendo disfarçar a melancolia que ainda lhe causava aquela ideia.

– Tu?! – exclamou Dom Luís sobressaltado, e voltando-se rapidamente. – Tu queres... tu vais casar-te?!

– Sim, Sr. Dom Luís, está decidido que isto se faça e eu peço-lhe licença para o fazer.

– Tu casares-te, Berta! – repetia o velho, como se lhe fosse difícil conformar-se com essa ideia – mas... com quem?

– Com o filho da Ana do Vedor, com Clemente.

Dom Luís deu um salto na cadeira, ao ouvir a resposta, e bateu com a mão na banca que tinha diante de si.

– O quê?... Ora adeus! Tu estás a brincar comigo.

– Não, meu padrinho, falo-lhe seriamente.

– Com o Clemente?! Tu casares com o Clemente? Tu, uma rapariga delicada, de educação, de gosto, de sentimentos elevados, casares-te com um rústico, com um rapaz que quando muito saberá escrever o seu nome! com o filho da Ana, com o senhor regedor! Isso não tem jeito nenhum. Isso é um disparate de tal ordem!... Quem foi que se lembrou de tal?

– Clemente pediu-me a meu pai...

– E teu pai concedeu? Coisas do Tomé, afinal. Mas tu? tu, Berta, tu consentiste?!

– Clemente é um bom rapaz, honrado, amigo do trabalho...

– Ora adeus, amigo do trabalho, honrado, e é isso bastante para que uma rapariga como tu vá sacrificar o seu futuro e ligar a sua existência à de um homem que não pode servir-lhe de boa companhia?!

– E por que é que não pode, meu padrinho? Ele é bom e delicado. Dizem.

– Oh! que grandes delicadezas as de Clemente! Nem tu sabes o que vais fazer, Berta. Pois deveras o teu coração aprova essa escolha?

– Não, Sr. Luís, não é que o coração ma peça, porém...

– Então quem te obriga? Por acaso teu pai violenta-te?

– Também não; mas o padrinho sabe que nem sempre o coração é bom conselheiro. Mais vale às vezes não esperar que ele escolha. Oh! se mais vale! Podendo decidir a sangue-frio e antes que o coração decida, mais vale.

– O Clemente não pode ser teu marido. Tu, Berta, tu a quem Deus concedeu qualidades tão distintas, que melhor estarias nessas casas nobres que por aí há do que algumas raparigas atoleimadas que por lá tenho encontrado, tu, que me recordas a minha pobre Beatriz, que pareces ter herdado os modos, os gostos, os sentimentos dela, tu hás de ir casar com o Clemente! Nem quero ouvir falar mais nisso.

– A sua muita bondade para comigo, padrinho, é que o cega. Pois diga a que posso eu afinal aspirar?

– A que podes aspirar?! – exclamou o fidalgo, a quem a exaltação do espírito, que o pedido de Berta produzira, quase fazia esquecer os seus princípios mais radicados – aqui, nesta terra de selvagens, não podes aspirar a mais, porque não há quem te mereça até. Aqui nem sequer por sonhos se sabe o que é delicadeza de sentimentos, nem sequer de longe se apreciam essas nobres qualidades de coração e de espírito de que Deus te dotou, e que tu queres perder na convivência com um homem grosseiro, e que nem pode conhecer o tesouro que deseja possuir.

– Mas, Sr. Dom Luís, que outra pode ser a minha sorte? Ora diga.

Dom Luís, fazendo um gesto de despeito, respondeu com veemência:

– Pois bem, queres ser mulher de Clemente, não é assim? queres ir sacrificar os teus merecimentos a esse homem? queres dedicar-lhe todo o seu futuro, consagrar todos os teus pensamentos, todas as tuas aptidões aos arranjos da casa da Ana do Vedor? Pois bem, faze a tua vontade. Mas escusas de vir pedir o meu consentimento. Eu não quero ficar com remorsos de ter sancionado um disparate dessa marca. Tu mulher do Clemente! Vocês, as raparigas, afinal são todas assim; as mais ajuizadas ou tarde ou cedo caem em uma loucura, como para mostrarem que são mulheres. Para que vens pedir-me conselho, se formaste o propósito de não o escutares? Anda lá, faze a tua vontade, e Deus queira que te não arrependas, quando já não for tempo. Tu não necessitas do meu consentimento, faze lá o que quiseres.

E Dom Luís encostou-se à mesa com gesto e movimentos de amuado.

– Porém, meu padrinho – insistiu Berta, pousando-lhe as mãos no ombro com a doce familiaridade de filha –, não era esse consentimento de má vontade que eu lhe pedia; esse não me trará felicidade, bem vê.

– Queres talvez forçar-me a dizer que aprovo um casamento contra o qual se revolta a consciência? É boa!

– Mas pense bem e talvez que a sua consciência não ache motivos para revoltar-se.

– Sabes que mais? Dize que amas esse homem, que sentes por ele uma inclinação irresistível, e então eu entenderei a tua insistência.

– Não digo, porque não diria a verdade.

– Mas então onde está essa necessidade de casamento?

Berta sentiu que devia falar com toda a gravidade ao padrinho para convencê-lo.

– Olhe, Sr. Dom Luís – disse ela –, eu vou informá-lo de todo o meu pensamento, e dirá depois se tenho a razão. A educação que meu pai me deu não me cegou a ponto de iludir-me a respeito do meu futuro e do destino que me está reservado. O exemplo de minha mãe, que tem sabido em toda a sua vida ser a companheira fiel de um homem de trabalho e tem compreendido que a sua missão era aquela, a de fazer-lhe esquecer em casa os desgostos de fora e dar-lhe forças para continuar a sua tarefa, este exemplo nunca o perdi de vista; entendi sempre que terá de ser esse o meu papel neste mundo, e nem me envergonhei nem me temi nunca dele. Senti em mim forças para aceitá-lo e para cumpri-lo.

— Mas nem só os homens de trabalho material e grosseiro são os que precisam desse conforto da casa e da família. As lidas da inteligência também cansam, Berta, e à cabeça desfalecida, à força de estudo também é grato encontrar um seio amigo onde se encoste a descansar — redarguiu o fidalgo com uma animação excepcional.

Berta tornou-lhe, sorrindo:

— E qual seria a cabeça cansada de muito pensar que viria procurar a esta aldeia o seio em que repousasse? De longe é de crer que não viessem, e as daqui... há tão poucas que se sintam cansadas disso! Creia, Sr. Dom Luís, só um lavrador como Clemente procuraria a filha do lavrador Tomé da Póvoa, e Clemente é um homem digno de ser estimado.

— Só um lavrador! Que estás tu aí a dizer?! E por quê? Tomaram-te para esposa esses doutores que por aí estão ociosos, comendo e bebendo à custa dos pais, e esquecendo o pouco que aproveitaram em Coimbra na vida inútil que levam; olha que não te havia de enjeitar esses morgados vadios e perdulários, que passam a vida em caçadas e que arrastam o nome que herdaram pelas tabernas e por todos os lugares de devassidão.

— Esses enjeitá-los-ia eu. Pois julga que lhes não devo preferir Clemente?

— Pois não digo esses, mas... enfim... ainda por aí há gente... bem educada...

— Se não fosse a sua muita bondade para comigo, o meu padrinho mesmo acharia natural este casamento, e pelo contrário estranharia se, algum dos filhos dessas famílias que diz, fosse procurar noiva à casa de meu pai.

O sentido epigramático desta resposta, ditado à Berta pela nobre e justa indignação do coração, que depois de se haver sacrificado aos preconceitos de um homem via o próprio por quem fizera o sacrifício negar a necessidade dele, feriu certeiro o fidalgo, que se sentiu vencido.

Mudou pois de tática, e com a eloquência que lhe inspirava o receio de perder a companhia de Berta, tornou:

– Muito bem; dizes que não amas esse homem, que não cedes a inclinação alguma do coração, aceitando-o por marido; que se o fazes é por julgares que é essa a tua missão de mulher, a de suavizar a vida de um homem, e de tornar-lhe mais fácil o seu caminho no mundo. E para cumprires essa missão vais deixar-me só, velho, doente, abandonado dos filhos, sem conforto algum na vida; só com as lembranças pungentes do meu passado, e isso depois de me habituares à tua companhia; depois de me haveres recordado as doçuras deste viver ao lado de uma filha, doçura que o amargor das saudades me tirava dos lábios havia muito tempo. Para que vieste então? Quem te chamou? Se eu tivesse ficado só, estaria morto talvez e seria feliz. Vieste para me obrigares a sentir agora esta separação; para me fazeres morrer de paixão no dia em que celebrares esse casamento. Que queres? Estava habituado a considerar-te quase como uma segunda Beatriz que Deus me concedera, e podes julgar se eu daria a Clemente uma filha minha.

– Meu padrinho! – exclamou Berta, inquietando-se com a exaltação do fidalgo.

Dom Luís prosseguiu sem a escutar:

– Mas que te importas comigo? Eu estou velho; as cabeças na minha idade vergam muito para a terra, pesam demasiado, não se pode exigir de umas mãos jovens a tarefa de as sustentarem. Ainda se fossem as de uma filha! Mas para que vieste? Julgas que me deixas forte? Estás enganada. Esta vida em mim é fictícia. É da tua presença que a recebo. Amanhã que me deixes ver-me-ás mais prostrado do que me encontraste. Enquanto viveu a minha Beatriz, ninguém me viu fraquejar. Dois meses consecutivos, dois meses, passei junto do leito onde ela agonizava, quase sem dormir, quase sem comer, e nunca me faltaram as forças e desde o momento em que ma tiraram dos braços para ma encerrarem no túmulo, abandonou-me toda a minha energia, e caí no leito quase exausto de vida. Mas vai, não quero sacrificar o teu futuro. A companhia de um velho cansa. Os corações na tua idade precisam de ar e de alegrias. Eu bem conheço isso; mas não me digas que é somente a consciência da missão que compete na vida a que te impele; essa bem a desempenharias tu aqui, e generosa e abençoada como nenhuma, porque nenhum coração receberá de ti consolação igual àquela que me dás, podes crê-lo, porque também poucos há mais apertados de angústias e que há tanto tempo abafassem como este meu. Mas queres deixar-me... Vai... vai, que eu não devo, nem quero impedir-te.

Havia tão sensível comoção na voz com que Dom Luís pronunciara estas palavras, que Berta sentiu o contágio dela e pegando nas mãos do padrinho para as levar aos lábios, disse sensibilizada:

– Ó meu padrinho, se é verdade o que diz, se a minha companhia lhe faz tão bem, ordene-me que fique, e ninguém me tirará de junto de si, e nenhuma sorte me será mais querida do que esta. Concorrendo para aliviar-lhe os seus sofrimentos, parece-me que estou cumprindo um encargo que Beatriz me deixou, e que ela do céu me sorri e agradece. Quer que não saia de ao pé de si? quer que lhe consagre todos os meus cuidados? fá-lo-ei e fá-lo-ei com prazer.

O velho cingiu a formosa cabeça daquela rapariga, que se lhe ajoelhava aos pés, e aproximando-lhe dos lábios a fronte e as faces beijou-as a chorar.

– Obrigado, Berta, obrigado por essas palavras, que me entram pelo coração como um bálsamo salutar. A minha vida não pode ser muito longa, filha, o teu sacrifício não duraria muito tempo... mas nem eu quero que faças promessas de cumpri-lo. Só te peço que me dês algum tempo para responder à tua petição, e que até lá me não fales mais nesse casamento. Eu pensarei e talvez... talvez me conforme com essa ideia contra a qual ainda me revolto. Pode ser isto? Podes esperar na minha companhia alguns dias mais?

– Esperarei o tempo que quiser. E não pense por ora em tal casamento, se esse pensamento o aflige. Se soubesse nem lhe tinha falado nisto.

– Melhor foi que falasses; é preciso pensar com vagar nisso.

– Mas agora não, vamos até a quinta, que a manhã está bonita.

Em resultado desta conferência nada ficou determinado enquanto à época do casamento. Tomé teve de dizer à Ana do Vedor que o fidalgo ainda não podia prescindir da companhia de Berta.

Ana não ouviu a notícia sem fazer-lhe comentários, nos quais havia algumas azedas alusões ao egoísmo do fidalgo, que depois de ofender o pai, assim se sabia apropriar dos serviços que lhe prestava a filha.

Cumpre porém notar que a boa Ana seria a primeira a aconselhar a Berta que ficasse, porque sentia verdadeira pena do estado a que chegara Dom Luís.

32

Não podia passar da ideia a Clemente a maneira insólita e quase desabrida com que Jorge por duas vezes recebera as suas consultas relativamente ao assunto do casamento de Berta.

Clemente conhecera sempre em Jorge uma tal placidez de espírito, uma tal impassibilidade em presença dos casos mais estranhos, que não sabia como explicar aquela súbita transformação.

Esta mudança em Jorge e a revelação que ouvira da boca de Berta tão preocupado traziam o pobre rapaz, que não podia dispor da atenção para outro objeto. Distraíam-no estas ideias das suas tarefas diárias e agitavam-lhe o sono das suas noites.

Jogava-lhe alternadamente o pensamento com estes dois assuntos, como se joga com duas esferas em uma só mão; enquanto se arroja uma ao espaço, cai a outra a ocupar o lugar que fica vazio. Ora sucede que muitas vezes as esferas encontram-se e batem uma na outra; e que muito será para admirar se desse choque resultar uma faísca? Pois com o jogo do pensamento pode suceder o mesmo. De duas ideias que se encontram à força de se cruzarem muitas vezes no casebre pode sair um clarão. Este fenômeno sucedeu com Clemente.

Pensava ele uma noite no seu leito:

– Mas quem poderá ser o tal rapaz que Berta diz que amou e que ainda ama? Por que será impossível o casamento com ele? E Jorge também diz que o é. Ele parece que sabe a este respeito alguma coisa mais do que disse. Até quando lhe falam nisso se enraivece. Quando me lembro! Nunca o vi assim! Nem ele era daquelas coisas. Como está impertinente! Mas o tal rapaz, o tal rapaz? É claro que é conhecimento da cidade. Sim, porque da terra não pode ser... a rapariga já há muito que daqui saiu... e saiu criança... Desde que chegou com ninguém tem convivido... a não ser com os Fidalgos da Casa Mourisca, mas esses... É verdade que pelos modos Maurício lhe arrastou a asa, como faz a todas, mas ela não lhe deu confiança; enquanto a Jorge... Jorge... Jorge...

De repente o filho da Ana do Vedor sentou-se de um salto na cama e murmurou já audivelmente:

– Jorge! Querem ver que...

E sem bem saber o que fazia acendeu a luz. Este movimento de instinto, pelo qual parece que queremos desfazer com a luz de fora as meias sombras que dentro de nós escurecem ainda uma ideia, é frequente nestas circunstâncias. Clemente permaneceu sentado no leito com a vista fixa e o queixo apoiado na mão.

E continuava murmurando:

– E por que não? E a mim que não me tinha ocorrido! É até o mais provável. E assim explica-se tudo... A maneira por que ele falou a primeira vez e ontem... Aquilo de sair de casa dos Bacelos, quando ela foi para lá... e a tristeza em que anda... Mas então... e por que é impossível? Ai, sim, o velho. Isso lá é verdade, quem falasse ao velho em tal, o que aí não iria!... Porém... morrendo o pai... já não havia tropeço... E aí ficava eu... É o que eu digo... É verdade que o rapaz tem lá uns modos de pensar!

Aqui bateu Clemente uma palmada no travesseiro, exclamando quase:

– E não é outra coisa! Agora é que eu explico tudo o que ele me disse... e ela também. É certo. Coitados! Se assim for... Mas é com certeza. Vou jurá-lo. Pois se não fosse... Ora se não é, é sem a menor dúvida. Eles gostam um do outro. Berta gosta de Jorge e o rapaz também gosta dela.

E formulando esta conclusão, Clemente, com abstração igual à do filósofo que, excitado pela alegria de uma descoberta, saiu como estava do banho a proclamá-la por toda a cidade, saltou da cama e começou a vestir-se com presteza sem refletir no que fazia.

Já meio vestido foi que reparou que eram duas horas da manhã, e que portanto era aquele ato extemporâneo. Com instintiva repugnância deitou-se outra vez.

Quando no decurso duma noite nos luz assim de súbito uma ideia, em busca da qual andávamos havia muito, quando nos ocorre a solução de um problema em que meditávamos, impacienta-nos o imperturbável silêncio e quietação que nos rodeia, formando tão completo contraste com o tumulto que nos vai no pensamento. Ansiamos pelo dia para ter a quem comunicar a descoberta, e para a examinar à luz bem clara, e desenganarmo-nos de que não fomos vítimas de uma ilusão noturna.

Enquanto o dia não rompe, o cérebro é irritado por aquela sua criação; como o seio materno pelo ser desenvolvido; acabado o período da gestação mental é necessário que a ideia venha à luz, e qualquer demora é aflitiva.

Este fenômeno psicológico passava-se em Clemente. Custou-lhe respeitar o sono da mãe, esperando a luz do dia para lhe transmitir a descoberta que fizera.

O resto da noite passou-o volvendo-se e revolvendo-se na cama sem poder dormir. Era quase um estado febril o seu.

Incomodara-o a ideia de que a sua pretensão à aliança com Berta era o motivo da tristeza de Jorge, e que, sem o saber, fora ele o importuno despertador daquele sonho em que se embalavam ambos, deixando-se amar, sem pensarem no futuro do amor a que cediam. Sonho irrealizável, embora, porém Clemente não quereria ter sido quem os acordou.

Antemanhã, quando ainda a estrela d'alva despedia próximo do horizonte as suas últimas cintilações, Clemente deixou finalmente o leito, onde não encontrara repouso, e foi passear para o campo contínuo à casa, aguardando o despertar da mãe.

Ana do Vedor era matinal, e por isso Clemente não esperou muito.

Efetivamente a vidraça do quarto em que dormia a robusta matrona abriu-se e ela bradou da janela para o filho:

– Que força de serviço foi essa que te estremunhou, rapaz? Somete! Mal luzia o buraco e tu já a sarilhares por essa casa!

– Levantei-me um bocadito mais cedo e vim espairecer até aqui.

– Qual história! Então cuidas tu que te não senti toda a santa noite! Ó rapaz, olha que isto não me vai agradando. Aquele maldito empate do casamento...

– Ora adeus, bem se trata agora disso.

– Pois que outra coisa há de ser?

– Quer que lho diga? Faça vossemecê favor de chegar aqui abaixo e conversaremos.

– Olá! A coisa é séria? Temos história. É o que eu digo.

E saindo da janela e descendo as escadas para ir ter com o filho ao quintal, a boa Ana ia a dizer para si:

– O rapaz anda esquisito! Que me quererá ele? É coisa que lhe dá freima. Na cara se vê. Queira Deus que não tenhamos por aí alguma alhada. O diacho do casamento!

E chegando ao quintal, onde a aguardava o filho, exclamou:

– Ora aqui me tens. Vamos lá ouvir isso que tens para me contar. Desabafa, que isto de guardar cada um as coisas consigo não é bom. Vá.

– Ora venha para aqui, minha mãe – disse Clemente chamando-a para um banco de madeira, por baixo de um parreiral.

– Mas avia-te, filho, que eu tenho que fazer lá dentro. Já sei que me vais falar no casamento.

– É verdade, vou falar-lhe no casamento que se não faz.

– Que se não faz? – repetiu Ana, dando um salto e fitando no filho os olhos espantados. – Tu que dizes?

– Isso mesmo que entendeu. Que se não faz.

– E então por que é que se não há de fazer?

– Porque pensei melhor.

– Ora vai pensar para os quintos. Olha agora! Viu-se já um disparate assim! Pensaste melhor em quê e por quê?

– Olhe, minha mãe, vossemecê bem sabe que eu não sou nenhuma criança capaz de fazer as coisas no ar. E por isso eu que lho digo que o tal casamento não deve fazer-se é porque...

– E tão criança sou eu, para tu nem sequer me dares a importância de me dizeres o porquê? Olha que teu pai até bem velho se aconselhou comigo apesar de ser homem ajuizado, e não tenho lembrança de o haver feito nunca arrepender por isso. Olha agora!

– Pois também eu lhe direi tudo, mas é se ver a mãe bem disposta a ouvir-me com sossego.

– E parece-te que eu estou desassossegada? Ora valha-te não sei que diga. Em piores talas me tenho visto na minha vida, sem perder a cabeça. Boa mulher estava eu se me estonteava assim à primeira. Olha agora! Anda, dize lá.

– Pois, minha mãe, este casamento não tem lugar, porque Berta... enfim...

Ana do Vedor franziu o sobrolho.

– Berta o quê? O que disse ela? Disse que não? Olha a presumida! Então quem acha ela que é? Sempre se veem coisas no mundo! Olha agora! Então ela disse que... Ó senhores, não estar eu lá! sempre queria perguntar-lhe...

– Valha-me Deus, minha mãe, é essa a paciência que me prometeu? Nem me deixa concluir, nem espera por saber o que vou dizer.

– É porque, eu cuidei que ela... sim, porque isso então...

– Ouça, Berta aceita, mas não tem verdadeira inclinação para mim.

– E por que não?

Clemente sorriu ao ouvir a pergunta.

– Ora essa! – repetiu ele brandamente – então nestas coisas precisa-se de se dar razões? Gosta-se, porque se gosta; não se gosta, porque se não gosta, e acabou-se.

– Mas enfim uma pessoa sempre diz: Não gosto daquele, porque é feio, daquele, porque é torto, ou porque é aleijado, ou porque tem mau gênio, por isto ou por aquilo, eu sei lá! Mas tu...

– Sim, eu não tenho defeito que me faça enjeitar, hein? Se todos me vissem com os seus olhos, minha mãe!

– Ora, mas vem cá, mas então dize-me...

– Perdão, ouça-me vossemecê primeiro. Berta não sente inclinação por mim porque a sentia já por outro. Está satisfeita?

— Olha a pateta da rapariga! Então já a sonsinha... tinha também o seu namorado! Que mundo este!

— Ó minha mãe, então se ela se agradasse de mim não era pateta, e lá porque se inclina para outro, já vossemecê faz um espanto desses! Que sou eu mais do que eles?

— Não é isso — disse a mãe, um pouco embaraçada com o argumento —, eu o que queria dizer era... enfim... se fosse um homem capaz... mas qual? algum menino bonito, algum peralvilhito de Lisboa. Então disse-te assim mesmo na cara que não gostava de ti. E tu...

— Berta disse-me que tinha tido uma paixão, mas que fazia por vencê-la, porque não podia casar com o homem de quem gostava: e que se eu, sabendo isso, ainda a quisesse para mulher, ela não duvidava em dizer que sim, e que jurava que me seria fiel companheira na vida.

— Muito obrigada aos seus favores, mas não são cá precisos. Olha agora? Nem que tu morresses sem os seus bonitos olhos. Se deu o coração a outro, que lhe preste, e passe por lá muito bem sem ele. Olha agora! Como quem diz: enfim eu não gosto de ti, mas vejo-te tão embeiçado, que me metes pena. Graças a Deus, não faltam por aí mulheres com quem cases, e se faltassem, também vivias bem sem elas, que, Deus louvado, não te falta que comer, que é o essencial. Olha agora! Não que eu nunca vi umas delambidas como agora há! Aquele Tomé é quem tem culpa.

— Ó minha mãe, já estou arrependido de lhe ter falado nisto. Olhem o escarcéu que aí está levantando.

— Ó filho isto é um modo de falar. A gente faz cá os seus votos de razão. Mas vamos ao caso. Tu disseste-lhe logo que passavas regaladamente sem os seus obséquios? Está entendido. Fizeste muito bem, e está acabado.

— Não disse, não, senhora, não lhe disse isso logo.

— Não? Pois isso é que eu não esperava de ti.

— Pedi-lhe tempo para pensar. Eu o que queria era saber quem era o tal, para ver se de fato o casamento seria impossível, porque se visse que o era, casava eu, isso casava. O que não queria era vir a ser tropeço algum dia.

– E daí?

– E daí tanto pensei, tanto parafusei, que esta noite dei com a história.

– Então? Algum janotinha da cidade?

– Sabe o que eu lhe digo, minha mãe, é que o caso é bastante sério; e agora o que me dá cuidado não é o meu casamento, que esse já eu sei que se não faz: o que me dá cuidado são eles.

– Eles quem?

– A Berta e o rapaz de quem ela gosta e que é... Sabe quem? O filho mais velho do fidalgo, Jorge.

A Ana do Vedor empurrou o ombro do filho e fez um gesto que, combinado àquele movimento, exprimia a mais radicada dúvida.

– Vai-te daí! Olha agora o disparate! Ora, ora...

– Creia que é verdade.

– Pois a tola da rapariga... meter-se-lhe-ia em cabeça?...

– Não se lhe meteu em cabeça coisa nenhuma. Gosta dele, mas sem esperança, e tanto que não hesita em casar com outro. Mas o pior, é que Jorge ainda gosta mais dela talvez. E Deus queira que isso não venha a dar cabo dele.

– O quê? a dar cabo dele?

– Pois se vossemecê o visse! É olhar-lhe para a cara e diz-se logo: este rapaz tem coisa que o rói lá por dentro. Eu não suspeitava o que fosse, mas agora que pensei..

– Mas como é que tu vieste a saber isso?

Clemente contou à mãe as entrevistas que tivera com Jorge, e a maneira estranha por que ele o recebera, a irritação com que o ouvira falar em Berta, a singularidade das reflexões que lhe fez e dos conselhos que lhe deu, e Ana do Vedor acabou por convencer-se de que o filho acertara.

Tinha um compassivo coração a boa mulher, e como dissemos era perdida por Jorge, a quem amava quase tanto como ao filho. Por isso tomou logo o partido dele, e exclamou:

– Mas então por que não há de esse rapaz casar com a pequena, se gosta assim dela?

– E o pai?

– O velho? Isso lá é verdade. O fidalgo é perro, mas adeus, primeiro está o gosto de cada um, e quando o amor é de raiz, tolice é querer arrancá-lo.

E depois de curta meditação, acrescentava:

– Mas vejam lá como o demônio as arma! aquele rapaz, que parecia nem sequer pensar em que havia raparigas neste mundo, deixar-se logo embeiçar por aquela! pela filha do Tomé da Herdade, que se o fidalgo o via por sogro de um filho seu, era para estourar de paixão! Sempre é uma? Ó Clemente, pois deveras isso será assim?

– Quase que ia jurá-lo, minha mãe.

– Quem me dera encontrar o rapaz, que logo lho pergunto.

– Não diga isso, minha mãe, ia fazer-lhe boa! Não conhece ainda o Jorge?

– Ora vem tu ensinar-me a conhecê-lo, a mim, que o trouxe a estes peitos, que o ensinei a falar e a andar; vem cá dizer-me o que ele é. Então que achas tu? que ele se zanga comigo? E a mim que me há de importar muito que ele se zangue. Mais me zango eu e veremos quem vence. Olha agora!

– Mas, para que há de ir falar-lhe nisso.

– Para quê? Pois então tu dizes-me que o rapaz anda a consumir-se e a moer lá consigo essa paixão e queres que eu o deixe assim rebentar? Há lá nada pior do que uma pessoa calar consigo estas coisas que roem lá por dentro? Nada, a boca fez-se para falar e para a gente desabafar as suas melancolias.

– Mas se a mãe lhe pudesse dar remédio...

– E que cuidas tu? Pois parece-te que se eu visse que o rapaz se me definhava por causa disto, que não tinha alma para ir ter com o fidalgo e dizer-lhe as coisas como elas são? Então já vejo que tu estás muito enganado com tua mãe. Nada, não, era melhor deixar morrer aquele rapaz, que é a pérola dos rapazes, aquele rapaz, que eu criei e que há de ser, e já é, a honra da família. Pois sim, não que eu sou mesmo mulher para o deixar morrer assim.

– Havia de valer-lhe bem. O fidalgo está mesmo agora à espera dos seus conselhos.

– Não estará, mas olha que duro como é, já não era a primeira vez que eu me avinha com ele e sem ele levar a melhor. No tempo da senhora, que era um anjo, Deus a chame lá, ainda mais força de gênio tinha ele e fazia-a chorar sangue e água pelo muito que lhe perseguia o irmão. A pobre criatura doente, e ele sem querer que ela recebesse as cartas que o irmão lhe escrevia, nem lhe deixar saber notícias dele. Eu, um dia, dei com o fidalgo no corredor e disse-lhe: "Ó Sr. Dom Luís, olhe que V. Ex.ª anda a fazer com que se rale de remorsos toda a sua vida, por deixar morrer a senhora assim a estalar de saudades e aflições. Veja bem V. Ex.ª que estas coisas pagam-se." Foi mesmo assim. E cuidas lá que ele se enfureceu? Qual! Calou-se muito caladinho, e daí por diante a senhora teve notícias amiudadas, e até o jardineiro mais tarde foi para casa e ainda lá está. Então já vês...

– Pois sim, mas o caso agora é mais difícil.

– Deixa-o ser; mas também o homem está mais quebrado.

– Tenha cuidado, minha mãe. Olhe lá, não vá fazer alguma das suas.

– Algumas das minhas! Eu lá vejo quem é que te dá melhores conselhos do que eu. Alguma das minhas! Olha agora! Sabes tu que mais? Vou já daqui falar com o Tomé.

– Não lhe diga nada disto.

– Ora não querem ver a bonita cabeça que tem este rapaz? Está o casamento tratado, resolve agora não casar, e nada de falar nisto ao pai da rapariga. Sim, que o Tomé é mesmo homem com quem se brinque e que se contente com meias razões.

– O que eu quero dizer é que não ponha a boca em Jorge.

– Deixa-me cá. Sabes o que eu te digo? É que eu não sou mulher de planos. Ao sair de casa para procurar alguém não penso no que lhe hei de dizer e no que hei de calar. Quando as palavras me vêm à boca, deixo-as sair e não quero saber de contas. Mas vamos ao almoço, que são horas. Ora o Jorge! o Jorge! para o que lhe havia de dar! E o diacho da rapariga se apanha aquilo! Olha, eu não duvido, porque já há muito tenho para mim que o Tomé nasceu num fole. Ora o diacho! Boa pequena é ela, coitadita, ainda que não andou muito bem contigo, não, mas...

A mãe e o filho almoçaram, conversando sempre sobre o assunto, e Clemente tentando combater a resolução que percebia na mãe de cumprir o que anunciara.

Ana do Vedor, depois do almoço, deu as suas ordens e saiu.

Ela falara verdade; ao sair não formara plano de conduta, mas instintivamente dirigiu-se para a Herdade.

O caso de Jorge não lhe saía da ideia.

33

A meio caminho da Herdade, a Ana do Vedor, ao abrir uma cancela para tomar pelo atalho de um campo, deu de rosto inesperadamente com a pessoa que tanto lhe estava ocupando o pensamento.

Jorge vinha em direção oposta e preparava-se também para transpor o portelo.

Em um relance de olhos, a boa mulher verificou, na mudança de aspecto em Jorge, exatidão das informações que lhe dera o filho, e com isso cresceram ainda mais as suas apreensões, obrigando-a a exclamar consternada:

– Ó Virgem Mãe dos homens! que maus olhares te deitaram, meu filho, que parece mesmo que saíste agora do cemitério? Bem mo tinham dito, mas tanto não esperava eu ver!

– Então o que lhe tinham dito, ama? Que me haviam desenterrado?

– O que me tinham dito? Queres sabê-lo? Pois olha que não ponho nenhuma dúvida em to dizer. Tinham-me dito que tu não eras o rapaz de juízo que eu supunha, que afinal eras tão bom como os outros, e que por doidices de rapaz andavas mais morto que vivo, amarelo e chupado, como quem tem já um pé na cova.

– E parece-lhe então que a informaram bem?

– De menos que não de mais. Que cara é essa com que tu me apareces? Tu queres ir atrás de tua irmã? Olha se queres. A coisa é fácil, se continuares nesse andar.

- E então que lhe hei de eu fazer, ama? Uma pessoa não tem na sua mão o engordar e emagrecer.

- É teres juízo, e não pensares em tolices, ou então, quando já não há remédio, é andares para diante com a cara e não sofreres até rebentares.

- Agora é que não entendo, ama.

- Entendes, entendes; mas se queres que eu fale mais claro, sempre te perguntarei se era coisa que se fizesse dar por noiva ao meu Clemente, que se criou aos mesmos peitos que tu, a menina que o senhor fidalguinho da Casa Mourisca enjeitou?

A impetuosidade do movimento com que Jorge respondeu a estas palavras da ama, a súbita e intensa vermelhidão que lhe cobriu o rosto pálido, e o olhar indignado que fitou na boa velha assustaram profundamente esta, que quase se arrependeu do que dissera.

- Ama - disse-lhe Jorge comovido e com voz severa -, quero acreditar que não pensou nas palavras que disse, nem sabe bem o que elas significam. Vejo porém que conhece a meu respeito um segredo que eu desejaria que fosse ignorado. Não quero saber como lhe chegou ao conhecimento. Não negarei a verdade. Deixe-me porém dizer-lhe que mal sabe Clemente, mal imagina sequer a grandeza do sacrifício que eu fiz, facilitando o casamento em que ele me falou.

Ana recuperou a presença de espírito.

- E quem foi que lhe pediu que fizesse esse sacrifício? O meu Clemente sabia lá o que vossemecê tinha no coração? Julgas tu que ele era homem que aceitasse de ti favores desses? Olha o outro, que assim que soube tudo, imediatamente deu o dito por não dito.

- O quê? Soube tudo... o quê? O que sabe Clemente?

- Sabe que o Sr. Jorge da Casa Mourisca gosta da menina do Tomé da Herdade, e que a menina do Tomé da Herdade gosta do Sr. Jorge, e o senhor meu filho, que é um rapaz de brio, não está resolvido a ser trambolho que separe esses dois corações que morrem um pelo outro.

- Não sabe Clemente, que essa afeição, que por infelicidade é verdadeira, está condenada à morte e que não será a recusa dele que a salvará? Não estava seu filho resolvido a aceitar a amizade leal que lhe oferecia Berta, sentimento que mais tarde as afeições comuns de família por certo transformariam em verdadeiro amor conjugal? Não me disse ele a mim que estava decidido a aceitar, se se convencesse de que a ilusão de Berta não podia ser nunca realidade? Pois essa certeza pode tê-la agora, se sabe tudo. E então por que hesita? Se não tem confiança em Berta...

– Hesita e deve hesitar, sim senhor. Pois que vem cá a ser esses impossíveis? Olha agora a coisa do outro mundo que o Sr. Jorge case com a Berta da Póvoa!

Jorge encolheu os ombros, sorrindo melancolicamente.

A Ana do Vedor, interpretando mal aquele sorriso, insistiu com mais acrimônia:

– É como eu digo. Ai, os escrúpulos então são só para quando muito bem lhes parece? Os impossíveis vêm só ao atar das feridas? Não que ele não há mais. Tem um pobre homem uma filha, para quem deseja encontrar um marido trabalhador e honesto, que lhe sirva de arrimo; e vai senão quando aparece um fidalguinho que principia a olhar para a rapariga e a fazer-lhe gaifonas e a meter-lhe teias de aranha na cabeça, e ela, coitadinha, deixa-se ir e prende as asas na rede e é então que o menino bonito se lembra dos impossíveis e a deixa, e por muito favor cede-a um rapaz honrado que a estima com lisura e com as melhores intenções de fazer dela sua mulher, mas a quem ela já não pode dar o coração, porque o outro lho roubou. E diga-me uma coisa ficava bem a este rapaz aceitar para mulher a rapariga que lhe diz que deu a outro o coração? Para que quer um homem em casa uma mulher sem coração, não me dirá vossemecê?

Jorge ouviu cada vez mais triste e pensativo as recriminações da ama. Dir-se-ia que algumas daquelas palavras lhe feriam o coração de remorsos, como se nelas sentisse o que quer que fosse verdadeiro; ao mesmo tempo protestava-lhe também contra a acusação a consciência, que não o havia acusado tão severamente.

Olhando com gesto melancólico para a mãe de Clemente, que, levada pelo impulso da sua eloquência, ia aumentando de severidade, Jorge disse-lhe com placidez:

– Tem razão em parte no que diz, ama, porém creia que trabalhei deveras para vencer isto em mim. Nem eu sei como me adivinharam;

como ela o adivinhou. Ah! sim... lembro-me já... Disse-lho eu; mas não foi, como julga, no intento de iludi-la; disse-lho em um momento de desespero, quando ela com lágrimas me perguntava por que eu lhe queria mal. Eu querer-lhe mal! Disse-lhe então tudo. Ela soube de mim pela primeira vez este segredo e eu dela um segredo igual. Pedi-lhe então que me indicasse o que devia fazer. Da sua própria vontade nasceu a minha resolução, a nossa... Bem vê, ama, que não sou tão criminoso como supôs. Acredita que eu fosse capaz da vileza que disse? O que fiz por Clemente não podia desonrá-lo. Berta sabê-lo-ia fazer feliz, porque compreende bem os seus deveres. Eu conheço a têmpera daquela alma. Mas enfim, se me iludi, se nos meus atos ia ofensa para Clemente, ele que me perdoe, que não houve nisso intenção.

Ana do Vedor sentiu que lhe vibrava a corda da sensibilidade no coração, ao escutar aquelas palavras sérias e tristes que lhe dizia Jorge.

– Vai-te daí! – exclamou ela, disfarçando a sua comoção. – Quem fala aqui de ofensas? Então acreditas que tudo isto que eu disse foi a sério! Era o que me faltava! Sim, que eu não te conheço, sim, que eu não te trouxe nestes braços e te fiz saltar no meu colo e te vi brincar com os mais rapazes e sempre com mais juízo do que eles todos? Pateta de rapaz, que me não entendeu! O que me faz enraivecer é o ver-te assim consumido por uma coisa destas. Logo te deu o diacho também para gostares da filha do Tomé, quando não faltavam raparigas que boa conta te fizessem. Que ela é boa pequena e poucas dessa fidalgaria que por aí há merecem servir-lhe de criada, mas enfim é filha do Tomé, e teu pai era capaz de estourar se... Mas adeus, minha vida, o tempo dele já passou e tu é que não hás de definhar-te e entisicar só para fazer-lhe a vontade. Vê lá, se achas que isso em ti é do coração...

– Não, ama, não, a resolução está tomada. Hei de acabar com isto em mim, suceda o que suceder. Jurei.

A ama tornou com maior veemência:

– E a mim é que se me importa com os teus juramentos! Ora veja eu o caso mal parado, e veremos o que por aí vai. Vou-me ter com o fidalgo... Na, na, na, escusas lá de bulir com a cabeça, que isso para mim não vale nada. Eu bem sei o que me pediu tua mãe à hora da morte. Deus a chame lá. Coitadinha! levou-vos atravessados no coração para a sepultura. Sabia o gênio do pai e via-vos tão criancinhas... "Ó ama – disse-me ela, e parece-me que ainda a estou a ouvir –, o que não me deixa morrer em sossego são estes três meninos." Vocês brincavam na outra sala: "Olhe-me por eles, ama, lembre-se de que ficam sem mãe." Ai! E eu que tanto gostava daquela senhora, havia agora de te ver assim consumido e ficar-me de braços cruzados? Pois sim, espera que logo.

– Ama, peço-lhe que não dê passo algum junto de meu pai sem me consultar.

– Ai, estava bem aviada se esperava pelo teu conselho. Olha agora!

– Veja que pode causar-me um grande mal, ama!

– Olha, eu só te digo uma coisa. Queres que eu me deixe ficar sossegada? Trata de me aparecer com outra cara. Senão, não te queixes.

Jorge, que conhecia por experiência os repentes da ama, ainda insistiu por muito tempo. Ela, porém, respondendo-lhe com evasivas, conseguiu separar-se sem haver prometido coisa alguma.

A Ana do Vedor seguiu por muito tempo com olhos tristes Jorge, que se afastava lentamente. Depois que o perdeu de vista na volta de um caminho, suspirou e foi murmurando:

– Nada, isto assim não vai bem. O rapaz está que faz pena vê-lo. Ainda se fosse com o irmão, era coisa que passava, mas com este! Lembra-me que já em pequenino, se o pai ou a mãe lhe ralhavam, ficava aquela criança entalada e sem chorar, mas era sabido que o tinham doente por uma semana. Foi sempre assim. Brioso como uma pessoa de juízo. Agora é capaz de estalar de paixão, e deixar-se morrer por aí sem se queixar. Pois, ao poder que eu possa, tal não há de suceder. Isso lhe prometo eu.

Neste solilóquio foi vencendo a boa mulher a distância que a separava da Herdade, onde chegou na ocasião em que Tomé e a sua companheira examinavam e discutiam juntos na sala de jantar as vantagens da aquisição de um campo, que o lavrador trazia em vista.

A Ana do Vedor foi recebida como quase parenta que era da família.

– Viva a ti'Ana! – exclamou folgadamente Tomé – a mais guapa das raparigas do meu tempo, sem querer fazer desfeita à Luísa.

– Lá se viu qual das duas ele escolheu – acudiu com igual humor a mãe de Clemente.

– Então que quer? tudo neste mundo é sorte. Além de que a ti'Ana já andava tentada com aquela alma levada do João do Vedor, e não se lhe dava volta.

– Foi o que te valeu, Luísa, senão bem perdias esta boa joia.

Luísa sorriu bonacheironamente, como sempre fazia quando o marido gracejava.

– Mas que santa a trouxe a esta sua casa? – perguntou Tomé. – Olá, vamos cá a saber, quer tomar alguma coisa?

– Qual história! De almoçar venho eu, e isso mesmo sabe Deus o que me custou.

– Então, andas doente Ana? – informou-se Luísa com bondosa solicitude.

– Eu, doente? Ora essa! Eu sou lá criatura que adoeça?!

– E como vai o Clemente? o nosso Clemente? – perguntou Tomé – porque eu e Luísa também já o podemos chamar nosso.

– Devagar, devagar, o melhor é não se acostumarem a isso, para não lhes custar depois a perder o costume.

– A perder o costume? E por que havemos nós de perder?

– Porque já lá vai o afilhado de quem éramos padrinhos.

– Não a entendo ti'Ana.

– Ora a coisa é simples. E vocês o que devem é erguer os olhos mais para o alto.

– Ó ti'Ana, se quer que a entenda, fale-me claro e cá à nossa moda; pão, pão, queijo, queijo.

– Pronto. Para aí vou eu. Pois aí tem: o casamento da sua rapariga com o meu rapaz foi caso falado e acabou-se.

– Acabou-se? Como acabou-se? por quê?

– Porque Berta não tem para aí o sentido.

– Ora essa! Então ela não disse...

– Disse, sim, senhor, disse que casava, e também o disse a meu filho, mas acrescentou que não lhe levaria o coração consigo.

– Berta disse isso? Quando? A quem? A Clemente? Não pode ser!... Mas não leva o coração... Por quê?

— Porque já o não tem.

— Como já o não tem?

— Porque já fez presente dele.

— Que está a dizer, ti'Ana? Já fez presente do coração! Berta? A quem?

— Ora diga a verdade, Tomé, não suspeita mesmo, mesmo de ninguém?

— Na minha salvação, que não.

— Pois olhe que é verdade.

— Mas a quem?

— A uma pessoa que vinha por aqui.

— A uma pessoa que vinha...

— Ai, Tomé, que bem o suspeitava eu – exclamou Luísa, juntando as mãos.

— Cala-te mulher; aí voltas tu com as tuas tolices; mas diga ti'Ana...

— Que suspeitavas tu, Luísa? – perguntou Ana do Vedor.

— Que eles tinham alguma inclinação um para o outro.

— Eles quem?

— Ninguém, ninguém. Esta minha mulher de vez em quando tem visões.

— Eles quem? – insistia Ana do Vedor.

— A nossa rapariga e...

— Cala-te, Luísa, tu não tens vergonha? – atalhou marido.

— E quem mais? acaba – repetiu Ana.

— E o fidalgo – completou timidamente Luísa.

— Jorge? Pois adivinhaste.

— Ah! – exclamou Luísa, com natural satisfação.

— O quê?! – bradou Tomé, erguendo-se com ímpeto e corando – adivinhaste? adivinhou? Quem?... Luísa? Então... Berta... a ti'Ana diz que Berta... Não disse que Berta?...

— Ó Tomé, escusa de fazer tanto espanto. Eu disse que Berta gosta do fidalgo e que ele gosta da rapariga.

— Tão doida está ti'Ana, como está a minha mulher.

— O seu juízo, Tomé, é que não me parece muito seguro. Olhem o grande milagre que a sua filha goste do rapaz, que não tem por aí outro que se lhe ponha ao pé, e que o rapaz, enfim, que o rapaz também tinha a sua inclinação pela pequena, que não é para enjeitar. Olhem a grande admiração!

– Eu bem pregava a esse homem, mas coisa que lhe diga, é o mesmo que nada – observou Luísa.

– Mas quem lhe meteu essas patranhas na cabeça? – perguntou o lavrador com um riso contrafeito, já interiormente inquieto, e tentando resistir à convicção que se lhe estava formando no espírito.

– Ora quem havia de ser? Uma pessoa que me parece que tem obrigação de estar bem informada. Foi o mesmo Jorge.

– Jorge?! Jorge disse-lhe...

– Agora mesmo o deixei na Corredoura, onde lhe estive falando bem um quarto de hora talvez.

– Ti'Ana, eu não quero ofendê-la, mas há coisas tão incríveis! Ora diga-me, não sabe quem me falou na pretensão do seu filho?

– Sei, sei muito bem que foi Jorge, e vai daí? E sei que Berta também disse que sim. Então que mais quer? Mas sei também que o rapaz, quando Clemente lhe falou nisso, ia rompendo com ele; sei que depois do casamento ajustado, emagreceu e anda como desenterrado; sei que a sua pequena disse aquilo, que eu já contei, ao meu Clemente, e que o rapaz teve as suspeitas, e que eu falei claro ao Jorge, que não teve cara para negar. Ora aqui tem.

Tomé da Póvoa ficou assombrado com a revelação. Nunca o lavrador dera importância às suspeitas da mulher, cujos instintos tinham visto melhor do que a razão clara do marido.

– Pois se isso é verdade – disse Tomé, medindo a sala a passos largos –, é uma grande desgraça!

– Oh! Aí vem o outro! – respondeu-lhe a Ana do Vedor com o seu ânimo intemerato. – Credo! Parece-me um sino a tocar a defunto. Então que grande desgraça vem a ser essa?

– Nem você pensa o que daí pode resultar, ti'Ana. Mas sempre se lembre de que nessa história entro eu, o fidalgo velho, o rapaz e a minha pequena. Se nos conhece bem a todos, suponha o que daí pode sair de bom.

– Quer você dizer na sua: "Nós os velhos somos dois caturras e os novos são capazes de morrer de paixão." Mas se os novos tiverem juízo, não se lhes importa com as caturrices dos velhos, e estes o mais que podem fazer é irem um ano mais cedo para a sepultura, o que é bem feito para não serem teimosos. Olha agora.

– Eu bem o suspeitava – repetia de quando em quando a boa Luísa.

– Nem eu quero pensar nisso para não me arrepender pelo pouco que tenho feito por aquela família – tornava Tomé. – Se o fidalgo soubesse que o filho mais velho se agradara da minha pequena, o que havia de pensar? O que eu no seu lugar pensaria. Que isto em mim fora tudo um cálculo, que procurei trazer o rapaz à minha casa, depois de mandar buscar a filha à cidade, que lha meti à cara, que levei a rapariga para o pé do velho com o fim de o dispor para a aprovação dos meus planos... Ó que vergonha, que vergonha! Então é que ele teria razão de me olhar com desconfiança, e quem lha não daria? Mas que cegueira a minha! Cegueira! Mas se eles mal se falavam, se Jorge parecia tão ocupado nos seus negócios, que a nada mais dava atenção!

– Ai, eu cá bem o suspeitava – repetiu Luísa.

– Isso não pode ser! Cada vez mais me convenço de que isso é impossível.

– Pois digo-lhe eu que é verdade, como dois e dois serem quatro. Ora agora eles dizem que decidiram acabar a todo o custo com aquilo por causa do velho, e daí veio a história toda do casamento; mas no andar em que vão as coisas, parece-me que eles acabam mas é consigo.

– É uma desgraça! Mas que remédio? Ainda que eu cuidasse de ver morrer-me a filha, havia de opor-me a esses amores. E mais depressa a recolheria em um convento...

– O que aí vai! o que aí vai! Ó homem de Deus, ia-lhe talvez muito mal se a filha lhe casasse com o rapaz.

– Era uma desgraça, repito. E eu nunca mais poderia olhar de frente para o fidalgo, como o fiz até agora, graças a Deus! porque então teria ele razão de me suspeitar de intriguista.

– Se a sua consciência o não acusa, não lhe dê canseira o que os outros pensam.

– Eu bem to dizia, Tomé, não que tu não querias crer! – insistiu Luísa, entre pesarosa e satisfeita.

– Já me tarda ver a rapariga para fora dos Bacelos. Mal sabia eu quando a levei para lá, que um dia podiam vir a julgar que eu o fizesse por cálculo!

– Deixe estar a rapariga onde está; Deus que conduziu as coisas assim, lá sabe para que o fez.

– A ti'Ana não sabe o que o fidalgo velho tem sido para comigo? Não sabe que ele mal me pode perdoar por eu ter levantado a casa defronte do seu palácio? e melhorado de ano para ano a minha, ao passo que a dele ia caindo por terra? Não viu o que ele fez só porque soube que o filho tinha vindo ter comigo para o ajudar a livrar-se da usura e das dívidas, que lhe deitavam a perder a casa? E agora então julga que eu hei de sofrer que ele suspeite sequer que as minhas tenções eram ou são as de engrandecer à custa dos seus a minha família? A ti'Ana sofria isto?

– Mas não se está a ver como o velho gosta da sua pequena, que nem de ao pé de si a deixa sair? Quem sabe? Às vezes...

Luísa suspirou, entrevendo a risonha perspectiva que Ana do Vedor assim em confusas tintas lhe pintara.

– Não sou eu que me iludo com essas coisas, ti'Ana – prosseguiu Tomé. – O meu plano está feito. Hoje mesmo Berta há de dormir na Herdade. Se o seu Clemente a não quiser, paciência. Nem eu quero obrigá-lo, nem à rapariga, a casar contra vontade. Apesar de tudo confio no juízo de Berta, que há de ver as coisas como elas são, e por isso não me dá cuidado. Que se assim não fosse, eu lhe afirmo que a levaria outra vez para Lisboa. O Jorge é também um rapaz honrado. Tudo se há de remediar ainda, querendo Deus.

– Olhem que homem este! Escusa de tomar essas cautelas todas se o que quer é separá-los. O perigo não está onde pensa. Eles mesmos resolveram esquecerem-se um do outro e não precisam que você os separe. Olha agora! O perigo está em que Jorge já anda doente, e que provavelmente a rapariga não há de ficar com muita saúde se ele lhe morre. Veja lá se isso não é bem pior do que o casamento.

– Deus nosso Senhor nos acuda! – exclamou Luísa assustada.

– Não fale em casamento, ti'Ana, que até me envergonha essa palavra!

– Pois então não se envergonhe e prepare o enterro de sua filha, que o do rapaz não tardará muito. Olha agora! Este homem parece que não tem coração de pai! Eu não sei que diacho de coração é o dele! Deixe que quando lhe quiser acudir, já não há de ser tempo. Há de ver a filha morrer-lhe, e então é que hão de ser os arrependimentos.

– E que quer que lhe eu faça, mulher? – exclamou Tomé já exasperado. – O meu dever é este. Deus que determine depois o que for da sua vontade. E julgo que se eu pensasse como pensa a ti'Ana, que isso me serviria de alguma coisa? Parece que não conhece o fidalgo! Pois tantos anos que conviveu com aquela família ainda lhe não fizera conhecer o gênio dele?

– Mas que me importa a mim o gênio do velho? Ora essa é que está muito boa! O velho tem um ou dois anos de vida, e lá para o não zangar, não há de um rapaz e uma rapariga fazer a sua infelicidade. Olha agora!

– Pois sim, pois sim, vossemecê fala bem; mas o que lhe digo é que não tardo nos Bacelos, e que já de lá não venho sem a rapariga.

E saindo da sala deveras preocupado, Tomé ia murmurando:

– Foi uma desgraça! uma verdadeira desgraça, meu Deus!...

A Ana do Vedor viu-o sair e meneou a cabeça com certo ar de ameaça.

– Sim? Ele é isso? Pois que já tu és teimoso, eu te prometo que me hás de ver pela frente. Vai, vai aos Bacelos, que quando lá chegares já hás de encontrar novidades. Olha agora! Adeus, Luísa, adeus.

Luísa ergueu-se, e abraçando-se na amiga, desatou a chorar.

– Ó mulher, você por que chora? Olha agora! Tenha juízo, mulher. Deixe lá, que há de viver para ver a sua filha bem casada e feliz. E deixe-me, que preciso de ir adiante do Tomé para ele não fazer tolices.

– Ai, eu sempre suspeitei isto, ele é que não queria acreditar.

– Pois agora já acredita. E o mais confie em Deus, e deixe-me sair.

E a Ana do Vedor saiu apressada, e murmurando de instante a instante:

– Olha agora!

34

Desde o dia em que Berta falara no seu casamento ao fidalgo da Casa Mourisca nunca mais correram as horas nos Bacelos para o velho e para a rapariga tão alegres como até aí.

Nem uma palavra se trocou mais entre eles sobre o assunto, mas fácil era de perceber que ele ainda dominava o pensamento de ambos.

Tanto os sorrisos de Berta como aqueles com que Dom Luís lhes correspondia empanavam-nos uma nuvem de tristeza.

O fidalgo a cada momento pensava na separação iminente, na necessidade de dar à afilhada o consentimento prometido, e cada vez menos coragem sentia para fazê-lo.

Berta recebia como que a projeção de tristeza do velho; demais, a sua própria crescia à medida que se aproximava o momento em que tinha de realizar-se o sacrifício do seu coração, sacrifício cuja grandeza de dia para dia mais avultava no seu espírito.

Atuou esta influência no estado do enfermo, que ia perdendo o alento adquirido sob a benéfica vigilância da rapariga.

Por isso no dia em que se passaram as cenas narradas no último capítulo e nas quais a intrépida Ana do Vedor desempenhou tão importante papel, Dom Luís achava-se em um estado de abatimento pouco animador.

Não saíra esse dia do quarto, como era seu costume quando ia sentar-se com Berta à sombra das árvores. Queixou-se de fraqueza e de frio, e ficou na poltrona ao lado da janela a espreitar por dentro das vidraças para as avenidas da quinta.

Berta havia por instantes deixado o padrinho para temperar-lhe um remédio; e o doente, ficando só, caíra em uma profunda meditação, seguindo maquinalmente com a vista os movimentos de uma avezita que saltava nos ramos de uma árvore distante.

De repente chamou-lhe a atenção o rumor dos passos de alguém, que se aproximava no corredor e que parou à porta do quarto, como se hesitasse ao entrar.

– Quem está aí? – perguntou o fidalgo não vendo aparecer ninguém.

A esta pergunta a porta entreabriu-se e a figura da Ana do Vedor, ofegante pela carreira que trouxera da casa do Tomé até ali, desenhou-se no limiar.

– Sou eu; o fidalgo dá licença? – respondeu a Ana.

Dom Luís teve um negro pressentimento assim que viu a figura da mãe de Clemente, o pretendido noivo de Berta.

Com mal disfarçado azedume disse-lhe:

– É você, Ana? Entre.

Ana entrou com o desembaraço com que entrava em toda a parte.

– Então como vai o fidalgo? Fraquinho, hein! Enfim Sr. Dom Luís, tudo se guarda para a velhice.

– É assim, é – disse secamente o fidalgo. – Então a que vem aqui, Ana?

Ana do Vedor percebeu a débil cordialidade com que estava sendo recebida e por isso respondeu menos afável:

– Primeiro que tudo, vim vê-lo, como era da minha obrigação, pois não me esqueço de que já comi do pão de sua casa. Há mais tempo teria vindo, se a minha vida me deixasse; mas sou eu só em casa, como V. Ex.ª sabe, a fazer o serviço, e a idade já me vai pesando. E agora por isso vem a pelo dizer a outra coisa que me trouxe cá. Venho saber de V. Ex.ª quando é que pode dispensar a Berta para se fazer o casamento que está justo entre ela e o meu filho.

O rosto de Dom Luís passou por diferentes cambiantes de cor, e mais do que uma paixão lhe desenhou sucessivamente no semblante em traços fugitivos o aspecto fisionômico.

– Então vem para a buscar? – perguntou ele com voz alterada.

– Não senhor, não venho para a buscar, venho para saber de V. Ex.ª quando ela pode ir.

– Ela não é minha filha. Quando quiser, que vá.

– Mau! O fidalgo não quer entender-me.

– Eu o que não quero é ocupar-me desse casamento – replicou Dom Luís mais agastado. – Quando quiserem fazer esse disparate, façam-no. Levem daí a rapariga, sacrifiquem-na à sua vontade, mas não me peçam o consentimento, porque eu estou com os pés na cova e não quero levar para a sepultura mais remorsos.

A mãe de Clemente não estranhou esta resposta azeda do fidalgo, que de propósito provocara.

Picada porém no seu orgulho materno por algumas frases que ouvira, acudiu logo:

– Que está o fidalgo a dizer? Disparate... remorsos... Que disparate acha o fidalgo no casamento de Berta com o meu Clemente? Remorsos! Ora essa está boa! Nem que se tratasse de enforcar alguém! Ora esta! Olha agora!

– Ana, eu não quero ofender o seu filho, que sei que é bom rapaz, mas o que ele não é, é homem para Berta.

– E onde é que V. Ex.ª vai buscar marido para Berta? O meu Clemente não serve? Pois bem, como a rapariga não está para freira; diga-me V. Ex.ª que faz tenção de a casar na sua família, e eu calo já a boca e sou a primeira a dizer: "Tem razão o fidalgo, a pequena encontrou marido muito melhor do que o meu filho." Ah! eu já estou vendo a cara que V. Ex.ª faz. Pois então, Sr. Dom Luís, se V. Ex.ª ainda se tem lá nas suas tamancas, como dantes, deixe casar a rapariga com um homem honrado, e não lhe ande a meter loucuras na cabeça, que isso até é uma consciência! Olha agora!

Dom Luís sentia que lhe fugia o terreno neste campo e tentou uma evasiva.

– Não teria nada que dizer a esse casamento, se Berta sentisse inclinação para seu filho, mas...

– Mas o quê? Pois não foi ela que por sua livre vontade disse que sim? Quem a obrigou? Ora essa?

– Por comprazer, por condescendência, mas não porque lho pedisse o coração.

– Ora, e V. Ex.ª a importar-se com o que pede o coração de uma rapariga, ora, ora...

– E por que não? Desgraçada dela se der um passo tal sem que lhe aprove o coração.

– Então acha o fidalgo que nisto de casamentos o coração também tem voto?

— Por certo.

— O coração duma rapariga e de um rapaz. Olhem que conselheiros!

— Um coração como o de Berta, é um bom conselheiro: não se engana, nem engana.

— Até que te pilhei! — exclamou a Ana do Vedor, batendo as mãos, e esquecendo-se, do ímpeto da exclamação, de manter o mesmo tom e tratamento que até ali estivera usando com o fidalgo.

— Muito bem, pois saiba o fidalgo, que para mim já não é novidade o não ter Berta inclinação para o meu filho, nem de tal casamento se fala já, porque o meu Clemente, por enquanto, não aceita mulheres que não entrem para casa dele com o coração. Isso já estava decidido. Mas eu o que quis foi ouvir o que ouvi ao fidalgo, porque quero ver agora como se há de sair das talas que se meteu. Por que sabe que a Bertazinha não gosta do meu Clemente? É porque já gostava de outro... E sabe V. Ex.ª quem é esse outro? Olhe que foi o coração de Berta que escolheu, o tal coração que não se engana, esse outro é o filho de V. Ex.ª, o Sr. Jorge. Ora aí tem; agora então veja se está pelo que disse.

Dom Luís ficou por muito tempo a olhar para a Ana do Vedor com a vista espantada e sem articular palavra.

— Jorge! — murmurou ele afinal e quase inaudivelmente.

— Sim, senhor, o Jorge. E que me diz V. Ex.ª a isto?

— Jorge, Berta... — repetia o velho, assombrado com a revelação. — Mulher, quem lhe disse isso?

— Seu filho, entre outros.

— Jorge! Terei por acaso eu sido vítima de uma intriga infame? — exclamou o fidalgo, trêmulo de raiva. — Isto é de enlouquecer.

— Qual intriga nem meia intriga! Isto tudo foi a coisa mais natural e inocente do mundo inteiro! O rapaz gostou da pequena, a pequena gostou do rapaz, o costume desde o tempo de Adão e Eva, e ninguém soube disso senão agora.

— Jorge! Ó meu Deus, por que me havias de dar filhos só para me afligirem e envergonharem!

— Ora aí está. Até agora nem o meu Clemente lhe servia para a Berta, em tais alturas a punha. Agora então já o filho o desonra só por gostar da rapariga. Entendam-no lá. Que tal é o amor que o padrinho tem à afilhada?! Eu cá de mim não entendo estas amizades de tarraxa.

Dom Luís não dava atenção às reflexões da Ana. Lutavam-lhe no coração paixões encontradas e violentas: sob a influência de umas, sentia sair em profundo desalento, outras incitavam-no, pelo contrário, a uma reação desesperada.

Tomé não se enganara nas suas previsões. As suspeitas e preconceitos mal abafados no coração do fidalgo contra o lavrador alvoroçaram-se com a revelação que acabara de ouvir.

A intimidade de Jorge com Tomé, os serviços prestados por este à casa, a vinda de Berta para os Bacelos por espontânea deliberação do pai, tudo explicava o seu espírito preocupado por uma trama infernal combinada pelo fazendeiro.

– Era a isto que ele queria chegar! – bradava irritado o fidalgo. – Descobriu-se finalmente o hipócrita! A audácia desta gente não tem limites! Gabem-me os brios e a nobreza de alma destes miseráveis! Rodou em volta de minha casa o lobo, espiou a presa, atraiu-a a si e feriu-a! Que ambição! Aí está no que deu o desinteresse dos seus atos, a lealdade das suas intenções! Até da filha se servia, o infame, como instrumento dos seus planos e maquinações! Há nada mais vil? Trouxe-ma para casa, como a víbora que havia de inocular o veneno. E eu fraco e tonto pela velhice e pela doença, deixei-me iludir! Oh! mas eles mal sabem com quem se metem e no que se metem! Deviam lembrar-se de que, nos homens como eu, ainda quando a vida se lhes está a apagar, a vontade pode reunir em um instante toda a energia de que precisa para esmagá-los antes de morrer.

E Dom Luís, no auge da indignação, ergueu-se da cadeira em que estava sentado, e com o rosto afogueado pela ira, os punhos cerrados e os braços estendidos, bradou:

– E eu esmago-os! esmago-os a todos, se se atreverem a vir insultar-me nestes últimos dias de minha vida!

Ana tentou acalmar a fúria do fidalgo, mas ele nem já a ouvia.

Fraqueando-lhe já a voz, trêmulo, ansiado, banhado em suor frio, continuava em tom cavernoso:

– Eu lhes juro que não me hão de vencer na luta que provocaram. Quando me tiverem já usurpado a casa, seduzido os filhos e insultado o nome de minha família, hão de ainda vergar sob o peso das minhas maldições, porque eu acredito que há um Deus no céu e que as pragas dum velho ludibriado têm ainda poder para atrair as desgraças sobre a cabeça dos miseráveis que me insultam.

– Fidalgo, fidalgo, volte a si! – bradava Ana do Vedor, deveras consternada.

O velho, arredando-a com um movimento impetuoso, exclamou com energia crescente:

– Deixem-me! Deixem-me! Quero viver só, de hoje em diante! Só! Não quero ver ninguém, nem filhos, nem família! Ninguém! Cada pessoa que se aproxima de mim vem com o intento de me atormentar; cada afeto a que abro o coração transforma-se cá dentro em um veneno corrosivo! Oh! É demais! Deixem-me! deixem-me morrer para aqui só, ninguém me apareça, ninguém me fale, deixem-me!

Neste momento a porta abriu-se e Berta apareceu atraída pela altercação que lhe parecera ouvir no quarto do padrinho e perguntou assustada:

– Que é o que tem, Sr. Dom Luís, o que lhe sucedeu?

O fidalgo, exasperado, voltou-se com vivacidade ao ouvir-lhe a voz, e injetando-se-lhe ainda mais o rosto, bradou:

– És tu? Que queres? Vens continuar a obra que te incumbiram?! Sai daí! Sai! Não me apareças! Não me fales! Não me faças descrer de Deus! Não quero ver ninguém, já disse! Deixem-me!

Berta parou, surpreendida e intimidada por aquela súbita transformação nas maneiras do padrinho para com ela, e ao sair do quarto, saltavam-lhe de sentidas as lágrimas dos olhos.

– Ó fidalgo! – acudiu a Ana do Vedor, cada vez mais assustada pelo estado em que o via – ó fidalgo! olhe que está fora de si! Isto que é? A pobre rapariga vai a chorar pela maneira por que a tratou! Que culpa tem ela? Coitada da pobre!

– É o que lucra quem se aproxima de um homem maldito de Deus como eu sou – respondeu o velho, deixando-se cair na cadeira já desalentado.

– Não diga essas coisas, que até é pecado! Que motivos tem para essas fúrias! Olha agora! O que eu lhe disse não é para tanto. Além de que, sossegue, tanto a rapariga como o seu filho Jorge têm juízo, mais até do que lhes convinha para serem felizes. Digo-lhe eu que mais depressa eles se deixarão morrer, e até parece que estão nessa resolução, do que lhe darão o desgosto de que tanto se receia, não sei o porquê. E olhe que o rapaz já não está longe de fazer a tal viagem. A não lhe agradar mais vê-lo morrer, o que o fidalgo deve fazer é...

Dom Luís mostrava não dar a menor atenção ao que a mulher dizia. O acesso de desespero passara. Com gesto e voz de abatimento interrompeu-a, perguntando:

– A pequena ia deveras a chorar?

– Pudera não. Ao rompante com que V. Ex.ª lhe falou! E sem razão alguma, porque, como eu disse a V. Ex.ª, eles...

O fidalgo suspirou:

– É uma fatalidade! – disse ele a meia-voz. – Pobre rapariga! Decerto que não é ela culpada nisto. Instrumento inocente, nas mãos dos outros, nem ela sabe o que faz! Ana, eu preciso de estar só, peço-lhe que me deixe só.

– Pois fique-se com Deus.

– Olhe Ana, olhe, se vir aí fora a pequena diga-lhe que venha cá; se aí não estiver... mande chamá-la, sim? Eu quero falar-lhe.

– Olhe lá o que vai dizer-lhe, fidalgo! Não aflija a pobre rapariga, que bem lhe basta...

– Faça-me o que lhe peço, Ana, faça, e vá descansada.

– Sempre me deixe dizer-lhe, fidalgo, que se não quer perder o filho, ande com cautela neste negócio.

A Ana do Vedor, que não obteve resposta a esta última advertência, saiu duvidando de que tivesse tirado alguma utilidade do passo que deu junto do fidalgo, e quase arrependida por o haver dado.

Dom Luís ficou só por algum tempo, com a cabeça escondida entre as mãos e os cotovelos apoiados nos braços da poltrona.

– Até que ponto levareis esta provação, meu Deus? – murmurava ele quase soluçando.

Passados momentos, entrava no quarto e avançava timidamente com hesitação ao encontro do velho, Berta, com os olhos ainda chorosos e o gesto comovido.

Ao rumor dos passos leves de Berta, o fidalgo elevou a cabeça e fitou a afilhada com expressão de melancolia e afeto.

– Ainda cá, Berta; vem cá, minha filha. Então não vês como eu pago os cuidados que tens tido comigo? Que queres tu? Isto em mim é já loucura?

Ao tom afetuoso e triste destas palavras dissipou-se a hesitação de Berta, que correu a ajoelhar-se junto do velho, pegando-lhe nas mãos, enternecida:

– Não diga isso, Sr. Dom Luís. Eu bem sei que eram impaciências de doente.

Dom Luís segurou-lhe a cabeça entre as mãos, e olhando-a fixamente murmurou:

– Pobre criança! Fiz-te chorar! Nem que não te bastassem os teus sofrimentos. Perdoa-me, minha filha. Tu não tens culpa do que os outros fazem. Não é possível que tenhas culpa.

E beijava-lhe os olhos, onde de novo queriam aparecer as lágrimas.

– Perdoar-lhe? O que hei de eu perdoar-lhe? A afeição que me tem? Só se for isso.

– Aí vem outra vez as lágrimas? Enxuga-as. Não quero fazer-te chorar mais. Não faças caso do que eu digo, Berta, que sou um tonto. É uma ingratidão de minha parte, uma feia ingratidão.

– O que me faz pena é vê-lo aflito. Cuidei que estava pior.

– Não; é que essa mulher que daí saiu disse-me coisas...

E olhando outra vez fixamente para Berta, acrescentou depois de alguma hesitação:

– Berta, tu és sinceramente minha amiga?

– Ó meu padrinho. Que pergunta!

– Nem tu eras capaz de fingir um afeto que não sentisses. Creio bem.

– Porém, meu Deus, o que quer dizer com isso?

– Nada. Olha cá, Berta... Quando tu vieste para os Bacelos... quando vieste para ao pé de mim... foi teu pai que te disse que viesses, não foi?

– Meu pai leu-me a carta da senhora baronesa, em que lhe participava que ia partir para Lisboa e que o Sr. Dom Luís ficava sem ter quem o tratasse... e eu então lembrei-me do mesmo que meu pai já tinha também no pensamento e pedi-lhe para me deixar vir.

– E ele disse logo que sim, já se sabe?

– Se era essa mesma a sua ideia.

– Ah! era essa a sua ideia? E... e Jorge não foi ouvido nessa ocasião? Porque Jorge ia muito por vossa casa, não ia?

Berta principiava a sentir-se inquieta com esta inquirição.

– O Sr. Jorge – respondeu ela um pouco a medo – ia às vezes procurar meu pai para falar de negócios com ele; mas nisto não foi consultado, que eu saiba.

– Algumas vezes. Parece que ia todos os dias e que usava em vossa casa de toda a familiaridade.

– Era raro que se demorasse a conversar com outra pessoa que não fosse meu pai.

– Pois nem contigo?

– Comigo? – repetiu Berta perturbada. – Comigo menos do que com os outros.

Dom Luís contraiu as sobrancelhas, como se esta resposta lhe fizesse suspeitar uma dissimulação.

– Pois então Jorge nunca falaria contigo?

– Muito de passagem, quando por acaso me encontrava e sempre com umas maneiras tais, que cheguei a acreditar que me queria mal por algum motivo desconhecido para mim.

Dom Luís fez um gesto de desgosto e de novo lhe assomaram ao semblante os vestígios da desvanecida irritação.

– Não esperava isto de ti, Berta. Tu não és sincera comigo.

– Eu?

– Tu iludes-me como os outros, afinal, tu conspiras com eles contra a tranquilidade dos meus dias, contra o sossego deste coração atribulado. Deus te perdoe o mal que me fazes, tu, mais do que ninguém, porque te queria deveras.

– Jesus, Sr. Dom Luís, meu padrinho, que quer dizer? Em que lhe fiz eu mal? Por amor de Deus, diga, fale-me claro.

– Berta, é preciso que me digas a verdade, se queres que não suspeite de ti, como suspeito dos outros, como suspeito de todos, é preciso que não dissimules, como eles fazem, para me iludirem.

– Mas que quer que lhe diga, Sr. Dom Luís? Prometo dizer-lhe a verdade, nem eu lhe sei mentir.

– Então para que me dizias que Jorge te queria mal?

Berta sentia-se cada vez mais sobressaltada pelas perguntas do fidalgo, que parecia dirigir-se ao segredo recatado, que ela conservava no coração.

– Eu disse – respondeu ela – que cheguei a pensar que o Sr. Jorge me queria mal, porém...

A confusão que sentia não a deixou continuar.

O fidalgo notou aquela perturbação e abrandou mais a voz, tomou um tom carinhoso e disse, pegando-lhe afetuosamente na mão.

– Vamos, Berta, sossega. Acredita que tens em mim um amigo, e abre-me francamente o coração sem receio. Dize-me; é verdade que Jorge te disse alguma vez que te amava? É verdade que entre vós ambos há alguma afeição, alguma promessa?

A pergunta, ainda que já não de todo inesperada, sobressaltou Berta, que não atinou com o que respondesse.

– Sossega, minha filha – prosseguiu o fidalgo, animando-a. – Bem vês que eu não quero repreender-te. Somente queria que me dissesse a verdade a esse respeito.

– Meu padrinho – disse Berta perturbada ainda –, pois não se lembra do pedido que lhe fiz ainda há poucos dias?

– Do pedido?... Ah!... sim... Falas do casamento?... Mas se ele já se não faz? Se foi a própria mãe do Clemente que me contou desses amores entre ti e meu filho?

– Oh! não pode ser! – exclamou Berta, consternada. – Como havia ela de saber?... Como podia ela dizer isso?

– O mesmo Jorge lho revelou.

– Jorge!... o Sr. Jorge?... É impossível!

– Mas por que não respondes à minha pergunta? O que há de verdade em tudo isso?

Berta conservou-se ainda algum tempo silenciosa e irresoluta.

Depois, como se abraçasse um partido decisivo, tornou com maior vivacidade:

– Tem razão, meu padrinho, devo dizer-lhe a verdade. Nem ela tem em que me envergonhar.

– Então é certo?

Berta, com os olhos fitos no chão e a voz mal firme, mas exprimindo resolução, principiou:

– Um dia o Sr. Jorge apresentou-se em casa de meu pai, a pedir-lhe, em nome de Clemente, licença para o casamento que sabe...

– Como?! Foi Jorge que pediu esse consentimento? E antes disso não tinha ele já dado a conhecer-te...

Berta não o deixou continuar.

– Escute, Sr. Dom Luís, que eu prometo dizer-lhe toda a verdade. Meu pai chamou-me para consultar-me a esse propósito.

– Ah! teu pai consultou-te? E esperava que tu recusasses, não é verdade?

– Eu nunca pensara em casar-me, nunca pensara até no futuro, por isso aquela proposta sobressaltou-me.

– E respondeste...

– Depois, o ter sido feita pelo Sr. Jorge mais me perturbava ainda.

– Sim, porque ele havia-te jurado talvez...

– Não havia jurado coisa alguma; quase nem me falara detidamente desde que eu voltara à aldeia. Parecia fugir de mim, parecia que a minha presença lhe desagradava, que as minhas palavras o irritavam. Não era possível iludir-me a este respeito. Afligia-me ver a pouca simpatia que eu merecera, sem saber por quê, a um rapaz que todos dizem tão generoso, tão indulgente e de tanto juízo; e isto era causa para eu muito pensar no que poderia dar motivo àquele proceder dele para comigo. Tinha isto sempre na ideia, observava-o, estudava-o... e foi mau isto, bem sinto que foi mau.

– Por quê?

– Porque quanto mais o observava – continuou Berta, com ingênua sinceridade –, mais de perto lhe conhecia as nobres qualidades e sentia a pouco e pouco em mim uma admiração por ele, uma simpatia, um respeito, um...

– Um amor – concluiu Dom Luís, vendo a hesitação de Berta.

– Uma loucura – emendou esta – que eu tratei logo de abafar em mim, porque desde o princípio a vi tal como ela era.

– És um anjo – disse Dom Luís, afagando-a.

Berta prosseguiu:

– Mas a proposta daquele casamento, feita pelo Sr. Jorge, foi para mim mais uma prova da antipatia, que eu julgava merecer-lhe. Pareceu-me quase uma perseguição: despeitada com ela, disse a meu pai que aceitava a proposta de Clemente.

– E ele... e eles que disseram?

– Ficando momentos depois só com o Sr. Jorge e sem que pudesse já reter as lágrimas que me afogavam, perguntei-lhe quais eram as razões que o tinham levado a dar aquele passo, a encarregar-se daquela proposta, por que motivo eu lhe era tão odiosa, o que é que o levara a fazer-me mal, a mina que nunca lho fizera nem desejara.

– E ele?

– Foi então – prosseguiu Berta, mais enleada – que imprevistamente ele me confessou que o único motivo de todo o seu proceder, da sua aparente má vontade, da dureza das suas palavras era... a afeição que me tinha e que, desde que a sentira, se esforçara por ocultar e vencer, como eu também fizera; que estava decidido a sacrificá-la aos seus deveres de família, mas que não queria que o sacrifício ferisse a mais alguém senão a ele, e para isso procurara sempre desviar de si pelo seu proceder as minhas atenções e simpatias. Não o conseguiu; mas que importava? Eu não tinha menos coragem do que ele, e compreendia tão bem como ele quais eram os meus deveres, que em mim eram mais fortes ainda.

– Pobre rapariga! – murmurou Dom Luís comovido.

– Assim posso dizer que foi aquele o primeiro e o último dia desses... amores, de que lhe vieram falar, não sei para quê. No mesmo dia em que nos declaramos, no mesmo dia prometemos abafar em nós mesmos essa loucura que nascera sem que o sentíssemos. E tanto, que dias depois eu vinha pedir-lhe o consentimento para me casar com Clemente.

– E teu pai nada soube de tudo isto? – perguntou o desconfiado fidalgo.

– Se nós mesmo o não sabíamos! – respondeu Berta com ingenuidade.

Depois de um intervalo de muda reflexão, Dom Luís segurou outra vez nas mãos a graciosa cabeça da afilhada e pousou-lhe na fronte um beijo, verdadeiramente paternal.

– Era bem digna de ter nascido entre a nobreza – disse ele suspirando – quem tão nobremente pensa e procede. Quantas raparigas criadas em palácios deviam ouvir e aprender de ti, Berta! Pobre pequena! O teu sacrifício é grande e custoso, porque tu com esse coração que tens, se amas, deves amar deveras; mas bem vês e tu mesma o reconheces, é um sacrifício inevitável! Nas famílias como as nossas há certas exigências tradicionais...

– Sr. Dom Luís – disse Berta interrompendo-o –, repare que há dias que eu lhe pedi o seu consentimento...

– Bem sei, Berta; bem vejo que o teu juízo dominou a tua fantasia de rapariga. Por isso te admiro, filha. Mas para que levavas também tão longe o sacrifício, indo casar-te com um homem que não amavas?

– Era um homem honrado, que me pedia para companheira da sua vida. O destino de uma mulher como eu é esse. É a nossa missão. Por que não havia de cumpri-la?

– Iludindo, porque não podias amar.

– Disse-o a Clemente. Não lhe prometi o que não podia dar-lhe.

– E ele aceitou?

– Pediu tempo para pensar. Agora vejo que não...

Calaram-se por algum tempo; Berta, sem erguer os olhos, dobrava e desdobrava distraída o pequeno avental de seda. Dom Luís observava-a com ar pensativo.

Foi ele quem renovou o diálogo.

– Custa-te muito o sacrifício que fazes, não é verdade?

– Para que hei de dizer que não? Custa-me como quando ao acordar de sonhar um sonho agradável, me convenço de que foi um sonho tudo. Sabe porém o que me anima? É o pensar que mais me custaria se o sonho se realizasse.

– Por quê?

– Porque teria remorsos de pagar dessa maneira o afeto que encontrei sempre nesta casa; porque teria vergonha de que pensassem que, da minha parte, esses afetos eram calculados e interesseiros. Nós temos o nosso orgulho, Sr. Dom Luís – acrescentou ela sorrindo.

– E nobre que ele é – acudiu o fidalgo, cada vez mais fascinado.

Neste momento a porta abriu-se, e frei Januário meteu a cabeça pela abertura.

– Que é? – perguntou Dom Luís, irritado.

– É o Tomé da Póvoa... é o pai dessa menina que a procura.

– A mim! – disse Berta, levantando-se.

– Sim, menina – tornou o padre –, e parece-me que procura a V. Ex.ª também.

– Pois que entre – respondeu Dom Luís, asperamente.

Passados momentos Tomé da Póvoa entrava para o quarto de Dom Luís com as maneiras respeitosas mas rasgadas que lhe eram peculiares.

35

Como homem a quem pesava a comissão que se propunha a desempenhar ali, Tomé da Póvoa, depois de cumprimentar o fidalgo e de abençoar a filha, foi direto ao fim da sua visita.

– Pois, Sr. Dom Luís, eu venho aqui para buscar a rapariga, se V. Ex.ª der licença.

Berta desviou para o fidalgo um olhar inquieto e investigador.

Dom Luís não respondeu, mas correu pelos lábios um rápido sorriso, entre amargo e irônico.

Tomé, em vista do silêncio do fidalgo, sentiu que não podia deixar de dizer mais algumas palavras de explicação, e por isso, enleado a forjar um pretexto que não lhe ocorria, acrescentou:

– Ela está sendo lá precisa... porque... sim, a minha Luísa, pelos modos... anda assim adoentada...

– Minha mãe está doente? – perguntou Berta com inquietação.

– Doente, doente... o que se chama doente, não digo, mas... E depois há lá uns milhos a arrecadar e os pequenos... E enfim, nesta época do ano, a casa de um lavrador... Os jornaleiros são muitos...

E a cada pretexto que mal apontava, Tomé erguia a vista para Dom Luís a estudar-lhe na fisionomia o efeito da desculpa.

Mas de todas as vezes a achava cerrada na mesma expressão de reserva e de mistério.

De repente, porém, Dom Luís fez um movimento, como se uma súbita resolução lhe acudisse, estendeu a mão para Berta, que se demorara ainda ao lado dele, e como que a impeliu de si e na direção de Tomé, dizendo com afetada placidez:

– Aí a tem. Pode levá-la.

À estranheza com que Tomé o encarou, vendo-o fazer aquele gesto, correspondeu o fidalgo, acrescentando em tom de amargura e de sarcasmo:

– Não calculou bem o tempo. Antecipou-se. A ocasião não era ainda esta; por ora não estou enfeitiçado, bem vê.

Tomé julgou perceber vagamente o sentido destas palavras e corou, dizendo:

– Ora eu entendo mal o fidalgo, ou quer dizer...

– Que pode levar a sua filha. A presença dela aqui não adianta os seus projetos. Meus filhos não estão nos Bacelos, como vê, e eu... eu já não tenho coração sujeito a feitiços.

A ilusão não era possível para Tomé. As palavras de Dom Luís confirmavam as previsões que ele tivera antes de lhas ouvir.

O rosto do lavrador tomou a expressão que os fortes golpes e as paixões violentas lhe costumavam dar.

Ficou-se por algum tempo a olhar para o fidalgo sem soltar uma palavra, mordendo os beiços e abanando significativamente com a cabeça. Depois tomou a filha pela mão, e encaminhando-a para a porta do quarto, disse-lhe:

– Berta vai aprontar as tuas coisas, que eu espero por ti... e no entretanto conversarei com o fidalgo.

Berta sentiu que entre aqueles dois homens havia iminente uma luta de paixões, que não estava já na sua mão dissipar. Mais valia pois deixá-los chegar a uma explicação decisiva, que definisse a posição de cada um.

Obedeceu portanto à indicação do pai, dirigindo-lhe apenas um olhar, uma súplica que não passou despercebida de Tomé.

Depois que Berta saiu, o lavrador voltou para defronte do fidalgo, e cruzando os braços disse-lhe com um modo decidido:

– Agora que estamos sós, Sr. Dom Luís, faça V. Ex.ª o favor de me acusar abertamente e de uma maneira clara e franca.

Dom Luís respondeu com frieza e sobranceria.

– Se nas minhas palavras viu coisa que lhe parecesse uma acusação, é porque decerto a consciência lhas interpretou assim.

Tomé da Póvoa não pôde reter um movimento de impaciência.

– Por quem é, fidalgo, não principie V. Ex.ª com esses discursos enredados, com que não me entendo. Jogo franco! Ou se não, começo eu, e será talvez melhor.

Dom Luís encolheu os ombros, exprimindo a mais aristocrática indiferença.

– Não me custou a entender as suas palavras de há pouco, fidalgo, porque depois do que eu soube esta manhã, esta manhã apenas, repare bem, Sr. Dom Luís, depois do que soube esta manhã e conhecendo como conheço o gênio de V. Ex.ª, já esperava ouvir alguma coisa parecida com o que ouvi. Mas nem por serem esperadas me feriram menos as tais palavras. É preciso que V. Ex.ª saiba. Porque um homem que não tem a pesar-lhe na consciência nenhuma deslealdade, um homem que tem brios, não pode a sangue frio ser suspeitado como eu o estou sendo por V. Ex.ª

– Bem; pois se a consciência lhe não exprobra nada, é o essencial. Vá em paz com ela e deixe-me em sossego, homem, deixe-me, que bem preciso dele.

– Perdão, fidalgo. Isso é que eu não posso fazer. Deus me livre de ser acusado pela minha consciência, mas Deus me livre também de o ser pela dos homens que respeito e estimo. E V. Ex.ª, ainda que o não creia, é um desses.

– Muito obrigado.

– Permita-me que vá direto ao caso. Minha filha não tarda aí, e eu não quero falar diante dela. Esta manhã foram à minha casa, provavelmente quem veio a esta, porque vejo que vieram também aqui com a mesma nova... Foram à minha casa e disseram-me...

– Perdão, eu não preciso de saber o que se diz nas casas alheias.

– Pois bem – acudiu Tomé já irritado –, eu lhe conto então o que se disse na sua. Vieram aqui, à casa de V. Ex.ª, e disseram-lhe: "O seu filho Jorge está namorado da filha do Tomé, e a rapariga também gosta dele." Disseram-lhe isto com certeza, e disseram-mo a mim também. Ora, agora eu lhe conto mais, eu lhe conto o que V. Ex.ª pensou e o que eu logo previ que V. Ex.ª pensava. Pensou V. Ex.ª: "Aquele insolente Tomé foi quem maquinou isto tudo. Atreveu-se a sonhar em apanhar o meu filho para marido da filha dele, em aliar a sua família à minha, em dar por aposento àquela rapariga as salas do meu palácio. Para isso principiou a animar-me o filho, para isso prestou-lhe serviços com sinais de desinteresse, para isso o levou para sua casa e lhe meteu à cara a filha, e enfim, para assegurar ainda melhor os seus projetos, sabendo da predileção que eu mostrava pela rapariga, trouxe-ma para casa, porque, velho e doente como me via, conjecturou que bem podia ser deixar-me de tal maneira prender por ela, que não opusesse obstáculo aos seus projetos." Ora aqui está o que V. Ex.ª pensou. Negue-o se é capaz.

Dom Luís não ousou negar.

– Muito bem, fidalgo. O tempo é pouco, como disse, e por isso eu vou direto ao meu fim. Eu logo vi que deviam ser estes os pensamentos de V. Ex.ª, porque ainda quando as aparências eram menos contra mim do que desta vez, V. Ex.ª costumava sempre fazer a meu respeito suposições tão boas como esta. Por isso, não pude sofrer a ideia de conservar nem mais uma hora minha filha nesta casa. Vim e vim à carreira para a levar comigo. Procurava dar um pretexto qualquer a esta retirada, mas foi desnecessário, porque logo vi às primeiras palavras de V. Ex.ª que já chegara tarde para remediar o mal que previra. Muito bem, nesse caso resta-me pouco a fazer para descargo da minha consciência e depois retiro-me.

Tomé passou a mão pela fronte, que tinha inundada de suor. Na voz como no semblante eram evidentes os sinais da sua excessiva comoção.

Dom Luís, que ouvira conservando os olhos fitos no tapete do pavimento, sentiu-se involuntariamente obrigado a levantá-los naquele momento para os fitar na fisionomia do homem que tinha diante de si e que a seu pesar o impressionava.

– Fidalgo – prosseguiu Tomé, depois desta breve pausa –, juro-lhe que nunca percebi estas afeições entre minha filha e o Sr. Jorge; juro-lhe que nunca pensei em que elas pudessem dar-se. Quando o soube estalou-me o coração de dor e coraram-me as faces de vergonha. Cheguei a arrepender-me, pela primeira vez, de alguns serviços que em boa-fé prestei ao Sr. Jorge, pequenos mas feitos da melhor vontade. Mas, uma vez que o caso se deu sem culpa minha, só tenho a dizer-lhe isto, fidalgo; ouça-me bem. Quero do coração a seu filho, de pequeno o estimo, e respeito-o agora como um homem de bem que é; quero deveras, se quero! a minha filha, é a primeira que eu tive, é a única rapariga, é a que trago mais chegada ao coração, fraquezas de pai, como sabe; pois bem quero-lhes a ambos e muito, mas ainda que a afeição que eles tivessem um pelo outro fosse tal que eu os visse morrer, e que a salvação deles só dependesse do meu consentimento para se casarem, deixá-los-ia morrer, deixava; morreria com eles, mas não daria esse consentimento. Juro-lho, fidalgo, juro-lho! que para tanto tenho coragem; porque o meu orgulho não é menos forte do que o de V. Ex.ª! Para eu consentir que um filho meu entrasse na sua família, fidalgo, era necessário... Eu sei lá o que era necessário?... Era necessário que V. Ex.ª primeiro me pedisse por favor para assim o consentir. Agora veja lá se isso é possível!

Ao terminar, Tomé tinha a respiração cortada, ofegante, como de quem realizou um esforço enorme. Caíam-lhe bagadas de suor pela fronte afogueada e as mãos contraíam-se-lhe em crispações nervosas.

Dom Luís ia a responder-lhe, quando Berta entrou no quarto preparada para a partida.

A sua chegada cortou neste ponto a cena.

Berta relanceou o olhar para os dois velhos e adivinhou que a cena que ela previra tivera lugar.

– Quer que vamos? – perguntou ela ao pai, timidamente.

– Vamos – respondeu este com um modo sacudido, dirigindo-se para a porta.

Berta aproximou-se do fidalgo, olhando-o com timidez.

– Quer dar-me a sua bênção de despedida, meu padrinho? – perguntou Berta a meia-voz, como receosa de uma recusa.

Dom Luís, sem voltar o rosto, estendeu-lhe silenciosamente a mão.

Berta apoderou-se dela e beijou-a, banhando-a de lágrimas de saudade.

Dom Luís estremeceu ao sentir aqueles beijos e aquelas lágrimas, mas fez por se reprimir na presença de Tomé.

Enfim, Berta separou-se dele, e encaminhou-se para a porta, onde o pai a esperava.

Poucos passos andados, ouviu que a chamava uma voz sufocada.

Voltou-se. Dom Luís seguia-a com a vista nublada de pranto e estendia-lhe o braço para um último adeus.

Ela correu para o velho e abraçaram-se soluçando.

Tomé, sensibilizado, escondeu-se discretamente nas dobras do reposteiro.

Por algum tempo durou ainda aquela tocante cena de despedida, que despedaçou o coração do velho fidalgo.

Afinal afastando brandamente de si a rapariga e beijando-lhe a fronte, enternecido, murmurou:

– Vai, minha filha; é melhor que vás. O teu sacrifício é grande, mas crê que não é maior do que o meu. Dize a teu pai...

Mas percebendo Tomé meio escondido na porta, dirigiu-se a ele:

– Tomé, há pouco fui injusto consigo. Desculpe-me; a velhice e a doença fizeram-me assim. Creio na sua boa-fé e espero que todos nós saberemos proceder como o dever nos manda. Adeus, entrego-lhe a sua filha. Tem razão em a querer junto de si.

E pela segunda vez na sua vida o fidalgo da Casa Mourisca estendeu a mão ao seu antigo criado.

Tomé aceitou-lha com a efusão com que sempre acolhia a mão que lealmente se estendia para a sua.

– Fidalgo, se V. Ex.ª... Mas não; é melhor que Berta venha comigo. É melhor para o sossego de todos. Custa ao princípio, mas...

– Sim; é melhor, é, Berta que vá – assentiu Dom Luís.

E depois de uma última despedida tão terna como a primeira, o pobre doente viu desaparecer, para não voltar, a doce figura da sua carinhosa enfermeira.

Assim que deixou de ouvir passos no corredor, o desalentado velho escondeu a cabeça entre as mãos já trêmulas, e com a voz cortada pelos soluços exclamou com desespero:

– Agora morre! morre! morre para aí só, velho desgraçado, sem filhos, sem família, sem amigos; morre só com os teus rancores, com as tuas paixões, com o teu orgulho, já que assim o queres. Quando acabará de se despedaçar este coração, para me deixar descansar?

Frei Januário veio surpreendê-lo neste apaixonado monólogo e recuou assustado ante a veemência daquela dor.

Dom Luís nem deu pela chegada do padre. Caindo em um profundo abatimento, assim permaneceu sem que as perguntas e súplicas do padre conseguissem arrancar-lhe uma palavra dos lábios contraídos.

Somente ao fim da tarde, Dom Luís disse que queria deitar-se; ajudaram-no a despir-se e a metê-lo na cama, onde ele ficou como caído em uma sonolência mórbida.

O padre, receoso do resultado daquela súbita depressão de forças, pensou em avisar Jorge.

O bom do padre, apesar dos seus defeitos, não era um coração insensível, e por Dom Luís tinha uma afeição sincera. Aquela noite, reagindo contra o seu amor pelas comodidades, velou, ou melhor, permaneceu à cabeceira do doente. Teve porém o desgosto de perceber que este não sentia grande refrigério em vê-lo ali, porque sempre que no intervalo dos seus sonos agitados dava com os olhos nele, desviava-os logo com despeito.

Não obstante, o padre conservou-se fiel ao seu posto.

36

O estado do doente no dia seguinte não era mais animador. O abatimento, em que tão de súbito caíra, mostrava jeito de prolongar-se e porventura de terminar por uma solução funesta.

O padre mandou à pressa o aviso a Jorge para que viesse aos Bacelos.

A carta de frei Januário chegou às mãos de Jorge juntamente com outras de mais felizes novas. Umas eram do Porto, noticiando-lhe a decisão favorável da importante demanda que ele sustentava; outras da baronesa e de Maurício, participando-lhe o seu casamento e prometendo uma próxima visita à aldeia. Todas estas notícias de tão diversa índole impressionaram extraordinariamente Jorge.

Por esse lado iluminava-se-lhe o horizonte do caminho, que seguia com a constância e tenacidade de um ânimo varonil; por outro, assombrava-o o estado perigoso do seu velho pai, a quem ele desejaria dar ainda a consolação de ver como que erguida das ruínas a casa dos seus antepassados.

As novas, quase fúnebres, que lhe vinham dos Bacelos, enlutavam-lhe as alegrias nupciais das cartas do irmão e de Gabriela.

Debaixo da influência destas impressões opostas, Jorge, depois de escrever um pequeno bilhete a Tomé, em resposta a outro que dele recebeu, comunicando-lhe também o resultado da demanda, montou a cavalo e partiu a toda pressa para os Bacelos.

O procurador recebeu-o com ar consternado, e abanando sinistramente a cabeça, conduziu-o ao quarto de Dom Luís.

Jorge sentia comprimir-se-lhe dolorosamente o coração ao aproximar-se do leito do pai.

– Ele já nem fala – dissera-lhe à meia-voz o padre, que de fato ainda não conseguira obter uma só palavra do fidalgo.

Jorge afastou quase tremendo as cortinas do leito.

Dom Luís, que jazia com os olhos fechados naquela imobilidade quase mórbida em que desde a partida de Berta caíra, não deu sinal de ter percebido a chegada do filho.

Jorge, assustado com aquela impassibilidade, pegou-lhe na mão que tinha estendida por fora da roupa, como para procurar nela o calor da vida.

Ao contacto da mão do filho, o fidalgo estremeceu e abriu os olhos; vendo Jorge, passou-lhe nos lábios um desvanecido sorriso de afeto.

– Ah! és tu, Jorge? – disse ele com a voz ainda fraca. – Não te tinha visto entrar.

Frei Januário ficou estupefato, ouvindo falar o doente, que ele supunha em estado de não poder fazê-lo.

– Acha-se melhor? – perguntou Jorge, vergando-se sobre o leito.

O velho só respondeu encolhendo os ombros, como exprimindo indiferença pela sua parte, e depois fitando outra vez os olhos no filho, interrogou-o por sua vez:

– E tu?

Jorge estranhou esta solicitude no pai, tão fora dos seus hábitos, e sentiu-se comovido.

– Eu?... eu estou bom.

– Estás pálido e doente – prosseguiu o pai, fitando-o.

E sem desviar os olhos, recaiu no silêncio, que manteve por alguns segundos.

Depois, procurando a mão do filho e apertando-a na sua, murmurou com uma comoção a que só ultimamente era sujeito:

– És um homem, Jorge! És digno do nome que tens e da família que representas.

Estas palavras surpreenderam extraordinariamente Jorge e não menos frei Januário, que as atribuiu ao delírio produzido pela doença.

Dom Luís acrescentou no mesmo tom:

– Saber sacrificar tudo a um dever é a principal e a mais difícil ciência que nós temos a aprender na vida, e tu... mostras que estás bem senhor dela.

Julgando perceber o sentido destas palavras, Jorge fitou no pai um olhar perscrutador.

Ele porém fechou novamente os olhos e por muito tempo permaneceu como caído em um sono profundo.

O filho e o padre conservaram-se ao lado do leito.

– Como vão os negócios da nossa casa? – perguntou ele daí a pouco sem abrir os olhos.

Jorge comunicou-lhe a boa nova que recebera de se haver vencido a mais antiga e a mais importante demanda que sustentavam.

Na palidez das faces do doente passou um instantâneo rubor. Os lábios agitaram-se-lhe, e baixo, muito baixo, que mal o pôde ouvir o filho, murmurou:

– Será chegado o termo desta longa provação?!

Depois recaiu no torpor em que passara a noite, e não disse mais palavra alguma.

Jorge, vendo-o dormir, correu-lhe as cortinas do leito, diminuiu a claridade do aposento, e entregando-o à vigilância do padre, retirou-se ao escritório para trabalhar nos negócios da casa.

Todo esse dia e a noite que se lhe seguiu passaram sem novidade.

Pela madrugada do dia imediato despertou a gente dos Bacelos à chegada de um numeroso cortejo de criados e portadores de bagagens, acompanhando a baronesa e Maurício, noivos de pouco, e que vinham cumprir a promessa da sua visita.

Jorge correu a recebê-los, e cingiu nos braços comovido o irmão e a cunhada.

Passados os primeiros momentos absorvidos pelos transportes de alegria, a baronesa e Maurício, reparando mais atentamente para o ar abatido e a palidez de Jorge, fizeram-lhe notar com apreensão.

– Pelo que vejo, as tuas imprudências continuam, Jorge? – disse a baronesa. – Ajuizado como és, não vês que pelo caminho que segues não podes realizar os teus grandes projetos?

Jorge sorriu, encolhendo os ombros.

– Que quer que lhe faça, Gabriela? A vontade do homem não rege os processos íntimos da sua vida orgânica. Não está na minha mão modificar o andamento dos meus atos nutritivos.

– Mas podes desviar muito bem as causas que os perturbam. O excesso de trabalho...

– Não é isso, Gabriela – acudiu Maurício –, eu sempre conheci em Jorge o hábito de estudar e de trabalhar sem estes efeitos. O que o mata é a louca presunção de ser superior às paixões, e a tentativa que fez para sacrificá-las a não sei que imaginários deveres.

Jorge sorriu.

– Já vejo que se estabeleceu entre os noivos o comunismo de segredos. Esse soubeste-o só depois de casares.

– Suspeitei-o muito antes, bem o sabes.

– Isso é verdade, suspeitaste-o muito antes de eu próprio me convencer dele.

– Mas – tornou a baronesa – é preciso sair disto. O Jorge supõe-se mais forte do que é.

– Creia, Gabriela, o melhor é deixar ao tempo o cuidado de resolver as crises. Hoje o que me preocupa é a solução dos meus negócios, que felizmente vão tomando uma face animadora.

– É verdade, disseram-me em Lisboa que se decidiu em bem a demanda que tanto te preocupava. O que tu não sabes é que ao valimento de Maurício com um dos desembargadores, em cujas mãos parava o processo, se deve essa pronta resolução.

– Deveras?

– Não ouso crê-lo – disse Maurício –, ainda que é verdade ter-lhe falado e haver recebido dele a promessa de aviar depressa o processo.

– Hoje quase posso assegurar-lhe que é certa a nossa regeneração – tornou Jorge. – Esta primeira vitória prepara-me o terreno para outras e solta-me os movimentos que tinha peados. E os teus projetos, Maurício?!

– Vão em bom caminho. Tenho quase certo um lugar na embaixada de Londres ou de Berlim.

– Eu ainda não desespero de envelhecer embaixatriz – disse a baronesa, sorrindo, e acrescentou:

– Mas que é da Berta? Já não está cá?

– Retirou-se há dias. Desde então recrudesceu a doença do pai.

– E para que se retirou?

– O Tomé veio buscá-la.

– Com que fim?

– Não sei... Ainda que... por algumas coisas que ouvi... quer-me parecer que fizeram conceber a Tomé certos receios. Enfim, eu próprio não quis profundar os motivos da retirada, por temer que não me fosse agradável ouvi-los.

– E querem ver que o tio Luís também o soube? É impossível que tudo isto não lhe tenha feito muito mal! Eu nunca vi! Esta gente toda entregue a si parece que porfia em complicar a situação. Maurício, vamos ver teu pai. Deus queira que ainda seja possível remediar o mal feito. Vens, Jorge?

Passados momentos entravam todos os três no quarto de Dom Luís, onde penetrava apenas a discreta claridade coada pelas cortinas corridas e pelas janelas meio abertas.

Frei Januário, que dormitava ao lado do leito, com o lenço vermelho em uma mão e o breviário na outra, ergueu-se ao ver a baronesa, e depois de cumprimentá-la dispunha-se a avisar o fidalgo.

Gabriela susteve-o, avizinhando-se do leito, correu ela própria os panos do cortinado e contemplou o rosto do ancião, que dormia profundamente.

Maurício e Jorge acercaram-se também.

A nobre fisionomia de Dom Luís, abatida pelo sofrimento físico e moral, e sobre a qual o sono parecia derramar uma serenidade, como de resignação, impressionou-os a todos.

A baronesa ajoelhou-se ao lado do velho, e pegando-lhe na mão beijou-a com afeto e respeito. Maurício ajoelhou também ao lado da sua esposa.

Dom Luís acordou um tanto sobressaltado. Deu primeiro com a vista em Jorge, e depois desviando-a, reconheceu a sobrinha e o filho mais novo, e raiou-lhe no semblante, ao vê-los, um clarão de alegria.

– Oh! meus filhos! – exclamou ele, solevantando-se no leito e apoiando-se no braço trêmulo.

Depois, passando a mão por sobre a cabeça dos noivos, acrescentou:

– Deus vos abençoe, como eu vos abençoo.

E deixou-se cair extenuado sobre o travesseiro.

Gabriela levantou-se para ampará-lo.

– Ai, Gabriela – disse ele, suspirando –, finalmente parece que chegou a hora da liberdade.

Diga que chegou a hora da ressurreição. Verá como de hoje em diante tudo vai ser ventura nesta casa. Há de trazer-lha Jorge e Maurício e eu, até eu... e mais alguém, quem sabe?

Dom Luís voltou os olhos para o filho mais novo.

– Maurício – disse ele com a voz cansada e interrompida –, és ainda muito rapaz e vais viver em um mundo perigoso; não desprezes a conselheira que Deus colocou a teu lado.

– Como hei de desprezá-la, se a adoro? – disse Maurício com o galanteio de um noivo ainda enamorado.

A baronesa correspondeu-lhe com um sorriso, e observou:

– Nem receio o desprezo, nem creio na adoração. Deixemos as coisas nos termos ajustados. Estimemo-nos e seremos felizes.

– Nem todos podem ter a frieza do teu ânimo, filha – disse Maurício à meia-voz.

– Não é tempo agora de discutirmos isso. Sabes? O pai não pode por enquanto ouvir longas conversas. Acordou há pouco e precisa de poupar a atenção. Se tu fosses com Jorge dar ordem a essas coisas que os criados trouxeram... Eu ficaria no entretanto aqui.

Jorge e Maurício perceberam que a baronesa tinha desejos de que a deixassem só com Dom Luís, e saíram por isso da sala.

Frei Januário, meio adormecido, não deu pela saída dos rapazes e permaneceu entre o leito e a parede encoberto pelo cortinado e despercebido de Gabriela.

Esta sentou-se à cabeceira do leito e com feminil carinho começou a ajeitar a travesseira do doente e a desviar-lhe da fronte as cãs desordenadas.

– Eu não esperava vir encontrá-lo sem enfermeira – dizia Gabriela o mais natural possível.

Dom Luís suspirou.

Ela insistiu.

– É uma coisa tão necessária! Porque há certos cuidados que só uma mulher pode ter. É a nossa especialidade.

Dom Luís abanou a cabeça.

– Tem razão, Gabriela. É uma desconsoladora solidão a de um doente sem esses cuidados de que fala.

– Mas... por que se retirou Berta?

Dom Luís não respondeu logo a essa pergunta, que parecia contrariá-lo, porque lhe chamou à fronte uma contração de desgosto.

– Ai, raparigas! – tornou a baronesa. – Ferve-lhe o sangue afinal.

– Não diga isso, Gabriela, que é injusta. Berta é um anjo de abnegação.

– Mas para que havia o anjo de abandonar o seu posto?

– Vieram buscá-la.

– Quem?

– O pai.

– Pois o Tomé da Póvoa seria capaz de levá-la daqui contra vontade dela e do padrinho?

– O Tomé teve razão de o fazer. Eu mesmo lhe disse que devia levá-la.

– Ah! então não entendo.

– Há sacrifícios tão dolorosos, que não é justo exigi-los nem permiti-los.

– E o que Berta fazia, ficando aqui ao seu lado, era dessa natureza?

– Talvez fosse.

– Não posso conceber de que maneira.

Dom Luís, cansado do esforço que fazia para falar ou hesitando no que dissesse, não respondeu logo.

Depois murmurou:

– Aquela pobre rapariga tem uma alma nobre e heroica. Não seria ela que se trairia por um sinal de dor, ainda que sentisse despedaçar-se-lhe o coração.

– E corria esses riscos aqui? – perguntou a baronesa com afetada candura.

– Gabriela – continuou Dom Luís –, Berta saiu vitoriosa de uma grande luta. O coração, porém, ainda lhe devia sangrar, e não era aqui que se lhe consolidariam as cicatrizes.

– São tão vagos esses dizeres! Ora vamos: diga-me o que houve; fale-me claro.

– Que havia de ser? Berta é um anjo, mas sob a encarnação de mulher, tem um coração... e esse, sujeito a apaixonar-se como os outros.

Gabriela fez um gesto de quem tivera uma ideia súbita.

– Ah! Já sei! Percebo agora! Era a isso que aludia? Cuidei que seria outra coisa mais grave.

Dom Luís fixou na sobrinha um olhar admirado.

– A Gabriela por certo não sabe ao que me refiro.

– Sei, sei, pois não sei! Havia muito que eu tinha descoberto esse segredo de Berta e de Jorge.

– E deu-lhe tão pouca importância?

– Apenas a que merece. Mas deveras, foi esse o motivo da retirada de Berta? Parece-me impossível!

– Já não pouco imprudente havia sido a demora dela nesta casa. Eles ambos são fortes, mas não devem abusar das suas forças com risco de agravar o mal e levá-lo a extremos irremediáveis.

– O mal... extremos irremediáveis... Que linguagem tão carregada para uma coisa tão simples! Pois diga-me, considera um grande mal o fato de eles gostarem um do outro?

Dom Luís encarou Gabriela, deveras admirado da pergunta.

– Está a zombar, Gabriela?

– Não estou. Falo-lhe com toda a minha seriedade. Sabe quando eu receio mal da inclinação recíproca de duas pessoas? É quando nos caracteres delas há tais contradições que o futuro promete ser uma continuada luta. Agora todas as mais desigualdades, desigualdades de riquezas, de posição social e hierarquia, são facilmente niveladas por um amor verdadeiro e sério. E esta é decerto a índole do amor deles.

– Visto isso, achava Gabriela muito natural que meu filho casasse com a filha do Tomé da Póvoa?

A pergunta era feita com certa acrimônia, que não passou despercebida da baronesa. Ela porém estava resolvida a atacar de frente os preconceitos do tio e não titubeou ao responder-lhe:

– Se quer que lhe diga, achava até muito conveniente.

Dom Luís moveu com certa impaciência a cabeça.

Gabriela insistiu:

– Queria antes que eu votasse pela continuação deste estado de coisas, que o há de matar, que infalivelmente o mata, porque, diga o tio o que disser, a companhia de Berta é lhe já tão necessária como lhe foi a de Beatriz? Queria antes que eu votasse por esta ordem de coisas, que traz definhado seu filho e que irremediavelmente o sacrificará e com ele as esperanças de regeneração desta casa e desta família? Desengane-se, meu tio, o futuro da sua família está indissoluvelmente ligado a Berta.

– Pode ser.

– Está, digo-lho eu, que bem conheço Jorge. Ele renunciou espontaneamente ao mais violento desejo do seu coração, julgando que seria empresa ao alcance das suas forças. O resultado está-se vendo. De dia para dia cresce nele o abatimento e as consequências não é difícil prevê-las. E diga-me se vale a pena sacrificar vidas tão preciosas e tão nobres e brilhantes projetos a um capricho aristocrático?

– Capricho?!

– Capricho, sim. Se invocar toda a sua filosofia, o tio Luís há de reconhecer que não merece outro nome esse escrúpulo.

– Não será dever?

– Em que código lhe é imposto?

– No da nobreza.

– O dever de quem é nobre de origem é conservar-se pelas suas ações digno dela. Ora hoje, meu tio, que o mundo está quase todo descoberto e em que já passaram de moda as conquistas dos mouros e as guerras com os castelhanos, que melhor pode cumprir-se esse dever do que o faz Jorge, lutando nobremente para resgatar a sua casa e dando um grande e salutar exemplo, que oxalá fosse seguido? Ele sim é quem continua as gloriosas tradições dos seus avós e olhe que não será menos útil à pátria do que eles foram. Mas há um estímulo necessário para manter nele aquela atividade. Ele próprio ilude-se, julgando que pode prescindir desse estímulo. Não pode. Esse esforço há de sacrificá-lo. Agora veja o tio, em respeito a quem é somente o sacrifício, se não sentirá remorsos um dia por havê-lo consentido.

Dom Luís parecia pouco satisfeito com a discussão, que o colocava entre duas forças que igualmente o oprimiam.

– A minha vida é de sacrifícios; é destino. Devo estar preparado para aceitá-los com resignação.

– Resignação nada cristã; porque Deus não quer que nos resignemos com os males que podemos evitar e muito menos quando é uma paixão ruim que os prepara.

– Uma paixão ruim! – exclamou o fidalgo mais exaltado. – Até que ponto a traz cega a corrente das ideias modernas, que já chama paixão ruim ao respeito que devemos ao esplendor das nossas casas?

– E que perderia esse esplendor com a aliança de Berta? Não é ela uma rapariga de sentimentos nobres, cheia de virtudes e de excelentes qualidades? Nessas famílias que mantêm o esplendor que diz, conta muitas noivas mais dignas de seus filhos? E depois, meu tio, deixe-me dizer-lhe: nós precisamos de misturar sangue novo ao nosso, se não, morremos asfixiados nestes ares modernos. É verdade isto, as famílias que escrupulizam em não caldearem o sangue antigo que trazem nas veias, dão de si uns descendentes quase sempre parvos e pecos, por isso mesmo que saem organizados para viverem em uma sociedade talhada por moldes que já se não usam, e não sabem viver na atual.

Dom Luís não podia ainda habituar-se a ouvir tais doutrinas irreverentemente expostas por uma das representantes dessas vestutas famílias.

Era provável que as frases incisivas da baronesa lhe provocassem uma resposta apaixonada, se uma inesperada ocorrência o não viesse distrair.

Frei Januário, que ficara, como dissemos, oculto pelo cortinado do leito, e despercebido tanto da baronesa como de Dom Luís, ouvira com surpresa crescente o diálogo que temos descrito. Para ele eram ainda novidade os amores de Jorge e Berta, porque Dom Luís já não fazia do padre o confidente dos seus segredos.

Admirado com a descoberta, mais admirado ficou ainda ao ouvir os comentários de Gabriela a tal respeito, e as ideias revolucionárias e subversivas que sustentara contra o fidalgo.

Frei Januário, mais respeitador dos foros da fidalguia do que o mais esmerilhado aristocrata, sentiu-se provocado a protestar contra aquelas doutrinas e a vir em auxílio do fidalgo com inesperado socorro, que por certo o faria de novo entrar nas suas boas graças.

Portanto, nestas alturas da discussão levantou-se do canto em que estivera oculto, e acabando de sorver os restos duma pitada, que conservara entre os dedos, afastou a cortina e surgindo do outro lado do leito, defronte da baronesa, disse, escandalizado:

– Perdoe-me V. Ex.ª Dona Gabriela, mas eu não posso deixar de manifestar o meu espanto pelo que acabo de ouvir.

– Ah! Pois estava aí, frei Januário? Confesso que nem de tal me lembrava – disse Gabriela sorrindo.

Dom Luís franziu o sobrolho, como quem não agradecia ao padre a intervenção.

– Aqui tenho estado de noite e de dia, minha senhora – respondeu o padre em tom de censura –, e fiquei porque ninguém me mandou sair. Além de que eu já estou costumado a ouvir e a guardar os segredos desta família.

– Quem lhe diz menos disso, Sr. frei Januário? Eu apenas observei que não me lembrava da sua presença aí. Mas pelo que vejo as minhas ideias não merecem a sua aprovação.

– Decerto que não – tornou o padre. – O Sr. Dom Luís tem razão. A nobreza é a nobreza; e mal de nós se ela se esquecia dos seus deveres e assim se misturava às classes ínfimas.

– Então que mal sucedia com isso ao Sr. frei Januário? – perguntou a baronesa rindo.

– A mim?

– Então não disse: "mal de nós"?

– Sim, mal de nós todos, porque a sociedade precisa destas distinções; senão, não há ordem, não há governo, tudo é anarquia e república.

– Leu isso no evangelho?

– É o que a experiência me tem mostrado.

– Ah! a experiência! Muitos obséquios deve à experiência o Sr. frei Januário!

– Porém deveras, minha senhora, V. Ex.ª podia aconselhar seriamente ao Sr. Dom Luís o casamento do Sr. Jorge, do morgado, morgado não, que até já com isso acabaram, para acabarem com todas as famílias ilustres, mas enfim do representante, o filho mais velho de S. Ex.ª... o casamento dele com quem? Com a filha do Tomé da Póvoa! Um homem, senhores, que eu conheci criado desta casa! V. Ex.ª não falava a sério há pouco. É impossível.

– Olhe que falava. Sr. frei Januário, falava, falava.

– Ó minha senhora, por quem é! Lembre-se V. Ex.ª da família a que pertence, do nome que tem, e verá que se há de envergonhar da lembrança. Berta da Póvoa! Berta da Póvoa! A filha do Tomé! Era o que me faltava ver neste mundo! Berta, que o pai a enfeitou com vestidos de senhora, mas que afinal sempre há de mostrar a origem donde saiu! Eu sempre ouvi dizer que o que o berço dá, a tumba o leva, e que o pé da tamanca foge sempre para a tamanca. Havia de ter graça ouvir o Sr. Dom Luís chamar filha a rapariga! e ela feita senhora na Casa Mourisca! Ora essa! Em tal não podia consentir o Sr. Dom Luís, ainda mesmo que quisesse. Bem vê V. Ex.ª que uma pessoa de nobreza do Sr. Dom Luís não tem só a consultar a sua vontade. Lá está a mais família. Que diriam os Srs. Meios da Ribeira-Formosa? os Srs. Cunhas do Choupelo? os Srs. Soto-Maiores da Fonte das Urzes, os Srs. do Cruzeiro, e toda a nobreza por essa província adiante? Com que olhos veriam esse casamento monstruoso as damas de todas essas famílias e em uma palavra, a fidalguia do reino? V. Ex.ª decerto não pensou nisto. Demais...

O padre não pôde prosseguir na sua animada refutação.

Interrompeu-o Dom Luís.

Dera-se com o fidalgo um fenômeno não calculado pela experiência do padre, ainda que natural ao espírito humano.

Sentindo-se apoiado na defesa das suas ideias por um aliado antipático – porque o era para o fidalgo, desde certo tempo, o seu ex-procurador –, teve logo um desejo veemente de recusar o auxílio e quase o de esposar a causa oposta, só para o castigar da impertinência.

Além disso frei Januário levou a defesa mais longe do que devia. A maneira por que falou de Berta e da dependência em que estava o fidalgo da opinião da sua parentela irritaram o orgulhoso

Dom Luís, que isso tudo com extrema vivacidade o interrompeu, dizendo:

– Cale-se, frei Januário, cale-se! Que está aí a dizer? Cuida que eu, querendo fazer a minha vontade, me dou o trabalho de consultar os de Ribeira-Formosa, os do Choupelo ou os do Cruzeiro, ou qualquer dessa parentela que tenho por essa província adiante? Era o que me faltava! Do que convém ou não convém à dignidade do meu nome, sou eu o juiz, e não admito ingerências alheias. Atos que deslustram e envergonham têm-nos eles feito que farte, e eu nunca lhes fui pedir satisfações por isso.

– Eu queria dizer... – acudiu o padre, intimidado pela irritação em que via o fidalgo.

Este interrompeu-o outra vez:

– Ora não diga nada, que é melhor. Com que olhos veriam as damas este casamento! É boa! Com os mesmos olhos com que têm visto muita miséria e muita vergonha que vai por casa dos seus. Os olhos deviam elas empregá-los em Berta, mas era para aprender dela o que é dignidade, nobreza de sentimentos e verdadeira educação. Como está aí a dizer o frei Januário, que Berta há de mostrar afinal a origem donde vem? Berta há de mostrar que é filha de um homem honrado e de uma mulher virtuosa. Se é isso que quer dizer, tem razão. E oxalá que todas as nossas damas pudessem dizer o mesmo de si. Fique sabendo que não seria ela que ocupasse mal o seu lugar na Casa Mourisca. Fique sabendo isto. O quarto de minha filha a poucas o franquearia eu com melhor vontade do que a ela, que parece ressuscitar-ma. Para ser nobre não basta ser do Cruzeiro ou da Ribeira-Formosa. O Cruzeiro é um ninho de bêbados e a Ribeira-Formosa uma gaiola de parvos. A ter de escolher entre essa gente sem dignidade e aquela que de origem obscura lhe dá todos os dias lições de deveres, decerto que não hesitaria, nem iria entre a primeira procurar noiva para meu filho. Como se formaram as famílias nobres? São todas da mesma época? É claro que não. Houve tempo em que umas já eram nobres e outras não o eram; mas por um feito ilustre e verdadeiramente nobre um homem obscuro destas últimas mereceu que as primeiras o chamassem a seu grêmio, partilhando com ele o dom que já possuíam. Pois bem, também nós hoje podemos fazer o mesmo, que nesses antigos tempos se fazia, e chamar a nós os espíritos fidalgos, que os há fora do nosso grêmio; e assim pudéssemos também expulsar dele os espíritos plebeus que por cá temos!

Dom Luís, levado pela força da reação, ia mais longe do que quisera. Por pouco estava advogando ideias manifestamente democráticas. O padre estava estupefato, como se assistisse a um cataclismo. A própria Gabriela não esperava ouvir expender tais ideias a seu tio. Ainda que percebesse que a irritação que dominava o doente fosse a principal causa inspiradora naquela defesa acalorada, ainda assim lhe dava importância. As últimas palavras de Dom Luís, a espécie de raciocínio com que pretendera justificar a possibilidade de alianças desiguais, realizadas certas circunstâncias, davam-lhe a entender que ele já consigo próprio previra a eventualidade e procurara argumentos que porventura a justificassem.

Gabriela viu nesta descoberta um ótimo indício e percebeu a conveniência de deixar o espírito do tio sob aquela ordem de impressões e entregue ao movimento próprio que a intervenção do padre iniciara.

Por isso, sob o pretexto de que a discussão fatigara em extremo o doente e que os excessos lhe podiam ser funestos, cortou no princípio a réplica do padre e obrigou-o a retirar-se da sala para deixar dormir o doente.

Ao sair dizia ela, tomando o braço do capelão.

– Depois de se lançar o crescente na massa, cobre-se esta e deixa-se em repouso levedar. Quando era criança via fazer isto em minha casa, sempre que se cozia pão.

O padre não entendeu o alcance da parábola. Saiu dali desnorteado com o que via naquela casa, que ele supunha eivada do veneno da maçonaria, única maneira por que explicava as irregularidades que via.

Gabriela saiu no intento de encaminhar a crise em um sentido favorável.

37

Maurício veio ao encontro da baronesa assim que esta saiu do quarto de Dom Luís.

– Como deixaste meu pai? – perguntou ele.

– Mal e bem.

– Que queres dizer com isso?

– Mal, porque me inquieta o abatimento em que o vejo. Naquela idade!... Bem, porque o acho em excelentes disposições de se lhe aplicar um remédio heroico.

– Qual?

– Queres principiar hoje a tua carreira diplomática?

– De que maneira?

– Vais já daqui à casa do Tomé da Póvoa.

– Sim, e depois?

– É uma visita que lhe deves, visto que não te lembraste de lhe dar parte do nosso casamento.

– É verdade que não.

– Vai pois visitar Tomé. Repara que nem sequer me lembro de ter ciúmes de Berta.

– É uma prova de confiança, que te mereço.

– Sim? Mereces? Diz-te isso a consciência? Bom será. Vamos adiante. Em casa do Tomé contas qual o estado do teu pai. Fazes sentir a necessidade de que Berta volte para aqui, ou para o reanimar, do que só ela é capaz neste mundo, ou pelo menos para suavizar-lhe os últimos momentos e despedir-se dele. É provável que encontres objeções em Tomé, mas insiste; diz que teu pai se mostra magoado com a ausência de Berta, e que é um pecado imperdoável prolongar-lhe essa dor tão fácil de remediar. Finalmente não voltes sem ter resolvido Berta a vir hoje mesmo para aqui.

– E quais são os teus projetos?

– Ora quais hão de ser? São casar Berta com Jorge. Está claro.

– Hás de encontrar dificuldades.

– Já me pareceram maiores. O padre fez-nos, sem querer, um grande serviço. Meteu-se a advogar com tanto calor a aristocracia, que por pouco fazia do teu pai um democrata.

– Deveras?

– É verdade. Agora quatro carícias de Berta devem consumar a vitória. Vocês os homens levam-se por isso.

– Parece-te?

– Veremos se me engano.

Maurício encarregou-se da mensagem que lhe incumbia a mulher e partiu para casa de Tomé, onde foi recebido com caloroso afeto.

Expondo o principal fim da sua visita, não encontrou grande oposição em Tomé contra o regresso da filha para os Bacelos. Ele próprio prometeu levá-la.

Efetivamente, horas depois, Berta era de novo conduzida pela baronesa para junto da cabeceira do enfermo, que em todo aquele tempo continuava a manifestar sinais da mais profunda depressão de forças.

Dom Luís dormitava quando Berta se aproximou do leito. A rapariga correu cautelosamente o cortinado para contemplar a figura do ancião. Comoveu-a o aspecto de abatimento que crescera nele desde que Berta o deixara. Dom Luís tinha o sono agitado por sonhos febricitantes, e sonhando soltava gemidos surdos, palavras mal articuladas, estremecia e suava como sob a influência de uma aflitiva impressão.

Berta veio encontrá-lo em um destes estados e curvou-se, compadecida, para enxugar o suor que lhe orvalhava a fronte.

O doente acordou então e fitou os olhos nela...

Imediatamente lhe distendeu as feições contraídas um sorriso de alegria.

Por algum tempo não falou, como se estivesse duvidando da realidade do que via e suspeitando-a de ser a continuação de um sonho.

Foi Berta a primeira que falou.

– Está melhor? – interrogou ela, sorrindo.

O tom daquela voz e a particular inflexão da pergunta, com que já estavam familiarizados os ouvidos do doente, parece que o convenceram de que não dormia.

Estendendo para a afilhada a mão magra e ardente, murmurou, profundamente comovido:

– Então sempre voltaste?

– Como me disseram que tinha passado mais inquieto estes últimos dias...

– Fizeste bem. Havia de custar-me a morrer sem me despedir de ti.

– Quem fala aqui em morrer? Agora que o inverno passou e que este tempo está a dar vida a tudo é que o padrinho se lembra disso? Pois veremos. Dentro em poucos dias é preciso continuarmos aqueles nossos passeios na quinta.

Dom Luís sorriu tristemente e fechou os olhos, como para reter uma lágrima, que, apesar disso, lhe passou por entre as pálpebras e lhe rolou vagarosa pelas faces descarnadas.

Berta murmurou ao ouvido do velho:

– Chore à vontade, que estou eu só aqui. Chore, que lhe faz bem.

Como se a densa tristeza que pesava sobre o coração daquele homem só esperasse aquelas palavras para se fundir em lágrimas, o pranto inundou-lhe o rosto, que ele quase escondeu no seio de Berta.

Aquela expansão foi-lhe salutar. O sono seguinte foi-lhe mais tranquilo e menos cortado por sonhos fatigadores. Contudo o estado do doente era ainda muito grave, e na aldeia e imediações corria já voz do próximo falecimento do fidalgo da Casa Mourisca.

A parentela das vizinhanças a cada momento vinha ou mandava aos Bacelos saber novas do fidalgo. Tomé da Póvoa passava ali a maior parte do seu tempo; a própria Ana do Vedor viera oferecer os seus serviços à família, e raras vezes se desviava da casa.

Berta continuava assiduamente junto do leito do enfermo, sem perder a esperança de o ver sair vitorioso daquela tremenda crise.

Ninguém a desviava dali. Retinha-a a vontade própria, assim como a do doente, a quem a menor contrariedade podia ser fatal.

A baronesa não só não insistia para que Berta cedesse a outrem o campo, mas nem deixava que alguém insistisse. Dizia ela que a juventude de Berta podia bem como aquele sacrifício, e que era provável que Deus não deixasse sem recompensa a sua caridade.

Durante três dias a família reunida nos Bacelos passava o tempo, por assim dizer, na expectativa do triste acontecimento que se esperava.

Jorge interrompeu os seus trabalhos. Maurício nunca saía de casa, e a baronesa passeava constantemente entre a sala, onde quase sempre permaneciam os dois irmãos, às vezes na companhia de Tomé, e o quarto do enfermo, que mal consentia junto de si outra pessoa além de Berta.

Uma noite, Dom Luís, depois daqueles três dias de febre e quase de delírio, conseguira adormecer de um sono mais tranquilo e reparador. Não foram os sonhos incoerentes, absurdos e fatigadores que o atormentaram desta vez; mas um sonhar grato, sem visões febris, e durante o qual a imagem da filha por vezes lhe apareceu sorrindo-lhe e falando-lhe com o carinho de que ele ainda se recordava com a mais pungente saudade do seu coração. Esta imagem transformava-se-lhe às vezes por insensível transição na imagem de Berta e tão semelhantes, tão confundidas lhe apareciam, que ele nem sabia ao acordar com qual das duas sonhara. Umas vezes era a filha que lhe falava com a voz e a figura de Berta; outras, Berta revestindo a imagem de Beatriz.

Despertou deste sono por alta e calada noite. No aposento era completo o silêncio. Interrompia somente o bater cadenciado da pêndula do corredor. A tênue claridade de uma pequena lâmpada alumiava a cena.

Dom Luís, depois de acordado, tentou avivar as gratas impressões que lhe deixara o sonho.

Pensou na filha e no passado, nas tristezas presentes, nas venturas perdidas e nas desgraças por vir.

Àquela hora da noite, na solidão e repouso da câmara de um doente, o espírito ergue-se superior à habitual esfera onde ordinariamente paira e contempla com a vista de águia as suas paixões e preconceitos; vê-se flutuar com nuvens nas regiões inferiores. É nesses momentos que a consciência nos julga; a parte mais etérea do nosso ser parece então erguer-se lúcida como nunca e contemplar compadecida os maus instintos, as prevenções arraigadas, os falsos preconceitos que no trato comum da vida em tão viciosas direções nos solicitam.

Enquanto o mundo dorme, dormem com ele no nosso coração as paixões que o mundo alimenta.

Naquele momento Dom Luís não era o mesmo homem moral que conhecemos. Luzia-lhe a verdade resplandecente à sua imaginação fascinada.

No meio da corrente dos seus pensamentos distraiu-o um quase imperceptível respirar que ouviu a seu lado. Voltou-se.

Era Berta que, cedendo às fadigas de tão continuadas vigílias, adormecera junto do leito do doente.

Dom Luís ficou a contemplá-la assim.

A luz do velador dava-lhe no rosto, em que se desenhava a mais doce expressão de serenidade de espírito.

Pendia-lhe a cabeça sobre os travesseiros do leito e uma madeixa de cabelo, soltando-se-lhe, viera afagar-lhe a fronte, abrindo caminho por entre os dedos que a sustinham.

Dom Luís ergueu-se a pouco e pouco no leito para melhor observar aquela figura angélica de mulher, adormecida ao seu lado.

Traduzia nas feições do velho o êxtase em que o arrebatara aquela contemplação. Parecia-lhe uma visão sobrenatural. Com movimentos cautelosos para não a acordar, encostou os braços às almofadas da cama e apoiando a cabeça entre as mãos, assim permaneceu imóvel, abstrato, com os olhos fitos em Berta e o espírito subindo às regiões mais límpidas dos espessos nevoeiros do mundo.

Era um expressivo grupo o daquela rapariga adormecida e o daquele velho pálido, descarnado, meio erguido no leito, contemplando-a em um quase rapto de adoração. Àquela hora, no meio daquele silêncio, alumiada por aquela luz, a cena era misteriosamente solene e imponente.

Horas talvez durou aquela contemplação silenciosa.

De repente acentuou-se no rosto do fidalgo uma expressão de energia e firmeza que a doença e a preocupação de espírito havia muito lhe tinham dissipado.

Curvando-se mais sobre o rosto de Berta, desviou com extrema delicadeza a madeixa que lhe caía sobre a fronte, murmurava como para si:

– Por que és tu que velas a meu lado? Que laços te prendem a mim? Por que dedicas a este velho a tua juventude?... E não se recompensa esta abnegação? Pagam-te, sacrificando-te aos seus... preconceitos.

E continuava a contemplá-la em silêncio; depois voltava a murmurar:

– Beatriz, se fosse viva, chamar-te-ia irmã; havia de querer-te junto de si, no seu quarto. E eu... por que não hei de chamar-te filha?

Não disse mais o velho, mas curvando-se ainda mais, pousou na fronte da rapariga um beijo expressivo de paternal afeto.

Pela madrugada o doente mostrou-se algum tanto inquieto a ponto de sobressaltar Berta, que o espiava com solicitude.

A interrogação que ela lhe dirigiu para saber a causa da agitação em que o via, Dom Luís não respondeu logo; porém momentos depois olhou para a afilhada com uma expressão singular, pegou-lhe nas mãos, apertou-as com afeto, e disse-lhe com manifesta comoção:

– Berta, vai chamar Jorge. Que me venha falar. Preciso de conversar com ele quanto antes.

Berta saiu do quarto com os olhos arrasados de água.

Aquelas palavras tinham para ela uma dolorosa significação.

Dom Luís, que mandava chamar o filho mais velho, o direto sucessor do seu nome e da sua casa, era porque um daqueles pressentimentos, que nos advertem da proximidade da nossa hora final, indicava-lhe ter chegado a ocasião de despedir-se do filho e dar-lhe os derradeiros conselhos de pai.

Todos nos Bacelos formaram a mesma conjectura. Jorge ergueu-se precipitadamente do leito, assim que soube que o pai lhe queria falar.

A nova espalhou-se em toda a casa e pôs todos em alvoroço. Em breve transpirou fora que o fidalgo da Casa Mourisca já se despedira dos filhos e que em poucas horas seria com Deus.

À casa de Tomé e de Ana do Vedor chegou a notícia; trouxe até os Bacelos esses antigos comensais da família, cujo representante atual chegava à hora mais solene da vida. A boa Luísa acompanhou o marido no intento de oferecer os seus serviços naqueles momentos de dor e confusão.

Jorge entrou comovido e pálido no quarto do pai, onde ninguém mais o seguiu.

O pobre rapaz ia preparado para uma cena dilacerante; esperava assistir à agonia do velho.

Tremiam-lhe as pernas ao aproximar-se do leito.

Dom Luís, percebendo-o chegar, dirigiu-se-lhe com voz débil, mas firme:

– És tu, Jorge?

– Sou eu, meu pai.

– Chega-te mais para aqui. Assim.

E fitando o filho com o olhar ainda cheio de expressão e vida, continuou depois de um demorado silêncio:

– Jorge, tu não és feliz.

Jorge olhou para o pai, espantado pela inesperada observação que lhe ouvia.

– Tens uma nobre alma, tomaste sobre os ombros uma pesada tarefa, dedicaste ao cumprimento dela a tua vida inteira, e como se isso não fosse bastante, sacrificaste-lhe ainda os teus mais ardentes afetos. Jorge, não será o sacrifício superior às tuas forças?

Jorge baixou a cabeça sem responder.

A estranheza causada pelas palavras do pai, tão diferentes das que esperava, perturbava-o a ponto de não saber o que dissesse.

– Fala, Jorge – prosseguiu o velho. – Vá, nunca viste em mim um confidente, porque o meu caráter sério e reservado afugentava as tuas expansões de criança; mas a doença quebrou-me e hoje posso escutar-te. Tu sofres, Jorge, e sofres por minha causa, não é verdade?

– Meu pai – dizia Jorge, cada vez mais embaraçado.

– Eu sei tudo. Sei do amor que se te formou no coração e que disputou o teu pensamento aos projetos de reabilitação que empreendeste para salvar esta casa da ruína que os nossos e eu lhe preparamos; sei da tenacidade com que combateste esse amor, da coragem com que o sacrificavas aos meus princípios aristocráticos apesar de veres apenas neles meros preconceitos de classe.

– Creia, meu pai, que respeito as suas opiniões e que...

– Ouve-me. Orgulho-me com o teu caráter; vi nele a nobre têmpera de um verdadeiro fidalgo, e desde então creio deveras que a regeneração da nossa casa, empreendida por um homem como tu, não pode deixar de realizar-se. Vou sem este peso para a sepultura. Os meus erros ser-me-ão relevados pelo fato de te ter por filho. Tu reabilitarás a minha memória. Jorge, o meu coração não tem já a dureza de outros tempos; males de toda a espécie acabaram de vencê-lo; agora é um coração de homem. Por isso me é intolerável a ideia do teu sacrifício. Se tu participasses dos meus... preconceitos, era justo que lhe sacrificasses todos os afetos; sentirias na satisfação interior a compensação do sacrifício. Mas sacrificares-te só por meu respeito, sem teres a mesma fé no objeto a que te sacrificas... nisso não posso eu consentir. Reunirei as minhas forças para subjugar alguns restos de vaidades que se revoltem, e antes de morrer desviarei o único obstáculo da tua infelicidade, dizendo-te: "Podes ser feliz, Jorge." Além de que, tu és nobre bastante para enobreceres aquela que cingires no coração e ficares nobre ainda.

Jorge percebeu o sentido das palavras do pai. Em extremo surpreendido pela inesperada condescendência do homem que ele julgava incapaz de transigir com tais ideias, em vez de deixar-se penetrar da alegria que esse sucesso parecia dever inspirar-lhe, disse com mal sustentada serenidade:

– Por muito doloroso que seja para mim o sacrifício de que fala, meu pai, talvez seja mais ainda para si o que empreende, querendo dispensar-me dele. Creia, senhor, que eu não discuto a legitimidade das suas opiniões, respeito-as; e a satisfação íntima que me virá da consciência de as ter respeitado, será também para mim uma poderosa compensação.

– E a ela? Quem a compensará? – perguntou Dom Luís, com inflexão de dor.

– A ela? É de Berta que fala? Se eu não soubesse que aquela alma nobre e forte está à altura do sacrifício talvez me falecesse a coragem para tentá-lo.

– É uma nobre alma deveras – tornou Dom Luís, como falando para si. – E quem a apreciará? A que destino a condenaremos se a expulsarmos das regiões para onde os seus nobres instintos a chamam? Pobre dela! E tu, tu que a amas, tens a certeza de poderes levar ao fim o sacrifício? Não é certo que a tua saúde já se tem ressentido do esforço que fazes? Vê bem, Jorge! Na tua idade os afetos são mais violentos do que na minha. E contudo eu próprio quero já tanto a essa rapariga, que sinto que estes restos de vida que ainda possuo devo-os à sua presença. O que não será contigo?

Jorge nunca previra a situação em que se achava. Havia imaginado a possibilidade de ser levado pela força da sua paixão a uma luta aberta com os preconceitos paternos, e esforçara-se por evitar essa temerosa crise.

Esta era a menos provável hipótese que antevira. Mas que fosse o pai quem advogasse a causa do seu coração de rapaz contra as inflexíveis exigências da orgulhosa classe a que pertencia, nunca o pudera supor, pois que não tinha seguido passo a passo as transformações que havia operado no caráter varonil daquele velho a ação combinada da doença e dos carinhos de Berta.

Por isso sentia-se agora irresoluto, sem saber se devia ceder ao coração e às insinuações do pai, se resistir em nome do dever, que ele chegara a convencer-se opor-se à satisfação dos seus ardentes votos.

Na hesitação do filho, Dom Luís julgou perceber que o orgulho aristocrático penetrara já naquele coração de vinte anos, assustou-se com a apreensão de ficar vencido pela obstinação do filho.

Assustou-se, dizemos, porque o espírito do fidalgo estava completamente subjugado. O egoísmo da sua idade não podia já passar sem os carinhos de filha. Não queria revelar-se inteiro e desejava que fosse a paixão do filho que aparentemente explicasse a transigência.

Era ainda custoso ao seu orgulho ceder, mas já não tinha fortaleza para resistir. Ansiava por isso que Jorge lhe fornecesse o pretexto. Vendo-o vacilar, tremeu já de encontrar um obstáculo insuperável.

Jorge pela sua parte era vítima de um quase estonteamento, que não lhe deixava ainda ver claro. Tão costumado estava a acreditar que invencíveis resistências se erguiam contra a mais ardente aspiração da sua alma, que ao vê-las removidas de súbito, olhava em volta de si como aguardando que surgissem outras em seu lugar, e sem poder crer que a felicidade viesse colocar-se-lhe ao alcance da mão.

Dom Luís insistiu:

– Não, Jorge, não aceito o teu sacrifício. Estou para despir as vaidades do mundo. Na outra vida, onde os primeiros são os últimos, não me perseguirão estas paixões mundanas.

– A ter um de nós de lutar com uma paixão, para condescender com a do outro, compete-me fazê-lo. Na minha idade é mais fácil tentar estas lutas com êxito.

Dom Luís a custo reprimiu a sua impaciência.

– E ela? Jorge, lembra-te que essa menina ama-te, e talvez não tenha a força de alma que tu tens.

– Seria para Berta pior tormento magoá-lo, meu pai. Sei-o da boca dela. Nunca aceitaria o seu sacrifício.

Dom Luís fechou por um momento os olhos, como para concentrar o espírito; depois disse quase a medo.

– Sacrifício! Maior sacrifício seria o meu se renunciasse a tê-la junto de mim e a chamar-lhe filha. Não sei mesmo se para tanto me restam ainda forças. Eu já não sou o homem forte que fui, Jorge. Quase mereço compaixão.

Jorge estremeceu ao ouvir estas palavras. Como que raiou uma súbita claridade no seu espírito.

– Que quer dizer, meu pai? Pois não é por meu respeito que insiste...

– Queres obrigar-me a confessar toda a minha fraqueza, Jorge? Pois bem, confessarei. Fazendo a tua felicidade, farás a minha. O lugar de tua irmã só pode ser ocupado por Berta. Outra qualquer profaná-lo-ia.

Jorge desta vez não o deixou concluir. Cedendo à paixão que enfim se expandia, pegou nas mãos descarnadas do pai e levando-as calorosamente aos lábios exclamou:

– Oh! obrigado, meu pai. É Deus que o inspira; é o espírito de minha irmã que o aconselha. Obrigado. Agora sim, desanuvia-se-me o horizonte, e creio deveras na felicidade. Triunfo! Obrigado, obrigado.

E beijando-lhe mais uma vez a mão, correu para a porta chamando Berta.

Toda a família e os amigos tinham vindo para os Bacelos, ao saberem do estado do velho fidalgo, achavam-se na sala mediata, aguardando ansiosos o termo da conferência entre o pai e o filho e porventura o triste do desenlace que havia muito se esperava.

Quando se ouviu a voz de Jorge, todos julgaram que se havia realizado enfim o acontecimento que se receava, e correram para a porta.

Jorge, quase desorientado, foi ao encontro de Berta, e conduzindo-a à cabeceira do leito do doente, disse, sufocado de contentamento:

– Berta, o nosso sacrifício é inútil. Meu pai não o aceita, e prefere ver-nos felizes. Ajoelha ao lado dele e beija a mão de teu pai.

Berta obedeceu, banhada em lágrimas de comoção.

A baronesa não reprimiu uma exclamação de alegria e triunfo.

Maurício correu a abraçar Jorge.

A Ana do Vedor quase levantou ao ar a boa Luísa, que temia acreditar no que julgara entender nas palavras de Jorge.

Somente Tomé da Póvoa ficou imóvel e calado. Ao ouvir Jorge, ao ver a filha ajoelhada junto do fidalgo e acariciada por ele, um clarão de alegria passou no rosto do honrado lavrador e brilharam-lhe nos olhos lágrimas. Mas este relâmpago dissipou-se cedo e carregou-lhe o semblante de tristeza.

Assim que Jorge procurando-o com os olhos, se dirigiu para ele estendendo-lhe os braços, Tomé afastou-o brandamente de si, dizendo-lhe:

– Custa-me desfazer essa alegria, senhor, essa alegria que me faz quase chorar, que é sincera da sua parte. Mas quanto mais cedo melhor será. Isto não pode ser.

Todos fitaram estupefatos o fazendeiro. Ninguém esperara que a resistência se levantasse dali. Ana do Vedor resmungou:

– Temo-la travada!

– Valha-nos Deus! – gemeu Luísa.

Berta fitou no pai os olhos ainda lacrimosos.

A fronte de Dom Luís contraiu-se de novo.

– Que quer dizer com essas palavras, Tomé? – perguntou Jorge, enquanto que Maurício e a baronesa secundaram a pergunta com um olhar interrogador.

– Há brios a que se não pode faltar – insistiu Tomé –, ainda quando se nos despedace o coração e o dos filhos. Que se diria de mim? Como se explicaria por aí o meu proceder nesta casa? Que pensaria ali o Sr. Dom Luís, que já uma vez me suspeitou de forjar intrigas infames e de ter ambições indignas de um homem de bem? Creia no que lhe digo, Sr. Jorge, mais vale que sacrifiquemos todos um pouco das nossas afeições, para não termos desgostos maiores.

– Que desgostos pode recear, Tomé, quando eu lhe peço que me conceda a mão de Berta?

– O Sr. Jorge fala cego pela afeição que sente, e é ela que não o deixa ver o que eu vejo.

– Não seja obstinado, Tomé – disse a baronesa. – Bem vê que donde era mais de esperar a resistência, já ela caiu.

– V. Ex.ª não falaria assim se soubesse tudo. Há dias, senhora baronesa, nesta mesma sala, vendo-me ofendido no meu caráter, suspeitado de tenções que nunca tive, e desesperado por não poder justificar-me, porque de fato tudo se levantava contra mim, fiz um protesto que não posso deixar de cumprir. Se lhe faltasse, eu próprio daria razão a quem me chamasse, frente a frente, intriguista, falso, miserável...

Dom Luís atalhou, dizendo:

– Protestou o Tomé da Póvoa que se o casamento de sua filha com Jorge dependesse do seu consentimento, ele o recusaria, ainda mesmo quando da recusa se seguisse a morte para ambos; e que para o não recusar seria necessário que eu, o pai de Jorge, o senhor da Casa Mourisca, o único, segundo o pensar do mundo, de quem deveria partir a oposição a essa aliança, pedisse a ele, Tomé da Póvoa, como favor, esse consentimento.

Tomé fez um sinal afirmativo, olhando para a baronesa, para Maurício e para Jorge, como perguntando-lhes se a tão solene protesto era possível faltar.

– Pois bem – continuou o fidalgo, depois de uma curta pausa, e fechando os olhos à imitação de quem se prepara a vencer um precipício, cuja vista o faz recuar. – Pois bem, sou eu quem peço a Tomé da Póvoa... como favor... que permita que Berta seja a esposa de meu filho.

E ao acabar de dizer estas palavras, tingiram-se-lhes as faces de uma vermelhidão intensa.

Tomé fixou os olhos no rosto do fidalgo e leu naqueles sinais a revelação do esforço gigante que ele fizera para conseguir pronunciar tão nobres e generosas palavras.

Não estava no ânimo de Tomé resistir mais tempo.

Correu para o leito, ajoelhou ao lado do doente, e pegando-lhe na mão, exclamou, cortada a voz pelos soluços:

– Sr. Dom Luís, V. Ex.ª venceu. Digam o que quiserem. O meu orgulho não dá para mais. Berta, sê feliz...

O pranto não o deixou concluir, a frase perdeu-a soluçando sobre as mãos do fidalgo.

Não faltaram lágrimas e sorrisos aos que presenciavam a cena.

Passada esta explosão de sentimentos, Jorge, tomando a mão de Berta, disse para Tomé:

– Aceito a felicidade que me oferece, Tomé, e prometo ser digno da esposa que me confia. Mas à minha própria felicidade sou obrigado impor condições, para que no futuro nenhuma nuvem a perturbe. A nossa casa não está ainda, como sabe, livre dos encargos que por tanto tempo pesaram sobre ela. As dificuldades principiam a aplanar-se e a administração entrou no verdadeiro caminho. E ao seu auxílio e conselho devo principalmente este resultado. O meu orgulho porém, visto que todos aqui atendem a orgulhos, o meu orgulho exige que eu só por mim realize esta obra que empreendi, que à força do meu trabalho satisfaça os compromissos contraídos. Quando receber Berta, quero recebê-la em minha casa, e que se não diga que foi ela quem me abriu as portas fechadas pela miséria. Por isso esperarei até então para realizar a minha felicidade.

– Muito bem, Jorge! – exclamou o fidalgo, fulgurando-lhe o olhar de alegria.

– É justo – concordou Tomé. – Compreendo esse desejo da sua parte, e nada tenho a dizer contra.

– Mais ainda – prosseguiu Jorge –, posso aceitar a esposa que me oferece, e orgulhar-me dela e da aliança com a sua família, que é honrada e generosa, mais uma coisa há que não posso aceitar sem humilhação. É a parte que pertencer a Berta da herança paterna. Não quero que se diga que eu restaurei a minha casa à custa da sua. Até aqui ainda chegam os meus preconceitos aristocráticos, devo confessá-lo.

– Bem, Jorge, muito bem! – bradou o fidalgo. – Quem pensa dessa maneira e assim procede, pode transmitir a sua nobreza, mas não a perde.

– Eu porém é que não posso deserdar minha filha. Essa condição é impossível – disse Tomé friamente.

– A parte a que tiver direito cedo-a em favor de meus irmãos – disse timidamente Berta.

– Teus irmãos não precisam da tua desistência, Berta.

– Tomé – insistiu Jorge –, sabe que o meu constante pensamento é manter ao nome de minha família o prestígio e o respeito que sempre teve na província; não queira anular os esforços que emprego para o conseguir.

– E quer que eu lhe sacrifique a minha reputação? Que se dirá de mim?

A baronesa, prevendo que as dificuldades cresciam, e que esta luta de sentimentos generosos poderia fazer surgir novos obstáculos, interveio dizendo:

– As cláusulas do contrato são uma circunstância secundária e que só na presença de um tabelião se regulam. Eu por mim não posso aturar tais discussões, sobretudo se o noivo toma parte nelas. Olhem que frieza de namorado! Deixemos isso tudo para depois.

– Diz bem V. Ex.ª – apoiou Ana do Vedor –, o tudo é que eles casem, e depois os homens que deslindem lá esse negócio do dinheiro como quiserem. Mas sempre lhes digo que ouçam um advogado, para não fazerem tolices. Mas o fidalgo! O fidalgo é que sempre a deu em cheio! Sim, senhor! Nunca o esperei! Quem dantes lhe fosse dizer... Mas bom foi e verá como até Nosso Senhor lhe há de dar saúde. E vossemecê, Luísa, que diz a isto? Ande lá, que teve um santo a pedir por si. Eu bem lhe disse, mulher: cara alegre e confiança naquele que está em cima. E aqui para nós, talvez que a mim deva alguma coisa. E tu, rapariga? Apesar de me enjeitares o Clemente, olha que não te quero mal. Não quero, porque eu se estivesse no teu lugar, faria o mesmo. E o Tomé ainda com o nariz torcido! Ó homem de Deus, você que mais quer? Sempre há gente! louvado seja Deus!

Maurício aproximou-se de Ana, sorrindo:

– Já que vai correndo a roda, venha lá a minha ração.

– Que queres que eu te diga? Cuidas que por estares casado me mereces mais aquela? Olha agora! O que me admira é que houvesse quem te quisesse. Perdoe-me a senhora, mas não lhe gabo o gosto. A seu tempo conhecerá a joia. Lá aquilo é outro barro.

E apontava para Jorge.

Todos riram das francas observações da desenganada matrona.

E enquanto Dom Luís conversava com Berta, Jorge com Tomé, e Maurício e a baronesa com Luísa e Ana do Vedor, assomou à porta a cabeça de frei Januário, que ficou espantado de achar tanta gente reunida no quarto do fidalgo.

– Há alguma novidade? – perguntou ele, inquieto.

Foi a Ana do Vedor que lhe respondeu:

– Há, sim, senhor. E pode já preparar-se, porque não lhe faltará que fazer qualquer dia. Case-me bem estes noivos, ouviu?

O padre olhou espantado para os circunstantes.

– Quê? Pois então...

– Estão vencidos os obstáculos – respondeu a baronesa à incompleta pergunta.

– Ah! – observou apenas o padre.

E pensava consigo:

– Digam lá que não anda nisto a maçonaria!

O resto do dia passou-se pacificamente. Dom Luís dormiu com sossego e deu mais algumas esperanças aos que os rodeavam.

Não havia ali coração que não encerrasse um fermento de felicidade.

Conclusão

Não se fez esperar muito o casamento ajustado à cabeceira do leito do fidalgo da Casa Mourisca.

Depois de vencida a importante demanda, que havia tanto tempo pesava sobre a sua propriedade, Jorge achou-se mais desembaraçado na empresa a que dedicara a sua juventude.

Alienando algumas fazendas distantes, que serviam apenas de estorvo à administração das outras, sem compensarem os sacrifícios que exigiam, acabando de desonerar de opressivas hipotecas as que ainda definhavam sob elas, e entrando em uma via metódica e segura de melhoramentos, habilitou-se em breve tempo a contrair um empréstimo valioso no crédito predial, amortizável em poucos anos; e com o capital obtido em tão favoráveis condições e prudentemente administrado tinha quase certa para não longínquo futuro a completa realização do seu constante e generoso pensamento.

O enegrecido e triste solar da Casa Mourisca remoçou no dia em que o moço proprietário dele pôde remir a sua última dívida a particulares. Esta foi a de Tomé da Póvoa.

O povo da aldeia viu de novo abrirem-se de par em par as janelas da velha Casa Mourisca, limparem-se das ervas parasitas as longas avenidas da quinta, erguerem-se do chão as estátuas derrubadas, jorrarem como em outros tempos as águas dos encanamentos desobstruídos, coroarem-se de ameias as torres mutiladas, dourarem-se as colunas de talha da capela do palácio, e ao ver isto o povo acreditou que iam voltar dias felizes para aquela família, sobre a qual pesava o jugo do infortúnio.

Espalhou-se voz e fama do muito que fizera Jorge para conseguir esta restauração.

Admirava-se e aplaudia-se a energia e a sensatez do moço, que emendara o desvario dos seus antecessores, comentavam-se os atos da sua vida de rapaz, exaltavam-se as virtudes do seu caráter varonil, e a pouco e pouco o espírito da lenda tomou posse desta individualidade e deu-lhe o prestigioso colorido que assegura a imortalidade na tradição popular.

Restaurada a Casa Mourisca e satisfeita a dívida do Tomé, Dom Luís, a quem os assíduos cuidados de Berta tinham feito vencer a moléstia que o prostrara, voltou ao seu solar com solenidade correspondente àquela com que o deixara. Os instintos dramáticos do seu caráter de fidalgo assim o exigiam.

Ao regressar à casa, que outra vez podia chamar sua, e encontrando-a sob o aspecto de vida e festa havia tanto tempo perdido, Dom Luís comoveu-se profundamente.

A numerosa coorte de criados e jornaleiros, que vieram recebê-lo à porta e saudá-lo com entusiasmo, fez-lhe recordar tempos passados e as tradições feudais de épocas volvidas, saudosas sempre para o seu coração.

Dias depois celebrava-se na capela da casa o casamento de Jorge e de Berta, com mais alegria do que pompa, com mais galas de sentimento do que de festa.

A baronesa e Maurício vieram à aldeia para assistirem à solenidade, e demoraram-se ainda algumas semanas nela.

A boa Luísa desfazia-se em lágrimas de júbilo. Tomé da Póvoa a custo podia reprimir o contentamento que lhe transbordava do coração. Os esforços de Gabriela haviam conseguido que o contrato do casamento se redigisse de modo que o pai e o noivo, fazendo cada um de seu lado meias concessões, não ficassem humilhados por ele.

A fidalguia da província torceu o nariz à aliança, e absteve-se de tomar conhecimento do fato, que também lhe não foi participado.

Com a tácita censura dessa parentela aumentou a irritação e despeito de Dom Luís, e impelido a reagir, deu mais um passo no terreno dos princípios democráticos.

Os proprietários, colegas de Tomé, fizeram entre si algumas reflexões a respeito da finura deste, convencidos de que ele desde muito visara a este resultado, e profetizando-lhe um baronato futuro. Mas nem o retraimento da nobreza, nem as murmurações dos lavradores perturbavam a alegria das núpcias.

Dom Luís recebia ainda uma impressão desagradável ao ver tão perto de si Tomé e a boa Luísa; procurava, porém, minorar este desgosto contemplando Berta, que exercia sobre ele uma completa fascinação. Insistia sobretudo o fidalgo em que Berta era uma rapariga de exceção, e que se davam nela as qualidades que valeram em outros tempos a tantos plebeus a honra de serem agremiados no seio da nobreza.

Frei Januário, vendo bem provida a despensa e a cozinha da Casa Mourisca, julgou dever transigir com a nova ordem de coisas e instalou-se de novo no seu quarto, decidido a respeitar, conforme com os modernos princípios de diplomacia, os fatos consumados.

E anos de paz preparavam-se para aquela casa.

Maurício seguiu diferente destino, em harmonia com as suas aspirações e instintos.

Não se sentindo com tendências para agricultor, vendeu a Jorge a parte dos bens rurais que lhe pertencia e voltou para Lisboa com a mulher.

Decorrido pouco tempo encetava a sua carreira diplomática, como adido à embaixada de Viena, e sob os melhores auspícios do futuro progresso.

Gabriela não teve de arrepender-se do seu casamento. Se Maurício não era um modelo de marido fiel, ela tinha a precisa filosofia para desculpar-lhe as leviandades, e Maurício inteligência para apreciar a generosidade e delicadeza da sua mulher, e adorá-la por isso, apesar de tudo.

A vida agitada e as sucessivas comoções das capitais a ambos agradavam; por isso ambos eram felizes.

O contraste entre este viver e o de Jorge era completo.

Jorge era o verdadeiro proprietário rural, repartindo os seus cuidados entre a cultura e a administração dos seus bens, e os afetos e direção de sua família. Abandonara a pouco e pouco os hábitos de fidalguia, em que fora educado, e contraiu outros puramente burgueses.

A sua iniciativa, esclarecida pela inteligência e mantida por uma forte energia de caráter, apontava um exemplo salutar aos proprietários vizinhos, que já se animavam a segui-lo. Graças a este exemplo, terminavam muitos prejuízos, esqueciam práticas rotineiras, que ainda hoje tolhem o progresso à nossa agricultura, aventuravam-se inovações já abandonadas pela experiência de países mais cultos, e a que se opõem entre nós a ignorância e a timidez que nasce dela.

A vida inteira de Jorge era uma eloquente e severa lição para os proprietários rurais, vivendo longe dos seus bens, consomem nos desperdícios da corte as magras rendas que eles, longe de solicitude do dono, lhes concedem; deixam assim a pouco e pouco extenuar a terra e definhar-se a propriedade nas mãos de caseiros ávidos, que não tendo o futuro ligado a ela, a sacrificavam ao bem do presente, que é o único com que podem contar.

Assim aprendessem nessa lição tantos que deveriam segui-la, e talvez que a riqueza do país se desentranhasse do solo, onde ainda está enclausurada, surgindo à luz para nos apresentar aos olhos de outras nações dignas da nossa época e do trato de terra que ocupamos na Europa.

Pela sua parte, Jorge realizando na propriedade a incorporação do capital, do trabalho e da inteligência, e mostrando até que ponto essa aliança é fecunda, podia bem dizer que havia cumprido a lenda da Casa Mourisca. Fora ele quem desenterrara do solo o tesouro escondido.

Tomé era o primeiro a seguir a Jorge nos seus melhoramentos e reformas.

Nada mais temos a dizer.

Fechemos aqui o quadro, acrescentando apenas que a energia da Ana do Vedor ainda não vergou ao peso dos anos; que o filho desta mulher, o bondoso Clemente, casou com uma válida e laboriosa rapariga do campo, que promete continuar o exemplo da sogra. Enquanto aos senhores do Cruzeiro, continuam a ser cada vez mais viciosos, e a achar-se mais embaraçados em dívidas e mais desprezados do povo.

Os Fidalgos da Casa Mourisca são, pelo contrário, hoje respeitados, graças à energia e à honestidade do caráter de Jorge.

O nome desta família é dos que ficam honrados na tradição popular.

fim

ATENDIMENTO AO LEITOR E VENDAS DIRETAS

Você pode adquirir os títulos da BestBolso através do Marketing Direto do Grupo Editorial Record.

- Telefone: (21) 2585-2002
  (de segunda a sexta-feira, das 8h30 às 18h)
- E-mail: mdireto@record.com.br
- Fax: (21) 2585-2010

Entre em contato conosco caso tenha alguma dúvida, precise de informações ou queira se cadastrar para receber nossos informativos de lançamentos e promoções.

Nossos sites:
www.edicoesbestbolso.com.br
www.record.com.br

EDIÇÕES
BestBolso

Este livro foi composto na tipologia Minion Pro Regular,
em corpo 10/12,5, e impresso em papel off-set 56g/m² no Sistema
Cameron da Divisão Gráfica da Distribuidora Record.

EDIÇÕES BESTBOLSO

Alguns títulos publicados

1. *Orgulho e preconceito*, Jane Austen
2. *A abadia de Northanger*, Jane Austen
3. *Razão e sensibilidade*, Jane Austen
4. *O morro dos ventos uivantes*, Emily Brontë
5. *O grande Gatsby*, F. Scott Fitzgerald
6. *Suave é a noite*, F. Scott Fitzgerald
7. *Este lado do paraíso*, F. Scott Fitzgerald
8. *A valsa inacabada*, Catherine Clément
9. *O amante de Lady Chaterlley*, D.H.Lawrence
10. *A taça de ouro*, Henry James
11. *O primo Basílio*, Eça de Queirós
12. *O crime do padre Amaro*, Eça de Queirós
13. *Amor de perdição*, Camilo Castelo Branc
14. *Riacho doce*, José Lins do Rego
15. *Fim de caso*, Graham Greene
16. *As seis mulheres de Henrique VIII*, Antonia Fraser
17. *O Gattopardo*, Tomasi di Lampedusa
18. *Doutor Jivago*, Boris Pasternak
19. *Paula*, Isabel Allende
20. *A casa das sete mulheres*, Leticia Wierzchowski
21. *Um farol no pampa*, Leticia Wierzchowski
22. *Perdas & ganhos*, Lya Luft
23. *Em algum lugar do passado*, Richard Matheson
24. *Bom dia, tristeza*, Françoise Sagan
25. *O príncipe das marés*, Pat Conroy
26. *Perdas e danos*, Josephine Hart
27. *O diário* roubado, Régine Deforges
28. *A cidadela*, A. J. Cronin
29. *Medo de voar*, Erica Jong
30. *35 noites de paixão*, Dalton Trevisan